MURCIÉLAGOS EN UN BURDEL

GREGORIO LEÓN

MURCIÉLAGOS EN UN BURDEL

X PREMIO DE NOVELA
CIUDAD DE BADAJOZ

algaida

Un jurado compuesto por Marta Rivera de la Cruz, Carmen Fernández-Daza, Fernando Marías, Manuel Pecellín y Julio de la Rosa concedió a la novela Murciélagos en un Burdel, de Gregorio León, el X Premio «Ciudad de Badajoz» de Novela, que fue convocado por el Excelentísimo Ayuntamiento de Badajoz.

Ayuntamiento de Badajoz

Fotografía del autor:
José Otón

© Gregorio León, 2007
© Algaida Editores, 2007
Avda. San Francisco Javier 22
41018 Sevilla
Teléfono 95 465 23 11. Telefax 95 465 62 54
e-mail: algaida@algaida.es
Composición: Grupo Anaya
ISBN: 978-84-7647-378-8
Depósito legal: M-7752-2007
Impresión: Huertas I. G. (Madrid)
Impreso en España-Printed in Spain

ÍNDICE

A Ella, que me susurra todas estas historias, después de pintarse los labios.
Y a mi madre, obviamente

10.
Operación Palacio

No es fácil tomar la decisión de matar a un hombre mientras oyes, escondido en una posada, como se revuelca una pareja en la habitación de al lado. No basta con tener mucha concentración. También hay que odiar mucho a alguien.

—Debemos ultimar al Mulato. Y lo haremos disfrazados con trajes de carnaval. ¡Hay que tumbar a ese cabrón! ¡Ya no nos sirven las bombas que ponemos en los cabarets!

Es el gordo el que ha dicho eso. El gordo Manzanita.

No. No es fácil. Además, se necesitan muchos huevos, sobre todo cuando el tipo al que quieres darle matarile es el presidente del país.

La otra alternativa era acabar compartiendo con los gatos los callejones más oscuros de La Habana, tirado como un fardo, revolcándose en la basura. Y es que las cosas se estaban poniendo de color hormiga.

Un bombillo lleno de cagadas de mosca difunde una luz amarillenta que no termina de definir los perfiles de todos los estudiantes, sus facciones medio borradas. Se huele a lejía barata. A sudor. A chinchal. En una esquina de la habitación duerme un mimeógrafo, que nadie parece haber logrado poner en marcha en los últimos veinte años. Es un tareco viejo. Un aparatejo que lleva ni se sabe el tiempo sin imprimir un maldito pasquín, de esos que piden que caiga la tiranía. Su presencia allí, dentro de una posada que eligen los amantes de ocasión para desahogarse, choca tanto como un grupo de muchachos que hace corro alrededor del gordo que ha decidido la muerte de un hombre.

El gordo Manzanita no tiene suficiente edad para haber acabado la carrera de arquitectura, pero sí para reservar un odio indisoluble al Mulato, aunque sólo sea porque siempre que ve una guerrera condecorada, llena de medallitas, le dan ganas de dejarle colgando también un escupitajo. Y lo que más desea es ver el rostro de ese comemierda cazado en el gesto de asombro definitivo, final, la vida empezando a ser cosa del pasado, a cosa que ya no le concierne.

Repite la frase, hay que ultimar al Mulato, la frase que queda flotando en el aire, disputándose el silencio con los quejidos de la mujer, quejidos que más parecen peticiones urgentes, de esas que no admiten dilación, dámela, dámela todita, gózame. Estaba siendo un buen palo.

El gordo Manzanita creía en el destino. En que las cosas ocurren de manera inevitable. Y por eso, sabía que el guión de su vida había llegado a la escena clave en la que el malo de la película dice adiós, chao, chao, retorciéndose en un charco de sangre, que a fin de cuentas, ese es el final que el destino le tiene asignado a todos los hijos de puta. Porque el destino es sabio, y no elige a sus víctimas al azar. Y el Mulato ya no era para el gordo Manzanita el hombre que aparecía en las primeras televisiones que se habían colado en las casas, mostrando una sonrisa perenne a juego con sus trajes de dril cien, blancos como la nieve, sino un banquete que estaban a punto de disfrutar las tiñosas.

Todo lo tenía pensado. Hasta quién iba a acabar con la vida del Mulato. Lo tenía todo en su cabeza. Incluso los disfraces con los que entrarían al Palacio Presidencial. Pero se cuida de revelar ese detalle a sus compañeros del Directorio Revolucionario, porque además, no era ninguno de ellos. Se trataba de un tipo que venía de España. De perder una guerra. Pero eso, de momento, se lo iba a guardar. Menoyo sólo había tenido la mala suerte de alistarse en el bando perdedor. Ahora iba a estar con los ganadores.

Él estaba también en la burundanga.

—Descojonar el Mulato no es suficiente. Hay que matarlo. No podemos estar nadando siempre en el mismo charco. ¡El pueblo tiene que librarse de ese dictador!

Lo dice así, en un tono imperativo, el mismo que utiliza la mujer que está al otro lado, al otro lado de la pared, ajena a cualquier otra cosa que no sea el placer que le recorre todo el cuerpo. Y es posible que sí, que no hubiera más remedio, había que eliminar a aquel pendejo que se engominaba el pelo y aparecía mostrando su dentadura caballuna en la portada de *Life* y en otras revistas de moda norteamericanas. Cómo un héroe. Un héroe que andaba de guataquería con los yanquis. Eso es lo que era, no un héroe, sino un guataca. A muchos les parecería una idea disparatada, pero para él el único disparate era quedarse de brazos cruzados, viendo como las pistolas se oxidaban. No, ya no era suficiente con poner bombas en los cabarets. Había que golpear arriba. Y bien fuerte. No había más remedio, porque en los callejones más siniestros los gatos se estaban empezando a cansar de disputarle las raspas de pescado a unos bultos que salían de los carros arrojados como fardos.

La cosa ocurría así: los gatos interrumpían su tarea de escudriñar la inmundicia, deslumbrados por unos faros que les cegaban por unos instantes. El auto avanzaba sigiloso por el callejón, y se situaba justo a la altura de los cubos de basura. La puerta trasera se abría. Bastaba un leve empujón. *Ploff*. Un cuerpo caía al suelo. Desmadejado. Los gatos se echaban a un lado. Y el carro emprendía una huida veloz. Como si allí oliera muy mal. A putrefacción. A mierda que se va acumulando sin que nadie la bote.

Llevar la contraria en La Habana en ese momento no era un buen negocio.

Al gordo no le gustaban los gatos, con ese ronroneo meloso. Y no quería acabar lameteado por una tropa de felinos en un callejón siniestro. Por eso había que ultimar al Mulato. En su propia madriguera. Para que los gatos se quedaran en paz, sacándole hasta la última proteína a la raspa de pescado.

—Si queréis seguimos poniendo bombas en los cabarets, pero creo que ha llegado el momento de golpear arriba.

El gordo Manzanita habla desde la autoridad que le otorga su corpulencia. Su corpulencia, y sobre todo, que nadie desea, más que él, ver al pueblo libre. Ya ha recibido demasiados golpes defendiendo ese ideal. Es el que primero se pone delante de la policía. El primero que da ejemplo. Es el líder indiscutible del grupo de estudiantes. Carisma y huevos. Eso dicen los estudiantes que tiene, carisma y huevos. Justo al lado de él, el Bizco Cubelas se acaricia la barbilla con unos dedos que siempre andan manoseando su Thompson. Por eso lo llaman Gatillo Alegre. Tampoco él se atreve a discutir las palabras del gordo.

—¿Vamos a esperar a dejarnos cazar dentro de la madriguera? ¿Acaso hemos peleado tanto para acabar compartiendo con los peces el fondo del Almendares? —pregunta a los demás, moviendo las manos como si espantara un enjambre de moscas—. Armas, armas, necesitamos armas. Si las hubiésemos tenido en su momento, el Mulato no estaría gobernando.

—Pero no podemos cometer ningún error.

—Mirad, el único error consiste en quedarse de brazos cruzados. ¡No nos podemos apendejar ahora! —afirma el gordo.

¿Qué pensaría el padre Zabala de todo esto? Quizá al principio criticara esa decisión que habían tomado los estudiantes. Pero sólo al principio. Cuando conociera las razones últimas que impulsaban al Directorio, cuando viera que el Mulato era ya historia y que se abría una nueva etapa democrática para el país, el padre Zabala entendería también sus razones, y aprobaría esta acción valerosa que preparaban todos esos muchachos con los que se llevaba tan bien.

A Manzanita las palabras se le inflaman en la boca, cargadas de solemnidad. Las palabras que suelen acompañar a los grandes acontecimientos de la historia. Cuando el gordo Manzanita hablaba con esa seguridad, lo mejor era asentir. Pero aún así, Machadito se atreve a poner una objeción.

—No nos podemos suicidar. Debemos elegir bien los medios. ¿Crees que la violencia es el mejor camino?

—La violencia no viene sola. La traen los hechos, chico.

—¿No estarás sugiriendo que nos suicidemos? —le pregunta Machadito al gordo Mazanita.

—En absoluto. Todo lo contrario. ¿Qué pretendes? ¿Qué pactemos con la tiranía, como han hecho otras veces los malditos comunistas?

El Chino hace un movimiento brusco. Aquella frase del gordo Manzanita parece no haberle gustado.

—¿A dónde quieres tú llegar? —insiste en preguntar Machadito.

—La acción es la mejor propaganda.

—En La Habana no hay una semana en la que no estallen dos o tres bombas como mínimo. Y tú sabes que siempre sabemos, con exactitud, dónde van a estallar… —replica Machadito.

—Ni siquiera nos hacen falta bombas, ni detonadores. Es mucho más sencillo. Sólo es un necesario una pistola, sólo una pistola… Hay que ¡matar al Mulato! Con eso es suficiente. El Directorio Revolucionario ha nacido con el único fin de librar al pueblo de ese dictador. Y el pueblo es el que marcha seguro y firme hacia la insurrección revolucionaria. Es el pueblo quien dirige, y los hombres de todas las militancias políticas y revolucionarias, absolutamente de todas las clases sociales, se han juntado en la lucha contra el enemigo común. El enemigo se llama Fulgencio Batista, el enemigo es el Mulato, y hay que desaparecerlo… —responde el gordo Manzanita.

Machadito se queda unos segundos pensativo. Sostiene todo su cuerpo sobre un solo pie. El Bizco Cubelas mira a los demás, queriendo comprobar en sus rostros las reacciones a una idea que empieza a gustarle. Suponía apretar el gatillo. Y nada le gusta más que eso.

Machadito deja caer su peso sobre el otro pie.

—¿Y dónde crees que podemos atacar al Mulato? ¿En la inauguración de alguno de los hoteles que está levantando el judío ese, Meyer Lansky, o como se llame? —pregunta.

—Evidentemente no vamos a atacarlo en el Campamento Columbia. Entonces sí repetiríamos lo del Moncada. Ese fue el error. Ni en la finca Kuquine —reflexiona el gordo.

—¿Y si aprovechamos alguno de los viajes que hace de un sitio a otro, a Varadero, por ejemplo? Disparemos sobre su carro. Acribillarlo —propone Machadito sobre la marcha, o igual no, esa idea le venía rondando desde hace tiempo y nunca había tenido valor a expresarla. A fin de cuentas, todos lo veían como un pensador, un tipo informado, no como un hombre de acción capaz de apuntarle al carro del Mulato. Pero ahora todos parece que quieren ser los primeros en pegarle un tiro a ese cabrón.

—Lo mataremos en el mejor sitio posible. A los tiranos hay que ajusticiarlos en el mismo sitio que usurpan ilegalmente —dice el gordo.

—¿Dónde?

—En el Palacio Presidencial —responde el gordo Manzanita.

Machadito primero muestra sorpresa ante el planteamiento del gordo Manzanita, por mucho que fuera lanzada por el líder del Directorio Revolucionario, y por mucho que el Bizco Cubelas la jalee con grandes aspavientos. Tampoco le extraña. Aquel mal estudiante que jamás acabaría carrera alguna tuvo pistola antes que novia, pero también él, ¡qué carajo!, la llevaba siempre encima, y la sintió oculta en la sobaquera, y pensó que el Directorio Revolucionario no podía vivir en permanente estado de miedo, un miedo que ya no tenía una cualidad abstracta, porque ahora el SIM y el hijo de puta de Orlando Piedra estaban llegando muy lejos, hasta donde nunca se habían atrevido. Cualquier estudiante del Directorio Revolucionario hubiera dado media mano por meterle por el culo a Orlando Piedra todos los instrumentos que guardaba en su caja de herramientas.

El SIM y Orlando Piedra querían dejar los cubos de basura llenos de cadáveres. Hasta que a los gatos no les quedara más remedio que huir despavoridos de los callejones.

Al gordo Manzanita le llega el olor a mierda botada en los cubos de basura. Pero también el olor a pólvora. No le tiene miedo ni a Orlando Piedra ni al Mulato, ni a nadie. Ni siquiera al fracaso.

—¿Cómo pretendes que entremos en el Palacio? —pregunta Machadito.

—Por la puerta. Como se hace para entrar en todos los sitios —responde sin titubear el gordo Manzanita—. ¿Conocéis la historia del caballo de Troya?

Los demás responden afirmativamente.

—No, sólo sabéis la de los griegos para engañar a los bobos troyanos. Y a lo mejor alguno recuerda lo que pasó cuando mandaba el dictador Gerardo Machado, cuando unos tipos utilizaron un camión de basura que explotaría al ser registrado. Sí, se hicieron pasar por basureros de Obras Públicas y dijeron que iban a tomar un café. Allí, con el camión parqueado. Pero tardaron en volver, y eso levantó las sospechas. Por eso el plan falló. Machado siguió gobernando varios años más. Conocéis esas dos historias. Pero yo os voy a contar la tercera… —y Manzanita toma aire.

La explicación del plan duró más tiempo del que se requería para ejecutarlo. Un plan perfecto, con un nombre muy lindo: Operación Palacio.

—¿Te das cuenta en qué lío nos metemos? —pregunta Machadito al gordo Manzanita, dándole un abrazo.

—Un lío delicioso. Martí también salió a luchar a pecho descubierto. Y al Mulato lo expulsaremos del Palacio, aunque sea a machetazo limpio. ¡Y yo ofrezco mi pecho, igual que hizo Martí en Dos Ríos!

El Bizco Cubelas también se funde en un abrazo con Manzanita. El gordo, ya penetrado por la perspectiva de la acción heroica, cada episodio del asalto dibujándose en su cabeza aceleradamente, dice a los demás:

—¡Tenemos que desaparecerlo! —prosigue Manzanita, las pupilas brillándole, saboreando anticipadamente el éxito de una operación que tiene diseñada hasta en el más mínimo detalle. Milímetro a milímetro. No podía ser de otro modo. Estaba estudiando arquitectura. Y sabía que para que algo salga perfectamente, hay que planificarlo al milímetro. Sin dejar nada a la improvisación. Sólo así podía salir bien la Operación Palacio.

—¿Operación Palacio? —preguntan varios estudiantes.

—Sí, así la he llamado. Operación Palacio —responde con seguridad Manzanita.

No era de extrañar que el gordo Manzanita se hubiera erigido como líder de aquel grupo de muchachos que andaban empeñados en un mismo objetivo: expulsar al Mulato del sillón que ocupaba en el Palacio Presidencial. No bastaba con botarlo. Del Mulato no podía quedar ni la semilla. Esa era la consigna, acatada ya por todos. Nadie era capaz de discutirle una decisión al gordo Manzanita, aunque sólo fuera porque en su inmensa cabeza había espacio suficiente para las ideas más atrevidas. Todo lo que conocían de la forma de eliminar al Mulato parecía una extravagancia. Pero una extravagancia necesaria.

—Nos plantaremos justamente en el Palacio. Parquearemos allí, como un caballo de Troya, y después, para adentro. Ascenderemos al segundo piso. El Mulato no podrá esperar jamás esta visita, y menos en pleno carnaval. Y mientras que nosotros estamos llegando triunfalmente al segundo piso, Radio Reloj estará anunciando, simultáneamente, la muerte del tirano, proclamando que por fin el país es libre. Por eso no sólo debemos matar a ese cabrón. También hay que tomar la estación radial, entrar allí a punta de pistola —anuncia el gordo Manzanita.

Y todos celebran sus palabras. El Chino, tez pálida, ojos agobiados de cansancio, ni siquiera se atreve a formular un solo reparo, por pequeño que sea. Se limita a permanecer callado, en una esquina, las manos metidas en los bolsillos, guardando un silencio enconado, pendiente de las explicaciones

de Manzanita con aparente interés, refugiado en el gesto inescrutable que le acompaña desde que se levanta bien temprano,
porque cree que Dios también le tiene reservado en toda aquella tramoya un papel muy importante.

El gordo Manzanita está totalmente convencido del éxito
del plan. Entre otras cosas, porque lo va a terminar Menoyo.
Menoyo comió jamón en Alicante antes de que lo pudieran atra-
par los nacionales. Cómo ha llegado a La Habana es un misterio, un secreto que guarda en alguna sala oscura de su memoria.
¿Embarcó en el Stanbrook, aquel viejo carbonero inglés que
desafió a los submarinos de Mussolini y a la aviación nazi para
llevarse a los vencidos de la guerra civil española? A nadie se lo
ha contado. Pero al gordo Manzanita sí le ha dicho todo lo que
pasó allí en el puerto de Alicante, todavía dudando sobre si subir al Stanbrook era la mejor idea. Aquello suponía huir. Pero
antes de huir, tenía que comer jamón. Comió jamón y no se
pegó un tiro, como hicieron los otros. Ese era el pacto. El último
manjar, nada más y nada menos que jamón, antes de que los nacionales llegaran al puerto de Alicante, un disparo en el pecho
antes que ver la cara de gusto de esos hijos de puta. Pero Menoyo no se resignó. Quizá fuera uno de los ocupantes del Stanbrook. O no. Pero el caso es que ahora estaba en La Habana,
invicto, esperando la señal que le diera el gordo Manzanita para
meterle cuatro tiros al Mulato. Menoyo cree en Manzanita. No
tiene otro remedio. De España se ha traído una espina que lleva
clavada muy hondo. Venga, embúllate conmigo, le había dicho.
Y Menoyo no dudó en aceptar el trabajito.

Del otro lado de la pared llegan nítidamente sonidos
onomatopéyicos, frases entrecortadas. Machadito imagina la
escena. El hombre dejándose el alma en cada embestida. El
rostro, desencajado, boqueando, a punto de asfixiarse, ella
también vencida por la temperatura de invernadero que se ha

apoderado de la habitación, y sin embargo, pidiendo más, dámela, dámela todita, venga dale, no seas así.

Manzanita también se debe estar dibujando mentalmente lo que pasa al lado, pero parece ajeno, sólo pendiente del pensamiento que le obsesiona desde hace varios días. Lleva muchas noches durmiendo mal, cambiando cada noche de escondite. Y no volverá a dormir ocho o nueve horas de un tirón hasta que no mate al Mulato. Lo demás le importa un carajo. A la mierda con todo. Él no puede pensar en mujeres, o en tomarse un trago, con el Mulato vivo, jugando a la canasta con el embajador americano y dando órdenes a la policía de limpiar la ciudad de basura. ¡Tremendo *hijo'e'puta!*, le dieron dos galletazos, así, para empezar. Uno de ellos casi lo tumba, como si le hubiera caído encima el puño de Kid Gavilán, el rey del Bolo Pounch. Estuvo varias horas en la estación de policía. Luego se pasó un mes preso en la cárcel del Castillo del Príncipe. Por defender la Constitución de 1940. La que había pisoteado el Mulato. El suceso había ocurrido hacía unos meses. Pero el gordo Manzanita aún lo recuerda. Por eso, y por tantas razones, hay que hacer algo.

Y aquella habitación de la posada «La venida», en la que la cama destinada a templar ha sido sustituida por un mimeógrafo viejo de tanto imprimir pasquines, es perfecta para incubar la gran idea. Matar al Mulato.

Poner en marcha la Operación Palacio.

Todo está pensando. Al milímetro. O casi todo.

Machadito se acerca a él. Lleva unos minutos callado, refugiado en un silencio poco habitual en él. Se pone a hablar con el gordo Manzanita en un tono muy bajo, inaudible para los demás, que han formado otros corros.

—Para el momento del ataque, debemos separarnos y poner la radio.

—¿Cómo dices?

—Que la señal del ataque la debe dar la radio. Debemos convenir una clave que nos sirva de aviso de que al día siguiente atacaremos el Palacio. Según mis cálculos, podemos ser hasta cien personas las implicadas. Comunicar una misma fecha y una hora a tanta gente es complicado, además de riesgoso. A ver, Manzanita ¿tú no le has querido dar una importancia fundamental a la radio?

—Sí, la radio lanzará a la calle al pueblo. Si matamos al Mulato, pero la gente no se entera, el plan podría venirse abajo. Es tan importante como eliminar a este *hijo'e'puta*.

—Pues la radio dará la clave para atacar, sin que nadie, sólo nosotros, se entere —Machadito habla con firmeza.

—¿Qué propones? —pregunta el gordo.

—Debemos manipular los números del juego de la bolita, de tal modo que, cuando oigamos las cuatro cifras, todos sepamos lo que hay que hacer al día siguiente. Simplemente hay que elegir a alguien que se infiltre en el cuerpo de funcionarios de loterías. Será un golpe moral también contra el Mulato. El asalto al Palacio se iniciará desde las mismas tripas de su sistema de lotería corrupto. Ataquemos la corrupción desde la corrupción. Hagamos una burla, ya que es carnaval.

Manzanita se queda dos minutos evaluando la propuesta. Inicialmente la cree extraída de alguna película de cine negro, el guión alambicado, como escrito por un Raymond Chandler al borde del coma etílico. Después le divierte la idea de hacerle trampas a un tramposo. Y piensa, casi por asociación de ideas, en un tipo que venía, como él, de Cárdenas. Un joven con cara de adolescente al que sólo le faltaban los granos. Un güije capaz de hacer todas las travesuras sin que nadie sospechara de él. Un bicho.

—¿Cuándo tiempo tardaremos en manipular los números?

—¿Cuánto van a tardar las armas de Prío?

—Un mes, como máximo.

Machadito y el gordo Manzanita dejan de hablarse. Sólo se miran. Ya no necesitan más palabras para convencerse. Se han puesto de acuerdo. Los dos piensan lo mismo. Sí, era una buena idea. Ahora había que convencer a los demás.

—Escuchad un momento. La Operación Palacio debe ser más que la eliminación de un tirano. Tenemos que burlarnos del sistema. Reírnos del régimen. El Mulato recibe cada semana casi cien mil pesos como beneficio del juego de la bolita. Hagan números: hay que pagar una gabela de dos pesos por cada hoja de billete, multiplicado por miles de bobos que quieren tener una casita en Miramar con un inmenso jardín y ser socios del Yatch Club, y el resultado es un hijo de puta cada vez más rico. Pero incluso a los hijos de puta se les puede coger fuera de base.

Los demás le dirigen una mirada interrogativa, como si el líder del Directorio Revolucionario les hablara en un idioma extrañísimo. Incluso el Chino lo ha mirado con extrañeza. Manzanita aprecia en sus compañeros el brillo del estupor. El gordo explica el plan.

—El Mulato va a morir el día que gane el juego de la bolita. Cuando salga este número, dos-dos-cinco-ocho (lo dijo separando cuidadosamente cada sílaba) no le quedarán ni veinticuatro horas de vida. Al día siguiente de que Radio Reloj anuncie el número ganador, asaltaremos el Palacio Presidencial. Hay que golpear arriba.

Lo escuchan con atención reconcentrada, incluso el Chino, que parece siempre despistado, con el pensamiento Dios sabe en qué. A lo mejor está pensando que así se quejará Alina cuando esté en la cama con Machadito, se quejará como la mujer que está templando en la habitación vecina. Esos gritos son lo único que se atreven a interferir el relato de Manzanita. Aquel gordo, por la razón que fuera, ejercía un magnetismo extraño, y al mismo tiempo, muy poderoso.

—Manipularemos los bombos de la lotería, y ese día, el que elijamos nosotros, justo después de recibir las armas, saldrá el número mágico. Dos-dos-cinco-ocho (y otra vez vocaliza como si enseñara a unos niños los rudimentos del idioma). El número mágico, el que anunciará la muerte del Mulato… Ese es nuestro número mágico, el dos-dos-cinco-ocho…

Los demás estudiantes se miran, sin alcanzar a entender aún el proyecto en su totalidad, como si le faltara un detalle importante. Al Chino le hubiera encantado ocuparse de ese detalle. Igual que le hubiera encantado que Alina le hiciera caso. Pero era Machadito quien se metía con ella en la cama. Y en efecto, faltaba algo. Un trabajito por hacer. Pero nadie se lo iba a encargar al Chino.

—Vamos a meter a un tipo, tremendo camaján, lo vamos a infiltrar en el Cuerpo de Loterías. Este bicho lo va a tener todo preparado para sacar los numeritos que van a desencadenar el ataque al Palacio. No sólo vamos a ajusticiar al tirano, sino que además, nos vamos a carcajear del sistema. ¡El juego de la bolita le va a costar la vida al Mulato!

En la última frase, que repite dos veces, parece Manzanita resumir sus intenciones. Porque el gordo no sólo es el primero que corre delante de las perseguidoras, el primero que expone su vida, el primero que hace cualquier cosa por tumbar a la tiranía. También es el que tenía las mejores ideas. Y aquel plan no le faltaba ningún detalle. Ni a los estudiantes huevos para ejecutarlo. Porque el gordo Manzanita era valiente. Quizá el más guapo de todos. No le importa colocarse ante la policía, aunque le caigan a golpes. Aunque le enchufen un chorro de agua. Había que defender a la patria. Botar del Palacio al Mulato. Por eso había estado encerrado un mes enterito en el Castillo del Príncipe. Y ahí tuvo tiempo de darle vueltas al plan que ahora ha lanzado a sus compañeros. Allí nació la idea de matar al Mulato. Y él también emprendería aquella escalada por las escaleras del Palacio Presidencial, buscando el despacho del Mulato. Él también entraría dando tiros en el Palacio.

La Operación Palacio estaba toda dentro de su cabeza. Y la iban a poner en marcha de inmediato. Los estudiantes iban a por todas. No sólo querían eliminar al Mulato. Era mucho más. Querían burlarse de él. Y de la policía que patrullaba las calles, las perseguidoras mostrando a cualquier hora su silueta siniestra, la policía enseñando amenazante sus Mercury, la policía que paseaba sus carros amenazantes de día y de noche, todos esos hijos de puta engañados, esos hijos de puta a los que, muerto el Mulato, sólo les quedaría correr, correr, correr… porque candela viva les está ya quemando el culo.

Sí, aquel era un plan perfecto. Asaltar el Palacio Presidencial, tomar Radio Reloj para anunciar la muerte del tirano, manipular el juego de la bolita para reírse de aquel cabrón. ¡Había que joder al Mulato de todos los modos posibles!

¿Qué pensaría su amigo, el abogado Pelayo Cuervo, cuando se enterara de los planes que tenía? Siempre le había dicho que el mejor medio para combatir la tiranía eran las leyes. Que la violencia no era el mejor recurso. Eso mismo le había dicho el padre Zabala, con el que había compartido tantos ratos. El gordo Manzanita también creía en las leyes y en Dios. Pero llega un punto en el que las leyes y Dios no son suficientes.

—Oye, y ¿por qué ese numerito? Dos-dos-cinco-ocho ¿por qué? —pregunta Machado, pinzándose con dos dedos la barbilla.

—Es el número de mi expediente policial. El que me asignaron cuando me tuvieron preso en el Castillo del Príncipe —respondió Manzanita.

—¿Cuánto tiempo nos llevará todo el proceso? —insiste Machadito, que ha dejado de aguzarse la barbilla, como si le quisiera sacar punta.

—El necesario. No podemos, en efecto, convertir el asalto al Palacio en una matanza. Pero la decisión está tomada. Ya no podemos virar *pa'atrás*. ¡Y yo estaré ahí, el primero! —afirma Manzanita.

—Eso no puede ser —replica Machadito.

—¿Cómo que no puede ser?

—Eres demasiado conocido, y eso, que es un problema para entrar en el Palacio, es una ventaja si te diriges al pueblo a través de Radio Reloj. Por eso es mejor que seas tú el que tomes la emisora. Déjanos a nosotros el asalto al Palacio.

Manzanita se queda durante unos segundos evaluando aquella sugerencia. Y no termina de convencerle. Odia tanto al Mulato, se ha puesto tantas veces delante de la policía, que quiere estar allí, en el Palacio, buscándolo, para que no se pueda escapar, de ninguna de las maneras.

—Ya veremos —responde escuetamente.

El líder del Directorio Revolucionario mira a sus compañeros. El Chino parece convertido en una estatua, allí, en un rincón de la habitación. Manzanita mira a Machado. Después, al Bizco Cubelas. Y encuentra en sus rostros lo mismo. No sabe si es reticencia, o suspicacia. Pero está claro que les está rondando algo. Alguna pregunta. Alguna duda. Hay una pieza que no acaba de encajar en el puzzle. Esa pieza era Fidel.

—¿Qué hay del Pacto de México? —preguntan.

—¿Tú sabes lo que pensé cuando arribé al aeropuerto de Rancho Boyeros, después de firmar con Fidel esa cartita en

México? ¿Con quién he pactado, con Dios... o con el diablo?

—El Veintiséis y nosotros, ellos y todos los que estamos aquí perseguimos lo mismo. Derrocar al dictador, librar al país del Mulato y sus esbirros...

—Pero por medios distintos. Frente a un régimen de fuerza no hay más argumento que la fuerza. Pero ejercida desde aquí, desde La Habana. En la esencia estamos de acuerdo. Hemos llamado a todas las fuerzas revolucionarias del país, a los estudiantes, obreros, organizaciones juveniles, y en definitiva, a todos los hombres dignos de Cuba para que secunden esta lucha que está firmada con la decisión de morir o triunfar. Aunque estoy convencido de que la insurrección secundada por la huelga general en todo el país será invencible. Ese es el núcleo del pacto, nuestra voluntad de poner por delante el sacrificio de nuestras vidas, en prenda de las limpias intenciones que nos mueven. Luego están los detalles. Es en los detalles en lo que no estamos de acuerdo con Fidel. Y el problema es que son muchos detalles —explica Manzanita.

—¿Qué detalles?

—Bueno. Fidel no tenía claro qué relación hay entre la FEU y el Directorio Revolucionario. Le expliqué las diferencias. Somos el brazo armado de la FEU. Le aclaré que el Directorio no era partidario de acciones de violencia absurda, que no somos pistoleros de tres al cuarto, sino que trabajamos con método, de forma organizada, con el fin de defender la Constitución de 1940 y tumbar al Mulato. Actuamos con todo muy bien pensado.

—Exactamente. Nosotros tenemos las ideas.

—Pero Fidel tiene el dinero... —recuerda Manzanita.

—Entonces ¿el Veintiséis nos va a ayudar a matar al Mulato, si o no? —Machadito ha soltado aquella frase, con violencia. Él también quiere tumbar al Mulato, y no quiere que haya ningún obstáculo que se le ponga en el camino.

—Atendedme. Cuando volví de México después de firmar aquel acuerdo con el Veintiséis, pensé que al papelito le faltaba o le sobraba algo. Sí, es verdad que pactamos iniciar la lucha armada. Pero hay algo que me chirriaba. El Mulato no va a abandonar el Palacio Presidencial aunque le pongamos candela en el culo. Debemos tomar un atajo. La forma más fácil de fracasar es quedarse quietos. Ya no sirven las proclamas, los mítines, los mensajes, ni las bombas en los cabarets. Eso no basta. Hay que añadir algo más a la insurrección revolucionaria. Y os diré más. Él no quiere un tiranicidio, lo que él llama una acción *putsch*. Yo no soy un tiranicida, y estuvo repitiendo esa frase durante un minuto. Pero hace unos días me ha mandado una carta —dice Manzanita.

—¿Una carta?

—Sí, dice que no estamos siendo consecuentes con lo que firmamos en México. Quiere más agitación, más ruido en las calles de La Habana. Cree que el caos es la atmósfera adecuada para tumbar al Mulato. Para tumbarlo él, claro, sin contar con nadie más. Llega a insinuar en esa cartita que me ha remitido, que estamos traicionando que lo que firmamos en México.

Las palabras de Manzanita han resonado con mucha fuerza en la habitación. Por una parte, Fidel exige más acciones callejeras, y al mismo tiempo, dice que intentar matar al Mulato en su misma madriguera es un disparate, que la vida del dictador no tiene importancia. ¿Qué coño quiere Fidel?, parecen preguntarse todos. Incluso el gordo Manzanita.

—No somos unos cagones de mierda —añade el Bizco Cubelas.

—Ni quiero que a nadie se le ocurra ni pensarlo. Y el primero que debe saberlo es el Mulato.

—¿Y por qué Fidel te insistió tanto allá en México en que él no era un tiranicida? ¿Qué fue lo del Moncada? ¿Un ejemplo de táctica militar? —por entre los dientes al Bizco Cubelas se le escapan palabras cargadas de ironía.

—Una acción *putsch* —reconoce Manzanita—. Pero no podemos cometer el mismo error.

—¿Quién nos va a proporcionar todas las armas que necesitamos para asaltar el Palacio? —pregunta ahora Machadito.

—No debéis preocuparos. Tendremos a nuestra disposición todas las armas que necesitemos. Llegarán, llegarán —responde enigmáticamente el gordo.

No había titubeo en su voz. Sólo una firme determinación. La de los héroes. La que también tienen los suicidas. Desde hacía varios días, por sus ojos pasaban desmenuzados todos los pasos a dar, viñeta a viñeta, desde el momento en el que el locutor de Radio Reloj anunciaba el dos-dos-cinco-ocho hasta que, ya en la última hoja del comic, el fogonazo de una pistola sorprendía a un mulato de pelo engominado, la sonrisa desvaneciéndosele en los labios, las fuerzas fugándosele por el cuerpo, sin entender por qué lo están mirando con tanta repugnancia, ahora que ya empieza a valer nada, sólo el precio que le pongan los gusanos. Nada más.

Y una frase le brota al gordo Manzanita. Le sale de los labios como pompas de jabón.

—¡Mulato, *pa'las* tiñosas!

Va subiendo el tono, acelerándolo, igual que el ritmo de la mujer, dámela, dámela todita, Manzanita parece en estado de trance, como ella, la cabeza le da vueltas, el mundo se le concentra en un solo punto, en el bollo, como el gordo, todo el mundo resumido en una bala, apenas un centímetro, así piensa ella, venga, papi, no te demores, es un centímetro que siente quemarle como una brasa encendida, le quema tanto que tiene que gritar ¡ay, qué rico!, ahogando la frase que repiten desde el otro lado de la pared, eres mierda, mulato, eres mierda, mulato, con gomina y todo, pero eres mierda, mierda *pa'las* tiñosas, los ojos del gordo Manzanita fijos en el techo, igual que los de la mujer de la habitación de al lado, los dos compartiendo el mismo arrobo místico.

El Chino siente que sobra allí. Que hace demasiado calor en esa posada. Nada lo anima a embullarse.

Él tiene otros planes.

9.
LA NIÑA TOMÓ LA MEDICINA

A CARLOS PRÍO SÓLO HABÍA UNA COSA QUE LE GUSTARA más que el dinero: las mujeres. Y de las dos tenía, en abundancia. Era bien parecido, a sus cuarenta y cinco años se conservaba muy bien, el bigotito siempre recortado, dándole un aire de galán de cine, el pelo ya un poco canoso impecablemente peinado. La imagen es lo más importante, no paraba de repetir. A fin de cuentas, él no debería ahora estar ahí, como presidente de la República, sino en el estreno de alguna de sus películas, como una estrella más de Hollywood. Ese había sido su gran sueño. Ser rico y tener a todas las mujeres del mundo a sus pies. Pero no porque fuera político, sino por ser actor.

Pero sólo lo había conseguido sentándose en el sillón del Palacio Presidencial.

—Como mi falta de talento me ha impedido ser actor, me he convertido en presidente —decía a todo el mundo, para descargar de relevancia el cargo para el que había sido elegido, como si fuera un accidente en su vida, que siempre soñó ligada a la vida loca, a las serpentinas y al confeti que siempre rodea a los artistas.

Un puñadito de votos tuvo la culpa de que se convirtiera en presidente de la República, sin que ello le impidiera pasar largas horas asoleándose como un lagarto sobre una tumbona especial que tenía aparcada al borde de una piscina de dimensiones de lago.

No. Nunca llegaría a ser un actor de Hollywood. Por culpa de su falta de talento. Y de su aliento a cebolla. Eso decían sus enemigos, entre risitas. Era la única forma de humillarlo. Porque Carlitos Prío era bien parecido, un galancito. Y generaba envidias, muchas envidias.

Cuando supo que su nombramiento como presidente era ya inevitable, le recorrió por las venas un sentimiento contradictorio, como si esa elección le apartara de manera definitiva de sus propósitos de convertirse algún día en actor, y al mismo tiempo, se imaginó a bordo de espectaculares yates bronceando su piel tersa. Por eso no le debió extrañar lo que pasó.

Prío tenía una finca a las afueras de La Habana. Le había puesto el nombre de La Chata. De momento era sólo una extensión muy grande de terreno. Pero sólo de momento. Lo primero que hizo cuando salió presidente, allá en el 48, fue movilizar a una tropa de albañiles. La Chata se convirtió en un ir y venir de calderetas de cemento, una carrera constante de albañiles, montañas de ladrillos moviéndose de un sitio para otro, un tráfago incesante, un bulle-bulle que llenó todo de ruido y polvo, todos atareados, porque aquella mansión debía ser la más linda que hubiera en toda La Habana, así se lo habían dicho. Así la quería Carlitos Prío, el flamante presidente de la República. Una mansión linda, la más linda de todo el Caribe. La que merecía un galancito como él.

Y durante muchos muchos meses, los albañiles anduvieron afanados en la tarea, sin permitirse un día de descanso, hasta que en aquel inmenso espacio de terreno, ocho mil metros cuadrados, o quizá diez mil, brotó una imponente edificación de dos plantas, abuhardillada, a la que no le faltaba ningún lujo. Carlitos Prío recordó, con perfecta nitidez, el momento en el que cerró el trato, que el tiempo había convertido en muy ventajoso. Compró aquello a doce centavos la vara. Sin duda, era el lujo más barato que jamás se había dado Carlitos Prío.

Ante tanto lujo, no había más remedio que exclamar un oh oh oooohh larguísimo, que fue lo que, poco más o menos, hicieron todos los invitados a la fiesta de inauguración. Eran otros tiempos, claro. En ese momento, nadie pensaba que el Mulato fuera capaz de hacer lo que hizo. Así que allí sólo había risas y rumba. Incluso Carlitos se reservó una sorpresa final. Llevó a todos los invitados al jardín, algunos ya achispados, habían tomado demasiado, su tumbona solitaria y llena de majestad, al borde de la piscina, el agua agitándose tímidamente para ofrecer reverberaciones onduladas. Los citó allí, como si fuera a soltarles un discurso solemne. Todos formaron un corro, y las risas, las exclamaciones, los brindis… todo eso cesó. Carlitos Prío se disponía a dirigirles la palabra. Se aclaró la garganta, le dio un tironcito al *frac* para comprobar que quedaba perfectamente ajustado a su cuerpo, y por fin habló.

—Me he atrevido a traerles aquí. Quizá haya pecado de osado. Pero ya saben cómo soy yo, valeroso en cada acción que emprendo —aplausos, palmas, vítores—. Me he atrevido a mostrarles uno de mis rincones privados, que a partir de ahora, se convertirá en un lugar público que ustedes podrán compartir conmigo —y diciendo esto, abrió un amplio ángulo con la mano derecha, señalando orgulloso una amplia extensión de terreno que circundaba la piscina.

—Y quiero compartir todo con ustedes, y especialmente esto…

E hizo una señal, un breve gesto que recogió uno de los mayordomos, que oculto en un rincón, logró accionar un mando, y enseguida, todos dirigieron la mirada a un peñasco artificial que había permanecido oculto en las sombras, y de él pareció nacer un rumor de cañaveral que anunció la aparición de un violento torrente de agua que enseguida se transformó en catarata, y que acababa despeñándose sobre el nacimiento de un riachuelo.

—¡Ooooohhh!

La exclamación fue unánime. Tan larga, que no entra en un párrafo.

Sí. Carlitos Prío estaba muy orgulloso de La Chata. Una de esas mansiones que sólo pueden lucir las estrellas de Hollywood. Estaba construida con dinero y con gusto. Si por él fuera, dirigiría al país desde allí. Despacharía con todo el mundo al borde de la piscina, con un daiquiri en la mano. Pero no. Siempre tenía que acudir al Palacio, a presidir uno de esos interminables Consejos de Ministros.

La Chata, La Chata… ese era el lugar soñado. El paraíso en la tierra.

—Este es el mejor sitio para debatir cuestiones de Estado —proclamaba, acariciándose el bigote.

Y allí, con las copas de daiquiri rebosantes de hielo *frappé,* el sol arrojándose sobre el agua y dibujando sombras de acuario en el fondo de la piscina, Carlitos Prío y sus socios hablaban de mujeres, preparaban nuevos nombramientos, criticaban al Mulato o al loco de la escoba, o sea, a Chibás, al tipo ese que hablaba por la radio… Se divertían, que para eso estaba La Habana. Para divertirse.

El chorro de agua siguió despeñándose por la catarata. Le importaba un carajo lo que pasara en La Habana. Que los tiempos cambiaran, o se quedaran exactamente como estaban.

Pero no. No se quedaron quitecitos. Después de aquella inauguración de La Chata, hubo más fiestas. Las más conocidas de todo el Caribe. Nadie podía igualarlas. Los mejores *cocktailes,* los mejores tabacos, las mejores mujeres… Nadie hacía eso en el Caribe. ¡Ni en toda América! Carlitos Prío se preguntó qué haría si alguna vez le quitaban ese paraíso, si lo obligaban a dejar La Chata, a no ver más esa catarata de agua que lo dejaba embobado. ¿Se volvería loco, como el feo ese de Chibás? ¿Empezaría a decir pendejadas? ¿A retar a duelo a todo el mundo? Sería capaz de cualquier cosa. La Chata era su paraíso, y haría cualquier cosa, cualquiera, para recuperarla, si es que alguien se atrevía a quitársela. Pero ¿quién lo iba a hacer? ¿El loco de la escoba? ¿Ese Chibás de los espejuelos dorados? Hace un par de días le vino Tony Varona, el primer ministro, con aquel recorte de la revista *Bohemia*. Chibás, el estrafalario líder de los ortodoxos, había hecho unas declaraciones atacando a los comunistas. «El PPC, siglas que corresponden al partido ortodoxo, es un partido de sana doctrina nacionalista y actitud permanentemente contraria a todo régimen totalitario, y por lo tanto, al comunismo. Jamás pactará con los rojos», afirmó. Ya había dicho, años atrás, que legalizar el partido comunista era una traición. Y no sólo eso. Pocos días después de publicar aquello en *Bohemia*, se lió a puñetazos con Blas Roca, el principal dirigente del partido. ¿De veras los comunistas empezaban a ser una fuerza a tener en cuenta? ¡Pero si nunca habían pintado nada en Cuba! ¿Y Batista? Tony Varona se lo había dicho, los dos metidos en la piscina. Era un día lindo. El sol pegaba con fuerza. Con demasiada fuerza. El agua estaba azul. Demasiado azul como para no lanzarse a ella. Carlitos Prío se hizo unos largos. Luego se puso a la altura de su primer ministro.

—Batista va lanzando por ahí mensajes de que estaría dispuesto a una posible alianza con nosotros —le informó.

—¿De veras ha dicho eso el Mulato? —preguntó extrañado Carlitos Prío, con la respiración entrecortada. Había nadado muchos metros.

—Así es.

—¿Y qué crees que debemos hacer?

El primer ministro se calló. Aún no tenía respuesta para esa pregunta. Sabía, como el presidente, que las elecciones municipales habían ido mal. Muy mal. Antonio Prío, el hermanísimo, había perdido la alcaldía de La Habana. Por goleada. Había muchos que estaban al lado de los auténticos, que no les importaba que el presidente de la República colocara a sus hermanos en los puestos más importantes del gobierno. Que hiciera fiestas en La Chata. Pero a otros sí. Y eran tantos, que la victoria en las elecciones de junio no estaba asegurada.

—Tampoco para Batista —afirmó Prío, ya tanteando con los pies la escalera metálica que servía para salir de la piscina.

—Así es. Hay algunos medios para asegurarnos la victoria. Uno de ellos es la alianza…

Pero a Carlos Prío no acabó de convencerle aquella idea. Y eso que era verdad. De momento, no había logrado convencer totalmente a los electores. La campaña no iba bien. La culpa no era de su derroche, de las fiestas que hacía en La Chata, como denunciaba el loco de la escoba, el Chibás ese, sino de los pistoleros. De todos esos gatilleros que se habían hecho dueños de las calles de La Habana. Los había intentado atacar. Porque él tenía grandes ideas, en contra de lo que pensaban sus detractores, y por eso promulgó la Ley de Represión del gansterismo. No fue suficiente. Ni tampoco aquella idea de comprar a todos esos grupos de pistoleros por medio de botellas en el mal llamado Pacto de Grupos. La cosa era muy sencilla: las familias y los amigos de todos esos grupos recibían unos pagos. Generosos. Puntuales. Mes a mes. Para ello sólo tenían que echar una firmita. El sistema de las botellas ya se había utilizado con los periodistas. Pero con los gánsteres no sirvió. Hasta uno de sus colaboradores llegó a decirle que lo único que se podía hacer era subir a todos esos pistoleros a una guagua, sacarlos de la ciudad, encerrarlos en una casa y que resolvieran a tiros sus diferencias.

Todo fue inútil. La realidad era que las balaceras continuaban en La Habana. Treinta y tres muertos en los últimos tres años. Demasiados como para ganar unas elecciones. Ese era su problema. El matonismo pandillero.

¿De verdad convenía pactar con el Mulato?

No. Él tampoco tenía respuesta para esa pregunta. Así que optó por abandonar la tumbona. Se estaba haciendo tarde. Miró el reloj. Las nueve ya. Y aún tenía que lavarse los dientes. Le olían a cebolla. Debía darse prisa. Esa noche le iban a presentar en el Sans Souci una morena que decían que era espectacular, como nunca antes se había visto en La Habana. Seguro que los que se lo habían dicho, exageraban. Pero él no estaba dispuesto a perder ni un minuto para comprobarlo.

«No podía hacer otra cosa. Yo no iba a permitir que Prío estableciera una brutal dictadura. Que diera un golpe de Estado. ¿Acaso era falso que Carlitos había reunido al jefe del Ejército y a otros oficiales superiores en la residencia oficial de Columbia, con el deliberado propósito de comprometerlos en un plan que interrumpiría el proceso electoral? ¿Acaso no intentó convencerlos de que un eventual triunfo de mi partido podría llevar al país a una guerra civil? ¿O de qué hablaron el jefe del Estado Mayor Ruperto Cabrera y Carlos Prío, rodeados de militares? ¿De pelota? Por eso no tuve más remedio que dirigirme al Campamento Columbia. Era una obligación histórica.»

Una obligación histórica.

El Mulato no tenía otra explicación.

Alguien ha llamado a las dos de la mañana a la residencia del Mulato. Unos timbrazos han sobresaltado a un grupo de hombres que se encuentran en el salón principal de la Kuquine, la finca que el Mulato tiene en Arroyo Arenas. Ha sido el propio Mulato el que ha contestado, el que ha oído aquellas palabras nítidas: «La niña está todavía despierta». El Mulato no ha respondido. Simplemente ha colgado. Reconoce perfectamente la voz que le ha llegado a través del auricular. No es la frase que está esperando. Se para. No puede dominar los nervios, pero al menos lo intenta. Un tipo calvo, de cuerpo muy trabajado, como si se pasara la vida encerrado en un gimnasio, lo ve dar una vuelta por el salón, mirando de reojo ese teléfono que todavía no le ha dado la noticia que espera.

El Mulato aprecia la vitrina llena de botellas que tiene en un rincón del salón. Le gustaría ahora mismo agarrar una botella de Matusalén y repartir su contenido en varias copas, a ver si así podría tranquilizarse, y tranquilizar los nervios de Pancho Tabernilla, de Orlandito Piedra, de toda esa gente que le acompaña en este momento histórico. Pero ya habrá ocasión para celebraciones. Si todo sale bien, mañana podrán tomarse un roncito bien rico en ese mismo salón en el que todos andan pendientes de un teléfono.

Pasan unos minutos. Demasiados. Al Mulato le parecen horas. Pero cuando ya empezaba a perder la paciencia, a pensar que todo se iba a ir al carajo, de nuevo resuenan unos timbrazos en la Kuquine.

«La niña tomó la medicina y le está entrando sueño».

Es la misma voz de antes.

Le llega desde el Campamento Columbia.

No hay tiempo que perder.

—Venga, que se nos hace tarde —le dice a todos el Mulato, abandonando ya el salón de la Kuquine.

Un Buick color oscuro, ocupado por cuatro personas, sale a las dos de la mañana de Arroyo Arenas. El silencio es absoluto. Nada que ver con la fiesta que se vive en las calles de La Habana. Ruido, bullanga. Estamos en pleno carnaval. Rumba, músicas. Y en pleno carnaval, nadie se va a fijar en un Buick que avanza en dirección al Campamento Columbia.

El Mulato va atrás. Pensativo. Cualquiera podría decir que estudiando pros y contras sobre el plan que acaba de comenzar. Pero es una impresión equivocada. Se refugia en el silencio para que ningún detalle se escape de su mente, por el que cruzan veloces los últimos acontecimientos. Contrasta la velocidad de esas imágenes con el sigilo con que una mancha negra se pasea por la carretera que une la finca Kuquine con el Campamento Columbia. No parece un carro, sino más bien una pantera de esas que no oyes hasta que la tienes al lado, echándote el aliento, justo antes de pegarte el primer bocado.

«Prío quiere dar un golpe de Estado para impedir que los ortodoxos de Chibás se hagan cargo del poder. Le tiene miedo al loco de Chibás. Y nos tiene miedo a nosotros, por supuesto. Las cosas no le van demasiado bien en la campaña electoral…»

No, a él no le iban a engañar. Él conocía mejor que nadie a Carlitos Prío, mejor incluso que sus colaboradores más directos, mejor que su manicura francesa, mejor que cualquiera de toda esa tropa de pelotas que tenía alrededor. No hacía falta asistir al espectáculo de la catarata artificial, que decían era un acontecimiento único, que sólo se podía observar en La Chata y en ninguna otra parte del mundo. Seguro que era una exageración. Pero nunca le ofrecieron, y desde luego, él jamás aceptaría, un daiquiri para degustar justo al ladito de la piscina, esa que parecía un lago. El Mulato sabía que detrás de esa imagen de frívola despreocupación, de mundanidad irresponsable, se escondían feroces apetitos, detrás de la estampa de seductor sólo pendiente de enamorar a todas las hembras que se pusieran en diez kilómetros a la redonda, se emboscaban ambiciones que podían llevar al país a la bancarrota. Al colapso económico. Al desastre total. «Por eso me han llamado desde varios sectores muy amplios de la sociedad, conformando un espectro mayoritario de apoyo, y por eso estoy subido en este carro, como respuesta a todas las apelaciones… Ya recibí la visita de tres personas, avisándome de que tuviera cuidado, que Prío no iba a aceptar la derrota electoral. Lo ha hecho tan mal, que hasta el loco de Chibás sería capaz de ganarle, jaja… Tremendo pendejo…»

El Sans Souci, el fastuoso cabaret que está también en Arroyo Arenas, en el kilómetro quince, se encuentra en plena efervescencia. Decenas de personas se apiñan alrededor de las mesas de juego, viendo en cada giro de la ruleta su destino futuro. Los rastrillos manejados nerviosamente por los *croupiers* recaudan fichas y fichas, pero la ruleta no deja de dar vueltas. A un ritmo enloquecido. La casa nunca pierde. El negocio funciona.

Apartado de las mesas, ajeno del todo a las apuestas, se encuentra Carlitos Prío. Sí, el mismísimo presidente de la República. De cabarets. Tan a gusto como un puerco rebozado de mierda.

—Fichas y mujeres… Ahí van dos motivos que evitarían que me suicidara. Pero ¿acaso me véis con valor para hacerlo?

—se le oye decir, estallando en una carcajada que retumba con la fuerza de una detonación. Varias personas se giran, y descubren en una esquina a alguien que se parece demasiado al presidente de la República, dejando sobre una mesa circular lo que le queda del que debe ser el enésimo daiquiri.

—Aunque, ahora que lo pienso, las mujeres y las fichas son la misma cosa. Una dulce forma de perdición. Pero ¿para qué se hicieron los pesitos si no es para gastarlos? —vuelve a reír, de manera contagiosa, y su mesa se alborota como un gallinero.

Le acompañan dos políticos de su gobierno. Y tres mujeres. Dos de ellas emiten risitas nerviosas, un descacharre desafinado de starlette de tercera. Hay una a la que Prío abraza. Con mucha fuerza. Conserva un hieratismo circunspecto. Como si aquello no fuera con ella. A Prío le gusta porque es de ese tipo de mujeres que aparenta tener siempre veinticinco años. Le habían dicho que era la mujer más espectacular que había pisado La Habana. Exageraban. Pero no la iba a despreciar. Esa noche acabaría compartiendo con él su dormitorio de La Chata. No hay ninguna mujer que se le resista.

Ríen y ríen. Las ruletas giran. Se paran. Y vuelven a arrancar. A veces sale el rojo; a veces el negro. Con la regularidad que se le supone a las mareas. Y así todas las noches. Aunque esta puede ser distinta a todas las demás, aunque la casa siga ganando. Como siempre.

El Mulato se queda fascinado por la majestad de la noche, entregada a una paz que la hace indescriptiblemente bella. En su silencio, parece invitarlo a actuar. Las luces del Buick barren limpiamente las sombras de la carretera. El canto de los grillos. Rítmico. Armónico. Es la atmósfera ideal para que a su mente acudan las dulces palabras que le dedicó su gran amigo Neruda en aquel eximio artículo publicado por El Siglo, Batista, como hombre de pueblo ha comprendido mejor que muchos demagogos el papel de los intelectuales, su fulgor nos ilumina en el camino de la libertad y de la grandeza de América. Al Mulato esa música le acompaña desde que ha salido de la Kuquine. Todo parece concertarse para dar el paso que está esperando el pueblo. Sí, es el pueblo, como bien señaló Neruda con gran agudeza poética, el pueblo, el que le ha susurrado que algo tiene que hacer, como en el 33.

«Todo es culpa de estos malditos comunistas… ¿Cómo es posible que Blas Roca haya sido amigo mío alguna vez? El pendejo este va diciendo por ahí que, como no tenía claro ganar las elecciones, yo les propuse una alianza a ellos. ¡A ellos! ¡A ellos que apoyan abiertamente a la URSS! ¡Yo sí me he buscado al socio perfecto, como siempre he hecho, a los Estados Unidos! ¿Yo con los comunistas? ¿Qué clase de loco se puede creer esa bobería? ¿Por qué ahora habla tanta mierda Blas Roca, carajo? El mismo tipo que dijo que ellos eran hombres libres y no siervos de la Tercera Internacional, ahora está más pendiente de lo que pasa en Moscú que de lo que ocurre aquí, en La Habana… Ese es el auténtico peligro: los comunistas…»

Tremendo despelote en el Sans Souci. El programa de hoy incluye el estreno de una superproducción internacional. Prío lo está pasando en grande. Muchos clientes han reparado en él. Allí dentro en el cabaret pasa tan desapercibido como un elefante en un bayú. Fuera, en el parqueadero, varios choferes y guardaespaldas hablan de pelota, del último punto de Orestes Miñoso. El Almendares tampoco podrá este año ganar la liga.

El tejadillo rojo del cabaret lanza brillos satinados a la noche. Parece que también quiere invitarla a entrar dentro.

A Carlitos Prío, el sexto daiquiri le ha llevado a la conclusión de que no es conveniente tomar un séptimo. Su mesa ya es una bullanga bochinchera. Alguien ha descorchado una botella de champán. Estallan risas. El líquido se desparrama por la mesa antes de llegar a las copas. Ja, ja, ja, ja… Prío se aferra a la morena que tiene al lado, la que aparenta tener veinticinco años. Se siente vagamente incómoda. Como si se hubiera acordado repentinamente de que mamá la espera en casa. Pero al mismo tiempo, se deja sobar por Prío, que parece hechizado por el sonido de todas las gangarrias que lleva encima. Tiene la piel finísima, como papel biblia. A Prío, ya perdido en las brumas del alcohol, dos imágenes se le han solapado, la piel desnuda de la muchacha, sólo vestida por dos aretes, y al mismo tiempo, como una pesadilla que lo asalta desde el trasmundo, la voz declamatoria y ridícula de Chibás escupida por los altavoces del radio: la vesania y el gansterismo se han instalado, sin que Prío haga otra cosa que fomentarlo. ¡Chibás, jaja! ¡Pobre imbécil! El bicho más feo que tenemos en toda La Habana, y aún así, atreviéndose a aparecer en televisión. Curioso, Carlitos, tú fuiste el que trajiste la televisión a Cuba, la primera estación funcionando desde 1950, para que toda la nación pudiera ver los chous americanos, actores como George Raft y Humphrey Bogart haciendo de malhechores o detectives, según el papel, tú que creíste tanto en el poder de la radio y la televisión como instrumentos de placer, y otros lo están utilizando para agredirte, para ultrajarte con sus encendidas diatribas, esa es la palabra que más repiten, diatribas, y todas esas diatribas dirigidas a mí, que si gasto demasiado, que si las fiestas de La Chata, que si las muchachas van muy cortitas de ropa, como si todo eso tuviera que ver con el gobierno

de la nación, y a Prío se le cruza por la mente una nube de desasosiego, soy un incomprendido, se dice, y Chibás aún parece
gritarle ¡Abajo Prío!, y con el ron pervirtiéndole las neuronas,
desea que algún día los gusanos se esmeren con el cuerpo de
Chibás, lo trabajen a conciencia, profesionalmente, pero que
jamás se atrevan con ese otro cuerpo glorioso que ahora se
pega a él, puro dulce de coco sólo para él, en exclusiva.

Los ojos del Mulato se quedan prendidos en un punto fijo, que
enseguida se olvida atrás, porque el Buick sigue con su avance
implacable por la Calzada Real de Marianao. Muy pronto llegará a los tanques de agua que hay detrás del Colegio de Belén.
Al Mulato le gustaría estar en este momento escoltado por los
siete mil volúmenes de su biblioteca, eligiendo uno al azar
¿qué más da? todos le habían dado grandes momentos de placer, y abriéndolo por una página cualquiera, encontrar esa línea
que condensara un pensamiento complejo, una frase atrapada
al vuelo, una miniatura que encerrara un mundo completo, y
nada le gustaría más que abastecer su mente con un nuevo aforismo. Y desea fervorosamente que el pueblo no lo juzgue
equivocadamente, porque él no es el autor de esa conspiración, a él, al Mulato nacido en Banes, antiguo sargento taquígrafo en el séptimo distrito militar de la Fortaleza de La Cabaña, lo han arrojado a un escenario que nunca quiso pisar,
porque a él le hubiera gustado estudiar Derecho, y de joven
agarraba cualquier texto jurídico que cayera en sus manos, o
incluso periodista, y por eso en el tiempo que estudiaba taquigrafía en San Mario escribió su primer artículo en una pequeña revista titulada *El Educador Mercantil,* evoca soñadoramen-
te el Mulato, atacando la decisión de la que fue víctima un
héroe de la guerra de independencia, cuya pensión había re-

ducido la administración a la de capitán, pero otras responsabilidades lo habían apartado de las leyes y el periodismo, «es cierto que la batalla electoral no iba cómo yo quería, y por eso algunos oficiales, muy jóvenes, por cierto, me visitaron para proponerme un pronunciamiento. Y tuve que cortarles abruptamente, yo no estaba interesado en convertirme en presidente por tales medios, y entonces me proponen el nombre de Carlos Saladragas, que igual él se prestaba a eso. Componendas, componendas, componendas. Y yo, aquí en medio. Obligado por las circunstancias. Enfrentado a la responsabilidad histórica, mientras el pueblo duerme... Yo quiero huir de la Historia, pero es ella la que me busca, la que va constantemente a mi encuentro, como en el 33, cuando tuvimos que botar del país al dictador Gerardo Machado. Y yo me ví ante la necesidad de encabezar aquel movimiento militar, ya lo dije en su momento bien clarito, a nuestra conciencia de hombres libres, de soldados cubanos por y para la República, le basta la satisfacción del deber cumplido, la viril complacencia de haber afrontado de lleno nuestras obligaciones y responder serenos, sin inmutaciones u omisiones claudicantes, a la responsabilidad jurídica e histórica que hayamos contraído». Este episodio era parecido. Y confiaba en cerrarlo como aquel del 33, en lo que todo el mundo ha llamado la Gloriosa Revolución, la Revolución de los Sargentos.

No, el Mulato no quería tampoco esta vez que la Historia lo señalara a él como el cerebro de la operación, porque él sólo se sentía, en ese momento, moviéndose inquieto en el asiento trasero del Buick, como un objeto a la deriva, que se arrastra por el capricho de las fuerzas, de corrientes subterráneas demasiado poderosas para oponerse a ellas. Si Carlitos Prío no se hubiera entregado a una vida rumbosa, con el derroche como único fin, si no hubiera convertido su gobierno en un

cuerpo enfermo mortalmente de corrupción, si el pistolerismo
no tuviera asustada a media Habana, él estaría ahora mirando
los anaqueles llenos de libros que guarda su biblioteca. Y en
ese instante le pareció injusto reservar todo su odio a Carlitos
Prío, y dedicó, al menos uno, un pensamiento lleno de desprecio a algunos oficiales que se declaraban leales a la causa, sí,
leales a la causa, no la del Mulato, no a la causa de regenerar el
país, sino afectos a sus intereses, «prestándome un apoyo entusiasta ante la perspectiva de perderlo todo, de verse lejos del
gobierno». Ellos, arrojados a la vida de penalidades que les
aguardaría sin prebendas ni cargos, y se lamenta de que la mayoría de esos oficiales malgasten sus energías en oscuras intrigas políticas, desatendiendo las obligaciones que les imponen
sus puestos en el ejército. Y al mismo tiempo que los desprecia, se congratula de ir acompañado en ese momento de tres
hombres tan fieles, capaces de dominar la codicia, y dispuestos
a jugarse el pescuezo, como él, a fin de cuentas, y querría tener
a mano una pluma para anotar la frase, eso era él, una víctima
de los azares de la Historia.

Las palabras, a Carlitos Prío, ya le salen por la boca desmade-
jadas. El alcohol nunca ha sido de gran ayuda para los grandes
discursos. A Prío se le han ido apagando todos los instintos.
Sólo conserva uno vivo, sólo se deja guiar por un instinto, el
instinto animal de gozar del cuerpo de la morena, que tiene
que soportar su vaho, hecho a partes iguales por las emanacio-
nes de ron y caries antiguas que estropean sus pretensiones de
galán de cine que nunca llegará a ser. Igual es que los galanes
de cine tienen así la boca. Como una alcantarilla. Igual. Pero a
estas alturas de la noche, a Carlitos Prío (sí, Carlitos, como un
personaje de radionovela que a lo mejor no habría podido

imaginar Silvito Lindo), ni siquiera le quedan fuerzas para lamentar su destino, ni para repetir una frase que sólo han oído sus más íntimos:

—No llegaré nunca a ser actor por culpa de las caries.

Y sí, sólo obedece al mandato de su instinto, la única voz que escuchamos cuando todo lo demás, empezando por los contornos de la realidad, se vuelve borroso, o se desvanece, como tragado por un abismo que se abre de repente a nuestros pies.

Carlitos Prío ya únicamente piensa en acostarse con la morena, escuchar salir de su boca palabras muy lindas, ¡qué rico tú eres!

El Buick ha virado a la izquierda. Ha tomado por la avenida treinta y uno. El Mulato no ha mirado el cuentakilómetros, pero el chofer debe haber incrementado la velocidad. Y en vez de reprochárselo, se lo agradece íntimamente, porque la inminencia de la operación le ha transmitido a su cuerpo una fiebre nueva que jamás ha sentido, ni cuando se vio por vez primera investido de todo el poder, allá por el 33, cuando derrocó al dictador Gerardo Machado, siendo poco más que un muchacho. El chofer lo ha examinado fugazmente a través del espejo retrovisor, dirigiéndole de soslayo una mirada clandestina, y ha encontrado el rostro tenso del Mulato, las facciones apretadas, y la mirada un poco perdida, como si todo aquello no fuera con él, como si fuera cautivo en aquel carro, y le asalta un principio de temor, se imagina que Dámaso Sogo muestre alguna duda, se deje sorprender por algún miedo que aparezca en el momento más inoportuno, en el de abrirles la puerta del puesto de mando, la posta número cuatro, la que da frente al monumento a Finlay, tal y como han convenido, y se pregunta si ahora sus ojos mostrarán la misma resolución inexpugnable

que le enseñaron en la reunión mantenida en la Kuquine. Eso
piensa el chofer. También piensa que sólo a los buenos tiradores no les tiembla el pulso ni notan un cosquilleo traicionero
cuando se disponen a disparar. A los otros, el miedo al fallo,
les hace mandar la bala muy lejos del blanco. El Mulato también sabe perfectamente eso. En su vida de militar se había
encontrado con tiradores que presumían de puntería, haciéndose los guapos, igual que cuando hablaban de las mujeres
que se templaban. Ejercitaban la puntería, llenos de arrogan-
cia, muy alardosos ellos, la silueta negra de un hombre recortada sobre un panel de madera, y luego, a la hora de la verdad,
el miedo al error era demasiado grande y de sus manos huía la
firmeza de la que habían presumido poco antes. ¿Sería uno de
ellos el oficial Dámaso? Pronto lo comprobaría. No, no, no
podía ser uno de ellos. Sogo era más batistiano que él mismo.

El motor del Buick se oía con más intensidad, con un
bramido de animal.

Los camareros están sirviendo las últimas consumiciones, que
ya agotan los clientes con una avidez de perro sediento. Una
cantante, con una falda rajada obscenamente por un lateral,
muestra una porción de muslo que parece tener textura de
víscera. Interpreta con más entusiasmo que talento las últimas
canciones de su repertorio, boleros y más boleros con historias
tan optimistas que dan ganas de subirse al edifico FOCSA, no
mirar mucho para abajo, y chao chao. Adiós, perro mundo.

Las luces del Sans Souci ya han realizado varios guiños,
anunciando que el cabaret cerrará muy pronto. Los jugadores
piden una última apuesta. Son muy ingenuos. Están tan borrachos como aquel tipo de la esquina, el de la cara congestiona-
da, que se ha pasado la noche apurando una copa tras otra,

como si fuera el protagonista perdedor de todos los boleros. Pero él también lo cree. Como todos. Cree que podrá recuperar en el último giro de la ruleta todo lo que han perdido hoy. Por eso hay que apostar de nuevo. A fin de cuentas, es lo único que exige esta ciudad: apostar.

Por el Sans Souci se asoman varios rostros. Tienen ojos de hurón y cuerpos duros, como de mármol. Se pasan la mitad del tiempo vigilando a Carlitos Prío. La otra mitad, encerrados en el gimnasio. Se preparan para sacarlo del cabaret, intentando que no trastabille. Ellos se acercan. Diligentemente. Muy profesionales. Pero él los rechaza con un manotazo, iros al carajo, y vuelca todo su peso sobre el cuerpo de la morena.

Los minutos han transcurrido para Dámaso con la lentitud pegajosa que tienen las imágenes de una pesadilla. Una de esas pesadillas que se agarran obstinadamente al sueño. Desde que recibió aquel encargo en la finca del Mulato, su cuerpo no ha podido descansar en paz, entregándose muchas veces a las alucinaciones que aparecen en plena fiebre, creyendo que aquella conversación era sólo una ilusión de su mente. Aquello no podía ser verdad. Algún bichito jugaba a engañarlo. No podía ser cierto que el mismísimo Fulgencio Batista le hubiera encomendado esa tarea, como no podía ser cierto que un hombre acumulara tantos libros, y se sintió más abrumado por la presencia de aquellos volúmenes que por la figura estatuaria del Mulato, y salió de la finca Kuquine con un aturdimiento que no había logrado espantar hasta este momento, sus ojos barriendo el horizonte, creyendo ver en cada luz el Buick negro en el que viaja el Mulato. Y aunque la humedad viscosa envuelve la noche, invitando a echarse un sueñecito, Dámaso descubre tranquilizadoramente que, por fin, todos sus sentidos están en pie, y cree que la reunión con Batista en su finca, hace unas pocas semanas, ocurrió realmente. A fin de cuentas, aunque sus vidas habían seguido caminos divergentes, la amistad de Dámaso con el Mulato se remontaba a los tiempos en los que Fulgencio Batista recibía clases nocturnas en la academia de taquigrafía San Mario, en Lealtad esquina a Reina. Aquel muchacho de rasgos aindiados había llegado lejos. Muy lejos. Que pensara en él para una tarea tan compleja, que lo metiera en el embullo, lo llenaba de satisfacción. Tenía que abrir la posta número cuatro. Sin su concurso, el madrugonazo podía ser un absoluto fracaso.

El Mulato lo sabe. Los conoce perfectamente. A Dámaso y a los demás. Como si los hubiera parido él. No hay nada tan corruptible como un militar. Prométele un cargo y lo tendrás inmediatamente de tu parte, aunque hace un minuto quisiera volarte la cabeza. Porque Dámaso era un perro fiel, igual de Orlandito Piedra, y Pancho Tabernilla, pero ¿y los demás? El Mulato ha preparado a conciencia la operación. Ha elegido cuidadosamente a sus compañeros. Le ha prometido a cada uno el cargo que van a ocupar si la operación sale bien. El Mulato cree tenerlo todo bajo control, incluso dentro del Campamento Columbia, aunque aún no se haya abierto la posta número cuatro.

«La niña tomó la medicina y le está entrando sueño». Esas son las palabras que le ha dicho Dámaso Sogo desde el mismísimo Campamento Columbia. El Mulato la recuerda perfectamente. Era la segunda llamada que hacía a la Kuquine. Y la señal, la frase cifrada, para que el Buick se pusiera en marcha. En el Campamento todo estaba en orden. Todo en orden para dar el golpe.

El Mulato piensa en Dámaso. No cree que se deje dominar por un ligero titubeo que podría resultar fatal. Por eso aprecia tanto a Tabernilla. Efectivamente, es un perro fiel. Nunca podría serle desleal. Lo cree incapaz de una deslealtad.

Tan elemental en su pensamiento, que resulta del todo inofensivo. A través de su guerrera, el Mulato siente el sudor de Tabernilla, una transpiración anfibia. Cada poco, resopla. Hace demasiado calor dentro del Buick. En el asiento delantero, acompañando al chofer, encerrado en un gesto inescrutable, viaja el coronel Orlando Piedra. Un gran profesional, sí señor, el coronel Piedra, siempre sumiso, siempre a su disposición, como ya le dijo en Daytona, cuando se encontraron casualmente: sólo estoy esperando su llamada, recuerda el Mulato que le comentó. Aparte de su gran visión táctica, el Mulato sabía que el apoyo entusiasta de todos esos colaboradores de primera, unidos por un mismo interés, era clave para entrar en el Campamento Columbia y botar a Prío sin que fuera necesaria una gota de sangre. Eso es fundamental, ni una gota de sangre. El Mulato se detiene en ese pensamiento, que parece embalsamar la fragancia poderosa que emana del coronel. Siempre le gustó gastar muchos pesos en comprar los mejores perfumes. Y esa noche quería entrar por la posta número cuatro del Columbia oliendo bien. A su lado, sin embargo, el viejo Tabernilla suda copiosamente. Y el Mulato interpreta la transpiración de Tabernilla, como un signo fatal, y al mismo tiempo, un aviso. Un aviso de que quizá no se deba fiar al cien por cien del oficial Dámaso, aunque lo conozca de tanto tiempo, pero puede ser otro pistolero de esos a los que les asaltan los temblores en el momento clave de apretar el gatillo. Y lo ve vacilando unos segundos, sin atreverse a abrir o no la posta, porque por un momento, ha pensado en lo que le ocurriría si fracasara la asonada. Ve su cuerpo sobre una placa de cinc, eso en el mejor de los casos, si le permitían una autopsia, su viaje a la morgue. El Mulato da al chofer la orden imperativa de frenar, y el Buick va perdiendo velocidad, el motor emite el sonido apenas perceptible, y el Mulato se apea. Todos lo miran con incredulidad. No entienden lo que pasa. «Claro, ellos no tienen esa agudeza intelectual que yo poseo, y si hubieran leído lo que yo, conocerían lo que hizo Bruto con Julio César, y por eso hay que estar alerta, eliminar cualquier riesgo, como por ejemplo, que un oficial se baje con la guagua andando, que se salga del complot, un cagón de mierda.»

El Mulato vuelve a ver su cuerpo sobre una plancha de cinc. Su rostro desfigurado, con la misma fisonomía de los monstruos que aparecían en las películas de terror a las que era tan aficionado. Le producían risa. Como si se tratara de comedias. Pero ahora el Mulato no tiene ganas de reír. Sólo de quitarse la guerrera, botarla muy lejos. Los ocupantes del coche creen que ha salido a orinar. O que se ha vuelto loco, porque ha dejado al desnudo sus pectorales, aún firmes, escasamente maltratados por el transcurso del tiempo. Ya no es el mozo por el que suspiraba la mitad de muchachas de Banes. Pero sigue siendo un seductor.

Tabernilla lo mira. Pero es incapaz de descender del carro. El Mulato manipula el botón que permite abrir el maletero. Todo esto es un imprevisto, piensan todos. Menos el Mulato, que lo tiene todo preparado. Tabernilla suda. Como si hubiera corrido una maratón. Parece apendejao. «Agarro el jacket de cuero que siempre me ha dado suerte, no puedo dejar nada a la improvisación. El jacket que siempre atrae la luz de Yara, me protege con su halo mágico que me hace invulnerable, así funciona la luz de Yara, como bien me enseñaron en Oriente, y aprovecho para soltar un chorro caudaloso de meados», los demás apreciando el gesto con envidia, porque el miedo parece habérseles concentrado en la vejiga, a Tabernilla el orín quiere escapársele por todos los poros de su piel.

El Mulato vuelve en cuestión de segundos al carro.

Nadie se ha atrevido a imitarlo.

Los otros dos Buick que le preceden también han frenado, creyendo que era la señal convenida para adelantar al auto en el que va el Mulato, con el fin de llegar antes al Campamento Columbia. El primero de ellos haría un cruce de luces, tres ráfagas exactamente, y Dámaso Sogo, el oficial del cuartel general del Regimiento número cuatro, les permitiría el acceso. Ellos cubrirían la entrada del Buick del Mulato.

Y empezaría el show.

Así era la cosa.

Pero no. El Mulato, sintiendo pegado a su cuerpo el jacket, les ha hecho un gesto terminante.

—¡Voy yo primero! ¡Ustedes limítense a seguirnos! —les ha dicho, antes de colarse en el carro.

—¡Apúrese! —grita al chofer, que arranca violentamente, un poco confuso.

—¿Y este cambio? ¿A qué se debe?

La pregunta la ha hecho el coronel Orlando Piedra. Él también, como Tabernilla, merece ser protagonista de este momento histórico, la entrada en el Campamento Columbia. Hasta llegar aquí le ha sido muy útil, pero sospecha que lo será mucho más a partir de ahora. De momento viaja al lado del chofer, acompañado por una ametralladora Thompson y una caja de herramientas que se ha empeñado en llevar consigo, como el niño que elige un juguete y se lo lleva a todas partes, aferrándose a él como si en ello le fuera la vida.

Pero el Mulato ya no oye la pregunta del coronel Orlando Piedra, ni siquiera siente el sudor churretoso de Tabernilla, protegido también de eso por el jacket de cuero, que le otorga la protección que necesita esa noche para que todo salga bien. Y todo saldrá bien. No hay ningún detalle que se le escape. El Mulato no tiene miedo de nada. La luz de Yara lo protege, y con eso basta. Eso es lo que piensa.

«La niña está dormida de lo más tranquilita». Eso ha sido lo que ha dicho Dámaso Sogo en la última comunicación telefónica que ha mantenido con la Kuquine. Allí le han entendido. Todo está okay.

Al fin, Dámaso Sogo divisa tres sombras oscuras transitando por la carretera que desemboca en el Campamento Columbia. Ha estado tanto tiempo, sin apenas parpadear, vigilando ese trayecto, que esas tres figuras que apenas se recortan sobre el asfalto, imponiéndose con dificultad a la negrura de la noche, le parecen un espejismo. Pero lo desmiente el ruido creciente de unos motores que él reconoce inmediatamente, y piensa, enfebrecido, que pronto tendrá delante de él la silueta de Batista, se preguntará cuánto ha cambiado desde los tiempos en los que estaban de jodedera en Banes. «Examino los rostros de mis acompañantes antes de enfocar con los ojos la posta, y ya no me importa que el oficial dude o que incluso me apunte con un fusil, simplemente bajo del carro, y como la cueva de Alí Babá ¡qué cuentos tan bonitos leía en mi infancia en Banes! la puerta se abre, silenciosamente, y no porque el centinela accione algún mecanismo, no es necesario, sólo que me envuelve la luz de Yara, haciéndome invisible. Y siento que vuelvo a casa, que es aquí donde debo pasar muchas horas de mi existencia, siento el Columbia como propio, como un ámbito exclusivamente reservado a mí, yo que contribuí en los años que siguieron a 1933, tras el éxito de la Revolución de los Sargentos, a su reconstrucción en cemento y acero que sustituyeron a las maderas carcomidas de los tiempos de la guerra de la independencia, todo para convertirlo en el establecimiento sólido que merecía la Jefatura del Ejército. Y es por eso que me envuelve un sentimiento de derecho recuperado, justamente restituido», Batista honra a toda América, saludamos en él al continuador y restaurador de una democracia hermana, las palabras de Pablo Neruda lo acarician en este momento histórico.

El Mulato ha vuelto al Campamento Columbia.

Lo demás es todavía más sencillo. De los dos Buick que acompañan al Mulato descienden un puñado de oficiales, todos ellos tan jóvenes que no entienden de miedos, de dudas. Sólo acatan las órdenes inapelables de su instinto audaz, sintiéndose tan o más invulnerables que el Mulato, que ni siquiera tiene que gritarles, los ve desperdigarse de una forma que parece caótica, pero que responde a un plan cuidadosamente preparado, sin descuidar ni un solo detalle. Por eso, una hora más tarde del momento en el que Buick del Mulato se ha plantado ante la posta número cuatro del Campamento Columbia, cuando ni siquiera han dado las tres de la mañana, el golpe de Estado es un éxito.

El Mulato dirige una mirada al Campamento Columbia. Todo está en orden. Cada uno ha cumplido con su deber. Son buenos profesionales. Ahora sólo le queda una cosa por hacer.

Sacar los tanques a la calle.

Da la orden inmediatamente.

Al jefe del Estado Mayor no le gustan las fiestas. Es verdad que Carlitos Prío lo invita a muchas. No sólo a las que celebra en La Chata. También al Sans Souci, al Montmartre… Y es verdad que alguna vez lo ha acompañado. Pero Ruperto Cabrera prefiere el silencio. No le gustan esos sitios donde la gente no para de soltar risitas histéricas. Donde bebe sin parar. Como si el mundo se acabara mañana.

Por eso, esta noche, en vez de estar emborrachándose en cualquier cabaret, lleva ya tres horas dormido. Profundamente. Como un bebé.

Un perro se pone a ladrar. Furiosamente. Dos hombres acaban de saltar una verja. Con facilidad. Como si lo hicieran con pértiga. Hay poca luz, pero se puede ver que uno lleva una barbita de chivo. El otro luce un pelo cortado al cepillo. De la calle llega el ruido de una trompeta. Algún garito sigue abierto todavía en el Vedado. La trompeta ahoga las pisadas de los dos tipos aplastando el césped del jardín de la mansión.

El perro ladra con más fuerza. Como si le estuvieran sacando el alma a jalones. En la oscuridad brillan unas pupilas. Los dos tipos se miran. Oyen los ladridos cada vez más cerca. Oyen una respiración acelerada. El chucho está demasiado cerca. Allí no son bienvenidos.

Crecen los ladridos.

Hasta que suena una detonación.

Pum.

En la mansión se ha iluminado una ventana.

No hay tiempo que perder.

Un culatazo derriba una puerta. Ruperto Cabrera les está esperando. Agarra una pistola que parece de juguete. El tipo de la barbita de chivo empieza a reír, no sabemos si porque le hace gracia que aquel hombre se quiera defender con una pistola tan ridícula, o porque los ha recibido con uno de esos calzoncillos que las jodedoras llaman matapasiones, calzoncillos que llegan hasta el tobillo. El otro no sonríe. Sólo apunta.

—¿Qué cosa es esto?

Es una pregunta estúpida, porque Ruperto Cabrera sabe perfectamente qué está ocurriendo. El Mulato ha ejecutado su plan. Nunca creyó que llegara tan lejos. Que fuera capaz de dar un golpe de Estado. Y eso que el rumor había ido creciendo durante las últimas semanas, cuando se veía que la campaña electoral no le iba tan bien como quería. Incluso el mismísimo Carlitos Prío se lo había insinuado, creo que el Mulato anda preparando algo, está en algo, pero no debemos preocuparnos. Eso le dijo el presidente. Que incluso visitó el Campamento Columbia, a ver cómo estaban los ánimos. Ruperto Cabrera le dijo que no se preocupara, que todo estaba okay. Y lo dijo, para darle tranquilidad al presidente, y para dársela a él. Porque él era un militar. Estaba hecho de la misma pasta que el Mulato. Y cuando te dicen que un militar está preparando algo, sabes que la fiesta puede comenzar en cualquier momento. Carlitos Prío nunca se tomó en serio al Mulato.

Pero ahora el militar ese con aspecto de indio, el héroe del 33, la Revolución de los Sargentos, acaba de entrar en el Campamento Columbia y dos tipos apuntan con metralletas Thompson al jefe del Estado Mayor. En su propia casa. El Mulato se ha salido con la suya. Lo odia. Pero no tanto como a Carlos Prío. Toda la culpa es suya, sólo suya.

El jefe del Estado Mayor sopesa las circunstancias. Efectivamente, no son las mejores. Sólo le queda una alternativa: levantar los brazos, aunque ni siquiera eso le sirva para que dejen de apuntarle.

Carlitos Prío ve, en sus alucinaciones promovidas por el ron, el tejadillo rojo del Sans Souci, con el mismo ritmo regular de una ola. También se ve al volante del Chevrolet, manejando aquel carro con destreza, negociando cada curva del Malecón como si fuera Juan Manuel Fangio, al que apreciaba tanto como a Humphrey Bogart. Sí, al presidente le gustan también los carros. Y es verdad que intenta ponerse al volante del Chevrolet, e incluso, ante los insultos que ha lanzado a su chofer, a los guardaespaldas, a todos, le permiten intentar ponerlo en marcha tres veces, las mismas que el motor se le cala, hasta que al final le da un puñetazo ¡*hijo'e'puta*, singao!, y termina por rendirse, ovillándose como un niño en el regazo de la morena, que se atrinchera en el mismo silencio huraño que ha mostrado toda la noche, y que ha incrementado el deseo de Carlitos Prío, que no tarda en emitir unos ronquidos de elefante constipado. De vez en cuando se despierta, sobresaltado, examina la situación, sin encontrarle lógica alguna, y grita:

—¡A la Chata! ¡A la Chata! ¡Que siga la fiesta en la Chata!

Y vuelve a acomodarse entre las piernas de la morena. Cuando Carlitos Prío llegó a la Chata, todos pensaban que lo había atropellado un camión. Los pantalones de fino hilo se le escurrían por su figura, como si vistieran a un pelele. La camisa de seda que había elegido esa tarde tras largas deliberaciones para ir de bochinche (como a él le gustaba decir) estaba manchada por unos hilillos de saliva.

Lo bajaron del carro como pudieron, un guiñapo de carne y ropas arrastrándose ahora por el camino de grava que conduce a la puerta de entrada. La morena observa todas las evoluciones con un punto de curiosidad. Ahí está ese hombre, convertido en un despojo humano. El mismísimo presidente de la República.

—¡Han asaltado el Campamento Columbia!

Ni siquiera ha esperado a que se acomode en el sillón que lo ha recibido como un bulto molesto. Tony Varona, el primer ministro, le ha disparado a quemarropa las nuevas. Un puñado de noticias, a cual de ellas peor. Pero ni aún así. Carlitos Prío habita una inconsciencia de sonámbulo que le impide distinguir un solo contorno de la realidad.

—¡Han asaltado el Campamento Columbia! —repite infructuosamente Tony Varona, añadiendo a la frase fuertes aspavientos.

Pero Carlos Prío no reacciona.

De la cocina llega un brebaje de textura viscosa que hacen probar, no sin esfuerzo, al presidente. No agota ni la mitad del contenido. Tony Varona da vueltas a su alrededor, aplastándose los dedos, como si quisiera exprimirles un secreto zumo, como si de ellos pudiera salir una solución que está muy lejos de ofrecer Carlitos.

—¡Batista nos quiere botar!

Y sólo en ese momento, sólo con esa frase indignada de Tony Varona, Carlitos ve activarse un mecanismo interno, Carlitos como devuelto a la realidad. Los que hacen círculo a su alrededor lo ven removerse en el sillón, y por fin decir con una voz pastosa que no reconoce como suya:

—¡Siempre supe que esperaría su momento para jodernos! ¡Batista, *hijo'e'puta!* ¡Lo que no sabes es que te joderemos a ti!

Busca con ojos escarchados a Tony Varona, que entiende aquello como una petición para que cuente todo lo ocurrido. Y Tony Varona, con voz atropellada, enumera la sucesión de acontecimientos que dejan al Mulato con el control de varios centros de poder, empezando por el Campamento Columbia. Carlitos Prío, al oír que Batista ha tomado el Campamento militar, reacciona:

—¿Cómo? —pregunta, todavía desconcertado. Lo que acaba de oír, el Mulato ha entrado como un señor en el Campamento Columbia, quiere que sea sólo la última alucinación que le impone el mucho ron que ha bebido en el Sans Souci. La última broma que le va a gastar esa noche el alcohol.

—Alguien ha permitido la entrada de Batista. Concretamente, por la posta número cuatro. En otro momento ya investigaremos quién la cubría, pero ahora debemos reaccionar.

—Pero ¿qué es esto? ¿Qué se le ha pasado por la cabeza al Mulato? ¿Es que todo el mundo se ha vuelto loco? ¿Qué cosa tú dices?

Tony Varona parece no escuchar el insulto del presidente y opta por ir a lo suyo. Las cosas están oscuras con ribetes negros. No hay tiempo que perder. Las palabras las tenía escogidas desde el primer momento en el que le informaron, a eso de las cuatro de la mañana, de extraños movimientos que estaban teniendo lugar en el campamento militar.

—Es un golpe de Estado. ¡Batista nos quiere llevar presos!

—Acércame el teléfono, por favor —pide Prío.

—¿Tenemos interceptada la central telefónica? ¿Hemos tomado todas las estaciones radiales? No olvide que eso es muy, muy importante —grita el Mulato.

—Sí. CMQ y Radio Cadena Habana ya están emitiendo sólo lo que nosotros queremos que salga al aire. Técnicamente está todo controlado. Y hemos logrado pinchar el teléfono del presidente —responde uno de los oficiales.

—¡Oficial! ¡Venga para acá! —brama el Mulato.

El oficial se pone a su altura.

—¿De qué coño ha servido arrebatar el Columbia? ¿Es que no se da cuenta de los esfuerzos llevados a cabo para acometer esta empresa?

El otro se queda sin capacidad de respuesta, amilanado ante la violencia verbal del Mulato, que de buena gana le hubiera asestado un culatazo.

—¡Entérese, carajo! ¡Prío ya no es presidente! ¡Ya no es presidente! ¡Ahora sólo aspira a ser nuestro preso! —y repite la frase, gritándola a unos centímetros del oficial, que puede apreciar hasta el más mínimo pliegue de las arrugas que cruzan el rostro del Mulato.

—¡Prío no es más que eso ahora! ¡Un ex presidente! ¡No va a ser más ni ladrón ni presidente! ¡Más nunca!

El Mulato está enfurecido. No sólo por eso, por la falta de rigor de algún oficial, sino también porque le han informado hace unos minutos de que uno de los últimos presidentes de la República, el doctor Grau San Martín, ha sido apresado y va a bordo de un carro camino del Columbia. El Mulato grita.

—¿Quién carajo les dio esa orden? Llévenlo a casa y póngale una guardia de seguridad personal. ¡Lo único que puede hacer Grau aquí es estorbar! ¡Lo que nos interesa es seguir cada paso que da Carlitos Prío!

Está bravo. Y al mismo tiempo, eufórico, porque ha cumplido perfectamente con su deber, ha hecho un buen trabajo, pero todavía tiene cosas por hacer, «y ni siquiera tengo tiempo de agradecerle a Yara el servicio que me había prestado. Ya realizaré una concentración de babalaos para ofrendarle, y espero que Yara lo entienda, porque la nación vivía un momento histórico, estaba en el camino de lograr entrar en tiempos nuevos, expulsando a quien, desde la prodigalidad y la vesania, nos había llevado al borde del Apocalipsis, queriendo perpetuar esa situación de bancarrota social y económica con un golpe de Estado que pudimos evitar. Ahora había que completar nuestra encomiable tarea, y para ello era fundamental saber qué pasos iba a dar Carlitos Prío, si es que se atrevía a dar alguno que no fuera buscar el primer avión para huir, asustado como un conejo.»

Carlitos marca nerviosamente un número que, extrañamente, había quedado enganchado en su memoria, intacto, invulnerable a la amnesia que impone el alcohol. Escucha unos largos pitidos que parecen no tener fin. ¿Es que todo el mundo duerme, ajeno a lo que pasa?, se pregunta, compartiendo ese pensamiento con los demás.

—Oigo —escucha al fin.

—Habla el presidente de la República. ¿Es usted el general que está en el mando de Matanzas?

—Sí ¿quién habla? —al otro le cuesta reconocer la voz del presidente, y piensa que la línea telefónica está sucia, porque las sílabas parecen granuladas, de una composición arenosa.

—¿Está al corriente de lo ocurrido?

—Sí, ya me han informado de lo que ha ocurrido en La Habana. Pero por aquí no apreciamos cambios, y desde luego, estamos muy alertas para detectar cualquier movimiento sospechoso. Si lo vemos, lo atacaremos, defendiendo esta guarnición con la lealtad que debemos a nuestro presidente…

Carlitos oye aquello y se pregunta cómo es posible que el Mulato haya entrado con tanta facilidad en el Columbia, el campamento rendido en pocos minutos. ¿Cuántos oficiales participan en el complot? ¿Cuánto hijo de puta lo habían traicionado, vendiendo su voluntad por cuatro pesos? ¿Por qué diablos confiaba en los militares? Aún recuerda, nítidamente, aquella vez que tuvo que acudir expresamente al Campamento Columbia, porque ya le habían venido dos de sus ministros con la vaina de que el Mulato andaba preparando un golpe de Estado. Eso no era una gran noticia. Pero sí que algunos militares que actualmente trabajaban en el Campamento Columbia estuvieran dispuestos a ayudarle. El brigadier Ruperto Cabrera le dijo que eso era imposible, y para dar prueba de eso, reunió a las tropas a su mando en el piso bajo de la Jefatura del Regimiento de la Ciudad Militar. La guarnición es leal a los poderes constituidos, fue la frase solemne que le soltó Ruperto Cabrera. Aquella, como todas las frases solemnes, no valía una mierda. Carlitos Prío volvió a La Chata, no muy convencido. Los militares se la podían jugar en cualquier momento. Pero tampoco podía hacer gran cosa.

—Es repugnante —dice a media voz.

—¿Cómo dice, presidente? —pregunta el oficial de mando, allá en Matanzas.

—Nada. Que sea firme en sus convicciones, y sepa que tenemos que dar la respuesta adecuada a los golpistas. Sin vacilar.

Se corta la comunicación. Prío cree oír, momentos antes de que la llamada se caiga, un ruido de bichitos traviesos jugando con la línea telefónica, y lo atribuye a los últimos jirones de niebla que aún le quedan en el cerebro, a modo de residuo de una noche que no pudo acabar como quisiera. En vez de dejarse hacer por la linda muchacha que no ha tenido más remedio que rendirse a sus artes de conquistador, en vez de templársela como sólo él sabe, un auténtico machito tropical, está haciendo llamadas desesperadas a generales con problemas de oído. A propósito ¿dónde está la morena? Deja vagar la mirada por el salón, sin encontrarla, y quiere imaginar que observa embelesada el prodigio de la catarata artificial despeñándose a unos metros de dónde se encontraban todos, la quiere imaginar completamente desnuda, su cuerpo dejándose bautizar por el agua límpida, la imagina entregada a una voluptuosidad que tiene algo de inocente, acariciándose los senos, descubriendo en ellos zonas de placer que ahora aparecen, al contacto del agua que salpicaba su cuerpo, como punzadas líquidas. Sí, hará el amor con ella, repetidas veces, y será capaz de extraerle de otros puntos de su cuerpo placeres nuevos o recobrados, y le amaga un principio de deseo pensando que le dedicará toda su potencia viril, como homenaje por haber frenado a los insurgentes.

Carlitos Prío da nuevas voces, sin moverse del sillón.

—Poneros en contacto con Radio Reloj. Vamos a dar un comunicado.

Hay un locutor. Lo llaman el Griego. Aunque nació en Cárdenas. Está preparando el próximo boletín de noticias, en el que dará cuenta de un altercado protagonizado por una pandilla de jóvenes, tremenda balacera en un solar de Zulueta con Tejadillo. El balance: un muerto y tres heridos, que fue el triste final del domingo de carnaval. Así piensa contarlo. La audiencia subirá. La gente sólo quiere sangre y mondongos. Sangre. Sangre. La sangre vende.

—Rápido, hay que ir a los estudios de Radio Reloj —grita el general Tabernilla, moviendo los dedos frenéticamente, como para dar a sus órdenes más velocidad. Desde hace varios minutos no pierde un segundo de atención, pendiente de cada conversación que viene de la central telefónica, el teléfono de Prío intervenido.

El Mulato no ha dejado nada a la improvisación este diez de marzo. Ni siquiera pinchar el teléfono de Prío. Quiere saber cada paso que va a dar a partir de ahora.

Las primeras luces del día dibujan el perfil de un jeep saliendo del Campamento Militar Columbia en dirección al Paseo del Prado. Alguien quiere tomar Radio Reloj, y de este modo, evitar que Carlitos Prío, en una acción que tiene mucho de desesperada, se dirija a la nación.

—Oye, Griego. Te llaman de La Chata —le transmite la recepcionista de la estación de radio.

—¿De la Chata? —se extraña el Griego, como si aquello no fuera otra cosa que una broma tardía del domingo de carnaval. Alguno llevaba encima una buena borrachera—. Sí, dígame…

—Soy el presidente de la República, Carlos Prío Socarrás.

Y oyendo aquella voz distorsionada, el Griego, aunque había nacido en Cárdenas, no puede pensar en otra cosa que, efectivamente, alguien quiere burlarse de él, alguien con la máscara del presidente imita sus inflexiones y cadencias, con mucha fidelidad, es cierto, su voz nasal, pero a él no lo van a engañar.

—Ya, el presidente... —contesta.

—He de lanzar a la nación un mensaje urgente, porque el proceso electoral ha sido quebrantado por un movimiento insurreccional.

Y sólo entonces puede el Griego separar la copia del original, aquello no podía ser un imitador, a través del hilo telefónico le llegan los silbidos característicos del presidente de la República, los bronquios obturados por la nicotina, la respiración de asmático, hasta el aliento a cebolla que dicen tiene el presidente, las caries echándole a perder su carrera de actor, y el Griego, antes de transferir la llamada a directo, aún tiene tiempo de darse cuenta del metal nuevo de su voz, vamos al aire, Radio Reloj reportando, este acto presidencial salvará a la nación de una catástrofe de impredecibles consecuencias, un tono en el que prevalece la alarma, por encima de la solemnidad o la firmeza, me he enterado de que el jefe del Estado Mayor del Ejército ha sido arrestado por oficiales que obedecen al general Batista, un cigarrillo le baila en la boca, lo deja deliberadamente colgado de ella, apenas atrapado como por gotas viscosas de saliva, y Carlitos Prío imita al gesto desafiante de Humphrey Bogart ante los malhechores, se siente llamado por la causa de desenmascarar a los asesinos, a los que atacaría con pruebas y cinismo. Los principales oficiales del Ejército en provincias han reafirmado su lealtad al régimen legalmente constituido, confío en la moralidad y el valor de los cubanos para oponerse a esta tentativa de un hombre ambicioso, sí, así hablaría Philip Marlowe en semejante situación, se felicita por su extraordinaria alocución, la dicción correcta, el tono sentido, si no fuera por las caries él también habría tenido un hueco entre los grandes del cine, y el Griego está tan absorto que ni siquiera se da cuenta de un chirrido violento que ha despertado a la media Habana que aún andaba dormida, un jeep par-

queando en Prado y ni siquiera el golpeteo de unas botas militares sobre las escaleras que conducen a la planta donde están
los estudios de Radio Reloj lo rescata de su estado borroso de
duermevela en el que todo ya nos empieza a parecer posible,
incluso que alguien le grite, apuntándole con una metralleta:
    —¡Corte la emisión! ¡Apague la máquina, carajo, o le
meto tres tiros por el culo!

Unos animales metálicos desfilan por las calles. Una cabalgata
de hierro se encamina hacia el parque de Zayas. El Mulato ha
dado la orden de que los tanques rodeen el Palacio Presidencial, antes de que suene el gong de Radio Reloj anunciando
que son las ocho de la mañana.
    La ciudad asiste impávida a esta demostración de fuerza,
sin oponer otra cosa que un silencio estupefacto. Los tanques
invaden todas las calles con un estruendo de accidente automovilístico, aplastando la mierda que ha dejado la noche del
domingo de carnaval.
    Por fin, los tanques enfilan el camino que desemboca
en el Palacio, al que rodean como si se tratara de un delincuente altamente peligroso, «y no podía hacer otra cosa, carajo, no es que quisiera mostrarme violento, hostil, pero sí
señalar que algo había cambiado, que Carlitos ni se atrevía a
plantarme clara, enseñar a la ciudad que Carlitos era un cagón de mierda, un comemierda al que sólo le gustaba la cum-
bancha, y a la mínima oportunidad huía, sin otra respuesta
que un estúpido discursito para la radio, escondido como
una cucaracha, y yo debía estar atento, para aplastarla, por
eso no podíamos bajar la guardia, estar atentos, había que
sacar los tanques a la calle. ¿Para qué coño los queremos,
para que les salga óxido?»

El Mulato nunca pensó que tendría tan cerca a la pieza, y que cobrársela hubiera sido tan fácil como convencer a un niño para que entre en una confitería. Se apea de uno de los tanques, el jacket empapada en sudor, cercos violáceos rodeando sus ojos, denunciando las muchas horas que lleva sin dormir, en un estado febril que incluso le ha quitado el apetito. Han sido dos noches en vela, incubando temores de que una filtración, un error... dieran al traste con un plan escrupuloso hasta en sus detalles más pequeños, aquellos que sólo controlaría un estadista como él. Y ahora, enfocando con sus ojos cansados la arquitectura monolítica del Palacio, queda en un estado de parálisis que sorprende a los oficiales que lo acompañan. Se queda unos minutos observando la majestuosidad del edificio, como si evaluara técnicamente cada una de las soluciones arquitectónicas utilizadas. Dentro, Carlitos Prío, trasladado desde La Chata como si fuera un fugitivo, apenas se atreve a asomarse por la ventana de su despacho, y lo mismo que, envalentonado en su discurso radial, imbuido por el espíritu intrépido de un Philip Marlowe de celuloide, ordenó que lo llevaran al Palacio, y ve la mancha de su imagen recortándose sobre el fondo del amanecer, él entrando furtivo en el Buick sedán, las brumas de la mañana difuminando los contornos, haciendo difusos los soportales, ayudando a fabricar la atmósfera turbia de las películas de Humphrey Bogart, películas que había visto tantas veces que modelaban su código de conducta.

Y sigue imitando a esos héroes del cine negro. Por eso ahora reta con su silencio al Mulato.

Además, necesita ganar tiempo.

Durante varios minutos el Mulato se ha quedado mirando la ventana del despacho presidencial, buscando la figura de Carlitos Prío. Pero no ha apreciado nada. «Seguro que ni se ha atrevido a acercarse al Palacio, no se ha atrevido a abandonar la Chata, cagadito de miedo. Además, lo tiene ya todo perdido.»

Nada se mueve en el Palacio. Ni una mosca. Los tanques siguen apuntando.

El Mulato esboza algo parecido a una sonrisa.

—¡Volvemos al campamento! —dice por fin el Mulato.

Carlitos oye rugir los motores, componiendo un gesto de indiferencia, como si todo aquello no fuera con él, pero no deja que nadie acceda a su despacho, y se felicita por esa decisión, porque cuando coloca el primer cigarro del día en los labios, la llama que expulsa la fosforera descubre un trazo nervioso que se niega a encenderlo. Todo le tiembla.

Los tanques vuelven sobre sus pasos. Es suficiente. El Mulato lo tiene claro. Carlitos no estaba allí, o igual sí, «pero ¿qué más da?, ha visto que somos más, y sobre todo, más fuertes, que nada puede hacer. Tiene la batalla perdida. A fin de cuentas, Carlitos nunca fue un estratega, sólo un play boy de tercera con ínfulas de golpista». Y otra vez por las calles de La Habana se oye el estruendo de maquinaria anacrónica, como una prolongación siniestra del carnaval.

Cuando los tanques pasaron tan cerca de la casa que habitaba, que incluso pensó que iban a entrar en ella, el gordo Manzanita, el presidente del sindicato de estudiantes, ya había hecho varias llamadas al Palacio. Pero el teléfono daba siempre ocupado.

—¡Carajo! ¿Qué le pasa hoy a este maldito aparato?

Y repite la operación, sus dedos bailando frenéticamente sobre el disquillo de números.

Por fin encuentra línea. Suenan varios pitidos. El gordo Manzanita contiene la respiración, el aire muriéndose en los pulmones.

—Oigo —responden.

—¿Me pasa con el presidente? Es urgente —pide aceleradamente el estudiante.

Un silencio espeso se hace al otro lado de la línea. Demasiado espeso. Demasiado largo. Algo hay que hacer.

El gordo Manzanita cuelga el teléfono inmediatamente. Se olvida del auricular. Ya no tiene sentido continuar encerrado en su refugio, allí en la calle 12, entre 17 y 19, en pleno corazón del Vedado. No se puede cruzar de brazos, haciendo llamadas inútiles. Tiene que salir a la calle, ponerse delante de los tanques, gritarles, venid acá, *hijos'e'puta,* podréis violar la Constitución de 1940, pero no acabar con los estudiantes. Pero, para cuando sale al jardín, echándose por encima un saco de color blanco hueso, ya no queda en la calle sino una congregación de personas en la que puede más el pavor que la curiosidad.

El gordo Manzanita empieza a correr. Con dificultad. A los pocos minutos siente el corazón en la boca. Cree que se le va a salir. Nota como el asma le dificulta el acto de respirar. O es el nerviosismo. Sortea bultos. Pero no sigue a los tanques, que ya se oyen en la lejanía. Enrumba hacia el Palacio. Tiene que llegar a tiempo.

Llega con la respiración entrecortada. Hacía tiempo que no sudaba tanto, ni siquiera cuando jugaba al basketball. Le encantaba ese deporte. Dos centinelas sólo le permiten el paso cuando enseña su acreditación. No hace falta. Lo conocen perfectamente. Desde hace mucho tiempo anda metido en política. Y es amigo de Carlitos Prío. No es la primera vez que lo visita en el Palacio, aunque sí la primera en la que va a ver al presidente así.

Uno de los centinelas lo acompaña hasta el segundo piso del Palacio. Manzanita escucha un teléfono en la soledad de un despacho. Apenas dos timbrazos. El tercero no lo oye. Alcanza a escuchar unas palabras apagadas, como las que se gastarían en una confesión o en una declaración de amor.

El despacho de Carlitos Prío es una nube tóxica de humo. El gordo Manzanita no puede evitar toser.

—El Mulato ha estado apuntando al Palacio con sus tanques. Por un momento he llegado a pensar que no le bastaba con una locura, dar un golpe de Estado, y que iba a dispararme —dice el presidente.

—Siempre ha sido un militarote. No podíamos esperar otra cosa —responde el gordo Manzanita.

—Es verdad. Las elecciones le quedaban muy lejos.

—Y además, las iba a perder.

Carlos Prío se acerca a uno de los ventanales. Abre una hoja, creyéndolo suficiente para expulsar todo el humo que se ha adensado en su despacho. Pero no. Ahí sigue. Terco.

Se ha desprendido de un jacket de lana, de color verde oscuro. Los zapatos negros, perfectamente embetunados, emiten destellos. Su bigotito, bien recortado. Viéndolo, nadie podría pensar que está metido en un buen lío.

—Presidente, ¿va usted a luchar contra esta rebelión cuartelaria?

—¿Cree que la situación es tan grave?

—Esta mañana, se ha llenado La Habana de tanques. Y el problema es que los tanques ya no los manejamos nosotros.

—Un régimen constitucionalmente erigido no se derriba con cuatro tanques. Y el pueblo repelerá a los insurgentes. Los mandos del Ejército en las distintas provincias han reportado que mantienen su lealtad al régimen legítimamente constituido.

—Sí, pero el pueblo necesita armas. Los puños no valen para combatir la pólvora.

—¿Y qué me sugiere? Uno de los ministros ha llegado a decirme que lo mejor que puedo hacer es trasladar el gobierno al Capitolio, a la sede del senado. Espero que usted me proporcione una idea mejor.

—Tenemos que preparar la resistencia a este golpe —las palabras del gordo Manzanita han adquirido un brillo nuevo, un temblor de urgencia que les da vida—. El problema es que en la Universidad no hay armas. Usted debe distribuirlas a los estudiantes para que se defiendan. Tenemos que salvar el poder legalmente constituido. Sólo deseamos luchar.

—¿Y qué he de hacer yo? ¿Llenar mi despacho de sacos terreros, apostarme en esta ventana y disparar?

—Eso es. Hay que disparar.

—No, Manzanita, eso sería un error. El Palacio es muy vulnerable a los ataques. Lucharemos en el mejor sitio posible, eligiendo las guarniciones que aún nos sean leales. Daremos instrucciones para el acuartelamiento de todas las tropas afectas. No hay otra salida. Si nos quedamos aquí, respirando este humo, acabaremos muriéndonos. Es muy fácil morir en este Palacio. No lo olvides jamás.

Y aquellas palabras se quedan grabadas en la mente de Manzanita. Ancladas en su memoria.

El gordo Manzanita sale del Palacio Presidencial. De sus oídos ya se ha ido el eco de la trepidación de los tanques. Ahora sólo se oye el ruido rítmico de detonaciones constantes, pum pum, a modo de presentimiento de lo que va a ocurrir.

Los estudiantes van a usar las pistolas.

Todo se ha quedado en paz.

Da la impresión de que los gestos cotidianos del lunes han ganado finalmente la partida. Pero es un triunfo que se encargan de desmentir las noticias contradictorias que da la radio. O los andares apurados de Manzanita, a punto de llegar ya a la Universidad. Saluda al bedel, y se cuela por uno de los pasillos, el que conduce al aula en el que la FEU suele celebrar las reuniones. Lo esperan Machadito y el Bizco Cubelas. Tienen prendido un aparato de radio. La voz del Griego deja en el aire un eco de bóveda. En la solemnidad de sus palabras, Manzanita encuentra la inminencia de sucesos decisivos. El Mulato no se iba a salir con la suya.

—Ya os dije, el Mulato no estaba dispuesto a quedarse quietecito —habla el Bizco Cubelas, levantando el dedo índice, con la satisfacción de haber acertado en su profecía—. Los sondeos electorales —prosigue— no le daban más de un diez por ciento de los votos, y no podía esperar. Se ha adelantado a su segura derrota.

—Tampoco sorprende. Cuando las cosas van mal, un militar siempre reacciona de la misma manera: dando un golpe de Estado. La cabra no tira nunca para el mar, nunca. Siempre busca el monte —añade Manzanita.

El Griego engola la voz y da a las noticias un acento de trascendencia. «A las seis de la mañana, el presidente de la República Carlos Prío Socarrás ha pedido el valor de los cubanos…»

—He hablado con Prío —informa el gordo Manzanita.

—¿Dónde está ahora? —pregunta a quemarropa el Bizco Cubelas, sorprendido por aquella información.

Manzanita mira alrededor, como si temiera la presencia de espías invisibles, ocultos en los pupitres.

—Sigue en el Palacio.

—¿Y qué soluciones propone al problema que se nos ha venido encima?

—Él tiene la certeza de que muchas guarniciones le son leales.

—Hasta que cambie la dirección del viento —pronostica el Bizco Cubelas.

—Cambie o no la dirección, no podemos fiarnos de hacia dónde irá el viento. Eso es precisamente lo que ha querido hacerme ver el presidente. Le he pedido armas. Ha llegado la hora de que los estudiantes demostremos nuestro peso, que enseñemos que nuestras convicciones no se limitan a mera palabrería y a cuatro tiritos de barraca de feria. Llegó la hora de cerrar muchas bocas.

—¿Cuándo llegan las armas? —pregunta Machadito, que ha permanecido callado hasta ese momento, con la mirada perdida, entregado a profundas reflexiones.

—El presidente le ha dado la orden al Ministro de Defensa, Diego Tejera, de que nos envíe un cargamento de armas a la Universidad. ¡Todas las que se necesiten!, ha gritado Prío.

—Pues ahora sólo hace falta organizarnos. Preparad a todos para que la acción sea un éxito total. Tenemos que dar alguna instrucción concreta, aleccionar a todo el mundo.

—Deja a un lado la retórica —le ataja abruptamente Manzanita—. Sólo es el momento de disparar. Al Mulato no se le combate con palabras y dogmas, sino con balas.

En la cara de Manzanita sus compañeros de la Federación de Estudiantes encuentran la determinación inquebrantable de los suicidas. O los héroes.

En el aula queda flotando la voz impecablemente modulada del Griego, sólo interrumpida por el gong característico de Radio Reloj. El Bizco Cubelas, Machadito y el gordo Manzanita lo escuchan, previendo que el siguiente gong anunciará la llegada de las armas, que ya deben estar de camino.

Carlitos Prío tenía el despacho convertido en una chimenea. Se queda unos minutos interpretando los dibujos caprichosos que forma el humo, buscando en ellos presagios optimistas o funestos.

Pero no puede sacar otra conclusión que, si seguía allí, se ahogaría definitivamente.

Así que manipula una llavecita pequeña, y abre uno de las gavetas de su mesa de nogal. Enseguida le sale al encuentro un sobrecito que contiene una sustancia blanca. Carlitos lo abre con desesperación. Se asegura que la superficie de la mesa está totalmente limpia. Vacía un montoncito, apenas perceptible, el suficiente para preparar una raya. La traza. Después se queda mirándola unos segundos, apreciando en su perfecta línea recta un indicio de lógica en medio del delirio que se ha apoderado de los acontecimientos, metidos en un remolino. Esnifa la coca.

—Hemos abierto las puertas al geriátrico y los locos bailan una danza macabra —se atreve a decir. Aquella frase le parece tan ingeniosa que la cree con suficiente entidad como para figurar en una tragedia de Shakespeare. Y la vuelve a repetir, en un tono declamatorio. Merecería, al menos, estar en el guión de una nueva película exitosa de Hollywood. Él debería estar ahora en un plató, rodando una escena, y no allí, expuesto al pim pam pum como un vulgar muñeco de feria.

Se prepara otra raya. Alguien llama a la puerta. Pero no quiere responder. De nuevo siente una frialdad magnética arañándole las fosas nasales. Y un parpadeo de lucidez anunciándole otra nueva frase ingeniosa.

—Dejemos que los locos bailen, se emborrachen, ignorando que después de la fiesta, no les espera otra cosa que el sacrificio.

Carlitos se siente poderoso, como si todo aquello que está ocurriendo desde las tres de la mañana fuera una prolongación del carnaval, un desfile de máscaras que acabarán cayendo.

—Pero yo no puedo participar de ese carnaval —se dice, como sincerándose consigo mismo.

Desde su propio despacho realiza una llamada. A la espera de que le respondan, nota como las manos le tiemblan.

—¡Escúcheme con atención! ¡Ordeno que la guarnición del Palacio se rinda! ¡Sí, ha oído bien, que se rinda! ¡Llamen al Campamento Columbia para informar que aceptamos plenamente los hechos y que no disparen ni un tiro en dirección a la mansión presidencial! ¡Eso es, sí!

Cuelga el teléfono. Durante unos segundos no sabe qué hacer. Hasta que recuerda el siguiente paso que tiene previsto dar.

Da un grito.

—¡Chofer, chofer!

Inmediatamente llega un tipo que tartamudea un bu-buenas ta-tardes. Y luego tres oficiales. Y dos guardaespaldas.

—Nos vamos de paseo —afirma el presidente, con el tono jovial del que propone una excursión.

Un Buick sedán de placa particular con el número 49 se pone en marcha, perdiéndose subrepticiamente en medio del tráfico de las dos de la mañana. El chofer elige itinerarios alternativos para intentar ganar tiempo y velocidad, que es lo que pedía Tony Varona, el primer ministro. Además, no se fía del Mulato. A estas horas, todas las estaciones de policía estarán de su parte. Y lo que menos desea ahora es encontrarse con un carro patrullero.

Carlitos se queda en silencio, como si todo aquello no fuera con él. Le hubiera gustado estar ahora en su dormitorio de La Chata, templándose por enésima vez a la morena ¿dónde estaría ahora esa hembrita? ¡qué palo tan rico se había perdido! Pero ahora estaba secuestrado en aquel carro, como prófugo de un destino que quiere ponerle sus manazas encima, y no entiende los extraños giros del chofer, virando a izquierda y derecha con movimientos bruscos. Todo había ocurrido tan rápido que ni siquiera ha tenido tiempo de lavarse los dientes.

Por fin, el auto llega a una larga avenida con dos carriles. La Vía Blanca. Carlitos, que lleva el mentón hundido en el pecho, llega a captar fugazmente el contenido de un cartelón:

—Matanzas, 98 kilómetros.

Y, promovido por la cocaína, le asalta un pensamiento optimista. Allí en Matanzas, ante la guarnición leal de esa ciudad, acabará por fin este carnaval de máscaras.

—Corra deprisa, maneje rápido, por favor —pide.

—Voy to-to-do lo ra-rápido que puede el ca-ca-rro —le responde el chofer.

Aún brilla el sol poderosamente cuando el carro en el que viaja Carlitos Prío llega a Matanzas. Al presidente, los cien kilómetros recorridos, aunque le haya pedido velocidad al chofer, le han parecido insuficientes para encontrar una salida. Carlitos intenta atacar la resaca con unas rayas de cocaína que le sirvan para despertarse del todo, para encontrarle algo de lógica a lo que está ocurriendo, para espantar los pensamientos sombríos a los que se ha abandonado su mente. Parece que sin remedio posible. Las olas del mar, estrellándose violentamente contra los rompientes de la bahía, no hacen sino fomentar el pesimismo de Carlitos, que interpreta ese movimiento natural como un mal presagio. Ya ante la guarnición de Matanzas tiene la certeza de que quizá su pellejo valga menos que un peso.

—¡De otra vuelta, por favor, no se detenga! —grita Carlitos.

—De acuer-do-do.

El chofer tiene la prudencia de no dar un pisotón violento al acelerador, un pisotón que hubiera hecho sospechar a los centinelas de la guarnición. En vez de eso, da un giro suave al volante para cambiar el sentido de la dirección, observado por los militares con curiosidad expectante.

—¡Traidores! ¡También se han pasado a Batista!

Carlitos no tenía duda. Desde que el auto se acercó a la guarnición, había visto movimientos extraños y rostros oscuros. El rostro que siempre tiene el enemigo. El Mulato también ha tomado Matanzas, y lo único que podían hacer allí era buscarse problemas. Ahora sí, el chofer hunde el pie en el acelerador, huyendo de aquel sitio como de un incendio que se estaba propagando a una velocidad de vértigo. El cañaveral está encendido. Y hay que huir. A toda velocidad.

El descubrimiento le ha dejado a Carlitos en el corazón el sobresalto de una ardilla. Por su mente cruzan imágenes fulgurantes, montándose unas encima de otras.

El carro sigue avanzando. El sol está ya muy alto, pero Carlos Prío sigue sin encontrar una solución. Además, siente la boca pastosa. Debió lavarse los dientes antes de salir del Palacio. Cierra los ojos durante unos segundos. Sólo los abre cuando cree notar que el auto ha perdido velocidad. En efecto, a unos cien metros encuentra un retén. ¡Lo que me faltaba!, piensa. Un guardia de cabos se acerca al carro en el que viaja el presidente de la República. ¿O ya no lo es?

El chofer baja la ventanilla. Intenta que el nerviosismo no le delate.

—¿A dónde se dirigen? —pregunta el guardia, encandilado por un relumbrón de luz que le ha lanzado el limpiaparabrisas.

—Pues mi-mi-re —el chofer balbucea algunas palabras, tartamudeando de terror—. Lle-va-va-mos a un anciano al me-mé-dico. Se ha encontrado indis-indis-puesto…

El guardia se asoma al interior del vehículo. Observa la figura de Carlitos Prío. Durante unos segundos. ¿Cómo hubiera reaccionado Humphrey Bogart en una situación así? Y Carlitos no duda en componer un gesto doliente, sus facciones borrosas por la noche en vela, abotargadas por el alcohol y la cocaína, en efecto, las facciones de un viejo que está en el tiempo de descuento.

Fue una actuación fantástica.

—Adelante —ordena el guardia, en las pupilas unos puntitos que le ha dejado el fogonazo de luz que ha salido del limpiaparabrisas, y que quizá haya salvado la vida al presidente. Porque ¿sigue siendo presidente, no? Ni Carlitos puede ya responder a esa pregunta.

—Esto se está poniendo malo —diagnostica Carlitos. Todavía le parece increíble no tener el cuerpo lleno de plomo. A fin de cuentas, considera al Mulato un matachín sin misericordia.

—Aún no está todo perdido —lo tranquiliza Tony Varona.

Sí, aún no estaba todo perdido. En eso Carlitos Prío está de acuerdo con su ministro. Aún quedaba la opción del suicidio. Por la mente de Carlitos se agolpan los pronósticos más funestos, ve su cuerpo sometido a torturas, su boca llena de agua agusanada, unas tenazas aprisionando sus testículos, esos en los que se aloja un semen de inigualable fuerza fecundadora, y por fin su cadáver expuesto a la opinión pública como una ofrenda. Y lo peor, ni siquiera sus asesinos habían tenido la delicadeza de limpiarle del rostro esa barba blanca que ahora ha descubierto. ¡Barba canosa! ¡Él, que siempre tuvo un pelo frondoso y oscurísimo! Y aquello lo consideró un cataclismo. La llegada del Apocalipsis.

—¡Quiero que me afeiten! ¡Rápido! ¡La imagen es lo más importante!

Y Carlitos examina su barba, en la que, en efecto, han aparecido unas púas de color blanco, la barba siguiendo su ritmo cotidiano, ajena a las convulsiones que están poniendo patas abajo el país.

Carlitos grita una vez. Y otra. Si no fuera porque Tony Varona aún lo considera el presidente de la República, de buena gana le daría un galletazo. Pero ni siquiera se atreve a pedirle que se calle. Carlitos, al borde del paroxismo, sólo se limita a decirle al chofer:

—Volvemos a La Habana.

—¡Quiero que me afeiten!

—¿De veras quiere que vire y maneje el carro *pa'la* capital!

—Sí, nos regresamos a La Habana.

—¡Quiero que me afeiten, por favor! —y se araña la barba, comprobando defraudado como crece, con pujanza de vegetación tropical.

Tony Varona intenta conservar la calma. Él sí tenía el pelo canoso. Mucho peor. Le faltaba en varias zonas, por un problema de vitaminas, le decía el médico, pero él sabía perfectamente que aquello no era sino la prueba de que se estaba volviendo viejo, del mismo modo indudable que supo que la única solución para evitar que el Mulato los atrapara y jugara con ellos al perro amaestrado, era esconderse. Tony Varona entiende, con la fuerza poderosa de las certidumbres, que todo está perdido, que el Mulato se ha salido con la suya, y que la única victoria que pueden conseguir es salir con vida de esta.

—¿Ir en avión a Santiago? —se pregunta a media voz, apenas un bisbiseo que pasa inadvertido.

Sí, un rico empresario, próximo a los auténticos, tenía un avión siempre preparado y una finca blindada.

Y sin embargo, a pesar de las palabras del empresario «mi casa es una caja fuerte», ni siquiera Tony Varona piensa que allí estarán seguros, y abandona la idea. Sabe cómo se las gasta el Mulato. Y el Mulato va a por todas.

—¡Que me afeiten! —grita Carlitos, fuera de sí, implorando al primer ministro, mirándolo con ojos de náufrago.

Para cuando el carro accede a la Quinta Avenida, a Carlitos, definitivamente enronquecido, le sale de la boca un chorro de palabras afónicas que no cumplen ya ninguna función.

Tony Varona le da instrucciones al chofer.

El carro vira a la izquierda.

Les espera el edificio de la embajada de México.

Los tres abandonan el carro, como si fuera a estallar de un momento a otro, y sólo cuando ven cerrarse la puerta de la embajada tras sus pasos, dos funcionarios preguntándoles qué desean, sienten una tranquilidad recobrada, el calor hospitalario que ya pensaban nadie les iba a brindar. Aún Carlitos, todavía aterrado, se dirige al embajador.

—¿Estamos completamente seguros? El Mulato es capaz de cualquier cosa.

—Esto es un santuario. Ondea una bandera que los acoge desde este momento —respondió tranquilamente el embajador—. Si desean algo, además de protección, pídanmelo.

Y cuando ya se pierden sus pasos por un largo corredor, oye la voz averiada del ya ex presidente de la República.

—¿Me puede traer espuma de afeitar y una maquinilla? ¡Y un cepillo de dientes, por favor!

El tiempo había sido un guepardo hambriento para Carlitos, él que siempre odió a los felinos. Y una tortuga con artrosis para el Bizco Cubeas, Machadito y el gordo Manzanita, que han visto caer las horas sin que nada cambiara en la facultad, salvo su esperanza, que terminó convirtiéndose en una desesperación sin remedio.

—¡Queremos armas! ¡Queremos armas! —es el grito que, de manera espontánea, ha brotado, como una protesta indignada e inútil.

Armas, eso es lo que necesitan los estudiantes. Porque micrófonos sí han encontrado. Más de los que necesitarían para organizar un concierto de la Sonora Matancera. En las terrazas laterales, en las cuadras de L y San Lázaro, se han colocado grandes pies de micrófono y amplificadores para realizar exhortaciones al pueblo, que no puede quedarse parado ante los acontecimientos que se han desatado.

En la Universidad, la bandera cubana está izada a media asta.

El gordo Manzanita, poseído por una efervescencia de combate inminente, repartió primero discursos llenos de consignas que exacerbaron aún más a los estudiantes. Pero, poco a poco, el transcurso de las horas le ha ido minando la moral, y le cuesta trabajo convencerse de que Carlitos los ha engañado, que el presidente de la República nunca ha tenido intención de mandarles municiones. Y aunque esa sospecha empieza a tomar cuerpo, quiere quitársela de la cabeza, todavía le queda algún argumento al que agarrarse, alguna esperanza con la que animar a sus compañeros. Observa las calles desde la atalaya privilegiada que constituye la escalinata de mármol de la Universidad. Estudia el cielo como el que espera el lanzamiento de víveres. Y no puede apreciar sino una quietud atemorizada, un murmullo amedrentado. Todos los síntomas que anuncian la derrota.

—¡Ni un maldito machete tenemos a mano! —dice el gordo Manzanita.

El Bizco Cubelas se limita a responderle con un gesto de desaliento o capitulación. De la lejanía le llega el eco de la radio. Un locutor, seguramente el Griego, ofrece la composición del nuevo gobierno, antes de anunciar un manifiesto dirigido al pueblo, y leído por el general Fulgencio Batista, nuevo presidente de la República.

El Mulato se aclara la voz, invulnerable a las noches en vela. Al temblor de las grandes ocasiones. Le han colocado delante el mismo micrófono RCA al que se acercan los actores para grabar las radionovelas, esas que paralizan la ciudad. Él ahora siente el mismo poder de haber detenido el tiempo. De que todo el mundo esté pendiente de sus palabras. Y aunque sabía que ese momento iba a llegar, nunca se le ocurrió preparar unas frases. No hacía falta. Recurriría a su proverbial capacidad de improvisación, la que había conseguido gracias a tantas lecturas. Su despacho en el castillito, en el Campamento Columbia, se ha convertido en un estudio radiofónico, con técnicos de sonido y militares pululando a su alrededor. A sus oídos llegan perfectamente los gritos y vítores, la exaltación de los jóvenes oficiales comprometidos en la operación. ¡Batista, Batista!

Son las cuatro de la tarde. El Mulato está rodeado por un puñado de soldados con cascos de acero. Un señor, de aspecto siniestro fomentado por unos espejuelos muy oscuros, un tipo más bajo que alto, está pegado al Mulato. Siente su excitación nerviosa, su irradiación de vitalidad. Alza la voz. Va a hablar el general Fulgencio Batista. Los murmullos cesan. El micrófono RCA empieza a recoger con fidelidad las palabras del nuevo dueño de la República.

«La Junta Militar ha actuado para acabar con el régimen de sangre y corrupción que ha destruido instituciones, creado desorden y burla en el Estado», el Mulato se esmera en separar

cada sílaba, como si fuera un ejemplar único, preñada de trascendencia, «agravada por sus siniestros planes del gobierno,
que quería prolongar una vez terminado el plazo constitucional, para lo cual, el presidente Prío se puso de acuerdo con
varios jefes militares, preparando un golpe militar antes de las
elecciones», la voz del Mulato suena nítida, imperial, de locutor de radio largamente entrenado, y llega a los receptores limpia de las contaminaciones granulosas de las conexiones hechas con medios precarios. No se oye el crepitar que suele
acompañar a las palabras lanzadas con urgencia. Como si las
ondas también quisieran ayudar al nuevo presidente para que
sus palabras llegaran a todos los cubanos con fidelidad nueva
de avance tecnológico. «Hablo al pueblo de Cuba desde la
Ciudad Militar esta vez. He tenido que regresar forzado por
las circunstancias y llevado por mi amor al pueblo, para reanu-
dar una nueva gestión de paz. Hombro con hombro debemos
trabajar por la armonía espiritual de la gran familia cubana, y
sentirnos todos en esta patria, como la quiso Martí, cubanos y
hermanos unidos en el mismo ideal, para el progreso, la democracia, la libertad y la justicia», leyó sin quitarse unos espejuelos de montura negra.

Era un brillante discurso. Que los estudiantes hubieran
querido que se metiera por el culo. En ese momento no sabían
si odiar más al Mulato o a Prío.

«Sí, un brillante discurso que tenía cuidadosamente preparado. Claro, que antes de lanzar mis palabras al pueblo, me
he asegurado de que Prío no iba a plantar batalla. No ha sido
difícil dar con él. Debía estar escondido en alguna madriguera,
y efectivamente, se ha ido a la embajada de México. ¿Has
abandonado la lucha?, le pregunto. Sí, no tengo más remedio,
te has salido con la tuya, sin esperar al veredicto de las urnas,
y yo, lo tenía que hacer, replico, tus planes eran exactamente

los mismos que los míos, así que he tenido que adelantarme, y
él, estoy jugando al billar, me ha contestado, con un tono de
voz tan débil, que lo creí a pies juntillas. Estaba cagadito de miedo. ¿Qué debo hacer?, me dice. Carajo, Carlitos, salir del país,
antes de que se me cruce por la cabeza la idea de encerrarte en
La Cabaña y fusilarte, le dije, para meterle todo el miedo que
pueda en el cuerpo. Vete del país, y así podrás dedicarte a im-
pulsar tu carrera de actor. Llegó tu momento. ¿No quisiste
siempre hacer películas? Ha llegado tu gran oportunidad, la
que tanto tiempo habías esperado. Y seguro que la vas a aprovechar, que serás un gran actor, aunque te huela el aliento a
cebolla, jajajaja. Tenía tanto miedo que apenas articulaba palabra. Sólo tuvo siempre cojones para intentar dar un golpe de
Estado antes de las elecciones. ¿No es eso acaso lo que pretendía?» El Mulato se acuerda de aquella conversación que mantuvo con Policarpo Soler, uno de los tantos gatilleros que hay
en La Habana. El tipo le dijo que Carlos Prío le había insinuado la posibilidad de que matara a Batista. Le daba millones de
dólares por hacerlo. Una tonga de dinero. La cosa iba a ser
bien sencilla. Bastaba con interceptar en la Carretera Central
el carro en el que viajara el Mulato y su escolta, camino de la
finca Kuquine, una vez que hubiera anochecido. Ese era el
plan. Prío quiere matarte, le avisó Policarpo Soler. Y al Mulato
había alguna pieza que no le encajaba. Porque el gatillero ese
era capaz de hacer cualquier cosa por dinero. Y allí había mucho. Mucho. Pero para cobrarlo tenía que quitar de en medio
al Mulato. Quizá pensara que no iba a ser tan fácil como se lo
había pintado Carlitos Prío. «Querías matarme, cabrón. Pero
ese muertecito te iba a apestar toda tu vida. Además ¿qué
creías? ¿que todo iba a ser tan sencillo? Acabar con Batista es
un poco más difícil que convencer a una mujer para que te
acompañe a tu habitación. Por eso siempre has buscado ayu-

da, por eso te fuiste a Estados Unidos para conspirar contra
mí, a mantener largas conferencias telefónicas con tu amigo
Trujillo, el Chapitas ese, y ahí estás ahora Carlitos, un cagón,
un comemierda, allí en la embajada, asustado, pensando que
voy a invadirla para meterte dos tiros en la cabeza. Te imagino
con un estúpido sombrero de jipi, de esos que te gusta lucir.
Huye, huye, sal de aquí, se te apagó el tabaco, te quedaste sin
papel para esta película…»

    —¡Prío sale! ¡Prío sale! —gritan las prostitutas de la ca-
lle Virtudes, enfebrecidas por una pasión irracional, bailando
en La Habana Vieja, cubiertas por unas ropas que parecen an-
drajos, de tan usadas.

    Sí, está claro que algo ha cambiado en Cuba, porque de
varios balcones del Palacio Presidencial cuelgan pañuelos
blancos de rendición, uno de ellos del mismísimo balcón al
que se asomaba Carlitos Prío para dejar vagar la mirada por el
parque de Zayas. Cuelgan pañuelos blancos a pesar de que
varios tanques Shermann continúan apuntándole y de que Carlitos Prío ocupa uno de los asientos de un avión XA-JOS de la
Compañía Mexicana de Aviación.

    —¡Prío sale! ¡Prío sale! —cantan las prostitutas de la
calle Virtudes, como si estuvieran borrachas.

    —¡Prío sale! ¡Prío sale! —gritan las prostitutas de la ca-
lle Virtudes, y de todas, de toditas las calles.

    Algo ha cambiado en Cuba, porque esa mañana un gru-
po de señores trajeados acarreando sus maletines no ha podido acceder al Capitolio. Van llegando de Prado, de Dragones,
de Industria, de San José, de todas las calles que desembocan
en la sede del senado. Pero nada más llegar a la plaza, se han
dado cuenta de que algo extraño ocurría. Que no era normal
que allí hubiera tantos hombres uniformados, vestidos con
ropa militar. Caballeros ¿qué sucede? Nada, simplemente que

hoy no pueden acceder al Capitolio. ¿Y eso? Hay órdenes expresas de que no lo hagan. ¿Y quién ha dado esas órdenes? Sólo les podemos decir que nuestra obligación es que ustedes las reciban. Y que las cumplan. Tal y como han sido dadas. Ha habido empujones, forcejeos, gritos. Algunos senadores no están dispuestos a ceder. Quieren cumplir con su trabajo. No puede pararse la maquinaria legislativa, y menos por culpa de unos militares de mierda. ¿Qué carajo pretenden ustedes? Más empujones, más forcejeos, más gritos. Hasta que suenan dos detonaciones. Uno de los militares ha lanzado dos descargas. Al aire.

Los tiempos han cambiado. El Mulato ya no está allá en Estados Unidos, en Daytona. Ni siquiera encerrado en su biblioteca de la finca Kuquine. Sino mandando en el Campamento Columbia.

El golpe de Estado del diez de marzo ha triunfado plenamente.

Y a pesar de los vítores que salen por el altavoz, ¡Batista, Batista!, el gong de Radio Reloj se ha convertido para el gordo Manzanita en un redoble de tambores, una llamada a la lucha, con o sin armas, y escucha el gong mezclándose con los vítores, y las músicas militares alegres, y todo aquello lo inflama de una ira nueva, que ni siquiera puede paliar dándole una patada brutal al radio, que se queda abandonado en el suelo como un animal destripado. Una obligación se le impone con el poder de una misión apostólica.

—Matar al mulato. Eso es lo que tengo que hacer. Dejarlo así, descojonado, como el radio ese.

Mira el aparato, con desprecio.

8.
DAR CANDELA AL JARRO

AQUELLO FUE UNA CARNICERÍA. LA CALLE SE CONVIRTIÓ en un río de sangre. En el piso quedaron un montón de cadáveres que estuvieron botando sangre horas y horas, mientras seguían sonando las balas que lanzaban todavía los grupos pandilleros que habían llenado de cadáveres el barrio de Marianao. Lo del reparto Orfila tuvo que ser lo más parecido a una batalla de las de antes. Es como si alguien hubiera agarrando un machete y hubiera matado a una docena de puercos.

Al Griego se lo contaron. Pero hasta que no lo vio por televisión, las imágenes espeluznantes de CMQ, no se dio cuenta exactamente de lo que había sucedido.

Había tanta sangre correteando por la calle, tanta sangre botada, que el Griego no tenía más remedio que tomar la decisión más importante de su vida: hacerse periodista.

De lo de Orfila habían transcurrido ya diez años. Los suficientes para que el Griego hubiera llegado a convertirse en uno de los locutores más conocidos de Radio Reloj. Diez años. Pero la gente seguía matándose en las calles. Las balaceras continuaban. Estaban ocurriendo demasiadas cosas como para distraerse. Y sin embargo, la mitad de La Habana andaba pendiente de la novela, mientras la otra mitad se mataba en la calle o corría delante de las perseguidoras de la policía.

El Griego era una gran profesional. Con un acentuado sentido del deber. Del deber histórico, como a él le gustaba proclamar. Él había dado la noticia del diez de marzo, la noticia de la entrada del Mulato en el Campamento Columbia. Porque no era Radio Reloj la que buscaba los acontecimientos, sino que eran los acontecimientos los que buscaban a Radio Reloj. Esa era la divisa. Por eso, el ya ex presidente Carlos Prío hizo aquella llamada, cuando las cosas se le pusieron del colorcito de las hormigas. No, el Griego no estaba para fiestas. En La Habana ocurrían muchas cosas, demasiadas, como para estar pendientes de la novela de las cuatro de la tarde, esa que hacía el bobo de Silvito Lindo. Y la sola mención de ese nombre ponía bravo al Griego. Se conocieron tres años atrás. Pero lo llevaba odiando mucho tiempo más.

Silvito Lindo era poseedor de una voz de acento muy suave, puro dulce de guayaba. El Griego no podía soportar que aquel comepingas tuviera una voz más bonita que la suya y estuviera siempre de un cabaret a otro, siendo tratado con la zalamería empalagosa que sólo debía reservarse para los actores de verdad, como Rita Hayworth o Gary Gooper. Se bajaba de su nuevo Ford Thunderbird, un modelo que decían que llevaba incluso un sistema de audio que automáticamente aumentaba el volumen conforme el auto incrementaba su velocidad, se echaba el pelo hacia atrás, y enseguida tenía a alguien haciéndole una reverencia ampulosa, generalmente a las puertas del Sans Souci o del Capri.

Silvito Lindo daba vida a tipos que hacían mil perrerías a las mujeres. Pegarle los tarros un promedio de tres veces al mes era lo más suave que hacían. Luego venían unas enterne-

cedoras reconciliaciones, que ni siquiera eran posibles en los
boleros que cantaba Benny Moré,

quieres regresar, pero es imposible
ya mi corazón se encuentra rebelde
vuélvete otra vez, que no te amaré jamás,

no eran posibles en esos boleros, pero sí en las ficciones
de Silvito Lindo que permitían nueva declaración de amor
eterno hasta que el tipo se encaprichaba de otro par de tetas, y
volaba del nido. Y otra vez, la mujer se quedaba desconsolada,
sintiendo que su valor no era mayor que el que tiene un felpu-
do. El bolero tenía razón.

Pero al Griego todo eso de las novelas y los boleros le
parecían mierda. Odiaba ese mundo. Odiaba a Silvito Lindo.
Ábranse las páginas sonoras de la novela del aire para hacer
vivir a usted la ilusión y el romance de un nuevo capítulo, ese
era el principio. Y luego venía lo peor, los diálogos. Odiaba
esos diálogos de la novela, hechos para bobos, diálogos que
huelen a asepsia, a cuerpo recién lavado, a nada, a diferencia
de la realidad. La realidad huele. Apesta. Y eso la hace más
atractiva. Eso se dice, cada vez que se pone delante del micrófono para gritar ¡Radio Reloj reportando!

El Griego tuvo que ponerse ese día traje y corbata, él
que odiaba todas las formalidades. Para hacer sus boletines de
noticias no necesitaba más que tener la voz en condiciones. No
hacía falta nada más. Ni traje ni corbata. Pero para ir al Montmartre, sí. Y un buen afeitado. Su director se había empeñado
en que fuera al cabaret. Que alguien le había venido con un
soplo. En el Montmartre se estaba cociendo algo. Y había que
ir por allí. A husmear. Justo como hacen los perros. El director
se olía algo. El Griego, que era un hombre de intuiciones, no.
Intentó apelar, recurriendo incluso a aquello de que los grandes acontecimientos van a Radio Reloj, no a la inversa. Pero el

director no le dio opción. Ahí en el Montmartre va a pasar algo. Ponte traje y corbata.

Pero lo único que pasó esa noche es que se topó con Silvito Lindo. Y aquello era cualquier cosa menos extraño. El rey de la radionovela, el tipo que daba voz a todos aquellos personajes que hacían cortar la respiración a media Habana, no se perdía una fiesta. Tampoco aquella. Cuando el Griego miró al escenario, entendió por qué. Con una estola de visón derramándose por el cuello, un vestido muy ceñido y una voz insinuante, un poco ronca quizá, una artista interpretaba su repertorio de boleros, todas las miradas pendientes de ella. Al Griego no le gustaba, sin embargo. Le sobraban algunas libras. Tenía unas caderas exageradas. Pero Silvito Lindo no parecía de esa opinión. Ni siquiera parpadeaba. El Griego lo observó unos segundos. Con desprecio. Apreció su traje perfectamente cortado, seguro que comprado en El Sol. Lo comparó con el suyo, que le caía fofo sobre su cuerpo más bien escurrido. Y se preguntó de nuevo qué diablos hacía allí. Pero su director había sido terminante. Ve y husmea. Igualito que un perro.

Pero en el escenario no había gran cosa que ver. Así que se acercó a la barra. A fin de cuentas, si de ahí salía con alguna información útil, seguro que se la daban los camareros. Se pidió un *gin-fizz*.

—¿Quién es esa tipa? —preguntó.

Pero no fue el camarero de pajarita que le preparaba el *cocktail* el que le respondió.

—Una joya que se llama Katyna Ranieri.

El Griego no tuvo que voltearse para saber quién había pronunciado ese nombre. Reconoció la voz inmediatamente. Igual que hubiera hecho media Habana. La que no andaba corriendo delante de las perseguidoras de la policía.

—Encantado.

Silvito Lindo le extendió la mano, durante unos largos segundos, con una sonrisa hecha de dientes muy blancos. Y cuando ya parecía que su gesto había sido inútil, el Griego sacó del bolsillo del pantalón una mano sudada.

—Igualmente —le dijo, sin disimular su aprensión.

Silvito Lindo miró al camarero. No le hizo falta abrir la boca para tener en unos segundos en las manos un *tom collins*. El camarero le sonrió.

—Es linda esa mujer ¿eh?

Y el Griego no sabía si aquel actorzuelo le había soltado la frase a él, o a sí mismo. En cualquier caso, no le iba a responder.

—Katyna Ranieri. El sueño de todo habanero —insistió Silvito.

Ahí estaban los dos, mojándose los labios con sus cocktailes, apreciando los movimientos lánguidos de la cantante sobre el escenario. El Griego se sentía incómodo. Con aquel traje. Con aquel *gin-fizz* que le quemaba el esófago. Con aquel tipejo al lado, aquel tipejo que encarnaba todo lo que él odiaba: la frivolidad, la vanidad, la vida de colorines, mientras que algunos jóvenes eran torturados por los esbirros del Mulato, encerrados en los sótanos del coronel Orlando Piedra, o por el mismísimo Blanco Rico, el jefe del SIM. Lo buscó con sus ojos. Decían que iba mucho por allí. Pero no lo encontró. Andaría echándole una mano al coronel Orlando Piedra, arracándole las uñas a algún desgraciado. Todo eso estaba pasando. Y mientras tanto, Silvito Lindo hablaba de romances y amores imposibles. El Griego sintió un odio renovado hacia él.

—¡Espectacular! —estalló en aplausos Silvito, al acabar Katyna el último bolero de su repertorio. Todos lo imitaron. Todos menos uno. El Griego no sacó sus manos sudadas de los bolsillos del pantalón.

—¿A usted le llaman el Griego, no?

El otro se sorprendió.

—Sí.

—¿Y eso? ¿Por qué?

—A usted lo llaman Silvito Lindo. Seguro que es un nombre artístico…

—… que me viene como anillo al dedo —y Silvito se rastrilló en un movimiento coqueto su pelo oscurísimo.

—A mí también. Pero no le explicaré por qué…

Silvito Lindo sonrió. Consultó el reloj. No era un hombre al que le gustara perder el tiempo. Y no tuvo que cambiar más frases para darse cuenta de que con el Griego lo estaba haciendo. Era un tipo aburrido. Y a Silvito Lindo no le gustaban los hombres. Y mucho menos los hombres aburridos.

—Encantado de conocerle —dijo. Le estrechó de nuevo la mano, y se fue.

Al Griego le quedaban todavía unos dedos de *gin-fizz*. Sabía a meada de perro. Pero en vez de arrojarlo a la cara del camarero, que es lo que le pedía el cuerpo, le lanzó una pregunta.

—¿Ha ocurrido algo excepcional esta noche?

El camarero se rascó la barbilla.

—¿Excepcional? No. Sólo que Silvito Lindo ha vuelto. Llevaba algunas semanas sin aparecer por el Montmartre. Ya lo extrañábamos.

Y ahora sí, el Griego no pudo evitarlo, no pudo frenarse. Quedaban apenas tres dedos de *gin-fizz* en el vaso. Pero no acabaron en el estómago del Griego, sino en el rostro sorprendido del camarero. Sobre el escenario, una mujer se quedaba medio en cueros. Era el momento de irse.

Salió a la calle. Era muy tarde. Al Griego no le gustaba la noche. Demasiado ruido. Demasiada confusión. Por la noche todos los gatos son pardos. Las grandes cosas ocurrían durante el día. Él debía llevar ya varias horas dormido. Pero no. Ahora andaba buscando su Plymouth en el parqueo. Por fin lo divisó. Comprobó que las llaves seguían en su bolsillo.

Pero su carro no estaba solo. Al lado había parqueado un Chevrolet Impala. Nuevecito. Impecable. Brillante. Leyó su placa. La reconoció inmediatamente. El Griego sabía muchas cosas de La Habana. Las cosas que nadie sabía. El teléfono particular del jefe del Buró de Investigaciones, o a quién correspondía la placa de ese auto. La información es poder. Por eso él se había hecho periodista. Y aquel era el carro de un señor bajito que manejaba casi todos los negocios legales de La Habana, y absolutamente todos los ilegales. Pocos sabían su nombre. El Griego, sí. Se llamaba Meyer Lansky, y era judío.

Tardó unos segundos en poner el Plymouth en marcha. Los suficientes para que le diera tiempo a ver salir del cabaret (¿es él, verdad?) la figura un poco encorvada del coronel Orlando Piedra. Hay poca luz, y el Griego es un poco miope. Dos dioptrías en cada ojo. Pero su vista no le engaña. Que me parta un rayo si ese no es Orlando Piedra. No debió tomarse ese *gin-fizz* que le ha servido el camarero. No está acostumbrado al alcohol y ahora se siente un poco mareado. Pero no lo suficiente como para no ver la figura del coronel. ¿Es él, verdad? ¿es él?, se repite. No va solo. Lo acompaña una mujer. Ya no lleva al cuello la estola de visón.

El Griego recordó entonces lo que le había dicho, proféticamente, su director. Ve al Montmartre. Dicen que se está preparando algo.

Sí. El coronel salió del cabaret, pero no acompañado por sus escoltas, sino por una mujer que cantaba boleros. Sí, se está preparando algo, concluyó el Griego, al mismo tiempo que apretaba al acelerador.

—Yo no encuentro otra forma de iniciar una conversación que haciéndole saltar a un hijoputa un par de dientes. Es bueno sentar las reglas del juego antes de empezar a hablar —la frase es de Orlando Piedra. Una de esas frases que te crean pocos amigos. Desde luego, el Bizco Cubelas, no lo era.

Son las tres de la mañana. Pero la música sigue sonando.

—¡Venga, cojones, vamos a romper al *hijo'e'puta* de Orlando Piedra, caballeros! —dice el Bizco Cubelas. Algunos también lo llaman Gatillo Alegre. Por motivos obvios.

La frase sólo la escucha Carbó. Es otro estudiante. También sueña con encontrarse cara a cara con Orlando Piedra.

Aún faltan unas horas para que amanezca. Pero al coronel Blanco Rico le ha entrado hambre. Me ha entrado hambre, le dice a una mujer que no es la misma que le hace la raya en el pelo a sus hijos antes de ir al colegio. Le apetece tomarse un buen café con leche acompañado por un croissant. Sabe que a esa hora, la cafetería del Montmartre está cerrada. Pero eso no es problema. Basta que utilice los dedos para hacer un chasquido, y zas, problema solucionado. Él era el que decidía cuando se abría y cuando se cerraba aquella cafetería. Faltaría más.

Los rastrillos de los *croupiers* descansan después de una larga jornada frenética, las fichas haciendo grandes montañas sobre los tapetes.

—¡Le vamos a hacer tragar todos esos instrumentos que guarda en la caja de herramientas, carajo! *¡Pa'que* se entere el pendejo ese de Orlando Piedra lo gordos que tenemos los cojones los estudiantes!

Aquella panda de estudiantes soñaba todos los días con encontrarse con Orlando Piedra. Con pillarlo fuera de base. Y ese era el momento. Por la Universidad corrían muchos rumores, muchas leyendas. Pero de todas, una parecía verdadera: la ruta de los grillos. No era fácil oírlos en La Habana, con los cabarets abiertos hasta la madrugada, con los marines cantando borrachos hasta el amanecer, con todas esas músicas que sonaban a cualquier hora… Sólo alejándose de la ciudad se escuchaba el canto de los grillos con nitidez. Y el coronel debía ser muy aficionado a esos bichos. Nada más salir del túnel de la bahía, bajaba las ventanas de su carro, para que el pobre desgraciado que había detenido esa noche pudiera escuchar desde el asiento trasero un cri cri monótono. El tipo acababa de iniciar la ruta de los grillos, que terminará junto al río Almendares, donde el cri cri se hacía insoportable. Hasta que dejaba de oírlo. En el fondo de los ríos no se oye nada.

Esa era la ruta de los grillos. Quien la hacía, ya no volvía nunca más a la ciudad. Se quedaba allí, viviendo con los grillos. Para siempre.

Los estudiantes la conocían. Y por eso no querían perder ni un minuto en partir al coronel Orlando Piedra. A esa hora saben que está dentro del Montmartre. Esa es la información que les ha dado el locutor ese que trabaja en Radio Reloj. Toca actuar.

El aroma del café, piensa el coronel Blanco Rico, puede más que la tentación de volver a casa y arrebujarse en las sábanas. A lo mejor es que tiene pocas ganas de regresar, su mujer esperándolo con la misma hospitalidad de una gallina salvaje. Tenía mala leche, sí.

El coronel tiene sueño. Pero también hambre. Mucha hambre. La mujer que tiene al lado se apoya en su hombro.

—Estoy cansadita. Si tú llevaras estos tacones, seguro que no querrías otra cosa que lanzarlos a la cabeza de tu peor enemigo.

Blanco Rico tiene algunos. Pero menos que Orlando Piedra.

Quien le ha soltado esa frase no es la mujer que le ha dado tres hijos. No. Se trata de una muchacha que apenas tendrá veintidós o veintitrés años, o es lo que aparenta. Si no fuera por la claridad lechosa de su piel, se podría afirmar sin duda que ha nacido en el mismísimo Vedado. Pero su extraño acento revela que lo ha hecho muy lejos del Montmartre. Aunque sólo en La Habana le han enseñado a fumar cigarrillos con boquilla de nácar de esa forma tan voluptuosa que alborota los sentidos del coronel Blanco Rico tanto como lo que medio esconde su vestido de lamé. Por eso no duda en dejar a su mujer poniéndose brava en casa, mientras él se acerca lo más que puede a aquel cuerpo que siempre parece estar pidiendo guerra.

Es ella, en efecto. Katyna Ranieri. Lo de Katyna puede ser un nombre artístico. Lo de Ranieri está claro. Suena a Italia. A verdes campiñas. A viñedos. Pero ahora no anda por esas tierras, sino de musa del Montmartre. Acompañando a un coronel que la mira, lleno de deseo.

Aquello era un disparate, por muchas razones, y la menor no era que Meyer Lansky se había encaprichado de ella. Y aquel judío parecía poca cosa. Pero nadie le llevaba la contraria. Y ahora el coronel Blanco Rico jugaba con fuego.

El Mulato había tenido la prudencia de advertirle a Blanco Rico, pero la única respuesta que le había dado el jefe del SIM era aumentar sus visitas al Montmartre, y acercarse cada vez más a las tetas de la Ranieri. Nunca te fíes de una mujer desnuda, de esas que se mueven como una culebra, le había dicho el Mulato. Blanco Rico le hizo caso. Tanto caso como que estaba a esas horas de la madrugada con los ojos perdidos en las mil curvas de la Ranieri. Y además, con hambre.

—Venga, vamos a tomar un desayuno —propuso Blanco Rico—. No es bueno ir por el mundo con el estómago vacío, porque el mundo te puede tumbar.

La idea es secundada por otros miembros del servicio de espionaje militar, sus mujeres formando el último corro de la noche en un rincón cuidadosamente elegido de la cafetería del casino. Blanco Rico no tiene miedo de exhibirse ante ellas con aquel pedazo de hembra que baila todas las noches en el Montmartre. Ellas no serán capaces de pegarle un mordisco. Su mujer, sí. Si algún día lo ve con sus brazos colgados de una hembra así, será hombre muerto. No tiene ninguna duda. Es a lo único que teme. A su mujer. Le importa un carajo lo que vaya a hacer el judío aquel al que todo el mundo teme, el tal Meyer Lansky. ¡Pero si es medio enano!

A Carbó y al Bizco Cubelas, la marihuana que han fumado durante toda la noche no les ha dado hambre. Ni siquiera sueño. Sólo ganas de emprenderla a plomazos con alguno de los hijos de puta dc los que pasean en perseguidoras y se esconden en sótanos oscuros para hacer preguntas, con unas tenazas en la mano.

—¡Vamos a romperle los huevos a Orlando Piedra! ¡Ese cabrón no tiene ni idea de lo que le espera en el Montmartre! —dice el Bizco Cubelas, abandonando el restaurante La Palmera, en L y 21. Un restaurante perfecto para almorzar por unos pocos pesos, o para hacerse con el valor suficiente para quitar de en medio a algún cabrón.

Si el coronel Blanco Rico no hubiera estado tan pendiente del escote de la Ranieri o no tuviera tanta hambre, quizá se hubiera ido a su casa a darle un par de besos a su mujer, o se habría dado cuenta esa noche que en el Montmartre viboreaban algunos rostros que lo examinaban con curiosidad. Pero él estaba entretenido, mirando la porción de tetas que dejaba a la vista el escote de la Ranieri, mientras sus compañeros sólo tenían ojos para ver las evoluciones de las fichas sobre el tapete. Si hubiera estado atento a cualquier otra cosa que no fuera el cuerpo neumático de la Ranieri, el coronel Blanco Rico igual hubiera pensado que lo habían reconocido, y eso le habría despertado una sensación de profunda incomodidad, él, que aspiraba cada día a ser invisible. Por eso, se lamentaba de que, de pronto, sin previo aviso, a él, que había sido de joven muy delgado, ahora le hubiera salido un panzón con el que iba anunciándose.

—Mira ¡ahí va el gordo!

Estaría gordo. Pero eso no le impedía meterse en la cama de vez en cuando con la Ranieri. Estaría gordo, pero la cafetería del Montmartre se abría y cerraba a la hora que a él le salía de las narices.

Si el coronel no hubiera esa noche dado el día libre a sus neuronas, se habría dado cuenta de que su figura ya estropeada había sido enfocada por unos ojos que no lo miraban con la piedad o risa que despiertan los gordos, sino con un odio invencible. Pero el coronel jamás pudo pensar que a él también lo podían espiar. Porque se atribuía la cualidad de ser invisible.

El coronel, a fin de cuentas, se sentía invulnerable, y además, carajo, también tenía derecho al descanso, a tener ese pedazo de mujer a su lado, y a empapar el croissant en un inmenso tazón de leche, como a él le gustaba, y aquel lujo le parecía tan irrenunciable, que hizo un gesto de fastidio cuando oyó unos gritos que violaron la paz del momento, un hilillo del café con leche manchándole la cara. El coronel era un hombre de costumbres, y por eso interpretó esos gritos crecientes como una intolerable invasión. Alguien tenía ganas de joder.

—¡Carajo, con el dinero que le dejo al casino, y ni siquiera tengo derecho a desayunar en paz! ¿Cuánto vale aquí el silencio, coño?

Eso le oyeron decir los demás, una gota resbalando ya por la barbilla.

Nadie se puso en guardia. Sólo se oyeron unas risas que acompañaron la ocurrencia del coronel. La había soltado con los carrillos llenos, la voz opaca, el croissant ocupando toda la boca.

Desde sus asientos oyen la musiquilla monótona de un piano, como el hilo musical de una consulta de dentista. También escuchan ruidos de mudanza, pero los atribuyen al trabajo de los operarios, que quizá anden cambiando algún mueble, ajenos a todo, sólo pendientes de su tarea.

Para cuando el coronel y sus colaboradores se dan cuenta de que los gritos no son de los operarios del Montmartre, ya es demasiado tarde.

—¡Aquí está el *hijo'e'puta*! ¡Gordo de mierda, te pillamos en la madriguera!

El coronel Blanco Rico oye las palabras, sin sentirse aludido, el croissant desmigajándose en sus encías. Los siente como sonidos dirigidos a otra persona. Por eso no entiende los gestos broncos de aquellos dos individuos que se han atrevido a entrar con violencia en la cafetería, en esa cafetería a la que sólo puede entrar a esa hora él y los amigos que quiera que le acompañen, y además en el día sagrado de domingo, y sólo cuando ve a la camarera alzar las manos, los ojos llenos de miedo, se da cuenta de que ocurre algo que puede concernirle, y lo siguiente que oye no son los gritos de los dos tipos, gordo de mierda, te pillamos en la madriguera, sino la detonación de la bandeja que alzaba la camarera hace unos segundos, al caer al suelo, un estruendo seco que se confunde con el de dos tiros, pero el coronel ya no

puede distinguirlos, separar un sonido del otro, y en su mente
no sólo se confunden ruidos, sino imágenes que acuden en tropel, atropelladamente, el momento en el que vio una serpiente
sinuosa estirándose en el escenario, esa misma serpiente bajo su
cuerpo ya fondón, no te fíes de una mujer desnuda, de esas que
se mueven como una culebra, le había advertido el Mulato, todo
eso imponiéndose a la imagen del instante actual que no puede
ya alcanzar el coronel, por mucho esfuerzo que haga, fotogra-
mas de su vida corren a tal velocidad que no le dejan ni siquiera
resquicio para ver a la Ranieri, los zapatos de tacón de aguja en
la mano, corriendo hacia la salida, con la misma liviandad que
mostraba en el escenario y que tenía loquito a Blanco Rico. Ella,
totalmente consciente de la suerte definitiva del coronel, sabiendo viuda a su mujer, fuera quién fuera, con el instinto fino que
sólo tienen las mujeres, el mismo que le decía, con un lenguaje
perfectamente inteligible, que los disparos que continúa oyendo
también le persiguen a ella.

   —¡Venga, conejos! ¡La fiesta se ha acabado, conejitos!
—gritaban los dos tipos, envalentonados, con un espejismo de
impunidad que ni siquiera les ha hecho dudar cuando han visto al coronel sobeteando a una hembrita, y es cierto que han
pensado fugazmente que algo chirriaba, que algo estaba fa-
llando, porque la persona a la que buscan, el hijo de puta de
Orlando Piedra, el mayor torturador que tiene a su servicio el
Mulato, es misógino, o maricón, como mínimo, siempre anda
entalcándose los huevos. Y no les cuadra que aquel tipo con
grado de coronel esté restregándose con una cabaretera. Pero
ni siquiera se han parado a pensar. En ese momento, los dos
pases de marihuana que se han metido sólo les impulsan a disparar a todo el que se ponga por delante.

   La Ranieri siente el collar de perlas estrangularle el cuello, y no acaba de entender por qué se ahoga, y sin embargo,

sus pies desnudos levitan sobre el suelo, con liviandad de material gaseoso, como se muestra habitualmente en el escenario, el peso de una pluma, no más, sin que esa carrera casi sin oxígeno en los pulmones, haga cesar los estruendos secos, como de tronco rajado, incrustándose en sus oídos, y sólo ve el final de aquella estampida gracias a un fogonazo, un fogonazo de luz, la luz del exterior, la luz del mundo real, lejos de la ficción de las lentejuelas y la pluma de avestruz, piensa ella, como el resto de mujeres, y van en su búsqueda, sin encontrar otra cosa que el inmenso espejo de la entrada en el que muchas horas antes se habían dado el visto bueno, perfecto, estamos muy lindas; el coronel Blanco Rico recibiendo reverencias, sin que nadie se atreva a preguntarle por qué ha engordado tanto últimamente, y por qué se pasa tanto tiempo en el camerino de Katyna Ranieri, como interrogándola por algún delito o pecado que todo el mundo desconoce.

El estrépito del choque convierte el espejo en un granulado de limón, que enseguida acoge desde el suelo el bautismo de unas gotas de sangre que van creciendo, una a una. Un estrépito tan violento que hasta los dos individuos se han asustado, y aunque notan en sus manos el peso de las pistolas y el mareo de la marihuana, por fin toman conciencia de que el trabajo ya está hecho, o no, porque es muy raro ver a un maricón como Orlando Piedra tocándole las tetas a una cabaretera mientras se come un croissant, pero no hay tiempo para detenerse en esas minucias, y por primera vez desde que han imaginado cómo el coronel, Blanco Rico, Orlando Piedra, o el que sea, un hijoputa al servicio de Batista, se ven despojados del poder de la invulnerabilidad, y escapan, dando saltos de trapecista por encima de las mesas de juego, tumbando alguna, colándose por la cocina del restaurante, sin que, por un momento, en esa huida, se puedan desembarazar de una imagen, una imagen que se les ha quedado enganchada en el cerebro, el cráneo destrozado del coronel, destripado como una sandía, salpicaduras de café que se mezclan con pequeños hilillos de masa encefálica, y aquella imagen se impone con la fuerza de una pesadilla, con la conciencia plena que sólo tenemos cuando sabemos que hemos metido la pata en algo.

Corrieron mucho. Quizá fueran dos, tres horas. Sólo pararon cuando sintieron calambres en las piernas. Durante muchas horas, durante muchos días, siguieron escuchando en sus oídos las sirenas de las Mercury de las unidades motorizadas de la policía.

—¡Comunistas! ¡Esto es cosa de comunistas! —brama una voz.

El Mulato no toleraba que interrumpieran su estancia en la biblioteca en la finca Kuquine. Allí nadie podía acceder. Para las reuniones y las grandes decisiones había otro sitio. El jardín lleno de mangos y flamboyanes, perfectamente cuidado, era el sitio perfecto para conferenciar con sus colaboradores. Tendría que poner en la puerta de entrada de su biblioteca un «Prohibido el paso». Ese era el espacio al que asignaba mayor privacidad, mucho mayor que a su baño, y hubiera preferido que lo vieran entregado a sus meticulosas abluciones mañaneras a que lo pillaran hojeando alguno de los siete mil volúmenes de su biblioteca. Entendía que en aquel espacio inviolable residía todo su saber, los libros que lo habían acompañado desde la infancia, dando forma a su pensamiento. Pero muchos querían que eso no se supiera. El Mulato había conseguido escapar de la pobreza, dejar atrás la infancia más bien dickensiana de Banes, pero no de la imagen de militar que desprecia la cultura, sólo adornado por una astucia que le llevó a liderar la Revolución de los Sargentos, él, que para el ex presidente Alfredo Zayas era el Soldado Polilla, y que de tanto leer no había tenido más remedio que coger la pluma y escribir aquel libro ejemplar y modélico para entender la realidad de esas tierras feraces del hemisferio que había recorrido aprovechando su exilio voluntario, tras perder las elecciones del 44. Sombras de América, había decidido titularlo, con indudable ingenio. Un texto imprescindible. El Mulato había estado acompañado por las palabras mucho antes que por las armas. Por eso se hizo taquígrafo. Nunca tomó una decisión tan acertada. Después de copiar las declaraciones de tantos infelices acusados por la cruel dictadura de Gerardo Machado, había tomado conciencia de su deber histórico. De hacia dónde debía encaminar sus pasos. Soy político porque fui taquígrafo, le decía a sus más íntimos, al viejo Pancho Tabernilla, que lo miraba con gesto inexpresivo, o a Orlando Piedra, Piedrita, como se atrevía a llamarlo en momentos de relajación, el eficiente coronel Orlando Piedra, que se limitaba a asentir. El Mulato adoraba los libros. Por eso, uno de los mayores placeres era perderse en la biblioteca y examinar cuidadosamente todas las estanterías atestadas de libros, hasta dar con uno que llamara su atención, y lo abría, sosteniéndolo en las manos durante unos minutos, los que necesitaba para memorizar la frase que encontrara al azar, sin detenerse en su sentido.

—¡Es la mejor gimnasia! ¡Así las neuronas siempre están en forma! —le decía optimista a los más allegados.

Y la frase aprendida quedaba todo el día pegada a las paredes de su cerebro. La rumiaba, buscándole ocultos significados que siempre relacionaba con su destino de salvador de la patria. De arquitecto de una Cuba mejor. De perro guardián, como le encantaba repetir.

—¡Comunistas! ¡Es cosa de comunistas! —vuelve a gritar, su voz convertida en un trueno.

Y aunque intenta memorizar unas líneas que ha cazado arbitrariamente en una biografía de Napoleón, comprueba defraudado que su mente se niega, y sólo recoge la frase que sigue repitiendo todo el día el Mulato, ¡comunistas, es cosa de comunistas!

Ya es mediodía. Casi la hora del almuerzo. Pero en el Mulato la ira ha ganado al hambre. Además, no es bueno sentarse a la mesa empingado. La digestión será mala. Por eso ni responde al ofrecimiento profesional de la sirvienta.

—La comida estará servida en apenas media hora.

Estos pistoleros no respetan nada, piensa. Se acuerda de la Niña Magaly, con un brazo tronzado. La idea de poner una bomba en el Tropicana fue de Felipe Pazos, le informa Orlando Piedra. Piedrita ¿el mismo que es consejero económico de Prío, carajo? No, el hijo, le responde el coronel. La Niña Magaly eligió un vestido muy lindo para ir por primera vez al Tropicana. De allí salió con ese vestido lleno de sangre. Se acuerda de la Niña Magaly. Pero no únicamente de ella. Hace un par de días, la policía había sorprendido a una niña de sólo ocho años en el lunetario de un cinematógrafo, justo en el momento de regar fósforo vivo. Es que me iban a regalar una bicicleta, explicó, entre sollozos. ¡Y aquel petardo que le estalló en la mano a otro muchacho, antes de colocarlo debajo de un carro, a cambio de cinco pesos! ¿Quién carajo tenía todas esas ideas monstruosas? ¿Qué nombre y qué apellidos tenían esos comemierdas que habían atentado contra la vida de Blanco Rico?

El Mulato no encuentra ninguna respuesta. Y exige perentoriamente a su chofer que se ponga en marcha. Es imprescindible acudir al Palacio Presidencial, por encima de cualquier otra cosa.

—¿Qué ha ocurrido? —le pregunta la Primera Dama, notándolo azorado, su silueta escurriéndose por la puerta de salida.

—¡Estos pendejos han matado al coronel! —responde, la indignación trepándole por las entrañas, *blub, blub, blub...* hasta llegarle a la garganta.

El viaje lo hace entre gruñidos e insultos. Quiere llevar a su mente la frase extraída de la biografía de Napoleón que ha encontrado en un párrafo, hace sólo unos minutos. Siempre había sentido auténtica pasión por el corso, y no supo cómo interpretar aquella frase que algún periodista había escrito en el *Diario de la Marina*, llamándolo Napoleón de bolsillo. ¿Quería halagarlo, o ponerlo en ridículo? El Mulato intenta recuperar la frase que leyó en la biografía de Napoleón. Pero no puede rescatarla. Teme no encontrarla en un nuevo examen. Como teme no dar con los asesinos del coronel. Eso lo desasosiega aún más.

—¡Malditos comunistas! ¡Quieren sembrar el caos con el recurso de la violencia!

El Palacio Presidencial muestra una tranquilidad que no podía anunciar de ningún modo los sucesos trágicos del Montmartre. Las radios se limitan a cumplir su estricta programación musical, y sólo Radio Reloj emite noticias devaluadas, de puro antiguas, hechos que se empeña en mostrar embalsamados, con el falso prestigio de una noticia todavía caliente.

—¡La radio es un órgano vivo, en constante crecimiento! —peroraba dogmáticamente el Griego.

Pero ese día, Radio Reloj era una cabalgata de noticias irrelevantes mezcladas con anuncios de publicidad.

Nada, salvo el andar rápido y los gestos autoritarios del Mulato, pueden hacer pensar que la mañana apacible del domingo se ha truncado por culpa de dos estudiantes que se pasaron las últimas horas fumando marihuana, para luego entrar en el Montmartre, pegar unos tiros, y dedicarse a correr y correr. Dos tipos desocupados con un cigarro de marihuana en la mano son capaces de organizar tremendo desbarajuste. De joder al mismísimo Fulgencio Batista.

El Mulato sube a su despacho. Antes incluso de acceder a él le llega un fuerte olor a detergente químico. Sobre la mesa de nogal aún se demoran los rastros de humedad que parece haberle dejado la limpiadora, a modo de recado. Abre lentamente las dos hojas de su ventana. Un destello de sol arranca reflejos brillantes de las paredes tapizadas de madera. Mira a su alrededor. Y aunque todos los objetos persisten en su orden, un presentimiento de caos le rompe aquel momento de soledad. La soledad. A eso aspiraba siempre él. En la finca Kuquine. En el Palacio. A los demás les gustaba el bullicio de los cabarets. Eso siempre se lo había reprochado al pobre Blanco Rico. Y eso que al coronel no le gustaba el juego. Ni tomar. Pero se había encaprichado de un par de tetas.

—Es como tener en las manos el cuerpo de Silvana Mangano —le decía el coronel Blanco Rico.

Al Mulato le sonaba vagamente aquel nombre. Él no tenía tiempo para leer revistas ilustradas en las que aparecían sonrientes actores, actrices, gente de relevancia social. Apenas le echaba un vistazo desdeñoso a *Bohemia*. Pero, no, no podía distraerse con pasatiempos de ese modo. No le importaba que aún no lo hubieran aceptado en el Country Club, total, porque no era blanco. Es verdad, no le habían permitido la entrada. Por ser mulato. ¡A la mierda toda la gente que iba al Country Club y a todos esos garitos! Mientras él dedicaba veinticuatro horas al día a mantener en orden el país, el arquitecto de la República, eso era él, sus colaboradores se entretenían dejándose seducir por alguna pelandruja moteada de pedrería.

—¡Carajo, Blanquito! ¡Lo peor que le podría pasar es perder el cráneo por esa putita! —recuerda el Mulato que le soltó. A él le pareció una frase inocente. Lanzada incluso desde el aprecio sincero que profesaba a Blanco Rico. Pero el coronel reaccionó como si lo hubieran injuriado.

—Le pido que modere su lenguaje, por favor —dijo, antes de dar media vuelta y salir del despacho, con un mohín desdeñoso.

Recordó aquella conversación. Pobre Blanquito. Asesinado en el Montmartre. No había querido acercarse a ver sus sesos esparcidos por las mesas del cabaret. Se imaginó la escena. Y se reprendió. Quizá le faltara algo de tacto en aquel momento, suavidad para abordar con franqueza un asunto tan espinoso, el coronel embobado por culpa de la misma cabaretera con la que se acostaba Meyer Lansky. Sí, le faltó algo de tacto. A fin de cuentas, Blanco Rico era uno de sus colaboradores más solventes. Y ahora sólo servía de alimento para las tiñosas.

Al Mulato le gustaba la soledad. Le calmaba los ánimos. Le ponía en orden las tripas, siempre en estado de rebelión. Incluso le ordenaba los pensamientos y la conciencia. Pero no ese día. Ese día estaba demasiado bravo como para pensar. Estaba empingado, y sin embargo, si alguien lo hubiera observado en ese momento, se habría sorprendido viendo sus ojos aguanosos. La muerte de Blanco Rico lo había conmovido de una manera especial. Él estaba acostumbrado a relacionarse con la muerte, a fin de cuentas era un militar al que los acontecimientos habían empujado a la política, pero que Blanco Rico no estuviera allí ahora para gastarle alguna broma o contarle arrobado su idilio con la Katyana Ranieri esa, le parecía intolerable. El Mulato, que presumía de una salud a prueba de bombas, sentía ahora crecer una opresión terrible en el pecho, como si alguien le hubiera dejado allí una piedra de varias toneladas de peso. Quiso calmarse. Distraer su mente. Pero cada vez que lo intentaba salía a su encuentro una imagen: las hebras de masa encefálica desparramadas encima de una mesa del Montmartre. Y pensó que algo debía hacer para que esa imagen no lo persiguiera indefinidamente.

—Por favor, que suban mis colaboradores —escupió, oprimiendo con fuerza un botón al que no había llegado la balleta de la limpiadora.

Tabernilla tenía un andar ladeado. Era feo, insólitamente feo, aunque él no lo sabía. Pero el espejo no mentía: era feo. De esas fealdades extrañas y siniestras. Seguramente tenían mucha culpa de ello las líneas irregulares de la cara, como dejadas allí por el doctor Frankenstein en un mal día.

Nunca había sido un jodedor. Las mujeres no le habían hecho demasiado caso. Por eso había criado mala leche. Cada mañana, para cuando los rayos del sol se filtraran por las rendijas de la persiana, el general Tabernilla ya había hecho veinte series de levantamiento de pesas y doscientos abdominales. Sin embargo, asomarse al espejo le suponía un suplicio, porque ni siquiera sus voluminosos bíceps lo desagraviaban por la pérdida de pelo, que había sufrido de joven, casi de un día para otro. Y cada mañana salía del baño desalentado, con un sedimento ponzoñoso de rencor hacia el mundo que lo convertía en un ser que sólo inspiraba desconfianza. En todos, menos en el Mulato, que no detenía en sus ojos huidizos, sólo aptos para dirigir una mirada esquinada, ni en sus dedos nerviosos, unos dedos que parecían moverse autónomamente, sin guardar armonía con el resto del cuerpo, y eran unas patas de araña que se enredaban constantemente, sin descanso.

Tabernilla entra al despacho trazando una trayectoria diagonal, hasta cuadrarse delante del Mulato, que le pide que tome asiento.

—Imagino que estarás al corriente de lo que le ha pasado a Blanco Rico...

—Sí. Me hicieron una llamada a casa a eso de las doce —su voz suena opaca, como salida de profundidad de gruta.

—¿Tienes idea de quién o quienes son los asesinos? —pregunta el Mulato.

—Sólo sabemos, por el testimonio de un trabajador del casino, que se trata de dos hombres, de aspecto más bien juvenil.

—¿Pandilleros?

—Iban bien vestidos.

—¿Demasiado bien vestidos como para considerarlos gánsteres?

—Demasiado. Son algo más que pandilleros...

Tabernilla deja flotando la frase. Es curioso, la palabra que más repetía Tabernilla era «sospecha», y salía de su boca con matices afilados, con un metal de voz nuevo. Las sílabas las dejaba suspendidas en el aire, sin atreverse a situarlas en ningún sitio, allí, flotando como una voluta de humo, y al mismo tiempo, pesadas, con la consistencia de una amenaza. Detrás de aquella estrategia, muchos veían un propósito de hacerse el listo, el interesante, de darse un añadido de importancia, pero el Mulato sólo encontraba un deseo de crear suspense. Apreciaba a aquel tipo. Era obvio que jamás hubiera podido liderar una operación como la que él impulsó para derrocar al dictador Gerardo Machado en el 33, la que todo el mundo denominó la Revolución de los Sargentos. Y a lo mejor jamás iba a estar, como él, cinco años ocupando ese mismo puesto de Jefe del Estado Mayor. Le faltaba astucia política y algún atributo más que se le escapaba al Mulato. El coronel Orlando Piedra lo atacaba cada vez que podía. Decía del viejo Tabernilla que sus razonamientos eran tan complejos como los argumentos de las películas pornográficas que se rodaban todos los días en las grandes mansiones de la Quinta Avenida. Sí, es posible que sus neuronas fueran a distinta velocidad que las del coronel. Pero nunca se atrevería a llamarlo, como otros, Pancho Tabernas, por su buena relación con el whisky escocés. Aunque fuera por los años que llevaban juntos. Lo había visto presumir de pelo hasta llegar al momento actual, su cabeza convertida en una pista de aterrizaje.

—¿Y bien?

Tabernilla aún tardaba unos segundos en responderle, como regodeándose en el misterio. Él no era un bobo, como decían sus detractores. O a lo mejor sí, era un bobo. Pero un bobo muy bien informado.

—Sospecho que son estudiantes, estudiantes que se han agrupado. Proceden de la antigua FEU y ahora se han unido para jodernos todo lo que puedan. Son como un jején. Y no quieren otra cosa que picarnos.

—¿Te refieres a la Federación Estudiantil Universitaria? ¿La misma que usó el derecho de asociación que le prestamos para obligar al rector y a los profesores de la Universidad a cerrar el año pasado una institución docente de tanto valor?

—Ajá. Esos mismos.

—¿En qué te basas para realizar esa aseveración?

—¿Recuerda usted la toma de Canal 4?

—Sí, perfectamente. No subestimes mi memoria. La tengo perfectamente en forma. Y te recomiendo encarecidamente el método que sigo para conseguirlo —responde orgulloso el Mulato.

Pero a Tabernilla le bastaban unos ejercicios mañaneros, y sólo abriría un libro si en él encontrara el remedio infalible contra la alopecia.

—Pensamos inicialmente que eran unos locos callejeros, que no tenían otra cosa que hacer ese día. Un loco aburrido es muy peligroso. Pero hace poco hemos descubierto que seguían instrucciones muy precisas…

Tabernilla impostaba tonos de voz, jugando con la respiración, llevando las sílabas por caminos extraños para aumentar el interés del interlocutor. Hacía mucho tiempo que se dio cuenta que el Mulato lo escuchaba siempre con atención despierta. Y ejercitaba con destreza esos trucos de orador. No era un pedazo de carne, como muchos decían. O un borracho. También pensaba.

—¿Instrucciones de quién? —el Mulato, en efecto, estaba pendiente del relato de Tabernilla igual que puede estarlo un niño que entrevé con ojos ávidos el desenlace del cuento de esa noche.

—Del mismo que puso contra las cuerdas al rector de la Universidad… El gordo…

—¿Qué gordo?

—El gordo Manzanita.

Desde la calle, el Mulato oye un chirrido agudo, de frenazo seco. Luego, un golpe. Un bocinazo. Un auto debe haber alcanzado a otro. Gritos. La ciudad está llena de locos, piensa el Mulato, que se queda varios segundos dominado por ese pensamiento. Quiere agarrar un cabo suelto. Y al fin, lo encuentra.

—Pero el rector Clemente me aseguró que los de la FEU le habían prometido que abandonarían las manifestaciones y dejarían de hacer payasadas…

El Mulato no logra librarse de la neblina que le había tapado el entendimiento. El estupor lo tenía bien agarrado esa mañana. Por los mismísimos huevos. Desde que le habían venido con el cuento de que la cabeza del jefe del SIM estaba sobre una mesa de la cafetería del Montmartre, el café con leche sin acabar, enfriándose para siempre.

Al fin se rinde.

—¡Diablos, Tabernilla, oigo la música pero no la letra!

Tabernilla toma aire, mira sus dedos, moviéndose cada uno de manera arbitraria, como las serpientes de una hidra, y enfoca los ojos del Mulato, que aguarda sus palabras con una mezcla de expectación y fastidio.

—La música es esta: actos de violencia callejera, manifestaciones hechas a plena luz del día, arrojo y temeridad hasta el punto de matar al insigne jefe del SIM, el coronel Blanco Rico, precisamente aprovechando las reuniones oficiales aquí en La Habana de la Asociación Cubano-Americana... Y la letra es que los estudiantes fingieron disolver la FEU para crear un órgano mucho más violento, un órgano que no sólo persigue la agitación social, sino que está obsesionado con eliminar a este gobierno legalmente constituido. Dicen que el Mulato tiene que salir de este despacho. Con ese fin han creado lo que ellos llaman... Directorio Revolucionario...

Y Tabernilla deja caer el nombre, como si se tratara de un misterio, y aunque en su rostro se pinta el gesto preocupado que exige el día, los encargados del Montmartre quizá eliminando aún alguna mancha de sangre que haya dejado Blanco Rico sobre la mesa en la que no acabó el desayuno, íntimamente saborea una nueva victoria ante el Mulato, que podrá leer muchos libros, y tener un despacho como aquel, grande como un estadio de béisbol, pero que no era capaz de saber tantas informaciones confidenciales como las que él almacenaba en su cabeza, esa cabeza calva, pero llena de datos, de intrigas, de sospechas, de información... La que le servían en bandeja de plata todos esos tipos que trabajan para él, que tenía a su disposición, contándole cualquier minucia. Eso pensaba Tabernilla, impugnando la opinión de los que lo miraban con desprecio, poco más que un trasto viejo con el que no sabía lo que hacer el Mulato. Él se esforzaba todos los días en mantener su cuerpo en forma y en complacer en todo lo que le fuera posible al Mulato, por mucho que no le hubiera otorgado todavía la más alta distinción del Estado, la Orden Nacional del Mérito Carlos Manuel de Césped en grado de Comendador, como había hecho con Orlando Piedra. Tabernilla no podía entender cómo aquel tipo al que no había tenido más remedio que ponerle el apodo de La Pomposa porque siempre estaba pendiente de perfumes, talcos y toda esa mierda, había sido ascendido por el Mulato de forma vertiginosa, en tres decretos consecutivos: de capitán a comandante, de comandante a teniente coronel. ¿Qué es lo siguiente que iba a hacer? ¿Darle un despacho a su lado? Los mismos oficiales que le informaban de quién colocaba las bombas que estallaban en La Habana le habían transmitido una información inquietante: el Mulato estaba pensando nombrar a La Pomposa jefe del Departamento del Servicio Secreto de Palacio. Tabernilla no entendía nada. Sólo que debía dar lo mejor de sí al Mulato. Aunque fuera para joder a Orlando Piedra. Por eso ahora estaba allí, revelándole todas las claves del atentado que había obligado a cerrar el Montmartre.

—¿Por dónde entraron los estudiantes al Montmartre? —pregunta el Mulato.

—Por la puerta.

El Mulato da un par de vueltas a su despacho. Se pinza la barbilla, como hacía siempre que estaba manoseando un pensamiento.

—¿Y le dispararon a Blanco con unas Thompson de calibre 45?

—Así es.

—¿Y cómo es posible que entraran por la puerta principal del cabaret con las Thompson a cuestas? ¿Cómo diablos

pudieron esconder las ametralladoras en los sacos que llevaban? ¿En qué estaba pensando el portero del Montmartre
cuando vio a esos tipos entrar con las Thompson? ¿No se le
ocurrió preguntarles nada?

—Lo único que puedo decirle es que el portero del cabaret ha desaparecido. Lo hemos buscado por todos los sitios,
pero no hemos dado con él.

Así que hasta aquel tipo estaba en el ajo. Seguro que había visto las Thompson abultarles en el saco. Pero se hizo el
tonto. A ese cabrón también había que castigarlo.

El Mulato da una vuelta más por su despacho. Luego se
sienta.

—Pues antes de que la viuda de Blanco Rico haya elegido el color del ataúd, el Directorio Revolucionario, o como
carajo se llamen esos asesinos, debe tener noticias nuestras.
¿Oído?

—Oído. Lo tengo bien clarito: hay que dar candela al
jarro hasta que suelte el fondo.

Tabernilla ya se va. Pero el presidente lo detiene.

—Y ¿dice que me llaman el Mulato?

—Así es.

—¿Sabes por qué?

—Aún no.

—¿Seguro?

—No puedo perder el tiempo en ver qué apodos ponen
esos hijos de puta. Eso es algo anecdótico. Sólo me detengo en
lo principal, no en lo accesorio —dice Tabernilla. Una frase
que ha sonado a ensayada, aprendida con el mismo procedi-
miento que usan los papagayos. A veces, al viejo Pancho Tabernilla le gusta hacerse el culto. No quiere que el Mulato
piense que sólo es un trozo de carne que acabará encima de
una sartén.

—Investíguelo. No desprecie el valor de lo aparentemente accesorio.

—Está bueno.

Y Tabernilla da media vuelta y abandona el despacho con su andar ladeado, como si trazara un movimiento en zigzag con el que se conducía por la vida, con el recorrido sinuoso que se le atribuye a las serpientes.

Carbó Serviá y el Bizco Cubelas deambularon sin rumbo durante muchas horas, encogidos por el miedo, tratando de aparentar tranquilidad. Caminaban con un punto de excitación que no sabían si atribuir a su acción valerosa o a la reacción de Manzanita, y deseaban encontrarse cuanto antes con el líder del Directorio Revolucionario para recoger la recompensa del halago, del «buen trabajo, muchachos». A él le debían todo. El gordo ejercía un liderazgo incuestionable. Hubieran dado la vida por él. Por eso hicieron lo que hicieron en el Montmartre. Ahora caminaban extraviados por calles que ni siquiera conocían, frenando sus deseos de llegar al escondite del gordo Manzanita para contarle cómo irrumpieron, sin titubeos de ninguna clase, en la cafetería, la cara de estupor de Blanco Rico, el sonido delicioso de varias detonaciones perturbando la madrugada del sábado, y por fin, la cabeza del jefe del SIM como un queso gruyere. Fueron muchas horas. Muchas cuadras. Y en todo ese tiempo intercambiaron algunas frases. Pero ninguno fue capaz de preguntar dónde diablos estaría el coronel Orlando Piedra, que a fin de cuentas era la pieza que ellos se querían cobrar, y qué carajo estaría haciendo en ese momento. Y si alguno lo imaginó, prefirió callárselo.

Pero al gordo Manzanita no le llegó el relato minucioso de los dos activistas del Directorio Revolucionario, sino la descripción de la matanza que había tenido lugar en la embajada de Haití.

La policía había recibido instrucciones precisas. Los militares, también. Tabernilla explicó los pasos a dar. En un tono perentorio, con enérgicos movimientos de brazos.

—¡No debe quedar ni uno vivo! ¡Que todos los responsables de la muerte de Blanco Rico paguen lo que han hecho! ¡Antes de que el cuerpo de nuestro insigne compañero haya llegado al Club de Oficiales de Columbia para ser velado, los cabrones esos deben estar ya en el cementerio de Colón! —arengó Tabernilla, su voz tronando, las palabras inflamadas de violencia.

Sin embargo, la tarde del domingo transcurrió con una tranquilidad que no guardaba relación con la respuesta sangrienta que preparaba la policía. Radio Reloj llenaba sus boletines con noticias ya caducas, ajena del todo al destino del jefe del SIM. La ciudad era una pululación de vidas escondiéndose en los casinos o en el sexo urgente para darle el tiro de gracia al domingo.

Por la noche, el Mulato telefoneó a Tabernilla.

—¿Alguna novedad?

—Sí, la tenemos —contestó Tabernilla, intentando disimular sus dudas. A esa hora, ese domingo no se diferenciaba de otro cualquiera. Salvo por el hecho de que la cafetería del Montmartre había sido cerrada.

—Tenemos confirmado que el asesinato ha sido perpetrado por miembros del Directorio Revolucionario. Manzanita y su tropa...

—Eso ya me lo dijiste hace unas horas —replica el Mulato.

—No, sólo dije que era una sospecha —protesta Tabernilla.

—Este régimen, en casos de extrema gravedad como este, no puede encontrar muchas diferencias entre una sospecha y una certeza. Si esperamos a ver qué coño pasa con una sospecha, estallarían en nuestro culo todas las bombas que estos hijos de puta quieren colocarnos. Debemos actuar. Y lo hacemos en legítima defensa. Ese segundo que tardamos en decidirnos es el que utilizan ellos para colocarnos su bomba al lado de nuestros huevos. Lo demás, es mariconería.

—¿Se ha inclinado la viuda de Blanco Rico por algún ataúd?

—Está a punto de hacerlo. ¿Le digo que se lo piense un poco más?

—No es necesario —responde seguro Tabernilla.

A Tabernilla, las palabras del Mulato le dolían como el picotazo de una ortiga. Le dio muchas vueltas a la conversación, y a cada nuevo giro le parecía que le había lanzado, no una exigencia de resultados inmediatos, sino una acusación. De ser un flojo. De no actuar con la suficiente determinación. De ser un blando. Y eso no podía ser. Podía ser un calvo. Pero no un flojo. Lo había llamado huevón. Y eso no lo podía consentir. ¿De verás tenía pensado un nuevo ascenso para Orlando Piedra?

Por eso, se le oyó resoplar como un búfalo en medio de la madrugada, levantando unas pesas ya oxidadas, levantarlas con ímpetu animal, multiplicando por dos las series, sin que ese esfuerzo borrara las palabras que le había lanzado el Mulato, al que reservó un instante, su cuerpo empapado en sudor, una sombra de rencor, seguro que durmiendo plácidamente (¡y luego dicen que trabaja dieciséis horas al día, jaja!), mientras él se despertaba sobresaltado en mitad de la noche, irremediablemente desvelado por el reclamo de sus obligaciones.

Y no sólo eso. Él tenía un deber que cumplir, y además, debía
adelantarse a Orlando Piedra. El coronelito seguro que también estaría oliendo las calles, con su olfato de perro sarnoso,
en busca de los dos asesinos que habían mandado al carajo a
Blanco Rico. Había que adelantársele. Igual todavía estaba a
tiempo de evitar que el Mulato lo nombrara jefe del Departamento del Servicio Secreto de Palacio, como se venía rumorean-
do. Tenía que dejarlo en ridículo. Igual la muerte de Blanco
Rico le podía producir un gran beneficio, pensó. Le brindaba
una oportunidad para demostrar su astucia militar. Su eficacia
absoluta. Tenía que adelantarse al comepingas de la Pomposa.

Pero ¿a quién debía odiar más ese día? ¿A la Pomposa o
al Mulato, que era el que, a fin de cuentas, dudaba de sus facultades? El Mulato y la luz de Yara… jajaja. Él no podía creer
en toda esa mierda. La luz de Yara, que se aparecía allí donde
ultimaron a Hatuey. Todo eso eran pendejadas, y pensaba fugazmente que la República estaba en manos de un tipo que
creía en esas bobadas. Empezó a temer seriamente que ascen-
diera a la Pomposa, una nueva muestra de que el Mulato estaba perdiendo facultades. Tabernilla resopla con fuerza. Levanta con vigor las pesas. Menos mal que estaba él, su hijo Silito,
la familia Tabernilla y sus ramificaciones, manteniéndose siempre en guardia, en forma para cualquier operación, hasta el
más novato de los militares del Campamento Columbia, todos
le debían obediencia perruna y el Mulato iba a encontrar esa
mañana una prueba más. Los militares, encabezados por él, sí,
eran los auténticos salvaguardas de la República y no esos policías que se lanzaban a las calles con sus perseguidoras queriendo meter miedo a todo el mundo. Él sí era la fortaleza de
la República, él que completaba diez series de pesas antes de
que cualquiera de esos tontos que le hacían la pelota al Mulato
hubiera abierto un solo ojo, él que creía que para mantener un

país a raya no hacían falta ni luces de Yara ni vaticinios de babalaos, ni Changós ni todo esa bobería, sino tener los músculos tonificados y la Thompson cargada. Lo demás era comer
mierda. Hasta reventar.

Tabernilla volvió a resoplar. Los oficiales le habían dado
la información. Una información que valía oro. Ahora había
que actuar. Con determinación. La que le pedía el Mulato.

Acabó las series de gimnasia con rabia. Se echó un largo
trago de whisky al gaznate, como único desayuno. Salió a la calle, manejando su flamante carro con un matiz de excitación que
se fue acentuando los siguientes minutos, mientras iba reuniendo a sus hombres, arrancándolos de sus alcobas, sin esperar siquiera a juntarlos en el Campamento Columbia, con un fondo
de turbiedad que detectaban, uno a uno, todos los colaboradores a los que gritaba como nunca había hecho antes.

—¡Arriba, carajo! ¡Se nos hace tarde para acabar con
todos esos comecandelas!

Y fue así como una caravana de carros siguió el Buick
Roadmaster Skylark de Tabernilla, las luces dudosas del amanecer sin acabar de imponerse para mostrar todos los brillos
de ese auto de estreno, Tabernilla dando fuertes acelerones,
negociando alguna curva del Malecón con más energía que
destreza, hasta cruzar el túnel de la bahía y dirigirse a la Quinta Avenida.

—¿Pero dónde nos lleva el viejo Tabernilla esta mañana? —se preguntaban los militares que le acompañaban en la
excursión.

Las palabras de Batista atraviesan el cerebro de Tabernilla. Ahora sí, no le cabía ninguna duda. El Mulato lo creía un
incompetente. Un blando. Él se esforzaba en darle la mejor
información con el punto de suspense adecuado, y el Mulato
lo ninguneaba. A lo mejor también lo llamaba, cuando él no

estaba delante, Pancho Tabernas. ¡*Hijo'e'puta*, el Orlandito Piedra! ¡La Pomposa, jajajaja!

Notó ruidos avisándole de que el estómago estaba vacío. Menos mal que para estas ocasiones siempre guardaba una petaquita que había comprado en El Encanto, y que tenía la prudencia de llevar siempre lista. O sea, llena. La desenroscó. El tapón emitió un lamento de cañerías herrumbrosas. Eso le recordó a Tabernilla que hacía demasiado tiempo que no hacía uso de aquel preciado objeto no más grande que una de sus manos, y por eso lo sostuvo en alto bastante tiempo, tanto que apenas lo dejó con un residuo de whisky que pudiera servir para otra vez. Así que optó por apurarlo. Cuando su estómago le dio la bienvenida al líquido, aceptando su quemadura, Tabernilla arrojó con violencia la petaca, como si la repudiara.

Ahora sí. Lo tenía bien claro. El Mulato lo consideraba un blando. Un flojo. Un tipo arratonao. ¿De verdad sería capaz de llamarlo Pancho Tabernas, como hacía el coronel Orlando Piedra, La Pomposa? La duda lo perseguía esa mañana. Y no encontró otra respuesta que apretar con más fuerza su Thompson.

Tenía muy claro lo que debía hacer.

Su conducción era cada vez más descuidada. Los que lo acompañaban tuvieron que dar un giro brusco cuando lo vieron perderse por una de las calles de Miramar, sin avisar la operación con el intermitente. Los tuvo dando vueltas por las cuadrículas del barrio, hasta que descubrió satisfecho una bandera agitarse por el viento, con tanta fuerza, que a él le pareció ofensivo. Como una provocación.

Era la bandera de Haití.

Tabernilla aparcó a unos metros. Detrás, todo el séquito de militares.

Descendió del auto y les dirigió unas instrucciones breves.

—¡Vamos a entrar a la embajada! ¡Los asesinos de Blanco Rico están ahí, escondidos como alimañas! ¡Y no me vale con asustarlos! ¡Hay que descojonarlos!

Y Tabernilla no dio opción a réplica, sólo a seguirlo, la Thompson en las manos, un fuerte empujón venciendo la oposición de la verja del jardín, y por fin, la puerta de la embajada como último obstáculo, los gritos, los funcionarios de Haití que la abren, no entienden ese tumulto que se ha formado, y que no cesa, que crece, Tabernilla dando órdenes constantes, con una voz nueva, que no lograba sustraerse a los efectos del alcohol, una voz mucho más oscura que otras veces, mandando a sus hombres a izquierda y derecha, pidiéndoles que disparasen a cualquier tipo que se encuentren en el camino.

—¡Todos son del Directorio! ¡Todos son del Directorio! —gritaba desaforadamente.

Los militares no cesaron de disparar. El olor de la pólvora les hizo olvidar momentáneamente que aquello era una locura, que estaban violando el derecho de asilo, que estaban matando a varios refugiados, y sólo cuando abandonaron la embajada, acabando como remate con dos tipos que igual tampoco pertenecían al Directorio Revolucionario, y vieron a Tabernilla parar el carro y abrir su puerta para vomitar un líquido oscuro, se dieron cuenta de lo que habían hecho.

A esa hora, Carbó Serviá y el Bizco Cubela seguían dando vueltas por la ciudad, los pies ampollados, en un estado de ebriedad del que ni siquiera les libró el último relente del amanecer.

7.
EL BARRIO CHINO

TOTI NO TENÍA RELACIÓN CON EL MUNDO UNIVERSITARIO. A él, lo del Directorio Revolucionario, la FEU, el gordo Manzanita y todo eso, le producía la misma indiferencia que las hormigas a las que abrasaba, con el método infalible de proyectar sobre ellas una lupa que había sacado nadie sabía de dónde. Hasta que no olía que el bicho negro se estaba quemando, no retiraba la lupa. Así era Toti.

Había vivido diecisiete años sin saber nada del Directorio, y podía pasar perfectamente otros diecisiete sin tener conocimiento ninguno de lo que llevaba entre manos, dedicándose todo ese tiempo a ir chamuscando a todas las hormigas que se le cruzaran en el camino.

Toti no tenía idea de muchas cosas. Pero pronto se iba a enterar de lo que diablos tramaba el Directorio Revolucionario. Precisamente él, que vivía al margen del mundo.

La culpa la tuvo una procesión de camiones cargados de ladrillos y cemento que llegó a Cienfuegos, muy lejos de los cabarets en los que, de vez en cuando, estallaba una bomba. Dejó el machete con el que se deslomaba cortando caña de azúcar suspendido en el aire y se sentó en el malecón, a ver qué pasaba.

Miró aquellos armatostes, con sus ruedas excesivas y sus motores broncos, con una mezcla de curiosidad y repulsión, con la misma atención que le dedicara a un platillo volante que hubiera posado las patas justo en ese mismo sitio. Los camiones rugían, expulsando por los tubos de escape un humazo negrísimo, bronquítico, y daban vueltas y revueltas, sin pararse, como coches de choque, y todo aquel despliegue le pareció a Toti ofensivo, una muestra de hostilidad. Ahí estaba el enemigo. Delante de sus narices. Y él no podía quedarse parado.

A Toti le extrañó que aquellos bichos ni siquiera descansaran por la noche, encendiendo unas luces con potencia de faro marítimo que dejaban a Cienfuegos en una falsa penumbra en mitad de la madrugada.

Al día siguiente, como Toti se sentía un espíritu libre, liberado de cualquier responsabilidad, en vez de ir a fajarse con los tallos de la caña de azúcar, se dio un leve impulso y se acomodó en el muro del malecón, como hacía tantas veces, a dejar que el tiempo pasara, sin nada en que pensar. Pensar cansa, le decía a todo el mundo. Vio trabajar a las máquinas durante más de una hora, y antes de dejarse vencer por el sueño que le estaba entrando, se puso de nuevo en pie y caminó con pasos decididos en dirección a la extensión de tierra de la que procedía el ruido.

Escuchó varios pitorrazos.

—¡Desgraciao, que te vamos a pisar y te vas a quedar como una papa estrujá!

Pero Toti fue sorteando la amenaza de los camiones, grandes y duros como rocas rodantes, y se acercó a un hombre al que imaginó el jefe de todo aquello. Llevaba en la cabeza un casco en el que fosforecían unas palabras que debían ser de otro idioma, pensó Toti, y agarraba fuertemente una carpeta. Toti percibió cómo se concentraba en los papeles, ajeno por completo al polvo que se adensaba a su alrededor, y que le impidió ver cómo un extraño se colocaba a su altura y le decía algunas palabras.

—¿Por qué hacen tanto ruido?

El hombre arqueó las cejas, rebozadas de polvo. Miró al tipo, y al mismo tiempo, la evolución de los camiones trazando itinerarios caprichosos a su alrededor, y luego dirigió de nuevo los ojos a la carpeta. No entendía nada.

—¿Cómo usted dice? —preguntó, con aspereza arenosa.

—¿Que por qué están todo el día y toda la noche haciendo ruido, sin dejar dormir al pueblo? Además, aquí no queremos animales extraños —repitió Toti, abriendo las manos para abarcar todo aquel circo de maquinaria pesada que no dejaba de rugir.

—¿Nos considera unos extraterrestres o algo así?

—Mucho peor… —respondió sin dudar Toti.

El hombre examinó de nuevo sus notas. Toti se puso en guardia, tensó los músculos de su cuerpo, que era lo que siempre hacía cuando esperaba algún argumento que se opusiera a sus razonamientos, porque pensaba que era suficiente apretar su cuerpo para que las ideas salieran del cerebro, como si fueran zurullos. En esta vida, todo es apretar, le había dicho su mamá.

Toti endureció las facciones, e intentó que el otro se diera cuenta. No, él no se iba a dejar engañar, por mucho que el intruso lanzara ojeadas veloces a la carpeta, y le intentara despistar con rápidos movimientos del lápiz que empuñaba, dirigiéndolo a los papeles para realizar apuntes o dejándolo en equilibrio unos segundos sobre su oreja derecha, en un ejercicio de prestidigitación al que no estaba dispuesto a sucumbir Toti. No, él no sabía leer ni escribir, pero nadie podía decirle que era un bobo.

Aquella pantomima duró un minuto, hasta que el hombre lo miró, con la satisfacción del que ha resuelto una ecuación, y alzó la voz.

—¿Quieres manejar uno de esos camiones?

Y así fue como Toti mandó al carajo la caña de azúcar y se incorporó al mundo de la construcción. Su encuentro con los estudiantes estaba más cerca de lo que él podía imaginar.

A fin de cuentas, Toti siempre se creyó de secano, por mucho que su mamá le repitiera que descendía del pirata Morgan. Pero Toti no la creía. Aquella vieja podía decir cualquier tontería, sobre todo después de las palizas que le daba su papá. Le caía a piñazos a la mínima oportunidad. Toti odiaba el agua, veía en cada ola que se estrellaba en el malecón de Cienfuegos un enemigo, y ni nadar sabía. Y además, no tenía el más mínimo interés en aprender. «Tú harás algo grande, como Morgan», insistía su mamá, cada vez con más moretones en su cuerpo.

Pero no. A él le gustaba el contacto con la tierra. Por eso estaba preparado para trabajar.

Lo primero que pidió fue un casco como el que llevaba el maestro de obras. Más bien lo exigió, y transcurridos unos minutos, que dejó pasar receloso y siempre a la expectativa, no le fueran a dar gato por liebre, no aceptó subirse a uno de aquellos dinosaurios, hasta que no vio calado en su cabezote un casco reluciente como una moneda de oro.

Toti se sintió un ser privilegiado, casi transportado desde otro planeta. Igual, en su mente de mecanismos averiados desde ni se sabe cuándo, sonó el clic de un engranaje que le avisó de que, a lo mejor, él era un elegido que podía unirse a aquella cofradía que se permitía moverse en camiones grandes como animales prehistóricos. Igual, sus neuronas estropeadas desde la infancia, se habían juntado para anunciarle un destino que jamás pudo imaginar, dejándose los riñones en la zafra.

Y se dejaba dominar por una felicidad nueva, examinaba su figura coronada por el casco, que se adaptaba perfectamente a su cabeza, y ensayaba poses grotescas en el espejo retrovisor, con una coquetería que terminaba con la paciencia del maestro de obras.

—¡Tooottiii!

Y Toti se incorporaba, rescatado de sus ensoñaciones, hundía en el acelerador un pie que más parecía una pata de elefante, después de arrancarle un quejido a la caja de cambios, y se perdía con el camión.

—¡Tooottiii!

Oía su nombre. Pero ya en la lejanía, sintiéndose invulnerable dentro de la cabina del camión, el casco ajustado a su cabeza como un preservativo.

Un día, sin embargo, se sorprendió al llegar al que era su nuevo trabajo. Los camiones, en vez de ejercitar su danza, se alineaban geométricamente, cuadrados militarmente como si alguien hubiera declarado la guerra a aquel proyecto del que Toti apenas sabía nada, porque lo único que le habían dicho era que tenía que subirse al camión a las ocho de la mañana, y no abandonarlo hasta que el sol se pusiera.

Toti no entendió un comportamiento tan extraño, y buscó con sus ojos al maestro de obras, que ese día, para contribuir más a la confusión, había sustituido su mono manchado de rodales de sudor por unas ropas que nunca habían sido visitadas por el polvo. Incluso se había afeitado su barba de puerco espín. Aquello era muy raro, sí.

—¡Ven acá! ¡Ponte junto a los demás!

Le ordenó, en un tono inapelable, el maestro. Ese día no llevaba una carpeta, sino dos, una de ellas muy gruesa. Toti se alineó junto a sus compañeros, y de buena gana hubiera roto el protocolo. Pero el rostro grave del maestro lo disuadió de sus

propósitos, y en vez de regalar al momento solemne su conducción desmañada, ajena a cualquier enseñanza, compuso el gesto
adusto que le habían exigido en algún velorio, sin llegar a entender jamás por qué la gente se ponía tan seria en esas ocasiones.

Así pasaron unos minutos en los que sólo se oyó el estruendo monótono de las olas suicidándose en el malecón,
hasta que el sonido armónico de un motor de ocho cilindros
atendido por manos expertas, impuso su música acompasada.
Era un Chevrolet convertible de color crema. Viró a la derecha
y se adentró en el camino terroso, hasta llegar a la altura del
maestro de obras, que endureció aún más las facciones, si eso
era posible. Los altavoces del Chevrolet contaban una historia
de infidelidad. El marido había descubierto a su esposa templando con otro. El otro era su hermano. Una putada. Los
boleros son así, un catálogo de desgracias y sucesos funestos.
Una invitación al suicidio. O a coger un machete y emprenderla con todo aquello que se nos ponga en el camino.

En la parte trasera del Chevrolet viaja un hombrecillo de
facciones ratoniles y grandes orejas. Es judío y millonario. A él
las letras, las de los boleros y las otras, le importan un carajo.
Sólo le interesan los números. El mundo para él está lleno de
sumas y restas.

Descendió del carro, dejando ver unos zapatos caros, muy
caros. Dio con el pie derecho dos golpes vigorosos al suelo, como
si quisiera comprobar su estabilidad. Parece que es de su gusto.
Nada se mueve. Todo está okay. Así que el maestro de obras lo vio
acercarse con aire satisfecho. El otro estaba nervioso. No sabía lo
que hacer con las dos carpetas, se enredó en una operación cómica que terminó con todos los papeles barriendo el suelo.

—Disculpe.

—No se preocupe. Eso que le ha ocurrido es bastante
mejor que encontrar a su mujer con otro en la cama —bromeó

Meyer Lansky, que sin dar tiempo a réplica, pasó revista a todos aquellos operarios, mirándolos de arriba abajo, como le imponía su altura más bien pequeña.

—¡*La Gula and Caribbean Tourist Circuit* está orgullosa de tenerles contratados! ¡En sus manos y no en otras está convertir este terreno baldío en un hotel espectacular! ¡El Jagua debe ser una realidad antes de un año! ¡Y estoy muy orgulloso de su trabajo! ¡Muy orgulloso!

Eso había imaginado el hombre de las carpetas que les soltaría ese señor trajeado de grandes orejas. Que los jalearía, con palabras fuertes y sonoras. Y él, como maestro de obras, como maestro de ceremonias de todo aquello, ensayaría una reverencia de agradecimiento y consideración. Pero no. Se limitó a mirarlos con gesto inescrutable.

Fue así, de esa forma, como Toti conoció a Meyer Lansky, el dueño de La Habana, el judío que tenía a Fulgencio Batista a sus pies, que se movía por la ciudad como una figura espectral, atemorizándola con su omnipresencia invisible, oculto en unas sombras desde las que movía todos los hilos. Toti se fijó en los zapatos acabados en punta de Meyer, ya manchados por una capa de polvo. El empresario, gánster, o lo que fuera, se dio cuenta. Había desarrollado un instinto especial para detectar cuándo lo observaban. Lo atribuía a la leche que bebía. Te mantiene todos los sentidos alerta, avisándote un segundo antes de que alguien te dispare con la pistola con la que te está apuntando —le explicaba didácticamente a Asdrúbal, un mecánico reconvertido en chofer al que sólo había una cosa que le gustaba más que una bujía: pasar un rato rico con una hembra.

Ahora Meyer se sentía observado. Miró a Toti, que lo enfocaba con sus ojos de lechuza.

—¡Bonito casco! —habló por fin Meyer, que estaba con ganas de broma esa mañana, nadie sabía por qué, ni siquiera su chofer—. Pero lo más importante es ser eficaz. Si ese casco permite que entre una bala, no sirve —añadió.

Y con un rápido movimiento, le quitó el casco, los pelos de Toti alborotándose por una ráfaga de viento que levantó una nube de polvo. Los zapatos de Meyer Lansky acabarían perdidos. El empresario golpeó con los nudillos el casco. Sonó a hueco.

—Me lo temía. De plástico. No sirve. Con esto, eres hombre muerto...

Y lo lanzó con fuerza hidráulica, inaudita en un hombre de su constitución más bien esquemática, y el casco voló varios metros, ayudado por una nueva ráfaga. Toti lo oyó caer, con un ruido de mango destripado, y rompió el protocolo para recuperarlo. Cuando llegó a su altura comprobó con desaliento que en su caída el casco había ganado una raja que partía en dos la frase que nunca podría leer Toti: Caribbean Tourist Circuit.

—El Jagua será lo más grande que jamás haya tenido Cienfuegos. Más bonito que su bahía. Más importante que su malecón. Y todo gracias a su trabajo. Nunca la Caribbean Tourist Circuit les podrá agradecer el servicio prestado —había imaginado el hombre de las carpetas que se despediría Meyer Lansky.

Y es posible que manoseara ese vaticinio optimista, que el Jagua iba a ser uno de los hoteles más importantes de todo el Caribe, pero se guardó de lanzarlo y, sin despedirse del maestro de obras, Meyer Lansky subió de nuevo al Chevrolet, que se perdió enseguida, sus altavoces escupiendo una historia de amor imposible entre un hombre y una mujer casada, su marido un tarrú, tarrú por culpa de su hermano, y pasaron varios minutos hasta que se disolvió la nube espesa de polvo que había formado en su huida el carro americano, para descubrir, las manos tensadas de Toti, que no sabía si decidirse por la rabia o el llanto, sosteniendo el casco maltratado, mirándolo como a un fruto malogrado, un feto que sólo puede inspirar repugnancia.

—¡A trabajar! —ordenó el maestro.

Y todos se pusieron en marcha. Con ánimos renovados. Todos menos Toti, que se desmarcó, dando pasitos cortos y cansinos. Lo único que deseaba era volver a casa. De nada sirvieron los gritos y amenazas del maestro de obras.

A los dos días regresó, la cabeza descubierta. Se le vio subir a la cabina del camión con ímpetu juvenil. Pero se pasó toda la mañana ignorando las instrucciones del maestro de obras, equivocando el itinerario trazado, definitivamente ganado por la pesadumbre o el instinto de rebelión que llevaba escondido en algún rincón de su cerebro.

El maestro le hizo el alto. Esta vez Toti hizo caso y frenó enérgicamente.

—¡Bájate, carajo! ¡Menudo comemierda! —le gritó, en un tono desabrido que jamás nadie había gastado con Toti.

Pero Toti, aunque el maestro de obras ya había abierto la puerta y le exigía que se apeara, permaneció impasible, observando distraído la evolución de los otros camiones, como si no fuera con él, preguntándose desde alguna región recóndita de su mente, qué sentido tenía aquel trajín, aquel bulle-bulle mecanizado de todos aquellos trastos, su casco irreversiblemente rajado. Para siempre. No entendía nada.

Viendo que Toti no hacía caso a sus órdenes, y ni siquiera lo miraba, el maestro optó por dejar en el suelo su carpeta, y con un movimiento enérgico intentó acceder a la cabina, sin imaginar que en su ascensión se iba a encontrar el brillo afilado de un machete que Toti había colado esta mañana en el camión, dispuesto a usarlo con la destreza que le habían proporcionado tantos años de zafra, *chas, chas,* cortando, rebanando tallos y tallos, sin parar, en un empeño tan obstinado como inútil. Toti recordó aquello, y recordó el gesto que compuso el maestro de obras cuando vio su casco en el suelo, creyó descubrir una medio sonrisa, le había hecho gracia al hijo de puta la travesura del enano orejudo del Chevrolet, con el que ya ajustaría cuentas, pero ahora tenía que ocuparse de este, lo tenía muy cerca, a unos centímetros solamente, los ojos inflamados de pavor, ahora no sonreía el cabrón, y mostraba una obediencia de perro apaleado, descendiendo de la cabina con movimientos muy lentos, fotograma a fotograma, como si pisara un terreno minado, sabiendo que un milímetro, sólo un milímetro, separaba su vida de la muerte, dándose cuenta quizá ya muy tarde, que esa es la distancia que siempre nos separa del final, un final que no presentía, ojalá le hubiera cosquilleado por la espalda un helor frío que le sirviera de aviso, ahora sólo sentía la inminencia del corte, Toti con los ojos inyectados de sangre, aquel retrasado incapaz de darse cuenta del disparate que iba a cometer, y hasta lamentó que sus facultades mentales le sirvieran para salir de la cárcel en poco tiempo, y se preguntaba por qué los locos inspiraban siempre piedad en la gente, empezando por los jueces.

Pero él allí, a punto de recibir el machetazo final, inspiraba más piedad. Olía a carroña. Igual alguna tiñosa ya empezaba a revolotear por aquel amplio descampado en el que se levantaría el Hotel Jagua, uno de los mejores de todo el Caribe.

El maestro de obras pudo al menos posar los pies en el suelo, y en los ojos alucinados de Toti pudo percibir un brillo de inteligencia que lo impulsaba al sadismo, un ejercicio de sofisticación que le movía a la tortura. Y por mucho que el maestro examinó los ojos de Toti, su vida pendiente de un mínimo gesto, de que Toti oyera en sus adentros un nuevo clic de su engranaje complejo como el de una ameba, haciendo bailar mortalmente el machete, por mucho que escudriñó en sus ojos las intenciones de Toti, nunca pudo imaginar que acabara lanzando toda su violencia contra la rueda delantera del camión, que emitió un bufido animal. Y Toti se empeñó en callar aquella respiración sulfurosa dando nuevos machetazos, y la emprendió con las otras ruedas, sin conseguir otra cosa que el camión cayera desvencijado al suelo, los demás sin valor para intervenir, sólo pendientes del espectáculo que les brindaba la mañana.

Cuando comprobó que no quedaba una rueda sana, extenuado por el esfuerzo, se dirigió al maestro, que seguía de rodillas, vencido por el ejercicio de violencia al que se había entregado Toti, que lo miró con desprecio.

—¡Morirás a machetazo limpio si no me consigues un casco igual al que rompió tu amigo, el de las orejas!

Y dejó esa amenaza flotando en la mañana, con la misma consistencia densa y real del polvo que se agitaba endemoniado a su alrededor, como persiguiéndolo, incluso cuando abandonó el inmenso solar en el que se levantaría un día próximo el Jagua, el gran sueño de Meyer Lansky, el tipo al que le lamía los pies hasta el mismísimo Fulgencio Batista, como si fuera un caniche, y accedió a la carretera principal de Cienfuegos, la que atravesaba toda la ciudad, sin saber si tirar para casa, o no, mirar el cartel que ponía «Ciudad de La Habana- 250 kilómetros».

Fueron muchos minutos de lenta deliberación. Tenía que haber rematado a aquel pendejo. El mismo que le gritaba ¡Tootttiii!, y mira cómo temblaba. Como una hoja, el hijo de puta. Toti pensó que, por mucho que buscara, ya no iba a encontrar un casco como el que le había roto el de las orejas. Ni tampoco podría pedírselo a papá para los próximos Reyes. Papá no estaba para nada desde hacía ya bastante tiempo. Así que optó por virar a la derecha.

Eran muchos kilómetros.

Pero los iba a hacer acompañado por su machete.

Pasaron tres noches en las que Toti no hizo otra cosa que engolfarse en la molicie, espantando como un mal irreparable y definitivo la llamada de los neones de los casinos o las voces insinuantes de las putas, que le ofrecían su mercancía de carnes gastadas, a pesar de que su aspecto de guajiro se iba agravando por la falta de higiene.

Se extraviaba por calles en las que parpadeaban luces con el mismo descaro que sonaban músicas para él nuevas, a todo volumen, pero lo que más exasperaba a Toti eran los enredos del tráfico, las calles colapsadas constantemente de carros, detenidos minutos y minutos, Toti nostálgico de los giros y cabriolas que se atrevía a hacer manejando el camión, al que ahora quizá le estarían cambiando las gomas, el pendejo del maestro de obras vivo por obra y gracia de Toti. Pensó eso, y se sintió poderoso.

Se quedaba mirando bobaliconamente la cabalgata de carros que transitaba por la calle 23, anestesiado por la sinfonía de cláxones, como si los seiscientos mil autos que circulaban por La Habana se hubieran puesto de acuerdo para joderlo, y abrumado por todo aquel escándalo, cerraba los ojos para intentar borrarlo, pero no había manera. Había carros por todos los sitios. Carros y ruido.

Y así, huyendo del tráfico que se adueñaba de las avenidas principales de La Habana, llegó a unas calles que eran para él aún más raras. Toti estaba descubriendo, de golpe, un montón de cosas. Había carteles, muchos carteles, y escritos con signos que él no había visto en toda su vida. Incluso alguna gente vestía de forma extraña, con kimonos y batines largos. Sin saber cómo, Toti se había metido en el Barrio Chino de La Habana. Se le acercaron algunos vendedores, ofreciéndole su mercancía de vajillas, sederías y perfumes, pero nada de eso interesaba a Toti, que pasó varias horas contando el número de carteles escritos con caracteres chinos. Cuando llegaba a diez, volvía a empezar desde cero.

Y en ese ejercicio contable anduvo entretenido, rechazando con insultos a los vendedores que querían venderle cualquier cosa, hasta que en su itinerario caprichoso, medio mareado, su mirada se agarró a una figura tan oscura que sus perfiles se recortaban trabajosamente contra el fondo negro de la calle Lealtad.

La figura se movía con andares inseguros, como abrumada por algún delito recién cometido, como si acarreara el botín obtenido hacía sólo unos instantes en un robo todavía caliente, las sirenas de la policía ululando, olfateando al ladrón. Miraba a izquierda y derecha, examinando las circunstancias en cada cuadra, pero ajena del todo a quien le seguía a pocos pasos, por detrás, un tipo de pelos desgreñados y ojos de loco que le iba ganando terreno. Por eso Toti pudo apreciar el cuerpo desestructurado de carne y huesos que caminaba delante, un cuerpo que abusaba de las líneas rectas y de unas proporciones que lo asemejaban a un arcón, concebido para inspirar deseo como una rata vieja embarazada.

Si aquella mujer no hubiera tenido las fosas nasales tupidas, habría advertido la presencia de Toti, anunciada por los efluvios pestilentes que iba dejando, a modo de rastro reconocible. Pero Madelén tenía, como mínimo, el sentido del olfato atrofiado, y tampoco sintió unos andares veloces que le iban a dar alcance, absorta como estaba en su caminar obstinado.

Sin embargo, un suceso los presentó. De la forma azarosa que suele facilitar la presentación de personas que no tienen nada en común. Madelén, en uno de sus movimientos de tracción animal, permitió caer al suelo uno de los artículos de su mercancía, un libro que acababa de robar, como todos los demás, en un kiosko ya acostumbrado a sus latrocinios. Inmediatamente Madelén se viró para recuperarlo, pero se encontró con los pelos alborotados de Toti, que sostenía en el aire el libro con delicadeza. Examinó la portada, saltándose el estorbo del título, para detenerse en el dibujito que la ocupaba. Una joven de selvática melena, con los ojos perdidos en el vacío, entregaba su cuello blanco a los labios de un hombre que la sujetaba por el talle. Madelén era muy aficionada a las novelas de amor, que sustituían con sus historias arrasadas de pasiones y erratas los romances que ella jamás viviría en primera persona. Por eso no dudaba en robar cualquier libro, fuera del grosor que fuera, en el que se cruzaran amores truncados o infidelidades, instalando en el corazón de Madelén un encogimiento del que nunca se recuperaba.

Esa era su pasión. Las novelas de amor.

Toti miró el cabello frondoso de la trigueña de la portada, y luego lo comparó con los pelos de alambre de Madelén, sin encontrar explicación a aquel accidente. Madelén no quitaba los ojos del libro. Toti se dio cuenta, y lo agarró con más fuerza, no fueran a robárselo. Se estuvieron midiendo durante algunos segundos. De un cabaret de segunda, o quizá de tercera, llegaba una música insinuante, óptima para imaginar los gestos fatigados de una mujer de carnes aflojadas desnudándose ante un público más bien escaso. Toti recordó el juego del pañuelo, lo que más le divertía en el único año que fue al colegio. Él era el más grande de los alumnos, pero aún así, los otros, más astutos, siempre salían corriendo veloces tras robarle el pañuelo que la profesora sostenía livianamente en medio del patio, para suscitar la disputa. Toti siempre se quedó mirando a la profesora, pidiéndole explicaciones, incapaz de entender por qué su rival, con más reflejos, acababa invariablemente quedándose con el pañuelo. Ese recuerdo lo puso en guardia, encontrando en los ojos de Madelén el mismo brillo codicioso que detectaba en los chicos que lo dejaban sin el premio del pañuelo. Por eso nunca más volvió al colegio.

Y, en efecto, no tardó ni diez segundos Madelén en intentar arrebatarle la novela a Toti que, por fin esta vez, reaccionó con agilidad felina y salió corriendo, a toda velocidad. Tuvo que driblar muchas de las columnas que antes había contado, de diez en diez, sin que esos regates le sirvieran para librarse del acoso de Madelén, cuyo cuerpo de muchas libras se movía ahora con la ligereza de una pompa de jabón.

La carrera duró varios minutos. Hasta que Toti, extenuado por el cansancio y el hambre, a punto de rendirse, llegó a una calle iluminada por unas luces oscilantes de cine, o algo así. Si Toti hubiera completado sus estudios, habría leído: Teatro Shangai. Pero lo único que pudo ver fue las imágenes procaces que brillaban en un inmenso cartelón, junto a la hornacina del taquillero, y a Madelén saludándolo con familiaridad, intentando recuperar el resuello, antes de colarse por una puerta lateral.

Con la sensación triunfal de botín o despojo disputado a las fieras, Toti decidió acampar frente al Shangai para saborear su victoria. A esa decisión contribuyó también el que a ese punto de La Habana parecía no llegar el estrépito de las bocinas de los carros, ese ruido que tanto le molestaba. Es verdad que había signos muy raros en todos los carteles, pero a él ¿qué más le daba?, si se iba a morir sin aprender a leer. Y pasó toda la noche ovillado, frente a la taquilla del Shangai, oyendo un rumor lejano de autos, como los restos de una pesadilla. Se entregó con dificultades a un sueño pastoso, agarrando firmemente, eso sí, la novela de amor que mantuvo en vela a Madelén. Madelén no se llamaba Madelén, sino Antonia. Pero aquel nombre era mucho peor que ir arrastrando por el mundo ese cuerpo amorfo que Dios le había dado. Así que se puso Madelén, como homenaje a una heroína de esas novelas que ella se tragaba.

Al día siguiente, Toti se despertó muy tarde. Bostezó largamente. Se pasó los dedos por la cara. La barba le había crecido, fomentándole su aspecto de mendigo o forajido. Madelén espió sus movimientos de animal famélico desde la taquilla, sin otra intención que preparar una idea para recuperar ese libro de literatura romántica que ya no tenía. Y que era la pieza más codiciada. Por eso, porque no la tenía. Y Madelén quería ponerle remedio a aquello. El problema es que Toti no soltaba el libro, ni siquiera cuando se acercó a comprar un perrito caliente a un timbiriche que había en una esquina del Shangai. Mientras se lo comía, no quitaba ojo a la trigueña de la portada del libro. Le gustaba aquella muchacha. Ya vería dónde la encontraría. De momento, su prioridad era quitarse el hambre.

Y como no tenía otra cosa que hacer, o quizá le faltaban fuerzas para siquiera adentrarse en otras calles, se quedó donde estaba, y vio como se volvían a encender las luces del cine, o teatro, lo que diablos fuera aquello, y otra vez su mirada se quedó enganchada a las curvas de la cintura del grupo de mulatas moteadas de lentejuelas, que brillaban desde la foto que presidía la entrada del Shangai, como una promesa de acrobacias y torsiones. Se formó una cola de hombres. La entrada costaba un dólar veinticinco. Cuando el teatro se tragó toda aquella masa, Toti se entregó a una vaga sensación de orfandad, el espectáculo a punto de comenzar, una voz cuya reverberación escuchaba desde fuera anunciando ocho mulatas que les deleitarán con su número coreográfico, y Toti, por vez primera desde que llegó a La Habana, se abandonó a pensamientos lúgubres, qué cojones haces tú aquí, carajo, y observó el brillo llameante de la melena de la trigueña, que seguía dejándose besar por el galán, le dio pena, mucha pena, no tener él una muchacha así a mano, una buena hembra para pasarlo rico. Pero no. Lo único que tenía a mano era a Madelén, cuya figura abultada se recortó en la puerta.

Toti dio un respingo.

Veía peligrar su botín.

Se aferró al libro.

Madelén avanzó hacia él.

Había dejado la puerta abierta, y del interior del Shangai llegaba una confusión de voces tumultuosas y músicas picantes de cabaret.

Madelén no tardó en ponerse a su altura. Lo miró con ojos nuevos, desprovistos de toda codicia. Amistosos. O eso debió entender Toti, que sin bajar la guardia, comido sin duda por la curiosidad que excitaban esas músicas y voces que salían del Shangai, aceptó la invitación a seguirla.

Toti se vio a sí mismo cruzar aquella puerta, cuyos goznes mal aceitados emitieron una protesta. Interpretó ese sonido estridente como un mal augurio. Realizó una extraña conexión mental, y tuvo un momento de duda. Pero ya Madelén lo agarraba de la mano, conduciéndolo por lo que debía ser un pasillo estrecho en el que se hacía tan fuerte el olor a lejía como la oscuridad, sin que Toti pudiera ya hacer otra cosa que seguir al cuerpo ese gordo que tironeaba de él.

Ahora escuchaba risotadas, que estallaban desde el aforo a medio completar del Shangai. Madelén seguía conduciendo a Toti por un corredor más bien estrecho, hasta que el camino se empinó, y después de un repecho, Toti se vio ante una escalera. Ascendió Madelén. Los peldaños se quejaron. El comején estaba haciendo su trabajo. A la perfección. Pero con la misma insensatez con que aceptó la invitación a entrar al Shangai de la mano de Madelén, se arriesgó a avanzar por la escalera, que aguantó su peso con la misma resignación que soportaba las muchas arrobas de Madelén, que ya manipulaba un armatoste de superficies cromadas que Toti nunca había visto.

Con la profesionalidad del gesto repetido muchas veces, colocó en aquel artefacto una bobina, grande como un volante del camión que llegó a conducir Toti, que oyó una trepidación de motores, sin poder reprimir la fascinación que todo aquello le producía.

Inmediatamente, un haz de luz salió proyectado de la cabina, y se fue a estrellar en una superficie lisa por la que empezaron a corretear letras que, obviamente, Toti no podía leer, pero que, por alguna razón que a él se le escapaba, jaleaban los espectadores desde sus butacas.

Los silbidos crecieron cuando las letras dieron paso a los cuerpos de varias mujeres, sólo tapadas por una delgada ropa de baño, correteando festivamente por una playa escoltada por inmensos cocoteros, entre cuyos troncos se perdían para reaparecer más tarde como Dios las trajo al mundo. Salían de allí, desorientadas, hasta que en escena irrumpió la silueta musculosa de dos negros, apenas cubiertos por un taparrabos. Las mujeres los miran. Y sonríen, maliciosamente.

En la mente de Toti se mezclaron las risitas falsamente inocentes de las jóvenes, con el murmullo procedente de las butacas y el ruido de la bovina girando, y ese revoltijo lo transportó a un estado de sopor invencible, y cuando se despertó, el hambre lanzando dentelladas furiosas a sus entrañas, ya no quedaba nadie en el teatro.

Y lo primero que echó en falta es la novela de amor.

A esa hora Madelén, quizá en algún rincón del Shangai, leía a toda velocidad las aventuras dichosas o desgraciadas de los protagonistas que había incorporado a su realidad hecha de sombras y amores truncados.

Toti quiso destrozar todo lo que vio, perfectamente ordenado, en la cabina del Shangai, y a duras penas pudo controlar su cólera. Afortunadamente, aunque había perdido el libro, aún conservaba el machete con el que había amenazado al maestro de obras de Cienfuegos. Su tacto le devolvió algo de tranquilidad.

Así pasó varios minutos, confuso. Además, estaba oscuro. Menos mal que encontró un botón, a la izquierda. Una luz dibujó los perfiles de los objetos que lo rodeaban. Toti no entendió nada, ni siquiera que a su acción de encender el bombillo que colgaba de un lateral, siguiera inmediatamente el crujido de las escaleras, que Toti creía ya definitivamente desmigajadas.

Las escaleras protestaron por el peso de Madelén.

Toti no dudó en agarrar el machete, y aguardó en tensión que girara el pomo de la puerta de la cabina, dispuesto a combatir a cualquier enemigo, oponiendo a su miedo el brillo afilado del machete, que pudo esquivar Madelén con un gesto felino.

—¿Pero qué haces, comemierda? —gritó, mientras intentaba guardar el equilibrio de un plato oliente a chicharritas.

Toti dio un respingo de sorpresa, como si hubiera visto una aparición procedente del trasmundo, sin entender qué hacían llevándole a las cuatro de la mañana rodajas de plátano a la cabina de proyecciones de un teatro.

Pero las acabó toditas.

Madelén pudo recuperar la confianza tras el susto del machetazo, viendo como Toti devoraba la comida con hambre canina. Lo observaba con una mezcla de miedo y admiración.

—¿Dónde está el libro? —preguntó Toti en un tono bronco, después de eructar.

En la cabina quedaron flotando los vapores de un plátano quemado.

—¿Por qué cojones me lo has quitado?

Madelén callaba.

—No me hagas empingarme más. ¡Dame el libro!

Y por toda respuesta Madelén volvió a colocar la bovina en el proyector, y le ofreció el espectáculo de unas mujeres entregadas pasionalmente, las pingas gordas como puños, de dos negros, y las líneas rectas de su cuerpo, que fue desnudando poco a poco, alimentando la perplejidad de Toti, que primero reaccionó con asco ante toda aquella masa informe de carne, pero luego no pudo reprimir una erección ante la cercanía de la mano de Madelén, en la que cascabeleaban unas pulseras metálicas que antes no había visto Toti, que oyó ese cascabeleo durante muchos minutos, acelerándose, al mismo ritmo que su respiración, todas esas gangarrias produciéndole un cosquilleo caliente.

Botó leche. Mucha leche.

Luego se durmió.

Madelén apagó las luces y también se durmió. Plácidamente. Sintiéndose identificada con la protagonista de la novela robada a Toti, que ni siquiera paró de roncar cuando el primer cuarterón de luz se coló por alguna rendija del Shangai.

Toti consiguió su propósito de recuperar la novela romántica que Madelén le había robado en un descuido. Sintió una satisfacción íntima al acariciar el relieve dorado de las tapas, y después de examinarlo, y comprobar su estado, bajó al patio de butacas, y tras dirigir una mirada recelosa a izquierda y derecha, temiendo ser espiado, buscó con el sigilo que se le supone a los felinos, una butaca destripada, exactamente eso, una butaca destripada, muy cerca del pasillo, y antes de ponerse en cuclillas aún lanzó una ojeada a la sala de proyección, comprobando satisfecho que en ese momento no lo vigilaba el ojo siempre atento de Madelén. Hurgó en la butaca, de la que se habían desprendido algunas telas que formaban, justamente debajo, oculto al examen de cualquiera, una bolsa que parecía preparada expresamente para guardar ese libro. Toti lo dejó allí, con el mismo brillo codicioso, con la misma previsión con que un perro esconde el hueso que no dudará en buscar cuando le apriete el hambre, dispuesto a matar por un botín que cree exclusivamente dispuesto para él.

A estas alturas, Toti ya conocía a Orozco. Madelén le soltó:

—Mira, este es tu suegro.

Toti tardó unos segundos en descifrar el enigma de la frase, porque se perdía en los laberintos de las ramas familiares. Pensar cansa, repetía a todo el mundo. Además, su familia era muy corta. Se limitaba a una mamá. Un día tuvo también papá. Pero ya no lo tenía. Le pegaba a mamá, y por eso Toti no tenía ya papá.

Toti, inicialmente, aceptó la mano que le extendió Orozco, pero después la soltó súbitamente, como si hubiera detectado en ella una textura extraña, como la que debe tener el matrimonio.

—No sé si te quieres convertir en mi yerno, pero espero que al menos seas mi empleado —le dijo, jovial, el tal Orozco.

Por toda respuesta, Toti se sacó, nadie sabe de dónde, el machete que trajo de Cienfuegos, lo blandió en el aire con movimientos teatrales de maestro oriental, y luego se dio media vuelta, seguido por Madelén, que ya le gritaba.

—¡Singao!

Pero Toti ni se molestó en contestarle. Escapó de aquel antro por la misma puerta que había utilizado el primer día, los goznes increpándolo de nuevo con su chirrido agudo.

—¡Singao!

siguió oyendo desde el exterior, la voz de Madelén abo-
vedándose en el interior del Shangai, llena de una ira sin remedio, una especie de cólera desfallecida que no le duró mucho.

No se sabe si porque durmió plácidamente en la cabina
de proyección del Shangai, o porque recordó que en una butaca se escondía un tesoro al que no podía renunciar, pero el
caso es que a la mañana siguiente se vio a Toti dar fuertes empujones a la escoba, como si quisiera arrancar la moqueta del
suelo, como si quisiera librarla de los ácaros que sin duda andarían por ahí abajo, y en esa tarea anduvo casi todo el día,
sólo observado por los ojos de Madelén, que había sustituido
su rabia por un sentimiento de triunfo, un sentimiento que le
empezó a provocar palpitaciones furiosas en una zona llena de
secretos ocultos, que precisamente Toti le había descubierto.

El general Tabernilla pasó toda la tarde del lunes postrado en
el sofá que presidía el salón de su casa, agredido periódica-
mente por unas violentas sacudidas que ponían patas arriba su
estómago. El whisky de su petaca debía estar adulterado. Estaba convencidísimo de que venía de cualquier sitio menos de
Escocia.

—¡Un día me echarán veneno, carajo!

Le habían dado gato por liebre. El mundo estaba lleno
de enemigos. Por eso había que tener los ojos bien abiertos. Al
mínimo descuido, te servían un whisky de mala calidad o te
ponían una bomba debajo del culo.

Pasó casi dos horas así, con mal cuerpo, muy mal cuerpo, sin alcanzar siquiera un estado confuso de duermevela.
Hasta que unos timbrazos le taladraron las sienes.

—¿Quién hay? Veinticuatro horas a su servicio —dijo.

—Tabernilla. ¿Sabes que el embajador de Haití me ha pedido explicaciones?

Era la voz del Mulato, cargada de ira. Pero Tabernilla ni siquiera se dio cuenta.

—¿Por qué?

El Mulato vio cómo se movían las patas de araña que el viejo Tabernilla tenía por dedos. Se anudaban, enredándose y desenredándose, sin que ese juego pareciera tener fin.

—Por invadir su espacio soberano y violar el derecho de asilo.

—¿Y qué le ha respondido? —Tabernilla intentaba incorporarse en el sofá, pero una pata de elefante lo tenía pisado. Aquel whisky que había bebido debía ser matarratas. La cabeza le pesaba toneladas.

—Que nosotros no practicamos actos violentos. Sólo actuamos en legítima defensa. Los que están sembrando el terror son otros.

—¿Y le ha entendido?

—Creo que no, a juzgar por los gritos que daba. Estaba muy encabronado. Ni siquiera le ha importado que estuviera hablando con el mismísimo presidente de la República, que si quiere, le da una patada en el culo y lo bota *pa'* su país. Oye, Tabernilla ¿estás seguro de que los hombres que habéis atacado eran estudiantes? —preguntó sorpresivamente el Mulato, dándole un giro a la conversación.

—Completamente.

—¿En qué lo notaste?

—En la cara de hijos de puta que tenían todos —respondió sin dudar Tabernilla, justo en el momento en el que sentía una nueva arcada, y ya no sabía si por culpa del whisky, o de la palabra estudiantes.

—Ajá.

—Y le diré más —el jefe del Estado Mayor no estaba dispuesto a que quedara ninguna duda respecto a su actuación. Era un gran profesional. Ojalá los camareros que le preparan las copas de whisky fueran como él—. Nosotros cumplimos estrictamente las formalidades. Preguntamos con educación por el señor embajador. Me informaron de que estaba fuera, y súbitamente, nos hicieron fuego de ametralladora Se generalizó el tiroteo y hubo varios muertos. Eso fue todo.

Los dedos de Tabernilla habían dejado de moverse.

—Está bueno. Además, no podemos vacilar ante los terroristas —se limitó a contestar el Mulato, que colgó el auricular, sin dar tiempo a añadir nada a Tabernilla. Pivotó sobre el sillón de su despacho presidencial, con una duda tocándole las narices, a pesar de las afirmaciones rotundas de Tabernilla, para el que todo parecía estar muy claro. Tanto como que dos y dos siempre suman cuatro. Así de cuadriculado era el viejo Tabernilla.

Por un segundo, por la mente del Mulato cruzó una sombra de arrepentimiento, una oscura sospecha de que se había equivocado en algo, pero inmediatamente una imagen se hizo poderosa, el cuerpo de Blanco Rico desmayado dentro de un ataúd, como empequeñecido, la muerte nos encoge, está claro, y el pensamiento que le siguió fue aún más sombrío, su propio cuerpo, acribillado a balazos, el mismo sillón que ahora acoge su cuerpo, manchado de sangre rojísima, tan roja y tan espesa que incluso pone perdido su propio ataúd, en el que también el cuerpo se le empequeñece, convirtiéndose en nada.

No, no tiene ninguna duda.

Tiene que botar al embajador de Haití. ¡Que se vaya *pa'la* pinga!

6.
EL GORDO Y EL MULATO

EL TELEGRAMA LO DECÍA BIEN CLARITO. PERO EL MULATO no entendía ni un carajo.

«Representantes universitarios legítimamente elegidos piden reunión con usted».

Al Mulato aquella nota le sorprendió tanto como si le hubieran dicho ahora mismo que Chapitas Trujillo condenaba el uso de armas o que le había dado por regalar todas esas medallitas que llevaba siempre colgándole del pecho.

Los estudiantitos querían colarse en su despacho. En el despacho presidencial, en el que él se pasaba hasta dieciséis horas encerrado, velando por el país.

Los mismos tipos que se dedicaban a poner bombas en los cabarets le pedían una entrevista.

—¡Pero qué descaraos que son, coño! —se dice el Mulato.

La lee de nuevo, intentando cerciorarse de que todo era verdad, de que aquellas palabras estaban allí, y no eran producto de su imaginación, una nueva alucinación promovida por sus noches en vela. Pero sí, los estudiantes le pedían una reunión con el jefe del SIM casi de cuerpo presente. Querían despachar con nada más y nada menos que el presidente de la República, el general Fulgencio Batista Zaldívar, el hombre que había manejado con tiento e indudable talento al país desde el día glorioso del diez de marzo de 1952.

Lo domina repentinamente un sentimiento de desprecio hacia aquel grupo de jóvenes que jugaban a ser pistoleros. Pero se impone otro deseo. «Sí, no sería mala idea recibirlos, echarles en cara su terrible torpeza, y sacarlos del despacho con una patada en el culo antes de que infestaran el ambiente con su olor a mierda y sus ideales terroristas ¿O comunistas…?» El Mulato deja vagar la mirada por el despacho. En el fondo reposa una mesa circular apta para jugar a la canasta con el embajador norteamericano, o con cualquiera que se atreviera a discutirle su habilidad con las cartas. Piensa en los estudiantes. Realmente, ¿eran ellos capaces de hablar tanta mierda en contra de su gobierno? ¿O los manejaba alguien? «¡Hasta me acusan de cesantear a maestros para poner a sargentos semianalfabetos en su lugar, carajo! Y sí, es cierto que he tenido que colocar a sargentos del Ejército a dar clase, pero todos con títulos de maestros, bachilleres e incluso universitarios. ¿Acaso es un desacierto la creación de las Escuelas Cívico-Militares? ¿Y cómo se atreven estos pendejos a atacar la fundación de la Escuela Cívico-Rural, la escuela del campesino?»

Seguramente a ningún hombre de su estatura política se le ocurriría ofrecer un asiento de su despacho al representante de los estudiantes, especialmente cuando estos se dedicaban a realizar actos sediciosos. Pero a él, un plus de inteligencia que les faltaba a otros, le indicaba que de ese encuentro podía conseguir, primero mostrarles a esos mal nacidos su escrupuloso respeto y consideración a cualquier grupo social, pandilleros urbanos incluidos, y segundo tener una oportunidad impagable para humillarlos. Él no quería asustar a su invitado, darle miedo, como hacía Chapitas Trujillo, con la pechera llena de medallitas y condecoraciones, como si quisiera colgarse encima todo el oro de un tesoro encontrado en el fondo del mar. No. Él era más listo. Humillaría a aquel cabrón al que le iba a abrir la puerta de su despacho.

Por eso, en la mañana del encuentro, su pecho no es un baile de brillos, como quizá esperara el gordo Manzanita. No es una constelación de medallas. No. Eso sólo le ocurriría al tonto de Chapitas, al Benefactor, jaja, de la República Dominicana. A él le basta su porte, un buen traje cortado a medida en El Sol y su voz imperial y segura para demostrar quién manda. Y quién debe obedecer.

El Mulato se tensa en el sofá y ahueca la voz antes de gritar.

—¡Adelante!

Y se alza sobre su estatura mediana, los puños apretados presionando la superficie lisa de la mesa. Entra un tipo gordo. Suda copiosamente. Más incluso que Pancho Tabernilla. Pero tenía peores ideas. Se dedicaba a poner bombas. A estas alturas de la película, el Mulato sabía quién coño era aquel comemierda. Ahí delante tenía a Manzanita, el líder del Directorio Revolucionario. Le estrecha la mano y acepta el asiento que le ofrece el presidente de la República.

—¿Está usted enamorado o es que el colchón de su cama es muy duro? —le suelta el Mulato, así, de entrada.

—¿Por qué?

—Debe dormir mal, a juzgar por la mala cara que tiene —el Mulato tiene ganas de humillar a aquel cabrón. De momento, nada más entrar en el despacho presidencial, se ha encontrado con aquello. Unas cuantas frases para tomarlo por tonto. El gordo Manzanita no sabe lo que le espera.

El Mulato nota que el estudiante tiene la respiración acelerada. Igual padece de asma. Las mejillas se le han vuelto sonrosadas. La sangre se le ha acumulado ahí. ¿Es por eso que le llaman Manzanita? Al menos eso es lo que le ha dicho Tabernilla, el jefe del Estado Mayor, siempre pendiente de cualquier chisme. El Mulato piensa soltar una carcajada, pero al final desestima la idea.

—En cualquier caso, aunque tenga mala cara, sea como sea, siéntase como en su casa —dice el Mulato, falsamente amistoso.

—Gracias. Pero permítame que prefiera mi casa a este palacio.

—¿No le gusta? La decoración es de Tiffany's.

—Sí, ya sé que el gobierno no ha escatimado ni un peso en lujo. ¿Cuánto ha habido que pagarle a la casa de Tiffany's?

—Mucho. Pero veo que no le ha gustado el trabajo que han hecho.

—No me gusta el despilfarro. Ni esos hoteles que se están construyendo para uso exclusivo de los americanos. Demasiado altos. Y demasiado caros. Se necesitarán muchos dólares para levantarlos: el que roban los casinos de juego, el de los abortos ilegales…

—¿Me está acusando de no perseguir comportamientos delictivos? Hasta un niño de dos años diría que sí. Aunque dudo que un niño de dos años fuera tan estúpido como usted…

Manzanita lo reta, atrincherado en su silencio. Él no se iba a apendejar. Nunca lo había hecho, y menos ahora, que tenía delante a aquel cabrón. Pone cara de asco.

—Así que no le gusta la decoración del Palacio. No le gusta el trabajo de Tiffany's. En cualquier caso, me alegro de verle aquí, cara a cara. Sólo me lo encontraba en los periódicos.

—Sí, me detienen con frecuencia —contesta Manzanita.

—Eso es porque se mete en líos. Pero le gusta. Usted no tiene remedio. .

—Su régimen tampoco lo tiene. Por eso estoy aquí sentado.

—¿A qué se dedica usted, aparte de a perder el tiempo y a guapear?

—Estudio arquitectura.

—Y ¿qué pasa? Los libros no le gustan mucho ¿verdad? Ser un gánster es más divertido… ¿no? Pum, pum. ¿Por qué no deja ya la guapería? —el Mulato lo mira severamente. Como hacía mucho tiempo que no miraba a nadie. Ya se le han quitado las ganas de hacer bromas.

—¿Gansterismo?

—¿No es usted el enviado del Directorio Revolucionario para entrevistarse con el presidente de la República?

—Más que eso. Me estoy entrevistando con el gobernante que siente tanta alergia por las elecciones como por la Constitución de 1940 ¡el salvador de la nación!

—No se engañe. Con la ironía no conseguirá más de lo que están consiguiendo con las pistolas. Aunque no lo crea ¡ya hemos acabado con el gansterismo!

—Para crear el gansterismo uniformado. De color gris —dispara el gordo Manzanita.

El Mulato lo mira fijamente. Los músculos de la cara tensados. No tiene ningunas ganas de reír. Ningunas. Tenía clavado en su cerebro un episodio que estaba aún demasiado reciente. Durante unas horas unos pendejos habían tenido en jaque a la policía y al Estado Mayor. Estuvo dos noches sin dormir. De buena gana hubiera destituido al viejo Tabernilla, e incluso a Orlando Piedra. Nunca estuvieron tan cerca de ser botados. El campeón automovilístico Juan Manuel Fangio fue secuestrado poco antes de que se disputara el segundo Gran Premio de La Habana.

—¿Cómo se les ocurrió el disparate ese de secuestrar a Fangio? —pregunta el Mulato.

—¿Secuestrar? Los estudiantes no nos dedicamos a eso.

¿Dónde diablos tuvieron encerrado al campeonísimo durante veinticuatro horas? ¿Cómo es posible que ni Tabernilla ni Piedra dieran con él? Veinticuatro horas son demasiadas. En veinticuatro horas se puede medir el grado de incompetencia de una persona. Incluso de dos. Y el Mulato tuvo conciencia de que el jefe del Buró de Investigaciones y el jefe del Estado Mayor estaban preparados para batir el récord mundial de torpeza.

—¿Acaso no fueron ustedes los que encerraron durante un día a Fangio, contra su voluntad, obviamente? ¿Dónde lo metieron?

—Creo que se equivoca. Eso no fue cosa del Directorio Revolucionario. Que dijéramos que usted se dedica a montar un costoso espectáculo de automovilismo mientras el pueblo pasa hambre, no significa que nos dediquemos a quitarle la libertad a pilotos de renombre internacional…

¿Qué hubiera pasado si Fangio no sólo es secuestrado? ¿Qué hubiera ocurrido si esos locos insensatos acaban con su vida? Esa pregunta había asaltado al Mulato muchas veces durante las últimas semanas. Los cuatro comemierdas que se llevaron por la fuerza a Fangio del lobby del hotel Lincoln pretendían que la opinión pública internacional se fijara en ellos. El Mulato todavía recuerda el tremendo dolor de cabeza que le duró varios días, Fangio ya liberado. En aquellas horas angustiosas, preso de una excitación nerviosa que pocas veces había sentido, el Mulato llegó a tener una idea que hubiera querido desestimar inmediatamente, pero que estuvo buscando un hueco en su mente durante varias horas: ¿y si, con la excusa de un intercambio de disparos entre los secuestradores y la policía, Juan Manuel Fangio era herido mortalmente? El siguiente paso iba a ser bastante más sencillo: movilizar a todos los periódicos afectos, al *Diario de la Marina* y a los demás, y sobre todo, lanzar por cable a todas las agencias del mundo que grupos revolucionarios, de clara estirpe comunista, habían asesinado al campeón del mundo de automovilismo, el gran Juan Manuel Fangio. Fidel, Carlitos Prío, los estudiantes, todos, habrían recibido el tiro de gracia.

—¿Y quién fue el que perpetró esa acción reprobada por toda la prensa internacional?

—El Veintiséis se la ha atribuido. Los periódicos lo publicaron —responde el gordo Manzanita.

Sí, el Mulato sabía que el Veintiséis y Fidel habían tenido que ver con aquello. Pero para poder sacar del hotel Lincoln a Fangio y subirlo a un Playmoth como para darle un recorrido turístico por la ciudad, el Veintiséis necesitaba un comando urbano. Y estaba completamente seguro que varios estudiantes formaban parte de esos grupos que realizan actos terroristas en la ciudad de La Habana. Células revolucionarias que habían nacido para tocarle los cojones. No, el tipo que tenía allí delante no se podía hacer el tonto. ¿Por quién lo tomaba? ¡Por un bobo! El Mulato estira el cuello. Alza la mandíbula. Lo siguiente que debía hacer era expulsar de allí a aquel estudiantito, botarlo de un despacho que jamás debió pisar. Pero reprime ese impulso.

—Sepan que lo de Fangio fue un acto que condena nuestro Código Penal. Pero eso no fue lo más grave. Lo peor fue la muerte de seis ciudadanos cubanos.

—No haga imputaciones gratuitas. Nosotros no participamos en ese acto de sabotaje.

¿A qué velocidad podía ir aquel carro, el número cincuenta y cuatro? Mucha, muchísima. Tanta que los espectadores que estaban viendo la prueba junto al Malecón, apenas apreciarían el fogonazo de una mancha que se escapa de la retina inmediatamente, como si realmente no hubiera pasado delante de ellos, y sólo un golpe de viento en pleno rostro desmintiera esa impresión. Un burujón de gente asiste al Gran Premio de La Habana. Esa era la idea, que la prueba automovilística fuera un éxito, transmitir a la opinión pública internacional que aquí no pasa nada, que todo es normal. La bandera que ondea en la Embajada de los Estados Unidos se agita tímidamente, ejecutando el movimiento monótono de cada día. Ni siquiera se altera cuando el Ferrari número cincuenta y cuatro, de Escudería Cubana, está negociando la curva que hay frente a la Embajada, y lo hace con torpeza de principiante, porque no es una curva demasiado cerrada, pero el bólido no ha seguido la trayectoria ordenada por el piloto, se ha rebelado contra sus instrucciones y ha embestido a una masa de espectadores que ahora queda reducida a un griterío consternado y un montón de cuerpos tronzados. Seis espectadores no conocerán jamás quien ha ganado la prueba.

—¿Quién echó aquella mancha de aceite al circuito? —insiste el Mulato, que ahora sí, se felicita por haber recibido a uno de los líderes estudiantiles en su despacho. Y no a cualquiera, sino al padre de toda la camada. Al presidente del Directorio. Al más gordo. Y el Mulato se reiría de su propio chiste si no supiera que ahí delante tenía a uno de los asesinos de Blanco Rico. Porque seguro que aquel tipo tendría algo que ver en la muerte de Blanco Rico. Aunque sólo fuera porque era estudiante. Ahora se lo podía echar en cara. Eso y toda la colección de actos violentos y terroristas con el que entretenían el tiempo que le robaban a las clases en la Universidad.

—¿Usted cree que fuimos nosotros? ¿O el Veintiséis?

—¿Hay alguna razón que me impida pensar que no estaban concertados en esta idea truculenta? Ustedes y el Veintiséis tienen el mismo pelaje. No tengo ninguna duda.

—Yo sí tengo una duda. Si ustedes hubieran tratado con tanta consideración a Fangio como hicieron sus captores. Él mismo confesó que había conversado con ellos, macanudamente.

—¿Le he abierto mi despacho para escuchar boberías? Macanudamente... Nadie que esté privado de libertad puede sentirse a gusto. ¡Y menos un campeón del mundo que lo único que quiere es ponerse al volante de su carro! ¡Deje ya de hablar mierda! —replica el Mulato—. Le daré un consejo, y hágame caso, por favor: la política, como las mujeres, sólo da problemas.

El otro no le contesta.

Pero no sólo había sido lo de Fangio. Aunque nada lo había encabronado como eso. Incluso más que aquel día, en pleno carnaval, en el que se paró un camión de volteo delante de la tribuna presidencial que ocupaba, junto a la Primera Dama. El camión iba adornado con ramas de árboles. Todo normal. Hasta que del camión descendieron aquellos tipos disfrazados, las caras tapadas con antifaces, y se pusieron a hacerle bromas a la Primera Dama, que no tuvo más remedio que reír. Pero al Mulato aquello no le hacía gracia. Y mucho menos cuando vio como los tipos se quitaban los antifaces y empezaban a gritar ¡Abajo la tiranía! Aquello fue una ofensa, no sólo para el gobierno, sino sobre todo para Martha, la Primera Dama, su esposa. La golpiza fue tremenda. Igual que la que había recibido el gordo Manzanita unos meses atrás, en la calle San Lázaro. Se la tenía merecida. Por provocar a la policía con sus estúpidas frases. Se formó un correcorre, pero el

gordo no se pudo librar de acabar con la cabeza abierta. Se
pasó encerrado un tiempito en el Castillo del Príncipe. El
Mulato mira a Manzanita, mientras recuerda todos esos episodios que han protagonizado esos cabrones de los estudiantes. Y aún le queda uno: el día en el que, en mitad de un
partido entre el Habana y el Almendares, desplegaron una
inmensa pancarta en la que se leía «libertad para los presos
políticos». Había veinte mil personas esa tarde en el Stadium
del Cerro, leyendo aquello. Y lo peor, la policía, su policía,
había tardado demasiados minutos en hacer trizas aquella
pancarta.

Al Mulato la sangre le hierve. Pero no quiere perder la
compostura.

—¿Ustedes me acusan de dar un golpe de Estado, no?

—Así es.

—La culpa la tuvo Chibás. Se murió. O lo murieron, mejor dicho.

—No acabo de entender lo que me quiere decir.

—¿No? Ustedes que se creen tan listos, deberían saber a
lo que me estoy refiriendo… Y si no manejan algunas claves,
las principales de esta historia, ¡no sé qué coño hacen metidos
en política!

El Mulato mira a Manzanita con todo el desprecio del
que es capaz. Ha sido una gran idea recibir al estudiantito. Le
va a decir cuatro cosas. Ahí lo tiene, mirándolo con cara de
bobo. Sin entender nada.

—¿Usted sabe que fueron los comunistas los que mata-
ron a Chibás?

Manzanita hace un gesto de extrañeza.

—A Chibás lo mató la lucha que mantenía contra los
corruptos.

—No, no, usted está muy equivocadito.

El gordo Manzanita no podía estarlo. Ningún habanero lo estaba. Todos conocían lo que había pasado con el líder del partido ortodoxo. Todos sabían lo que había dicho en antena aquel día.

Y el próximo domingo presentaré las pruebas definitivas que inculpan al ministro Arango! ¡Están en mi maletín, desbordándolo! ¡El domingo lo abriré para todos ustedes!

—¿De verdad que ha dicho eso?

Carlitos Prío no escuchaba demasiado la radio. Las mujeres y el gobierno de la nación no le dejaban tiempo. Es verdad que sus ministros no paraban de venirle con historietas del loco de Chibás, el loco de la escoba, el líder del partido ortodoxo. De sus extravagancias…

—¿Y contra ese tenemos que luchar en las elecciones de junio? —preguntaba el presidente.

Y soltaba una risotada.

Carlitos Prío se tomaba la vida así. Como un eterno carnaval. Cuando alguien le venía con alguna noticia mala, él se hacía dos preguntas: ¿Tengo dinero? Sí. ¿Tengo mujeres? Sí. Y sonreía. El mundo seguía siendo perfecto.

—¿De verdad que ha dicho eso? —insiste Prío.

—Sí —responde el ministro Arango.

—¡Está más loco de lo que pensábamos!

—Quiere botarnos del gobierno, a patadas.

Arango ocupaba la cartera de Educación. También le gustaban, como a Prío, las mujeres. Pero mucho más el dinero. Por eso tenía un negocito. Se traía madera de Guatemala. Hasta ahí todo normal. El problema estaba en que era mucha madera. Y que su sueldo de político no alcanzaba para comprarla. Chibás se dio cuenta y llevaba ya varias semanas atacándolo desde «La escoba de Chibás», el espacio que había comprado a Radio Reloj. Veinte minutos para atacar la corrupción. Para barrerla. Todos los domingos. A las nueve de la noche.

—¿Chibás? ¿Desde cuándo hacemos caso a un loco?

—Desde que dice que he destinando el presupuesto del desayuno escolar a comprar un reparto en Guatemala, con el fin de invertir en el negocio de la madera.

Prío levantó una ceja y suspendió en el aire el daiquiri que ya tenía mediado.

—¿Madera? ¿En Guatemala? —preguntó. El acento era de estupor.

—Eso es.

—Mire, Arango. La única madera que me preocupa es esta —y Prío dio varias palmadas a la tumbona en la que estaba recostado, para comprobar que era de buena calidad—. La madera de Guatemala o de Madagascar me interesa tanto como las sandeces que suelta por esa boca llena de dientes el loco de la escoba.

—Sí, pero usted sabe...

—Además —lo atajó Prío, dejando en el suelo el daiquiri—. ¿Los niños desayunan todas las mañanas?

—Cacao, cereales y mantequilla.

—¿Y cuál es el problema?

—Que dice que tiene pruebas.

—Hágame caso. No le preste atención ni a los locos, ni a los maricones. Y Chibás es las dos cosas.

Pero Arango no tenía fuerzas para hacerle caso al presidente. Entró en el juego que le proponía el líder del partido ortodoxo. ¿A que no se atreve el apóstol de la mentira a sostener un debate abierto conmigo durante cuatro horas?, lo retó desde los mismos micrófonos de Radio Reloj. Cuatro horas, no. Me harán falta veinticuatro para mostrarle la catarata de pruebas que incriminan al ministro Arango. Si es preciso, las llevaré ante el senado. Chibás llevó a Arango a su terreno. Le puso el anzuelo, y picó, a pesar de las advertencias de Prío.

Por eso, él había enrumbado esa tarde hacia La Chata, después de asegurarse de que el presidente estaba allí. Iba manejando su carro, un flamante Ford último modelo, de amplias superficies cromadas, potente, fiable. A Arango le extrañaba que Chibás no lo hubiera atacado por esa compra. Consultó el reloj. Eran las ocho de la tarde. Faltaba sólo una hora para que aquel cabrón se pusiera delante del micrófono. ¿De verdad había encontrado alguna prueba contra él? Arango lo tenía bien claro. Ojalá Prío lo tuviera tan claro como él. Si aquel tipo feo, el de la escoba, el Chibás ese, no aportaba ninguna prueba sólida, el gobierno no podía perder ni un minuto en llevarlo a los tribunales. ¡Bastante tengo con soportar las sandeces que dicen los que se creen cuerdos, como para escuchar también las tonterías de los locos!, le insistía siempre el presidente. Claro, no era a él a quien acusaban. No. No era a él a quien llamaban ladrón. Al menos, en este asuntito de la madera. En otros sí. Pero por un oído le entraba y por el otro le salía. Arango no podía ser así.

En todo eso iba pensando, observando cómo la gente se iba apiñando en los bares, esperando la hora del comienzo del programa. Las calles se fueron vaciando. Arango se preocupó aún más. Si eso era posible. El Ford le respondía, con suavidad. Era una máquina preciosa. Había hecho una buena compra. Pero él estaba metido en un aprieto.

Por fin llegó a la mansión de La Chata. Aparcó el carro. Los escoltas del presidente lo saludaron. Hasta ellos se dieron cuenta del rostro preocupado del ministro. Cruzó la verja de entrada. Arango avanzó por un camino de losetas. A lo lejos se oía trabajar los motores de una turbina. En la piscina no había nadie. El presidente debía estar en el salón.

—Arango, buenas noches.

Lo recibió con una camisa de color blanco y cuello almidonado que hacía juego con los pantalones de hilo y unos zapatos perfectamente lustrados. Tenía el rostro terso, limpio, sin una gota de sudor. Descansado. Como si acabara de levantarse.

—Así que me va a obligar a escuchar la radio esta noche —se limitó a decirle.

—Nos jugamos mucho.

—¿Usted cree? —le preguntó Prío.

Pero Arango no le contestó. Prefirió tomar asiento en un sofá. El presidente le ofreció una copa de Matusalén. Pero Arango no tenía ganas de nada. Sólo de que empezara el maldito programa de radio. Volvió a mirar el reloj. Aún falta media hora, carajo.

La amenaza llevaba resonando en los oídos de Arango demasiado tiempo.

—Y el próximo domingo, a las nueve de la noche, ante los micrófonos de Radio Reloj, abriré mi maletín, y mostraré a la nación las pruebas del peculado con respecto a los libros de texto, el mobiliario y las comidas escolares, todo relacionado con turbios negocios en Guatemala, y otras cosas aún peores que demostrarán que el gobierno de Carlos Prío es el más corrupto de la historia de la República.

Hablaba con un acento fatalista, de inminencia de desastre. Sus discursos se abastecían más de palabras grandilocuentes que de ideas propias de un programa de partido. Pero así y todo, bastaba su tono apasionado para que los cafés se llenaran para escuchar sus alocuciones. Decenas de personas se arracimaban en torno a los aparatos de radio, de los que salía una voz fina de escalpelo, como si quisiera atravesar los tejidos de la nación y extraer las partes que estuvieran corruptas.

En La Habana todo el mundo hablaba de aquella polémica. Incluso una conga callejera se ocupó de ella.

—¿Dónde están las pruebas? ¿Dónde están?

Y el coro respondía:

—Cuando abran la maleta, ya verán, ya verán...

Así era la conga.

Son las siete y media de la tarde. Ha cerrado cuidadosamente la puerta del apartamento que ocupa en el Vedado, en la calle A, entre primera y tercera.

Ese día luce impoluto. Todo de blanco. Los espejuelos, dorados. El pelo, repeinado hacia atrás. Es verdad que con esa pinta, se podían esperar unos modales suaves. Pero nunca los había tenido. Por dentro, la sangre le ardía. Cuba está hecha una mierda. Y él está ahí para gritárselo al mundo. No le tiene miedo a nadie. Sólo al fracaso. A que Carlitos Prío y toda esa ralea que lo acompaña se salgan con la suya. Él y el Mulato, que también quiere ser presidente. Le cueste lo que le cueste. Prío y el Mulato son la misma cosa: mierda. Sólo los ortodoxos pueden evitar que el país se vaya al carajo.

Sabe que es un día importante. Por eso quiere darse un baño de multitudes. Es consciente de que durante la última semana no se había hablado de otra cosa en La Habana. Por eso ha abandonado su casa como bañado de esa sustancia que le abrillanta la piel a los triunfadores. Y en efecto, no para de recibir palmadas en la espalda en todo el trayecto, hasta que llega al Prado. Sus ojos miopes no le engañan. Toda esa gente está con él. Y él no puede defraudarles. Es su gran día.

Y así va caminando, dando fuertes brazadas, mientras repasa los últimos latinajos que va a utilizar en su discurso. En el discurso que va a tumbar a Prío y a todos sus compinches. Al llegar a la fachada de Radio Reloj, la masa de gente se abre para dejarle paso. Todas las palabras de ánimo desaparecen silenciadas por la curiosidad o la expectación. Cuando Chibás empieza a subir las escaleras que lo dejarán en el segundo piso, le ha ido ganando una extraña sensación, una sensación nueva, contra la que nada puede oponer, ni siquiera un latinajo. Es como si el almuerzo le hubiera sentado mal. Así, repentinamente. Agarra con más fuerza su maletín.

El Griego, al estrechar su mano, nota como un tacto viscoso de anfibio. A Chibás le sudan las manos, y aquella transpiración no se explica sólo por el calor que reina en pleno mes de agosto. El Griego retira sus dedos enseguida, y con un gesto rápido se los limpia en la parte trasera del pantalón. Chibás lo mira, efectivamente, con ojos de loco, piensa el Griego, con los ojos que nunca le había visto.

Se acomoda en el locutorio. Marconi le dirige la primera mirada. Él, que era un fino observador, además del mejor técnico de sonido que pisaba La Habana, se da cuenta de que los labios de Eduardo Chibás tiemblan con un movimiento apenas perceptible, pero constante, un movimiento que no puede controlar.

Carlitos Prío se sirve otro vaso de Matusalén, sin prestar atención a lo que sale por los altavoces de la radio. Se acuerda perfectamente del lema que anunciaba ese ron al que era tan aficionado: «Así es la fiesta con Matusalén. Hoy alegre… mañana, bien». El presidente se dedica a ejecutar todos los movimientos, desenroscar la botella de ron, llenar cuidadosamente el vaso, agarrarlo con despreocupación, saborearlo repantigado en el sillón del salón, con la irrelevancia que otorgamos a los actos cotidianos, despojados de trascendencia.

—Venga, pendejo, empieza a sacar pruebas. Quiero verlas todas, toditas —Arango le habla al aparato de radio, increpándolo, como si allí dentro estuviera escondido Chibás.

Pero, de momento, sólo se oye una larga cabalgata de anuncios comerciales. De todo, de televisores a todo color, de carros último modelo, de cerveza, de café... Café Pilón, sabroso hasta el último buchito.

Chibás ya se ha quedado solo en el locutorio, únicamente acompañado por el maletín.

El Griego lo estudia a través de la pecera, mirando alternativamente el gesto preocupado de Chibás y los cantos ya gastados del maletín, que debe alojar las pruebas incriminatorias contra el gobierno de Carlos Prío. E iban a aparecer allí, en el estudio de Radio Reloj. ¿Dónde si no?, la emisora estrella de La Habana, que sólo se dejaba batir por CMQ, que recurría a constantes concursos y sorteos para mantener la fidelidad de su audiencia. Pero el Griego pensaba que sólo en Radio Reloj se sustanciaban las grandes controversias de la ciudad, los graves asuntos de que estaba hecha la actualidad, las cosas que de verdad importaban, y no la bobería esa de la novela de las cuatro de la tarde que hacía el pendejo de Silvito Lindo. Radio Reloj reportando, gong. Ese gong le había acompañado desde que era un crío. Ese gong lo escuchó el día de la matanza del reparto de Orfila, en Marianao. El director de Radio Reloj lo tenía bien claro: ¿Os imagináis una estación radial que dé la hora cada minuto? Sí, intercalando menciones comerciales grabadas. Como un reloj que llevamos pegado constantemente a la oreja. Un aviso de que el tiempo va pasando irremediablemente, y de que vamos avanzando hacia el final del día, perfectamente alimentados de noticias, sólo de noticias... ¡Sí! Un tictac que nos acompañe todo el día. Las veinticuatro horas. Un tictac que no duerma. A fin de cuentas, si algo que distingue a Cuba es el ritmo. Y el tictac de un reloj no es otra cosa que puro ritmo. Radio Reloj será como un río de información que jamás cese —proclamaba.

De eso hacía ya mucho tiempo. Ahora no era Radio Reloj la que buscaba los acontecimientos, sino que eran los acontecimientos los que buscaban a Radio Reloj. Por eso ahora está allí, en el estudio de continuidad, el loco de Chibás, el de la escoba.

La última cuña publicitaria de cigarrillos Camel… ¡qué suaves son!, da paso a un redoble de tambores. Carlos Prío enarca una ceja. El ministro Arango se encara con el radio. Cualquiera diría que se va a fajar a piñazos con él. Chibás se enfrenta al micrófono. Carlos Prío enciende un cigarro. Chibás espera la señal de Marconi, que tiene un brazo en alto, indicando que aún no ha comenzado su tiempo asignado, veinte minutos para demostrar a La Habana que el ministro de Educación es un delincuente. Veinte minutos para demostrar que Carlos Prío, su rival en las próximas elecciones, tiene en su nido a ese ladrón. Y que por eso, también había que botar al presidente.

Marconi baja la mano. El redoble de tambores cesa, abriendo un silencio expectante que rompe con su voz saturada de agudos Eduardo Chibás.

—Buenas noches, por fin llegó el momento de arrancar con dedos limpios las máscaras que encubren rostros manchados de ignominia y oprobio. ¿Se acuerdan de Galileo?

En los cafés se ha impuesto un silencio denso. En las calles sólo se oye un vago rumor de músicas lejanas, procedentes de algún cabaret.

—¡Sí, Galileo! —y la voz de Chibás, lastrada esa noche por un acento opaco, quiere ganar vehemencia para dar mayor entidad a la argumentación—. Galileo tenía razón al afirmar que la Tierra daba vueltas alrededor del Sol. Aunque le faltaran pruebas para demostrarlo, porque hay verdades que son tan absolutas que no necesitan demostración. Hay verdades que vienen preñadas de evidencias que se sostienen por sí solas. Y aunque me hagan retractar, como a Galileo, el ministro de Educación destina dinero público para desarrollar sus inversiones en Guatemala, ante la mirada cómplice de Prío. Se puede delinquir por acción y por omisión. Y el presidente de la República, no sólo permite que el ministro Arango mantenga su cartera ministerial, sino que prefiere mirar para otro lado ante las actuaciones delictivas de su ministro y directo colaborador.

Carlos Prío deja violentamente el vaso de Matusalén sobre la mesa. Unas gotas saltan por los aires y acaban manchando unos papeles oficiales. Se coloca junto al ministro, que ya está en posición de combate, a punto de arrancarle un fuetazo al aparato.

—Ya sé que me harán retractar. Pero, y este es un aviso para los coroneles del aceite de ricino, para los coroneles del palmacristi —y aquí el tono de Chibás se hace retador— les aseguro que por muchas raciones que me den, no lograrán descomponer mi espíritu inviolable. Frente a las raciones, opongo las razones.

Pasan los minutos. El discurso discurre entre acusaciones llenas de vaguedades y aforismos latinos aprendidos de memoria, sin que eso le haga perder interés. Es cierto que está agotando los veinte minutos de programación que había comprado, que su alocución se precipita hacia el final sin que Chibás haya ofrecido otra prueba contra Arango que la alusión histórica a Galileo, pero todos, mezclándose en los cafés, en las casas, en todos los sitios, esperan un truco final, al modo que un ilusionista acaba sorprendiendo al público resolviendo un número aburrido.

El Griego también tiene esa esperanza, consciente de que Eduardo Chibás no abandonará los estudios de Radio Reloj sin una solución contundente de la que se hablará en toda La Habana durante meses. El Griego era un hombre de intuiciones, de intuiciones que le relampagueaban en el cerebro. Y se resiste a pensar que el tiempo se agote sin que Chibás le dé la razón con una sorpresa final.

—Camaradas de la ortodoxia ¡adelante! —dice, con el énfasis que se dan a las frases finales de un discurso, un auditorio de millones de personas dibujándose en la mente de Chibás.

Y el Griego siente el mismo estremecimiento de las intuiciones a punto de cumplirse.

Sí, Eduardo Chibás ha dejado de hablar. Por la radio sólo se oye un rumor granulado, unos dedos manipulando las hebillas del maletín, soltándolas con dificultad, los dedos actuando con torpeza, el tintineo metálico que apenas deja escuchar la respiración entrecortada de Chibás, que por fin puede abrir el maletín.

Mete una mano temblorosa en él, como el que indaga en un nido de reptiles, y cuando todos creen que va a extraer los documentos definitivos que provocarán la dimisión de Arango, y quién sabe si del mismísimo Carlos Prío, lo único que rescata del interior del maletín es una pistola buldog del calibre 38. La coloca encima de la mesa. Allí parece un animal oscuro, lleno de vida. Le da un capirotazo. La pistola empieza a dar vueltas sobre la mesa.

—¡Por la libertad económica, por la libertad política y la justicia social! ¡Echemos a los ladrones del Gobierno! ¡Pueblo de Cuba, levántate y anda! ¡Este es mi último aldabonazo a tu puerta!

Y de un manotazo violento frena el movimiento circular de la pistola, la agarra con firmeza.

Pudo apuntarle al Griego.

Pudo apuntarle a Marconi.

Pero ha optado por ponerla delante de su estómago.

Cuando Carlos Prío oye la detonación, sólo pudo decir,
—¡Será comemierda!

En los cafés, el silencio largamente sostenido estalla, despedazándose en una colección de gritos espantados, de perplejidad. El técnico de sonido deja el micrófono abierto, paralizado por lo que están viendo sus ojos, un hombre desplomándose en el locutorio, emitiendo lamentos quejumbrosos.

Por los altavoces sale un ay, ay, ay de animal agonizante, un hilillo de sangre manchando el traje de blancura impoluta.

El Griego es el primero que accede al locutorio, entra allí, lleno del estupor que le ha dejado su intuición fallida, su intuición desbordada y superada por un acto demasiado estúpido como para caber en una intuición, sin poder todavía medir el impacto de lo ocurrido, sólo intentando levantar a Chibás, reducido a un temblequeo espasmódico.

Por la radio suena una música optimista de desfile militar.

Cuando llegó el cuerpo de Chibás al Centro Quirúrgico de La Habana, con gran estrépito de sirenas, ya había ciudadanos esperándolo, como si algunos también se movieran, como el Griego, por intuiciones, y presintieran que aquello acabaría ocurriendo. A Carlitos Prío le empezaron a llegar noticias de grandes concentraciones a las puertas del hospital.

—Gritan ¡Viva Chibás! ¡Abajo Prío! ¿Qué coño hacemos? —el jefe del Estado Mayor, el brigadier Cabrera, irrumpió en su despacho, preso de una extraordinaria excitación.

Carlos Prío no le respondió. Se limitó a pivotar sobre su sillón, basculando hacia la izquierda y la derecha, sin acabar de encontrar la posición más cómoda.

—¿Debemos intervenir? —preguntó el brigadier Cabrera.

Se echó un buche de agua a la boca e hizo gárgaras. Sintió la garganta limpia.

—¿Crees realmente que debemos excitar aún más a las masas? El acto de Chibás ha sido demasiado estúpido como para que podamos aún dar respuesta. A fin de cuentas, el pueblo sólo valora este tipo de acciones estúpidas, porque es estúpido, como Chibás.

—¿Y debemos permitir que se extienda la violencia, que todo el mundo agarre de nuevo la pistola que tenía guardada? Tal y como están las cosas, los estudiantes son capaces de hacer cualquier cosa… Estaban preparando una excusa como esta para actuar.

—No te engañes, Cabrera. Aquí nadie esconde su pistola. Todo el mundo la tiene a mano. Por desgracia. Y los estudiantes, los primeros, como ya sabemos.

En una esquina, Arango permanecía refugiado en un silencio ensimismado. Temía que ahora muchos encontraran en este suicidio la única prueba con que incriminarle. Y aquel intento de su principal rival, de su único rival, el que le había impedido dormir a pierna suelta las últimas semanas, el hijo de puta que le había dejado la cara ojerosa, aquel intento de desaparecer físicamente, en vez de producirle euforia, lo había transportado a una estupefacción triste. La conversación de Cabrera con Carlos Prío era para él un ruido lejano, ininteligible.

—Ahora tenemos que ser inteligentes. Muy inteligentes.

Carlos Prío señaló con el dedo al brigadier Ruperto Cabrera. El dedo índice le apuntó durante unos segundos, los suficientes como para que el jefe del Estado Mayor pensara que lo hacía responsable de algo.

—Cabrera, elige a los mejores militares que tengas en el Campamento Columbia, y concertemos energías para evitar que Chibás se salga con la suya y se muera. Busca a los mejores médicos. No son armas lo que necesitamos en este momento, sino médicos.

El brigadier Ruperto Cabrera hizo un gesto de no entender nada.

—Sí, Cabrera. Hay que salvar la vida de ese que nos ha estado llamando ladrones y corruptos. Así es la vida, una gran paradoja. Tenemos que salvar a ese que nos ha vilipendiado. Pero prefiero a un loco difamando vivo que a un mártir. A veces a los muertos les da por tumbar gobiernos.

Cabrera no entendía absolutamente nada.

—Algún día lo entenderás. La historia nos lo enseña. Tenemos que salvarle la vida a Chibás, como sea.

Carlitos Prío hizo la consabida palmada para dar por concluida la entrevista. Entre otras cosas, porque había acabado el cigarro que había tenido en sus labios los últimos diez minutos, y no tenía ganas de encender otro. Arango se incorporó y siguió los pasos del jefe del Estado Mayor para abandonar el despacho presidencial.

El gordo Manzanita había escuchado el relato del Mulato con mucha atención. Todo aquello podía ser tan verdad como mentira. Pero le interesaba. Seguro que en toda aquella historia había un montón de mentiras. A fin de cuentas, la había contado el Mulato. Y aquel cabrón llevaba demasiado tiempo engañando a todo el país como para creerle todo lo que decía. Pero el gordo Manzanita no se movió del sillón.

—Y aquí hay una pieza que a usted se le escapa, y que completa el puzzle —le dice el Mulato

—¿Qué pieza?

—El médico que lo atendió en el hospital.

El doctor León se había quedado sin papá. Mientras que él se encerraba con sus libros de medicina en aquel cuarto del Ba-

rrio Chino, no muy lejos del Shangai, ese teatro en el que decían se podía ver de todo, su papá trabajaba horas y horas en
el ingenio azucarero, para pagarle los estudios a su hijo. Pronto habría un médico en la familia. El hijo había salido aplicado, y no se perdía ni una sola de las clases en la Universidad.
Otros andaban enredados en intrigas políticas, queriendo hacerse con el control de la FEU. Pero él no tenía tiempo que
perder. Había que estudiar bien duro.

    Hasta que recibió aquella llamada.

—Lo han matado.

    El ingenio tenía un jefecito. El jefecito no estaba dis-
puesto a que nadie le tocara las narices. Ahí se iba a trabajar, y
ya. Nada de pláticas. Nada de estar todo el día dando muela.
Pero al papá del doctor León no le parecía del todo justo que
tuvieran que estar trabajando doce horas cuando sólo cobra-
ban ocho. Y así se lo dijo al jefe. Que no le dio mucha importancia. Al menos, de momento. El problema le vino después.
Porque había muchos que pensaban como el papá del que un
día sería el doctor León. Y una mañana se negaron a ir al ingenio. Se quedaron encerrados en los bohíos en que vivían. Pi-
dieron la jornada de ocho horas. No era tan disparatado. Ya
algunos sindicatos se habían atrevido a llamar a la huelga. Pero
no todos veían con buenos ojos esa idea. Entre ellos, el jefeci-
to. Que no fue a buscarlos. Lo hicieron unos tipos montados a
caballo. Armados con pistolas, con machetes.

    —¡Salid, perros comunistas! —les gritaron.

    Ellos salieron. Y se formó el lío.

—Lo han matado.

    Esa noche alguien le vino con la noticia. Por teléfono. A
su papá lo habían eliminado, acusándolo de comunista. Eres
un perro comunista, no pararon de gritarle, incluso cuando ya
llevaba varios minutos muerto. Su hijo no tardó ni una semana

en afiliarse al Partido Socialista Popular. Él también quería ser comunista. Y ahora llegaba su amigo Flavio Bravo, llamándolo Dios sabe desde dónde, desde México, o a lo mejor desde el mismísimo Moscú, con aquella petición. Y Flavio Bravo era muy importante. La mano derecha de Blas Roca, el líder del partido comunista cubano. O quizá algo más. Representaba los nuevos tiempos del partido, porque Blas Roca empezaba a envejecer. Flavio Bravo estaba muy cerca de ser el jefe. Había que escucharlo con atención. Que fue lo que hizo el doctor León.

—¿Sigues trabajando en el Centro Quirúrgico de La Habana? —le preguntó.

—Claro, soy cirujano.

—Ahí tienes ingresado a un tipo muy particular.

—Aquí alojamos a muchos tipos particulares. Todos tienen la particularidad de que les duele algo.

—A este del que te hablo le duele el estómago.

—¿Una mala digestión?

—Más divertido. Un tiro en el estómago.

—Ajá. Entiendo. El senador ¿no?

—No, el loco.

—¿No es lo mismo?

—Casi. ¿Qué sabes de su estado de salud?

—Que tiene en vela a un burujón de gente que nunca se va para su casa. Es casi imposible acceder por la puerta principal del hospital. ¡Ya tenemos ganas de botarlo!

—¿Sobrevivirá?

—Espero que sí. Si no, todo ese molote se nos viene encima y nos tumba el hospital.

—Hay que impedirlo.

—Claro que hay que impedirlo. No quiero acabar como los filisteos cuando Sansón les echó abajo el timbiriche.

—No. Hay que evitar que sobreviva.

—¿Qué tú dices?

—Hay que evitar que sobreviva.

—¿Qué clase de loco estás tú hecho?

—Chibás es vómito de perro.

—¿Qué tú me pides?

—Ultímalo.

—¿Qué cosa?

—Ultímalo.

Agentes del ejército, mandados expresamente por el jefe del Estado Mayor, Ruperto Cabrera, a instancias de Carlos Prío, merodean por los pasillos, nerviosos como padres en el momento del parto. Fuman un cigarro tras otro, vigilando la puerta de la habitación de Chibás. El tabaco se impone al olor a desinfectante que parece salir de cada poro del hospital.

—Cuidad de Chibás como si fuera yo el que estuviera en esa habitación, balaceado —dijo Carlos Prío a los militares. Le había pedido expresamente a Ruperto Cabrera que los llevara ante su presencia. Quería verle el rostro a aquellos tipos, para no verles ni una sombra de duda o incompetencia. El gobierno tenía esas obligaciones. Él ahora debería estar en cualquier fiesta de Hollywood, rodeado de estrellas del cine. Pero en vez de eso, andaba pendiente de la salud de un loco medio maricón.

Eran ya diez días de atención médica. A los militares enviados por Carlitos Prío al hospital, empezaba a poderles el cansancio. Vigilaban el pasillo, pero cada vez con menos entusiasmo.

Chibás no mejoraba. Los boletines de noticias de Radio Reloj se repetían, sin introducir ninguna modificación esperanzadora.

Chibás no mejoraba. Pero tampoco se moría.

El doctor León sabía que si se enteraban, ni siquiera se salvaría escondiéndose en la estepa siberiana. Toda aquella masa lo buscaría hasta dar con él. Cuando agarraba la aguja y le buscaba la vena propicia a Chibás, el pulso le temblaba tanto que la aguja entraba en el cuerpo del senador con movimiento de lezna.

Chibás abría los labios para emitir un quejido. Lo único de lo que era capaz a estas alturas de la película.

Flavio Bravo llamaba todas las noches a su amigo. ¿Dónde estaría? ¿En México? ¿En Moscú? ¿Oculto en algún chinchal de La Habana? ¿Encerrado con alguna puta en una posada? Pero el doctor León no tenía nuevas. Chibás no se moría.

—¡Maldita sangre! ¡No hay manera de que se licue! ¡El maricón este no se muere! —murmuraba, apretando mucho los dientes, de rabia, el doctor León.

Sí. La sangre de Chibás seguía coagulándose, indiferente a los pinchazos del doctor León.

La sangre no se licuaba y los militares mandados por Carlitos Prío seguían aburriéndose. ¿Cuándo carajo le darían el alta al loco de Chibás y podrían volver al Campamento Columbia?

—¿Se nos muere Chibás? —le preguntó Carlitos Prío al director del hospital, justo en el décimo día. El líder del partido ortodoxo estaba aguantando.

—Estoy en sus manos —le recordó el presidente, como un paciente hablando con el médico antes de que lo operen a corazón abierto.

¡Chibás vivo! ¡Abajo Prío!, gritan esos infelices. Igual se salen con la suya. Esta sangre, qué coño le pasa a esta sangre. Sigue saliendo espesa. Como si fuera melaza, carajo. El viejo se resiste. Dan ganas de entrarle a trompadas, por maricón. El hijo de puta se resiste a morir, seguro que sabe lo que le estoy metiendo en el cuerpo, y se rebela. Viejo, vas a gruñir hasta el final. Eres un maldito cabrón, que no has parado de jodernos a nosotros, los comunistas. Tú y todos vosotros sólo servís nada más que para joder. Ahora mismo te jodía yo a ti, te metía la maldita escoba esa de tu partido de mierda por el culo…

El doctor León está muy bravo. Más bravo que nunca.

¿Y toda esa gente que está abajo, esperando? No se van a sus casas. Al contrario. Vienen más. Todo es extraño. Incluso que en el día once, esa sangre que ya creía incorruptible, muestre una textura nueva, más líquida, como si se aguara, y en ese momento las palpitaciones son tan fuertes que cree que las oirá todo el hospital, le delatarán, y los que siguen gritando ¡Chibás vivo! ¡Abajo Prío! irrumpirán en el hospital como una manada de rinocerontes, y le patearán la cabeza hasta que su carne parezca picadillo.

No, la sangre se negó a coagularse. Se licuaba. El doctor León le buscó de nuevo las venas. Le pinchó para aplicarle una dosis más de Demerocal, pero retiró la aguja. Chibás ya ni siquiera tenía fuerzas para quejarse, su mente entregada a una última actividad febril, un delirio en el que veía su maletín desbordado de pruebas incriminatorias contra el ministro Arango, una escoba entrándole limpia por el culo, Chibás imaginaba eso, o ya no, no imaginaba nada, qué más da a estas alturas, el doctor León asomándose tímidamente a la ventana, examinando los rostros de todos aquellos tipos que no paran de gritar ¡Chibás vivo! ¡Abajo Prío!, sin saber que sólo podían aspirar a cumplir un deseo, tumbar al presidente de la República.

—Lo ultimé. Este cabrón ya no tendrá cojones para retar a duelo a nadie ni para ir con sus boberías a la radio —se dijo, y quiso salir de allí a toda costa, buscar un teléfono y comunicárselo a Flavio, estuviera donde estuviera, y pedir que lo sacara de allí, que lo llevara bien lejos, a Moscú, por ejemplo, donde fuera, pero bien lejos.

Pero ahora sólo podía hacer una cosa. Entró en el baño. Buscó el espejo. Ensayó varios gestos. Apretó los músculos, pero no pudo componer el gesto compungido con el que quería enfrentarse a las preguntas. Ni siquiera le salía un rictus de preocupación. Era pánico, auténtico pánico, el que se dibujaba en su rostro.

Desde el baño todavía le llegaban los gritos de ¡Chibás vivo!, como una advertencia, y le siguieron llegando, incluso durante el funeral. El funeral más grande que jamás había tenido La Habana.

Gente, mucha gente, que se negaba a dispersarse, abarrotando la calle San Lázaro, muchas horas después de que Chibás entrara en el nicho, acompañado por una escoba, y los gusanos se dieran cuenta de que tenían mucho trabajo por hacer…

—Ya ve, fueron los comunistas los que acabaron con la vida de Chibás —concluye el Mulato, mirando a Manzanita, que no acaba de creerse aquella historieta.

—¿Y por qué iban a hacerlo?

—Entre otras cosas, porque los comunistas habían leído en *Bohemia* lo que Chibás había dicho de ellos. Y no tenía una alta opinión. Los llamó dictadores. Yo también creo lo mismo. Jamás pensé que llegara a pensar como un loco. Pero son dictadores, y muy peligrosos.

—¿Y eso justifica el golpe de Estado del diez de marzo?

—Cualquier acto es válido si sirve para apartar a los comunistas del poder.

—Usted los tuvo en su gobierno, no olvide.

—De eso hace mucho tiempo. Y eran otros comunistas. Nada peligrosos. Estos lo son. Mucho. Y además, tremenda-

mente agitadores. A veces tengo la sensación de que ellos y
ustedes son la misma cosa...

—¿Me está acusando de ser comunista?

—¿Es un disparate?

—Es mucho más que eso. Una infamia —el gordo Manzanita se ha levantado de su asiento. Sólo hay una cosa que le
puede producir más repugnancia que estar delante del Mulato: estar delante del Mulato escuchando como lo acusan de
comunista.

—Explíqueme eso, por favor.

—La juventud comunista tira a la calle una revistita que
se llama *Mella*. En ella se han dedicado a criticarme a mí, y a
todos los estudiantes que nos hemos unido en esa oposición a
usted y a su régimen, acusándonos de mezquinas intenciones,
de haber puesto luz larga, de ambicionar cargos políticos...

—¿Y no es así?

—Queremos al pueblo libre. Queremos elecciones democráticas.

—Y entonces ¿a qué vienen esos ataques de los comunistas?

—Ellos han intentado vincularnos a la Unión Internacional de Estudiantes, un organismo controlado desde Praga
por el comunismo internacional. Pero no queremos ninguna
relación con marxistas. Entre otras razones, porque han sido
capaces de pactar con usted. El pueblo no se merecía un diez
de marzo.

—Como veo que me acusan constantemente de dar un
golpe de Estado, el famoso diez de marzo, déjeme decirle que lo
hice en contra de mi voluntad. Incluso me llegó Tony Varona, el
primer ministro de Prío, con una idea, en plena campaña electoral. Me sugirió una alianza, que me uniera a ellos, a los auténticos de Prío. Era una forma, me intentó convencer Tony Varo-

na, de reagrupar a los hombres que hicieron posible la gloriosa Revolución de los Sargentos, en el 33, la Revolución que expulsó a Gerardo Machado, como usted bien sabe. Y estuve dispuesto a aceptar esa alianza, siempre y cuando sirviera para evitar el triunfo del extremismo ortodoxo o de los comunistas.

—¿Por qué no pactó finalmente con Prío?

—Porque me enteré que quería matarme.

—Eso suena a pura novelería, como lo del médico ese comunista que atendió a Chibás.

—Sí, quiso matarme. Pero como no podía hacerlo, optó por preparar un golpe de Estado. No olvide que su hermano Antonio se había presentado ya a la alcaldía de La Habana, y había perdido las elecciones claramente. Las cosas no le iban bien a los Prío. Y Carlos iba a perder también la presidencia de la República. Por eso preparó el golpe de Estado. A mí no me quedó más remedio que adelantarme. Y sobre todo, evité el triunfo comunista. ¡Y ahora ustedes los han convertido en sus socios!

—¿Quién le dijo eso?

—¿Acaso cree que las bombas que estallan en los cabarets las ponemos nosotros? —pregunta ofendido el Mulato.

—¿Qué pasó en la embajada de Haití? Murieron varias personas.

—No se preocupe. Estoy ya cansado de las acusaciones que me hacen ustedes los estudiantes. Sólo les falta decir que fui yo el que ejecutó a Hatuey. No sé si usted perdió algún amigo en el Montmartre. Yo perdí a uno. Se llamaba Blanco Rico. Era coronel.

—¿Blanco Rico? No sé a lo que refiere —intentó mentir el gordo Manzanita.

—¿No escucha la radio, no lee los periódicos? ¡Ah! Lo olvidaba. Lo único que leen usted son los manuales de instrucciones de las armas que les manda Prío. ¿O no vienen de Miami? ¿Vienen acaso de Santo Domingo?

—No sé a qué se refiere, pero usted mismo se envilece lanzando esas acusaciones.

—¿Le suena de algo Rafael Leónidas Trujillo?

—Seguro que menos que a usted.

Al Mulato se le ha formado un escupitajo en la boca. Y no sabe lo que hacer con él. Lo único que sabe es que le quema, como si alguien le hubiera puesto una brasa en el paladar.

—Si ha venido aquí a insultarme haciéndose la mosquita muerta, después de acabar vilmente con la vida de Blanco Rico ¡váyase al carajo! Le hago la deferencia de recibirle en mi despacho, como prueba irrefutable de mi profundo respeto a todas las instituciones democráticas, de mi aprecio hacia la clase universitaria a la que yo también pertenecí un día, y sólo recibo ataques injustificados. ¿Usted sabe lo que se encuentra a la salida de este despacho, justamente a la derecha? El salón donde se celebran los Consejos de Ministros. ¿Sabe que significa eso? Que todas las decisiones se toman de forma consensuada, como prueba clara de nuestro respeto a los procedimientos democráticos.

—Creo que el Salón de los Espejos, donde usted recibe a las delegaciones norteamericanas, está más cerca que el salón del Consejo de Ministros. Está justo detrás de este tabique —y Manzanita señala con el dedo la pared que está a sus espaldas.

—A usted no se le da bien la esgrima verbal. Le huele todavía el culo a talco.

El Mulato lo mira, con aire satisfecho, lleno de suficiencia. De pronto, saca toda la ira que viene acumulando desde que ha visto entrar a aquel mocoso en su despacho.

—A Blanco Rico jamás podría imaginármelo en el cementerio de Colón por culpa de ustedes.

—¿Me está acusando de asesino?

—No. Sólo de conspirador. De imbécil. De revoltoso. ¿Cuándo diablos digerirán el diez de marzo?

—Se lo diré en una palabra: nunca.

—Ya sé que pierdo el tiempo intentando explicarle esto. Pero al menos, voy a hacer el esfuerzo. El diez de marzo no interrumpimos ningún proceso democrático que estuviera en marcha. Era imposible que lo hubiera, con la ciudad en manos de pandilleros. Al contrario, el diez de marzo sostuvo la soberanía. Fue un hecho salvador. Y si quieren derribar a este gobierno legalmente constituido, utilicen instrumentos legales. ¿Acaso no presentaron el doctor Ramón Zaydín y el profesor este de universidad, cómo era, ah, sí, Márquez Sterling, un recurso ante el Tribunal Supremo pidiendo una declaración sobre la ilegitimidad del marxismo? —se pregunta el Mulato.

—Así es. Pero no sirvió de mucho. Los tentáculos del poder ejecutivo parecen muy muy largos. Pero no tan largos como para estrangular los principios fundamentales de nuestra revolución, la libertad política, la independencia económica y la justicia social —replica inmediatamente el gordo Manzanita.

El Mulato chasquea la lengua. Todas esas palabras parecen sacadas del discurso de un papagayo. Para él no significan nada. Mira a Manzanita. Elige una sonrisa irónica que le va a perdurar en la boca unos segundos.

—¿Sabe cuál su principal defecto? La ingratitud. Le podría perdonar mil defectos, mil errores de apreciación, pero no su ingratitud —dice el Mulato.

—¿Ingrato?

—Sí, ingrato. ¿Ustedes no recuerdan que les prometí diez millones de dólares para construir una nueva Ciudad Universitaria?

—¡Ah! Claro que recuerdo. ¡Pero no hemos visto moverse ni un gramo de tierra!

—Verán mover toneladas de tierra, miles de ladrillos…

—Ya, toneladas de tierra para enterrar a todos los que se opongan a su régimen…

—¿Cuándo va a dejar de hablar mierda?

—¡La Universidad ni se vende ni se rinde! —proclama con energía Manzanita, sus cuerdas vocales muy estiradas, a punto de romperse. Lo desafiaba, abiertamente. Sin miedo a que de un momento a otro irrumpiera la figura de Orlando Piedra con su famosa caja de herramientas y extrajera de ella un alambre punzante, o peor, una Thompson de calibre 45.

Manzanita tenía un par bien puestos.

El Mulato lo mira de soslayo. En el dedo anular de la mano izquierda le brilla una amatista engastada en oro. Mira las manos del estudiantito. Las ve totalmente limpias de cualquier elemento que demuestre jerarquía o buen gusto. Manipula con gestos cuidados la puertecita acristalada de una vitrina y extrae una botella de Matusalén, acompañado de una sola copa, que apenas mancha con unas gotas. No le ofrece a Manzanita, como una forma de humillación. Además, piensa, a los pistoleros les suele sentar mal el alcohol. Les desafina la puntería. Y aquel, con aquel aspecto de niño bien, con aquel atildamiento, no era otra cosa que un asesino, del mismo pelaje que los que ultimaron a Blanco Rico.

—¿Y qué hay de la Constitución de 1940?

—Perfectamente redactada.

—¡Y no aplicada!

—Bueno, eso es lo que usted dice. Nuestra llegada el diez de marzo no supuso la remoción de prácticamente nadie en sus cargos. Queríamos aquietar el país, limpiarlo de pistoleros. He cumplido con la parte dogmática de la Constitución, he respetado plenamente la independencia del partido y del poder judicial. Y las garantías constitucionales se han respetado hasta que empezaron a estallar esas bombas que alguien pone por toda la ciudad. Y ni siquiera eso ha servido para suspender el habeas corpus, a pesar del terrorismo dinamitero, de los disturbios, de esos asaltos de los que usted, por supuesto, no tendrá noticia alguna. Todo está sujeto a interpretación. Todo depende del punto de vista.

—Para usted sólo hay un punto de vista. El de Fulgencio Batista Zaldívar.

—Siempre he creído en el diálogo cívico.

—¡El diálogo cívico se fue hace mucho tiempo al carajo! Era lo más normal: a usted la oposición le produce asco.

—Esta oposición de bombas y pistolas no sólo me produce asco, sino repugnancia —dice enfáticamente el Mulato—. Y además —y aquí casi se atraganta con un buche de ron— sólo creo que una oposición constructiva es más beneficiosa para un gobierno que un buen ministro. Por eso estaría en las mejores condiciones para admirarles a ustedes, sino fuera porque se han aficionado a la pólvora. Si yo fuera estudiante, haría oposición. La hice hasta que las circunstancias históricas me impusieron hacer estallar la Revolución de los Sargentos. No estoy en contra de ella, pero sí de los agitadores profesionales. La Constitución no ha muerto, querido amigo.

—¡No! ¡Justamente ha sido asesinada! ¡Y por eso nosotros la enterraremos esta tarde, delante de un busto de José Martí!

—En ese caso, estaremos en la obligación de acudir también al entierro. Ya sé que ustedes no fueron al de Blanco Rico, pero sí iremos al suyo —anuncia el Mulato, las palabras adquiriendo el brillo filoso de una amenaza.

—Será un honor verle en ese entierro —dice el gordo Manzanita, dándole a su frase la mayor carga irónica posible, porque quería que fuera la última que iba a pronunciar en ese despacho con su voz desmayada. Aún se sorprendía del arrojo que había mostrado ante el mismísimo presidente de la República. Sí, se había encontrado más cómodo de lo esperando diciéndole todo lo que pensaba. Estaba satisfecho. Así que, sin conceder derecho a réplica al Mulato, se voltea y lo abandona, lentamente. Por eso aún pudo oír, antes de girar el pomo de la puerta.

—¡Estudien más y no jueguen más a las pistolas! ¡O tendrán que repetir curso!

Aún no se ha apagado el eco de los pasos del gordo Manzanita, los golpes de sus pies grandes resonando sobre el mármol de los pasillos del Palacio Presidencial, cuando el presidente de la República marca un número de teléfono. Oye tres tonos antes de que le respondan.

—¡Tabernilla!

—¿Sí?

—¿Has guardado el traje oscuro de duelo?

—Sí. Ya sabe que yo soy muy ordenado.

—Pues vuelve a sacarlo. Esta tarde debe asistir a otro velorio.

—¿A otro?

—Sí, a otro. Y no se manche las manos de tierra —le recomendó el Mulato, antes de colgar.

Toti nunca había visto una concentración de gente similar. Si hubiera sabido contar, habría tardado más de una hora, o quizá dos, en hacer balance del número de jóvenes que se arracimaban en torno a un busto de José Martí, en la esquina de la calle 25 con la calle Hospital.

Toti anduvo barriendo con terca obstinación, de arriba abajo, todo el Shangai, con unas brazadas cada vez más enérgicas que no habían servido para devolverle a la moqueta suavidades ya perdidas definitivamente. Pero llegó un momento en el que Toti, extenuado, dio dos pasos hacia atrás, como hace el pintor que vuelca su talento sobre un lienzo, y satisfecho de su trabajo, se tumbó a todo lo largo de la moqueta, y ahí se quedó, dormido, hasta que fue descubierto por Orozco, que lo confundió sobresaltado con un mendigo que se hubiera colado en algún descuido. En la ciudad había muchos hombres trajeados; pero también muchos mendigos. Y Orozco sólo quería tratos con aquellos que venían a la isla dispuestos a gastarse hasta el último peso.

Había mucha gente que pensaba como él.

Incluso el Mulato.

—¿Qué haces ahí tirado?

A Toti le costó voltearse, con movimientos indolentes. Parecía que competía en un concurso de lentitud. Haciendo extraños guiños con los ojos, enfocó a Orozco, que lo reprendió con la mirada. Toti aún tardó unos segundos en interpretar esa mirada, sin acabar de salir de las brumas del sueño. Pero al fin reaccionó, y con voz pastosa, ensayó un argumento.

—En la moqueta ya no hay culebras —dijo, satisfecho.

—Pero ¿qué dices?

—Que no hay culebras. Las he matado a todas —insistió Toti, señalando el recogedor que, apoyado en una esquina, iba cargado con una cabellera abigarrada de colores.

—¡Mire cuántas culebras! ¡Pues todas están muertas! —afirmó, al comprobar que Orozco examinaba el recogedor.

—¡Eso son serpentinas, bobo! ¡Serpentinas de las que utilizamos en el espectáculo!

Sí. El dólar veinticinco de la entrada daba derecho a un rollo de serpentina que se podía utilizar en cualquier momento del espectáculo, o bien durante la película pornográfica, o en pleno número erótico que ejecutaban, con más entusiasmo que talento, ocho bailarinas de pantorrillas en las que ya se marcaba la orografía irrevocable de unas varices azuladas. Los espectadores, no se sabe si enardecidos por la carne blancuzca que le enseñaban, o por los movimientos torpes, ajenos a cualquier sincronía o enseñanza, arrojaban aquellas serpentinas de colores, que salían disparadas hacia el escenario como si fueran piedras lanzadas por una honda.

—Venga. No me gusta que mi yerno ande por el suelo, como una cucaracha.

Toti, en vez de dedicarse a defenderse de las sorprendentes afirmaciones de su jefe (Madelén sostenía la certeza inapelable de que también se convertiría en su suegro, antes de lo que ellos dos podían pensar), se levantó del suelo con dificultades, percatándose con desagrado de la aparición en su cuerpo de agujetas, con la misma seguridad con la que sabía que aquello que había estado barriendo durante varias horas no eran serpentinas, como decía erróneamente Orozco, que quería liarlo, sino culebras. Pero en vez de llamarlo loco, chalado, Toti optó por dirigir una mirada al recogedor, y cuando comprobó que ni una sola de las culebras se movía, buscó con sus pasos lentos de esa mañana, la puerta de salida, la misma por la que se colaba furtivamente las veces que le daba la gana, para mayor desesperación de Madelén, que andaba en un continuo sin vivir, arrasada por unos celos violentos que le estropeaban la digestión y las noches.

Caminó con las manos metidas en los bolsillos. Ocioso. Con la satisfacción del deber cumplido. No sólo se sentía en el derecho de conquistar la calle, sino incluso de seguir todo aquello que le llamara la atención. Por eso, cada vez que veía una muchacha que le gustaba, el deseo se le encabritaba, y la vigilaba durante varias cuadras. Pero se cansaba enseguida, porque aparecía un nuevo reclamo, unas tetas paradas, un culo bien apretado, y entonces daba un giro brusco y cambiaba el sentido de la dirección, persiguiendo como un chucho el rastro que le entraba por los ojos.

Y así, extraviándose caprichosamente, sin atreverse a otra cosa que murmurar «te cogería aquí mismo, tú eres la hembra que me quiero templar hoy…», que nunca llegaba a su víctima, perdido, llegó hasta el busto de José Martí.

Viendo toda aquella gente apiñada, pensó inicialmente que había ocurrido algún accidente.

Toti tardó varios minutos en descubrir la voz desabrida de un hombre al que todos escuchaban con una mezcla de admiración y enardecimiento. Cada frase era recibida con vítores por una masa que se volvía compacta a su alrededor, y que lo jaleaba como si fuera un mesías, o el mismísimo Orestes Miñoso un minuto después de ganar la Liga de béisbol.

A Toti le extrañaba que un tipo así provocara esas reacciones en aquellos infelices. Y eran tan fuertes los gritos con que lo aclamaban, tantos los brazos que se alzaban tapándole al Toti la visión del extraño orador que había junto al busto de Martí, que no pudo pensar otra cosa que todos estaban locos, y en vez de estar singando o barriendo, que era lo que más le gustaba a él, se dedicaban a dar gritos animales que incluso callaban el rumor marino que subía desde el malecón.

—¡La Universidad ni se vende ni se rinde!

Oír esto dejó a Toti aún más confuso, porque, por más que miró a izquierda y derecha, no vio por allí ningún edificio que pudiera identificar como la sede de la Universidad. Y como su estupor crecía al mismo ritmo que la curiosidad, inició unos movimientos lentos, de tal forma que aprovechaba cada vez que los brazos se alzaban, para avanzar posiciones, con el sigilo propio de los felinos, driblando todos los obstáculos hasta que por fin pudo apreciar los rasgos rectilíneos, los mofletes hinchados, la cara abotargada. Y sin embargo, todos estaban pendientes de lo que decía.

—¡Los derechos civiles están siendo pisoteados! ¡Con total desprecio por las leyes, sin respeto al poder legislativo!

Y contestaba un tumulto de voces.

Todos gritaban, menos Toti, ya situado en la primera fila. Se quedó fijamente mirando a aquel tipo de facciones redondeadas, el líder del Directorio Revolucionario.

—¡La Constitución no ha muerto! ¡Mucho peor que eso: ha sido asesinada!

El gordo Manzanita se sacó rápidamente de su chaqueta, en un gesto de prestidigitador que no entendió Toti, un libro que no tardó en levantar para que todos prorrumpieran en aplausos.

—¡Aquí está! ¡Esta es la Constitución! ¡Vilmente asesinada!

Toti comparó el grosor de ese libro que sostenía en sus manos el gordo Manzanita, con la novela de amor que tenía guardada bajo un asiento del Shangai, y su mente empezó a dar vueltas, tantas que en los ojos apareció un brillo inconfundible, el de la codicia, y ya no prestó atención a las palabras de aquel tipo. Creyó todavía oír algo sobre no dejarse pisotear por el tirano, o no sé qué vaina, pero su mirada ya no se apartó del libro, que primero recibió un beso del líder del Directorio Revolucionario, y luego, tras ser ofrecido a la concurrencia como una hostia sagrada, acabó depositado en un hoyo abierto junto a la estatua de Martí, y por fin enterrada, las manos del gordo Manzanita removiendo con un ritmo muy acelerado la tierra.

En pocos segundos acabó la tarea.

Toti se quedó tan absorto, examinando los resultados del trabajo, que ni siquiera se dio cuenta de que el gordo Manzanita ya no aparecía en el plano, que el busto de Martí se había quedado solo, y que en la lejanía, un ulular de sirenas se imponía a los ruidos cotidianos, y aquel *uu uu uu* fue como un llamado para todos los universitarios. Salieron corriendo. Como si tuvieran que enterrar otra Constitución en algún otro sitio. El grupo se disgregó, todos corrían sin rumbo, perdiéndose por las cuadras vecinas y gritando aún, con un sonido que empezaba a perderse ¡Los asesinos! ¡Los asesinos! ¡Ya viee… nen los asesinos!

Toti aceptó aquella huida con una alegría que se imponía a la sorpresa. Hizo un rápido examen de la situación. El ruido de las sirenas haciéndose más claro. Gentes desperdigándose, escapando como animales asustados. Y él allí, a un paso de Martí, que parecía mirarlo, muy serio, pero desde luego, sin reprobación. No le echaba en cara nada. Así que no dudó ni un instante lo que debía hacer. Sólo se dejó guiar por su instinto, el que nunca lo traicionaba. Toti sólo se fiaba de su instinto y de su machete. Se agachó, notando con fastidio las señales dolorosas que las agujetas habían dejado en sus músculos. Y con furiosos manotazos de topo, desenterró el libro. Lo extrajo de las entrañas de la tierra con la violencia que una comadrona en prácticas arrancaría un feto en un parto complicado, y luego dio varias patadas al suelo con el pie izquierdo, aplastando el terreno, dejándolo como si una maquinaria pesada, de esas que el manejó en Cienfuegos, le hubiera dado rulo. ¡Tú harás algo grande, como el pirata Morgan!, le decía siempre orgullosa su mamá. Pero ni siquiera manoseando satisfecho el librito, la Constitución ya en su mano, Toti sólo pudo pensar otra cosa que la vieja no paraba de hablar boberías,

papá le había dado tremendos piñazos y la había dejado medio
loca, y él no podía prestar atención a todas esas pendejadas.

Cuando llegaron varios carros de policía, varias perseguidoras se pusieron a su altura, del libro atrapado por Toti
aún goteaban unos granos de tierra. Lo rodearon algunos policías, que lo miraban con hostilidad. Sobre todo uno, distin-
guido por una calva en la que bailaba el resol del mediodía.

—¿Dónde están los demás? —le preguntó.

—Corriendo.

—¿Hacía dónde, carajo?

Toti tardó en responder, como si le plantearan una ecuación, que él pudo al fin resolver.

—Hacia arriba y hacia abajo.

Tabernilla se indignó. Esa mañana no había podido completar sus imprescindibles series de pesas.

—¿Y usted por qué va de negro? —preguntó Toti, intentando esconder el libro.

—Venía a un velorio —respondió maquinalmente Tabernilla, examinando a aquel individuo que debía ser un estadio evolutivo inmediatamente posterior (o anterior) al hombre
de Cro-Magnon.

—¿A quién han asesinado? —insistió Toti.

—¿Asesinado?

—Sí, ellos gritaban que la habían asesinado. Sí, ellos,
esos que corren…

Y Tabernilla parecía ver alguna sombra agazapándose
en el zaguán de un edificio, oyó el trote apagado por la lejanía de alguno de los estudiantes. Mandó a los policías a realizar un barrido. Igual tenía suerte y aún agarraba al gordo
Manzanita. A aquel comemierda el único ejercicio que le
gustaba era cargar de balas las pistolas. Y eso no le servía
para perder peso. Por eso había engordado. Quería agarrar-

lo. Soltarle unos cuantos galletazos. Estaba jodiendo ya demasiado aquel gordo.

—Llegué tarde al velorio —dijo, defraudado. Toti no supo si esa frase iba dirigida a él, o la lanzó Tabernilla a un auditorio inconcreto. O a sí mismo.

Tabernilla se quedó con los brazos en jarra, componiendo una figura desalentada. Sí, había llegado demasiado tarde. La operación había salido mal, y encima ya empezó a oír el petardeo rítmico del motor del Buick blindado en el que solía moverse el Mulato. Tabernilla se quedó mirando con severidad a Toti, buscando en sus ojos inertes o vivos, eso nunca se sabía, una explicación a su desatino, y ni siquiera se viró. Simplemente imaginó la llegada del Buick, el motor quedándose arrancado, al ralentí, siempre preparado para salir a toda velocidad, el sonido de las botas militares amortiguado en la tierra arcillosa, y el Mulato preguntándole.

—¿Y los demás?

—Corriendo.

—¿Hacia donde, carajo? —y entonces Tabernilla no tuvo que someterse a un esfuerzo intelectual y plagió la respuesta del Toti, que a estas alturas ya pensaba que el mundo estaba lleno de locos.

—Arriba y abajo.

Al propio Tabernilla le extrañó un poco ver a su lado al Mulato, en plena calle, no en su despacho del Palacio Presidencial, no en la biblioteca de la finca Kuquine, ni siquiera en el yate Martha, frente a las playas de Varadero, sino allí, a plena luz del día, en la calle, comprobando personalmente las consecuencias que había dejado la concentración de estudiantes. Y seguramente, pensó Tabernilla, midiendo el alcance de su incompetencia. Una vez más había llegado tarde. A Tabernilla esa sospecha añadió a su estómago un nuevo dolor. Las tripas no paraban de tocarle los huevos. «¿Tendré una úlcera? O peor ¿cirrosis?» Porque notaba en su interior punzadas agudas, que ni siquiera lograba espantar con el sobreesfuerzo físico al que se sometía antes del amanecer, levantando pesas y más pesas.

El Mulato miró a Toti, sin despegarse del bulto de Martí. Parecía una estatua al lado de otra.

A Toti no le extrañó ver a aquel tipo trajeado que creía haber reconocido en algunas fotos, no recordaba dónde. Pero sí le sorprendió que lo observara fijamente, con la atención meticulosa de un entomólogo. Y es posible que para el Mulato aquella figura estrafalaria, un guajiro injertado en la ciudad por un jardinero borracho, fuera un bicho al que incluir en alguna familia animal totalmente desconocida.

—¿Qué tú haces ahí, parado como un poste de luz? —le preguntó por fin el Mulato.

Toti comprobó que su mirada se detuvo en el ejemplar de la Constitución de 1940 que había logrado exhumar, y que ahora, entre sus dedos, cobraba un valor que sólo creía poder tener la novela esa de amor que le esperaba en el Shangai. De repente, a Toti le había entrado la fiebre por la literatura, como pudo darle por la filatelia o la coprofagia. Por eso, ahora se mostraba incómodo ante la mirada seria del Mulato, y se puso en alerta, temiendo que en cualquier momento le robara su último hallazgo. El último tesoro.

—¿Tú también eres del Directorio? —y Toti calló, interpretando aquella pregunta como una forma de distraer su atención, lanzándole palabras raras, y así, de esta forma, facilitar las condiciones que le permitieran llevarse el libro que agarraba férreamente.

—No, seguro que no eres del Directorio. Si lo fueras, habrías salido corriendo a toda velocidad, como esos cagones de mierda, que sólo son valientes con una pistola en las manos

—se respondió el Mulato, dándose cuenta de la estupidez de su pregunta.

—Es un pobre mendigo —terció Tabernilla, examinando despreciativamente a Toti.

—Pero un mendigo constitucionalista… Vaya, vaya… —y el Mulato dio un paso adelante para echar un vistazo a la edición de la Constitución de 1940 que agarraban los dedos rugosos de Toti, que reaccionó con un respingo violento.

—Tranquilo, que no te lo voy a quitar. El primero que respeta la Constitución soy yo. No te creas todos esos cuentos, todas las boberías que dicen sobre mí —dijo el Mulato.

Pero para entonces las manos de Toti eran un movimiento circular de aspas, el libro girando a velocidad de remolino, disparando los últimos granos de tierra que aún arañaban sus páginas, las venas de Toti marcándose con nitidez en sus brazos más bien flacuchos.

—¡Está bueno ya, guajirito! —gritó el Mulato, cansado de una escena que le parecía sacada de un sainete, o de vodevil, él, que con su cultura de dimensiones planetarias, o así, sabía distinguir entre todos los géneros teatrales, y por su mente cruzó al galope la imagen del discurso de Hamlet que ensayó, allá, en Banes, esperando ansioso el gesto aprobatorio del profesor. ¡Cuánta razón tenía Shakespeare, al desconfiar de la condición humana! El mundo estaba lleno de comemierdas.

De hijos de puta.

Y todavía peor: de comunistas.

Toti vio progresar al Mulato. Viendo que el recurso de convertir sus manos en hélices no había servido para espantar a los ladrones, optó por parapetarse tras el busto de Martí. Pero tampoco eso fue suficiente, porque varios guardaespaldas se abalanzaron sobre él e hicieron tenazas con sus brazos de estibador.

Toti quedó reducido a la nada.

De la boca le salían espumarajos.

Pero ya no tenía el libro, que examinaba el Mulato con atención meticulosa, como si buscara en él alguna errata.

Luego, quizá al comprobar que, en efecto, la edición se había librado de los errores de imprenta, se volvió a fijar en Toti, que lo miraba con desprecio. El Mulato pensó que así lo miraría Barquín el conspirador, o Carlitos Prío, o el megalómano de Chapitas Trujillo, a fin de cuentas, piezas de un mismo motor que habían intentado poner en marcha para llenarle el cuerpo de plomo, y después de tierra. Pero no lo habían conseguido. Su mamá lo había alimentado suficientemente bien en Banes como para resistir todas las tempestades, y tumbar a los peores enemigos. ¡Cuántos hijos de puta había sueltos! Al Mulato le resuena la cancioncilla que algunos de sus opositores repetían para referirse al origen humilde de Elisa, su primera esposa, aquella niña tan linda de Wajay con la que vivió unos años muy dulces en el apartamentito que había en los altos del café El Cuchillo: «Yo izo la bandera, tú izas la bandera… Elisa… lavandera». A un pobre diablo que hacía un programa de imitación en CMQ se le ocurrió realizar una versión y cantaba ante el micrófono «Él iza la bandera». ¡Tremenda bobería! No tuve más remedio que mandarle a un par de tipos que me venían haciendo trabajitos. Lo buscaron en la radioemisora. El pendejo creía que era para pedirle algún autógrafo, y acabó bebiendo un litro de Palmacristi en el Country Club. Tuvo suerte. Otros, en vez de purgante, probaban aceite de aeroplano. Y a juzgar por las caras de asco que ponían, no debía gustarles demasiado. Hubieran preferido un buche de ron. Pero beber más de la cuenta es peligroso. Se acaba diciendo muchas tonterías. El imitador aquel de CMQ dejó de decirlas.

El Mulato escondió una medio sonrisa, recordando aquel episodio. Dio una vuelta sobre sí mismo, percatándose de lo absurdo de la escena, buscando una salida, los estudiantes fugados, y aquel guajiro mirándolo con cara de bobo. Se rascó la barbilla, reflexivo, como evaluando las condiciones de un negocio que tuviera que aceptar o rechazar.

—Te propongo un trato. Si me dices qué gritaban los estudiantes, te devuelvo el libro…

Los guardaespaldas seguían sujetando a Toti, clavándole sus manazas. La única respuesta que obtuvo el Mulato fue un silencio hosco, y un nuevo intento de Toti de destrabarse.

—Todas las serpientes ya están en el basurero.

—¿Cómo?

No hubo respuesta.

—En fin, veo que no vamos a hacer ningún negocio juntos —dijo resignado el Mulato, que se dio media vuelta, pisó con cautela el suelo, como si también desconfiara de él, y se perdió en el interior del Buick blindado.

Sus guardaespaldas aún tardaron unos segundos en soltar a Toti, que tuvo en la boca un chorro de insultos que había acumulado mientras lo tenían reducido en el suelo. Pero un relampagueo de lucidez le aconsejó no malgastar las energías, ya muy menguadas por el esfuerzo de barrer de arriba abajo el Shangai. Porque esas energías las iba a necesitar a partir de ahora.

Vio difuminarse el humo negruzco expulsado por el tubo de escape de las perseguidoras, de nuevo formando comitiva, escoltando el Buick en el que viajaba el presidente de la República.

Toti gritó:

—¡La Constitución ha sido asesinada! ¡La Universidad ni se vende ni se rinde!

Y así anduvo repitiendo aquellas dos frases durante muchos minutos, con el tono que utilizan los papagayos, llamando la atención de algunos transeúntes, extrañados por ver a un loco cantando proclamas revolucionarias abrazado al busto de Martí. Y cuando empezó a notar que se le cansaban las cuerdas vocales de tanto repetir esas dos únicas frases que había aprendido en su vida, se incorporó, no sin antes llenar los bolsillos de tierra. Se puso en pie, con movimientos de pelele, desfallecido, con un malestar que le recorría el cuerpo. Advirtió desalentado que, por mucho que gritara aquellas dos frases, no se borraba el odio que se le había quedado metido en el interior, y que sólo creía tener reservado para aquel tipo trajeado que rompió su flamante casco en Cienfuegos, el tipo enano de las orejas como de elefante.

Ahora tenía que guardar un poco de su desprecio a ese cabrón que había robado la Constitución. Aquel tipo que creía haber visto en alguna foto, y que Toti vinculaba, por medio de extrañas conexiones que establecía su mente, al hombrecillo de las orejas grandes que lo había humillado en Cienfuegos. Y aunque no sabía a quién odiaba más, sí sabía que cuando viera una foto del Mulato en el periódico, le escupiría.

Aunque fuera porque a última hora, antes de subirse a su carro blindado, le hubiera arrojado la Constitución, con un gesto de asco.

Y con ese proyecto haciéndose fuerte en su cabeza, recuperó los restos de optimismo que aún le quedaban, y emprendió el camino de vuelta, que realizó gritando a todo el que se cruzaba con él:

—¡La Constitución ha sido asesinada! ¡La Universidad ni se vende ni se rinde!

Cuando llegó al Shangai estaba ronco, y sólo pudo responder a Madelén, mi amor, ¿quieres un platico de chicharritas?, con un gruñido que no se sabía si era una afirmación, o un déjame en paz, gorda del carajo.

—¿Y qué quería, coño? ¿Qué me lo bebiera yo? No, nunca me gustó el aceite de ricino.

El Mulato estaba esa mañana feliz. La frase que había memorizado la noche anterior, una cita de Julio César, le daba vueltas en la cabeza. La llevaba grabada. Comprobar que su memoria no le traicionaba le producía tanto orgullo como examinar su pelo. Lo sentía fuerte, sólo afeado por unas pocas entradas. Nada que ver con el viejo Tabernilla, rió para sus adentros el Mulato, Tabernilla, con su carácter de vinagre, leal, sin duda, pero resignado ya a aceptar el paso del tiempo, sin oponerle otra solución que unas tablas de ejercicio que le llenaban el cuerpo de agujetas.

El Mulato volvió a repetir la frase de Julio César, le pareció penetrada de múltiples significados, una destilación de pensamientos, miró la calva de Tabernilla y la comparó con la del emperador romano, y se preguntó cómo dos calvos podían ser tan diferentes, uno un mito de la historia, y el otro, un mero funcionario que confundía la perspicacia aguda con los trazos cuadrados de la lógica. Y eso era Tabernilla, pura lógica. Dos y dos eran cuatro. Sin saber que en las cuentas matemáticas que hace la vida, cuando sumamos dos y dos, rara vez sale el número cuatro.

—Además, siempre detesté el aceite de ricino —se reafirmó, comprobando la perfecta disposición del nudo de la corbata.

Cada día, el Mulato empleaba más tiempo en esa operación, moviendo los dedos como con miedo a arañar la suave tela de seda de la corbata fabricada en Italia. Y examinaba una y otra vez el resultado ante el espejo ovalado que tenía en el baño, y aunque pareciera que ofrecía el aspecto adecuado, ya camino del sillón de nuevo, se daba media vuelta antes de sentarse y procedía a una nueva comprobación, otra vez delante del espejo. Incluso, en ocasiones, para asegurarse de que su estado era impecable, se colaba en el Salón de los Espejos, prendía todas las luces, y allí, solo, como colándose furtivo en aquella estancia reservada a las recepciones oficiales, se miraba en cada uno de los espejos. Y hasta que el último no le daba el visto bueno, no abandonaba el salón para regresar a su despacho.

Ahora, a Tabernilla le llegaban las palabras del Mulato desde el baño.

—Todavía me reprochan que cerrara la Universidad… Para empezar, aunque todos sepamos que es un semillero político, ese es un órgano docente autónomo, regido por su propia junta rectora, que es la que toma esa decisión. La Universidad simplemente paralizó sus actividades por acuerdo de su claustro de profesores, ante las amenazas terroristas que también ellos vienen sufriendo. No sé para qué coño quieren confundir a la opinión pública. Por otra parte —y aquí el Mulato se aflojó un poco el nudo, porque se dio cuenta de que lo había apretado demasiado, y las palabras se le estrangulaban en la garganta—, la junta no podía hacer otra cosa. ¡Pero si se llegaban a interrumpir las clases a tiro limpio! ¿Qué querían? ¿Qué prosiguiera el derramamiento de sangre en una institución sagrada como la Universidad? ¿Qué ejemplo íbamos a dar al resto de países? No, no, no…

—Ciento setenta y cinco estudiantes detenidos en la Facultad de Bellas Artes. De ellos, treinta y dos muchachas —enumeró Tabernilla, con el orgullo emocionado con que un presidente presenta a su consejo de administración un balance económico exitoso.

—Sí, treinta y dos chicas. Capaces también de apretar un gatillo —corroboró el Mulato, cabeceando decepcionado.

—¿Recuerda lo que pasó a continuación?

—Sí, primero nos llovieron las críticas, y luego, la junta rectora vuelve a abrir la Universidad, y los estudiantes se declaran en huelga. Y para colmo, he de leer en *Bohemia* uno de esos escritos incendiarios en los que se me acusa de mil monstruosidades y proclamando que la única manera de echarme es mediante la fuerza de las armas... ¡Doscientos cincuenta mil ejemplares tira ese libelo del que ni se salvan los anuncios publicitarios!

—Nos haría falta más dosis de aceite de ricino —aconsejó Tabernilla. El perfecto funcionamiento del aire acondicionado del despacho presidencial no mitigaba su calor, quizá producto de la ofuscación, que hacía cuajar en su calva gotas brillantes. Sudaba copiosamente. Como si acabara de realizar su serie de pesas.

—*Jorobemos.* ¿Era así como se llamaba el panfleto aquel en el que escribía el comemierda al que tuvimos que darle a probar el aceite, no?

—Eso es.

—Y todavía dicen que he impuesto la censura de prensa. ¡Yo que he aguantado estoicamente los ataques desde *Bohemia* y que he llegado a permitir las publicaciones comunistas como ese libelo en que se ha convertido *Hoy!* ¡Y pensar que fui yo el que les regalé a los comunistas el periodiquito para callarles la boca! —y al Mulato la ira se le iba apoderando de los gestos. Intentaba siempre huir del histrionismo, porque entendía que sólo le había servido a Mussolini para acabar colgado boca abajo, como una res.

Pero su pretendida economía de gestos se desbarataba cuando se sentía blanco de críticas injustas. Y de él lo mismo decían que se dedicaba a castrar a las víctimas, que a cerrar periódicos. La Habana estaba llena de informaciones rigurosas. Y lo peor: que la gente se tragaba todas esas bolas.

—Yo —teorizó Tabernilla, barriendo su calva con un pañuelo— creo que casi cuarenta periódicos son excesivos para seis millones de cubanos. Eso es dañino…

—No, estás equivocado —objetó el Mulato—. Es una lástima que tú no hayas descubierto el vicio de la lectura. En mi biblioteca compuesta por siete mil volúmenes, aún conservo libros que leí con placer en mi infancia de Banes. Las palabras no hacen daño, salvo cuando se utilizan para difamar. Y la campaña que estoy soportando, la campaña de descrédito y ofensa de los estudiantes es excesiva. Hasta han llegado a decir que compro los libros por metros, sin fijarme en los títulos, como el que compra papas. ¿Acaso olvidan los elogios que me dedicó Pablo Neruda, coño? ¡Y pensar en la cantidad de pesos que está recibiendo procedente de nuestros bolsillos el Colegio Nacional de Periodistas, la Asociación de Reporters de La Habana! ¡Y lo agradecen disparándonos infamias! Por eso debemos actuar en legítima defensa. Por La Habana circulan más bolas que carros. Ya hemos desmantelado el *Hoy*, a modo de aviso. Igual que les dimos el periódico, podemos quitárselo. Yo defiendo la libertad de expresión. Pero también la libertad de censura.

Y en ese momento el Mulato abandonó repentinamente el sillón. El cuero recién liberado de su peso emitió un bufido de respiración neumática. El Mulato, la mirada estudiando la moqueta, como si buscara en ella inspiración o algún resto de suciedad, dio varias vueltas por el despacho. Tabernilla sólo oía el sonido de sus pisadas y la respiración ya un poco bronquítica del presidente.

—Actuamos como debemos —insistió, encontrando en la moqueta nuevos argumentos para justificar su política—.

¿Qué pretenden? ¿Qué me convierta en un pelele, que haga como Grau, influido por su cuñada doña Paulina, como si fuera un Rasputín con faldas?

Tabernilla no sabe qué responder.

—¡Dieciséis horas al día! ¡Dieciséis! Ni una menos… ¿No ha sido bajo nuestro gobierno que hemos abierto la Vía Monumental, que comunica a La Habana Vieja por la Habana del Este con la Vía Blanca, llegando incluso hasta Matanzas? ¿Olvidan los veintiocho kilómetros de recorrido del Acueducto Cuenca Sur que transporta diariamente millones de galones de agua y que nos ha costado catorce millones de pesos? ¿Y las calles? Cuando iniciamos nuestro trabajo el glorioso diez de marzo, a La Habana la llamaba la ciudad bombardeada. Y ahora lucen bellas y joviales las avenidas de San Lázaro, Galiano, San Rafael, Calle 23, Infanta, Cristina, Belascoaín, Neptuno, Trocadero, Avenida 4 septiembre… —el Mulato se quedaba sin aliento, por el esfuerzo de la enumeración o porque estaba muy bravo.

—Estos pendejos llegan a criticar hasta el sistema de la lotería —recuerda Pancho Tabernilla.

—¿La Lotería? —brama el Mulato—. La Lotería Nacional está sirviendo para que reciban ayuda económica casas sociales, logias masónicas, delegaciones de veteranos, la liga contra la ceguera… hasta la Orquesta Filarmónica de La Habana. ¿También eso me lo van a pagar poniéndome bombas?

De pronto el Mulato se frenó. Se puso de rodillas. Examinó una esquina de su despacho. Gruñó, como si hubiera encontrado un micrófono escondido. Se levantó, alzando una hilacha de pelusilla que echó a la papelera con el mismo asco que le producían las cucarachas o los estudiantes.

—¿Quieren que me convierta en un loco como Chibás? ¡Mírame! —exigió en tono imperativo a Tabernilla, que se limpiaba nuevas gotas de sudor que aparecían en su cabeza.

—Aquí me tienes, recogiendo del suelo hilos de tela que ni la limpiadora se atreve a quitar de en medio. ¡Trabajando dieciséis horas al día! ¡No me importa que sea día feriado, que el sol abrase o que la lluvia nos inunde! ¡Dieciséis horas! ¡Y todavía esa recua de comemierdas preferiría ser gobernado por un tipo como Carlitos Prío, que lo primero que hizo al llegar al gobierno fue construirse una cascada artificial en su casa, coño!

—Y echarse en tumbonas para beber un daiquiri tras otro —añadió Tabernilla.

—¿Te acuerdas cuando salía por televisión conduciendo una aplanadora? En la campaña electoral del 48 —evocó el Mulato.

Sí, el jefe del Estado Mayor estaba muy viejo, había vivido mucho, y podía recordar muchas cosas. Incluso aquello.

Prío, Prío presidente
por lo que quiere
lo quiere la gente.
Ahí viene la aplanadora
con Prío alante y el pueblo atrás…

Pancho Tabernilla tenía todavía grabado en su cerebro el estúpido estribillo de su slogan electoral. El presidente cordial, lo llamaban.

—¡Y todavía tengo que escuchar que Carlitos Prío puede ser el salvador de la patria, un nuevo Martí que la liberará de la opresión de los Estados Unidos! ¡No tenemos memoria, carajo! ¡Si a Prío tuvimos que botarlo a patadas del país porque estaba robando a manos llenas!

—Exactamente. Así es.

Al Mulato le vino en ese momento a la cabeza una anécdota que demostraba perfectamente los apetitos de Carlitos Prío. No llevaba mucho tiempo en México cuando le lanzó un mensaje a través de un periodista que escuchó durante una hora sus boberías: «Y dígale a Batista que me devuelva un dinerito que me dejé olvidado en Palacio». Prío salió de allí corriendo, apendejado, sin mostrar ninguna oposición. El Mulato estaba convencido que ya, desde el momento en el que su carro enfiló la embajada de México, había empezado a conspirar contra él. Pero eso no le impidió mandarle al hotel en el que vivía Carlitos Prío, un paquetito con unos miles de pesos que, en efecto, había dejado olvidados, e incluso unas joyas que tenía preparadas para regalar a alguna de las mujeres con las que compartía cama y cocaína.

Aquello podía ser una anécdota más o menos divertida. Más chusco le parecía un episodio inverosímil si no tuviera como protagonista a Carlitos Prío. A los billetes sucios o deteriorados, el final que les espera es la incineración. Nadie quiere recibir esos billetes churriosos. Menos Prío, que ordenó incinerar cuarenta y siete millones de dólares. Pero en vez de hacerlo, sobornó a dos miembros de la comisión designada por la ley para dar fe de que esa cantidad de dinero en papel moneda había sido quemada, y lo único que ardió fue un puñado de números atrasados de *Bohemia*, eso sí, recubiertos por billetes auténticos. Los cuarenta y siete millones de dólares, churriosos, desmigajándose, fueron a parar a las manos codiciosas de Carlitos Prío. ¡Así no me extraña que no se le acabe el dinero para conspirar contra mí, carajo! ¡Seguro que ahora mismo lo está haciendo agarrando puñados de esos billetes!

El Mulato está empingado. Empingadísimo. Considera la idea de volver o no a su asiento. La alusión a la vida muelle, repleta de comodidades de Carlitos Prío, un presidente tumbado al sol, en definitiva, le hace rechazar la tentación de sentarse y sigue ejecutando por su amplio despacho itinerarios caprichosos que ya empiezan a marear a Tabernilla.

La escena se interrumpe porque alguien da unos golpes tímidos a la puerta. Tanto que el Mulato y Tabernilla se miran, preguntándose si alguien ha tocado de verdad.

—¡Adelante! —grita el Mulato.

Y accede al despacho, haciendo una reverencia ampulosa, un joven de aspecto delgado. Va impecablemente trajeado. Al Mulato le causa buena impresión. Nada le produce tanto placer como que sus órdenes sean obedecidas, y siente una satisfacción íntima al comprobar que nadie se había saltado la norma de etiqueta que había impuesto en el Palacio Presidencial: ninguna persona debía acceder o transitar por él, en mangas de camisa.

El joven le extiende un cable.

El Mulato le echa un vistazo nervioso, y tiene que leerlo una segunda vez para entender su contenido. Mira el corte perfecto del traje del joven, y lo compara con la noticia que anuncia el cable. No acaba de entender aquella incongruencia. Después se echa a reír.

—Jajajajaja.

Tabernilla se levanta. Huele como si se hubiera pasado la noche encerrado en una cuadra.

—Mira, Tabernilla…»240.000 dólares robados a personas afines a Prío, destinados a comprar armas para la lucha contra Batista. Hotel Forth Worth. Florida»

Tabernilla se acerca, sin saber si debe o no asomarse al cable para comprobar su contenido. Al final deja resbalar su mirada por el texto, y lee al mismo tiempo que el Mulato la siguiente frase:

«120.000 dólares hallados en el interior de un termo, en el estado de Nueva York».

Y el Mulato vuelve a soltar una carcajada sonora que desconcierta al joven, cuadrado ante él, sin saber qué hacer, por qué al presidente de la República le ha dado un ataque de risa. Y no puede parar, entregado a la misma risa nerviosa que provoca el tacto de una pluma haciendo cosquillas en la planta de los pies.

El joven opta por dar media vuelta, y se va.

El Mulato se queda sosteniendo el cable.

—¡Vaya! ¡Carlitos Prío se ha tomado en serio esto de conspirar contra mí, jajajajaj! ¡Por fin! ¡Por fin, Carlitos Prío se ha tomado algo en serio en su vida!

A Toti, por la razón que fuera, por motivos del todo desconocidos, le gustaba más el libro que había robado ante el busto de Martí, que la novela romántica disputada a Madelén. A lo mejor porque olía a tierra. Y eso que no tenía los colores llamativos ni la muchacha esperando arrobada los besos de su amante. El libro carecía de dibujos, pero Toti le otorgaba un valor especial. Por eso, antes de rescatarlo de la bolsa que había creado debajo de un sillón del Shangai, miraba a hurtadillas, con ojos de hurón, sospechando siempre que lo espiaban. Tras realizar varias comprobaciones, y sin eliminar totalmente esa sensación de sentirse observado, lo abría por cualquier página y miraba todas aquellas palabras apelotonadas con la misma fascinación que ejercen los grandes misterios de la vida.

Las pupilas se le quedaban prendidas en el texto, como enganchadas a él, y cuando por fin levantaba la vista, a Toti le invadía un principio de mareo. Y así salía a la calle, confuso y aturdido, pero también feliz, sin parar de silbar, acarreando el librito que ahora constituía el objeto de sus atenciones, y con el que se sentía protegido de trampas o alguna mala jugada, por razones que tampoco nadie estaría en condiciones de explicar. Llevarlo oculto en el pantalón le proporcionaba un espejismo de invulnerabilidad que nunca había conocido antes. Por eso ya se sentía a gusto en cualquier cuadra, y se perdía por Ayestarán, hasta desembocar en la calle L, que atravesaba con pasos rápidos para luego precipitarse por la calle 23, hasta acabar recuperando el resuello al borde del malecón. Ya no veía bultos que iban a su encuentro, como amenazas. Sólo calles tomadas por un tumulto festivo al que él mismo se incorporaba. Le gustaba salir del Barrio Chino, perderse por toda la ciudad. Y hasta empezaba a aprenderse alguna estrofa de esa cancioncilla que le estaba machacando el cerebro desde su arribo a La Habana,

> *vacilón, qué rico vacilón*
> *cha-cha-chá qué rico cha-cha-chá*
> *a la prieta hay que darle cariño, a la china tremendo apretón*
> *a la rubia hay que darle un besito*
> *pero todas gozan el vacilón...*

Una noche, su cerebro transmitiéndole señales inequívocas de que nada malo le iba a ocurrir, hiciese lo que hiciese, se adentró en zonas demasiado frecuentadas. Un gentío se entregaba a los hechizos de la noche. En Crespo y Amistad un grupo de hombres pulcramente vestidos se precipitaba al interior de una imponente edificación, al reclamo de las luces fluorescentes con la que se avisan todos los pecados. Era una de las casas de Marina. Prostitución de lujo, a dos pesos el palo en una cama circular. En la calle costaba menos. Toti siempre había hecho oídos sordos a las voces que le chistaban desde las esquinas, ey, dónde tú vas tan rápido, chico ¿quieres una mamadita? Venga, tu china te la va a hacer bien rica, hasta sacarte toda la lechita... Toti les respondía con una mirada de desprecio.

Ellas insistían.

—Te hago tres platos por un peso. ¿Que qué cosa es eso? Ay, papito, amor bucal, y luego por alante y por detrás...

Nadie se lo había dicho, pero estaba seguro de que aquellas mujeres tendrían la peste, o la sarna, o las dos cosas, y que un leve contacto con ellas le llenaría el cuerpo de ronchas. Pelandrujas que iban a pegarle alguna cosa mala. Y Toti estaba completamente seguro de que así era. Por eso vigilaba sus movimientos, no fueran a taparle el camino. Sólo un roce le dejaría el cuerpo llenito de ronchas.

Sin embargo, esta vez Toti frenó el paso.

—¿A qué viene tanta prisa, papi? Ni que te estuvieran dando candela —le gritó ella, antes de estallar en una sonrisa socarrona.

Era una trigueña. Se le quedó mirando, sin decirle nada. Por el escote se escapaba la promesa de unos pechos opulentos, con un lunar del tamaño de una lenteja.

Toti la miró, de una forma descarada, y notó dentro de sus fosas nasales un aroma nuevo, tibio, de deseo largamente incubado. No, no olía como el resto de las putas, bañadas en un perfume agresivo, coherente con sus caras pintorreteadas de rouge. Era una emanación cálida que paralizó a Toti.

Ella se dio cuenta.

Frunció los labios.

—¿Tienes un tabaco? —le preguntó ella, con timidez.

Toti tardó unos segundos en responder, hechizado como estaba por la belleza de la trigueña, y ese modo desenvuelto con que la exhibía.

—Nunca he fumado. Sé limpiar serpientes —dijo, a modo de justificación, exculpándose.

—¿Qué tú dices, papi?

—En el Shangai hay serpientes. Pero yo las mato todas, y después las boto a la basura —afirma, una sonrisa triunfal bailándole en la boca.

Ella también sonrió. Las respuestas de Toti la dejaron desconcertada, y al mismo tiempo, la intrigaron. Aquel tipo de apariencia ruda suponía para ella un signo de interrogación.

—Y ¿por qué te ha salido eso? —preguntó él, apuntando con el dedo al lunar. Toti era un fino observador.

—¿Este lunar?

—Sí, esa cosa.

—¿Por qué me ha salido? Jajajaja… Para que tú te quedes mirándolo —dijo, ensayando un requiebro coqueto que echó a perder una nueva risotada.

Toti se quedó serio.

—No te pongas bravito, mi amor, que era una bromita —reaccionó ella—. Ese lunar lo llevo para recordarme que todo lo que tenemos es por culpa de un capricho. Las cosas nos pasan sin elegirlas, como los lunares —dijo, como si la frase la llevara aprendida de memoria.

—¿Qué cosas? —preguntó Toti, al que ahora se le mezclaba el olor de dulce de guayaba de la trigueña con sus reflexiones extrañas.

—Las cosas que da la vida, cosas que no esperamos nunca, que suceden, así, sin esperarlas. ¿O acaso tú pensaste este mediodía, mientras almorzabas, que ibas a conocer una muchachita como yo?

—Almorzando no pienso. Sólo almuerzo.

—¿Y nunca piensas? ¿Ni siquiera en mujeres? —arriesgó ella—. ¿Ni siquiera ahora?

Y no hace falta que Toti diga nada, ni eso de que pensar cansa, ni nada por el estilo. El abultamiento que le apretaba la portañuela era suficiente respuesta, la suficiente para que la trigueña lo cogiera de la mano, Toti dejándose hacer, sintiéndose avergonzado porque sus dedos rugosos lastimarían la piel satinada de ella, que caminaba delante, arrastrándolo, él aspirando su perfume dulce, hasta que llegaron a «La venida», una posada apenas anunciada por el brillo rojizo de un tubo fluorescente.

Toti estaba tan embriagado que apenas se percató de lo que estaba ocurriendo, ella recogiendo un juego de sábanas en el que quizá se revolcaría la sarna, una mujerona que le dedica un gesto huraño, contrariada porque alguien ha interrumpido su lectura de *Bohemia*, una llave tintineando, una trigueña conduciéndolo por un pasillo insuficientemente iluminado, oscuro como una cripta, y acabando por fin empujado a una habitación, a la que se precipitan los dos con urgencia, más incluso ella, porque encuentra en aquel individuo extraño, sin duda un guajiro, un animal puro, sin contaminaciones, y ve en su desvalimiento una razón más para dejarse singar por él sin pedirle a cambio otra cosa que no pares, no pares, papito, dale duro, no te vengas todavía, no querías bollo, toma bollo, así, bien rico.

Cuando se vino, Toti la vio vestirse con la misma precipitación apresurada con la que se había puesto a horcajadas, colocándose el *blumer* con movimientos muy estudiados, y todo ocurrió tan rápido que para cuando Toti pudo espantar el aturdimiento que lo dominó, la trigueña ya no estaba en la habitación.

Quizá ella también había olfateado el peligro.

Porque le había gustado singar con aquel guajiro.

Toti se puso el pantalón. Sintió una nueva erección, sintió tremendas ganas de templarse otra vez a la trigueña, de la que sólo quedaba una perduración de aroma a cuerpo satisfecho. Muy satisfecho.

Salió al pasillo. Sombras espesas se abalanzaban sobre él, apenas combatidas por unos farolillos que expulsaban una luz enferma, un amarillo pálido, del todo insuficiente. Caminó

tanteando las paredes, sintiendo en sus manos una humedad
caliente de gruta, y al fin logró llegar a recepción, donde la
mujerona estaba tan abstraída comprobando los precios de los
televisores a color (el modelo fabricado por Crosley costaba
cincuenta dólares menos que el Westinghouse) anunciados
por *Bohemia,* que ni siquiera pudo percatarse de su presencia.

—¿Dónde está la muchacha? —preguntó Toti.

La mujerona respondió con un gruñido. Esa fue su única
respuesta.

Toti volvió sobre sus propios pasos, con la misma torpeza de murciélago mostrada antes. Oyó algunos gemidos atravesar los tabiques, pero no se detuvo, porque estaba convencido de que la trigueña le esperaba en la habitación. Volvió a
ella, con la certeza de que la encontraría allí, de nuevo desnuda, de nuevo queriendo probar su pinga. Porque Toti estaba
completamente convencido de que la muchacha se quedaría
allí, con él, para siempre. Marido y mujer. Los dos iban a empezar una nueva vida encerrados en la posada. Hasta que se
hicieran viejitos. Eso pensaba Toti.

Abrió la puerta con desesperación, como si empujara las
hojas batientes de un *saloon,* él que no había visto ni una película del Oeste, porque las únicas que se proyectaban en el
Shangai eran de esas en las que salían mujeres en cueros. A fin
de cuentas, aquello era un teatro de relajo. Buscó por cada rincón. Pero no la encontró, obviamente.

La persistencia de su aroma de animal gozador devolvió
a Toti a la cama. Aún le duraba la erección. Así que solucionó
el problema de la manera que había descubierto a los once
años. Pero esta vez no se asustó. Botó la leche. Mucha leche
todavía. Se dejó invadir por una somnolencia poderosa que le
borró todo, incluso el malestar por desconocer el paradero de

la trigueña. Todavía pensó, antes de entrar en un sueño muy profundo, que al despertarse notaría la opresión, el volumen de su cuerpo… A fin de cuentas, eran ya marido y mujer.

Pero al despertar sólo notó un murmullo creciente, de conspiración, como una reunión de hormigas.

A sus oídos llegaban frases sueltas, incomprensibles: «combatir», «Constitución», «tirano», «golpear»… Igual de incomprensibles que el lunar que tenía al lado de un pecho la trigueña.

Toti no entendía ni un carajo.

Se incorporó de la cama.

Dejó en la manija de la puerta un resto pringoso de semen.

Desde el pasillo pudo comprobar que las frases se completaban. Miró al fondo, sin que le llegara sonido alguno. Ni siquiera gemidos. La vieja debía estar memorizando cada página de *Bohemia*.

Toti se sentó en el suelo. Tras varios minutos de atenta escucha, pudo sacar la conclusión de que un montón de personas estaban reunidas. Hablarían de algo importante, porque se quitaban la palabra unos a otros, como si estuvieran muy empingados, a punto de fajarse. Eso hizo que Toti pegara la oreja a la pared. Aquello se ponía interesante. Igual, en efecto, se fajaban. Toti oyó muchas frases, pero eran lanzadas a tal velocidad, que no podía retenerlas. Sólo una, porque la repitieron varias veces, se quedó dentro de su mente, en pie como un enigma.

—¡Hay que matar al Mulato!

Y con esa frase dando vueltas a su cabeza salió el Toti de la posada, sin que la vieja, los ojos devorando ahora la sección Tele-Radiolandia de *Bohemia*, se apercibiera de nada, como ocurría cada vez que aquel grupo de estudiantes le pedía la llave de una habitación, siempre la misma, la más grande, le pagaba una cantidad desproporcionada, y se colaban todos furtivos por el pasillo, ella, oír, ver y callar, porque así, sólo así, lograría por fin tener una televisión en color, sin buscarse problemas. Y así iba ella, día a día, peso a peso, reuniendo el dinero necesario para comprar esa televisión con la que soñaba. Nunca hacía preguntas. Y mucho menos cuando los estudiantes le dejaban aquellas propinas tan generosas. Y a cada nueva visita que hacían, se decía que ya quedaba menos para ver la novela esa que echaba la CMQ a todo color.

Oír, ver y callar. Eso le decía su mamá, después de enseñarle las virtudes del ahorro, que ella había perfeccionado de tal modo que le había hecho desembocar en la tacañería.

En La Habana es imposible que hubiera una mujer más roñosa que ella.

5.
UN JUDÍO CON SOMBRERO BORSALINO

—¿COMUNISTAS? —VOLVIÓ A PREGUNTAR FRANCIS-co Tabernilla, con la misma sorpresa que mostraría ante su médico al anunciarle que tenía ladillas.

—A Chibás lo eliminaron los comunistas, sí —confirmó el Mulato, el mentón cuadrado, los músculos en tensión.

El jefe del Estado Mayor no puede ocultar su sorpresa.

—¡Y pensar que fui yo el primero que incorporó a mi gobierno a un comunista! ¿Te acuerdas de Juan Marinello? ¿De Carlos Rafael Rodríguez?

—¡Cómo no!

Tabernilla veía brillar el pelo del Mulato ante el acoso de los rayos de luz que se colaban por la ventana. Lo tenía apelmazado, como si se peinara con saliva, estirado hacia atrás por una mano invisible.

—Chibás no murió porque se disparara en el estómago, sino porque la sangre se le licuaba.

—¿Cómo?

—La sangre no se coagulaba.

—¿Y qué tiene que ver el modo de comportarse de la sangre de Chibás con los comunistas?

—Le inyectaron una sustancia que se llama Demerocal. Es un anticoagulante.

—¿Quiénes? ¿Los comunistas?

—Un médico. Un gran profesional. Tanto que —y aquí el Mulato dio un acento de acero a su voz— es capaz de eliminar a alguien con una jeringuilla.

—¡No acabo de entender la relación que tiene esto con los comunistas! ¡Usted se ha propuesto esta mañana volverme loco!

El Mulato hace ademán de levantarse del asiento. Pero finalmente desecha la idea. Tabernilla le examinaba las entradas. Sí, estaba también perdiendo pelo ¿qué se le iba a hacer?

—El médico ha sido muy astuto. Ha esperado dos meses desde que enterramos el fiambre de Chibás, pero ha picado. Hace tres días pidió un visado a la embajada de Rusia para visitar este país...

—Todavía hay una pieza que no me encaja en el puzzle.

—Sí, la principal. Espiamos su salida de casa el martes. Pensábamos que iría al hospital, a la embajada, a pedir la visa. Pero no. Fue a esta dirección —y le extendió un papel a Tabernilla. Contenía un garabato apenas legible.

—¿Qué es esto? .

—En este solar vive Flavio Bravo —responde el Mulato.

—Ajá.

—Pero la pieza del puzzle es aún más grande. Mientras se reunía en la covachuela de Flavio, entramos en su casa y descubrimos este prospecto subrayado.

Y el Mulato examinó el papel. Ahí tiene, rodeada por un círculo, aparecía una frase que explicaba las reacciones de un fármaco llamado Demerocal.

—O sea que...

—A Chibás le practicaron la eutanasia —no lo deja terminar el Mulato—. Para que no sufriera —añadió, con un punto de ironía.

—Y a nosotros nos buscó un problema —completó Tabernilla.

—¿Y eso? —preguntó el Mulato.

—Porque a los muertos a veces les da por joder.

El Mulato se quedó unos segundos pensando en todo aquello. ¿De verdad que Chibás se había convertido en un mártir? Porque es verdad, primero había sido un problema para Carlitos Prío. Pero Prío estaba ya fuera, botado del país. Y la gente seguía hablando de Chibás. Como si estuviera vivo. Hasta se decía que los estudiantes habían recogido su herencia. Que el golpe de estado del diez de marzo impidió el triunfo de los ortodoxos, y que por eso ellos estaban ahora poniendo bombas en los cabarets. Que eso era legítimo, porque eran bombas para tumbar a un gobierno ilegal. Sí, a Chibás le había dado por joder. Tenía razón Pancho Tabernilla. Y luego estaban los comunistas: ¿sería verdad eso de que habían envenenado a Chibás? ¡Coño, a ver si a él le iban a hacer lo mismo!

El Mulato encendió el primer Churchill del día. Se mesó los cabellos. Efectivamente, empezaba a quedarse calvo. Compuso un gesto de contrariedad, porque algún día se le quedaría la cabeza como al viejo Tabernilla. El jefe del Estado Mayor seguía en pie. El Mulato tosió. Él, por el contrario, sentía los pulmones limpios. Apenas tenía vicios. Bueno, de vez en cuando pagaba unos pesos y se acostaba con una puta en las Casas de Marina. Como las mujeres siempre acaban por sacarte hasta el último peso, prefiero gastármelo en putas, decía.

—Todo esto confirma mis sospechas —dijo el Mulato, pero en un tono tan bajo que rozaba el susurro. Tabernilla no supo si le hablaba a él, o sólo a sí mismo.

—Sabía que lo peor que le puede pasar a alguien es creerse importante cuando no es más grande que una ameba. Los comunistas no eran nada. Nunca lo han sido en la historia de este país.

—Quizá un instrumento —terció Tabernilla—. Usted utilizó la hoz y el martillo para llegar a la presidencia la primera vez.

—No, en absoluto —corrigió de inmediato el Mulato—. Yo era amigo de Blas Roca. Siempre lo fui. Y quise que él participara en mi ascensión. Que se sintiera útil, siendo tan poquita cosa. Y hasta les regalé una emisora y un periódico. El libelo ese de *Hoy*, carajo. Y ahora…

—El enano se subió a las barbas —diagnosticó Tabernilla.

—Lo peor es que, si han matado así a Chibás, ya no podré comerme un plato de sopa tranquilo, temiendo que los comunistas le hayan echado veneno. Está claro, el comunismo se está infiltrando y llega hasta los sitios más recónditos. Ahora entiendo porque el embajador Gardner no para de avisarme. Hay que darles en la cresta a estos hijos de puta, me dice, dejándose perder a la canasta.

El Mulato encendió otro Churchill. Apreció algún arañazo sobre el escritorio de su despacho. Al fondo de sus pensamientos aparecían unas pisadas enérgicas de botas militares, sobre la grava del patio. Intentaba conectar varias ideas a las que no acababa de encontrarle relación, y en cada chupada buscaba algún elemento que las uniera.

De súbito, Tabernilla vio como arrojaba el habano, como si por fin se hubiera dado cuenta que dejaría sus bronquios inservibles. Mejor una puta que un habano, se decía. Lo tiró con violencia contra la pared. Las hojas del tabaco que aún no habían ardido, se desmigajaron.

—Claro ¿cómo no me di cuenta antes? Tabernilla ¿cuánto tiempo hace que Rusia rompió relaciones diplomáticas con nosotros?

—Hace tres meses.

Una maleta en el aeropuerto de Rancho Boyeros. La empuja un tipo alto, desgalichado, de aspecto pálido que parece agravarse cuando el personal de aduanas le pide que la abra. Él se niega. Es una maleta muy grande. Exhibe sus credenciales de diplomático, pero el funcionario es un tipo duro, esto me sirve a mi para limpiarme el culo, el otro le ladra en un idioma que parece construido exclusivamente de insultos, pero no puede evitar que le abran la maleta, que pesa muchas libras, y sin embargo, sólo lleva un puñado de pasaportes y ropa doblada y planchada, ropa que los funcionarios empiezan a arrugar, jalándola como si fueran trapos, sólo eso, todo el material altamente peligroso que contiene la maleta de cantos dorados. El funcionario devuelve todo a la maleta, el tipo de aspecto enfermizo acribillándolo con sus ojos azules, ladrándole. Han abierto la valija diplomática. Es un acto ilegal. Y pagarán por ello. El funcionario de aduanas no entiende absolutamente nada. Cree que ha hecho su trabajo. Correctamente. A pesar de que en la maleta sólo hay pasaportes y ropa.

—Sí, a Rusia le molestó mucho el asuntito de las maletas —recuerda el Mulato, que cree todavía encontrar un punto de apoyo para mover toda su argumentación.

—No tardaron ni diez días en pelearse con nosotros —recordó Tabernilla.

—¿Acaso les sorprenden nuestras medidas? Yo creo que incluso hemos sido demasiado blandos, que teníamos que haber actuado con determinación desde que supimos que la embajada rusa era un nido de viajeros comunistas y estudiantes del que salían ideas constantes para conspirar contra la democracia occidental. Después del incidente en el aeropuerto ¿qué pretendían? ¡Si no revisamos esa maleta, en la próxima son capaces de meter bombas, carajo! Han sido capaces de eliminar a Chibás, utilizando un veneno. Hacen que Chibás aparezca como un mártir, como ariete contra mí... ¿Sabes lo que pienso, Tabernilla?

—¿Qué cosa?

—Que me quieren mover la silla. A partir de ahora deberemos estar muy pendientes de lo que pasa en Moscú. ¡El comunismo nos amenaza!

El jefe del Estado Mayor asiente con la cabeza.

—¡Tabernilla!

—Sí...

—Quiere esta tarde unirse a nosotros.

—¿A quiénes?

—Al embajador norteamericano y a mí. Vamos a jugar a la canasta. Ahí en el salón, con un traguito de Matusalén en la mano. Y de paso le pediré que me sugiera algo para luchar contra las cucarachas.

—¿Las cucarachas?

—Sí, esos animales que viajan a Moscú, hablan de la colectivización y que se meterán en nuestros calzones si les dejamos.

—Ajá. Entiendo. Las cucarachas siempre me parecieron bichos asquerosos.

—Pues prepárese. Debemos empezar a exterminarlos hoy mismo.

El Chevrolet Impala podía haberse encaminado al restaurante Las Culebrinas, en las calles Calzada con 22. No hubiera sido extraño verlo por allí. Pero no, a Meyer Lansky no podía esa noche cenar una exquisita langosta a la grillé con el inevitable vaso de leche que le hacía saborear más el marisco. El carro también pudo enfilar la Avenida Rancho Boyeros para quedar parqueado junto al Mambo Club. Pero no. Esa noche ni podía probar el marisco ni pasar un rato con ninguna muchacha que ofrecía el prestigioso burdel de a cien dólares el palo, uno de los que formaban la cadena de las Casas de Marina. Putas a precio de capricho. Eso sí, refinadísimas. Lo único que aceptaría sería un café negro. Y tampoco eso le apetecía, pero Meyer Lansky, aquel viejo de grandes orejas de elefante que controlaba hasta los pedos que se tiraba el Mulato, tenía de vez en cuando que hacer cosas que no le gustaban demasiado. Ser el rey de La Habana exigía algunos sacrificios. Y este, visitar al Mulato con la que estaba cayendo, era uno de ellos.

Descendió del auto como a cámara lenta, sin parar de examinar la inmensa casa de dos plantas que se había convertido en la residencia habitual del Mulato. Enseguida notó el alboroto que formó una tropa de perros que se abalanzó sobre la verja coronada de hierros punzantes que circundaba la finca. Meyer Lansky estaba convencido de que su auténtica guardia pretoriana la constituían aquellos canes hambrientos, y no la decena de guardias que tenía apostados en varios puntos, para que la vida del primer hombre de la República tuviera algo de valor. Le abrieron una puerta. Los perros dejaron de ladrar, súbitamente, obedeciendo una voz bronca que no supo de dónde había salido, y se dedicaron a ignorarlo mientras iba avanzando por el jardín, sus pies pisando un caminito de losetas que estaban húmedas a esa hora. Muy pronto supo a quien pertenecía la voz de ogro que parecía tener a raya a toda aquella jauría de perros que se había hecho dueña del jardín, y que seguro que tendría atemorizados a los tamarindos y palmeras imperiales que crecían sólidamente en esa amplia extensión de terreno. Una señora de aspecto más bien avejentado pero de insólitos movimientos ágiles lo escoltó, sin hacerle ni una sola reverencia en todo el trayecto. Mejor así. A Meyer Lansky nada le gustaba más como pasar desapercibido. Que no le hicieran la pelota. Y aquella vieja no le dijo ni buenas noches. Sólo lo acompañó hasta la entrada de la biblioteca. Allí lo esperaba el Mulato, volcado sobre unos papeles.

El Mulato estaba tan abstraído que no se dio cuenta de la presencia de Meyer Lansky. Empuñaba una pluma con la que rasgueaba de forma frenética. Ese sonido fue el único que se oyó durante medio minuto. Lansky disfrutaba de la escena, una vez más orgulloso de su condición invisible. Él movía los hilos de aquella ciudad, pero desde la oscuridad, sin que nadie le viera. Ni siquiera el Mulato, que seguía ocupado en su tarea. ¿Qué diablos estaría escribiendo aquel tipo como para no darse cuenta de lo que pasaba a su alrededor? Si hubiera levantado en ese momento la cabeza, se hubiera dado cuenta del gesto amargo que se había colgado de la cara de aquel judío, que pensó que, igual que ahora era incapaz de darse cuenta de que estaba allí, en su misma estancia, sería incapaz de ver otras muchas cosas que le rodeaban. Por fin, optó por carraspear.

—¡Carajo, Meyer! ¿Cuánto tiempo lleva ahí parado, sin decir ni media palabra?

—El justo. Ni un segundo más ni un segundo menos. El justo.

El Mulato se quitó unos espejuelos de gruesa montura que estaba obligado a utilizar desde hacía unos meses. Soldado Polilla, le llamaba aquel egregio presidente que tuvo la República, el sin par Alfredo Zayas. Sí, era un gran lector. Y de la lectura a la escritura hay un paso, que el Mulato ya había dado. Igual que había dado el paso de la lectura a la miopía.

—Seguro que usted no tiene ni idea de lo que estaba haciendo ahora —dijo, quitándose los espejuelos de cristales gruesos.

—No, pero espero que puedas contármelo. No debe haber secretos entre amigos.

—Y no los tendré con usted —reaccionó rápidamente el Mulato, que extendió el papel en el que había estado volcado desde primeras horas de la mañana—. ¡Poesía! —afirmó, lleno de orgullo.

—¿Cómo?

—Ahora escribo poesía. Me mantiene el espíritu sereno.

Lansky recogió con algo de aprensión aquel papel que le tendía el Mulato, lleno de palabras escritas pulcramente que jamás se le ocurriría leer. La literatura, la poesía y toda esa mierda eran cosas de gente ociosa. Una forma de perder el tiempo. Y él no estaba esa noche allí para hacerlo.

La misma mujerona que lo había acompañado desde la puerta de entrada apareció en la biblioteca con el cargamento de una bandeja en la que bailaban dos tazas y un vaso que jamás había servido para beber agua. Meyer Lansky se enfrentó enseguida a una taza en la que humeaba un café negrísimo. El primer trago le quemó la lengua.

—Este café está como la Habana —le comentó Meyer Lansky, de entrada, al presidente de la República.

—¿Cómo dice? —el Mulato no entendió.

—Demasiado caliente.

El Mulato, ahora sí, entendió. Y entendió que la observación tenía la suficiente carga crítica como para ponerse en guardia. Aquel tipo no había venido esa noche a la finca Kuquine a hablar de su infancia en Grodno o en las calles de Nueva York, ni a valorar críticamente los versos que con tanto esfuerzo paría, en largas horas de esfuerzo mental, sino a tocarle también los huevos. Pero el Mulato relajó enseguida las facciones, no sólo porque pensó que aquel judío jodedor era su socio, estaba en su trinchera, sino también porque había escanciado en un vaso la cantidad perfecta de Matusalén.

—Ayer estalló de nuevo una bomba en un cabaret —dijo Meyer Lansky.

—Estoy al corriente. Afortunadamente, esta vez no mató a nadie.

—¿Cuánto falta para que las bombas nos estallen en las narices? —preguntó Lansky.

—No sé a qué se refiere. Estamos haciendo todo lo posible para que sólo estallen petardos en carnaval. Pero no es fácil. Nos atacan desde todos los flancos.

—Mira, tengo en el puerto atracado un barco con toda la decoración completa del hotel Capri. La madera más noble, el mejor terciopelo para las cortinas… No me gustaría que algo tan bonito se estropeara. Nada me disgusta tanto como contemplar un espectáculo que no venga en el programa.

El Mulato esbozó una medio sonrisa. A fin de cuentas, hablaba con un socio, no con un enemigo. Aunque fuera insensible a los poemas que escribía. Porque ya le había devuelto, casi sin mirarlo, el papelito en el que venía ese fantástico poema que había escrito. Pero sí, aquel judío enano era su socio. Sólo le preocupaba la aguda inteligencia que tenía, y cuya muestra más clara eran esos silencios suyos tan extraños y a la vez tan inquietantes. Era la mejor forma de medir a quien tenía delante. Refugiado en un silencio que sólo rompía para colar alguna frase llena de contenido, Meyer Lansky calibraba si era conveninte o no ofrecerle la espalda al individuo que tenía delante. Del Mulato no tenía dudas. Estaba tan embarcado como él en esta historia. Las Vegas iba a quedar reducida a una ciudad de tercera al lado de la fastuosa Habana que él estaba creando. Lo que no tenía tan claro es que el Mulato estuviera en forma para afrontar los nuevos problemas. Viendo sus facciones abotargadas, y la rapidez con la que vació el vaso de Matusalén, Meyer Lansky empezó a tenerlo claro.

—El secreto de nuestro negocio es el siguiente: le ofrecemos al turista norteamericano las mejores mesas de juego, los mejores tragos y las mejores mujeres. Todo eso con total seguridad. Me da igual lo que pase en Sierra Maestra, pero yo debo ofrecerle a mis clientes una noche pacífica, como no encontrará ni en Las Vegas, ni en Chicago, ni en ningún otro sitio del planeta… Por cada bomba que estalle, se nos va un millón de dólares al carajo.

Lansky se vio en la obligación de repetir un discurso que tenía muy ensayado. Eran los diez mandamientos que él resumía en uno: sacarle al turista hasta el último centavo. Ese sí era un buen verso. El mejor de todos.

El judío se aclaró la garganta y lanzó la pregunta que temía el Mulato:

—¿Qué es lo que piensas hacer para que no se nos cuelen bombas en el Riviera o en el Habana Hilton? Cualquier día de estos me puedo encontrar con una debajo de la cama que ocupo en el Nacional…

—La única forma es cerrar el puño. Aún más. Para golpear con más fuerza. Si ellos nos quieren pegar duro, nosotros daremos más fuerte.

—Yo no estoy invirtiendo millones de dólares para convertir mis hoteles en un ring.

—No olvide que el gobierno que preside el hombre que tiene justamente delante le perdona los 25.000 dólares que debiera pagar en concepto de licencia…

—Y que el presidente de la República, es decir, el hombre que tengo justamente delante, recibe un porcentaje de lo que se recauda cada noche. Un porcentaje que se podría considerar cualquier cosa menos pequeño —contraatacó Meyer Lansky.

—Eso nos lleva a la conclusión de que vivimos bajo el mismo tejado. Y de que, al menos yo, no tengo por costumbre tirar piedras contra mi propio tejado. Espero que usted tampoco lo haga…

El Mulato había estado todo ese tipo evaluando los pros y contras de encender un Churchill. Ahora creyó llegado el momento de hacerlo. No iba a permitir que aquel judío se le subiera a las barbas. Enseguida la primera bocanada de humo le emborronó las facciones.

—¿Cómo es posible que unos pocos estudiantes puedan alborotar tanto el gallinero? —preguntó Meyer Lansky, ganado por la perplejidad.

—Porque Carlitos Prío está instigando desde el exilio. Les está metiendo en la cabeza que sólo la vuelta de los auténticos podrá salvar al país. ¿De qué?, me pregunto. Lo único que amenaza a este país son los locos.

Meyer Lansky no parecía quedar totalmente satisfecho con los razonamientos del Mulato. Se removía inquieto en su sillón. Se echó a la boca otro buche de café. Le seguía pareciendo demasiado caliente. El Mulato, por el contrario, se entregaba al placer del habano, sintiéndose escoltado por los anaqueles abarrotados de libros. Alguien que tenía esa biblioteca no debía temer nada. Salvo un incendio. Cuatro pistoleros con mala puntería no le iban a estropear el sueño. Ni siquiera el rostro amargado del judío. Aquel tipo, siempre pendiente hasta del último dólar, jamás podría ser un gozador de la vida.

—Váyase tranquilo a templarse a la trigueña esa que conoció en El Encanto, enciérrese en su apartamento del Prado o agote las existencias de leche que tenga el Sans Souci. Haga cualquier cosa menos preocuparse. Piense que yo soy de su clan, aunque no lleve en el dedo meñique eso...

Y el Mulato señaló un rubí con estrella de seis puntas engarzado en platino. No sólo lo llevaba Meyer Lansky. También Santos Trafficante. Y Joe Stasi. Y el Chino Bananas. Y todos aquellos empresarios tocados con sombrero borsalino que se movían por La Habana rodeados de guardaespaldas, y que tenían en común, además del rubí, haber recibido como primer regalo una pistola.

—Yo soy del clan de los ganadores. No aceptamos ni a los perdedores ni a los indiscretos. Lo peor que le puede ocurrir a una persona es anunciarse como un refresco famoso. No tenemos por qué anunciarnos, dado que no estamos en venta. Pero tampoco aceptamos a los perdedores. Espero que tú no llegues a ser ni una cosa ni otra.

La frase quedó flotando en el aire, como los rizos de humo que la combustión del Churchill iba dejando.

—Esta tarde estrenaremos unas flamantes perseguidoras Odsmobile último modelo. Yo invierto para que ustedes sean felices. Espero que tampoco lo olvide.

A Meyer Lansky el ambiente de la biblioteca del Mulato le empezaba a agobiar, abrumado por los libros, el humo o las palabras del Mulato. Así que no tardó en pararse con un movimiento brusco.

—Gracias por el café —se limitó a decirle al Mulato—. Estaba muy rico, aunque demasiado caliente para mi gusto.

—A la próxima lo serviremos a la temperatura adecuada.

—No me cabe la menor duda.

Y al Mulato le hubiera gustado que le dejaran analizar minuciosamente la frase, buscarle ocultos significados, porque lo mismo podía ser una prueba de confianza que una velada

amenaza. Pero no pudo llegar a ninguna conclusión. Lo impidió el timbrazo del teléfono.

—Presidente, tenemos un nuevo problema. En Infanta...

La voz de Orlando Piedra le llegó desde la lejanía, como
ya sentía los petardeos del Chevrolet Impala que manejaba Asdrúbal, abandonando la Kuquine, Meyer Lansky circunspecto
y muy serio, sin ganas de abrir la boca, su cuerpo acomodán-
dose mal en el asiento trasero del carro. Ahora no se parecía en
nada al tipo que no había parado de bromear en el viaje a
Cienfuegos, para ver cómo iban las obras del hotel Jagua,
cuando le gastó aquella bromita al guajiro ese al que le botó el
casco.

Todo le llegaba al Mulato ya borroso, con la misma cualidad que tienen los hechos que logran colarse en las pesadillas.

—¡Carajo! —gritó el Mulato.

Pero el exabrupto no logró disolverle el disgusto. Ni siquiera vaciar la botella de Matusalén.

Ese día no podría escribir ni un verso más.

El Bizco Cubelas siempre estaba preparado para cualquier
trastada. No le hacían falta unos pitos de marihuana para buscar a un tipo que no le cayera excesivamente bien y pedirle
explicaciones de la única forma que conocía: apuntándole con
una pistola. Para ganarse un apodo hay que hacer algunos mé-
ritos. Para que te llamen Gatillo Alegre no basta con pedir a
papá una Colt de vaquero para el día de Reyes. El Bizco Cubelas era temerariamente intrépido, a la manera que lo son algunos aventureros dispuestos a matar dragones que se escondan
en el Amazonas. Para el gordo Manzanita era un valor seguro.
Por eso no dudó en decirle:

—Tengo para ti un uniforme del Ministerio de Salubridad.

Al Bizco Cubelas la frase le llegó con dificultades, abriéndose paso entre el murmullo que formaban todos los estudiantes apiñados en la habitación principal de «La venida». El gordo Manzanita la repitió.

El Bizco Cubelas primero hizo un gesto de extrañeza, pero después sintió cómo la sangre se le aceleraba en las venas, cómo una llama le quemaba la yema de los dedos, igual que ocurría cuando notaba el tacto del gatillo de su pistola.

—¡Tenemos que burlarnos de esos cabrones!

Al gordo Manzanita las muchas libras de peso le dificultaban los movimientos, pero sus neuronas siempre andaban en ebullición, tramando nuevos planes que jamás aprobaría el Mulato. Recuerda la entrevista que tuvo hace unas semanas en el Palacio Presidencial. El asco que había sentido viendo a aquel cabrón repantigándose en el sillón de su despacho, sin otra preocupación que enriquecerse más y más. Había que eliminar a ese hijo de puta. Costara lo que costara, aunque fuera su propia vida. Pero había que matar al Mulato. De él no podía quedar ni la semilla.

Ahora tenía un trabajito para Gatillo Alegre.

Y el Bizco Cubelas solía cumplir. Hacía todos los trabajitos que se le mandaban. Bajó del camión que lo había dejado en Infanta y 23. Su uniforme de color terroso ya estaba manchado por rodales de sudor de los que tampoco se libraba una visera que llevaba encasquetada en la cabeza. El calor arreciaba. Uno de esos calores calcinantes, genuinamente tropicales, se había apoderado de la mañana. El camión se perdió subrepticiamente, y parqueó en la siguiente cuadra. El chofer no le debía importar gastar combustible, porque dejó el motor arrancado. El Bizco Cubelas sudaba mucho. Por los treinta grados que avasallaban a La Habana o por la cuba que colgaba sobre su espalda, veinte litros desbordándola. Pesaba demasiado. Es posible que el Bizco Cubelas se fuera esa noche con lumbago a la cama. Pero el Mulato se iría con dolor de cabeza. Uno más. Había que romperle el sueño a ese cabrón. Por eso, el Bizco Cubelas actuó con una naturalidad de actor largamente entrenado. Se acercó a la garita en la que dormitaba un empleado de la agencia de venta de autos Ambar Motors.

—¿Dónde va usted, caballero? —le preguntó, por un resquicio que le dejó la modorra.

—Vengo del Ministerio de Salubridad —le contestó sin titubear el Bizco Cubelas, llevándose el dedo índice al escudo oficial del Ministerio.

—¿Y cómo es la cosa?

—Vengo a fumigar toda esta zona. Las cucarachas, con el calor que hace, no paran de reproducirse. ¡Amenazan con invadirnos!

El empleado de Ambar Motors no tenía muchas ganas de discutir. Sintió su cuerpo recorrido por aquellos insectos de largas antenas, y sobre todo, un sueño que lo vencía. Uno de esos sueños que parece que sólo tenemos cuando niños. Así que no dudó sobre lo que tenía que decirle a aquel joven.

—Adelante.

Los rayos del sol caían a plomo. Hacía un calor del carajo. El Bizco Cubelas se vio enseguida deslumbrado por la violencia con que los rayos golpeaban los cristales delanteros de veinticinco carros patrulleros que aguardaban en la zona de parqueo. Eran flamantes Odsmobile. Potentes y rápidos, salidos expresamente de la cadena de montaje con el único propósito de cazar estudiantes. ¡Si ellos querían rumbantela, tendrían rumbantela! Esa había sido la frase del coronel Orlando Piedra, el hombre de la caja de herramientas. Al Mulato le costó menos de cinco segundos autorizar la compra de aquellos autos que iban a poner a correr a todos esos hijos de puta del Directorio.

El Bizco Cubelas empezó a agitar la palanca, arriba abajo, arriba abajo. La consecuencia de ese movimiento rítmico es que por una pistolita salía un líquido rojizo. Tuvo mucho cuidado de que no se escapara ni una gota. Que todas acabaran fumigando los Odsmobile. Sin olvidarse de ninguno. Sólo aquellos carros tenían derecho a recibir ese baño del líquido rojizo, de fuerte olor. Así anduvo, con una perfecta profesionalidad, enfocando su pistolita hacia todos los carros, mojándolos a toditos.

El empleado ya no lo miraba. Le había dedicado una mirada somnolienta al principio. El Bizco Cubelas se había dado cuenta, y le respondió levantando el dedo pulgar de la mano que tenía libre.

—Todo está okay —le vino a decir.

En diez minutos todo el parqueo estaba fumigado. Ni una cucaracha se atrevería a acercarse a los carros patrulleros. Ninguna sería capaz de soportar aquella pestilencia de productos químicos, que sin embargo, al empleado le resultó vagamente familiar. En la duermevela, las imágenes de la realidad volviéndose borrosas, se vio en una gasolinera Esso, echando a su humilde Ford unos galones porque ese fin de semana iba a llevar a su china a bañarse a las aguas transparentes de Varadero. La ensoñación le pintó en la cara un gesto satisfecho, de gato que se relame porque no ha dejado ni una gota de leche en el cuenco que amorosamente le ha llenado su amo, siente ya el cuerpo de su china estirado en la arena, gotitas saladas resbalando por su piel, pero ese gesto se le descompone, desbaratado por un mohín de asco que parece concentrársele en la nariz. Por allí está entrando un poderoso olor a petróleo que

lo sacude de la semiinsconsciencia que lo tiene atrapado, y enseguida abre los ojos y aprecia que no está llenando el tanque
de su auto en una gasolinera Esso, aprecia eso, y al mismo
tiempo, al muchacho de uniforme color tierra iniciar una carrera como perseguido por una tropa de cucarachas vengati-
vas. Corre tan rápido que ni siquiera tiene el detalle de despedirse de él, y lo ve arrojar la visera con violencia, antes de
precipitarse al interior de un camión que estaba parqueado en
Infanta. Arrancado.

El empleado no entiende por qué el joven ha salido de
allí con tanta rapidez. Pasan unos segundos. La explicación le
llega en forma de explosión que retumba en los cristales de su
garita. Una nube de llamas ocupa el espacio donde antes estaban luciéndose las flamantes perseguidores Odsmobile, esas
que iban a ser estrenadas por la tarde. Al tipo le llega un calor
nuevo al interior de la garita.

Enseguida aúllan unas sirenas, sin que nadie preste atención al chillido de los neumáticos de un camión en el que un
muchacho va gritando:

—¡Te jodimos otra vez, Mulato! ¡Te jodimos!

—Tabernilla ¿a ti no te pasa que a veces oyes voces? —preguntó el Mulato.

—¿Voces? —se limitó a responder Tabernilla, muy sorprendido.

—Sí, no te hablo del subconsciente y toda esa mariconería. Voces como las de un apuntador que no terminamos de ver. Es como un susurro.

Tabernilla se encogió de hombros. Ya empezaba a acostumbrarse a estos desvaríos del Mulato, que había cambiado mucho desde la primera vez que se sentó en el mismo sillón. Antes, pensaba Tabernilla, era un estadista de altura, un estratega de inigualable prestigio militar. Ahora, viéndolo jugar a la canasta con el embajador americano, el pesado de Gardner, le costaba reconocerlo como presidente de la República.

—Sí, hay un bichito que me avisa de que algo va a ocurrir. Pero todavía no sé lo que quiere decirme. Y eso que está todos los días *chis chis chis,* jodiéndome.

El Mulato se había levantado esa mañana con ímpetu juvenil. Desayunó copiosamente como no hacía en mucho tiempo.

—Así que no oyes bichitos…

El jefe del Estado Mayor no supo qué responderle. Así que dejó que el Mulato hablara toda la mierda que tenía que hablar. Porque él, sí, el gran Francisco Tabernilla, Pancho Tabernas, como lo llamaba insidiosamente el cabrón de Orlandito Piedra, él sí tenía una información de mucho valor.

—¿Sabe usted lo que es el Pacto de México?

—¿Qué carajo es eso? —preguntó el Mulato, como si le hablaran de las propiedades curativas del arsénico.

—Es una cartita que han firmado Fidel y los estudiantes.

El Mulato no pareció sorprenderse. La información que le traía Tabernilla no valía mucho. Apenas unos centavos. El jefe del Estado Mayor se dio cuenta. Levantó el dedo índice. Quería añadir algo.

—En esa carta dicen que usted es amigo de Trujillo.

—¿Cómo? —preguntó el Mulato, lleno de estupor.

—No conocemos todo el contenido. Pero un X-4 me ha informado de que esa carta denuncia una conspiración contra Cuba, con la complicidad de un grupo de oficiales del diez de marzo, más una pandilla de pistoleros, encabezada por Policarpo Soler. Denuncian que usted lo está protegiendo.

—¿A Policarpo? ¡Pero si está al servicio de Prío y ya le ha encargado un par de veces matarme! ¿Quién ha escrito esa cantidad de disparates?

—Fidel y el gordo.

El Mulato se quedó mirando a Tabernilla, absorto. ¡Y pensar que hacía sólo unos meses había tenido a aquel estudiantito sentado en el mismo sillón que ahora ocupa el jefe del Estado Mayor!

—Es más —Tabernilla se rascó el cogote antes de proseguir— los estudiantes y Fidel dicen en esa carta que usted le dio un abrazo en la conferencia de Panamá al hermano del chacal dominicano, a Trujillo…

—¿Al hermano de Chapitas? ¿Pero quién puede creer eso? Eso es pura novelería. ¿Cuántos tragos se habían tomado Fidel y el gordo antes de firmar esa mierda?

Tabernilla no sabe qué responder. Él tampoco entendía nada. Porque además, el contenido de la carta le ha llegado incompleto. A retazos. El X-4 no ha podido llegar más allá. Sabían que el gordo Manzanita había salido del aeropuerto de

Rancho Boyeros en dirección a Ciudad de México. Pero nadie sabía con certeza a qué. Bueno, sí. A conspirar. A joder.

—O sea, que el Veintiséis y el Directorio acaban de escenificar la ceremonia de su matrimonio —resumió el Mulato.

—Ajá.

El jefe del Estado Mayor había entrado en su despacho esa mañana con todos aquellos disparates. Definitivamente, el día se había quebrado. Y eso que el desayuno había sido fuerte. Como hacía mucho tiempo que no realizaba.

—Tabernilla, no nos podemos quedar de brazos cruzados. Hay que hacer algo. ¿Se te ocurre qué?

—Sí. Ya tengo alguna idea —le respondió Tabernilla, sin vacilar.

4.
Es cosa de comunistas

Arthur Gardner el sol tropical no le sentaba demasiado bien. Siempre tenía un aspecto enfermizo. Pero allí estaba, en La Habana.

Era muy amigo del Mulato.

Cuando Eisenhower le susurró al oído, estrujándolo en un abrazo que no parecía tener fin, vas para La Habana, Arthur Gardner comprendió que había llegado la hora de recoger los frutos del trabajo realizado, o más bien del dinero invertido. Se felicitó. Había sido una gran idea apoyar financieramente la campaña del Partido Republicano. Formó con los dedos la uve de la victoria. El gesto que más repetía junto al de respirar. Tenía derecho a hacerlo. Era rico, muy rico.

Pero siempre tenía un aspecto pálido. Llevaba varios meses en La Habana y su rostro seguía mostrando una cartografía extraña de manchas que lo afeaban sin remedio.

Le hubiera gustado parecerse al Mulato, su piel siempre bruñida, como untada de oliva, y admiraba la perfecta combinación que formaba con la guayabera blanca con la que a veces se dejaba ver en su finca Kuquine, en los momentos de mayor relajación.

—Presidente, le toca.

Y el Mulato examinaba el valor de sus naipes, respiraba hondamente y lanzaba la de mayor puntuación sobre el tapete, como si dependiera de ella el destino del país. Había ganado una gran destreza.

—Lo importante es tener el punto de concentración exacto —le decía al embajador, satisfecho, después de sacar un chento.

Arthur Gardner lo miraba con un matiz de fascinación que incluía aplausos entusiastas.

—¡Se ha convertido en una estrella de la canasta!

El Mulato le daba una palmadita en la espalda, y lo invitaba a que ejercitara su turno.

—Gardner, deje ya de hacerme la pelota, que sabe de la cosa que estoy más cansado es de eso, de que todo el mundo me babee. Venga, le toca.

Al Mulato no le gustaba que le realizaran ninguna crítica. Pero tampoco que lo adularan de forma desmesurada, como había hecho aquel plumilla ¿cómo se llamaba?, ah, sí, Chester, que fue capaz de realizar una adaptación radial en forma de episodios de un libro llamado «Un sargento llamado Batista». Lo transmitió Radio Siboney, recordaba ahora el Mulato, avergonzado por tantas palabras que recibía de aquel periodista que lo apreciaba casi tanto como el embajador norteamericano. Por alguna razón que incluso a él mismo se le escapaba, el Mulato irradiaba un poder magnético que atrapaba a todos. Hace apenas unos días había regresado de La Florida. El senador George Smathers leyó un discurso lleno de solemnidad, jamás podrán encontrarse los Estados Unidos un amigo como Batista, cargado de sentimiento, cuando fueron alevosamente atacados por Japón en Pearl Harbor, puso a la disposición nuestra los recursos de Cuba en la forma más desinteresada que pueda concebirse, un discurso repleto de palabras lindas, y al mismo tiempo justas, tanto que el municipio de Daytona lo nombró hijo adoptivo y predilecto. Le halagaban aquellos actos, aquellas palabras grandilocuentes que le dedicaban, pero no terminaba de acostumbrarse a ellas.

A Gardner también le podía el poder hechizante del Mulato. No paraba de dorarle la píldora. Y lo más probable es que el Mulato sólo lo soportara porque era un pésimo jugador de canasta. Siempre le ganaba. Pero nunca se rendía. Terminaba exigiendo una nueva partida para el día siguiente.

—¡En busca de la revancha!

Y el Mulato, un poco cansado de las atenciones excesivas del embajador, lo emplazaba a una fecha indeterminada con cualquier pretexto. Pero ni siquiera eso le impedía ver aparecer su rostro feo en el despacho del Palacio o en la finca Kuquine. Aquel hombre parecía haber desarrollado un sentido especial para detectar dónde estaba el Mulato en cada momento.

Sin embargo, un día no entró en el despacho acompañado de la jovialidad y gestos habituales, los dedos siempre formando una uve de victoria, por mucho que el Mulato lo humillara a la canasta.

En su cara entraban en disputa las manchas con una inquietud imprecisa.

—¿Le parqueó una tiñosa o qué? —le dijo el Mulato, que ese día se había levantado de un humor excelente.

—¿Cómo dice, presidente? —preguntó Gardner.

—¿Que si todo se le torció? ¿Algún problema que le preocupe? Trae mala cara —aclaró el Mulato, con un traje dril cien que había estrenado ese día. El sastre de El Sol había hecho bien su trabajo. Como siempre.

—Saque la baraja de naipes —fue toda la respuesta del embajador.

El Mulato lo hizo con la ceremonia habitual. Nada le producía tanto placer como abrir suavemente la gaveta de su escritorio, la misma en la que guardaba una pistola que siempre tenía el seguro quitado, por si las moscas, y echarle la zarpa encima al mazo de cartas.

—Anoche me llamó Dulles, el director de la CIA.

Gardner tuvo enseguida en sus manos trece cartas. Las valoró. No parecían demasiado buenas.

—Un amigo llama a otro. ¿Qué hay de extraño?

—Estuvimos hablando horas.

—Bueno, pero la conferencia la pagaba él ¿no? Jaja —el Mulato se sentía poseído ese día, estaba claro, por un extraño sentido del humor que le hacía brotar de forma espontánea su vis cómica. El traje de dril con fino algodón se acomodaba perfectamente a su cuerpo, el sastre ese de El Sol era un mago, y además, acariciaba con sus dedos un tres rojo. Cien puntos ya eran suyos.

—Dulles está preocupado por el papel que están tomando los comunistas en Cuba...

El Mulato acogió la revelación con aparente indiferencia. De momento, le importaba más la conveniencia o no de sacar el naipe.

Ni Dulles ni nadie le iban a arruinar el día, y menos con esa vaina. Sí, últimamente estaba oyendo la palabra comunista con demasiada frecuencia. Y en el sentido extraño y equívoco que estaba adoptando esa palabra. Ya había avisado al viejo Tabernilla. Lo de Chibás fue obra de esos ilusos, tan locos como el propio Chibás. Estaba claro, querían tocarle los huevos. ¿Cómo es posible que fueran tan ingratos? Él, que los acogió en su seno cuando eran menos que una cagarruta. Lejos veía aquellos tiempos en los que recorrió toda América Latina (no recuerda algún país que no visitara), siempre aclamado por multitudes enfervorizadas de la izquierda, que lo señalaban como el gran líder populista que estaban esperando.

Pero eran otros tiempos. En los que Blas Roca era su amigo. Los tiempos en los que se atrevía a decir que Batista sería el primer presidente de Cuba que pudiera decir, al dejar el cargo, que sus promesas electorales no fueron jactancias, sino que salieron del impulso del servicio popular. Los tiempos en los que Blas Roca expresaba que los comunistas debían aumentar los esfuerzos para informar al pueblo de las posibilidades de una provechosa colaboración con Inglaterra y Estados Unidos. Blas Roca, que llegó a calificarlo, a él, a Fulgencio Batista y Zaldívar, de «magnífica reserva de la democracia cubana». Ahora sólo era un viejo, aplastando por las ideas revolucionarias de Flavio Bravo y los demás. No paraban de mirar a Moscú. Acabarían apareciendo en un catálogo de bobos. O de hijos de puta, porque el Mulato lo tenía claro, y más cuando Tabernilla le llegó con el cuento de que Blas Roca estaba por Santiago de Cuba el mismo día que se produjo el asalto al cuartel Moncada, en esa acción tonta y absurda del Veintiséis, llevado al degolladero por el loco de Fidel. ¿Qué carajo se le había perdido ese día a Blas Roca en Santiago? No me creo la vaina esa de que fuera con el único propósito de celebrar el día de su santo, como dijo.

Todo el mundo en La Habana parecía haberse vuelto loco. No sólo los estudiantes o Chibás. Cualquiera podía estar dispuesto a pegarse un tiro en el estómago.

El Mulato acaricia la grulla. Deja deslizar casi amorosamente los dedos de la mano derecha por el suave plumaje del animal que preside el buró. Le rasca el cogote, como hacía con el perro favorito que se estiraba a sus pies junto a la chimenea de la Kuquine. Pero ni siquiera al perrazo San Bernardo que tenía siempre correteando por la casa y colándose en su biblioteca en el momento más inoportuno, le dedicaba tanta ternura. A fin de cuentas, era más bien un capricho, igual que el pekinés que andaba de jodedera todo el día, de Martha, la Primera Dama, su esposa. Sin embargo, le gustaba colar sus dedos por el plumaje de aquel animal disecado que nadie sabía de dónde había sacado exactamente, pero al que trataba mucho mejor que a algunos ministros. Si a alguien se le ocurriera atacar ese bicho que ejercía de monarca en su despacho, ni ocultándose en el escondite más secreto se libraría de visitar los sótanos del Buró de Investigaciones para tener una entrevista con el hombre de la caja de herramientas, también llamado Orlando Piedra, e incluso La Pomposa por el viejo Tabernilla, que siempre miraba el animalejo con repugnancia.

El embajador norteamericano ve como el Mulato le da cariño a la grulla. La presencia de aquel animal muerto allí, en medio del despacho presidencial, le parecía una extravagancia poco menos que intolerable. Pero sabía que los cubanos eran muy amigos de la santería y de todas esas pendejadas, y no le quedaba más remedio que acostumbrarse a su mirada de ojos resecos.

Gardner elude la expresión hierática de la grulla y se dedica a estudiar el gesto del Mulato, fijamente, los ojos achicándose, burujones de sangre estancándose en su piel, fina como el pergamino. El rostro de un cadáver. Gardner podía tener mucho dinero, pero seguro que desconocía uno de los episodios señeros de la biografía del gran Fulgencio Batista Zaldívar, no, ni siquiera eso, uno de los capítulos medulares de la biografía accidentada de la isla con forma de caimán. Muchos habrían tirado ese recorte de periódico, pero no él, porque los papeles son el mejor antídoto contra el olvido, ese mal que parecía ahora recorrer la República. El Mulato no sólo lo había guardado, sino que incluso lo resguardó de la acción del comején, y decidió embalsamar aquel artículo para colgarlo en su despacho de la finca Kuquine. Saludo a Batista. Palabras de Pablo Neruda en la Universidad de Chile.

El Mulato no necesitó subrayar ningún pasaje escrito por el poeta, porque todo el texto contenía tanta belleza como verdad. Lo llamaba Capitán de las Islas, salido como la fiebre o la greda de las raíces populares, pueblo él mismo, al Mulato no le hacía falta tener delante el artículo, lo sabía de memoria, esa memoria prodigiosa, entrenada en almacenar frases y frases inmortales, como aquellas que había engendrado, con palabras esculpidas, con paciencia de ebanista, el poeta Pablo Neruda, y no puede reprimir su incredulidad al escuchar de nuevo lo que dice el embajador norteamericano, estamos preocupados, muy preocupados diría, por los comunistas, esa plaga que hay que fumigar inmediatamente antes de que nos coma, el Mulato sorprendido por el extraño giro que ha dado todo, rebelándose contra la ingratitud, él que incluyó a Juan Marinello y a Carlos Rafael Rodríguez en su gobierno, el gran escritor multiforme, escribe Neruda, Batista ha comprendido mejor que muchos demagogos el papel de los intelectuales, añadía el poeta.

Sí, el artículo del diario *Siglo* publicado el 27 de noviembre de 1944 tiene para él la fragancia de la tinta fresca que aún mancha sus dedos. Y así tiene que ser, porque sólo ha pasado poco más de una década. Y muchos pretenden que pertenezca a la misma prehistoria de la nación ¡carajo!

Gardner aprecia las pupilas del Mulato, perdidas en un punto de fuga. Pero es falso, porque el sargento no ha huido del presente. Sólo le ha incorporado un episodio que parece actual.

—Nuestro gobierno está sumamente preocupado por la infiltración comunista que pueda haber en los grupos revolucionarios.

El Mulato reacciona, se dispone a articular un discurso sólido, pero no sabe si lo conseguirá.

—De momento, ya hemos roto relaciones diplomáticas con Rusia —dice, sacando un chento que no termina de sorprender al embajador.

—Sólo faltaba que estuvieran de viaje de novios con Rusia. Mi país considera que no es suficiente...

—Nuestra policía actúa con determinación, sofocando todos los focos subversivos. Le daré una muestra: hace muy poco hemos asaltado los talleres del diario *Hoy*, y luego lo hemos cerrado —argumentó el Mulato.

—La idea se la di yo, sargento. ¿Se acuerda cuando le insinué si algún redactor del diario podía tener relación con el asalto al cuartel Moncada?

—Sí, lo recuerdo ahora perfectamente. Eliminamos esa fuente de propaganda subversiva.

Gardner se levanta bruscamente. Nada de sus gestos, los dedos convertidos en garras, las falanges tensadas, tamborileando la frente como para atraer una idea, guarda relación con los movimientos despreocupados que lo distinguían, como de turista ocioso. Incluso es capaz a veces de entrar en el Palacio sin chaqueta. En mangas de camisa. Y eso que el Mulato exige que todo el mundo entre con chaqueta. Pero el embajador hace lo que le sale de las narices. Sobre todo, esa mañana.

El Mulato ha dejado los naipes sobre el tapete. Sabe que son cartas malas. Que lo siguiente que sacará será un tres negro.

—Veo que usted no se da cuenta del alcance de la situación. Mire, presidente, Cuba está a noventa millas del país al que represento. Noventa millas, en el mapa, apenas tiene el grosor de una uña mía. Y la CIA ha detectado que los comunistas se están reproduciendo con la misma velocidad que los conejos. ¿Y sabe desde cuándo empecé a preocuparme?

—¿Desde qué momento?

—Desde que me contaron que en un mitin en Santiago de Cuba, un mitin del ex presidente Grau, se acabaron oyendo gritos de ¡Fidel, Fidel!

—Fidel es antes un loco que un comunista. Sólo un revolucionario con ganas de portadas —se apresuró a aclarar el Mulato, sin querer que nadie le replicara.

Pero encontró réplica. Y una de las peores. Definitivamente, el embajadorcito Gardner no había venido esa mañana a bromear:

—Lo peor de todo esto es que no nos movemos con sospechas, con conjeturas. El problema es que hemos alcanzado evidencias. ¿Le parece casual que Fidel entrara en Cuba procedente de México?

—¿A dónde me quiere llevar, embajador?

—Ahora lo verá. Repito ¿le parece casual?

El Mulato dudó apenas dos segundos.

—Responde por usted. No es casual. México es el país en el que los comunistas tienen establecido su Estado Mayor —Gardner sacó de un bolsillo del pantalón un papelito, a modo de chuleta—. En el número 26 de la Avenida Morelos, en la Ciudad de México, está situado el llamado Ateneo Español. Aparentemente es sólo un club social que sirve para que los miles de refugiados republicados españoles se dediquen a alimentar la nostalgia y a insultar a Franco. Pero eso es sólo apariencia. Además, el Ateneo es la unidad principal de conspiración del Komitern en el Caribe. Es una bolsa de actividades y propaganda de toda la cadena de fuerzas aliadas comunistas en esta área. En definitiva, es el mayor centro de enlace entre la Revolución del Caribe y el Comunismo Internacional. Republicanos españoles, guatemaltecos, dominicanos, venezolanos, nicaragüenses, peruanos… celebran conferencias inter-

minables. Aquí coordinan la ofensiva contra lo que ellos
denominan el imperialismo yanqui, y contra todos los amigos
y aliados de Estados Unidos. ¿Usted cree que de veras que Fidel pondría la misma cara de sorpresa que usted en este momento, si le hablo del Ateneo Español de México?

—¿Usted cree que debo preocuparme por las tonterías
en las que invierten el tiempo un grupito de republicanos ocio-
sos? Aquí tengo cosas más importantes.

—Esta lo es. Créalo —insistió Gardner, sin soltar el juego de cartas.

—Mire —y aquí el Mulato quiso recuperar el control de
la situación, porque el comportamiento de ese embajador al
que siempre ganaba a la canasta le parecía, cuanto menos, in-
solente. Además, también había entrado al Palacio en mangas
de camisa—. Las pasadas navidades todas las radios y televisiones de este país anunciaron el aterrizaje en el Gran Stadium
donde juega el Almendares de un platillo volador. Allá que
mandamos policías, bomberos y demás fuerzas de orden público. Y efectivamente, cuando llegamos allí, nos encontramos
con un disco de color plateado que había aterrizado justo en
medio del estadio, y que estaba siendo rodeado por una mu-
chedumbre de conciudadanos que habían acudido allí impul-
sados por el miedo o la curiosidad. Y cuando por fin se abre la
escotilla de aquel extraño objeto metálico de grandes proporciones, en vez de aparecer hombrecillos de color verde vestidos con trajes de azul eléctrico, sorprende a toda esa turba de
gente la aparición de la mismísima Rita Hayworth enfundada
en un vestido copiado del que utilizaba en la película esa en la
que le daban un guantazo.

Sí, el Mulato recuerda perfectamente el episodio, con la
misma nitidez que el cha cha chá que empezó a sonar aquella
misma tarde:

Los marcianos llegaron ya
y llegaron bailando ricachá
ricachá, ricachá, ricachá
así llaman en Marte el cha cha chá
de un platillo volador, todos bajaron bailando,
uno gozaba rascando un güiro televisor
los marcianos llegaron ya...

—Simplemente fue una broma, una inocentada del 28 de diciembre. Pero todos creyeron realmente que llegaban los marcianos. Igual ocurre con Fidel. Todos piensan que un día de estos aparecerá para posarse en medio del estadio nacional. Como puede ver, otra inocentada. No podemos dejarnos engañar como niños bobos —concluyó el Mulato.

—Desconozco el pelaje de Fidel, si le gustan las películas de marcianos o las de terror. Si gasta bromas el día de los santos inocentes, o no. Sólo me fío de las evidencias. Las evidencias dicen que el tal Fidel se dedica a escribir su símbolo del Veintiséis en la piel de algunos infelices. Y no hace precisamente con pluma, sino con un hierro quemado. A usted le puede parecer normal, pero a Estados Unidos, no. No hablo de indicios, sino de evidencias. Las que dicen que usted tiene delante a los comunistas. Y lo peor, en otra trinchera.

—Sí, a los comunistas, a los estudiantes, a Prío, a Trujillo... ¿Sabe lo que se ha atrevido a decir nada más y nada menos que en la primera cadena de televisión, la CMQ, el ex presidente Carlitos Prío? Llegó a reconocer hace un par de noches que se había gastado más de cinco millones de pesos en enviar armas a Cuba para ¡la revolución! ¡Esto es inaudito! ¡Lo primero que debiera hacer si ese play boy aventurero vuelve a pisar tierra cubana es procesarlo! Todos conspiran contra mí. Esa es la forma deportiva que tienen de aceptar mi éxito

rotundo en las elecciones de 1954. Quizá deba recordarle a
usted, amigo Gardner, que cuando accedí al cargo de jefe del
Estado Mayor, en 1933, cuando logramos darle una botá a Gerardo Machado, lo primero que hice fue expulsar a los comités
comunistas que habían ocupado los ingenios azucareros. Fueron expulsados de sus bateyes. Recuerdo como los comunistas
lanzaron una de sus armas más peligrosas, la consigna, poniendo en mi boca una frase que jamás dije: habrá zafra o habrá
sangre. Hemos estado pendientes de todo lo que ocurría, incluso de la Universidad. Allí, le debo informar, el Partido Comunista se cobijó bajo la bandera de la denominada Ala Izquierda Estudiantil. Se atrevieron a hacer una depuración
profesoral, a base de expedientes incoados a profesores que
no se entregaron a la doctrina izquierdista. Por eso, hace un
año ya legislamos en materia de libros de texto para detener la
infiltración de las ideas comunistas. Mi lucha contra el comunismo no es nueva. La inicié a la par que ustedes. Ahora mi
gobierno está trabajando intensamente para eliminar la pobreza y el desempleo, dos elementos que siempre explotan los
comunistas. Y estamos haciendo todo lo posible para que se
adentren en nuestras instituciones democráticas. Yo mismo
sanciono el despido de todos los trabajadores de los que ten-
gamos constancia fehaciente de que son comunistas, de acuerdo con un decreto que redacté y firmé. Oponemos a la conjura
del comunismo chino-soviético las armas de la Constitución y
las leyes.

    —Hay males que no pueden combatir las leyes... No
podemos flaquear ante los enemigos de la libertad —insiste
Gardner, recuperando las trece cartas que había dejado sobre
la mesa. Ahora las mira, evaluando sus posibilidades.

    —¿Me dice usted eso a mí? A mí, que tuve que soportar
en plena guerra que desde Radio Berlín me amenazaran con

bombardear nuestras costas. Amigo Batista, recuerdo que usted vive a pocos metros de la orilla, decía el locutor. Yo, Fulgencio Batista Zaldívar, fui uno de los primeros en colocarme al lado de los aliados. Fui un copartícipe real, un verdadero jugador en el equipo de los aliados para buscar la victoria democrática, que al final, como no podía ser de otra manera, nos sonrió. Nunca me temblará el pulso ante un enemigo de la libertad, señor embajador.

Gardner hizo un gesto de aburrimiento, como si aquella historia que le estaba contando el Mulato perteneciera a un pasado remotísimo, o la hubiera escuchado de sus labios mil veces. El Mulato lo advirtió y desplegó nuevos argumentos. No iba a permitir que aquel tipo de rostro congestionado restara valor a sus esfuerzos por evitar los progresos del Eje.

—¿Acaso usted no recuerda el caso Luning? Yo mismo, con esta mano que es capaz de acariciar amorosamente esta grulla, tuve que firmar su sentencia de muerte.

Sí, todos conocían el episodio, y Gardner debía también recordarlo, salvo que se hubiera pasado toda la segunda guerra mundial en un lejano planeta. Augusto Luning pasaba en La Habana por ser un vecino apasionado por la ornitología. En su apartamento de la Habana Vieja acumulaba jaulas y jaulas ocupadas por canarios cantores que exhibían día y noche sus facultades, a pleno pulmón. Pero aparte de ocuparse de que los comederos de alpiste los tuvieran siempre llenos, Augusto Luning, hondureño, según decía su pasaporte, dedicaba su tiempo a otras actividades. Las sospechas empezaron a crecer. Ya se sabe que no hay tarea tan grata para un vecino como rascabuchear. Y al final, la policía le cayó encima al propietario de quizá el cincuenta por ciento de todos los canarios que habría en la isla. Los tenía siempre felices y contentos, dale que te dale con la candanga, pio pio pio, con un trinar bullanguero que ahogaba el sonido del aparato transmisor y receptor clandestino de radio de onda corta que utilizaba para comunicarse con los alemanes, que lo habían mandado allá a La Habana con cinco mil dólares en el bolsillo, para que jamás le faltara alpiste a los canarios. Y Augusto Luning cumplió su función escrupulosamente. Enviaba informes al gobierno alemán sobre el movimiento marítimo en los puertos cubanos. Su trabajo fue ejemplar. Desde el comienzo de la guerra, varios buques aliados habían sido ya hundidos por submarinos alemanes en la jurisdicción marítima de Cuba, o en las aguas vecinas. La paz del Hemisferio Occidental estaba claramente en peligro. El Mulato recordó ahora sus dudas, sus contradicciones… Se veía en la tesitura de tener que firmar la muerte de una persona, de un hijo de puta, sin duda, pero de una persona, en definitiva. Al Mulato le acuden a la mente otros argumentos que manejó en su momento, cuando evaluaba la conveniencia o no de eliminar a aquel individuo. Los submarinos nazis le habían cogido gusto al torpedeo indiscriminado de barcos que iban cargados de azúcar. De esta forma, saboteaban todos sus esfuerzos para sacarlo del país, de exportarlo. Producimos en Cuba el azúcar más inteligente del mundo, pero jamás hemos logrado enseñarle a nadar, recuerda que era una de las frases ingeniosas que repetía a sus interlocutores al abordar el problema azucarero. Y ahora que había conseguido establecer unos contratos de compra-venta ventajosos con Estados Unidos, los comemierdas de los alemanes hacían que los sacos llenos de azúcar reventaran ante el acoso de los torpedos. Cuba vendió a los norteamericanos casi toda su zafra azucarera, a un precio de risa, dos con sesenta y cinco centavos la libra de azúcar, porque hacía falta, igual que la miel, para fabricar alcohol destinado a la producción de explosivos o caucho sintético. El mundo estaba en guerra, y no se podía vacilar.

¡Y ahí estaba Cuba! ¡Ahí estaba el gran presidente de la República! Ya en septiembre del cuarenta y dos, había firmado un convenio secreto de cooperación militar y naval con los americanos. Y los cabrones de los alemanes destruían nuestro propio azúcar. No podía permitir eso. Era más que una razón puramente mercantil. Estaba en juego la subsistencia de muchos cubanos que pasaban todo el día encerrados en el cañaveral. No, no sólo había razones políticas. También económicas. No podía tolerar que mi pueblo pasara hambre, que se quedara sin azúcar. No tuvo más remedio. Era un acto inevitable, se dijo, por si acaso la conciencia se preparaba para tenderle una trampa.

—Siempre he tenido una memoria prodigiosa —repuso el embajador norteamericano— y recuerdo que el caso Luning sirvió, entre otras cosas, para que nuestro gobierno entrara en colaboración con el suyo, para que pudieran aprovechar nuestra amplia experiencia en este tipo de conflagraciones.

—En efecto, fui yo mismo el que invité a los servicios de inteligencia de su país para llevar a cabo un plan de cooperación. Debíamos poner en marcha un sistema de contraespionaje en Cuba para abordar de manera efectiva la terrible amenaza que se cernía sobre el Hemisferio Occidental. La conexión Roma-Tokio-Berlín podía ser muy peligrosa, y así lo hice notar. Incluso, en la reciente reunión de presidentes en Panamá, he insistido en las dificultades que entrañaría la penetración de las ideas marxistas-leninistas.

Y el Mulato, antes de dar tiempo al embajador a la réplica, abrió con rapidez una gaveta de su buró y le colocó delante un artículo publicado en el *Diario de la Marina*. Un columnista dedicaba elogios encendidos a la exposición del Mulato ante el resto de presidentes: «El General Batista ha conquistado un gran triunfo, que no pertenece a él, sino a Cuba». Y sí, el Mulato recordaba vívidas cada una de las palabras que había pronunciado en aquel brillante discurso. Cuba siente que hoy, más que ningún otro periodo histórico reciente, existe la necesidad de cooperación entre los países de la América debido a la amenaza constante del comunismo. Debemos poner en marcha un plan bien organizado, internacionalmente coordinado, para combatir el comunismo...

El Mulato le señaló con los dedos al embajador varios pasajes de aquel artículo de opinión.

—No podemos combatir el comunismo con recortes de prensa —objetó el embajador.

El Mulato estaba haciendo auténticos esfuerzos para dominar la ira que lo iba ganando. Y atacó con nuevos argumentos.

—¿Conoce usted la Doctrina Batista?

El embajador Gardner hizo un gesto negativo.

—No está suficientemente informado, embajador. Fue expuesta precisamente en esa reunión de presidentes. Por mí. Nikita Kruschev, en persona, ha advertido recientemente que el comunismo internacional no tiene intenciones de abandonar las prédicas de Marx, Engels y Lenin, y que la Rusia soviética jamás abandonará la lucha en pro del triunfo comunista. Y tampoco nadie, en Moscú, ha querido explicar por qué la Rusia soviética, mientras habla de paz y de buena voluntad, fabrica a ritmo acelerado la maquinaria bélica más grande que el mundo jamás ha contemplado. No debemos fiarnos de la táctica blanca aparentemente adoptada por Moscú. Hablan de paz, de buena voluntad. Nos intentan confundir atacando a Stalin, el mismo al que jaleaban antes de ayer. Usan de nuevo un disfraz. Y poco a poco, se van infiltrando, se van metiendo en nuestro cuerpo, como un virus que actúa, sin que nos demos cuenta, hasta tumbarnos. No, no podemos aflojar ante la amenaza comunista. Ese es el punto medular de la doctrina

Batista —y el Mulato se permitió repantigarse en el sofá, con la satisfacción de haberse guardado un as en la manga. Aún estaba a tiempo de gritarle al embajador ¡canasta!

Pero Gardner no se rendía.

—Exactamente. Veo que empieza a entender el alcance de nuestra colaboración. Agentes del FBI y del Servicio de Inteligencia Militar y Naval de los Estados Unidos llegaron aquí a Cuba para realizar sus propias pesquisas, e instruir a los miembros de los cuerpos de investigación de su país. E incluso muchos cubanos fueron enviados a Washington a los efectos de recibir cursillos sobre los métodos más avanzados y modernos en materia de contraespionaje —dijo, casi de carrerilla, como si llevara la lección aprendida desde casa, el embajador Gardner.

Sí, todo aquello permanecía en pie en la memoria prodigiosa del Mulato, capaz de rescatar de los desvanes en los que quedan arrumbados los cachivaches más estrambóticos que va dejando la Historia, cualquier minucia, cualquier bagatela irrelevante. Así pensaba el Mulato, que en un ejercicio de clarividencia, justo cinco días antes del ataque japonés a Pearl Harbor, intentó convencer al Congreso de Cuba para que declarara un estado de emergencia nacional que exigiría la concesión de poderes excepcionales al Ejecutivo para la defensa del territorio nacional. Sin embargo, algunos congresistas, meros estorbos, desprovistos de cualquier asomo de inteligencia, tipos que jamás merecieron pisar el Capitolio, se opusieron, alegando que esa amplísima autoridad de que se investiría al Presidente de la República lo convertiría virtualmente en un dictador. ¡Cuánta necedad! Era como si de pronto, un manto espesamente negro se hubiera posado sobre la memoria, sobre la historia. La suerte de Cuba, y esa fue la argumentación principal que lanzó el Mulato para defender su alegato, estaba indisolublemente vinculada por tradición y convenios ineludibles, a la de Estados Unidos. Pese a todos los obstáculos, se salió con la suya. Los aliados vencieron. Ganó la democracia.

El Mulato se levanta de su sillón, y recorre el despacho con largas zancadas, como si estuviera midiendo cuánto medía, multiplicando el largo por el ancho. Gardner observa su inquietud.

—Señor Batista, la guerra terminó. Pero el mundo está amenazado por una plaga que quiere destruirlo. Enfrentamos un nuevo problema que gana en magnitud día a día. Una plaga terrible… Los conejos andan sueltos por el campo. Y cada vez hay más.

—Estamos poniendo cepos —reacciona el Mulato.

—A veces hace falta algo más sofisticado que un cepo para cazar a un conejo. Usted sabe que le profeso un afecto y consideración especiales, pero se requieren otras medidas que ya ha puesto en marcha mi país con éxito en otros casos similares —y aquí el embajador extiende sobre la mesa siete cartas, las siete con el mismo valor. Siete ochos. ¡Canasta!, grita.

Un silencio largo se abre en el despacho del Mulato. Durante unos segundos perdura la vibración de la voz aguda del embajador celebrando la canasta. Hasta que se olvida por un momento de las cartas y retoma sus argumentaciones.

—Me gustaría escuchar de sus labios que no tiene ninguna duda de que nuestro verdadero enemigo es el comunismo, son los comunistas. Ya sé que me ha explicado eso de la Doctrina Batista. Su odio a los comunistas. Pero usted los tuvo en su gobierno…

Aquel comepingas se estaba pasando de la raya, juzga el Mulato, al que el tono de la conversación le gusta incluso menos que las cartas que está evaluando en este momento. Opta por coger un naipe más. Quiere contraatacar.

—De todo eso hace demasiado tiempo. Tanto como para que las cosas hayan cambiado de forma significativa. Pero no el suficiente para que haya olvidado, señor Gardner —el Mulato ha abierto las manos. Los dedos de la mano derecha hacen conexión con los de la izquierda. Las cartas reposan boca abajo—. Inicialmente los comunistas formaron la Unión Revolucionaria, y esa organización se sometió a la Convención Constituyente que daría el brillante texto de 1940. Después se unieron a la Coalición Socialista Democrática, que apoyó nuestra plataforma electoral. Eso es tan cierto como que concedimos a los comunistas un cargo simbólico, un cargo de ministro sin cartera. Me tengo por una persona hábil. Poco después de que triunfara la gloriosa Revolución de los Sargentos hubo algunos brotes de la dictadura del proletariado. Hubo algún detenido, nada más. Pero los comunistas dijeron que se habían producido muertes. No era el momento de enfrentarse a ellos, sino de cooperar. Además, estábamos al borde la segunda guerra mundial y de la alianza con la URSS, todos unidos para luchar contra los frentes fascistas. Por eso conté con ellos. Les di unas sinecuras para calmar a los camaradas. Luego las cosas cambiaron. Y que cuando se produjo el pacto de Stalin y Hitler ellos gritaron aquello de «Cuba fuera de la guerra imperialista», consigna que fue duramente reprimida por nuestro gobierno, que fue el primero del hemisferio, insisto en ello, que declaró la guerra a las potencias del Eje. Desde hace muchos años, señor Gardner —y el Mulato engola la voz, la hace más poderosa, queriendo imponer con ella su autoridad— es incompatible militar en el ilegal partido comunista y ocupar cargos directivos en los sindicatos, o trabajar en los servicios públicos. El PSP es el partido que agrupa a todos esos comunistas. Pues bien, está ilegalizado desde hace cuatro años. Además, añadiré —y aquí el Mulato miró cara a cara a

Gardner, sin pestañear, con una seriedad que el embajador jamás había conocido— honestamente creo que la mejor forma
de combatir el comunismo, el arma más poderosa para derri-
barlo es ofrecer bienestar al pueblo. Así lo dije en Panamá.
Eso también forma parte de la doctrina Batista. Bajo mi gobierno, Cuba ha alcanzado a tener un auto por cada veintiocho habitantes; un televisor por cada dieciocho; un teléfono
por cada veintiocho, y cada cubano ingiere casi tres mil calo-
rías diarias, es decir, el tercer lugar en toda América Latina.
No querría que se despreciaran por su administración esos datos que yo opongo a la amenaza del comunismo…

—El comunismo utiliza muchos disfraces. Y mi gobierno tiene razonables dudas sobre su capacidad para distinguirlos —ataca de nuevo el embajador Gardner.

El Mulato abre la vitrina en la que reposaban varias botellas de distintos licores, sin escoger ninguno, simplemente
tanteándolos, como para ganar el tiempo que le permitiera una
réplica. No, no podía dejarse ganar por aquel tipo paliducho
al que siempre humillaba en el juego de la canasta y que ese día
parecía buscar una venganza global, una indemnización por
tantas derrotas encadenadas. Es posible que el viejo Tabernilla
no fuera demasiado astuto, pero era muy trabajador; es posible que Orlando Piedra no constituyera un ejemplo de sabiduría, pero torturaba mejor que nadie. No podían cuestionar la
labor de esos fantásticos profesionales que tenía a su alrededor. No lo iba a permitir.

Se aclara la voz.

—Transmítale a su amigo, a mi amigo también, John Dulles, que no se preocupe. No quedará ni un conejo vivo —dice,
como para dar por zanjada una conversación que lo estaba in-
comodando, llevándolo a un terreno inestable. Pone encima
de la mesa los dos cuatros que tiene.

—Claro que no quedará ni un conejo vivo —añadió Gardner, los dedos por fin abandonando su golpeteo sobre la frente, en la otra mano los naipes—. La CIA les va a ayudar.

—¿Cómo?

—Con un instrumento tan avanzado que hasta ya lo hemos bautizado: el Buró de Represión de Actividades Comunistas.

—Mire, embajador. Para combatir el terrorismo comunista que se ha asentado en nuestro país, nos hacen falta armas. No ingenieros graduados en Yale. Si quiere algún mensaje para transmitir a su gobierno, ahí lo tiene —y el Mulato sabe lo que tiene que hacer. Va a descartar el tres de trébol, que es un tapón, los cuatros no, porque son dos y le pueden servir para cuando haya abierto el juego con cincuenta para seguir recogiendo el mazo.

—Nuestro invento ya está probado. Y funciona. Y aquí en Cuba, nosotros los norteamericanos, haremos que funcione mejor en cualquier otro sitio. No desprecie nuestra colaboración. La prestamos con la misma solidaridad que mostramos en el 42. No se crea autosuficiente para frenar la infiltración comunista. El problema es más grave de lo que a usted le pueda parecer —es la única respuesta de Gardner, sin abandonar el tono serio con el que ese día estaba dirigiéndose al presidente de la República.

El Mulato le da la espalda al embajador. Buró de Represión de Actividades Comunistas. De nuevo estudia los pros y las contras de agarrar alguna de las botellas que se alinean en la vitrina. Le falta decisión esa mañana, tanto para elegir el alcohol que se va a echar al gaznate como para sacar una carta u otra. Lo sentía por Pablo Neruda. Era un gran poeta, pero él no podía dejar de ser un gran estadista, porque los comunistas querían convertirlo en un comemierda. O en menos que eso,

en carne *pa'las* tiñosas. Es posible que aquel artículo laudato-
rio, en efecto, fuera demasiado viejo. Apenas una hoja amari-
lla. Lamentó que esos adjetivos tan lindos que le había dedicado fueran también barridos por una escoba que él ya no podía
manejar. Y se preguntó qué extraña pirueta había dado la nación, permitiendo que sus antiguos socios, los comunistas, los
conejos, le obligaran a sacar las escopetas para eliminarlos sin
piedad. Y encima, el pelota de Gardner no sólo insinuaba,
sino que lo acusaba directamente de no ser capaz de acabar
con ellos. Ponía en tela de juicio abiertamente la competencia
de las fuerzas de seguridad cubanas. Se juró no reproducirle
los detalles de la conversación ni a Tabernilla ni a Orlando Piedra.

        —Nunca subestime a nadie. Ni siquiera al rival más flo-
jo. Y no olvide que guardando bien la viña, no hay riesgo de
que otro se coma las uvas —le aconseja Gardner, antes cerrar
una canasta limpia, sin necesidad de comodín. Ya ha conseguido los cinco mil puntos que necesitaba. Le hace el signo de la
victoria con dos dedos de la mano derecha.

        Al Mulato le queda como una gravilla empantanada en
el paladar, pensando que el embajador también le hacía trampas en el juego de la canasta.

        ¡El Gardner este era un descarao!

La nota estaba escrita con una letra pulcra, de amanuense. «Tu
nombre será el próximo en aparecer en *Libertad*. Te lo has ganado». Iba dentro de un sobre color rosa, el que se utiliza habitualmente para las cartas de amor y las declaraciones efusi-
vas. Pero a Menoyo no le llegó el aroma de un perfume de
mujer, sino el olor a pescado muerto. El olor característico del
peligro.

«Tu nombre será el próximo en aparecer en *Libertad*. Te lo has ganado» —leyó en voz alta, toda la asamblea reunida en la habitación de «La venida», la vieja contando los pesos recaudados ese día, viendo más cerca el día de poder comprarse el televisor en color.

—*Libertad* es el periódico ese de Santiago de Cuba ¿no? —preguntó Machado.

—Exacto —respondió el Bizco Cubelas.

Así era. *Libertad,* con una tirada y periodicidad variables, se vendía en Santiago de Cuba. Era un periódico, desdeñoso de la pulcritud en sus páginas de sociedad, y sin embargo, de un rigor implacable en las esquelas. No tenía más: fotos de artistas mostrando sus sonrisas perennes o sus pechos opulentos a los fotógrafos y una lista corta pero selecta de nombres recogidos en una esquela. Con la particularidad de que eran nombres de personas vivas, que al poco tiempo merecían todos los honores de figurar en esquelas reales. Lo curioso es que todos tenían un punto en común: no eran invitados a ninguna fiesta que diera el Mulato.

Menoyo estaba ahí. Las letras mayúsculas, de un cuerpo considerable, estaban rodeadas por un círculo rojo, añadidura que alguien se había tomado la molestia de hacer, para que nadie tuviera dudas.

Quien había hecho aquello era un tipo detallista.

Sólo le faltó perfumar el sobre.

—Basura, pura basura —diagnosticó el Bizco Cubelas, alejando la nota, con un manotazo.

—¿Sabéis quién está detrás de este periódico? —preguntó Machadito, sin dejar espacio siquiera para una posible respuesta—. Los tigres de Masferrer.

—¿Rolando Masferrer? ¿El cojo?

—Eso es. El pistolero de Masferrer.

—¿Quiénes le acompañan? —pregunta Menoyo, que seguía agarrando la nota, intentando buscar en la caligrafía cuidada las posibilidades que tenían, fueran quienes fuera, de cumplir su amenaza de muerte. ¿Es posible que Masferrer le hubiera preparado a él, precisamente a él, aquello? ¿Dónde quedaban aquellos tiempos en los que tuvieron que pelear los dos en el bando republicano? ¿Acaso Masferrer no se había quedado cojo en la defensa de Madrid? Menoyo también había tenido que luchar contra los nacionales. Hasta que todo se perdió. Por eso acudió al puerto de Alicante. Allí pudo encontrarse perfectamente con Masferrer, embarcarse con él en el Stanbrook. No lo hizo. Pero también había escapado de la dictadura de Franco. Ahora estaba en Cuba. Dispuesto a matarlo.

Menoyo cada vez entendía menos cosas.

Quizá matando al Mulato empezaría a entender algo.

—¿Quiénes le acompañan? —insistió.

—Al principio eran unos pocos con ganas de quilombo. Guapos, muy guapos, pero carentes de orden. Una concentración de egos, que se apuntaban unos a otros a la mínima oportunidad. Fidel estuvo con ellos —responde el gordo Manzanita.

—¿Fidel? —exclamaron todos al unísono, como si Orlando Piedra hubiera dicho que condenaba el método de la tortura.

—De eso presume Rolando Masferrer, al menos. Y de que le arreó un galletazo preparando la expedición de Cayo Confites para botar de la República Dominicana, a Trujillo. Eso le sirvió para ganarse un liderazgo que nadie discute ahora. Ha impuesto disciplina donde antes había caos. Ahora, simplemente, son un grupo paramilitar —sentenció Machadito.

—Al servicio del Mulato —añadió el gordo Manzanita.

Rolando Masferrer no leía otra cosa que las instrucciones de uso de las armas que recibía, intentando siempre estar a la última. Rolando Masferrer mataba con más rapidez con un infarto de miocardio. Estaba cojo después de un mal día en Majadahonda. Participó en la guerra civil española, pero en la defensa de Madrid las cosas no le salieron como él pensaba, pese al no pasarán y todo eso. Primero había estado con los comunistas. Luego contra ellos. Ahora andaba por La Habana, luciendo sus espejuelos y pegando tiros.

Así era Rolando Masferrer, líder de los Tigres. Un pistolero profesional. Un matón de alquiler.

Que disparara a Menoyo o al Mulato era sólo cuestión de la cantidad de pesos que le pusieran delante. O de la dirección del viento. Cuando el golpe de Estado del diez de marzo, le faltó tiempo para ir a la Universidad a salvarle el culo a Carlitos Prío; cuando llegó allí y vio que no había ni un maldito machete, les dijo a los estudiantes chao chao, y viró, encaminándose a toda prisa al Campamento Columbia, a presentarle sus respetos al Mulato.

—¿Y si Masferrer le tiene tanto odio a Fidel, después de aquello de Cayo Confites, por qué no va a buscarlo a la Sierra?

—Porque el Mulato no le ha dado la orden —responde el gordo Manzanita—. Para el Mulato, Fidel es sólo un aventurero que tiene el mismo peligro que un peluche. Si os dais cuenta, todo el aparato represivo se concentra en La Habana. Le da igual lo que pasa fuera de la capital. Para él, la revolución sólo existe en La Habana. Fuera sólo hay espacio para las aventuras inofensivas.

—¿Y eso qué quiere decir?

—Que el Mulato piensa igual que nosotros. Que todo se cocina aquí. Y por eso nos ataca, porque nos cree peligrosos —y la voz de Manzanita se hizo vehemente.

—¿Por qué se obsesiona Fidel en iniciar la acción en Oriente? —insistió el Bizco Cubelas.

—Porque, según me dijo en México, no sólo hay motivos estratégicos, de mayor conocimiento de la zona, sino incluso históricos. En Oriente arranca el movimiento insurreccional para lograr la independencia. No os engañéis. Yo todavía tengo la esperanza de que Fidel no haya sustituido a Martí por Lenin, aunque esté rodeado de algún bolchevique, como ya pude comprobar en México —aclaró el gordo Manzanita.

—¿Y qué papel juega en todo esto el embajador norteamericano? —preguntó Machadito, queriendo orientar la conversación hacia otro ángulo.

—¿Por qué lo preguntas? Todo el mundo sabe que el gobierno de los Estados Unidos sólo tardó unas horas en reconocer al Mulato, antes siquiera que amaneciera, tras el madrugonazo —intervino el Bizco Cubelas.

Machadito hundió la mano en el bolsillo derecho del pantalón. Sacó algo. Era un papel, tan fino que se convertía en transparente. Machadito lo desplegó con sumo cuidado, como si se fuera a desmigajar de un momento a otro.

—Mirad —les advirtió Machadito, consultando las cuatro notas garrapateadas en el papel, unos hilos de tinta que parecían diluirse por momentos—. Desde 1909 hay un acuerdo entre el Estado Cubano y la Cuban Telephone Company, empresa subsidiaria de la ITT. Pues bien, según me cuenta un periodista del diario *Hoy*, de esos que a lo mejor algún día aparecen en el fondo del río Almendares, esa concesión ha sido revocada, y la ha sustituido otra, con diferentes condiciones. Por ejemplo, la ITT ya no tiene que aportar el cuatro por ciento de sus ingresos brutos al tesoro, y está exento de abonar tributos provinciales y municipales.

—¿Sorprendido acaso? —lo atajó el gordo Manzanita—. ¿Acaso no sabemos —prosiguió— las ventajas que tienen ciudadanos norteamericanos de pasado tan intachable como

Meyer Lansky o Santos Trafficante? Estos gánsteres no pagan ni siquiera el importe de la licencia, veinticinco mil dólares exactamente, para levantar sus hoteles. La palabra impuesto les suena tan rara como perdón, o compasión. ¿No vistéis el reportaje que sacaba *Bohemia* la semana pasada? Lo titulaba «Juego, turismo y tahurismo»... Y estos asesinos se mueven por La Habana como cándidas princesas sacadas de un cuento infantil.

—A lo que voy —prosiguió con su argumentación Machadito— es al papel de Gardner, que actúa más como ejecutivo de la ITT que como embajador. Y mientras todo esto ocurre, el Mulato juega a la canasta con él.

—Juega a la canasta y al tiro al pichón. Cerca del río Almendares apareció el lunes balaceado un joven que había gritado ¡Viva Fidel! al paso de una perseguidora —reflexionó el Bizco Cubelas.

—Lo que está claro es que del aceite de ricino hemos pasado al juego del ahogado, y del juego del ahogado, al tiro al pichón y a dormir en el fondo del Almendares —las palabras del gordo Manzanita tenían un punto de excitación, una urgente necesidad de resultar convincentes. Había ocupado el centro de la asamblea, y su figura, atacada por la luz cernida del único bombillo de la habitación, formaba sombras chinescas sobre la pared. Las sombras se agigantaban.

Menoyo se guarda el recorte del periódico en el que viene su esquela. No, no estaba preocupado. Por nada. A fin de cuentas, ¿quién coño era el Cojo para amenazarlo? ¿Acaso le tenía miedo al Mulato? No, no le tenía miedo absolutamente a nadie. Estaba convencido de que su plan iba a salir bien. Que la Operación Palacio iba a ser un éxito. Y que al Mulato nadie, ni Los Tigres de Masferrer ni nadie, nadie, repite, lo iba a librar de morir acribillado, en su propia madriguera.

Toti tardó unos segundos en entender que la reunión había terminado, el silencio disputándole el vacío de la habitación al humo. Se incorporó. Llevaba la oreja tiznada de cal. Cruzó el pasillo y se despidió de la posadera, agitando la mano derecha. Ella no se dio cuenta de que la tenía manchada de semen reseco.

—¿Qué Trujillo quiere botarme? ¿Qué el comemierda de Chapitas me quiere dar también una patada en el culo?

La persona que tenía delante hizo un vago gesto de asentimiento.

—Pero ¿quién queda que no esté conspirando contra mí?

Pocas veces Tabernilla había visto al presidente tan bravo. El rostro era una máscara de crispación, y no paraba de dar vueltas a la mesa de nogal, al borde del paroxismo.

—Primero los puros y ahora los tanquistas. ¡En vez de gobernar me voy a pasar la vida sofocando traiciones!

Tabernilla no sabía cómo reaccionar. Para él, era una situación nueva. Por un momento llegó a pensar que el Mulato le caería a galletazos, como único modo de aplacar su ira, a él, el único que bajaba al fondo de las alcantarillas y que accedía a los movimientos subterráneos que querían desalojar al Mulato de su puesto. Él, que se untaba mucho más de mierda que Orlando Piedra, la Pomposa.

—Mira el pendejo de Barquín. Yo mismo, por decreto presidencial, lo ascendí a coronel. Primero me hizo la pelota, de una forma tan empalagosa que sólo encuentro en el embajador Gardner, y luego, cuando el pendejo creía que se había ganado mi confianza, empieza a hablar mierda del papel que nos asignará la Historia, y me advierte de que sería muy útil a mi lado. ¡Tan útil como Bruto a Julio César!

La ira del presidente daba la impresión de que se iba perdiendo, aplacándose en cada palabra que soltaba por su boca, pero reaparecía virulentamente, estallando en frases que dejaban una resonancia larga de campana.

—Pues trabajó muy duro en la Plataforma Submarina del Caribe, allá en la República Dominicana. —afirmó, con toda la carga irónica que pudo, Tabernilla.

—¿Y cómo es posible que se llegue a esos límites de ingratitud? Sólo hay dos cosas que no disculpo: a los bobos y a los ingratos.

—Hay muchos oficiales celosos —dejó caer Tabernilla.

—¿Celosos?

—Sí, celosos del papel que usted me está atribuyendo. Por ahí van diciendo que las guarniciones y comandancias militares siempre están en manos de personas afines a mí, e incluso le buscan parentesco conmigo.

—¿Y la envidia les lleva a conspirar?

—Pero no sólo esos oficiales tienen ambiciones militares. También políticas…

El Mulato estaba encajando las noticias con sorpresa. Pero enseguida se dio cuenta de que su vida había sido hasta el momento una constante lucha contra aquellos que lo querían desalojar de sus cargos. El episodio había ocurrido hacía quince años, pero permanecía vivo en su memoria. Los jefes del Ejército, la Marina y la Policía, rodearon el Palacio Presidencial para deponerlo. Desde el segundo piso del Palacio Presidencial advirtió las maniobras muy raras de los buques de la Marina de Guerra, demasiado cerca de la costa. La Policía, animada por aquel coronelito de aspecto fachendoso, Pedraza, se disponía a asaltar el Palacio cargado de armas largas y ametralladoras, dos minutos después de que fuera cañoneado desde el Castillo de la Punta. El Mulato lo tenía bien claro: el

pueblo merecía un gobierno civil en el que el Ejército era el
subordinado y no el poder. Él no era un militarote, sino un
civil al servicio del pueblo. Pero Pedraza tenía otras ideas.
Quería botarlo. El Mulato, una vez más haciendo un despliegue de astucia e inteligencia, se decía siempre él, tuvo la idea
de disfrazarse, oculto en el asiento trasero de un carro, con
una gorra de turista, espejuelos oscuros, camisa de sport con
cuello abierto y un jacket de cuero, la luz de Yara protegiéndo-
lo una vez más, y así, de esa forma, pudo abandonar el Palacio
burlando a sus captores y presentarse en el Campamento Columbia para asumir el mando directo de las fuerzas armadas
como presidente de la República y como Jefe Supremo de todos los cuerpos. Sólo llevaba seis meses en el cargo, y ya querían darle una botá. Ahora la historia no era muy diferente.

—¡Quieren suplantarme! ¡Utilizan cualquier método!

—Le digo esto porque han mantenido contacto con los
ortodoxos.

—¿Los ortodoxos?

—Ajá.

—Con Chibás muerto, los ortodoxos son una cáscara de
huevo rota.

Y por la mente del Mulato cruzó al galope la imagen de
Eduardo Chibás, su piel pálida, sorprendido por su misma estupidez, un tiro a boca de jarro en el estómago, aquella foto
que publicó *Bohemia*, Chibás ni siquiera agonizante, un cadáver, una foto escandalosa, publicada sin el más mínimo sentido
del pudor. ¿Cómo no iban los comunistas a eliminarlo, si hasta
cualquier fotógrafo se colaba en su habitación para tirarle fotos, ya con Chibás camino del cielo, o el infierno, o donde carajo vayan los locos? El Mulato se acarició la barba, donde
pujaban unos pelos duros, recordó la imagen que le había devuelto esa mañana el espejo, los colores vivos de su cara, lindo

pájaro de la madrugá, habían llegado a decirle, y quiso componer mentalmente el gesto de repugnancia que le dejaría la
muerte, la misma sangre que ahora le batía violentamente las
sienes, estancándose para siempre. ¿Así es como había querido verlo Barquín? ¿Se había atrevido también a tirarle unas
fotos para venderlas a *Bohemia*? ¿O debía creerlo? ¿Cómo se
llamaba? Sí, fue un oficial al mando de La Cabaña, que había
prestado un servicio impagable a la patria, revelando los planes golpistas de Barquín, que él y los puros querían meterlo en
un avión y botarlo del país. Eso, si no se les ocurría hacerlo
estallar en pleno vuelo, «Y también me dijo que se había hecho muy amigo de Prío. Carlitos siempre le tuvo consideración. Por eso lo mandó de agregado a Washington. Allí lo
mandó, de representante de Cuba en el Sistema Interamerica-
no de Defensa. Incluso llegó a recibir de los americanos la Legión de Honor. Alguien me ha dicho incluso que lo han llegado a llamar el «Golden Boy de la CIA». ¿Estaría incluso la
CIA detrás del intento de botarlo? ¿Es posible que haya un
grupito también de americanos que me quieran sacar del Palacio? Barquín y los demás (¿quiénes eran los demás? ¿también
americanos?) querían imitarme, cuando tomé el Campamento
Columbia en mi acción triunfal del diez de marzo de 1952.
Pero para el éxito de una operación así, no es suficiente el
arrojo, que a veces algunos interpretan como temeridad, sino
el talento. Por eso Barquín ha acabado en la Isla de Pinos.
En el Reclusorio Nacional para Hombres. El traje de conspirador le quedaba bien. Pero el de reo le queda mejor».

El Mulato recuerda el rostro transfigurado de Barquín,
como si a él lo estuvieran llamando a grandes voces desde el
otro lado. Nada que ver con el brillo de su piel el día que se
atrevió a susurrarle, Excelencia, si cuenta conmigo, la Historia
nos reservará el mejor espacio, tengo planes, y los planes eran

expulsarlo del Palacio, botarlo. Por eso ahora no le extraña que los estudiantes lo hayan incluido en ese documento infecto al que han llamado Pacto de México. Dice ese papelito nauseabundo que el coronel Barquín y otros oficiales presos y destituidos constituyen la más digna representación de nuestro ejército. Buafffg. El Mulato criticó por un momento su tibieza, la credulidad de bobo con la que había encajado la excusa apenas farfullada por Barquín, sólo queríamos meterle en un avión y dejarle sano y salvo en Estados Unidos, y duda de que esas fueran sus intenciones, «No, ni siquiera fuera del país estarían tranquilos, me hubieran hecho desaparecer, no fuera a tener las mismas ideas que Carlitos Prío, a quien su vida de placeres parece que no le da suficientes emociones y se pasa la mitad del tiempo intrigando».

—Dímelo otra vez, Tabernilla.

—Prío y Trujillo han formado un frente contra usted.

—Repite la frase, a ver si así puedo creer lo que oigo.

—Prío y Trujillo han formado un frente contra usted.

Ni por esas. El Mulato conocía de los propósitos malévolos de Prío y Trujillo, pero jamás pudo imaginar que se asociaran. Daba la impresión de que, fuera cual fuera la estirpe, bastaba con odiarlo a él, el perro guardián de la nación, como pegamento para unir piezas que de otro modo jamás podrían guardar relación, para crear compañeros de cama inimaginables.

—¿Un play boy y un asesino asociados? —y podía ser una pregunta, pero más bien era una exclamación incrédula. El Mulato se resistía a creerse esa alianza.

—¿Le suena la Legión del Caribe? —le preguntó Tabernilla, que esa mañana no se sentía avergonzado por las gotazas de sudor que le abrillantaban la calva. No sólo sudaba él. Unas gotas empezaban a culebrearle por el rostro al Mulato.

—Sí. Claro que me suena. Es un asopao que reúne a izquierdistas, demagogos, aventureros y agitadores comunistas, y que tienen por única misión cumplir consignas internacionales afines a las Repúblicas Soviéticas. Y sé que cuentan con el apoyo de Carlitos Prío —respondió el Mulato.

—Eso es. Una organización militar que recibe instrucción del Ejército dominicano, con el propósito de... —y aquí Tabernilla abrió una de las pausas que le deba más valor a la información que iba a transmitir—.

—¿Con el propósito de qué?

—De invadir Cuba.

—¿Invadir Cuba? ¿Es que todo el mundo se ha vuelto loco? Voy a terminar pensando que Chibás era el hombre más cuerdo del mundo.

—Ya en su momento, antes del glorioso diez de marzo, quisieron convertir el Caribe en un hervidero de conspiraciones, y prepararon incluso un ataque coordinado contra el gobierno de Nicaragua.

—Unos buscabullas —apuntó el Mulato.

—Y le diré más. ¿Recuerda a Policarpo Soler?

—Sí, un gánster que era tan valiente que salió echando cuando llegamos el diez de marzo. Ni esperó al día once. El rabito entre las piernas le quedaba mejor que la pistola en la sobaquera —y esa frase le pareció ingeniosa, y por primera vez desde que Tabernilla había aparecido y se había colocado ante el buró presidencial, cargado de noticias sombrías, notó como los músculos de la cara se le aflojaban un poco, y se atrevió a reírse de su propia gracia. Tabernilla lo imitó.

—Pues bien. El tal Policarpo Soler es un hombre de confianza personal de Trujillo. Hasta los funcionarios y oficiales del Ejército lo llaman general.

—Hemos degradado tanto el Ejército que a un vulgar pistolero ya lo llamamos general —reflexionó el Mulato, la sonrisa huyendo de su boca.

—Este Policarpo ha recibido el encargo de Trujillo de organizar a este grupo militar que se prepara en Santo Domingo. ¿A que no sabe quién financia todas estas operaciones?

—Por supuesto, Chapitas.

—Y… ¡Carlitos Prío! Ahí está la pieza que le faltaba al rompecabezas. De hecho, e imagino que esto lo recordará, Carlitos Prío hizo un viaje secreto a Centroamérica para conferenciar con revolucionarios profesionales que tramaban conspiraciones destinadas a derribar diversos gobiernos en el área del Caribe. Es más, antes de que lo botáramos, hacía el doble juego de condenar el comunismo, y al mismo tiempo, lo fomentaba…

—Sí, eso lo conozco de sobra. Igual que todo el mundo sabe que Prío quería dar en el 52 un golpe de Estado. Por eso tuvimos que adelantarnos.

—Ajá. Pero ya en aquel momento, la relación entre Prío y Policarpo Soler era muy estrecha.

—Nunca he tenido dudas de que Prío financió a grupos pandilleros que tenía a su servicio. Los fondos públicos sirvieron para pagar a matones —subrayó el Mulato.

—Eso es. Pero Policarpo Soler sigue vivo. Conspirando, y dispuesto a matar. Todo forma parte de un plan. ¿Sabe usted el nombre que ha recibido?

—Ah ¿también se han tomado la molestia de ponerle un nombre? ¿De bautizarlo?

—El Plan Trujillo —dejó caer el viejo Pancho Tabernilla, como si fuera una bomba nuclear.

El Mulato apreciaba de veras a aquel tipo que sudaba como una pantera, ciego a las sutilezas o a las grandes complejidades del gobierno de la nación, pero capaz de unir puntos aparentemente inconexos, en un trabajo que debía más al esfuerzo de los oficiales colaboradores, topos infiltrados, siempre revolviendo tierra, que a una intuición que estaba lejos de poseer. Tabernilla carecía de talento, pero sabía cómo vender los éxitos que le ponían en bandeja de plata oficiales jóvenes, no contaminados de ambiciones, incapaces de caer en la deslealtad, auténticos profesionales, ajenos a conspiraciones como Barquín, ahora rumiando su fracaso entre rejas. Claro, que Tabernilla no le ofrecía al Mulato todos estos datos a cambio de nada, y era cierto que había creado una red de oficiales con los que guardaba incluso en muchos casos una relación de consanguinidad, es decir, que había colocado en los mejores puestos a primos, cuñados… «pero aún eso, no me debe importar, carajo». El Estado Mayor estaba lleno de familiares y amigos del viejo Tabernilla «La sangre asegura lealtades incorruptibles». Y el Mulato quiso hallar el origen de esa frase, la buscó con su memoria fotográfica en alguno de los libros que leía. Pero no puedo atraerla a su mente.

—Creo que nos quedó una pieza suelta, que no termino de encajar —advirtió el Mulato.

—¿Cuál?

—Los tanquistas. ¿Qué pretenden realmente? ¿No querían que instaurara un régimen de terror como el de Trujillo? ¿Acaso no les estará dando el llamado Benefactor, es decir, Chapitas, ideas y armas? ¿Tiene algo que ver con ese plan… Trujillo?

—Muy astuto. El SIM ha logrado descubrir auténticas madrigueras llenas de armas en La Habana. No sé qué viaje han hecho, pero pueden venir perfectamente de la República Dominicana, sí. Pero los tanquistas plantean una salida negociada. La Legión del Caribe pretende eliminarlo. Sencillamente. Los tanquistas estimulan el desorden para justificar su golpe.

—¿Y qué pretenden de mí? ¿Qué les sirva los daiquiris? ¿Convertirme en su mayordomo?

Por segunda vez en el día el Mulato sonrió, aunque la sonrisa se le desbarató enseguida. La culpa la tuvo la afirmación de Tabernilla.

—Plantean dos alternativas: o usted hace de mascarón, o se marcha.

—¿Y qué tienen, además de ideas disparatadas?

—Según me ha informado un X-4, conservan tanques. Las armas que les dio Trujillo ya han pasado a otras manos. Las han dado arbitrariamente a los priístas, a los castristas, a los estudiantes… Lo que quieren es alborotar el gallinero, y después, crear un estado de terror.

—Y convertir a Cuba en la República Dominicana.

—Eso es.

—¿Sabe usted cuál es la diferencia entre Trujillo y yo? —intervino el Mulato, levantando el dedo índice. Durante unos segundos no dejó de mirar fijamente a Tabernilla, señalándole el anuncio de una gran revelación.

—Yo quiero ser amado por el pueblo; Trujillo sólo aspira a ser temido. Nunca querría que me llamaran Benefactor con la voz temblando.

—Además, lo único que comparto con Trujillo es el sastre —añadió.

Y de buena gana hubiera prescindido de dejarse tomar las medidas en El Sol, en aquella tienda situada en la manzana de Gómez por Montserrate, si no le hicieran unos trajes que más parecían su segunda piel. ¡Menuda publicidad le hacía el Mulato a la tienda! El anuncio comercial estaba sonando a todas horas en Radio Reloj. Media Habana se lo sabía de memoria: «El honorable presidente de la República luce su ajuar de verano, en la foto enfundado en un fresco dril cien de nuestra exclusiva colección para dignatarios, pero del cual también usted puede disponer de uno, además de hecho a la perfección del traje anatómico y fotométrico de El Sol». Hasta Tabernilla se había aprendido el mensajito. Anatómico y fotométrico. Y era la pura verdad. Su segunda piel.

Trujillo se cortaba también allí sus trajes, sus uniformes de Generalísimo, sus esmóquines de cola corta con charreteras de bordes dorados y cepillos de estambre. Luego, todo eso se lo llenaba de medallas y condecoraciones. Por eso le gustaba llamarlo Chapitas. Hay que hablar con propiedad. Y no hay mejor forma para hacerlo que un apodo. Referirse al comemierda de Trujillo como el Benefactor era una falta de respeto a las palabras; llamarlo Chapitas era hacerle justicia. A fin de cuentas, todos tenían su apodo, incluso él, al que llamaban el Mulato. Bueno, ya en Banes lo llamaban el Mulato Lindo. Mejor eso a que te ocurra como al coronel Orlando Piedra, al que el viejo Tabernilla le dice La Pomposa. Jajaja, no pudo reprimir una sonrisa franca el Mulato, no se sabe si por la ocurrencia de su jefe del Estado Mayor o por el aspecto de Trujillo lleno de medallitas. Pero, por mucha profesionalidad que le pusieran los modistos de El Sol, no podían borrarle las facciones de hijo de puta.

El Mulato dejó caer la frase con la contundencia de una sentencia inapelable. Él sí era de verdad un benefactor, que dedicaba dieciséis horas al día a cuidar hasta el más nimio detalle. ¡El auténtico perro guardián de la patria! ¡Y todavía algunos se atrevían a llamarlo monstruo horrendo! ¡A atacar sus métodos represivos! Todo respondía a un esfuerzo por mantener el orden, por no convertir a La Habana en una película del Oeste en los que los indios y los federales acabaran por eliminarla. Todas esas acciones del Veintiséis o de los estudiantes, requerían una respuesta, aunque fuera en legítima defensa.

No, el Mulato no podía temblar ante agresiones que incluso le llegaban ya desde el exterior. ¿O de quién era esa despreciable estación radial, cómo se llamaba, sí, La Voz Dominicana, que se dedicaba a difamar de forma sistemática? ¡Bingo!: del hermano de Trujillo. Él apenas tenía horas para engolfarse en la lectura de algún libro provechoso, los siete mil volúmenes de la biblioteca de la finca Kuquine esperando su visita, él tan aficionado a la lectura, Soldado Polilla lo había apodado el presidente Alfredo Zayas cuando trabajó a su servicio como guardia en el puesto de la finca María, cerca del poblado de Wajay, y a Trujillo le quedaba tiempo libre para dedicarlo a oscuras maquinaciones destinadas a botarlo. Por eso, no le extrañaba el retorcimiento en el detalle, el movimiento apenas visible, la finta que busca el engaño, como cuando apareció despanzurrado el cuerpo de un líder sindical dominicano que estaba exiliado en La Habana, su sangre humedeciendo la acera de la calle Galeano, «Trujillo lanzándome acusaciones violentas, disimulando que fue él el que ordenó el crimen, en esas largas horas en los que la ociosidad le hace parir ideas diabólicas a él, al Benefactor de la patria, a él, a un comemierda que también quiere botarme… Efectivamente, fue él, el Benefactor, el que ultimó al líder sindical, pero me echó la culpa a mí, para tener una razón más con la que atacarme. ¡Tremendo comemierda! Aunque a veces el comemierda parezco yo, porque no sé que hago que no utilizo los poderes que expresamente me ha dado el Senado para romper relaciones con la República Dominicana… Bueno, al menos he dado el primer paso, que es declarar persona non grata al embajador. Pero creo que me he quedado corto».

Y el Mulato se queda con la mirada perdida en algún punto, evaluando la necesidad de adoptar alguna medida que haga a Trujillo sentir eso que él quiere siempre propagar: terror.

En pocos minutos se le ocurren varias ideas.

El secretario de Carlitos Prío tenía una voz artificial, de ventrílocuo. Sonaba agresiva. Preparada para fajarse con el mundo.

—El jefe está en el yate.

—¿Qué yate?

—Esa información es confidencial.

—¿Y cuándo vuelve? —preguntó el gordo Manzanita. A
través del auricular le llegaba un sonido arenoso, de comunicación a larga distancia.

—Ni idea. Pero al jefe no le gusta el agua salada —fue el
único comentario de su secretario.

La llamada se cayó, o es que el secretario colgó directamente el teléfono.

A Manzanita le duró unos segundos el gesto de extrañeza. Tenía que localizar cuanto antes, como fuera, a Carlos Prío.
Si no, la Operación Palacio se podía venir abajo.

Carlitos Prío andaba por Miami, añorando la cascada artificial que era la envidia de su finca La Chata. Y nada deseaba
más que volver a bañarse en la piscina de La Chata. Él era un
pez de agua dulce, y por eso aquella invitación a pasar unas
horas en el yate de Rafael Leónidas Trujillo no hizo otra cosa
que disgustarle. Las olas le producían un vértigo que él asocia-
ba al fracaso. No le gustaba el agua salada. Tenía razón su secretario o ventrílocuo. O lo que fuera.

A Carlitos Prío no le gustaba el agua salada. Pero allí estaba, en el yate de Trujillo.

Voló desde Miami a Nueva Cork. Antes de subir al yate
del Benefactor, aún tuvo tiempo de leer que Fidel, en contra
de las noticias que estaba lanzando el Mulato, está vivo, a juzgar por una entrevista publicada por *New York Times,* realiza-
da por un tal Herbert Matthews. Poco supo el gordo Manza-

nita del encuentro de Carlitos con el Benefactor, salvo la sabrosa langosta a la plancha que comieron, acompañada por arroz, pero el líder del Directorio Revolucionario se pudo dar cuenta de la alta opinión que tenía del presidente de la República Dominicana del barbudo.

—Los mareos me han durado hasta ayer. Pensaba que estaba embarazado —se confesó Carlitos Prío, aferrado al teléfono y comprobando las ondulaciones espejeantes que formaba el agua de la piscina, allá en la casita que ahora ocupaba en Miami. Era linda. Pero nada comparable a La Chata.

—¿Es cierto que Trujillo planea invadir Cuba? —preguntó Manzanita, que no se quería ir con rodeos.

—De lo que estoy seguro es de que, si pudiera, degollaría a Fidel. Alguien le vino con el cuento de que, tras el fracaso de Cayo Confites, Fidel amenazó con matarlo con sus propias manos. Y el sádico este de Trujillo me ha convencido. El barbudo es un suicida.

—Nosotros firmamos un pacto con él, en México —recordó el gordo Manzanita.

—Yo también le di dinero para que comprara el Granma. Pero eso fue hace unos meses. Ahora, de buena gana lo hundiría.

—¿Y eso?

—Tú crees que aquí mi vida es una constante orgía —y evocó la última fiesta en su mansión, poco antes de viajar a Nueva York, unas muchachas lindísimas, y cómo acabaron, bebieron tanto que todas, toditas, se quedaron en cueros. No estuvo mal. Aunque las fiestas de La Chata eran mucho mejores. Algún día las repetiría. Y trabajaba para que ese día estuviera cerca—. Pero Carlos Prío está con los ojos bien abiertos, y a Carlos Prío le llegan informaciones.

—¿Qué tipo de informaciones?

—Que Fidel se ha desmarcado de nosotros. Ya no cuenta con nadie para sus proyectos. Ni con los auténticos ni con vosotros. Ni siquiera con los ortodoxos, por mucho que defienda la figura de Chibás, porque siempre quiso parecerse a él. Es más, hasta lo imita. Sabe que hay un pastel sabrosísimo. Y quiere todos los trozos para él —a Carlitos Prío, el hielo del daiquiri parecía ascenderle del paladar al cerebro, concediéndole una lucidez que semejaba esa sensación de vigilia atenta que le daba la cocaína.

—Los pactos están para cumplirlos —objetó el gordo Manzanita.

—No, te equivocas. Los pactos están sólo para firmarlos —replicó Carlitos Prío—. ¿Tú lees *The New York Times*?

—A veces.

—¿Y en una de esas veces te encontraste a Fidel?

—Sí. En la famosa entrevista.

—¿De verdad tú lo ves con ganas de compartir un trozo de pastel con nadie?

Manzanita dudó. Él tampoco compartía al cien por cien las ideas de Fidel. Por eso había puesto en marcha la Operación Palacio. Esa sí que era una idea revolucionaria, más que andar fajándose con los mosquitos en las montañas. El gordo lo tenía claro. Necesitaba ahora más la ayuda de Prío que la de Fidel. El auricular del teléfono se le resbalaba. Le sudaban las manos. Se las secó en el pantalón.

—Respondo por ti. ¡No, no, no!

—¿Y Trujillo? ¿Qué va a hacer? ¿Va a buscar a Fidel entre las montañas para degollarlo con sus propias manos, devolverle la jugada, aprovechará el viaje para invadir Cuba?

—Sólo sé que el Mulato no va a ser invitado al siguiente cumpleaños de Trujillo. Pero creo que no va a pasar de emitir por el radio sus proclamas contra el Mulato. Él prefiere poner las ideas, y un poquito de dinero. Nosotros, la acción.

El gordo Manzanita empezó a sentirse cómodo con la conversación. Ahora, incluso, la comunicación era más nítida y clara. Cada vez que marcaba el número de Carlitos Prío creía estar estableciendo conexión con el más allá. Pero ahora lo sentía como en la cuadra vecina.

Las manos no le dejaban de sudar. Las gotas brotaban y brotaban. Manzanita nunca pensó que tuviera en la piel tantos poros. Era el calor, o es que se acercaba el momento del asalto al Palacio. Y eso hacía que sudara aun más, mucho más.

—Carlitos, debo proponerte algo. Muy importante —y el hilo de voz del gordo Manzanita se adelgazó. No tenía más grosor que el de una tela de araña.

—Oigo —Carlitos acercó el oído al auricular. Las turbinas de la piscina se habían puesto en marcha en ese momento para renovar el agua, y Prío se removió en la tumbona, como para orientar mejor la antena del teléfono inalámbrico.

—Vamos a matar al Mulato. En el Palacio...

Carlitos Prío oyó la frase entrecortada. ¡Malditos motores!, gritó, mirando enojado a la piscina.

—No hay otra solución. El asesinato no sólo debería estar permitido, sino recomendado incluso, para este caso especial: eliminar a un tirano. Y esta es la oportunidad. Ya hemos puesto en marcha la Operación Palacio.

—Vaya, pensé que las escopetas y las pistolas sólo os iban a servir para ir a la feria, a tumbar muñequitos...

—Nada de muñequitos. Es un hijo de puta al que hay que ultimar. La tiranía tiene que caer, inmediatamente. Y esa es la mejor solución. Pero necesitamos ayuda. No queremos que se repita lo del Moncada.

—¿Ahora empiezas a entender que Fidel es un suicida megalómano? Uno debe ser muy selectivo con los compañeros de viaje que elige. Y cuando los elige mal, bajarse en la siguiente parada.

—Me dijo en México que él descartaba asesinar al Mulato. No quiere soluciones *putsch* —recordó el gordo Manzanita.

Carlitos se había incorporado. Ahora estaba parado, dando vueltas a la tumbona. Aún conservaba el cuerpo bien duro. Nunca le faltaba un buen masaje.

—Una solución *putsch* puede ser definitiva, siempre que no se haga el ridículo, como él en Moncada.

—Necesitamos tu ayuda.

—¿Le digo a Trujillo que os mande la Legión del Caribe? Tiene a los chicos pegando tiros todo el día. Acertarían a darle a una pulga vestida de camuflaje que le colocaran a tres kilómetros.

El gordo Manzanita no pudo evitar dejar sin tensión sus músculos. Aquel Carlitos Prío, calavera y mundano, tenía un buen entrenado sentido del humor. Y tenía dinero, sobre todo. Y los estudiantes no necesitaban ahora chistecitos, sino armas. Y Prío estaba dispuesto a dárselas.

—Nos sobran pistoleros. Hay más pistoleros que músicos. Aquí en La Habana hay tantos que igual tenemos que hacer un casting —y Manzanita sorprendió en su boca esa frase graciosa, sobre todo en aquellos momentos, en los que tenía tantas preocupaciones en la cabeza. Para matar al Mulato había que cuidar todos los detalles. Que no se escapara ni uno.

—Policarpo Soler lo haría encantado. Le gusta más una pistola que una hembra.

—No —y el gordo Manzanita recuperó su tono grave, el que más convenía a la responsabilidad histórica para la que se creía llamado—. Necesitamos armas.

—Tendréis todas las que queráis —se apresuró a asegurar Carlitos Prío, dándose un paseo al borde de la piscina. Las turbinas seguían trabajando, con ruido fabril.

—Una vez —y Manzanita quiso escoger las palabras adecuadas, como si manipulara una bomba y no pudiera fallar en la elección de los dos cables que debía juntar— no tuvimos las armas necesarias...

—A veces los envíos no llegan a su destino.

—Pues este, mándalo por correo certificado.

—No te preocupes.

Un silencio se abrió en la línea. Manzanita miró el teléfono, pringado de sudor. Lo mataba la humedad permanente de La Habana.

—Además —reaccionó Carlitos— como me siento un poco responsable, como tengo una deuda con vosotros, os voy a indemnizar con un regalo que os vendrá bien.

—¿Un juego de granadas?

—Eso ya está incluido. No, al envío le voy a adjuntar un plano del Palacio Presidencial. ¿Qué te parece el regalo?

—Perfecto. Teníamos un croquis hecho, porque yo visité el Palacio, cuando el Mulato me recibió en mi condición de líder universitario. Recuerdo la disposición de algunas estancias. Dónde queda el Salón de los Espejos, el Consejo de Ministros, y el despacho presidencial... Pero se me escapan muchos detalles. Necesitamos algo más preciso. Los planos.

—Llámame mañana. Carlos Prío se ha puesto a pensar. Y para mañana tendrá nuevas ideas.

—Está bueno —concluyó el gordo Manzanita, que al acabar la conversación ni siquiera se concedió una sonrisa de triunfo, aunque interiormente no sentía otra cosa.

El plan acababa de comenzar.

A Madelén le extrañó al día siguiente que Toti le respondiera con un gesto displicente cuando ella le anunció.

—¡Mi chino! ¡Las chicharritas me han salido más buenas que nunca!

Lo dijo así, en un tono entusiasta, como si le hubiera salido el número ganador en el juego de la bolita.

Pero Toti no le hizo caso.

Aunque ella lo rozó con su cuerpo caliente en la sala de proyección, él optó por descender por las escaleras, que cada día gruñía más, el comején no descansando ni un segundo. No se detenía ni en los días feriados.

Madelén lo vio descender, maldiciéndolo con una catarata de insultos, comemierda, singao, que no le aplacó la ira que la dominaba, el plato de chicharritas humeante, ridículo cn sus manos sólo ágiles para manipular el proyector y botarle pajas a Toti.

Toti se aseguró de que llevaba el ejemplar de la Constitución del año 1940. Siempre que lo abría se encontraba con algún grano de tierra que se había quedado enganchado entre sus páginas. Toti no se había molestado en limpiar el libro, e incluso le parecía que aquella tierra que se escondía entre las páginas le daba un valor añadido.

A fin de cuentas, Toti era un guajiro nostálgico del campo.

Sí, se aseguró de llevar la Constitución de 1940, y también unos pesos que había distraído del bolso de Madelén, que había empezado a hacerse con parte de la recaudación del Shangai, ilusionada por la perspectiva de casarse algún día.

—¡Esto, *pa'l* ajuar! —se decía, agarrando con sus manazas un puñado indeterminado de pesos, con la misma torpe
habilidad con que se robaba novelas románticas del kiosko de
la calle Compostela.

La grandeza de su sueño, casarse algún día con Toti, le
hacía pensar que obraba correctamente, que no pasaba nada
porque se robara esos pesos, y cuando entraba en la sala de
proyección, los pesos hechos un gurruño en sus manos, las novelas escondidas entre sus ropas invariablemente oscuras, se
reafirmaba en las razones de su acción, sin dejar espacio para
la culpa o el arrepentimiento. Iba a casarse con Toti, y no podía llegar al matrimonio con las manos vacías. No, no.

Toti llevaba dos pesos. Los dos pesos que nunca servirían
para hacer crecer el ajuar que preparaba Madelén. Los suficientes para alquilar una habitación en «La venida». La vieja apenas
miró por encima de la revista *Bohemia*. O sea, como siempre.
¿Tensión nerviosa? ¿Dolor de cabeza? ¿Acidez estomacal? Bro-
mo-seltzer. ¡Siempre cae bien! No, ella no tenía ninguna de esas
dolencias. Sólo necesitaba una televisión. Agarró codiciosamen-
te los dos pesos. Es curioso el camino errante que lleva un solo
peso hasta alcanzar su destino definitivo. Esos dos pesos iban a
servir para hacer más rico el ajuar de Madelén, pero sin embargo, terminarían finalmente permitiendo que una vieja desdenta-
da acabara sus días pendiente de las imágenes en color que
transmitiría una televisión que no acababa de elegir.

Cruzó el pasillo, con pasos más firmes que el día anterior. Ya no necesitó tantear las paredes gangrenadas de humedad. La posada aquella empezaba a serle familiar. Empujó la
puerta de la habitación número seis. Se tumbó en la cama, sin
ni siquiera desplegar las sábanas que le había prestado la vieja.
Allí estaba, tirado como un fardo, sobre el colchón, aplastando alguna ladilla. Por su mente cruzaron muchos pensamien-

tos. Enseguida se durmió. Eso de pensar era demasiado cansado para él. Lo dejaba sin fuerzas. Como la trigueña con la que se había acostado en esa misma habitación. ¿Dónde estaría ahora? ¡Aquello había sido una de las grandes decepciones de su vida! Porque Toti la había elegido, para que fuera su mujer. Para toda la vida. Hasta que los dos se murieran, de viejitos. Él no debería estar barriendo aquel teatro churrioso, sino viviendo en la posada a la que se llevó un día a la trigueña del lunar.

La culpa la tenía la nostalgia. O cualquier otra razón ¿qué más da?

La cuestión es que estaba allí. Nadie sabía por qué.

Se había encerrado en la habitación de la posada.

Y ahora tenía mucho sueño.

Cuando se libró, muchos minutos después, de la somnolencia a que había quedado reducido, sintió la opresión del libro, abultándole el bolsillo trasero del *jean*. Por alguna extraña conexión mental se preguntó si los tipos a los que había oído ayer vociferar desde el otro lado del tabique tendrían algo con los que salieron corriendo el día ese en el que desenterró la Constitución de 1940.

Toti empezaba a llegar a algunas conclusiones. Tampoco esto tiene explicación, como no la tenía verlo allí, desnudo, solo, sin la compañía de una muchacha en una posada en la que la gente entraba por parejas.

Volvió al pasillo. La luz de los farolitos recortaba su silueta afantasmada sobre la pared. Indagó a qué habitación daba la suya, y después de largas consideraciones, llegó a la conclusión de que no podía ser otra que la inmediatamente contigua. Se plantó ante la puerta, que imaginó cerrada. Y por eso se sorprendió al encontrarla suave y dócil. La empujó. Oprimió un interruptor más bien sucio y pudo apreciar las dimensiones de esa habitación.

—Aquí deben hacer las orgías. Se encueran todas, y a gozar —se dijo.

Toti había visto templar a dos mujeres. Pero el recuerdo era ya vago en su mente. Lo extraía con dificultades de las regiones lejanas de la infancia, él observando como una negra bembona succionaba a una muchachita, adhiriéndose a su piel como una sanguijuela.

Le gustaría ver una escena igual. Así que buscó el mejor sitio para esconderse.

Descubrió un arcón. Perfecto. Ahí podía meterse él. Y de verdad que lo hubiera hecho si no encuentra algo que atrapó su atención.

Un libro.

De las mismas dimensiones y color que el que llevaba siempre consigo.

Lo abrió, comprobando defraudado que no estaba manchado de tierra. Aún así, se lo quedó.

—¡Otro más para la colección!

A Toti, de pronto, le había entrado la pasión por los libros.

En el repaso minucioso de la habitación, Toti pudo encontrar más cosas: unos papeles muy finos que le dejaron las manos untadas de tinta, por ejemplo. Los soltó con asco. Algún croquis enlaberintado de flechas, cuyo sentido estaba muy lejos de alcanzar. Pero, en cualquier caso, aunque no entendiera nada, se lo echó al bolsillo. No había que despreciar nada. Siguió mirando alrededor, lleno de curiosidad, hasta que detectó un bulto.

Estaba tapado por una sábana llena de lamparones amarillos, un armatoste del color de las cucarachas, hecho de resortes, émbolos y rodillos, un ingenio tan complejo que no podía hacer otra cosa que dejar fascinado a Toti. Era un mimeógrafo. ¿Qué hace un mimeógrafo en una posada?

Toti no tenía respuesta para esa pregunta. Simplemente tomó una decisión: llevarse aquel armatoste.

Pero no pudo conseguirlo. Oyó ruidos. Murmullos crecientes.

En el suelo sintió una ligera resonancia de pasos inminentes.

Así que no se lo pensó dos veces. Se metió en un arcón lleno de trapos mugrientos. Oyó caer su tapa, con el ruido definitivo de un sarcófago. Ya vería si salía vivo de allí. Desde luego, saldría con bichos de esos que te obligan a rascarte, de eso estaba seguro.

Los estudiantes, porque eran estudiantes los que llegaban a la habitación más grande de la posada, como hacían de forma regular durante las últimas semanas, se fueron acomodando en las sombras de aquel espacio inmenso en el que celebraban sus reuniones. La luz pobre que difundía la única bombilla contribuía a crear una atmósfera de conciliábulo. A fin de cuentas, singar o preparar un complot, necesita intimidad.

—Oye, ¿de verdad podemos confiar en Prío? ¿De verdad que nos va a mandar las armas? —pregunta el Bizco Cubelas.

—¿A qué vienen esas dudas ahora? —responde Manzanita.

—No debemos olvidar que ha sido un huevón más de una vez. Si él nos hubiera entregado las armas en su momento, el diez de marzo hubiera fracasado. Y Batista, como publicó la revista *Life*, no hubiera burlado a los centinelas de la democracia. Y ahora no estaríamos metidos en este chinchal.

—Ni corriendo delante de las perseguidoras de la policía —añade Machadito.

—Prío podrá parecer frívolo, pero os puedo asegurar que odia al Mulato tanto como nosotros, aunque sea sólo por

la razón de que le dio la botá para echarlo del país. Y ese odio
no lo va a dejar tranquilo.

—¿A qué te refieres, Manzanita? —le dice el Chino.

—Tiene las ideas perfectamente claras. Siempre ha estado dispuesto a unirse a cualquier facción, excepto a los comunistas. Todo para tumbar al Mulato. Y nosotros necesitamos
todas las ayudas posibles, todas las alianzas. No olvidéis nuestro principal problema. Pasamos mucho trabajo para conseguir un maldito centavo. Es el Veintiséis el que tiene el dinero.
Pero también Prío. Y Prío se ha comprometido a entregarnos
las armas. No os preocupéis. Esta vez no nos fallará.

—¿Cuánto falta para el ataque? —insiste el Bizco Cubelas.

—El camaján ese que tenemos infiltrado en el Cuerpo de
Loterías está ya preparado para dar la combinación de numeritos que nos pondrá en marcha hacia el Palacio. Las armas
van a llegar de un momento a otro. Prío va a cumplir. Pero no
podemos olvidar otro aspecto muy importante.

—¿Cuál?

—La toma de Radio Reloj. En el momento en el que entremos en el Palacio Presidencial, Radio Reloj debe estar anunciando la muerte del tirano. Es una acción simultánea. Cuando
toda la isla escuche que el Mulato ha sido ajusticiado, se lanzará a las calles para celebrar la noticia. Si fallamos en eso, todo
se puede ir a la mierda.

—Chico ¿y por qué Radio Reloj? Hay más estaciones
radiales, las que echan las novelas, que tienen mucha más audiencia. CMQ, por ejemplo —pregunta el Bizco Cubelas.

—Porque Radio Reloj no sólo llega al municipio de La
Habana. Muchas emisoras de Oriente piratean la señal. En
Santiago tienen el mismo derecho que aquí a enterarse de que
el Mulato ha sido ultimado, que lo matamos. Además, la gente

escucha Radio Reloj porque tiene la noticia al minuto. No hay música, sólo noticias. Y nadie va a querer esperar para enterarse de que el Mulato está muerto.

El Bizco Cubelas y los demás no tienen más remedio que asentir ante el descubrimiento de esa obviedad.

—En esta cabeza están todas las ideas —dice orgulloso el gordo Manzanita, que se lleva dos dedos a la sien derecha, y le da unos golpecitos.

Ninguno de los estudiantes es capaz de discutir esa afirmación.

El gordo Manzanita lleva mucho tiempo pensando en Radio Reloj. A él tampoco le gustaba la novela de las cuatro de la tarde.

—A la estación radial me acompañarás tú —dice Manzanita, señalando al Chino. El otro se muestra sorprendido.

—Sí, me vas a esperar en la esquina de Prado, con el motor del carro encendido. Una vez que hayamos anunciado la muerte del tirano, hay que llegar cuanto antes a la Universidad para unirse a la fiesta. Tenemos que tener todo bien atado. Para no fallar. Hay que botar como sea al Mulato. De él no puede quedar ni la semilla —insistió el gordo Manzanita.

Y todos los estudiantes empezaron a gritar ¡Mulato, *pa'las* tiñosas!, ¡Mulato, *pa'las* tiñosas! Incluso el Chino se une a ese grito unánime. Por fin contaban con él para algo importante.

Los gritos cesaron un minuto más tarde.

—No olvidéis, no puede quedar ni la semilla —dijo, a modo de conclusión, el gordo Manzanita.

A Toti todo aquello le llegaba como en sordina, más o menos como los diálogos de las películas del Shangai, tras pegarse un atracón de chicharritas, Madelén observando la sonrisa boba que se le colgaba de la boca.

La reunión no duró más.

Eso permitió a Toti abandonar el arcón un segundo antes de que Orozco se quedara sin yerno.

3.
SANGRE DE MULATO

TOTI NO SABÍA A QUÉ VENÍA TANTO MISTERIO. TODO ERA muy raro. Un tipo cruzaba una puerta vieja, entraba en una especie de almacén donde lo trataban como a un príncipe, y luego se asomaba a la misma puerta, miraba a izquierda y derecha, como si temiera a francotiradores apostados en las esquinas, y por fin volvía a la calle con aires de clandestinidad.

Aquel tipo estaba en algo.

Eso estaba claro.

Toti no le quitaba ojo. Se había obsesionado con él, y lo perseguía con la misma terca obstinación con la que seguía allá en Cienfuegos el trabajo de una hormiga, cuando todavía no sabía lo que era una paja. Luego descubrió que una lupa y una hormiga eran más divertidas que una hormiga sola.

El tipo tenía un andar esquinado, al que contribuía una visible cojera. Daba la impresión de que uno de los pies le pesaba varias toneladas, y tuviera que tironearlo para que avanzara un paso. El hombre se fajaba con un capacho que parecía tener vida propia, y al que maldecía, con palabras que eran para Toti perfectamente nítidas, porque siempre lo sometía a un marcaje cercano, espiando cualquiera de sus movimientos.

Es cierto que el tipo desprendía un aroma intenso que Toti no acababa de explicarse, será puerco el comemierda, se decía Toti, dándole vueltas a la pregunta, hasta que apreció cómo, por uno de los bordes del capacho, se escapó la cabeza pelada de una gallina. Fue una visión fugaz, porque ya se encargó el tipo de hacerla desaparecer, dándole un galletazo, como si se hubiera asomado una cabeza nuclear.

Con aquel extraño cargamento se encaminaba a La Habana Vieja, ajeno a la pululación de gentes y ruidos, sólo pendiente de sujetar el capacho, Toti divertido e inquieto al mismo tiempo, por los esfuerzos del individuo.

De pronto se precipitó al interior de una casa. Fue un movimiento tan rápido que casi pasa desapercibido para Toti, molestado por un tropelaje de niños que apenas le permitió ver por dónde se colaba. Pero no. A Toti no le iban a despistar así como así. Podría tener muchos sentidos atrofiados, pero no el del olfato, tan entrenado como el de un perro. Le bastó guiarse por él para plantarse ante la puerta rajada de una casa. Primero miró por el boquete que dejaba, orientando sus ojos hacia el interior. Después, con la osadía que sólo se le atribuye a los seres irracionales o a los héroes, le dio un empujón violento y se vio enseguida cruzando un largo pasillo. Las paredes se deshacían, la luz del pasillo desaparecía, ganada por las sombras de un denso follaje que dificultaba extraordinariamente el paso, de tal modo que Toti pensó que estaba entrando en una cueva, el rastro del olor gallináceo marcándole el camino.

—¿Qué tú haces aquí dentro? —tronó una voz.

Toti no veía nada. Sólo notaba el olor a gallina como una presencia absoluta.

La voz de ogro volvió a sonar.

—¿A qué viene tanta perseguidera?

En la espesa oscuridad del chinchal que debía ser aquello, Toti notaba la respiración poderosa de un monstruo. Las gallinas se quejaron. El tipo paró las protestas con lo que debió ser un nuevo *uppercut* dirigido al capacho.

—¿Usted sabe que fui boxeador antes que babalao? —dijo así, de improviso, como si esa confidencia le quemara en la boca.

—Yo he manejado camiones —respondió después de unos segundos Toti, recordando sus tiempos motorizados de Cienfuegos.

El tipo pareció tranquilizarse. La respiración se le acompasó. Las gallinas no volvieron a protestar, quizá ya medio muertas, y optó por encender un bombillo que derramó una luz pobre.

—No podemos apropiarnos de la luz que es propiedad de los orishas. Un bombillo, una bujía de querosén… son intentos de crear una luz que sale de un pábilo, una falsa imitación de la luz que nos ilumina, pero cuyo origen nunca vemos.

A Toti, aquellas palabras extrañas le provocaron un shock. Si el bombillo hubiera ofrecido una luz más atrevida, el babalao, o lo que diablos fuera, hubiera visto su rostro desencajado, como si a él también le hubieran descargado un *uppercut*.

—¿Y a qué tú vienes aquí? ¿A que te haga algún amarre? ¿A que te quite a algún muerto que te está montando? MaMama Tula es infalible.

El tipo por fin encontró en el rostro de Toti algunos signos. Eran de estupefacción.

—¡Ah! ¿Te preguntas por qué me llaman MaMama Tula? ¿Por qué un nombre de mujer para un babalao?

Toti lo miraba fijamente, como si cada uno de sus rasgos acentuara el enigma que le escarbaba desde el mismo instante en que lo vio salir, arrastrando el capacho de aquel almacén.

—Te contaré una historia. Un hombre estaba interesado en comprar una casa, inmensa, con grandes ventanales y un porche fantástico. El precio le parecía razonable. Pero no acababa de animarse. Algo lo paralizaba. Una noche se acercó por allí, para pedir opinión a un amigo, y los dos pudieron escuchar una fuerte discusión que se producía dentro, incluso gritos, tan sonoros que era imposible que los vecinos no salieran de sus casas atraídos por el estruendo. Las discusiones cesaron después de media hora, y los dos hombres quisieron saber qué había pasado. Nada más entrar, llenos de miedo, salieron corriendo de allí. Pocos días después me acerqué yo. Era una discusión de piratas, disputándose un tesoro escondido. Se emborrachaban, y a veces se fajaban también con las brujas, que emitían una risita fina, parecido al chillido de las ratas. Los güijes eran los dueños del lugar. Lechuzas y murciélagos sobrevolaban la casa, y se colaban por las ventanas, golpeándolas con violencia, como si quisieran suicidarse. Hice un escobón con matas de escoba amarga. Es lo mejor que hay para barrer los fantasmas. Y dejaron de joder. Al día siguiente sí se despertaron los vecinos. Los gritos eran agudos, y se fueron apagando poco a poco. Se oyó la risita fina de los güijes, que estaban molestos por la bulla de los piratas. Salieron de su escondite y le clavaron sus colmillos en el güergüero. Entré. Agonizaban. Los ví como te veo a ti. Y ellos, muriéndose, borrachos, me confundieron con una mujer, y me llamaban MaMama Tula, MaMama Tula… una extraña palabra que no tuve más remedio que aceptar, porque los güijes me habían ayudado en mi trabajo. Estaba claro. Me elegían como socio.

A Toti toda aquella historia de piratas y brujas lo hubiera dejado indiferente, porque su infancia no había estado poblada por otra cosa que por las palizas que le daba su papá a mamá. Pero el aroma penetrante de la cera que se derretía en algún rincón, la suave oscuridad del cubil, apenas paliada por una luz débil, lo habían instalado en un estado de sugestión que le permitiría creer que a Madelén la habían nombrado la muchacha más linda de La Habana, y que mañana mismo empezaba a trabajar de bailarina en el Tropicana.

Y es curioso, porque todo fue contarle la historia, y las sospechas que proyectaba Toti sobre el tipo, desaparecieron, de modo instantáneo. MaMama Tula le había parecido siempre alguien malévolo, que nunca le podría inspirar confianza, sino más bien asco. Alguien a quien arrear un gaznatón. Pero no convenía pelearse con él. Entre otras cosas, porque había sido boxeador. Toti se permitió incluso dar un paso adelante, acercarse a MaMama Tula, reconociéndolo como la persona que llevaba buscando desde hacía varias semanas. Y aunque el negro seguía ofreciéndole sus facciones hostiles de boxeador, una cicatriz cruzándole la mejilla derecha, Toti vio en él un aliado. Como los güijes habían visto a MaMama Tula. El mundo está lleno de extrañas sociedades.

—Mañana lo veré. Tengo trabajo para usted.

Y no dijo más. Ni siquiera le dio la mano, o dijo adiós. Simplemente se volteó, y salí de allí a toda velocidad, apagando con su huida acelerada alguna vela, y derribando una maceta que se interpuso en su camino, dando trotes risueños por el pasillo y golpeándose el culo con una mano, con tal fuerza que parecían latigazos hechos por una fusta.

Al día siguiente, mucho antes de que despuntara el alba, ya estaba en la calle. Esa noche apenas pudo pegar ojo, unas pocas horas de sueño tortuoso que, sin embargo, no le apagó las energías. Y aunque los músculos protestaban, lo atribuyó a la estrechez de la sala de proyección en la que se veía obligado a dormir. No a la falta de descanso.

Caminó por el malecón. Varios marines norteamericanos lo miraban con ojos turbios, el hilillo de una papilla espesa babeándole por el mentón. Otros negociaban una tarifa barata con alguna prostituta, que le enseñaba su ofrenda de carne macerada. Pronto amanecería, y cada uno perseguía su objetivo. Los borrachos, no arrastrarse por el suelo como un perro; las putas, singarse algún turista y cuadrar las cuentas de la noche. Toti veía todo aquello sin espanto o sorpresa, tan cotidiano como las olas del océano estrellándose en los arrecifes del malecón, sólo pendiente de que nadie se atreviera a quitarle el libro que llevaba entre las manos, buscando en los ojos de los transeúntes que le salían al encuentro algún síntoma de codicia. Llegó tan temprano, que vio a los operarios del almacén abrir la puerta que luego cruzaría MaMama Tula para conseguir sus gallinas.

Así anduvo un par de horas, recortado en una esquina, bostezando, sin que el estado de excitación que lo consumía le permitiera dormir ni un ratito. Hasta que por fin pudo entrever la figura, distinguida por sus pasos zigzagueantes, todo el cuerpo afanado en la tarea de arrastrar un pie, como si estuviera apresado por una cadena conectada a una bola de esas que llevan los presos en las películas.

Toti se incorporó, los ojos atentos, los mismos ojos del águila que ha visto a su presa.

Pasaron unos minutos. Los empleados del almacén despidieron a MaMama Tula con las consabidas zalemas, y enseguida se le vio acarrear su capacho, las gallinas agitándose en el interior como animales salvajes.

MaMama Tula tenía una gran sabiduría y unas fulminantes intuiciones que se le imponían con fuerza poderosa. Era

capaz de expulsar a unos piratas borrachos de una casa aban-
donada, y a lo mejor incluso, de quedarse con el tesoro que se
disputaban. Pero era incapaz de darse cuenta de que lo espiaban. Esta vez no fue una excepción. Salió al almacén y arrastró
su cojera por la calle, ensimismado en su mundo construido de
güijes y combates de boxeo ganados, sin darse cuenta de que
lo seguían; así, una cuadra tras otra. Hasta que las gallinas se
removieron violentamente y lo obligaron a realizar un escorzo,
un giro de muchos grados que le permitió ver el rostro sorprendido de Toti, que lo seguía a unos pocos metros. Toti se
quedó paralizado, como pillado en falta.

—¿Qué haces rascabucheando, guanajo? —le gritó
abruptamente MaMama Tula, con su voz escapada de un cuento infantil lleno de ogros.

—Quiero que me ayude —y esgrimió un libro, la Constitución de 1940, los bordes ya muy gastados, de llevarlo de
arriba para abajo.

—¿Qué es eso?

—Un libro. ¿No lo ve?

—Sí, ya sé que es un libro. La Constitución del 40. Pero
yo de política, no entiendo. Prefiero a los fantasmas. Hacen
más caso que los políticos —y diciendo eso, MaMama Tula
reinició el camino, con pasos acelerados, intentando sacarle
unos metros de ventaja y fintarlo en la siguiente cuadra para
perderlo definitivamente de vista.

Pero MaMama Tula no lo tenía fácil. Iba fajándose con
las gallinas, el capacho dificultando sus movimientos tanto
como su pie inútil, Toti con el único peso del libro, agitándolo
en el aire como si fuera un florete.

Así anduvieron, varias cuadras, MaMama Tula gruñendo,
Toti sin darle un centímetro de respiro, callejeando por La Habana Vieja, en una carrera que no terminó ni ante la puerta me-

dia rota del solar donde vivía el babalao, ni en el pasillo que
desembocaba en su cubil, y para cuando MaMama Tula dejó en
el suelo el capacho, con gran alboroto de las gallinas, ya tenía la
decisión tomada de soltar un *uppercut*, pero no a las gallinas,
sino a Toti, a ver si así lo dejaba en paz. Sin duda, lo haría. Habían sido noventa combates, hasta el último, que le dejó un sabor permanente a sangre en el paladar, él descoyuntado sobre la
lona, la cuenta sonando, que él creyó definitiva, y lo creyó a
tiempo de decir adiós. Después, no había querido saber nada de
lo que ocurrió en el ring, aunque aún se sabía dueño de un derechazo implacable que dejaría *nockout* a aquel mocoso.

Por eso contó hasta diez antes de golpearle.

Y hasta once.

—¿Qué clave esconde el libro? —le preguntó a boca de
jarro Toti.

—¿Clave?

Trece, catorce, quince.

—Sí, claro. Esto esconde algo.

Dieciséis, diecisiete.

—Es sólo un libro de leyes.

Dieciocho, diecinueve.

—Mentira, también lleva tierra.

Veinte.

—¡A saber dónde has metido el libro!

Veintiuno, veintidós.

—Y la tierra no se va… Eso es una señal.

—Una señal de que eres bobo, chico.

Veintitrés, veinticuatro.

—Se lo quité a los estudiantes. Un señor que sale en los
periódicos me lo quiso robar.

—Sí —prosiguió— estudiantes. Luego salieron corriendo. En todas direcciones. Como si llegaran tarde a algo.

—¿Estudiantes? —preguntó intrigado MaMama Tula.

—Sí, los que van a matar al Mulato —respondió Toti.

—¿Al Mulato?

—Eso dicen. Se meten en una posada, y en vez de templar, se ponen a hablar del Mulato. Ellos no singan y el libro está lleno de tierra. Eso no es normal.

—Tú tampoco lo eres, pendejo.

—Nadie es normal. Eso me decía mamá cuando papá le caía a piñazos.

MaMama Tula iba ya por el número sesenta y uno, pero tuvo que frenar la cuenta porque aquella cascada de estupideces lo estaba dejando a él noqueado, un disparate tras otro, y sin embargo, por alguna extraña razón, pensó que todo aquello tenía un punto de lógica al que agarrarse, alguna conexión oculta que unía todos esos elementos disparatados. Matar al Mulato, aquel libro lleno de tierra…

Quiso golpear a Toti, que quería poner en sus manos la Constitución, a modo de ofrenda, pero no lo hizo. Aquel tipo le había propuesto una ecuación, sin saberlo.

—¡Esto no es *na'más* que bobería! —se dijo, queriendo degollar las especulaciones a las que ya se entregaba su mente.

—¿Quiénes quieren hacer eso?

—¿El qué?

—Matar al Mulato.

—¿Quién va a ser? Esos que van a la posada.

—¿Tú los conoces?

—Claro. Son estudiantes.

A MaMama Tula la sangre le borbollaba en las venas, no sabía si por intentar articular los razonamientos de un necio, o por el necio en sí. A MaMama Tula el entendimiento, en vez de encendérsele, se le estaba nublando. De algo estaba seguro:

la única relación del mocoso con la Universidad podía ser la cantina, donde igual se pegaba unos tragos de ron con más vehemencia que los piratas esos a los que expulsó de la casa.

—¿Estudiantes? —preguntó MaMama Tula, como si hablara de un virus nuevo, totalmente desconocido.

—Estudiantes —Toti repitió la palabra.

—Estudiantes, estudiantes… Dicen que van a matar al Mulato, pero no singan en la posada —y Toti compuso un gesto de extrañeza, que acompañó con un movimiento circular de su dedo índice en la sien derecha. Y con una frase:

—¡Están locos!

—¿Pero dónde coño se reúnen? ¿En un bayú, dices?

—No, en una posada.

—¿Y qué tú haces encerrado en una posada? Tú sí singarás ¿verdad?

—Sólo escucho. Mi mamá decía que oyendo se aprenden muchas cosas. Yo aprendí que mi papá era un hijo de puta. Le decía cosas muy feas a mamá. Pero ya papá no le puede decir esas cosas a mamá. Está muertito.

Y por un momento, sólo por un momento, MaMama Tula pensó que el tipo que tenía delante estaba interpretando con maestría un papel, y que estaba muy lejos de ser un retrasado que se le había colado en casa para importunarle, para joderle el día. Sintió un rapto de pudor, vio en sus ojos un brillo fugaz de inteligencia, el relámpago de unos ojos de hurón. MaMama Tula se convenció durante unos segundos de que toda aquella información valiosísima no la había alcanzado Toti como consecuencia de una casualidad, sino respondiendo a un plan minucioso.

—¿A qué organización representas tú? —le preguntó MaMama Tula, apuntándolo con el dedo índice—. ¿Eres acaso del Veintiséis?

Toti dio un respingo. Sintió peligro. Echó de menos el filo de su machete. Le gustaría hacerle a aquel brujo lo que le hizo a papá.

—Yo trabajo en el Shangai. Lo barro todos los días. La gente es muy puerca, y tira muchas cosas al suelo. En el suelo hay de todo, incluso culebras. Pero yo las mato todas.

—¿Qué dices?

—Que hay culebras en el Shangai. En la posada, no. En la posada hay un arcón. Muy grande.

Y fue entonces cuando MaMama Tula no tuvo ninguna duda. Aquel adolescente con cara de viejo era sólo un loco analfabeto que habría echado a patadas o a puñetazo limpio de su cubil si no le hubiera dejado una frase clavada en el cerebro, como una astilla: los estudiantes querían matar al Mulato. Y eso podía ser tan falso como verdadero. Pero era algo.

MaMama Tula se dio media vuelta y abrió una gaveta. Rebuscó hasta que dio con un fajo de billetes arrugados.

—Toma estos pesitos —le dijo.

—¿Para qué quiero yo esto?

—Para volver a la posada. Con ese dinero, hasta te podrás llevar a la habitación una muchacha. Te acuestas con ella, la botas y te quedas allí, esperando.

—¿Esperando qué?

—A los estudiantes.

Durante algunos segundos, Toti miró atónito a su interlocutor, como si le hubieran propuesto la comisión de un asesinato, o mearle al busto de Martí. Lo miraba con estupefacta perplejidad, detenidos su ojos en el cuello.

—Quiero ese collar —dijo Toti, alargando el dedo índice hacia el objeto que deseaba, con la misma decisión inapelable que toma un niño que señala un pastel tras la cristalera de una pastelería.

—¿Cómo dices?

—Si tú quieres que vuelva a la posada, dame ese collar. No quiero pesos. De esos ya tengo.

Sí, porque a Toti nunca le interesó el dinero, salvo para meterse en «La venida» y estar allí unas horas. Le sorprendía que la gente se pasara la vida corriendo detrás de unos papelitos arrugados, y que además, olían a sudor humano, él lo percibía con perfecta nitidez. Su olfato era infalible. El dinero le producía indiferencia, lo despreciaba con la misma intensidad con que se encaprichaba de objetos estrafalarios, fuera un casco de obrero, una Constitución del 40, o ahora un collar de babalao.

—No te lo puedo dar. Esto me sirve para interpretar el futuro —le respondió MaMama Tula, acariciando una de las cinco piezas del collar.

—Si no hay collar, no vuelvo a la posada —afirmó con contundencia Toti, volviéndose de espaldas, con un mohín de disgusto.

MaMama Tula tuvo una idea. Extrajo de la gaveta otro collar, y se lo ofreció.

—No, ese brilla menos. No sirve —objetó Toti, tras un rápido examen. Y devolvió el collar con una mirada desdeñosa.

—Te gusta el guindalejo este ¿eh? Pues entonces te propongo un plan —reaccionó MaMama Tula—. Un trueque, un intercambio. Yo te presto este collar —y ya empezó a quitárselo, las piezas arañando la cicatriz del rostro— y yo, en señal de prenda, me quedo con tu libro, e intento descifrarlo. Igual tienes razón y contiene algún mensaje oculto. ¿Cuadramos?

Toti se quedó pensando unos segundos, hundido en complejas operaciones matemáticas, evaluando las ventajas e inconvenientes del trueque que le proponían.

—¡Pero no me lo arrugues! —le advirtió Toti.

—¡Ni tú juegues con ese collar! ¡Es sagrado!

Toti no tardó esta vez ni un segundo en medir el alcance de la amenaza. Aquel negro no se andaba con tonterías. Él tampoco. Estaba deseando volver a la posada y pegar el oído a la pared. Se sentía útil, tanto como cuando limpiaba las culebras del Shangai.

—¡No hay apuro, caballero! Yo siempre cumplo —dijo, retocando la posición del collar como haría una princesa cargada de diamantes.

Salió de la casa de MaMama Tula sintiéndose un rey fenicio.

MaMama Tula se quedó pensativo. Y quiso que aquella visita fuera sólo un espejismo, una ilusión que se desvanecería. Resopló con fuerza. La llama de alguna vela parpadeó. Pero no. Siguió imponiéndose la imagen de Toti soltando por su boca necesitada de una limpieza en profundidad, la frase que ahora le llegaba a MaMama Tula hasta el recoveco más escondido de su mente: los estudiantes querían matar al Mulato.

Durante bastantes minutos, quizá más de media hora, dio vueltas por el cubil, tropezando con objetos que estaban diseminados con desorden de bazar, dudando si era conveniente llamar al Palacio Presidencial, o plantarse directamente allí, avisar a Batista, admitir, ensayando un gesto de capitulación o derrota, que él, MaMama Tula, capaz de luchar contra piratas, se había equivocado, que 1957 no le traería protección, decirle a Batista que la sangre que había visto inundarle los ojos, en pleno trance, el primer día del año, no era, como vaticinó, sangre de blanco, sino de mulato. La suya propia.

Pero en vez de agarrar su carro desvencijado, de edad indefinible, y acercarse al Palacio, optó por emprenderla a galletazos con el capacho, dando unos derechazos fulminantes, las gallinas cloqueando frenéticamente, conscientes de que su final tenía forma de puño acerado y no de cuchillo de sacrificios, y MaMama Tula golpeó y golpeó, con violencia animal, como si se le hubiera montado su abuelo, de igual forma que cuando saltaba al ring y lanzaba los puños contra su rival. El muerto se le montaba, el rostro de MaMama Tula se convertía en una máscara de ferocidad, los puños un remolino de fuerza natural, en pocos minutos el rival descoyuntado como un pelele lamiendo el sabor sintético de la lona.

Por alguna extraña razón, imaginó al Mulato en esa posición. Botando sangre mientras le empezaban la cuenta hasta diez.

Había algo en aquel despacho situado en Amargura y Oficios, en mitad de La Habana Vieja, que le hacía sentirse especialmente incómodo. No sabía si era la temperatura de invernadero o el polvo que se acumulaba en los anaqueles llenos de libros sobre jurisprudencia. Pero el gordo Manzanita estaba en ese momento añorando la habitación mohosa de «La venida». En algún rincón un reloj de pared marcaba un tictac que se le antojó demasiado lento a Manzanita, más o menos como los pasos del abogado Pelayo Cuervo, arrastrando sus pies por el entarimado como si fuera una sanguijuela. Por fin llegó, justo en el momento en el que el gordo Manzanita estornudaba.

—La cultura hace estornudar —escuchó a sus espaldas.

El estudiante se dio la vuelta y se encontró con un hombre vestido con un pantalón holgado y una camisa que no entendía por qué estaba pegada a ese cuerpo y no en la lavadora. Manzanita se sorprendió al ver unos elegantes zapatos de piel de cocodrilo donde esperaba encontrar unas pantuflas. Un pañuelo rojo moteado con más puntos de los que hubiera conseguido en su vida Martín Dihigo completaba la figura estrafalaria del senador, y ahora, muerto Chibás, prominente miembro del partido ortodoxo.

—El polvo es muy listo. Se posa en los libros más valiosos. En los más antiguos —dijo, echando un vistazo orgulloso a los anaqueles.

El gordo Manzanita volvió a sentir un picor invencible que sólo aplacó con un nuevo estornudo, que enseguida tuvo imitadores. Miró con rencor los libros.

—Además, este polvo es del todo inofensivo —añadió Pelayo, ajeno del todo al principio de alergia que empezaba a ganarle al gordo Manzanita—. Hay otros que sólo son beneficiosos para nuestras arcas públicas. Para nuestras ricas arcas públicas. Y ese polvo no viene de la calle, sino de más lejos. En aviones que nadie nunca sabe cuándo aterrizan.

Aquel viejo podía tener un despacho donde sólo un chinche podía sentirse a gusto, pero a Manzanita le encantaba porque hablaba un idioma muy parecido a él. Por eso ahora estaba allí, sudando la gota gorda. Las gotas gordas, una detrás de otra. Pelayo Cuervo no era amigo de los avances tecnológicos. El aire acondicionado o la televisión a color eran aparatos sospechosos de los que había prescindido durante los primeros cincuenta años de su vida, y pensaba hacer lo mismo en los segundos cincuenta, con permiso de los fulanos al servicio del Mulato que ya le habían lanzado algún mensaje amistoso, del tipo «no es bueno que un viejo ande por callejones tan oscuros».

—El polvo blanco se mueve por el país con la facilidad que lo hace el azúcar —prosiguió Pelayo Cuervo, que notó como el gordo Manzanita sudaba incesantemente, y quiso compensarlo con un café negro con el que se coló en el despacho su secretaria, una mujer de piel insólitamente pálida que ya había cumplido dos veces treinta años. Le tapaba su cuerpo más bien menudo una especie de guardapolvo.

—Te diré más —prosiguió el abogado—. La compañía aérea Aerovías Q, subvencionada por capital estatal, realiza un curioso vuelo toditas las semanas: La Habana-Camagüey-Barranquilla-Bogotá. En Medellín hay un laboratorio como para suministrar cocaína a varias generaciones de consumidores. Esa es la punta del iceberg, aunque sea precisamente la que no se ve. Pero hay más: el juego, que va desde las decenas de casinos, a los que nos les falta de nada, ni siquiera escuelas de *dealers*, hasta las apuestas en el Hipódromo de La Habana o las carreras de galgos... ¿Y qué me dices de los hoteles? ¿Qué importa que las habitaciones estén llenas o vacías? Lo único interesante es la cantidad de jugadores que están pendientes del croupier. Se nos dice que esto sirve para que La Habana amplíe sus infraestructuras, cuando la realidad es que el costo es altísimo. Según tengo por aquí —y el abogado Pelayo Cuervo revolvió algunos papeles que se apilaban desordenadamente sobre el escritorio— el Havana Riviera va a costar once millones de dólares, y de esa cantidad, ocho millones la ponemos nosotros, la asume el Estado. Un hotel levantado exclusivamente para los norteamericanos, porque ya me contarás si un cubano con un sueldo diario de tres pesos puede permitirse muchos lujos, pero un hotel sufragado por capital estatal, robado de los bolsillos de todos los cubanos. Es más, se ha constituido una empresa que aglutina todos los proyectos hoteleros que se están impulsando por obra y gracia del señor presidente de esta República, el general Fulgencio Batista, el señor ese que dice que tiene antepasados en el País Vasco, aunque yo creo que todos salen de la cueva de Alí Babá...

El gordo Manzanita no pudo hacer otra cosa que reír el chiste.

—Esa empresa es el BANDES.

—¿Bandes?

—Banco de Desarrollo Económico y Social. Cualquier político de este gobierno corrupto te dirá, si le preguntas por él, que es un Banco creado *ad hoc* para hacer crecer las infraestructuras de la República. Que nace con ese espíritu. Su único fin es hacer más rico, si eso aún es posible, a unos señores que se pasean por La Habana luciendo sombreros borsalinos y relojes de oro, y al sujeto que se ha colocado de rodillas ante ellos, a la altura de sus cinturas: el Mulato.

—¿Qué cantidades se está robando este comemierda?

—Lo que ingresa anualmente por el juego de la bolita es un mero aperitivo en relación al plato que viene después. Una pata de buey, vamos. Y todos los comensales que acuden a este almuerzo están llenándose las barrigas. Y no revientan porque su estómago no tiene fondo. Pantagruel es un comemierda desnutrido al lado de ellos.

Al gordo Manzanita toda esa información que le estaba dando el viejo no le sonaba extraña, pero cada vez que se imaginaba al Mulato contando y recontando los paquetes de billetes que lo rodeaban, una náusea se le metía en el estómago y jugaba a descomponerse las tripas.

—Estamos pagando el precio de la alianza entre la mafia y el Mulato. La mafia norteamericana está plenamente instalada entre nosotros. Y ahora no se conforman con mercadear con whisky. Ahora sus negocios son todavía más oscuros, y van desde la droga hasta los abortos. Lo más legal que hacen es la producción de películas pornográficas que protagonizan inocentes muchachas a las que coaccionan para que se pongan en cueros delante de una cámara. Y no creas que se exhiben sólo en el Shangai. Salen directamente para Estados Unidos. Por no hablar de las concesiones a la ITT, con el embajador norteamericano como un directivo más de esa empresa. Así las cosas ¿aún nos debe extrañar que la ITT le haya regalado un teléfono de oro al Mulato?

—Pero todo esto tiene una solución que parece compli-
cada, y al mismo tiempo, es fácil. Si rompemos la base, todo
ese imperio se desmoronará. Y la base es el Mulato. En nuestras manos está que pueda seguir utilizando ese teléfono de
oro —objetó el gordo Manzanita.

—De momento, estamos usando todos los instrumentos
democráticos que tenemos a nuestro alcance —prosiguió Pelayo Cuervo, después de carraspear. Las palabras las sentía en
la boca untadas de barro, como si las hubiera rescatado de un
cenagal. Se echó un buche de café, pero el sabor le persistió—.
El Tribunal Superior de Justicia —añadió— se pronunciará en
breve sobre una denuncia que he realizado por los métodos
irregulares que utiliza el Buró de Investigaciones.

—Los jueces que tienen que ver esa denuncia, no tienen
tiempo para hacerlo. Les ocupa demasiado tiempo beber mojitos que paga Orlando Piedra y bañarse en la piscina del Mulato en la Kuquine —reaccionó Manzanita, una medio sonrisa
irónica asomándole a la boca.

—Aún apuesto por el Diálogo Cívico. Si no lo hiciera,
estaría abjurando de mis ideales, que me llevaron a ser presidente de la asamblea que redactó la Constitución de
1940.

—Desde el diez de marzo, desde el golpe de sunsun-
damba, la Constitución no tiene más valor que papel sanitario
manchado de mierda apestosa.

—¡Aún estamos a tiempo de restaurarla! —se interpuso
Pelayo Cuervo, optimista.

—No nos podemos fiar del Mulato. Es como hacerlo de
las buenas intenciones de un trilero. Tarde o temprano, te acaba engañando. En La Habana hay mucho fullero.

—¿Y qué propone el Directorio Revolucionario? —el
abogado Pelayo Cuervo adelantó el cuerpo hacia la mesa.

También él notaba en las manos un sudor viscoso que le dificultaba la tarea de sostener la pluma que empuñaba.

—El Mulato, aunque ahora lleve frac y pajarita, no es otra cosa que un militar, con las mismas ideas que cuando impulsó la Revolución de los Sargentos en el 33. Y como todos los militares, no entiende de palabras, ni siquiera las que se dan a gritos. Sólo prestan atención al ruido que hacen los tanques.

—¿Pretenden los estudiantes tomar el Campamento Columbia?

—No, eso no sería posible. Por desgracia, Barquín está entre rejas, en la Isla de Pinos. Ya se ve que el Mulato no es en absoluto vengativo...

—Y aunque estuviera suelto, sería un completo disparate. Al Mulato lo siguen con obediencia perruna muchos militares que no abandonan el Columbia ni el día de Navidad —dijo el abogado.

—Comprar la voluntad de un militar es tan difícil como acostarse con una mujer en las Casas de la Marina el primer día de mes, con el bolsillo lleno de pesitos. Basta con prometerle un ascenso. No hay materia más maleable que un militar. Debajo de la guerrera, sólo hay carne corrupta —afirmó el gordo Manzanita.

Pelayo Cuervo hizo el gesto de tomar alguna nota sobre un papel no más grande que una receta de médico. Escribió una frase.

—No. Lo que queremos es golpear arriba.

Ahora Pelayo Cuervo compuso un gesto de desconcierto.

—Verá, el diez de marzo se quebró abruptamente la victoria democrática de los ortodoxos. Son ustedes los que ahora deberían estar en el puesto que usurpa ilegalmente el Mulato.

Pero para expulsarlo de ahí, no basta con los escobazos. Fue una gran idea la de Chibás, la escoba como símbolo del partido. Pero también el eximio Eduardo Chibás sabía qué se podía hacer con una pistola. Sólo que apuntó en la dirección equivocada. Ahora nosotros debemos coger esa misma pistola, y dirigirla al blanco adecuado. Debemos hacer algo más que limitarnos a la lucha armada organizada. Hay que golpear arriba.

—¿Todo esto que me dice se resume en la palabra tiranicidio?

—Exactamente —respondió sin vacilar Manzanita.

En el despacho del abogado se abrió un silencio que dejó oír con nitidez el tictac cansino del reloj de pared. El abogado hubiera preferido tener ahora delante un vaso de whisky y no una taza de café vacía. Estuvo tentado de llamar a su secretaria, pero descartó la idea. No quería que nadie lo distrajera. El presidente del Directorio Revolucionario le acababa de proponer matar al Mulato.

—¿Contamos con usted?

Pelayo Cuervo, para ganar tiempo, puntuó la frase que antes había garabateado en un papelito.

—Sigo creyendo en mis procedimientos. ¿Se acuerda de la causa 82? Conseguí procesar al ex presidente, el doctor Grau, porque se había robado ciento cuarenta y cuatro millones de dólares. Apuesto por el Diálogo Cívico —fue toda su respuesta, sin levantar la mirada del papel, como si sospechara que alguna palabra había quedado sin acentuar.

—¿Usted cree que el Diálogo Cívico le servirá para hacer razonar a los dos matones que le han recomendado que no transite por calles oscuras? ¿Servirá para que Orlando Piedra deje de meter las manazas en su caja de herramientas? Nuestro compromiso exige nuevas soluciones, digamos… más efectivas…

—Y altamente arriesgadas —objetó Pelayo.

—Será un éxito, no lo dude. Incluso en el supuesto de que fracasáramos en el asalto al Palacio, eso será el pistoletazo de salida de una insurgencia de todo el pueblo, un pueblo además, que va a encontrar todas las armas que necesite en la Universidad. Siento decírselo, pero el Diálogo Cívico se nos queda corto...

El abogado soltó lejos la pluma manchada de sudor. Estaba sorprendido por las ideas de los estudiantes. Sorprendido, y no. Porque sabía que tenían huevos, muchos huevos. Pero él estaba ya muy viejo para correr delante de las perseguidoras, para soportar el chorro de agua que lanzaban las mangueras de la policía. Él seguía apostando por las palabras.

—Mire, yo fui el primer senador que se enfrentó a los militares el día siguiente del golpe de Estado del diez de marzo. ¿Recuerda? No nos dejaron entrar en el Capitolio. Llegaron a disparar salvas de fuego. Llegué a discutir seriamente con ellos. Lo único que conseguí fue que me encañonaran. Ese día no hubo sesión plenaria, porque a unos señores vestidos con uniformes no les dio la gana. Efectivamente, cuando salgo de aquí, o de mi casa, y camino por la calle, siempre me siento observado o seguido por sombras extrañas, y me cuido mucho de elegir los callejones oscuros. Aquí tiene miedo hasta el polvo que se acumula en esos libros. Y aun así, todavía confío en lo que ellos me enseñaron. Esos libros nunca me enseñaron que las pistolas sean mejor solución que los argumentos.

—Salvo cuando la pistola es un argumento —contragolpeó el gordo Manzanita.

El abogado Pelayo Cuervo cabeceó negativamente. Y se acordó de un joven al que le tenía especial cariño.

—¿Machadito piensa igual que usted? —preguntó.

—El Directorio tiene ya la decisión tomada.

A Pelayo Cuervo le extrañó que Machadito estuviera también implicado en el complot. Podía pasar por uno de los estudiantes más agitadores, sin que los versos de García Lorca o los partidos de pelota en los que se mostraba como un virtuoso le sosegaran el espíritu. Al abogado la pelota le interesaba tanto como el estreno de un nuevo modelo de televisión a color. Pero compartía con aquel muchacho el gusto por la poesía. Ahora se preparaba para matar al Mulato. Las ideas que un joven de apenas veinte años almacena en su cabeza son un misterio inescrutable, pensó el viejo.

—¿Podemos contar con usted? —insistió el gordo Manzanita.

—Pelearé hasta que al Mulato le quede un solo peso por saquear. No olvide que estoy en su trinchera. Pero lamentablemente, para esa operación que usted me propone, no le puedo ser muy útil.

—Ya llegará el momento en el que lo sea. La revolución está en marcha.

Y el gordo Manzanita eligió ese momento para ponerse en pie. Examinó el rostro estropeado de Pelayo Cuervo. En pocos meses habían caído sobre él diez años. Todas las batallas judiciales que había emprendido contra los últimos gobiernos corruptos, la muerte de su amigo Chibás, el hostigamiento de los hombres del Mulato, le habían pasado factura. Y aun así, entre los pliegues de la carne fláccida, entre las arrugas, entrevió una voluntad clara de seguir combatiendo, de luchar por devolver a la República la libertad perdida, aunque su osamenta crujiera cuando se incorporó para darle la mano. No se cruzaron más palabras. A fin de cuentas, todo estaba dicho. En el despacho sólo quedó imponiendo su autoridad inapelable el tictac monótono del reloj. Pero al abogado Pelayo Cuervo una frase se le enganchó en las paredes del cerebro.

—La revolución está en marcha.

A él también le sobrevino un estornudo.

La posadera dejó a un lado la penca con la que se abanicaba y apreció el volumen del fajo de billetes que le habían dejado esa tarde. Aquellos jóvenes, a los que apenas les había salido la barba, que nunca se llevaban una mujer para templársela, eran muy raros.

Pero ella no hacía preguntas. Simplemente echaba la zarpa de sus manos encima de los billetes, aplastándolos con fuerza de elefante, como si temiera la entrada por la puerta de un huracán, y luego, cuando veía perderse a los estudiantes por el pasillo, camino de la habitación más grande, la suite le llamaba ella, tenía hasta cuarto de baño y doble salida para mayor discreción de las parejas, sólo cuando se apagaban totalmente los pasos por el pasillo, los estudiantes conversando ya en la suite con el tono quedo de las conspiraciones, sólo en ese instante, la posadera miraba con ojos de codicia el montón de billetes, y los contaba varias veces, porque era tal la emoción que sentía, que se equivocaba en la cuenta, y tenía que empezar de nuevo.

—¡Noventa y cinco… y noventa y seis!

Ya le quedaba menos para reunir los trescientos cincuenta que costaba la televisión a todo color de la que se había encaprichado. Y consciente de esa cercanía, de la casi inminencia de ese sueño, que ya podía casi agarrar por el pescuezo, se le dibujó en el rostro una sonrisa de triunfo, que fue la que apreció Toti que, apostado en una esquina, había visto la cabalgata de estudiantes precipitarse al interior de la posada. Cuando vio entrar a un gordo grasiento, se dijo que ya no tenía que esperar a nadie más, y se enfrentó a la posadera.

—La número once —pidió.

A la posadera también le extrañaba que aquel adolescente, bueno, no tanto, tenía cara de viejo, arrugas prematuras
afeándole el rostro, entrara también solo, sin la compañía de
una muchacha. A ella, tanta extravagancia le parecía un signo
inequívoco de que la sociedad se estaba pervirtiendo, y recibía
todos estos cambios con la misma pesadumbre con que leía
noticias de los supuestos avances de una guerrilla de barbudos
en Oriente, noticias que iban ganando espacio en *Bohemia* a
las crónicas de sociedad, La Habana, el Montecarlo, Las Vegas
del Caribe, y a los anuncios de flamantes electrodomésticos,
que eran los que ella devoraba, con apetito insaciable.

Pero la gente se divertía, lo pasaba en grande, los marines especialmente, los estudiantes se refugiaban en su posada,
no sabía para qué, pero ahí estaban ellos puntuales, y esa apariencia de normalidad y la perspectiva de disfrutar muy pronto
de una televisión a todo color, le hacía a la posadera espantar
los malos pensamientos.

—No puedo darle la número once —le contestó a Toti la
posadera.

—¿Por qué?

Pero no le quiso decir por qué. Los dos pesos que le dejaba aquel adolescente con cara de viejo no le daban derecho
a merecer alguna explicación. Si hubiera doblado la cantidad,
igual le hubiera dicho que no, que la once estaba ocupada ya,
por un tipo que tenía la cara cruzada por una cicatriz y olía a
gallina salvaje.

El Mulato acariciaba el cuerpo disecado de la grulla. Lo hacía
de forma muy delicada. Temía que pudiera romperse. La grulla representaba para el Mulato su destino. Por eso le reserva-
ba los mejores cuidados.

Orlando Piedra observaba un poco sorprendido la actitud a la que se había entregado el presidente de la República, como ensimismado, rascándole el cogote a un bicho muerto.

—Salvé a esta grulla igual que salvaré a este país —habló al fin el Mulato.

Orlando Piedra no sabía si las palabras iban dirigidas a él, a un auditorio amplio, o eran un pensamiento reservado sólo para el Mulato.

—¿Te he contado alguna vez mi historia con esta grulla?

El coronel Orlando Piedra la había escuchado mil veces, la primera en plena campaña electoral, en todos los mítines la misma anécdota tonta convertida por el Mulato en un pasaje casi legendario. «Yo encontré, agonizando entre el follaje de un cañaveral, invisible para todos, salvo para mis ojos, a este animal», y el Mulato lo sacaba, con mucho aparato teatral y profusión de gestos, lo colocaba encima de la mesa, «y lo agarré con manos amorosas, cuidándola, alimentándola, reviviéndola, hasta que la grulla pudo volver a volar, a recuperar la libertad. Así hice yo, alimentar al país, salvarlo de su muerte, Cuba, una grulla volando en el cielo hacia el sol de la libertad», los aplausos enfervorizados brotando con fuerza, el Mulato en estado de trance, «volando hacia el cielo y sorteando los disparos lanzados sin piedad por Carlitos Prío y toda esa caterva de salvajes…»

—Pero la grulla se me murió. De vieja —recordó el Mulato, sin parar de acariciarla, aquel bicho presidiendo el buró, como el dignatario del país más rico del planeta.

A Orlando Piedra le parecía toda aquella exhibición, cuando menos, tonta. Él había conocido al Mulato cuando era poco más que un taquígrafo que recogía las sesiones del Consejo de Guerra de del Séptimo Distrito, allá en La Cabaña, su activismo contra el sanguinario dictador Gerardo Machado, el de la mano mocha, el Mussolini caribeño, y una astucia política y militar que lo habían llevado a ocupar ese despacho, el más importante. Eran otros tiempos. El Mulato ofrecía el perfil fibroso de un sargento con las manos hechas de acero, siempre una idea brillante chisporroteándole en la cabeza. Ahora, sus manoseos con la grulla y su obsesión con el juego de la canasta, lo hacían irreconocible.

—¿Quieres jugar a la canasta? El embajador norteamericano se ha picado y viene aquí dos o tres veces a la semana. Es muy empalagoso, pero le gano siempre.

—Se lo agradezco. Pero prefiero jugar con mi caja de herramientas —y la señaló, allí, encima de la mesa, haciendo compañía a la grulla—. La lucha contra el comunismo me exige un compromiso total.

Y de pronto Orlando Piedra se dio cuenta de que se había equivocado, que igual el Mulato se podía sentir aludido, lo he llamado huevón, porque a fin de cuentas, eso es lo que pensó, el Mulato se entregaba ocioso al juego de la canasta con la misma despreocupada irresponsabilidad con que realizaba algunos nombramientos. Salvo el suyo, claro. Con un poco de suerte, sería designado jefe del Departamento del Servicio Secreto del Palacio. Eso, si no metía la pata. Y esa tarde temía haberlo hecho.

Un escalofrío recorrió a Piedra. El Mulato lo mira con ojos censores. Sólo él estaba autorizado para mirarle de esa manera. Sólo él podía permitirse esa licencia. Los demás eran basura. Él es el jefe del Buró de Investigaciones y hay que respetarlo. Sí, se ha dado cuenta, ha entendido que lo he llamado vago. ¡Seré comemierda! A fin de cuentas, ha sido él el que me ha puesto al frente del BRAC. Igual hasta pronto tengo un despacho contiguo al suyo. No puedo morder la mano que me da de comer. Soy yo el que tengo que acabar con las cucarachas, una a una. Soy yo el que debe buscarlas, aunque para eso me tenga que enfangar de mierda en las alcantarillas.

—¿De dónde crees que han salido tantos comunistas, así, de golpe? ¿Qué les hace reproducirse con tanta facilidad? —preguntó al fin el Mulato, dejando por un momento de acariciar a la grulla. Ahora los dedos le reposaban en el pecho, los dos pulgares unidos, haciendo contacto.

Orlando Piedra no quiso titubear. El Mulato llevaba la conversación hacia otro camino, y él no podía desaprovechar la oportunidad de pasar página, olvidar la proposición de jugar a la canasta que él había insensatamente rechazado. Y por qué no, incluso para sacar pecho.

—Muchos, la mayoría, son comunistas simplemente por llevar la contraria. Levantan esa bandera, pero por joder, por fastidiarnos. Muy pocos han leído toda esa mierda de Marx.

—Y entonces ¿por qué hemos sorprendido a muchos intentando volar a Rusia? ¿Acaso no le gusta el clima de Cuba? ¿Prefieren vivir bajo cero? Mira el tal Flavio Bravo…

—A Flavio Bravo le sienta mejor la guayabera que las ideas que le dan a probar en Moscú.

—Saben que, únicamente con sus propias fuerzas, serán aplastados, y buscan ayuda fuera, sin saber que, de la misma forma, también serán aplastados, pero de forma más dolorosa.

Y Orlando Piedra miró satisfecho la caja de herramientas que siempre viajaba con él.

—¿Y no sería mejor llamarles revolucionarios a secas? Aún me cuesta creer, aunque Gardner me diga lo contrario, que todos son comunistas… ¡Si el comunismo nunca tuvo peso en la historia de este país, hasta que yo llamé a dos ministros a mi gabinete! ¿Por qué ahora están tan presentes, colándose en nuestros cuerpos como el peor virus? ¿Por qué no los llamamos a todos revolucionarios, y ya?

Orlando Piedra movió la cabeza, negando. La respuesta ya la traía desde casa. No tuvo que hacer ningún esfuerzo para articular su razonamiento.

—No nos conviene calificarlos de revolucionarios. Nos interesa que Estados Unidos vea nuestros problemas internos como propios. Ese es el secreto. Mientras que todos los revolucionarios sean comunistas o lo parezcan, los yanquis nunca nos darán la espalda. Para matar tanta cucaracha hacen falta muchas fumigaciones. Y eso cuesta muchos pesos. Pesos y dólares.

El Mulato sonrió para sus adentros. Se felicitó por su gran visión, que no sólo le permitía encontrar entre la maleza una grulla, sino también dar, confundido entre una masa de oficiales proclives a la conspiración, uno como aquel, de ideas fulgurantes y refinamiento para la tortura. Tenía razón Orlando.

—Por eso, hay que insistir en que el Veintiséis y sus seguidores son comunistas. Hay que divulgar en los periódicos y en las radios que el Veintiséis es comunista y además…

Y Orlando Piedra hizo una pausa, se aclaró la garganta, y prosiguió con más energía, en un tono que rozaba la vehemencia.

—Lo mejor que nos ha podido pasar es que firmara con los estudiantes el Pacto de México. Los estudiantes y el Fidel son una misma cosa: comunistas. Mientras que esa idea prenda en la opinión pública internacional, estaremos tranquilos.

El Mulato movió los dedos de las manos, retirándolos del pecho. Levantó el pulgar de la mano derecha, en un gesto de asentimiento, o de puro reconocimiento de la inteligencia aguzada de Orlando Piedra, muy diferente a Tabernilla. Tabernilla era sanguíneo, de reacciones virulentas. Mira lo que fue capaz de hacer en la embajada de Haití. Pero era necesario. ¡A la mierda las protestas del embajador haitiano! Aún se preguntaba por qué no lo había botado del país. ¡Más vale que se preocupen por ponerle las cosas más difícil a su vecinito, a Trujillo!

Orlando Piedra era distinto. Veía en sus ojos la misma fijeza que encontraba en los roedores. Sus mismos ojos, brillantes de inteligencia.

—¿Qué piensas de los estudiantes? —preguntó el Mulato.

—Antes creía que no sabían qué hacer, si agarrar las ideas o las pistolas.

—¿Y ahora?

—Ahora se olvidaron de las ideas y sólo quieren empuñar las pistolas.

—¿Se han convertido en peligrosos? ¿Crees como otros que me han dicho que me cuide de ellos? ¿Se van a limitar a mascaradas como la del otro día, cuando en el Gran Stadium del Cerro se lanzaron al terreno en medio de un juego entre las novenas de Habana y Almendares, con aquella frasecita de ¡Abajo, Batista!, eso van a hacer? ¿Dejarán acabar la Liga para que sepamos si se la lleva el Habana o el Almendares?

Inmediatamente reaccionó el coronel.

—No duraron ni un minuto sobre el terreno de juego. Y fueron duramente reprimidos, no sólo por la rápida actuación de la policía, sino por los propios espectadores. Y yo creo que va a ganar Almendares, por cierto.

El Mulato hizo un gesto como de espantar una mosca que le andaba merodeando demasiado tiempo.

—¿Qué es lo que están dispuestos a hacer? ¿A dinamitar Colón, como ya hicieron con Gerardo Machado? —insistió el Mulato.

—Sí, pero son tan bobos que hacen ostentación de un poder ficticio. Lo que más les gusta es la guapería. Y los guapos acaban haciendo la ruta de los grillos...

El Mulato no pudo hacer otra cosa que reír ante la ocurrencia de Orlando Piedra. De veras que el coronel era un tipo con ingenio. Y mala leche. Mucha mala leche.

—El único problema —recuperó el tono serio Orlando Piedra— son las alianzas que puedan hacer.

—¿A qué te refieres? ¿Al Veintiséis? El Veintiséis no es ningún problema. Nadie sobrevive en las montañas.

—Eso creo yo. El problema es que desde Dominicana pueden venir elementos más peligrosos, gentes que sí sepan manejar las pistolas.

—¡De verdad que este Trujillo es un *hijo'e'puta*!

El Mulato recurrió a su memoria, quiso recordar todos los episodios de la relación que le unía a Trujillo, a Chapitas, como le gustaba llamarlo él, repasó cada pasaje, dibujado como la viñeta de un comic, y no encontró ningún momento en el que fuera posible hablar de relación cordial, pero tampoco ninguno que ofreciera el encono de estos momentos. La cuerda estaba tensada. Demasiado. Trujillo tironeaba con fuerza. Gardner, en medio de una de las partidas de la canasta, desatendiendo el juego, ya le advirtió que tuviéramos cuidado con el Benefactor, ¡el Benefactor!, jajaja, que estaba bravo, muy bravo, porque Estados Unidos no reconocía, y es más, condenaba, los gestos de clara estirpe dictatorial, de un gobierno que miraba con hostilidad a todos los que lo cuestionaban, incluso a los Estados Unidos, en una actitud que tenía mucho de desafío.

—Los que le arrancaron el brazo derecho a la Niña Magaly eran estudiantes ¿verdad?

—Peor que eso. Eran comunistas.

El episodio era demasiado reciente. Al Mulato la sangre se le alborotó, repentinamente. La notaba darle golpes violentos en las sienes. Miró a la grulla, pero esta vez no encontró en su hieratismo la tranquilidad deseada, los dedos se le fueron cerrando en un puño, los tendones tensos como un arco, el puño cayendo sobre la mesa, la grulla temblando en su pedestal, la caja de herramientas haciendo un ruido de sonajero, un ¡carajo! rajando la mañana.

—¿Cómo es posible que permitamos que entren en el Tropicana comunistas? ¡Los comunistas sólo pueden habitar las alcantarillas!

Al Mulato se le amontonaron las imágenes, los relatos de lo ocurrido. Sobre el escenario, unas bailarinas, vestidas sumariamente con una tela finísima que apenas le borraba el pubis y que sugería obscenamente los pechos, haciendo mucho alarde de pluma de avestruz. Ejecutaban números imposibles sobre el escenario, haciendo dudar a los espectadores de la existencia de las leyes físicas, retorciéndose en escorzos inverosímiles, sus cuerpos dúctiles, maleables, como la goma de mascar, los espectadores aplaudiendo con fuerza, ellas con movimientos cada vez más rápidos, acompasados al ritmo creciente de los bongoes, manos atizándoles con saña, las cinturas cimbreándose, las luces del escenario haciendo guiños intermitentes, proyectando conos azulados sobre la tarima, los bongoes anunciando con su sonido repetitivo la sorpresa final, las bailarinas iniciando una pequeña carrera, tomando impulso para dejar caer su cuerpo moteado de pedrería en los brazos musculosos de tres mulatos vestidos de príncipes encantados, ellas volando, con liviandad de fantasma, los bongoes atronando, pum pum, dos detonaciones secas, sí, dos, eso dijeron los testigos presenciales, que inicialmente pensaron que formaban parte del espectáculo, y no dejaron de pensar eso ni siquiera

cuando un humo pareció brotar de la platea, borrando la des-
nudez de las bailarinas, y sólo cuando vieron el llanto desespe-
rado de una muchacha, sí, sólo llanto, ni siquiera un alarido,
como si en vez de arrancarle un brazo le hubieran arrancado
su muñeca preferida, el brazo desplazado varios metros, fuera
de la nube de humo que rodeaba a la muchacha, la Niña Magaly, así se quedó, sin un brazo, pero rebautizada por el Mulato, que la recibió en el Palacio, ella sin poder reprimir unas
lágrimas que nunca se le acababan, el Mulato imposible de
apartar los ojos del muñón donde antes había un precioso brazo. Ese es el recuerdo que le había quedado a la Niña Magaly
del paraíso bajo las estrellas del Tropicana.

   —Me da igual si los eliminamos uno a uno, a balazos o a
machetazos, si los juntamos a todos, y los dinamitas... Pero
Orlando, no podemos permitir que estos hijos de puta nos
arruinen el espectáculo — y un dolor persistente le oprimió el
pecho al Mulato.

   —Estése tranquilo. Acabaremos con todas las cucarachas, hasta con la más diminuta y escondida.

   Y durante todo el día el Mulato recordó esa afirmación
del coronel Orlando Piedra, la memorizó, como las frases que
cazaba al vuelo en los libros de su extraordinaria biblioteca.
Gustaba especialmente de abrir la Biblia por cualquier página.
Aquello, para empezar, era buena literatura, pero también
fuente de alivio y de inspiración. Acabaremos con todas las
cucarachas, le había asegurado sin vacilar el coronel Orlando
Piedra. Pero ni siquiera eso le sosegó totalmente el espíritu, y
cada poco le venía a la mente la imagen de la Niña Magaly, sin
poder hablarle, sólo interrogándole con la mirada, incapaz de
entender nada de lo que ocurría. Sólo tenía diecisiete años. El
Mulato pasaba de los cincuenta y tampoco entendía nada.

Nadie lucía mejor los trajes de los almacenes El Sol que Silvito Lindo, siempre con un blanco reluciente de tela recién estrenada. Era difícil que pasara inadvertido, allí parado en el lobby del Havana Riviera, esperando seguramente a alguien, o no, simplemente cumpliendo una función meramente ornamental, como pudieran serlo los pesados cortinajes de terciopelo. A Silvito Lindo le encantaba representar ese papel, el único que no le exigía un gran esfuerzo dramático. Puso recta la espalda. Se estiró la chaqueta del traje. Comprobó que el nudo de la corbata no se le había movido. Dibujó una sonrisa de querubín. Y sólo cuando verificó que todo estaba en orden, incluso que el número de mujeres a las que querría llevarse a la cama era el adecuado, fue a exhibir su belleza a otra parte del hotel. Tomó un elevador. Le acompañaron dos parejas. Ellas no paraban de reír, nerviosamente, con la misma educación que mostraría un tipo tirándose pedos en una conferencia de jefes de Estado. Ellos evaluaban los volúmenes de lo que ocultaban en los escotes. Serían tontas, pero también gozadoras. Aquellos tipos no tendrían ni idea de quien era Oscar Wilde. Pero Silvito Lindo se acordó de una frase que le había leído a ese escritor irlandés tan provocador como genial: la mujer es el triunfo de la materia sobre la inteligencia. Es posible que el tío Oscar tuviera razón, pensó Silvito Lindo, porque todas se tragaban esas historias lacrimógenas que él escribía con la misma pasión que pone un carnicero haciendo morcillas. A Oscar Wilde le hubiera encantado esta Habana, concluyó, las dos rubias sin parar de cloquear.

El elevador dejó a todos en el casino. Allí había tanta gente como la que se suele encontrar en un partido decisivo de la final de pelota entre Habana y Almendares. Por no faltar, no faltaba ni el jefe del Estado Mayor. Silvito Lindo sintió enseguida sobre su hombro unos dedos de cualidad indeciblemente viscosa, y que lo rozaron como si fueran las patitas peludas de una araña. Los otros, los de la mano izquierda, estaban ocupados en sostener un vaso de whisky.

—¿Me permite que me presente? Francisco Tabernilla.

Se había desembarazado de sus ropas militares, pero por alguna extraña razón que sólo el sentido de la estética podría explicar, el traje que lucía Tabernilla tenía esa misma cualidad ruda, apropiada para dar un golpe de Estado o formar un pelotón de fusilamiento. Algunos clientes le hacían reverencias.

—O sea, que hablo con una persona importante, por lo que veo. No paran de saludarle —sugirió Silvito, sin quitar ojo de una morena de pechos voluminosos.

—Usted también lo es. Todas esas historias, todos esos personajes, tienen a media Habana en vela. La otra la tiene Fidel. Esa es nuestra desgracia. Que prestamos demasiada atención a las fantasías.

—No olvide que yo emito en onda larga, y Fidel, en onda corta. Ahí, de momento, ya tiene una diferencia.

—Espero que no sea la única —concedió Tabernilla.

Silvito Lindo podía estar muy pendiente de las tetas como zeppelines de la morena, pero no podía dejar sin respuesta aquel comentario de Tabernilla.

—Veo que no aprecia demasiado mi trabajo.

—La radio me distrae demasiado. Cuando me pongo a hacer pesas —y aquí se llevó una mano a uno de los bíceps, para mostrar los resultados de tanto ejercicio— da la impresión de que no me concentro, con todos esos sonidos, esas músicas, esas historias que salen por un altavoz… Es como templar. Nos deja sin energías para las cosas importantes.

El locutor tenía delante no menos de diez razones para impugnar aquella afirmación. Las había de todos los colores y tamaños. Pero coincidían en tenerlo todo doble: las nalgas, los ojos, las tetas… Pero pensó que discutir con un militar era la segunda peor forma de perder el tiempo. La primera era irse esa noche a la cama solo.

—Mira ¿sabe lo que decía Balzar, un escritor ruso, cada vez que tenía un orgasmo? Ahí va otra novela. Pensaba que así, por ahí, se le iba todo el talento creativo, se venía y se le iban las ideas —la anécdota se la había contado a Tabernilla el Mulato. Pero bastante esfuerzo había hecho para retenerla en la cabeza como para atribuirla correctamente. Tabernilla ni tenía ni idea de quién era Balzac, o Balzar, como lo llamaba él. Odiaba los libros. Pero quería hacerse el listo.

Silvito Lindo miró a aquel tipo con aprensión. El militar era un necio, valga la redundancia. Un necio con ganas de joder. Por eso siguió dándole conversación, dale que te dale con la cantaleta, tras echarse al gaznate un trago de whisky. Un trago largo, muy largo. Tenía sed de perro perdido en el desierto.

—¿Qué cree que está pasando en las montañas?

—Yo no opino de política. Sólo me preocupan los personajes de ficción, y sobre todo, aquello que nos hace la vida más feliz. La política no lo consigue. Lo siento por usted, pero soy un pagano y no tengo remedio. Prefiero la rumbantela a las intrigas.

—¿No le gusta la política?

—¿Y a usted? Yo pensaba que usted era militar.

—Yo sólo soy un deportista —y le mostró uno de los bíceps, como si fuera una evidencia.

—Veo que está fuerte —se limitó a decir Silvito Lindo.

—Sólo así evito que me tumben. Y le diré una cosa, incluso a los tipos como usted, a aquellos que sólo parecen pendientes de la rumbantela, les interesa la política. Está con nosotros. Como el aire que respiramos.

—Mire. De los periódicos sólo me interesan las fotos en las que aparecen muchachas en *short*, tan espectaculares como las que hay ahora mismo aquí —y abrió un abanico con las manos, abarcando un espacio amplio con el mismo orgullo que mostraría un terrateniente al enseñar las hectáreas de tierra que explota—. Las mujeres no lo son todo, pero digamos que tienen para mí más o menos la misma importancia que el oxígeno. Por eso me gusta verlas hasta en los periódicos. Pero a veces se me interpone algún titular. El salvador, el héroe, y a continuación, el nombre de Fidel. ¿Se acuerda de Clavelito?

A Tabernilla el nombre le produjo el mismo efecto que le dejó Balzac cuando el Mulato le habló en su despacho presidencial de aquel individuo de nombre tan raro. Un escritor ruso ¿o era polaco? El jefe del Estado Mayor se limitó a encogerse de hombros. Que es lo que ahora mismo había hecho.

—¡Ah! Olvidaba que a usted no le gustaba la radio. Pues Clavelito era un locutor que sanaba con su voz. Sí, curaba enfermedades. A ver si recuerdo la frasecita... sí,

pon tu pensamiento en mí
verás que en este momento, mi fuerza de pensamiento
ejerce el bien sobre ti...

Incluso —prosigue Silvito Lindo— tenía iluminaciones, imágenes que se le formaban dentro de un vaso lleno de agua. ¡Tremenda bobería! Pues bien, se corrió la voz de que no tenía casa para vivir, que era poco más que un mendigo, y alguien sugirió que le mandaran a la radio un peso. Le llegaron 30.000 cartas. No tengo constatación de que sanara jamás a nadie; de lo único de lo que estoy seguro es de que a la casa que se hizo construir con todo ese dinero, no le faltó ni piscina.

—Veo que tenemos ideas parecidas —y Tabernilla agotó el whisky que le quedaba en el vaso, sin que la sed se le hubiera apagado. Pronto él necesitaría también de un sanador para que hiciera algo por su hígado. Cirrosis es una palabra que suena muy mal.

—¿Es de los nuestros, no? Me alegro —dijo Tabernilla, sin mucho convencimiento. No estaba seguro de ello. Sí lo estaba de que necesitaba, inmediatamente, otro vaso de whisky. Ya vería quién se ocuparía de su cirrosis.

—Yo soy de los que disfrutan de la vida. Quiero hacer más felices a todas las mujeres que me oyen. A las que sueñan. A las que se les para la respiración, esperando la siguiente frase. Me he pasado media vida intentando entender a las mujeres, hasta que lo he conseguido. No me voy a pasar la otra media intentando entender a los políticos.

Y ante ese razonamiento, Tabernilla no pudo oponer otra cosa que un gesto imperativo al camarero.

—¡Otro whisky, muchacho!

Y enseguida, sus dedos se movieron con sutileza de pata de araña para sostener un vaso rebosante de un líquido que adoraba el viejo Tabernilla, un líquido que lo redimía de todos los pesares que le ofrecía esta vida, desde el desprecio que a veces lograba intuir en algún gesto del Mulato, hasta su vida privada, reducida a levantar unas pesas llenas de óxido antes de que las gallinas se despertaran y a apreciar su alopecia incorregible frente al espejo. De mujeres, nada. Era invisible para ellas. Salvo cuando les enseñaba un fajo bien gordo de pesos.

A lo lejos se oía la voz de Benny Moré. Silvito Lindo se puso a tararear uno de sus mambos. Tabernilla se dio cuenta y le hizo un comentario a Silvito:

—Los que entienden de esto dicen que es bueno ¿eh?

—¿Quién, el Benny?

—Ese mismo.

—¿Usted sabía que le gusta la hierba?

Tabernilla da un respingo de sorpresa.

—¿La hierba?

—Sí, la marihuana. Al Benny le encanta la hierba casi tanto como las mulatas.

—No, no sabía.

Y el jefe del Estado Mayor se quedó un poco confundido. Parece que todo el mundo anda metido en líos con las drogas, y no sólo la Pomposa, que no podía pasar un día sin meterse unas cuantas rayas de cocaína. Menos mal que él se mantenía alejado de todos esos vicios. Hasta hablar de ellos lo ponía de mal humor. Así que rápidamente cambió de tema.

—Una lástima que no le guste la política. Podríamos debatir sobre tantas cosas…

—La política acorta la vida —dijo Silvito Lindo.

—¿Piensa de veras eso?

—La frase no es mía. Es de un tal Oscar Wilde. Era jockey de caballos —inventó Silvito Lindo.

—¿Sí? Creía que lo único que le interesaba eran las mujeres. ¿También le atrae la hípica? Nunca le he visto en el hipódromo de Marianao.

—No desespere.

A Silvito Lindo lo rescató del jefe del Estado Mayor una muchacha. Los ojos le hacían chiribitas. A ella también se le quedaba el aliento suspendido aguardando la siguiente frase que el actor de radionovelas le pudiera decir. Porque pensaba que aquellas palabras tan bonitas iban dirigidas exclusivamente a ella. La magia de la radio no es otra cosa, afirmaba rotundamente Silvito, resumiendo el poder hipnótico de ese invento que le hacía pisar los mejores cabarets y acceder a las mujeres más bonitas.

Lástima que Silvito Lindo tuviera esa noche otros planes. Si no, lo hubieran pasado muy bien los dos, juntitos.

Pero a Silvito Lindo le ocurría con frecuencia el extraño fenómeno de que se le metía una idea entre ceja y ceja, y como suele ocurrir en casi todos los tipos obstinados, y en todas las mulas, se lanzaba corriendo en pos de ella. Y esa noche, examinando sus facciones en el espejo, comprobando que ninguna parcela de su rostro había quedado sin la necesaria visita de la cuchilla de afeitar, una idea se le clavó justo entre la ceja derecha y la ceja izquierda: conocer la textura del *blumer* que usaba Katyna Ranieri.

Con ese propósito salió a la calle, oliendo a lavanda, afirmándolo en cada vaharada que expulsaba su piel suave como la mismísima seda. Ni siquiera dejó de pensar en él, mientras que el viejo Tabernilla, a estas alturas de la noche quizá ya Pancho Tabernas, le intentaba sonsacar alguna opinión política que estaba muy lejos de ofrecerle. Aquella pérdida de tiempo no lo había hecho desistir, porque Silvito Lindo era de ideas firmes y fulgurantes deseos.

Por eso acometió con energía los escalones de mármol que llevaban al primer piso del hotel Capri. Prefería las bailarinas a los croupiers. Era mejor apostar a las mujeres. Por eso ahora estaba allí, viendo la figura sinuosa, de reptil encelado, de la Katyna Ranieri, bendiciendo el micrófono con unas finas gotas de saliva mientras desgranaba una historia de amores imposibles. Valga la redundancia. También.

Silvito Lindo la estuvo examinando un rato, medio oculto tras las suaves cortinas de terciopelo rojo del cabaret del Capri, sintiéndose invisible, pudiendo medir libremente cada porción de piel que le ofrecía aquella italiana con cuerpo de botella de coca-cola que le había exaltado los sentidos a Blanco Rico. Pero el coronel llevaba mucho tiempo sin pisar un cabaret, ni ningún otro sitio. El Bizco Cubelas le había asignado otros planes, eligiéndole un destino diferente. Por eso ahora la Ranieri se desperazaba lánguidamente para él, apenas vestida con una estola que le llegaba al piso, en la boca rojísima un cigarrillo con boquilla de nácar, le bailaba a él, exclusivamente a él, y hubiera seguido oculto en las sombras si no le apretara la sed, obligándole a pedirle a un camarero un *gin-fizz*. A la decisión de abandonar su posición estratégica tras la cortina contribuyó también una circunstancia favorable: una pareja de americanos desocupó una mesa en la que dejaron varios vasos vacíos. Esa noche misma volverían a Miami y se meterían en la cama borrachos. Él tenía sed. Pero no tanta. Sólo quería un *gin-fizz* y poder recrearse mirando a la Ranieri. Observando sus movimientos voluptuosos, proclamando su cuerpo de sirena que tiene las peores intenciones, la fina pedrería lanzando fugaces destellos que parecían acribillarlo, Silvito Lindo entendió perfectamente por qué Blanco Rico no le hizo el menor caso al Mulato cuando le dijo que merodear a la Ranieri podía ser cualquier cosa menos una buena idea. Por ejemplo, una estupidez. El jefe del SIM estaba ahora mismo en Colón, en vez de disfrutar del ambiente del Capri. La muerte siempre fue una estupidez. El silogismo es muy sencillo. Tan sencillo que hasta el Bizco Cubelas pudo completarlo. Silvito Lindo se echó un buche de alcohol al cuerpo. Luego se limitó a llevarse el borde del vaso a los labios, intentando captar la atención de la bolerista. Pero la Ranieri se quedaba tan absorta pendiente del micrófono, del trabajo de la orquesta, que sólo veía sombras en el lugar que ocupaban los espectadores.

El bolero era muy triste. Sí, de verdad que era una historia de amor imposible. Pero la suya sí era factible, pensó, mientras la Ranieri hacía repetidas reverencias a un público que la aplaudía desaforadamente, como si fuera su última actuación, como si supieran que el Bizco Cubelas había venido esa noche a terminar el trabajo que inició en el Montmartre. Silvito Lindo aprovechó el momento para colarse por un pasillo. Uno de esos en los que pone «Prohibido el paso».

—Soy Silvito, el actor de radionovelas de CMQ. Tengo que ver a Katyna —le dijo a un jabao que cuidaba de que no entrara ningún desaprensivo a aquella zona. Estaban los que querían tocarle el culo a la Ranieri; pero los prefería a los que ponían bombas. Un actor de radionovelas no era peligroso, entendió. Él también lo conocía. ¿Quién no conocía a Silvito Lindo en La Habana?

Le franqueó el paso.

—Siempre he soñado con tus historias —le confesó Katyna, con un acento que no podía ocultar su origen italiano, y que encabritó aún más el deseo de Silvito Lindo.

Pero no se lo dijo en el camerino, sino desordenándole aún más los pelos desgreñados, compartiendo un mismo espacio insuficiente como escenario, pero perfectamente preparado para hacer el amor. Porque Katyna Ranieri no dudó en aceptar la propuesta que le hizo Silvito después de asistir pacientemente a su transfiguración, que aún la hacía más bella, si es que eso era posible. Sin la peluca rubia platino, sin las pestañas postizas, sin las argollas que simulaban unas lágrimas gruesas, sin el rouge que él mismo le hubiera gustado quitarle en el camerino, Silvito Lindo la veía todavía más linda que cuando interpretaba aquellos boleros que encogían el corazón de La Habana, igual que las frases que él soltaba delante de su micrófono RCA. Por esa razón estaban unidos por un hilo invisible, obligatoriamente debían entenderse, porque a Silvito le gustaban las mujeres, a las que colocaba en el ranking de tareas imprescindibles justo detrás del acto de respirar, y a ella, el episodio del Montmartre le había dado una conciencia inapelable de que la vida era eso, un disparo y ya. Por eso no tardó ni cinco segundos en decirle a Silvito:

—¿Y cómo sigue la novela? Anda, cuéntame el capítulo de mañana. Venga, dale. ¿No crees que yo merezco un anticipo? —le pidió con su voz ronca.

—Ahora mismo no lo recuerdo. Pero quizá bebiendo un *gin-fizz* en el Sloppy Joe's Bar pueda hacer memoria.

—En casa tengo ginebra —insinúa ella.

—No pensaba beber otra cosa esta noche —le dice Silvito, guiñándole un ojo.

En menos de cinco minutos los dos estuvieron acomodados en el interior de un taxi. Katyna se había desembarazado de todos los elementos ornamentales que le imponía el show del Capri, pero a Silvito Lindo aún le llegaba, como residuo, un aroma penetrante a perfume de cabaret, a perfume caro, ese que suele ser regalado por los amantes que no pueden quedarse a dormir con la chica. Silvito sintió poderosamente una punzada de celos que espantó inmediatamente. De momento, él estaba allí, notando a través de la falda ahora larga de Katyna su temperatura animal. La Habana era impredecible. Lo mismo te ganabas el juego de la bolita que aparecías en el fondo del Río Almendares, aunque no te gustara el agua y no te hubieras dado un baño en tu vida. Y a Silvito, ese día, le había tocado el juego de la bolita. ¡La bola va, caballeros! ¡La bola va!

El taxi los dejó en el número 254 del Paseo del Prado, entre las calles Trocadero y Ánimas. El apartamento no destacaba por nada, salvo por una terraza espectacular en la que dos butacas de enea parecían invitar a tomar asiento inmediatamente. En el salón se movían desganadamente las aspas de un ventilador. Así que la elección era fácil.

Viéndola así, con ropas holgadas o proletarias, despojada por los brillos satinados con los que aparecía cada noche en el cabaret del Capri desde que el asesinato de Blanco Rico le obligó a emigrar del Montmartre, sólo identificada por ese perfume que taladraba deliciosamente las fosas nasales, nadie podía pensar que se trataba de una estrella de la canción, ni de que había sido musa del jefe del SIM, uno de los hombres de confianza del Mulato. Desde los tiempos de Adán y Eva, el mundo es una madeja de conexiones que nadie se ha tomado el trabajo de explicar. Se sirvió un batido de coco. Silvito Lindo optó por beber un nuevo *gin-fizz*, una bebida a la que atribuía varias virtudes, entre ellas, hacerse cargo de su halitosis. Por eso la Ranieri lo primero que hizo tras echarse el primer buche de batido a la boca, fue buscar la de Silvito. Como suele ocurrir en estos casos, la cama no pillaba demasiado lejos. A tres besos apenas.

Pero la vida está llena de sorpresas.

La Ranieri lo intentó por todos los medios, con todas las artes que conocía, unas aprendidas en la Toscana, y otras, de efectos sorprendentemente eficaces, que le habían enseñado en La Habana. Pero a Silvito no se le paraba la pinga. Desde hacía mucho tiempo. El rey de la radionovela habanera no podía acabar sus trabajos. Estaba muy lejos de los machos singadores que encarnaba en la radio.

—Ya conoces mi gran secreto —y Silvito Lindo dijo aquello sin asomo de culpa, como el que informa de una próxima mudanza. En vez de vanos pretextos, los que sin duda debería decir para no salirse de su papel de machito jodedor, prefirió plantearle la verdad a aquella mujer, quizá porque ella, arrancada del mundo de lentejuelas, purpurina y pluma de avestruz, parecía un ser irremediablemente desvalido, recuperando la inocencia de cuando sólo era una campesina que correteaba por la Toscana.

La Ranieri supo enseguida que Silvito Lindo la miraba así, elevándola por encima de cualquier artificio, y ella, en vez de afanarse en una tarea que sabía destinada al fracaso, se olvidó de su pinga y le fue buscando el oído para contarle que ella se sentía como uno de esos personajes atormentados a los que daba vida Silvito Lindo en sus radionovelas, expuesto a todos los acontecimientos, y sentía que después del incidente del Montmartre, su vida era como uno de esos personajes, bastaba el capricho del guionista para que su suerte virara, el guionista podía colocarle en medio del escenario para convertirla en la mujer más deseada, o bien podía meterla en una callejuela donde la esperara un hombre que deseara mucho más apretar el gatillo que acostarse con ella. Así se sentía, un ente de ficción, con el reloj de arena puesto ya boca abajo. Todos lo tenemos colocado en esa posición, boca abajo, objeta Silvito Lindo, acariciándole un mechón de su pelo, un gesto que no se acomoda con el tono de voz que ahora usa para decirle, para gritarle casi, cerca de la cólera, que sí, que es cierto que mucha gente lo adora también a él, una estrella de la radio creando voces y personajes cada semana, soy tantas voces a la vez, que no sé cuál es la mía. ¿Cuál es mi voz? Porque tú sí tienes voz, Katyna, no, yo no tengo voz, tengo miedo, y por eso cada noche me acuesto con un hombre, por miedo, porque sé que sobre el escenario estoy segura, mientras que el guionista me coloque allí arriba, no hay problema, pero cuando lo abandono y me quito la peluca rubia, estoy expuesta a una bala que estoy segura que alguien guarda para mí, y me traigo hombres a esta cama, por miedo, lo reconozco, y Silvito Lindo hizo un gesto de retraimiento tan delicado que ni siquiera lo notó Katyna, que continuó con su relato atribulado, en efecto, como el de las mujeres de las radionovelas creadas por Silvito Lindo, ella no quería ser una *femme* fatal, porque todas esas rubias que agitaban su melena, acababan mal, ella sólo aspiraba a estar en casa, cocinándole a un hombre que la cuidara, pero eso era imposible, porque tenía mucho miedo, y porque desde el asesinato de Blanco Rico se le había metido en la nariz un insoportable olor a pólvora que acentuaban las rayas de cocaína que esnifaba.

—Todo va a saltar por los aires de un momento a otro —pronosticó, mirando un desconchón en el techo de su dormitorio, el cuerpo de Silvito Lindo encogido a su lado.

Prométeme que jamás me utilizarás para crear un personaje de esos infelices de tus radionovelas. No, piensa que soy una ama de casa, gorda, con tetas sobaqueras, y un delantal que esconde muchas libras que me estropean el cuerpo, y Silvito Lindo no la pudo ver así, pero se lo prometió, conmovido, sabiendo que no le era necesario crear ese personaje de mujer desgraciada, porque ya lo tenía justamente delante, se lo prometió cuando se vistió, y se lo prometió desde el rellano, antes de que la puerta se tragara al cerrarse la figura de una mujer que parecía esconder, bajo su capa artificial de glamour, secretos tan hondos como la procedencia de aquel sombrero borsalino que Silvito pudo ver en el perchero, colgado como un enigma.

Era un quinto piso. Pero Silvito Lindo descartó el elevador.

Todo va a saltar por los aires, de un momento a otro. Silvito le dio varias vueltas a la frase. Pero ni siquiera cuando llegó al último piso pudo borrar el rastro de inquietud que le había dejado, él, que no tenía en su cabeza otra preocupación que no irse a la cama solo. En la calle, la humedad era tan densa que difuminaba los contornos. O igual era sueño. Silvito Lindo apreció una sombra moverse. Quiso pensar que era un gato saqueando algún cubo de basura. Sí, será un gato. Pero Silvito echó a correr. Olía a pólvora.

—¡Que se vayan a la mierda!

La frase sonó tan fuerte que Toti no hubiera necesitado pegar la oreja a la pared para oírla si se hubiera encontrado en la posada. Pero a esas horas, mientras Manzanita mostraba que estaba muy bravo, él barría afanosamente la moqueta sucia del Shangai.

—¿Qué se creen estos rojos de mierda? ¿Quiénes son ellos para acusarnos de trujillistas?

Menoyo le había venido con el cuento al gordo Manzanita. Flavio Bravo, de vez en cuando, abandonaba la clandestinidad de su refugio en el Vedado para poner a parir al Directorio Revolucionario. Los comunistas y los estudiantes se llevaban tan bien como el perro y el gato. Jamás serían amigos. Por mucho que el Mulato se empeñara de echarlos en el mismo saco.

—Estos son unos pistoleros que quieren convertir La Habana en el Far West.

Ese fue el primer comentario que le largó a Menoyo, un tipo que se había sacado de la manga el gordo Manzanita, ahora que tocaba actuar. Un fichaje realizado por Manzanita en el momento justo, cuando la muerte del Mulato aparecía como la única solución posible, todos convencidos de que las acciones a pequeña escala no darían los resultados esperados.

No faltaban en el Directorio Revolucioario quienes se extrañaron por esa decisión del gordo Manzanita, darle a apenas un desconocido, alguien que no tenía nada que ver con el mundo universitario, el papel de ejecutor del Mulato.

—No os preocupéis. Menoyo comió jamón en Alicante —les respondía, enigmáticamente.

El padre de Menoyo había sido coronel de la Sanidad Militar del Ejército republicano español. Él tampoco se quedó de brazos cruzados, y por eso a los dieciséis años se incorporó a los maquis. Menoyo se había traído de la guerra civil española una novia de Chamberí y un brazo agujereado, entumecido para siempre. Habían ganado los otros. A veces ocurre. Y aquella derrota la llevaba clavada en la carne, enquistada, y ahora llegaba la oportunidad de demostrar que él no era un perdedor. Desde que el gordo Manzanita lo citó en su escondite y le explicó vagamente el plan, no había pasado una sola noche en la que Menoyo no dibujara, con perfiles exactos, trazados con tiralíneas, la manera en la que se enfrentaría al Mulato, lo imaginaba sorprendido, en un estado de atónita perplejidad, viéndose apuntado, y sintiendo que ya nada tiene solución, que el tabaco se apaga sin remedio, y que ya no podría ordenar más torturas ni jugar a la canasta, porque un tipo lo observa fijamente, con un hieratismo de estatua que sólo desmiente el leve movimiento de su dedo índice, cambiando la posición del gatillo, que tira para atrás, retrocede, mientras una bala empieza a iniciar el camino inverso, buscando su pecho.

A Menoyo lo asaltaban esas imágenes cada noche, las imágenes con una dimensión mucho más real y vívida que si de veras hubieran sucedido ya.

—¿Cómo es posible que se nos mezcle con esa mierda? ¡Estoy cansado de esos bolcheviques! Recibimos golpes que van dirigidos a ellos —insistía, vociferando, el gordo Manzanita.

—Lo peor no es que se nos confunda con ellos, sino que ellos creen que ha llegado el momento de la revolución social —diagnosticó Menoyo—. También ellos quieren su parte de protagonismo. Y no se conforman con un papel secundario. Quieren el principal.

—¿Tienes plena certeza de eso que estás diciendo? —preguntó el Bizco Cubelas, mirando con un poco de recelo a Menoyo. No se fiaba todavía de aquel individuo un poco fanfarrón que hablaba de la guerra civil española como si la hubiera ganado.

—Es muy difícil conocer los pensamientos de Blas Roca. Es más fácil espiar en una casa pequeña que en una grande. Las casas pequeñas suelen tener peores cerraduras —declaró Menoyo.

—¿Qué quieres decir? —le preguntó el Bizco Cubelas. Viró hacia Manzanita, interrogándolo con la mirada, como si quisiera que el gordo le tradujera las palabras de Menoyo.

—Los grandes pensamientos, los más peligrosos, no se dicen en voz alta, sino que se escriben en un papel. Y Flavio Bravo tiene demasiados papeles en su casa. Más papeles que chinches. Eso es lo único que tiene. ¡No merece ponerle una buena cerradura a una covacha así, para guardar tanta mierda!

Machadito, que había permanecido callado durante unos minutos, como si su pensamiento se hubiera fugado de allí, de aquella posada en la que se conspiraba con la misma vehemencia que se singaba, levantó un dedo y pidió la palabra. El gordo Manzanita se la concedió.

—¿No es posible que Fidel, igual que ha pactado con nosotros, lo haya hecho con los comunistas?

Manzanita se tomó unos segundos para contestar.

—Es verdad que cuando fui a aquel departamento de la calle Pachuca en Ciudad de México, me abrió la puerta el bolchevique. Y después apareció Fidel, riéndose. Pero me cuesta creer que haya pactado con los comunistas. No lo tengo todavía claro. Sí tengo claro que el Mulato quiere meternos a todos en la misma bolsa. Por eso él asocia a los comunistas con Fidel. Y de paso, en el paquete también viajamos nosotros.

—¿No pretenden acaso los comunistas iniciar una revolución social? —pregunta Machadito.

—Dicen que la del 33 quedó incompleta, que el programa de reivindicaciones del 33 fue traicionado, primero por el Mulato, y luego por los auténticos de Prío. Los amagos de reforma agraria, los soviet de Mabay y otras regiones del Oriente son insuficientes. Eso dicen —añadió Menoyo.

—Lo único que sé es que con Fidel nos une un papel firmado en México, muy lejos de aquí, y el deseo de botar al Mulato. Y discrepamos en los medios: él quiere controlar el país desde Oriente. Nosotros somos más ambiciosos. ¡Debemos, aunque sea recurriendo a la violencia, devolver a la patria lo que le fue robado con violencia!

Y de nuevo la voz mitinesca de Manzanita estalló en la habitación. Toti no lo podía oír en ese momento. Amontonaba serpentinas y colillas en el recogedor, en una labor que lo dejaba extenuado, sin fuerzas para aliviarle las penas a Madelén.

Al gordo Manzanita le iba a costar un poco soltar la frase que tenía preparada desde hacía unos días. Había tomado forma en su cerebro, pero era ese mismo cerebro el que le transportaba a octubre del 56, hacía apenas unos meses. Fue un tiempo de actividad frenética, de viajes a Santiago de Chile, a Ceilán, en aquel Congreso de la organización occidental de estudiantes universitarios. Pero el momento más importante ocurrió en México. Él y Fidel habían utilizado la misma pluma para firmar un papelito que los unía en la misma causa. El Pacto de México. Todo el mundo fue a recibirlo al aeropuerto Rancho Boyeros. Incluido el coronel Orlando Piedra.

—¡Qué tranquilo está esto, caballero! ¡Parece que hoy no me van a dar! —le dijo al Bizco Cubelas, los motores del avión que acaban de dejarlo en La Habana todavía encendidos.

—¡La fiesta buena parece que va a ser afuera! Por lo menos, ahí están los músicos.

Sí, la policía no lo estaba esperando a pie de avión, las aspas de los motores alborotando su pelo frondoso. El coronel Orlando Piedra era más prudente, y por eso andaba en la terminal de llegadas. Luego se lo pensó y prefirió esperarlo dentro del Buick. Para hacer tiempo, se entretuvo en revisar todos los juguetitos que guardaba en su caja de herramientas. Cuando el cuerpo del gordo Manzanita se perdió dentro del carro que habitualmente conducía el Bizco Cubelas, el coronel puso en marcha la procesión de perseguidoras. Sabía de dónde venía aquel gordo hijo de puta, pero no a dónde iba.

Aquel gordo hijo de puta estaba completamente seguro de que ese día era uno de los más importantes de la lucha emprendida para derrotar al batistato. Ahora, sofocado por el calor de invernadero que siempre hacía en la habitación de «La venida», la suite, la llamaba la posadera, sus compañeros discutiendo, él dándole vueltas al concepto *putsch*

no lo tenía tan claro. ¿Qué representaba ahora el Pacto de México?

—A la mierda todos los papeles que estén mojados. ¡El único papel importante es este! —gritó el gordo Manzanita, sorprendiendo a todos.

Manzanita hurgó en los bolsillos, con sus dedos gordezuelos, con sus dedos nerviosos, emocionado por la inminencia de un ataque que volcaría el país, lo pondría patas arriba, el Mulato ajusticiado, muerto en su madriguera. Por fin encontró el papel que buscaba, un documento que Manzanita desplegó cuidadosamente

—¡Esta es la clave! ¡La llave de todo!

Y acercó el papel al bombillo, exponiéndolo a su luz desganada.

—¡Los planos del Palacio! —dijo de manera entusiasta.

—Los planes necesitan planos —añadió.

Los demás hicieron corro, examinando las líneas que delimitaban cada estancia del Palacio, hasta encontrar en el segundo piso, una cruz de gran tamaño. El propio Manzanita la había dibujado.

—¡Ahí nos espera el Mulato! ¡Del triunfo sólo nos separan los metros que hay de esta posada hasta llegar a ese punto, a esa crucecita! ¡Tan lejos, y al mismo tiempo, tan cerca!

Era el regalo de Carlitos Prío, que se había portado. Ahora los estudiantes esperaban las armas prometidas. Cuando llegaran, empezaría la película. Una película de acción. Con muchos tiros.

—El gran problema es entrar en el Palacio. Nos pueden esperar como en el Moncada —reflexionó el Bizco Cubelas.

—¿Alguna vez te hablaron del factor sorpresa? —le preguntó el gordo Manzanita.

—¿A qué te refieres?

—¿Sabes cuál es el momento en el que las costumbres se relajan, en el que parece que todo es posible?

—¿Eh?

—En carnaval.

—¿A dónde quieres llegar?

—El carnaval llega a todos los sitios. Incluso al Palacio. A ver, Menoyo, explica tu idea —propuso Manzanita.

—No podemos plantarnos en la fachada del Palacio con tanques que no tenemos, con carros militares que no podemos robarnos... Pero un amigo nos va a prestar una furgoneta, un camioncito de reparto de Coca-colas...

—¿La empresa de reparto a domicilio? ¿La que está en San Miguel? ¿Creo que en el número 764 o por ahí? —preguntó Machadito.

—La misma.

—Es tan grande que lo mismo puede llevar cientos de botellas de Coca-cola que cincuenta de nosotros. Nadie puede esperar que de un camión de reparto de Coca-colas no salga otra cosa que Coca-colas —reflexionó Menoyo, enfocando particularmente al Bizco Cubelas, que empezaba a creer que aquello no era una idea disparatada. Era un tipo desconfiado. Solía hacer prejuicios sobre la gente que no conocía. Por eso llevaba la pistola siempre cargada. Quería llegar a viejo.

—¿Con cuántos oficiales nos vamos a encontrar el día del asalto? No podemos ir a una carnicería —insistió el Bizco Cubelas, como si todavía le quedara un residuo de escepticismo, un cabo suelto que no acababa de encontrar.

—Cubelas, tranquilo. En carnaval no habrá más de cinco oficiales centinelas en la entrada. Eliminados, tendremos el paso franco para acceder hasta el mismísimo despacho presidencial.

—¿Cómo sabremos que el Mulato está en la madriguera, y no disfrazado de negra conga?

—No os preocupéis. Cuando llegue el día, sabremos de forma indudable que el Mulato está dentro. Aunque cambie su rutina diaria, acabará encerrándose en la madriguera.

Las palabras del gordo Manzanita mostraban una seguridad inexpugnable, y si antes se había atrevido con un discurso furibundo, lleno de exclamaciones, ahora el tono era suave y firme a un mismo tiempo, de tal modo que nadie saliera ese día de «La venida» sin tener clara la idea de que la operación sería un éxito, que ese debía ser el plan y no otro. No hay dudas, no hay preguntas en su mente. Es verdad que a veces pensaba en el padre Zabala. ¿Tendría idea de lo que andaba tramando? Seguro que sí, y también es seguro que daría su aprobación, porque el padre Zabala era consciente de que las cosas se estaban poniendo de color hormiga. Que estaba muriendo gente. Que el Mulato se estaba pasando de la raya. Sí, el gordo Manzanita estaba convencido de que el padre Zabala le daría el visto bueno a ese plan que ahora está explicando a sus compañeros.

—¿Y qué haremos cuando hayamos ultimado al Mulato? —intervino ahora Machadito.

—Para cuando el Mulato empiece a desangrarse, toda La Habana se habrá lanzado a la calle para celebrar la caída del tirano. No podemos dar tiempo a que el ejército reaccione. No podemos permitir que Tabernilla haga algún movimiento. Para cuando lo intente, Radio Reloj ya habrá dado la noticia de la muerte del tirano, y todas las calles de La Habana serán afluentes de gente que desembocarán en el río principal, en la explanada del Palacio Presidencial, festejando la muerte del Mulato. ¡Va a ser el mejor carnaval!

La posadera, engolfada en la lectura de *Bohemia*, los anuncios de televisores desfilando delante de sus pupilas como una mercancía insoportablemente codiciable, apenas oyó los aplausos que enseguida sofocó Manzanita con un gesto terminante.

—¡Oídme! ¡No olvidéis una cosa! El éxito de la operación depende de que la muerte del Mulato y su anuncio sean simultáneos. Esa es la clave. Por eso, mientras que vosotros entráis en el Palacio y matáis a ese *hijo'e'puta*, Radio Reloj lanzará a las ondas la gozosa noticia. ¡El mejor gong de la historia de la radio!

—¿Quién dirigirá la operación de asalto? —preguntó el Bizco Cubelas.

—Menoyo —no tardó en responder el gordo Manzanita—. Su cara es menos conocida —prosiguió—. Se podrá acercar al Palacio sin levantar sospechas. Luego ¡el tremendo molote!

El Bizco Cubelas no pareció muy conforme con aquella elección, pero nadie podía discutir las decisiones de Manzanita, que había puesto su pellejo en peligro en mil ocasiones, y que siempre parecía ir corriendo delante de una bala que no terminaba de alcanzarle.

—¿Cuándo atacamos? —preguntó Machadito, el nerviosismo crispándole las facciones.

—Cuando Prío nos mande las armas. Mientras tanto, debemos diluirnos. Este es un momento de máximo riesgo. Hay que hacerse invisibles.

A Manzanita se le escapó una sonrisa, por vez primera en mucho tiempo. Era una risa nerviosa, que le brotaba espontáneamente, cuando tenía que quitarle tensión a los momentos de gran solemnidad. Como era este. Lo que pasa es que en La Habana del Mulato no había muchos motivos para reír. Pero ya llegaría el momento de hacerlo. Estaba más cerca de lo que parece.

El gordo Manzanita dio una palmada que restalló en el aire. Les susurró algunas frases, rápidas, en un tono quedo, tanto que se le escapa al narrador, y todos abandonaron la posada, plenamente convencidos de que la próxima vez que la visitarían sería para montar la gran fiesta, con música, con muchachas y con una orquesta incluso, y Machadito podría tomar y bailar con Alina, contarle toda la verdad, todos celebrando que el Mulato estaba muerto.

Muertito del todo. De él no iba a quedar ni la semilla.

¡Y todavía son capaces de criticar mi política económica, cuando lo único a que tendrían derecho es a aplaudir hasta que le salieran humo de las palmas! Cuando mandé para México al play boy conspirador de Carlitos Prío, apenas recibíamos

200.000 turistas al año. Ahora, en 1957, cuando sólo han pasado cinco años desde nuestra llegada salvadora del diez de marzo, doblamos la cantidad. Nuestra renta per cápita es la más alta de toda Latinoamérica. ¿Acaso están mejor en Santo Domingo, gobernados por el pendejo de Trujillo? Cuando acabamos de abrir la Vía Blanca, ya tenemos en proyecto construir una autopista que conecte a Varadero con la carretera central. No hace ni dos meses que he inaugurado una refinería de petróleo de la Shell, que ha supuesto una inversión de veinticinco millones de dólares. Pero los estudiantitos no quieren reconocer eso. Están en otra vaina. Atacar el Palacio. Esta acción envuelve grandes riesgos para todos nosotros y lo sabemos. No desconozco el peligro. No lo busco. Pero tampoco lo rehuyo. Trato sencillamente de cumplir con mi deber. Si caemos, que nuestra sangre señale el camino de la libertad, porque tenga o no nuestra acción el éxito que esperamos, la conmoción que originará nos hará adelantar en la senda del triunfo. No, ellos no se detienen en los esfuerzos que hemos tenido que desplegar para levantar esos imponentes hoteles que pueden entrar en competencia con cualquier otro del mundo, con el más lujoso, con el que ofrezca más confort. En lo único que se fijan es en que a algunos hombres cuidadosamente trajeados y con relojes de oro en las muñecas les ha dado por utilizar sombreros borsalinos, y no dudan en tacharlos de mafiosos, cuando no son otra cosa que empresarios. ¿O de dónde va a salir el capital para poner en pie el Havana Riviera o el Deauville? De sus bolsillos seguro que no. Prefieren gastarlo en comprarle a Carlitos Prío bombas y granadas que nunca sabemos dónde van a estallar, pero que seguro provocarán víctimas inocentes, como la niña Magaly. Así es como funcionan estos comemierdas. Mientras nosotros levantamos hoteles mirando al Malecón, ellos invierten en sembrar el terror. Pero es la acción del

pueblo la que será decisiva para alcanzar el éxito. Por eso, este
manifiesto que lanzo en nombre del Directorio Revolucionario y que pudiera llegar a ser un testamento, exhorta al pueblo
de Cuba a la resistencia cívica, al retraimiento de cuanto pueda significar un apoyo a la dictadura que nos oprime, y a la
ayuda eficaz de los que están sobre las armas por libertarlo.
Para ello es preciso mantener viva la fe en la lucha revolucionaria, aunque perezcamos todos sus líderes, ya que nunca faltarán hombres decididos y capaces que ocupen nuestros puestos, pues, como dijera el Apóstol, cuando no hubiera hombres
se levantarían las piedras para luchar por la libertad de nuestra
Patria. Cuarenta millones de dólares hemos recaudado el año
pasado como consecuencia del impulso brioso que este gobierno le ha dado al turismo, permitiendo incluso la puesta en
marcha de vuelos charters entre las principales ciudades norteamericanas y el aeropuerto Rancho Boyeros, de tal modo,
que en cuarenta minutos un turista pueda llegar aquí, tomarse
unos tragos, utilizar las salas del juego, probar la excelente comida criolla, ver los espectáculos montados con sumo gusto
desde la coreografía hasta el decorado, y a las tres de la mañana estar durmiendo tranquilamente en su casa, tras haber pasado una noche que querrá repetir inmediatamente. Por eso
hemos duplicado los ingresos en ese concepto, de tal modo
que las arcas del Estado disfrutan de un excelente estado de
salud. A nuestros compañeros, los estudiantes de toda Cuba,
les pedimos que se organicen, y que no vacilen ante los ataques
de una dictadura que ha hecho del robo una costumbre, fo-
mentando sus relaciones con grupos de clara estirpe violenta
por no decir mafiosa, directamente, a costa de empobrecer los
bolsillos del pueblo para enriquecer los suyos propios. Enca-
recemos a los estudiantes para que se organicen, porque ellos
constituyen la vanguardia de nuestra lucha, y a las Fuerzas Ar-

madas que recuerden que su misión es defender a la Patria, no
someter hermanos, y que su puesto es el del Ejército Mambí,
que peleaba «por la libertad de Cuba», como terminan todos
sus escritos. ¿Qué hay de malo en la existencia de los casinos?
Si realmente Meyer Lansky, Santos Trafficante y los demás fueran mafiosos, el tapete de las salas de juego se llenaría de vez
en cuando de sangre. Y eso no ha ocurrido, salvo cuando los
estudiantes o los del Veintiséis han perpetrado actos terroristas que nos han obligado a aumentar las medidas de represión
como respuesta que está obligado a dar cualquier gobierno
que quiera preservar el orden. Así es muy fácil presentarme
como un dictador sin conciencia. ¡Hasta han llegado a propa-
lar que he eliminado a 20.000 opositores a mi régimen! Si así
fuera, mis entrañables vecinos de Daytona, allí, en el Estado
de la Florida, donde fui tan feliz, no me adorarían hasta el
punto de que el Municipio ha tenido la idea de declarar el 24
de marzo como «Batista Day», como homenaje por haber sido
vecino ejemplar durante mi anterior exilio voluntario, sí, un
vecino ejemplar, un amigo excelente para las tiñosas, y por eso
pedimos a todos que se alcen contra la tiranía y ayuden a eliminar al Mulato. ¡Viva Cuba Libre!

MaMama Tula no era un conductor demasiado diestro. Manejaba más bien con una torpeza ruda, como si en vez de andar
subido en un Chevrolet lo hiciera en un tractor. Esa mañana
incluso, sus modales al volante eran aún más broncos, y los
vecinos, que siempre lo miraban con una mezcla de repugnancia y desdén, dudando al mismo tiempo de sus profecías como
del origen legal del Chevrolet Fleetline que manejaba, las superficies cromadas arrancando reflejos al sol ya poderoso de
febrero, los vecinos que se reían de sus ropas estrafalarias, él

que había llegado a ser el rey del ring, lo vieron sacar el carro del parqueo, dominado por unos nervios nuevos.

A MaMama Tula no sabía qué le había asustado más, si lo que había podido oír en «La venida», allí escondido clandestinamente, o lo que le habían dicho los caracoles.

Mientras Toti examinaba con infinita curiosidad el collar que le habían dado, evaluando cada pieza y atribuyéndole un valor de joya preciosa, MaMama Tula se había entregado a una actividad frenética desde que vio perderse la silueta andrajosa de Toti.

Lo primero que hizo fue colgarse otro collar, que no tardó en encontrar en otra gaveta que más parecía un cajón de sastre. Allí también, en el mismo sitio, encontró una bolsita. La retiró. Dentro tintineaba algo.

Eran caracoles.

Caracoles bendecidos.

Los contó, uno a uno, una y otra vez, como una perra se cerciora de que ninguno de sus cachorros se ha extraviado.

Efectivamente, estaban todos.

Después desplegó sobre el tapete de la mesa un pañuelo de vivos colores y juntó las palmas de las manos. Se quedó unos segundos en actitud oratoria, los ojos prendidos en el techo, verificando que todo estaba en orden para iniciar el ritual, o que las cagadas de mosca oscurecían aún más el único bombillo del techo. Las tendría que atacar.

Los caracoles empezaron a dar vueltas por el pañuelo, como si se trataran fichas de dominó. Emitían ese mismo ruido seco, de bolitas metidas en un bombo, las manos de MaMama Tula apenas rozándolos. Más tarde agarró un puñadito de caracoles, separándolos de los demás, y tras agitarlos en el cubilete del puño, los arrojó sobre el pañuelo. MaMama Tula gruñó. El pulso le temblaba. Examinó con dedos nerviosos la posición de cada caracol, las extrañas asociaciones que componían, y las destruyó de un manotazo, atrapando de nuevo todos los caracoles, otra vez encerrados en su puño. Repitió la operación y observó desalentado cómo repetían la posición anterior.

MaMama Tula se levantó. Le sudaban las manos. Estaba de espaldas al tapete. Quiso borrar la última visión que había tenido. Una vena del cuello, la misma que se le inflamaba cuando empezaban las dificultades en el ring, se le había dibujado con perfecta nitidez.

Se viró. Los caracoles estaban allí. Miró al bombillo. Las cagadas de mosca, también.

—Van a matar al Mulato, es cierto, quieren derramamiento de sangre —murmuró, y al oír la frase saliendo de los labios, repetida una y otra vez, se dio cuenta aún más de la gravedad de la situación.

Le costó diez minutos encontrar las llaves del Chevrolet Fleetline. No era fácil dar con ellas en aquel bazar. Por fin las agarró y salió a la calle, precedido por un sonido de sonajero.

El Mulato podía estar en cualquier sitio, sin que pudiera encontrarlo ni MaMama Tula ni su peluquero. Pero el babalao salió de casa con la certeza de dónde podría verlo.

Leía las páginas de un libro que parecía llamarlo desde su anaquel, en la impresionante biblioteca de la finca Kuquine. Por eso no había dudado en cogerlo esa mañana. Al Mulato le daba la impresión de que ese título había salido a su encuentro, de la forma inevitable que hacen sólo unos pocos libros, que se pasan la vida buscándonos: «Los últimos días de Abraham Lincoln». El Mulato acababa de leer un párrafo que lo había estremecido: justo el día antes de ser asesinado, Abraham Lincoln tuvo una pesadilla. Un hombre lo fue arrastrando por un pasillo hasta llegar a su propio despacho, sí, el que ocupaba todos los días. Y

allí vio su propio cadáver. Al día siguiente le pegaron varios tiros. Los sueños son claves de nuestro futuro, afirmó Lincoln,
según esta biografía que el Mulato tenía entre manos. Se quedó
pensando en esa frase durante unos segundos. Era apasionante
toda esa historia. Siempre le había fascinado la vida del primer
presidente de los Estados Unidos, y le producía una íntima corriente de simpatía aquel hombre nacido en una destartalada
cabaña de Kentucky, una simpatía que le había llevado a visitar
en Estados Unidos todos los templetes y rincones ligados a su
vida y a colocar en un lugar preeminente de su biblioteca un
gran busto del eximio Abraham Lincoln.

Estaba repantigado en el sofá de cuero, los músculos
destensados, ocupado en las páginas del libro, con la misma
atenta curiosidad con la que Toti examinaba el collar que le
había prestado MaMama Tula, buscándole alguna conexión
con el libro lleno de tierra que le había dejado al babalao, porque Toti, aunque se pasara muchas horas encerrado en el
Shangai, a veces tenía intuiciones fulminantes que se le imponían con una fuerza poderosísima.

MaMama Tula se fajaba con la cerradura del Chevrolet,
dominado por un principio de desasosiego, él también intu-
yendo sonrisitas maliciosas, seguro que estos vecinitos de mierda están espiando, y al fin, logrando abrir la puerta, echándose
sobre el asiento como si lo hiciera un rinoceronte, que es el
peso que parece soportar, más hoy, las espaldas más dobladas,
recordando lo que le han dicho los caracoles. Toti pesa bastante menos libras. Madelén, más, y por eso está poniendo a prueba otra vez los escalones que llevan a la sala de proyección,
Toti tan abstraído que no la ve entrar con movimientos preten-
didamente sensuales, con ganas de guerra, lanzándose a su
portañuela como el tipo extraviado en el desierto a un manan-
tial, y es tal la acometida que pierde el collar. Toti no sabe a

qué atender, y prefiere concentrar su atención en la acción manual de Madelén, resbalando poco a poco hacia el orgasmo, la respiración acelerándosele, como a MaMama Tula, el corazón ya no le cabe en el pecho, maneja el Chevrolet con fuertes volantazos, esquivando carros que le parece que alguien ha puesto ahí para joderle, el Mulato saborea cada línea, vive la sensación de tiempo suspendido, los piel estirados, encima de la mesa, sintiendo el abandono que precede al sueño, sin que los hechos extraordinarios o legendarios de Abraham Lincoln le eviten deslizarse a una blandura semiinconsciente, la misma blandura que se apodera de Toti tras botar el semen en la mano de Madelén, tan desabastecido de voluntad que no se da cuenta de que ella, en un movimiento ágil, como de limpiarse las manos de la sustancia viscosa que le ha dejado Toti, ha distraído el collar de MaMama Tula, que por fin enfila la última calle, la que desemboca en el Palacio Presidencial, y alerta a todos con un frenazo seco, el caucho arrastrándose por el asfalto, tan seco que hasta el Mulato se despierta sobresaltado, sintiendo que es él el que recibe el tiro mortal que acabó con Abraham Lincoln, un golpe que debía ser así, seco, abrupto, y Toti también se despierta, porque en su carrera veloz por las escaleras, risueña como una niña que ha perpetrado una travesura, Madelén ha pisado el escalón preferido del comején, y Toti ha oído un sonido de tronco rajado, se ha incorporado con lentitud, y aún ha tardado varios segundos en darse cuenta de que el collar del babalao ya no estaba con él, igual que el Mulato, unos segundos, no muchos, cinco o seis, para acercarse a la ventana del despacho y encontrar la silueta de un hombre, los oficiales de guardia rodeándolo, él espantándolos con gestos poco ceremoniosos, arrastrando un pie como si lo tuviera enganchado a una piedra de muchas toneladas, y exigiendo ver al presidente de la República, que era muy importante.

El forcejeo sólo cesó cuando la instrucción llegó abajo. El Mulato había dado la orden a través del interfono.

Para cuando MaMama Tula ha podido meter su pie en el despacho presidencial, el Mulato ya ha pegado tres fuertes chupadas a un Churchill.

Se dan la mano.

MaMama Tula no tiene muchas ganas de hablar. Nunca fue un gran orador. Prefería dar un piñazo a dar un discursito.

Esa mañana, además, estaba muy preocupado. Y la preocupación le comía las pocas palabras que tenía siempre dentro de la boca.

—Cuéntame, amigo. ¿Cómo tú por aquí? ¿Tanto alboroto no será para quedarte ahí callado? Venga, dale.

—Yo soy un babalao, no un charlatán.

—Y un gran boxeador. ¿Te acuerdas de aquel combate con el Tigre del Cerro?

El Mulato advirtió un brillo de nostalgia en los ojos de MaMama Tula.

—Eso ya pasó. Es cosa del pasado. Sólo el futuro nos debe inquietar —cortó secamente Mama Tula, al mismo tiempo que extraía una especie de hatillo en el que tintineaba algo.

Eran los caracoles.

Los desplegó sobre la mesa presidencial.

De nuevo evaluó su posición. La misma que las otras veces.

—Ahí los tienen, hablándole. Ellos son más locuaces que yo.

—Nunca pensé que unos bichos muertos pudieran hablar.

—Hablan, y muy claramente. Anuncian que habrá derramamiento de sangre.

—Ya lo hay. Estamos invadidos por una plaga de cucarachas, unas cucarachas grandes que salen a la calle apuntando con pistolas o cargadas hasta los ojos de granadas.

—Derramamiento de sangre. Aquí mismo. La moqueta sucia, muy sucia, roja, muy roja...

El Mulato le pegó otra chupada al Churchill. Él no se tomaba a chufla lo que le decía MaMama Tula, aunque le gustaba gastarle alguna broma para ver sus dientes blanquísimos. Pero creía a aquel negro. Se fiaba más de los negros que de los blancos. Todos los que habían conspirado contra él eran blancos. Por eso le extrañó lo que contó Orlando Piedra de uno de los asaltantes del Moncada.

—¿Tú revolucionario? —le preguntó el jefe del Buró de Investigaciones, viendo como sus hombres le clavaban palillos entre las uñas y la carne.

El otro, intentando reprimir el dolor, sólo pudo hacer un leve gesto de asentimiento que contrarió más a Orlando Piedra.

—¿Tú? ¿No sabes que los negros no pueden ser revolucionarios? Los negros son ladrones, o partidarios de Batista, nunca revolucionarios.

Sí, el Mulato era el amigo de los negros. Por eso le tenía ley a MaMama Tula, aquel negrazo de varios pies de altura que de joven tenía fuerza para tumbar a un elefante. Antes temían sus derechazos; ahora, sus pronósticos.

—Van a intentar matarle.

No podía ser de otro modo. El Mulato no tenía más remedio que ser amigo de los negros. En sus ojos siempre veía, no el brillo de la codicia, sino el brillo más bien opaco de los presentimientos fatalistas. Y esa mañana, observando el rostro cuarteado de MaMama Tula, la seriedad con que lo miraba, no tuvo más remedio que creer lo que le decía.

—Lo van a ultimar. En ese mismo sillón que ocupa ahora.

Al Mulato siempre le había fascinado la sangre que botaban las gallinas entregadas al sacrificio. Una sangre pringosa, tirando a oscura, y desde que su mamá, doña Carmela, allá en Banes, le llevó a presenciar una ceremonia vudú, le interesó especialmente. Alguno de esos comemierdas a los que convendría rebanarles el pescuezo, como a una gallina entregada al sacrificio, había insinuado que se daba baños de sangre en el mismísimo Palacio Presidencial. La campaña de difamación no tenía límites. Todo el mundo se dedicaba a hablar mierda. Cualquier día de estos tendría que leer que había sembrado junto a la ceiba que hay en el Parque de las Naciones, ahí al ladito del Capitolio, un bilongo, como había hecho Machado, para joder a todos los opositores presentes y futuros. Cosas de brujería. No podía negar su fascinación por la sangre botada. La taquigrafía llegó después. Se fiaba más de un babalao que de un militar. Siempre. Por eso ahora se removía inquieto en su sillón.

—¿Qué dicen los caracoles, en esa posición?

—Los caracoles y la letra *oddin* del sistema adivinatorio de Ifá dicen lo mismo. Cuentan una historia *pattakie*.

—¿Cuál es la historia esa? ¿Qué dice?

—Que Changó va a ser víctima de una encerrona en su castillito. Para escapar es necesaria una puerta secreta. Todas las fuerzas se van a desatar, que el odio, todo el odio, se concentra y orienta hacia su persona, la que ahora está sentada ahí.

A veces el Mulato le pedía a MaMama Tula que fuera más explícito, que no se perdiera en frases extrañas. Y le encarecía para que hablara claro, citándolo en la finca de la Kuquine cada uno de enero, MaMama Tula desplegando sobre la mesa del despacho del Mulato todos los utensilios que necesitaba para realizar las profecías del nuevo año. Lo conocía desde Banes, cuando MaMama Tula era sólo un negrazo que arreaba unos gaznatones que noqueaban a un dinosaurio, siempre guapeando y luciendo bruñidos unos bíceps terribles. MaMama Tula sólo soñaba en ese momento en parecerse a Kid Chocolate, el bailarín del cuadrilátero. Nunca se le pasó por la cabeza que pudiera botar a una panda de piratas, él solito, sin dar un derechazo, porque creía que toda la fuerza se le concentraba en los músculos, y lo demás eran vainas. El Mulato se lo llevó a La Habana, prometiéndole que le sería de mucha ayuda, porque él, él solito, iba a descojonar al dictador Machado, y entonces, desde el mismo sillón que ahora ocupaba, lo podría promocionar en su carrera de boxeador. No sólo se parecería a Kid Chocolate. Lo superaría.

Hasta que MaMama Tula se quedó cojo. De por vida.

Los güijes le recomendaron que jamás se subiera a un ring. Los escuchó con tal nitidez que se hizo babalao. Porque los güijes son así de caprichosos. Le hablan a quien le sale de las narices.

—¿Me quieren botar de aquí? —insistió el Mulato.

—Mucho peor. Quieren su eliminación física. Sin sangre no hay fiesta.

El Mulato intentaba agarrarse al último residuo de incredulidad, se resistía a creer lo que oía, reaccionando de la misma forma a como hizo cuando MaMama Tula le trajo un jacket de cuero, obligándolo a ponérsela, en un tono terminante.

—¿Qué siente? —le preguntó.

Y el Mulato sintió, primero un olor de ropa sudada, y después un calor nuevo, como si la temperatura de su cuerpo subiera unas pocas décimas.

—Tengo calorcillo.

—Es la luz de Yara, que desprende ese calor. Pero nunca se apagará si usa un jacket en los momentos adecuados, sólo en los adecuados.

—¿Cuáles?

—En los que el peligro sea inminente.

¿Era aquel uno de esos momentos?, se preguntaba el Mulato. ¿Sería capaz un jacket aureolado por la luz de Yara de impugnar las profecías más terribles? ¿No le sirvió acaso para entrar en el Campamento Columbia con la misma libertad que entraba en el salón de su casa en la Kuquine?

—Los caracoles dicen que cuando sienta el primer disparo, ya será tarde. Si se coloca en ese instante el jacket, sólo servirá para mancharla de sangre. Esta vez no puede apelar a la luz de Yara. Sólo le salvará una puerta secreta, y usted debe saber dónde está.

MaMama Tula lo miraba fijamente. Con una seriedad inexpugnable. El Mulato nunca lo había visto reír. Ni cuando era niño, correteando por las calles de Banes como un desarrapado. El Mulato no sabía qué decirle, qué hacer. Lo único que se le ocurrió fue apagar el puro. El Churchill estaba a la mitad.

Le tenía ley a aquel negro. No, un negro nunca te engaña. Aunque es verdad que aquello que estaba diciendo era demasiado gordo. Querían matarlo a él, al mismísimo presidente de la República, en el Palacio. De nuevo recordó la figura de Abraham Lincoln, recordó lo que había leído justo antes de que llegara MaMama Tula. El primer presidente americano vio su cadáver dentro de una pesadilla el día antes de morir. Fue como un aviso. Pero no le hizo caso. A él también le estaban lanzando un aviso. ¿Debería creer a pies juntillas lo que le decía MaMama Tula? Lo había dicho muy serio: quieren su sangre. ¿Cómo eso era posible? ¿Y si MaMama Tula se ha equivocado y los caracoles no están diciendo exactamente eso? El babalao parece que se dio cuenta de las dudas que tenía el Mulato, rascándose la barbilla. Por eso metió sus manazas en los bolsillos, hasta dar con un papelito. Lo desplegó, con la misma ceremonia con que antes había colocado los caracoles encima de la mesa.

—¿Qué diablos es eso? —preguntó el Mulato.

—Lo he encontrado dentro de un libro. Era una Constitución del 40.

El Mulato miró durante unos segundos los dibujos de aquel papel, sin acabar de entender nada. Siguió rascándose la barbilla. Hasta que dejó de hacerlo. Había encontrado algo.

—¡Coño, este es un dibujo de la segunda planta del Palacio! ¡La misma planta en la que estamos tú y yo!

MaMama Tula se encogió de hombros. Él tampoco entendía nada, salvo que el Mulato estaba en serio peligro.

—¿De dónde has sacado esto?

—Iba dentro del libro.

—¿Quién diablos ha hecho este dibujito, carajo?

Pero MaMama Tula no tenía respuesta para esa pregunta. Así que se levantó, pivotó sobre su único pie sano y empujó el otro, cangrejeando.

—Banes era más divertido que La Habana —le dijo, antes de abandonar el despacho, con un acento de nostalgia en la voz.

La frase quedó gravitando sobre la cabeza del Mulato, durante varios minutos, sin terminar de disolverse totalmente. Se quedó mirando aquel dibujito lleno de flechas. Pero la peor noticia no era descubrir que esas flechas le apuntaban a él, apuntan al segundo piso, el que ocupaba en el Palacio Presidencial. No. Todo puede empeorar. Se dio cuenta cuando le dio la vuelta al papelito. En la otra cara no había flechitas ni dibujitos. No, había algo peor. El Mulato reconoció perfectamente el manchurrón de tinta, la tipografía desigual, las letras desparejas, y sobre todo, aquella proclama: ¡Abajo la tiranía! No le hizo falta comparar esa hojita con otra que guardaba en la última gaveta de su escritorio. Sabía que las dos habían salido del mismo sitio: del mimeógrafo que encontró Orlando Piedra en una covacha de La Habana Vieja. El coronel había recibido un soplo y se tomó la molestia de indagar. Fue una buena idea. Porque no sólo encontró aquel viejo armatoste que soltaba la tinta a chorros. También a un tipo que conocía de sobra. Un plumilla de *Hoy*, el periódico en el que el partido comunista difundía sus ideas revolucionarias. El Mulato se quedó durante unos minutos pensando. Así que eran los comunistas los que querían tumbarlo… ¡Aquello también era cosa de esos malnacidos! Pensó en el loco de Chibás. A él también lo quitaron de en medio. Lo envenenaron. A Batista lo querían desaparecer. En su propia casa.

El Mulato abrió de nuevo la biografía de Abraham Lincoln, pero no pudo leer ni tres líneas seguidas.

El miedo le podía.

2.
ARROZ CON MANGO

Hazme instrumento de tu paz, que allá donde hay odio, yo ponga el amor...

El gordo Manzanita intenta concentrarse para hacer la oración de las laudes. Pero no lo consigue. Los rezos se le mezclan con la sirena de alguna perseguidora que suena lejos. Pero no tanto como para que él esté totalmente tranquilo.

Hazme instrumento de tu paz...

El gordo ha madrugado. Pero la policía ha madrugado más. El coronel Orlando Piedra parece que se ha despertado antes, porque ha mandado a sus policías a patrullar las calles. Manzanita sabe que lo están buscando. Desesperadamente. Antes era un sujeto peligroso, sobre todo después de lo que le hizo a la Primera Dama, en el último carnaval. Le costó acabar un mes en el Castillo del Príncipe. Pero ahora ya no era un elemento peligroso. No. Era más que eso. Era un elemento que había que eliminar. El gordo no tiene miedo. Se ha colocado delante de las perseguidoras muchas veces, y se colocaría otras tantas. Claro que le preocupa morir. Pero mucho menos que fallar en el asalto al Palacio. Eso es lo único importante.

Que allá donde haya ofensa, yo ponga perdón…

Manzanita acaba la oración. Pero el ruido de la sirena no cesa. Al contrario, crece. ¿De verdad Orlando Piedra había encontrado su escondite? ¿Es posible que allí dentro haya algún soplón que lo haya delatado? Le parece imposible. Todos aquellos franciscanos serían incapaces de hacer una cosa así. Pero entonces ¿cómo es posible que hace unos días se plantara Orlando Piedra en la puerta de entrada de la iglesia de La Habana Vieja, a unas cuadras de allí, con un papelito? Sí, esgrimió una denuncia en la que se señalaba que ahí dentro se escondían comunistas. El coronel y su tropa de policías entraron violentamente. Es lo que mejor hacía la tiranía. ¿No fue así como entraron en la embajada de Haití? Rebuscaron por todos los rincones. Pero no encontraron nada de lo que buscaban. Y se fueron, con las mismas caras de perro con las que habían llegado. Es curioso, pensó Manzanita. A los coroneles da la impresión de que les encanta visitar los conventos. Eso mismo le pasó a Blanco Rico. Con la particularidad de que lo hizo dentro de una caja de madera. De muy buena madera. Sí, allí en ese convento de San Francisco de Asís se celebró el funeral del jefe del SIM. Nunca debió entrar aquella noche en el Montmartre, buscando los besos de la Katyna Ranieri.

A los coroneles les gustan los conventos.

El padre Zabala le había hecho todo el cuento. ¿Y ustedes de verdad que tenían comunistas dentro?, le pregunta. Pero el padre dio una respuesta ambigua. Se limitó a contarle que una vez se encontró un jefe, uno de las altas instancias, de los que seguro que podían visitar al Mulato en la finca Kuquine, o de los que le acompañaban en el yate Martha a Varadero.

—Lleven cuidado con la labor que hacen —le advirtió— . Y sobre todo, lleven cuidado a quien meten en sus conventos.

—Sólo buscamos servir a Dios. Defendemos la vida de sus hijos. Nuestro deber es amar. ¿Acaso va a atacarnos?

—No se preocupe. Nosotros no somos como Trujillo. Respetamos el fuero religioso. Pueden dar ayuda a quien quieran, siempre que no sean comunistas. Pero tenga claro una cosa: comunista es todo enemigo de Batista, todo enemigo de nuestro país, todo el que quiera derribar a este gobierno democrático y constitucional. ¿Entendido?

El padre Zabala luego supo que era nada más y nada menos que el jefe del Estado Mayor el que le había hecho esa amenaza. Que cumplió Orlando Piedra por él. Pero no encontró nada.

El gordo Manzanita es consciente de que el tiempo se está acabando. Que seguían buscándolo. Aunque ahí en el convento de San Francisco de Asís, en Cuba esquina con Amargura, se siente seguro. Lleno de paz. Viste el hábito. Los padres le han asignado una celda. Allí se pasa las horas. Quiere sentirse útil. Y no encuentra mejor forma que hacer de lector a la hora de la comida, su voz resonando en el comedor, leyendo pasajes de la Biblia, mientras los padres van vaciando sus platos, lentamente. Como si jamás pensaran que algo gordo iba a ocurrir. Un trueno. Un auténtico trueno.

Porque es verdad, el padre Zabala había tenido mucha relación con la Universidad. Veía en los rostros de aquellos jóvenes pintada la preocupación. El país se va *pa'l* carajo, le decía Manzanita. El Mulato va a hundirlo. Y lo decía así, con absoluto convencimiento. Aquel muchacho, por la razón que fuera, ejercía sobre los demás, incluso sobre él mismo, un magnetismo especial. Dejó de verlo durante algún tiempo. Le comentaron que andaba por Ceilán, por Chile, incluso por México. Y cuando volvió a verlo, ya no era preocupación lo que tenía en el rostro, sino rabia. Gastaba palabras urgentes. Todo

tenía que ser inminente. ¡Ya! Algo hay que hacer, padre, algo
hay que hacer. Y ese era el momento en el que el padre Zabala
se retiraba. No quería saber más. Le daba miedo saber más.
Porque la Universidad siempre había sido un foco de rebelión.
Pero los estudiantes querían llegar más lejos. ¿Hasta dónde?
Viendo los gestos crispados de Manzanita, el padre Zabala lo
tuvo muy claro: hasta el final.

Por eso no le extrañó cuando le llegó, en plena madrugada, acompañado sólo por una Biblia. Llamó varias veces a la
puerta del convento. Ya no se oía nada. Ni los ruidos que salían de los garitos, ni las sirenas de la policía. Si acaso, el débil
mugido de algún barco entrando o saliendo de la bahía de La
Habana. Le abrieron. Preguntó por el padre Zabala.

—Tengo que pasar unos días con ustedes —le anunció
enigmáticamente.

Y el padre Zabala no dudó sobre lo que tenía que hacer.
Dispuso todo para que se encontrara cómodo. Le mostró su
celda. Le dijo las horas de la oración de las laudes y de la oración de vísperas. Incluso le preguntó si necesitaba algo.

—Un hábito y un radio —respondió el gordo.

De eso habían pasado muchos días. Manzanita era uno
más. Sólo tenía la particularidad de pasarse muchas horas con
la oreja pegada a la radio. No pedía periódicos. Sólo pilas para
su aparato de radio, que únicamente apagaba cuando hacía la
oración de completas y se metía en aquella cama tan estrecha
en la que se entregaba a un sueño irregular.

Se sentía seguro. Es verdad. No le hubiera importado
seguir allí el resto de su vida, si no estuviera llamado para otras
obligaciones inaplazables. Sus creencias religiosas habían sido
muy profundas, desde que era un chiquillo, allá en Cárdenas,
cuando empezó a estudiar en el colegio Champagnat de los
hermanos maristas. Es más, su abuelo había sido franciscano.

Rezaba el rosario, a diario. Y uno de los grandes descubrimientos había sido conocer al padre Zabala, un vasco que llevaba en La Habana desde antes del golpe de Estado. Se identificaba con él, no sólo porque no era mucho mayor, las entradas que tenía en el pelo engañaban, porque apenas habría cumplido los treinta años, sino porque lo creía próximo a sus ideas. Él también había vivido todo lo que había sucedido tras el diez de marzo del cincuenta y dos. El gordo Manzanita echa cuentas. Han pasado demasiados años de aquello. Cinco en total. Y recordar ese dato lo pone aún más bravo. Lleva unos pocos días oculto en aquel convento franciscano, pero la espera es interminable. Una tortura. ¡Hay que matar cuanto antes al Mulato! Él no debería estar ahí, encerrado, sino en primera línea, donde siempre estuvo. Da vueltas desesperadas dentro de su celda, como un tigre enjaulado. Algo debe hacer. No puede quedarse quieto. Las horas caen con una lentitud exasperante. Se ha hecho de noche. El radio está encendido. Faltan unos minutos para las nueve. Pronto va a transmitir el juego de la bolita. El gordo Manzanita mira al aparato, con desesperación.

Esa noche apenas podrá pegar ojo.

Lleva ya muchas horas sin probar bocado. Suena la campana que indica que es la hora de la comida. El gordo Manzanita ha salido de su celda, preso de una excitación nueva. Está tan nervioso que incluso ha olvidado apagar la radio. ¡Radio Reloj reportando!, se oye, como un eco, a través de los pasillos del convento franciscano. Los padres ya ocupan el comedor. El gordo Manzanita ha elegido para hoy un pasaje de la vida de San Francisco Javier, un valiente navarro, igual que el padre Zabala, en efecto, que trabajó para evangelizar Oriente en el siglo XVI. El gordo Manzanita se conoce de pe a pa todos los episodios de la vida de San Francisco. Comienza la lectura. Manzanita la hace con su voz habitual, una voz enfática, de las que son capaces de exaltar a las masas. Ahora la utiliza para contar las andanzas de San Francisco Javier por los mares de Indonesia, en los que logró calmar una tormenta arrojando su cruz al mar, y cómo al día siguiente en la playa un cangrejo se la devolvió. Manzanita va avanzando en la lectura, que tantas veces ha hecho en silencio. Pero sucede algo. El padre Zabala lo ha notado. La dicción es mala. Es como si al gordo Manzanita le temblaran las palabras en la boca. El padre Zabala intercambia con él dos o tres miradas. Lo conoce perfectamente para no saber que hay alguna novedad. Y por eso no le extraña que alguien llame a la puerta de su celda, media hora más tarde. Al padre Zabala no le hace falta abrirla para saber quién está ahí, esperándolo.

—Padre, necesito confesarme.

El gordo Manzanita nunca ha estado en la celda del padre Zabala. Como la suya, tiene una cama y una silla, igual de incómodas, sospecha. Pero sí envidia la estantería que se alza en la parte izquierda, junto a la mesa. No hay muchos libros. Pero son de gran valor, bien editados. Mientras que el padre Zabala se prepara para la confesión con un breve silencio en el que pide la ayuda del Espíritu Santo, Manzanita puede identificar la Liturgia de las horas o el Libro de la regla.

—Ave maría purísima…

—Sin pecado concebida…

—Confíe en el poder de la misericordia y ábrale su conciencia.

¿Cuánto tiempo hace que no se ha confesado Manzanita? No demasiado. Pero nunca lo ha hecho para contar lo que ahora deberá escuchar el padre Zabala.

—Usted sabe que nos hemos visto obligados nosotros los estudiantes a participar en acciones civiles, para defender al país de los actos injustos que comete la tiranía…

—Lo sé. Estoy al corriente de sus actividades.

El padre Zabala viste un roquete blanco. El cordón es del mismo color, con tres nudos. La estola, morada.

—Pero los estudiantes, y yo en su representación, vamos a dar un paso más…

Manzanita se queda callado durante unos segundos. Mira al suelo. Como si allí pudiera encontrar las palabras que está buscando. Pero sólo encuentra las sandalias, un poco sucias, del padre Zabala, que se limita a mirarlo, con severidad.

—Debemos salvar al país. Es nuestra responsabilidad histórica. Cuba es algo más que el Chino Wong, la quimbumbia, el quimbobó, los papalotes, las canicas y el Benny. Es más. Sé que podemos fracasar, pero incluso en ese caso, habremos contribuido a hacer el país libre.

Manzanita recuerda perfectamente cada frase del documento que ha manuscrito, a toda prisa, nada más escuchar aquella combinación de números, dos-dos-cinco-ocho, en Radio Reloj: «Si caemos, que nuestra sangre señale el camino de la libertad. Porque, tenga o no nuestra acción el éxito que esperamos, la conmoción que originará nos hará adelantar en la senda del triunfo».

El gordo sabe que el texto desprende un aroma de epitafio o testamento. Pero también sabe que, en cualquier caso, incluso en el peor, la dictadura quedará herida de muerte, y no duda de la reacción del pueblo, arrojado espontáneamente a las calles, llenándolas caudalosamente.

Las armas de Carlos Prío ya han llegado. El asalto al Palacio es inminente.

—El pueblo exige que expulsemos al tirano del sillón que ocupa ilegalmente.

El padre Zabala entiende, pero no quiere entender.

—La violencia nunca es el camino. Cristo nos enseñó que hemos de cambiar los corazones de los hombres para que descubran que deben amarse los unos a los otros. Sólo luchó por la paz.

—Yo también. Nosotros también. Y no la habrá hasta que desaparezca un obstáculo. El pueblo necesita ser libre.

Ahora el padre Zabala ve en las pupilas de Manzanita el mismo brillo que le descubrió cuando el estudiante volvió de aquel viaje por Ceilán y México. Utiliza las mismas palabras enardecidas.

—Queremos lo que quiere todo el pueblo. Acabar con la tiranía. Y eso requiere actos valientes. El mundo no será redondo hasta que caiga el tirano que lo sojuzga.

—El mundo se arregla con caridad, con amor; la violencia y el asesinato nunca son el camino.

Por un momento, el gordo Manzanita se ha sentido ridículo. Porque todo eso que le está diciendo el padre Zabala lo sabe de sobra. El no matarás, y todo eso. Pero hay que salvar al pueblo. Y eso es más importante que todo.

—Este es un acto de legítima defensa. El gobierno agrede al pueblo, y el pueblo debe defenderse.

El padre Zabala cabecea. No. No está sorprendido por las frases que le está soltando Manzanita. Lo conoce demasiados años como para extrañarse. Los estudiantes preparan algo.

—Tenemos que pasar a la acción.

El gordo Manzanita cree que el padre Zabala le va a dar el perdón divino, que piensa como él. Pero, de momento, lo mira, con ojos fríos.

—Confiese sus pecados —le pide el padre Zabala. Intenta tratar a Manzanita como a cualquier feligrés.

—Mi pecado es la acción que tenemos preparada.

—¿Acaso no estás arrepentido de planear esa acción?

—Padre, usted me dijo que había protegido aquí a varios republicanos españoles perseguidos por el régimen franquista.

—Es verdad. Incluso a algunos tuvimos que llevarlos a una embajada, para evitar que los cogieran presos. Cuando tenemos que salvar una vida, o protegerla, no nos paramos a mirar si está a favor o en contra de Franco. Porque no debemos consentir que nadie se sienta amenazado, en peligro. Dios da la vida. Y nadie debe amenazarla.

—Este régimen del Mulato es igual que el de Franco. Igual que el de Trujillo. Una dictadura más. Y con todas hay que actuar con la misma determinación. Y a veces, eso exige el concurso de la violencia.

—¿Lo crees justo?

—Más que eso. Imprescindible.

El padre Zabala resopla. Observa al estudiante, postrado de rodillas. Estaba metido en un buen lío. Pero tampoco le sorprende.

—¿Has pensando en tu familia? Si te pasa algo, tu mamá se quedará aun más sola. Tu hermanito murió hace sólo once meses.

—Sí, once meses y siete días. Mi mamá se acercó a mi hermano y le dijo, en mitad del velorio, hijo ¡qué sólo te vas allá arriba! Y yo le repliqué: tranquila, mamá, que pronto yo le haré compañía.

—Tu hermanito ya está acompañado por Dios. Que Dios te acompañe a ti también, hijo. Ese camino que tú has elegido es muy peligroso, es el camino de Satanás, no es el camino de Cristo. Y mi corazón está en este momento triste, muy triste, porque no puedo darte la absolución divina. Y ahora, reza conmigo...

Porque es dándose como se recibe, es olvidándose de sí mismo como uno se encuentra a sí mismo, es perdonando como se es perdonado, es muriendo como se resucita a la vida eterna.

El gordo Manzanita se levanta. No puede evitarlo. Se ha fundido en un abrazo con el padre Zabala. Un abrazo largo, muy largo. Entiende sus razones. ¿Cómo no va a entenderlas si toda su familia se ha entregado con entusiasmo a la religión católica? Pero también sabe que, en su fuero intento, el padre Zabala está esperando algo. Una solución. El auténtico Satanás es el Mulato. Y está allí, muy cerca de ellos, en el Palacio Presidencial.

Cuando Manzanita abandona su celda, el padre Zabala oye crecer un ruido de sirenas. Hasta hacerse insoportable. Y entonces piensa que quizá debió absolver a Manzanita.

Mira un calendario.

Es doce de marzo.

Toti estuvo a punto de ser atropellado por un camión de «Fast Delivery SA». Eso habría leído. Si hubiera aprendido a leer. Se tuvo que conformar con ver que un camión rojo lo embistió ese mediodía. Las muchas horas que pasaba encerrado en las sombras del Shangai, limpiando culebras, le hacían sentirse herido por la luz del sol. Esa mañana pudo acabar atropellado. Pero esquivó el camión con un movimiento ágil.

—¡Tumba al coño de tu madre! —gritó, parado en mitad de la cuadra, alzando los puños, en un tono amenazante.

Pero el chofer no lo vio. Estaba en otra vaina. Sólo tenía en su mente espacio para un pensamiento obsesivo. Desde que esa mañana lo habían reclutado a toda prisa, le habían encomendado la tarea de manejar el camioncito, no paraba de dar gracias a la Virgen de la Caridad del Cobre, a Ochún... porque eran muchos meses los que llevaba pateando la calle, buscando peleas, la pistola siempre cargada, y el balance era triste, apenas había tumbado a un comemierda de una banda, un tipo al que le gustaba guapear y que se tenía bien ganado aquel tiro a boca de jarro que no terminó de mandarlo para el otro barrio. Pero nada más. Poca cosa. Le hubiera gustado esa tarde empuñar también a él una pistola, hacerse el guapo delante de los guardias que custodiaban el Palacio Presidencial. Ir repartiéndoles balas, dejarles ese regalito en el cuerpo. Pero Menoyo le había quitado la idea de la cabeza, de manera terminante. El chofer tuvo pocas ganas de discutirle la autoridad a aquel tipo que le habló de cómo unos cabrones querían trabarlo en el puerto de Alicante, y él se burló de ellos, no podía discutirle sus ideas, y mucho menos cuando se fundió con él en un abrazo y le susurró al oído, mira, chico, sin ti no somos nada, estamos en tus manos, así que prefiero que agarres con fuerza el volante antes que una pistola, maneja con cuidado, caballero. Estamos en tus manos. Y ahora, de él dependía la suerte de cuarenta y dos hombres que se hacinaban en el camión. Para él también había llegado su gran momento. El momento de ser importante, muy importante.

La Primera Dama andaba extraordinariamente preocupada. A Fulgencito la fiebre no le bajaba. Tampoco ese día. Un calor obstinado le recorría toda la piel.

—Pielitis —había diagnosticado el médico, un tipo de grandes espejuelos.

A Fulgencito la piel le brillaba, toda salpicada de unas partículas de sudor.

—No se preocupe, es sólo pielitis. Igual que ha venido, se irá —repitió el médico esa mañana, cerrando las hebillas metálicas de su maletín de cuero.

Pero la Primera Dama no se quedó tranquila. Así la vio su marido. Lo había esperado hasta muy tarde, las cuatro de la mañana por lo menos. Lo sabe porque a esa hora se levantó a verificar la temperatura de su hijo. Luego, el cansancio la venció y se entregó a un sueño profundo. El Mulato, no. El Mulato padecía de lumbago, pero no de insomnio, como podría pensarse, viendo la luz de su despacho encendida muchos días hasta las seis de la mañana.

Para el Mulato la madrugada no era el reino del sueño, de las sombras, no, era un momento de fertilidad, en el que él, sin tener que soportar las pesadas visitas de Gardner o el olor a pantera de Tabernilla, sacaba a pasear a sus neuronas, se entregaba a lecturas provechosas, y descubría con sorprendente sencillez soluciones que se le escondían durante el día.

—La noche es el momento del pensamiento y de la acción.

La frase quizá la hubiera leído alguna vez, y se le quedó prendida en la memoria, pero se la quiso atribuir, como destilación de su agudeza intelectual.

Y era verdad, no sólo durante la noche daba forma a las ideas más brillantes, aquellas que sólo se le podían ocurrir a él, ideas que traían un acento de clarividencia y éxito, sino que también le daba un plus de arrojo que le había permitido, por ejemplo, tomar el Campamento Columbia un diez de marzo, sin que se produjera derramamiento de sangre, «dimos un golpe de Estado blanco como única forma posible de evitar una intentona roja, de la sangre de todos los cubanos, regresé al poder un diez de marzo para arrebatar a mi país de las garras comunistas», insistía constantemente, cada vez que recordaba el episodio. «Además ¡qué carajo! ¿cómo es posible que cayera con tanta facilidad Carlitos Prío? ¿Por qué, a pesar de existir en el país una proliferación de asociaciones, ninguna hizo nada para evitar su caída y mi entronización?»

Por eso ahora, enfrentado a la biografía de Abraham Lincoln, no podía entender que su vida corriera realmente peligro, que quisieran su cabeza, la que pensaba constantemente para dar a luz brillantes ideas. Que quisieran ¿quiénes, los priístas, los ortodoxos, los comunistas, los estudiantes, el Veintiséis…? ensangrentar el sillón en el que todavía, las cinco de la mañana marcaba el reloj, el perro guardián de la patria permanecía sentado, velando el sueño de cada compatriota. «Es hora ya de que haga un alto el chapoteo en el lodazal de pasiones, Cuba es la entraña, la meta, Cuba, por encima de las pasiones y hasta de las ofensas», les hubiera dicho a aquellos des-

cerebrados que querían su cabeza y la de su familia, para que
no quedara ni la semilla, pero a estas alturas ya estaba plenamente convencido de que esas palabras justas y ponderadas
serían al mismo tiempo inútiles, que no las escucharían aunque salieran de su garganta con fuerza de altavoz.

Leía y no leía. La atención se le extraviaba. ¿De veras
iban a atentar contra su vida? MaMama Tula lo había vaticina-
do con la seguridad de los pronósticos infalibles. Nunca lo
había visto tan serio, salvo cuando se dejó convencer de que ya
no debía subir más al ring, entre otras cosas porque un pie se
le había quedado como un estorbo que tendría que arrastrar el
resto de su vida. ¿Y por qué le debía extrañar tanto que quisieran acabar con su vida? «¿La policía no había descubierto
hacía sólo unos meses un mortero instalado en una azotea cer-
cana al Palacio Presidencial que ahora mismo ocupaba, como
evidencia de que pretendían en medio de la revuelta que se
formaba darme muerte? A mí, y a mi familia. Y todo, tramado
por Carlitos Prío, por supuesto. Tenía ya los billetes compra-
dos para arribar a La Habana, con tiempo suficiente para acudir a mis exequias. Pero no los pudo utilizar. Le salió mal la
jugada».

Sí, sería cosa de los priístas, de los comunistas, de los
estudiantes… de todos, confabulados en un mismo designio,
botarlo, desalojarlo del Palacio Presidencial, a él, que había
evitado que el guapo de Carlitos Prío diera en 1952 un golpe
de Estado, viendo las elecciones perdidas. El Mulato aún se
preguntaba por qué diablos Prío le había hecho llegar con tanta nitidez sus mensajes, que no estaba dispuesto a aceptar una
victoria que no fuera la suya, acompañándolos de los nombres
de la gente que lo apoyaba. Sólo se le ocurría pensar que habiendo arrastrado hacia él, mediante compromisos y promesas, a algunos de sus hombres principales, esperaba que el Mu-

lato se rindiera. ¡Y todavía tuvo el valor de decir que un eventual triunfo mío podría llevar al país a una guerra civil! ¡Tremendo pendejo! Y lo peor no era el golpe de Estado, sino lo que vendría después, la miseria del pueblo, las arcas del tesoro expoliadas por el apetito de ese canalla, mientras él había dedicado todos estos años en firmar acuerdos ventajosos con el socio que todos querían tener al lado, los Estados Unidos. Por eso el pueblo, soberano en sus decisiones y manifestaciones espontáneas, lo había llamado, con toda justicia, «pájaro lindo de la madrugá». Y todavía algunos, oponiéndose a los deseos del pueblo, le reprochaban que salvara al país de la hecatombe. Lo querían botar, darle una patada en el culo, como si fuera un perro sarnoso.

Abraham Lincoln acabó asesinado. A él también lo acusaron de dictador. ¡Cuánto tiempo se toma la Historia para juzgar, y cuán pocos segundos necesitan los hombres para hacerlo! El Mulato se quedó con los ojos fijos en el cono de luz que proyectaba la lámpara, abrumado por esa evidencia.

Tardó muchos minutos para volver en sí. En recuperar la voluntad. Estiró el cuello hacia atrás, para atacar su rigidez. Se levantó. Sintió el dolor nacerle en la rabadilla, extendérsele por toda la zona lumbar, sin discriminar una vértebra, atacándolas con saña. ¡Otra vez el lumbago, carajo! En eso no reparaban los comemierdas ingratos que querían verlo metido en un ataúd, en las dieciséis horas diarias que dedicaba sin descanso a la nación, el lumbago haciéndole estragos, porque ya no era el joven zangolotino de Banes, ya no era Beno, como lo llamaba mamá, buscándose siempre un trabajito con que ganarse unos pesos, ayudante de sastre, haciendo de aprendiz de carpintero, de comodín de barbería, olfateando por la estación de ferrocarril como un desarrapado, hasta que le dieron trabajo de fogonero. Trabajar en los ferrocarriles ha sido una de las experiencias más deliciosamente hermosas de su vida. Por eso tenía asignada en su biblioteca un lugar especial al farol de retranquero y a la llave cambiavías que usó en los tiempos de ferroviario en los Consolidados de Holguín. Hacía mucho tiempo de aquello, de la decisión a los catorce años de decirle a papá que se iba de casa, incapaz de soportar en Banes la ausencia opresiva de mamá, la imagen de su cuerpo dentro de un ataúd insólitamente grande para acoger su cuerpo chico, no podía quedarse en Banes, había pasado mucho tiempo de la muerte de mamá, de su experiencia en los ferrocarriles, pero aún mantenía intacta la fuerza para oponerse a las injusticias, la misma que le había impulsado, con sólo ocho años, a colgar la mocha, a no ir al día siguiente al cañaveral, como acto solidario con los estibadores del puerto de La Habana, que estaban siendo vilmente explotados y no habían tenido más remedio que ir a la huelga. Él se puso a su lado. Sólo tenía ocho años. Había pasado mucho tiempo de aquello. Ahora no se pasaba dieciséis horas en el cañaveral, sino al servicio de los ciudadanos. Y aunque el ejercicio lo mantenía en forma, no, no reparaban en eso, en que su actividad era frenética, como hoy, que tiene que recibir en el Salón de los Espejos a un centenar de aviadores civiles norteamericanos e inmediatamente después al embajador de Uruguay, no reparan en nada, ni siquiera en que iba a ser papá de nuevo, la Primera Dama embarazada de cuatro meses, otro Batista germinando, otra vida abriéndose paso, de manera imparable, que ni siquiera unos tiranicidas podrían malograr.

El Mulato notó los lagrimales en acción, los ojos se le volvieron líquidos. El oficial de guardia que custodiaba su despacho lo vio quitarse una lágrima con el dorso de la mano. Después repitió la operación varias veces, espiando durante unos segundos la respiración acompasada de Fulgencito, que se removía inquieto en la cama, como si él también se diera cuenta de que papá estaba en peligro, o acaso sólo era una señal de su cuerpo demasiado caliente, la fiebre acosándolo, y así entró en su dormitorio, en un estado de confusión en el que se mezclaban el anuncio de MaMama Tula con la emoción que le producía custodiar el sueño de toda su familia.

Se desprendió de la ropa, evitando hacer ruido. Se acomodó junto a la Primera Dama, reprimiendo el quejido que le impuso un pinchazo agudo, otro más, localizado en la espalda. El lumbago lo tuvo despierto durante bastante tiempo. Sentía a su lado el volumen del cuerpo grávido de la Primera Dama, preguntándose en qué había cambiado, su barriga apenas combada, preguntándose si hacía bien en no avisarle de la profecía de MaMama Tula, de ponerla a ella también en guardia. ¿Acaso la estaba traicionando? Se debatió en esa incertidumbre, hasta que su mano derecha se posó en el ombligo de la Primera Dama, y quiso encontrar un indicio de abombamiento, una razón para convencerlo de que debía dejarla dormir, y de que él, sólo él, arrostraría con todos los peligros.

Resolver la disyuntiva actuó como un analgésico para su dolor de espalda.

El lumbago le concedía una tregua.

No tardó en dormirse.

ç

La llamada había sido escueta.

—Voy para allá. Tenlo todo preparado.

—Okey. Está bueno.

El gordo Manzanita no había demorado ni un minuto. El Griego estaba pegado al teléfono, sabiendo que de un momento a otro lo asaltaría con sus timbrazos. Él también había oído esa noche los números. La combinación que desencade-

naba todo el plan. Dos-dos-cinco-ocho. Ese día alguien se fue
a la cama millonario, cien mil pesos que le cambiarán la vida.
Él también. La gloria estaba a un paso. A menos. A unos centímetros. El golpe al Palacio Presidencial iba a ser todo un
éxito, y Silvito Lindo dejaría de pasearse por el Sans Souci o el
Tropicana con sus aires de estrella rutilante de no sabía qué.

Mientras el gordo Manzanita abandonaba el bar desde el
que había hecho la llamada, eludiendo las miradas curiosas, sintiendo que el destino lo llamaba a voz en cuello, el Griego dejaba el auricular en su sitio, los dedos temblando. Leyó el siguiente boletín de noticias. Estaba tan nervioso que algunas sílabas se
le enredaron. Marconi lo miró, sorprendido porque el Griego
apenas se trastabillaba. Menos esa mañana. Las noticias eran
rutinarias, despojadas de toda gravedad, el anuncio de una exposición de arte, las obras de la Bahía de La Habana… Mientras
que leía maquinalmente esas noticias, en la mente se le formó
íntegra, línea a línea, la noticia que debía leer en el siguiente boletín, Fulgencio Batista, el presidente de la República, el dictador que ha sojuzgado a la patria durante los últimos cinco años,
acababa de ser ajusticiado, su voz multiplicándose en cada casa,
en cada bar, convirtiéndose en legendaria, y ese anuncio, que él
haría con voz engolada, ese anuncio que salía de su voz grave,
pasaría a los archivos sonoros, incorporándose a la historia del
país. Radio Reloj reportando…

El Griego veía cerca el final de un largo camino que sólo
pudo presentir vagamente cuando arribó a La Habana sin un
medio, cuando escuchó cómo contaba la matanza de Orfelia el
reporter de Radio Reloj. Ese día decidió hacerse periodista,
incapaz de pensar ni siquiera remotamente que podría ser más
popular que Silvito Lindo, el famoso actor de radionovelas
que iba de cabaret en cabaret, con apostura de galán de cine,
protagonista de unas historias que sólo eran cartón piedra,

mera ficción, al lado de las que él contaba, la realidad pegándote un puñetazo. La ficción, con todos esos afeites, nunca podrá ser tan bella como la realidad. Porque no hay nada tan bello como la verdad, proclamaba el Griego. Esa era la diferencia entre él y Silvito Lindo. Porque en las radionovelas los hombres siempre estaban pegando los tarros, pero la realidad iba por otro camino, y no eran los hombres, sino las mujeres las que se escapaban a la intersección de las calles Galeano y San Rafael, la llamada «esquina del pecado», porque usaban la coartada de irse a comprar a El Encanto para citarse con sus amantes. Así de lejos estaba la realidad de la ficción. Aunque Silvito Lindo intentara borrar sus límites con su voz dramática y vehemente que paralizaba al personal femenino. No. Daba igual que la voz de Silvito Lindo se multiplicara, entrando hasta en los cines y en los teatros, obligados por la demanda de los clientes a colocar amplificadores especiales y sintonizar CMQ para que todo el mundo pudiera escuchar el capítulo de hoy de la novela. Ni siquiera el detective chino Chan Li Po y sus extravagantes aventuras habían dejado una década antes las calles habaneras tan desiertas. Oír a Silvito. Eso era más importante que ver la última película de Rita Hayworth o Gary Cooper, que se paseaban por La Habana como figuras evanescentes, gaseosas, sin que nunca quedara claro que fueran de carne y hueso. Así se aparecía Silvito Lindo, su voz escupida por los altavoces, y cientos de mujeres soñaban con tener esa voz susurrándole cosas lindas en los oídos, tan cerca que hasta pudieran sentir su aliento fragante, Silvito omnipresente, colándose en los cines, retrasando el comienzo del show, la novela era lo más importante, lo único importante, para todos menos para el Griego, que sabía que su final estaba cerca, arrollado por la realidad, por la impactante noticia que él iba a difundir.

—Viejo ¿qué tú has tomado hoy, que tienes la lengua de trapo? —se atrevió a preguntarle Marconi, preparando la siguiente tanda de publicidad.

—Los cacahuetes me matan. Me puedo beber una botella de Matusalén, y la lengua está igual de fresca. Pero los cacahuetes le hacen un nudo a mi lengua —balbuceó una excusa el Griego.

Hacía mucho calor. El gordo Manzanita se había subido las mangas de la camisa. Un carro se puso a su altura. Lo conducía el Chino.

Manzanita subió. Sudaba mucho. Muchísimo. Más de lo normal. El corazón lo sentía en la boca, obstruyendo el paso del aire. El Chino conduce el carro, sin atreverse a mirar al gordo. No hace ningún comentario. Está totalmente concentrado en su trabajo. Por un momento Manzanita se pregunta en qué diablos estará pensando en este momento el Chino, y está a punto de preguntárselo. Era un tipo raro el Chino, la verdad. Pero sabía manejar como nadie. Y después de tomar Radio Reloj y anunciar la muerte del Mulato, había que salir a toda velocidad en dirección a la Universidad. ¡Qué ganas tenía de que llegara ese momento! El Chino y el gordo están a unas pocas cuadras del Prado. A Manzanita el recorrido se le estaba haciendo eterno, los minutos cayendo con lentitud, marcados por un reloj de plastilina, como si la ciudad se moviera fotograma a fotograma, abrumada por el calor tropical. Se imaginó que el Bizco Cubelas, Machadito, Menoyo… veían pasar así los minutos, o no pasar, dominados por una sensación de quietud, casi de parálisis, la misma que siempre precede a los grandes acontecimientos, los que nadie ha anunciado. Porque un disparo siempre sonó mejor, fue más certero, cuando rompió de forma súbita, totalmente inesperada, el silencio, pensaba Machadito, su cuerpo apretujado dentro del camión. Esa ma-

ñana se preguntaría Alina dónde está, confirmando con su ausencia que, en efecto, andaría empatado con alguna pelandruja, lo echarían de menos también en el solar en el que vivía,
creerían que había sido el afortunado el día anterior en el juego de la bolita, sí, lo extrañarían mucho en su cuadra, porque
era buen chico, de un comportamiento ejemplar, tan ejemplar
que ahora acariciaba una pistola sin tener otro propósito que
vaciar su cargador totalmente.

El camión va lento. Tan lento que durante algún momento,
Machadito piensa que se ha parado, que el motor, que ya escupía petardeos de agonizante nada más arrancarlo, ha dicho
basta. Pero no. El camión sigue avanzando, con dificultades, el
chofer apurando las marchas, porque el cargamento de cuarenta y dos activistas del Directorio Revolucionario y las armas
obligan al motor a un esfuerzo que jamás ha hecho.
    Menoyo es el más tranquilo de todos. No era casual que el
gordo Manzanita lo hubiera elegido para quitar de en medio al
Mulato. En ese momento, rodeado de rostros preocupados,
ofrece el perfil de un tipo que se dispone a atender un trabajo
rutinario. Fuma un pitillo, que le deja en la boca el mismo sabor
que los que fumó en Alicante hasta que el capitán Dickson dio
la orden de zarpar, y el puerto empezó a alejarse, unos metros,
muy pocos, pero suficientes para que Menoyo se diera cuenta
de que aquel viejo carbonero inglés, al que alguien le puso el
nombre de Stanbroock, le iba a salvar la vida, que le iba a permitir burlarse de los putos nacionales. Incluso, de manera apenas perceptible, se le pinta una medio sonrisa fugitiva en la boca,
quizá recordando aquel episodio. Pero nadie se da cuenta. Los
nervios o el miedo les impiden ver otra cosa que el cuerpo del
Mulato agujereado, botando sangre como un puerco.

El camión va cruzando cuadras con una lentitud nueva.

El Bizco Cubelas se da cuenta. Desde su carro, a través del espejo retrovisor, ve el camión evolucionar con una lentitud de paquidermo, inapropiada para una acción que basa su éxito en el factor sorpresa. Mira a izquierda y derecha. Le parece ver una perseguidora, pero es sólo un espejismo fomentado por el miedo, que lleva pegado a las paredes del estómago, le ha llenado los intestinos de ventosidades que suelta con dificultad, dejando en el carro un hedor denso.

Esa sensación no es nueva. Es lo mismo que sintió cuando estuvieron apostados junto al Montmartre para ultimar a Orlando Piedra, sin saber que iba a ser Blanco Rico el que se les cruzara en el camino. El Griego no les dio una información buena. Dijo que había visto en el Montmartre a Orlando Piedra con la Ranieri. Era mentira. Pero ellos estaban muy lejos de saberlo, allí, fumando hierba, esperando el momento de entrar en el Montmartre. Aquella vez los tiros de marihuana que se metieron le calmaron los ánimos. Ahora sí, lo que tiene dentro es un miedo mucho más concreto. Sólo la perspectiva de acabar por fin con el coronel Orlando Piedra, enmendar el error que cometió aquella mañana, le da las fuerzas que necesita para vencer al miedo.

El Bizco Cubelas sigue avanzando. El camión apenas lo sigue. Los últimos cien metros se le hacen eternos. Cree que un carro policial lo va a interceptar, que las gomas medio ponchadas se van a desintegrar y que el camión se va a rendir, derrengándose sobre el asfalto, a las mismísimas puertas del Palacio Presidencial. Que todo se irá al carajo en el último segundo.

Pero no. Todo va en orden, porque incluso uno de los pistoleros del Directorio Revolucionario, que se negaba a desprenderse de su chaqueta, atribuyéndole propiedades de chaleco salvavidas, ha transigido y también la ha arrojado, como han hecho todos, y ahora celebran la ceremonia de colocarse los disfraces de carnaval. Los estudiantes quieren tomarle el pelo al Mulato. Quieren burlarse de él. Reírse delante de sus narices. El Mulato dio la orden de que nadie accediera al Palacio en mangas de camisa. Todos debían entrar con el salvoconducto de una chaqueta y una corbata. A fin de cuentas, el Mulato es escrupuloso en la etiqueta, en los detalles. Nada es más importante que el protocolo. Cree en la fuerza de la costumbre. Por eso hoy también ha almorzado a las dos y media de la tarde, de manera más bien frugal. Apenas ha probado unas lasquitas de cerdo asado acompañadas por frijoles negros.

—Voy a ver como está Fulgencito —le dice a la Primera Dama.

Y ella quiere creer que a su marido se le ha averiado el apetito por culpa de la fiebre, la fiebre que apenas le concede un descanso a Fulgencito, unas décimas imperceptibles, pero no termina de aceptarlo, porque ha visto en sus ojos el dibujo claro de unas ojeras nuevas.

Quedan no más de dos cuadras, y por encima de los edificios, en los solares donde viven tantos compatriotas ajenos al episodio histórico que ya ha comenzado a escribirse, el Bizco Cubelas ve la silueta de mastodonte o tarta nupcial del Palacio, su arquitectura de geometría cuadrada. Ahora sí, un tremendo pedo se le está formando, y ahí se le queda, estancado. El Bizco Cubelas va reduciendo las marchas, hasta que logra parquear en la parte derecha, en un costado del Palacio, en la cuadra de Colón limitada por Zulueta y Montserrate. Todo está perfectamente pensado. Ahí está la puerta de Colón, la más vulnerable. Es verdad que el gordo Manzanita había estudiado las otras opciones, la puerta de Refugio, que cae sobre la Avenida de las Misiones, e incluso la puerta-cochera, pero siempre permanecían cerradas. A cal y canto. Así que ahí está el Bizco Cubelas, mirando ya el ambiente que hay en la puerta de Colón.

Deja el carro arrancado. Se ha distanciado unos metros del camión, cuya figura de cachalote entreví por el espejo, pequeña, demasiado pequeña. Y duda si parar el motor del carro o no, porque el camión da la impresión de alejarse en vez de acercarse.

—¿Se habrá ponchado alguna goma? —se pregunta, moviendo ligeramente los labios, apretando de rabia los dientes.

En la entrada del Palacio ha detectado alguna sombra. Por un momento se siente descubierto, como si Radio Reloj, en vez de anunciar la muerte del tirano, hubiera publicado sus planes, y dentro aguarde una tropa de oficiales esperando para balacearlo.

¡Cómo le gustaría tener a mano un cigarro de marihuana, coño!

—¡Venga, dale, ven *pa'ca*, camioncito! —le anima, la figura creciendo lentamente en el espejo retrovisor.

El pedo le aprieta las entrañas, el culo. Todo el cuerpo. Pero no lo puede expulsar. Y eso que ya no ve en la entrada la sombra de antes, perdida como una fantasmagoría.

Su mirada vaga por la entrada del Palacio. Detecta la figura del soldado de posta, caminando despreocupado, haciendo el recorrido de todos los días a lo largo de toda la acerca, pendiente de todo y de nada. Dentro de unos segundos, él cruzará por la puerta de Colón, balbuceando algún pretexto. Cambiará unas palabras con el oficial de guardia, y antes de que éste le responda, antes de que le diga, no, caballero, usted no puede entrar sin acreditación, además, olvidó la chaqueta y aquí no se puede entrar en mangas de camisa, órdenes superiores, del camión empezarán a salir, expulsados violentamente, con la misma determinación de los piratas al abordaje, antes de que el oficial abra la boca, tendrá todo el pecho lleno de plomo, y los cuarenta y dos hombres, cuarenta y tres con el Bizco Cubelas, seguirán su camino enloquecido hasta dar con el Mulato.

Todo el plan, todos los elementos de la Operación Palacio, pasan por la mente del Bizco Cubelas en una fracción de segundo, diseccionada en mil imágenes, desde la primera reunión en «La venida» hasta la última viñeta, el cuerpo del Mulato con más agujeros en el cuerpo que un colador. Todo sucede a velocidad de vértigo, como dicen que se nos aparece la vida antes del chao chao definitivo. Todo sucede tan rápido que no se ha dado cuenta de que el espejo ya no le devuelve la imagen de un camión de reparto, sino el morro chato de una guagua, el cuerpo creciendo y creciendo, avanzando en su misma dirección, como si fuera a embestirlo, y en otra fracción de segundo, porque el tiempo parece haberse despedazado en porciones microscópicas, piensa que la única forma de que la guagua no lo atropelle, igual el chofer va bebido, o dormido, la única forma de que el plan no fracase, es saliendo del carro y plantarse en la entrada del Palacio, a pecho descubierto, él solo, sin más preámbulos que un disparo al oficial de guardia si no le dice dónde cojones se esconde el comemierda cagón *hijo'e'puta* del Mulato.

Dentro siente la misma determinación suicida que le alborotó el día del Montmartre, cuando se disponía a quitar de en medio al coronel Orlando Piedra.

Al Griego las cuñas publicitarias le parecen un sonsonete monótono, algo ajeno a él, si es que hay algo que no lo sea, salvo

esperar la irrupción de Manzanita y ver la cara que pondrá el
actorcito, viéndose postergado, derrotado, la realidad venció a
la ficción, el Mulato está muerto, y eso, aunque parezca extraí-
do de una radionovela más bien truculenta, no apta para los
gustos del público, que sólo aceptan el asesinato por culpa de
los celos, el público que sólo está preparado para historias de
romances, tarros y traiciones, es real. Es verdad. El Mulato
está muerto, y él lo está contando, toda La Habana lo está sabiendo gracias a su voz trascendente.

—Buenos días —ha dicho lacónicamente Manzanita al
portero del solar.

Para cuando le responde, el gordo ya está subiendo con
esfuerzo de asmático los escalones que lo llevarán al segundo
piso. Comprueba el estado de su pistola, el seguro quitado,
con la misma atención meticulosa que el Mulato dedica a la
frente de Fulgencito.

—¡Pobrecito, la tiene ardiendo!

Y no sabe qué hacer para rebajar, aunque sólo sea unas
décimas, la fiebre, y se siente un comemierda, capaz de hacer
prosperar al país con la velocidad vertiginosa de un Fangio en
su carro plateado, pero muy lejos de la sabiduría que le permita a su hijo recuperar la sonrisa, la pielitis sólo una pesadilla en
el recuerdo. El Mulato no podía tolerar el dolor causado por
una enfermedad. Sólo cuando muriera, eliminado físicamente
por unos estudiantes o cuando el corazón dijera basta de puro
viejo, podría olvidar la imagen del pañuelo de su hermano
manchado por escupitajos de color rojo. Por eso no había dudado en construir en Topes de Collantes un envidiable sanato-
rio contra la tuberculosis, un espectacular edificio, provisto de
mil camas, al servicio de la humanidad. No era el único. Incluso tuvo la feliz idea de crear el Consejo Nacional de Tuberculosis. En su Cuba de prosperidad sin igual los hospitales ha-

bían proliferado con el mismo ímpetu con que se abrían tramos de carretera. Y ahora unos malditos estudiantes se lo querían agradecer poniéndolo en tremendo aprieto. Querían hacerle una visita en el Palacio que no venía en su agenda de trabajo.

El Bizco Cubelas no puede hacer otra cosa que maldecir su suerte, y se deja ganar por la sorpresa del ritmo cansino que traen los acontecimientos, que él imaginó, tantas noches recostado en su jergón, como una ráfaga, el destino de la nación virando en cuestión de segundos, y no a cámara lenta, que es como todo se está desarrollando, a cámara lenta, como viene el camión de reparto, como si ejecutara sus movimientos con desgana, cargado de estudiantes disfrazados de carnaval y de colchonetas, que podían servir de protección si las cosas se ponían feas. Al Bizco Cubelas le cuesta espantar de su mente, arrojar lo más lejos que puede, un presentimiento fatalista que ve en toda aquella indolencia desfallecida. Disfraces, colchonetas… Mal asunto.

El chofer del camión ha observado el adelantamiento de la guagua, y aunque se muere de ganas por oprimir la bocina, se limita a mascullar un *hijo'e'puta*, porque ha estado a punto de chocarse, la operación de adelantamiento hecha con más temeridad que destreza. Un volantazo ha evitado que todos se vayan al carajo.

—Ruta catorce —lee el chofer, poco antes de apreciar como la guagua se detiene justo al lado del Buick sedán del Bizco Cubelas, ocupando todo el espacio.

El Bizco Cubelas no sabe si salir del carro para reprender al guagüero o meterle dos tiros, y la idea le cruza veloz por la cabeza. Pero la espanta, porque eso pondría en alerta a los oficiales de guardia, a los que imagina despistados, hablando de mujeres o pelota. El Bizco Cubelas contiene la respiración, y el único movimiento que hace es apagar el motor, sin perder de vista la maniobra del chofer del camión, la única posible, no puede demorarse, la guagua parece haberse quedado esperando un viajero imposible o improbable, sin voluntad de moverse, y el camión queda en mitad de la calle, y nadie se fija en esa contrariedad, ni el Bizco Cubelas, que ya ha salido del carro, y no camina, corre al galope en busca de la entrada, la sangre batiéndole en las sienes, una pistola del 45 dentro del pantalón, ni tampoco Menoyo, que ha empezado a contar, la ropa de lycra pegada a su cuerpo, los brazos festoneados de algo que parece papelillos de los que se usan en las verbenas, y mira a sus compañeros, hacinados en el camión, en las entrañas de este caballo de Troya tropical, oliendo a grajo, todos haciendo lo mismo, dos, tres, cuatro, cinco... en actitud orante, o mirando sus extraños disfraces de carnaval.

El chofer del camión ya ha hecho lo que tenía que hacer. Lo que le habían dicho tantas veces. Parar el motor del bicho. Ahora sólo le faltaba poner cara de que ha sufrido una avería.

Pero nadie repara en que hay un camión en medio de la calle, obstaculizando el tráfico, ni siquiera el Mulato, que no se decide a sentarse en el sillón. Prefiere hacer unos ejercicios gimnásticos para favorecer la digestión y, de paso, intentar rebajar unas libras.

El Bizco Cubelas está ya en la entrada. De plática.

—Caballero, no puede usted entrar en el Palacio en mangas de camisa —le advierte el soldado de posta, que lanza la frase sin perder de vista que un camión de Fast Delivery SA de color rojo se haya quedado en medio de la calle, como si hubiera sufrido una avería.

—Sí, pero es que tengo un mensaje urgente para el Mulato.

—¿El Mulato? —frunce el ceño el oficial, que ya se pone en guardia.

Es el último gesto que va a hacer en su vida. Ponerse en guardia.

Y el Mulato escucha un ruido rasgando la paz de la tarde, y quiere pensar que un neumático ha explotado, se queda paralizado, como si con ese gesto pudiera frenar los acontecimientos que ya se han desatado. Aún se niega a creer que unos cuantos locos quieran entrar al Palacio Presidencial a quitarlo de en medio. Y a plena luz del día. Para el Mulato no había mejor momento para actuar que la noche. Por eso estaba completamente seguro de que si era así, que cuatro comemierdas ya estaban jodiendo en el piso de abajo del Palacio, aquello no podía ser sino un ataque de mierda.

—Reventó una goma o es que el Bizco Cubelas ya ha dado el aviso —piensa Menoyo, y también todos los demás, siete ocho… y ni siquiera pueden llegar a diez, todos empiezan a agitarse nerviosamente en el interior del camión, ninguno quiere ya respetar la cuenta que debía llegar hasta quince. No pueden permitirse acabarla porque un ruido suplanta el estruendo de neumáticos reventándose o de Thompson en acción. Un ruido que se les cuela en los tímpanos, perforándolos, el bocinazo de un carro o de muchos carros, un bocinazo unánime, de atasco de fin de semana, el camión de reparto en medio, y no se lo piensan, Machadito es el primero en dejar de contar, le da igual si el Bizco Cubelas ya ha hecho el trabajo previo o no, y los oficiales de guardia observan desde el primer piso cuerpos descoyuntarse, desasistidos de vida, realizando antes de desmadejarse sobre el suelo un último escorzo, como alcanzados por un corrientazo eléctrico, y les parece tan inverosímil como el desfile de un perchero que desciende de un camión de reparto, una colección de disfraces en medio de la calle, toda la gama de colores iluminando el mediodía, moviéndose, cada disfraz cobrando vida propia, agitados por unas sombras que se perfilan súbitamente con tanta claridad como sus ametralladoras, y todo tiene una cualidad irreal, todo baila en las pupilas de los oficiales, todo es falso y es verdad, como en esas pesadillas de las que parece que nunca nos despertaremos.

—¡Un tipo ha entrado armado en Palacio!

La voz del telefonista suena alarmada. No ha esperado al segundo disparo para comunicarse con el despacho presidencial.

El Mulato le ha respondido con calma, sin sorpresa, como si llevara esperando esa información muchos años.

—Tranquilícese, no le va a ocurrir nada.

Pero el telefonista está muy lejos de sentirse tranquilo. Sobre todo cuando ve que no es un tipo el que ha entrado al Palacio disfrazado. Son más. Muchos más. El Mulato oye a través del auricular del teléfono unos golpes violentos.

—¡Están intentando tirar la puerta abajo! —grita el telefonista.

—¡Tírese al piso, tírese al piso! —le pide el Mulato.

Varios disparos impactan en la puerta que tiene cerrada el telefonista. En efecto, le hace caso al presidente y se arroja al piso, pero sin soltar el auricular. La puerta se resiste a las balas, a los culatazos. Los estudiantes, de momento, no han conseguido su objetivo de cortar las comunicaciones entre la primera y la segunda planta.

El Mulato empieza a pensar que el ataque es más serio de lo que él jamás pudo imaginar. Se mira. Lleva una bata de casa y chinelas. No, no era la ropa más adecuada para enfrentarse a un ataque como ese. Ahora mismo debería llevar puesto su guerrera militar. La misma que utilizó cuando la revolución del treinta y tres. La gloriosa Revolución de los Sargentos, la que tumbó a Gerardo Machado. Pero no. Va en bata de casa y chinelas. A fin de cuentas ¿quién iba a imaginar que los estudiantes serían capaces de entrar en el Palacio de día? ¡Pero si todo esto hay que hacerlo por la noche! ¿Acaso no había entrado él a las dos de la mañana en el Campamento Columbia, el diez de marzo? Los estudiantes eran tan bobos que estaban intentando ese golpe a plena luz del día. Aquello no podía salirles bien. Y ese pensamiento le tranquilizó.

Para el Bizco Cubelas todo resulta extrañamente fácil. Ve los cuerpos arrojarse al suelo acatando sumisamente la orden de su ametralladora, ta-ta-ta-ta, los cuerpos desmadejándose y dejando los pies separados en ángulo esdrújulo. Al Bizco Cubelas le parece sencillo, más incluso que matar marcianos en una maquinita de juegos recreativos, y está tan dominado por el vértigo que no oye pasos que resuenan sobre el mármol, sus oídos sólo parecen preparados para escuchar el sonido de la Thompson, pum, pum, pum, eliminando marcianitos, y no para de disparar, ni siquiera cuando una nube de humo se abalanza sobre él, una nube compacta que borra la claridad, pum, pum, pum, la ametralladora en acción, y tarda varios segundos en asociar esa capa de humo con el estallido poderoso de granadas que va soltando Machadito, como si fuera un lastre que le pesara muchas toneladas.

—¡Humo, mucho humo! —el telefonista se ahoga.

El primer piso del Palacio se ha llenado de gritos, de blasfemias, un tropelaje de gente que lo ignora, él, como encerrado y protegido en su garita, lanzando al Mulato rápidas frases, destiladas y urgentes como las de un telegrama, una crónica precipitada de la acción asesina del Directorio Revolucionario.

—¡Se formó el arroz con mango! —grita.

Algunos guardias caen al suelo. Seguramente muertos.
El Mulato no ve el espectáculo que han montado los estudiantes en el primer piso. No le hace falta para agarrar el teléfono
y hacer dos llamadas urgentes. Una es al Campamento Columbia. La otra, a la Marina de Guerra. Desde la calle ya le llega el
sonido de varios carros patrulleros de la policía.

Ahora es cuando debe estar tranquilo. Mente fría en momentos calientes, eso es lo que hay que hacer, mente fría en
momentos calientes.

Al Mulato las ideas se le acumulan, en tropel, como
echándose unas encima de otras en un bazar oriental. Agarra
la pistola que guarda en una gaveta del escritorio. Pero también se acuerda de los ojos de náufrago con que lo ha mirado
Fulgencito, atrapado por la fiebre. ¿Se habrá equivocado él?
¿Por qué no se ha decidido nunca a cambiar la sede del Gobierno a un sitio más apropiado? A fin de cuentas, incluso
planeó un proyecto para construir un imponente edificio en la
banda norte de la Bahía, en La Habana del Este. No hace falta
que nadie se lo dijera. Él sabía, mejor que nadie, que el Palacio
Presidencial, rodeado de edificios de mayor altura es lo más
parecido a una ratonera. Fue entonces cuando decidió que esperaría. ¿Había metido la pata? ¿Fue un error confiar, en caso
de ataque, en la rápida reacción de las fuerzas que le pudieran
llegar desde el Castillo de la Punta, e incluso del Regimiento
de Artillería de La Cabaña? Sí, se había equivocado. Si algo les
ocurría a sus hijos, a su mujer, llevaría eso clavado en su conciencia hasta que se muriera. Piensa en su mujer, la Primera
Dama, la Martha que adora el pueblo.

Las instrucciones que prepara para Tabernilla se le mezclan con la respiración acompasada de la Primera Dama, ajena
a todo, o quizá no, poseedora de las certidumbres que sólo al-
canzan las mujeres, ella, plenamente consciente de que van a

atentar contra la vida de su marido, con la misma certeza inapelable con que sabe que otra vida le está creciendo por dentro.

—¡Tabernilla, estos hijos'e'puta no han respetado ni la
siesta! ¡Ven *pa'ca*! — el Mulato brama, no sabe si porque le
han echado a perder la digestión o porque Tabernilla ha tardado casi medio minuto en atender el teléfono, quizá vaciando
su petaca en el cuartel Columbia.

—¡No se apure! ¿Son comunistas?

—Asesinos, asesinos, eso es lo que son —y el Mulato
cuelga violentamente uno de los teléfonos, la mano izquierda
levantando el auricular de otro.

—¡Todos van disfrazados! —dice el telefonista.

—¿Disfrazados? —al Mulato eso le parece aún más irreal
que la irrupción de todos esos asesinos en su propia casa.

—Sí, llevan disfraces de todo tipo, y no paran de disparar...

El Mulato cree habitar una pesadilla. Alguien le quiere
gastar una broma. Y por eso ha montado todo ese número. Si
no fuera porque las ráfagas de ametralladora suenan insisten-
temente, creería que, en efecto, todo pertenece a una broma
pesada.

¿Quiénes son? ¿Quién ha tenido la ocurrencia de asaltar
el Palacio Presidencial disfrazado de carnaval en plena siesta?
Ahora le gustaría tener delante a MaMama Tula. El otro día,
cuando lo vio salir del despacho dejando un tenue rastro de
fragancia a sándalo, al Mulato le quedó revoloteándole una
inquietud imprecisa. Algo abstracto. Y que ahora le aparece
en toda su crudeza, los contornos perfectamente claros.

—¿Quiénes son para odiarme tanto que hasta quieren
ultimarme?

Comunistas, fidelistas, priístas... Sólo locos. Locos ingratos. El Mulato podía tolerar muchas cosas, menos la ingra-

titud. Por eso se rebelaba contra las actitudes desagradecidas, el país bogando con pujanza económica, hoteles erigiéndose con fortaleza de menhires, la red de carreteras creciendo día a día, las televisiones entrando en las casas como un invento sólo posible en la ciencia — ficción, y a cambio, como respuesta a tanto progreso, un ataque frontal, directo, definitivo.

—¡Me quieren ver muerto estos pendejos!

Y escucha el vocerío, un clamoreo de voces que no interrumpe las detonaciones. Voces, voces, muchas voces. Parecen detenerse durante unos segundos. Pero luego reaparecen con más virulencia, los estudiantes infiltrándose en el Palacio. Ahora el telefonista no sólo ve cuerpos uniformados dislocándose, las facciones desencajadas en un último gesto de estupor, sino que también entrevé, entre las hilachas densas del humo, alguna figura desmoronarse, como si se hubiera abierto a sus pies un abismo, y el cuerpo se le descompone, manchando su disfraz de extraños colores con un polvo nuevo, el residuo pegajoso que están dejando las granadas con sus explosiones.

Voces, muchas voces, el Mulato oye desde su despacho el tráfago de mudanza o recreo, el ring de los teléfonos repiqueteando en un concierto unánime. Hasta que, de pronto, súbitamente, dejan de sonar, estrangulados. Incluso los gritos cesan. En el Palacio se instala un silencio estremecido, como si todo lo anterior se hubiera diluido. A fin de cuentas sólo era una pesadilla.

El Mulato piensa en la textura frágil que tienen los malos sueños. Oye el silencio de tiempo suspendido, casi abolido. Levanta el cuello, buscando en el techo alguna explicación. Todo ha acabado. MaMama Tula se equivocó. Su sangre no iba a manchar la moqueta del despacho. Jamás lo haría. La Virgen de la Caridad del Cobre lo protegía de las trampas, de las acechanzas, de los asesinos. Y por un segundo sólo le queda en pie una preocupación: la fiebre obstinada de Fulgencito.

¿Se habría acaso equivocado en la estrategia, él, que alardeaba de ser un ejemplo de inteligencia y táctica? ¿Quizá no había completado adecuadamente su entrada triunfal del diez de marzo en el Campamento Columbia? Porque, recuerda en este momento, que «asumí el cargo de Primer Ministro para dar tiempo a que se acordara la designación del Presidente provisional. Al no lograrse el propósito, tuve que asumir la Presidencia de la República días después. ¿No hubiera sido más sensato dejar a otro las responsabilidades inherentes a un cargo tan importante, limitándose a funciones menos relevantes que le hubieran permitido leer más libros?» Eso se pregunta ahora, viendo como un grupo de estudiantes asalta el Palacio Presidencial, temiendo que no sólo quieran atentar contra su vida, sino incluso que se atrevan a buscar a su familia.

Se pasa una mano por la barba, comprobando que está impecablemente afeitada. Enfoca con sus ojos los teléfonos, abandonados a un silencio de profundidades submarinas. Ve la pistola, recortada por el cono de luz que forma la lámpara. Una pistola que podía otra vez guardar en la gaveta, sin que siquiera hubiera comprobado la dureza del gatillo. Mejor así. Sí, Fulgencito se pondría bueno, y su mujer, la Primera Dama, daría a luz un vástago robusto, y todos los episodios de este 13 de marzo serían sólo en el futuro hechos irrelevantes, anecdóticos. Hasta le harían gracia, todos aquellos infelices irrumpiendo en el Palacio vestidos con disfraces de carnaval.

El Mulato se queda unos segundos manoseando ese pensamiento, la mirada concentrada en el círculo de luz, la circunferencia impecablemente trazada, su mirada fija en un documento oficial. Hasta que ve agitarse el circulito con un leve temblor trémulo. Lo ve moverse al mismo tiempo que siente una vibración lejana, como si una manada de rinocerontes se paseara por las calles de Santiago de Cuba, a mil kilómetros de dónde está él en este momento, y sólo pudiera llegarle una resonancia amortiguada.

Los siente lejos. Muy lejos. Pero son rinocerontes. Y van a por él.

El Bizco Cubelas mira a Menoyo. Los dos piensan lo mismo. Desde arriba ha abierto fuego una ametralladora calibre 30. Ta-ta-ta-ta. Con esto no contaban. Desde la Escalera de los Embajadores, ahí en el segundo piso que les parece aún tan lejano, notan como les apunta aquel maldito aparato. Es cierto que han avanzado unos cuantos metros, que ya ven más lejos la puerta de Colón por la que han entrado, que el primer piso ya es suyo, no hay nada más que ver los cuerpos que empiezan a amontonarse, pero queda mucho por hacer. Queda todo por hacer. Porque el Mulato está vivo. Esperándolos en el segundo piso. El Mulato está vivo. Cagadito en los pantalones, pero vivo.

Desde arriba les están lloviendo las ráfagas de la ametralladora. Esto no venía en el guión. Pero no se van a apendejar. Las ganas de ultimar al Mulato pueden más que todos los miedos juntos. Eso piensan el Bizco Cubelas y Menoyo, o no, no lo piensan. Porque no hay tiempo de pensar, sólo de enfrentarse a la escalera que los dejará en la segunda planta.

Menoyo es el primero que sube. La ametralladora sigue a lo suyo. Ta-ta-ta-ta. Sin parar. La cosa está de color hormiga. Pero no mucho peor que en la guerra del 36, con los putos nacionales pegados al culo. Menoyo logra llegar al penúltimo escalón. Y tiene tiempo de ver cómo las patas de la ametralladora resbalan por la superficie lisa del mármol por culpa de la trepidación de retroceso del cerrojo. Quizá por eso él esté ahora ahí, porque el tipo que la maneja no puede orientar bien las ráfagas que va disparando, sin ton ni son. Por eso, y porque tiene un par de huevos. Pero ahora está demasiado cerca. Durante unas décimas de segundo, Menoyo se encuentra con los ojos llenos de odio del tipo. Menoyo ve cómo se prepara para nuevos disparos, ahora no puede fallar, tiene a esos cabrones de los estudiantes muy, muy cerca, no va a fallar, aunque la ametralladora le resbale en el piso.

Pero las cosas no salen siempre como las tenemos pensadas.

El tipo está tan a lo suyo, no darle descanso a la ametralladora, ta-ta-ta-ta, que no se ha dado cuenta de que Menoyo sube acompañado. Un error. Que le hace perder el equilibrio. Al Bizco Cubelas siempre le llamaron Gatillo Alegre. Era un buen apodo. Se lo tenía bien ganado. Pum. Pum. Pum. Bastaron tres disparos. Hechos con la puntería que se necesita para las grandes ocasiones. La ametralladora dejó de bailar sobre el mármol del segundo piso.

Al Mulato se le estaba acabando el tiempo.

Menoyo da un grito afónico.

—¡A por el Mulato!

Sí, son rinocerontes. Y quieren aplastarlo. Pero se ha equivocado. No están en Oriente, a mil kilómetros, en la otra punta de la isla. Los siente más cerca. Han entrado ya en La Habana y corren veloces por el Malecón. O más cerca, incluso. Tanto que hasta oye sus frases.

—¡A ultimarlo! ¡A ultimarlo!

Y decide no guardar la pistola en la gaveta.

Los ojos del gordo Manzanita y el Griego se cruzan, con fingida sorpresa, como si hubieran sido pillados en falta, sin que nadie, absolutamente nadie, pueda pensar que están concertados en un mismo destino, ligados por una trama de hilos rigurosamente invisibles.

Marconi, el técnico de sonido, no puede evitar un gesto de sobresalto al ver irrumpir en los estudios la figura generosa de carnes, excesiva, de Manzanita. Nunca lo ha visto cara a cara, pero su imagen es muy popular. Es raro que cuando hay una redada o un tumulto, los estudiantes plantándoles cara a los policías, no esté por allí él.

Marconi es un tipo listo. Tiene unos dedos de pianista que bailan sobre la mesa de mezclas, abriendo, cerrando micrófonos, insertando comerciales previamente grabados, de Camel, de Café Pilón o de lo que sea. Es una pieza esencial en Radio Reloj. A Marconi no le hace falta comprobar el calibre 45 de la pistola que empuña el gordo Manzanita para saber que algo extraño ocurre, y que esa noche, cuando llegue a casa, podrá contarle a su mujer que el día no fue como los demás. Si lo dejan llegar a casa, claro.

—¡Quite las manos del master!

Y aquella orden imperativa le parece tan extraña como encontrar a un sacerdote en una ceremonia vudú. Es cierto que sabe que La Habana es un nido de intrigas, porque en Radio Reloj hablan de tiroteos, de alteraciones del orden, de golpizas, de perseguidoras que se pasean amenazantes, de balaceras en la calle, pero Marconi se siente seguro, recluido en su pecera, ahí en la radio, como si actuara de burbuja impermeable. Y que, con el suicidio en directo del loco de Chibás, ya había cubierto el cupo de sucesos inverosímiles a los que tenía que asistir como espectador obligado. Por eso se queda paralizado, sin capacidad de reacción, aunque el gordo Manzanita repita la orden, y la frase estalla en el estudio insonorizado. Por un momento cree que se ha escapado de la radionovela, tiene los mismos matices dramáticos, todo queda encerrado en los límites de la ficción, incluso un gesto de complicidad que ha cazado en el Griego, mirando a Manzanita sin el menor asomo de reprobación o sorpresa.

Marconi no obedece y las manos se le quedan posadas en el master control, como un signo de desacato al intruso que le apunta. Ahí en el master control manda él y nadie más.

—¡Abra ese micrófono! — le grita Manzanita.

Marconi lee en sus ojos la determinación de un suicida, encuentra el mismo brillo fanático que desprendían los ojos de Chibás antes de pegarse un tiro en el estómago, el mondongo de las entrañas desperdigándosele por el estudio, eso es lo que ve en una imagen presentida, Manzanita agrediéndose tras soltar su perorata. Todos se han vuelto locos, es lo que piensa, un montón de razones que escapan a su entendimiento, porque para él, la locura sólo puede llegar si te pega los tarros una mujer que te tenga loquito, y por eso asiste perplejo a todas esas exhibiciones ridículas, todo el mundo parece haber perdido la cabeza, todos parecen tener guayabitos en la azotea, como aquel gordo dándole un empujón violento para vencer su resistencia, para doblegar su voluntad de no retirar las manos de la mesa de mezclas, como ha hecho durante los últimos diez años.

—Venga, carajo, dale *pa'rriba* a ese micrófono.

Y siente su sudor como una emanación viscosa, la respiración de fuelle, y tiene que hacer equilibrios en la silla para que no lo tumbe, su mano subiendo una regleta de la mesa de mezclas, un bombillo virando del verde al rojo.

—Así me gusta. Un gran profesional de la radio. El pueblo te lo agradecerá —le dice el gordo Manzanita, al verificar que el micrófono está abierto.

El Griego también se ha percatado. Ahora sólo le queda sentarse con toda la solemnidad de que es posible. Llegó el momento más esperado. Se aclara la voz. Lo van a oír en toda la isla. Es tu gran día. ¡Jódete, Silvito!, se dice, antes de agarrar el micrófono RCA:

—Radio Reloj reportando. Ha sido muerto el presidente Fulgencio Batista. Un grupo de asaltantes del Palacio Presidencial ha logrado alcanzar el segundo piso, donde se encontraba despachando Batista. Tres atacantes se han asomado al balcón del despacho gritando: hemos matado a Batista.

Suena el gong de Radio Reloj. Y la hora. Son las tres y treinta y ocho minutos de la tarde.

El Griego mira al gordo Manzanita. Le dirige un gesto cómplice. Y lo invita a seguir.

—Radio Reloj reportando. Ha sido destituido el jefe del Estado Mayor, Francisco Tabernilla Dolz. Nuestro reporter en el Campamento Columbia, informa de que, en la mañana de hoy se ha celebrado una asamblea general en el cuartel Cabo Parrado de Columbia, habiéndose tomado esa decisión. Atendiendo a la gravedad de los hechos registrados, va a dirigirse al pueblo de Cuba José Antonio Echeverría, presidente del Directorio Revolucionario.

Otra vez suena el gong. Las tres y treinta y nueve minutos de la tarde.

El Griego se levanta, cediéndole el sitio. Ahora, el protagonista es Manzanita. A Marconi ya no le queda ninguna duda. También el Griego, con su aspecto famélico que armoniza perfectamente con su carácter más bien sombrío, está en el lío, sabe de qué va la vaina. Está metido en el charco. Y tiene el agua más arriba del cuello. Lo ve fundirse en un abrazo sumario con Manzanita, acomodarle la silla como si hubiera arribado un alto dignatario. Manzanita rechaza la invitación con un gesto de desprecio. Prefiere inclinarse sobre el micrófono RCA.

Toti está afanado en la tarea de barrer el Shangai. De arriba abajo. Las fuertes brazadas con las que impulsa la escoba, como si fuera un remo, se interrumpen, porque de algún rincón le llega el sonsonete lejano de un radio prendido, el gong de Radio Reloj, Madelén debe haberla dejado encendida en algún sitio. Aguza el oído. Persigue el rastro del sonido, husmeando el aire, hasta que se va haciendo más intenso. Un comercial sobre los almacenes El Encanto, un mensaje que se quiebra abruptamente, como precipitado al vacío. Toti, que ya está a punto de abalanzarse sobre el radio, oye un silencio granulado, un portazo, el chirrido agudo de una silla, y por fin, una voz grave ¡pueblo de Cuba!, y en los tímpanos se le instala una resonancia perdurable, como al Mulato, que sólo percibe en medio del silencio estremecido que se ha apoderado del Palacio, el eco de las granadas que han estallado bajo sus pies, y piensa que sí, él podrá bajarle la fiebre a Fulgencito, pero para eso debe actuar, el cono de luz sigue moviéndose, y agarra la pistola, como aferrado a ella, abandona el despacho. Por un momento quiere quedarse allí, verle la cara a los que quieren ultimarlo, «¿pero dónde vais? ¡si sólo sois un comando de pendejos!, ¡una pandilla de bobos!», y saborea esa frase, le encantaría lanzársela, antes de que la pistola entrara en acción, tumbarlos, uno a uno, pero siempre después de llamarlos pendejos, comemierdas, que nadie les eche ni una paletada de tierra sin decirles lo que son. «Unos asesinos de tercera categoría...»

Esa idea le recorre una fracción de segundo, pero se da cuenta de que esta vez ni el jacket con la luz de Yara le servirá, sólo su astucia, como le había dicho MaMama Tula, y sabe que, si no comete ningún error, podrá decirles a la cara todo eso, pero no ante las paredes cubiertas de mármol del Palacio, sino en los sótanos lóbregos, llenos de humedad, del Buró de

Investigaciones, donde las ratas le disputan el espacio a los policías del SIM.

—Comemierdas, pendejos —masculla de nuevo.

Sale corriendo. Le sorprende no encontrar ningún oficial de guardia. Los pasos en el piso de mármol crecen.

Al Mulato sólo le faltan unos metros. Unos pocos metros. Se hurga el bolsillo y extrae una pieza metálica del tamaño de una cucaracha. Por el color, también parece una cucaracha. La aplasta con los dedos.

Un elevador se abre, como convencido por palabras abracadabrantes.

Es cosa de magia.

Eso piensa Menoyo.

—Es cosa de magia.

El Mulato está ante él, a unos metros. Parece incluso que su pelo engominado le ha lanzado algunos reflejos metálicos, e incluso ha creído detectar en su rostro una sombra de pavor. Está cagadito de miedo, es lo que cree Menoyo, que también se da cuenta de las piruetas que le da la vida. Ahora no está vagabundeando en el puerto de Alicante esperando que lleguen los cabrones de los nacionales, sin terminar por decidirse a embarcar en el Stanbroock, saboreando unas lonchas de jamón que para los otros son el último manjar antes del adiós definitivo, así lo han convenido, se van a pegar un tiro cuando no quede más jamón, pero no para él, que todavía cree en los giros espectaculares, en las contorsiones de trapecista de la vida, que ahora lo han colocado delante del Mulato, que parece haberle esperado todo ese tiempo, allí, sin poder disimular sin embargo en su cara pepona una mancha de miedo que le crece y le crece.

—Es cosa de magia.

Sí, lo es. Lo es que ha alcanzado ya el segundo piso, ha virado a la izquierda, dejando atrás el Salón de los Espejos,

feliz porque sobre la escalera de mármol se despanzurran los
cuerpos de los oficiales, amortajados por una fina capa de polvo que dejan las granadas, el tipo de la ametralladora que se
escondía en la Escalera de los Embajadores muertito, para
siempre, y Menoyo ha visto, o ha creído entrever, como la imagen fantástica de un espejismo, la silueta achaparrada, los rasgos aindiados del Mulato, ha visto un hombre vestido con bata
de casa y chinelas, como un viejecito, está claro que el Mulato
no esperaba este ataque, porque si no, se hubiera puesto su
uniforme militar con todas las condecoraciones mierderas col-
gadas, Menoyo ha creído ver eso, incluso por la nariz le ha
entrado un perfume fétido, el aroma a hijo de puta, que se le
queda en las fosas nasales mucho tiempo después de que esa
imagen se le desvanezca, tragada por una puerta que se ha
abierto y cerrado con una astucia de número de ilusionista. Y
lo único que le queda es ese hedor a hijo de puta y el sonido de
aspiración neumática del elevador, llevándose consigo su sueño de matar al Mulato, que llega al tercer piso, el que no aparece en ningún plano, la buhardilla la llama él, un espacio inviolable que nadie ha visitado, ni siquiera la Primera Dama, y
que todavía huele a pintura fresca, la madera atufa a barniz. El
Mulato siente un vértigo o mareo que sólo derrota con la sensación de invulnerabilidad que le concede su guarida, la que
ha construido a contrarreloj. Y por un momento, recuperán-
dose de las vaharadas venenosas del barniz, le dedica un pensamiento de gratitud a MaMama Tula. El babalao le levantó la
paloma.

—¡Un negro nunca te engaña!

Su mamá tenía razón.

Traga saliva. La nota mezclada con el sabor dulzón de la
sangre que se escapa de las encías.

Oye ruidos.

Menoyo discute con el Bizco Cubelas.

—¿Por qué cojones este elevador no aparece en el plano?

Machadito va sorteando cadáveres. Él ha estado peleando abajo, mientras que Menoyo buscaba al Mulato. Cuando llega arriba, ve el gesto crispado de Menoyo, que quiere caerle a trompadas a alguien, a quien sea. El Bizco Cubelas es el que tiene más cerca. Y seguramente le habría sonado varios galletazos si el Bizco Cubelas, incapaz de resignarse al fracaso de la operación, no hubiera lanzado una última granada que le quedaba. La mira como si fiase a ella su suerte, besándola, como hacía Machadito cuando lanzaba la pelota en sus largas horas imitando a Martín Dihigo. Al Mulato lo sobresalta un estruendo de terremoto. Lo siente hasta en las entrañas.

—En estos momentos acaba de ser ajusticiado revolucionariamente el dictador Batista. Somos los del Directorio Revolucionario los que hemos dado el tiro de gracia a este régimen. La cabeza de Fulgencio Batista acaba de recibir su merecido precio. Acabamos de matarlo. ¡Pueblo que me oye! ¡Batista ha muerto! Nuestra revolución nace limpia. Repudiamos por igual las dictaduras como la de Trujillo o Franco. Ya muerto Batista, ayúdanos a limpiar los reductos batistianos que aún quedan vigentes. Acudid a la Universidad con las armas que tengáis a mano. La colina universitaria te dará la libertad definitiva. La revolución está en marcha. ¡Únete a ella!

Toti deja de barrer. Arroja la escoba muy lejos, como si practicara el lanzamiento de jabalina. Se queda con la mirada enganchada al radio que Madelén ha escondido en los baños, porque se ha aficionado a las radionovelas, y le gusta oírlas dejándose embriagar por el olor dulzón que se estanca allí.

Toti se queda petrificado, sin saber qué hace un aparato de radio encima de las cisternas, inaccesible, y un tipo de voz

gruesa informando de que Batista ha sido ajusticiado, porque
para él no era otra cosa que un episodio anunciado, que entraba en el extensísimo catálogo de acontecimientos que le producían indiferencia. Y sin embargo, oír esa voz llena de solemnidad, le ha llenado el cuerpo de escalofríos.

Se acerca a la cisterna.

—Repito, la revolución está en marcha. ¡Únete a ella!
Porque…

Y la radio se apaga, súbitamente, como si se hubiera
quedado sin pilas. Toti se sube a la taza del váter, llena de manchas y rizos de pelo púbico. Alcanza el aparato de radio, que
mantiene un bombillo rojo prendido. Le da varias cachetadas.
Primero con suavidad. Luego violentamente, como si volcara
todo su odio hacia Madelén, reconcentrándolo en ese objeto
de inserciones plateadas. Y le da un puñetazo, de la misma
intensidad que el del Griego, que de pronto deja de oír la voz
gruesa de Manzanita por los altavoces del estudio, y tiene que
apuntar a Marconi. El técnico de sonido cree que esta vez no
será Chibás, sino él, el que empiece a botar sangre y vísceras, y
le da asco, asco por él mismo, recordando el olor denso, a po-
dredumbre, que dejó el cuerpo malherido de Chibás, las entrañas tan corrompidas como los delincuentes a los que atacaba en sus largos discursos, untando el micrófono con su saliva
venenosa.

—Si de verdad te gusta la radio, recupera la conexión.

Las palabras salen de la boca del Griego arenosas. A
Marconi le extraña que un tono agresivo, de pendencia, haya
suplantado la voz bien timbrada del Griego.

Por un momento piensa que todo es una broma.

Por un momento.

El Griego mueve el índice y hace retroceder el gatillo
unos milímetros.

A Marconi no le hacen falta complicadas operaciones mentales para darse cuenta de que ha tomado la decisión de eliminarlo. Sus ojos inyectado en sangre le han informado de que lo siguiente que va a hacer es apretar el gatillo.

Daba gusto estar en el Sloppy Joe's Bar. Mirando la figura de tarta nupcial del Palacio o los turistas paseándose por el parque de Zayas. Era el sitio de los artistas. En el Sloppy se mezclaban todos. Las bailarinas de los cabarets, los músicos, e incluso dicen que esos empresarios de sombrero borsalino a los que todo el mundo hacía reverencias, empezando por el presidente de la República. Sí, daba gusto tomarse allí una Polar, ¡la cerveza del pueblo, y el pueblo nunca se equivoca!, proclamaba el comercial. Pero ese día no es el adecuado para tomarse una cerveza. Ni siquiera un batido de mamey.

No. Ese día no es adecuado para nada. Ni siquiera para matar al Mulato.

Las detonaciones se oyen por todos los sitios, y ni siquiera el baño es un sitio seguro, porque un tipo de piel blancuzca que anda orinando, se encuentra con que el lavabo cobró vida propia, separándose de la pared a la que estaba pegado. Sale a la calle, gateando, y sólo le daba tiempo a ver como emprende una huida veloz la guagua de la ruta 14, acribillada a balazos, sin que nadie parezca manejarla, porque en el sitio destinado al chofer sólo hay un hueco. El guagüero, con las piernas destrozadas por una granada, apenas puede empujar con las manos el acelerador, sintiendo que las ráfagas de las ametralladoras se empeñan en convertir la guagua en un coladero. En ese momento piensa que en vez de frenar en seco, tenía que haber continuado en línea recta y atropellar aquel tipejo desarrapado que se le había cruzado en el camino unas cuadras antes, con pinta de ser un guajiro de esos que vienen despistados de Oriente. Ahora envidiaba su suerte.

Un concierto de timbrazos sacude el Palacio Presidencial. Como si todos los teléfonos se hubieran puesto de acuerdo para sonar al mismo tiempo. El Mulato intenta vencer el susto, estirado en un sillón que más tiene de diván que de otra cosa, y al que no le falta ni un cojín de cretona. El golpeteo violento del corazón es aplastado por los timbrazos que proceden de todas las estancias. Desde el segundo piso reconoce el sonido de chicharra de su teléfono. Nadie lo atiende. Muchos pensarán que el Directorio Revolucionario se ha salido con la suya, y lo ha ultimado. Se reía de su propia conclusión, sin saber que, en efecto, Menoyo se resiste a pensar que todo el plan se ha desbaratado, se resiste a pensar que otra vez le tocó perder, como en la guerra civil española. El desenlace había sido el mismo. La victoria se había ido con otro. La muy puta.

Y Machadito, el Bizco Cubelas, todos los que han sobrevivido, lo arrastran, a jalones, el disfraz destrozado, él obstinado en el relato de los hechos tal y como él hubiera querido que fueran, aferrado a su falsa condición de invicto, negándose toscamente a que todo acabe, y lo único que le quede por hacer es salir echando de allí para evitar que todo el Directorio Revolucionario no quede reducido a una lista de cadáveres o fracasados.

—He vuelto a coger la guagua equivocada.

Decir eso es lo único sensato de que es en ese momento capaz Menoyo.

Pero, como todo puede empeorar, aún hay algo más desatinado que coger una guagua que lleva la dirección contraria a la que nosotros vamos. Que la guagua vaya camino de un precipicio.

Y sí, las cosas podían empeorar. El asalto al Palacio Presidencial no había salido como estaba previsto, como fue minuciosamente elaborado en la posada «La venida». Ahora, la mayor victoria, la única posible a estas alturas, era alcanzar la salida. El Bizco Cubelas y Menoyo, nunca se cayeron bien, se miran con animosidad a la que va ganando el pánico. A sus oídos llegan, amplificados por los corredores de mármol del Palacio, los estampidos secos de unos disparos que no cesan.

Abajo los están esperando.

Marconi manipulaba todos los conmutadores, porque, de verdad, ahora había percibido un peligro muy claro. El rostro grave del Griego le había anunciado una resolución inapelable, la de quitarle de en medio e impedirle abrirle el micrófono una sola vez si no lo obedecía. Por eso ahora no lo miraba con la sorpresa inicial, sino con alarma, porque, por mucho que oprimiera todos los botones, la señal no terminaba de volver. La emisión seguía suspendida.

El gordo Manzanita estaba tan absorto en su alocución que era ajeno a los aspavientos del Griego, sus palabras perdiéndose inútiles.

—Y esta nación ha sido librada del tirano, que ya no podrá sojuzgarla con sus actitudes dictatoriales, emancipada por fin de su yugo…

El Griego discutía con Marconi.

—¿Por qué cojones no vuelve la señal? ¿Será preciso que te meta dos tiros en el cuerpo para que vuelva?

Y el otro se limitaba a encogerse de hombros o a repetir la operación de apretar todos aquellos botones, sin éxito alguno. Pero, al mismo tiempo, no desistía, luchaba desesperadamente con ellos, porque ahora sí, el horror se le pintaba en la cara. Tenía muy claras las intenciones del Griego si no se restablecía la emisión.

—Un momento… El generador de corriente —y Marconi se quedó quieto un instante, se dio un golpecito en la cabeza, como lamentando que no hubiera sido capaz de alcanzar una obviedad que ahora podía salvarlo.

Salió corriendo, perdiéndose por un pasillo estrecho, siempre apuntado por el Griego, que sospechó que Marconi intentaría escaparse a la mínima oportunidad.

Pero no. Sólo pretendía acceder a la centralita electrónica que distribuía la energía por todo el edificio. Pronto quedó enfrentado a un panel de mandos.

—Sólo es necesario activar el generador de corriente. Por eso la emisión se ha venido abajo —dijo Marconi, no se sabe si para sí o queriendo tranquilizar al Griego para que dejara de apuntarle.

Manzanita seguía hablándole al micrófono, en un tono solemne.

—Y a esta hora, las tres y veinte de la tarde, una vez que el Mulato ha caído, es preciso dar el segundo paso, tomar las calles, que el pueblo soberano demuestre su apoyo a esta acción heroica…

Pero Toti no oía nada. El radio escupía por los altavoces un bolero de la Sonora Matancera

quién será la que me quiera a mí ¿quién será?
quién será la que me de su amor ¿quién será?
yo no sé si la podré encontrar, no lo sé…

La letra abatida de la canción, y el olor fétido de la letrina le descompuso las entrañas. Y se puso a cagar. No podía hacer otra cosa. Igual que Marconi, que soltó un «¡carajo! ¡Qué hijos de puta!», que anduvo resonando varios segundos en el pasillo, sostenido por el eco abovedado de aquella gruta.

—¿Qué ocurre? —le preguntó inquieto el Griego, que sabía todos los trucos para una perfecta dicción, pero era mucho menos que un ignorante en cuestiones de electricidad. Ni cambiar un bombillo sabía.

—Alguien ha manipulado este aparato. Desde aquí también se programan los aparatos de aire acondicionado. Le han dado toda la intensidad posible. Ahora de los estudios de CMQ deben estar saliendo pingüinos. Eso ha provocado que salten los automáticos de Radio Reloj. Los dos pisos están intercomunicados. Y además, para terminar de joder, han precintado la caja en la que se regula la fuerza de la corriente eléctrica. Para que nadie pueda modificarla. Eso ha hecho que se vaya la emisión, que todos los aparatos se nos hayan apagado.

El Griego primero dio un golpe violento contra la pared descascarillada. Y luego se dio cuenta de que aún podía hacer algo, que aún le quedaba, sobreviviente a tanta adversidad, la pistola, y en medio de aquel desbarajuste de propósitos, encontró la temperatura fría del cañón, que sintió Marconi, con más presión que nunca, como si alguien le quisiera meter un cubito de hielo en las entrañas.

—¿Cuándo habéis hecho esto? Dime ¿cuándo?

—¿Cómo?

—Sí, tú y Silvito ¿cuándo tramásteis este acto de sabotaje?

—¿Pero qué bobería es esa, chico? —acertó a decir Marconi.

—Sí, todo esto es por culpa de Silvito. Y tú has sido cómplice en este boicot. Para joderme habéis hecho esto. Es un buen jodedor, siempre lo ha sido. Pero no va a escapar de esta pistola. Ni tú tampoco.

Y Marconi lo único que ve es el brillo de fiebre de los ojos del Griego, antes de cerrar los suyos, sabiendo que la próxima vez que los abra será incapaz de borrar la oscuridad, ni prendiendo un fósforo. Y no entiende por qué la ciudad se volvió loca, y tampoco por qué ahora ya no siente el cubito de hielo quemándole los adentros, y hasta incluso oye unos pasos golpetear el suelo, como de animal en estampida, y es el Griego el que vuelve veloz a los estudios de Radio Reloj, recorriéndolos con memoria de autómata. Ve al gordo Manzanita enardecido ante el micrófono, la camisa empapada de sudor, sin detener su verborrea torrencial. Ve a Manzanita sudar, y por vez primera siente un asco invencible por aquel gordo, lo ve con la sensación de irrealidad de un acuario, Manzanita sin parar de hablarle al micrófono, sudando, sudando, sudando.

El Griego se guarda la pistola y se encara al micrófono. Expulsa a Manzanita, se coloca los auriculares, y aunque no oye su voz a través de ellos, todos los aparatos apagados, quién sabe si por culpa de Silvito Lindo, engola la voz y anuncia con el tono aséptico de sus boletines que:

—El presidente de la República, Fulgencio Batista, ha muerto a manos de integrantes del Directorio Revolucionario, que preparan un gobierno provisional que se encargue de la convocatoria urgente de elecciones democráticas. Informó Radio Reloj. Porque Radio Reloj no va a la noticia. La noticia va al encuentro de Radio Reloj.

Fue un gesto solemne. Pero tan inútil como una pistola puesta en las manos de cualquiera de los veintisiete activistas del Directorio que ya han caído dentro del Palacio, impávidos, los músculos entumecidos para siempre, iniciando el camino hacia la nada. La gloria ya se cansó de esperarlos.

Machadito no ha tenido tiempo de recordar su anterior visita al Palacio Presidencial, cuando se entrevistó con Carlitos Prío. Ahora sí, y quería buscarle alguna relación con esta. Es cierto que esta no había sido anunciada, pero en ambas oportunidades aquel edificio de sólida arquitectura le había producido una particular aversión, sus paredes hostiles, los altos techos innecesarios, todo oliendo a rancio, a versallesco, de otra época. No se encontraba a gusto en aquel sitio. Jamás lo elegiría para vivir. A él le encantaba el apartamentito en el que pasaba horas y horas recitándole poemas de García Lorca a Alina, y probando el sabor a melcocha de su boca. Le dedicó un pensamiento tierno. Tenía ganas de ver a la mulata que lo tenía amarrao. Tengo tremendo cráneo con esa mulata, estoy quimbao, loquito por ella. Un estuchín de monerías sólo para él. Y estaba convencido de que pronto podría acariciarle las mejillas, no le cabía ninguna duda. No le importaba que las ráfagas de ametralladora no cesaran en el primer piso. Incluso ese sonido le informaba de que el combate continuaba, de que algunos de sus compañeros continuaban presentado batalla, y que él tenía que aprovechar aquella circunstancia para escapar de la ratonera en la que se había convertido esta mole de mármol. Tocaba batirse en retirada. Fajándose. Y Machadito tenía plena convicción de que en pocos minutos habría ganado la calle y podría ver cómo se pierde la silueta siniestra del Palacio Presidencial.

El Bizco Cubelas y Menoyo siguen discutiendo, como si de esa forma quisieran aplazar el momento de afrontar las escaleras que conducen al primer piso. Machadito les hace un gesto imperativo. Ellos no parecen entenderlo, fajándose como si discutieran de pelota. Venga, caballeros, que esto no acabe como la fiesta de guatao, les tiene que decir Machadito. Por fin atienden. Un oficial de la guardia hace resonar sus botas en el mármol. Debe ir saltando los escalones de dos en dos. Es lo que cree Machadito, que no se asusta. Le parece increíble la calma que lo domina, la tranquilidad con la que va a recibir a un tipo que le quiere meter dos tiros en el pecho. Pero no tiene ninguna duda de que volverá a probar la saliva que le guarda en su boca Alina. Los pasos del oficial se hacen inminentes. Machadito se queda paralizado. No quiere ir a su encuentro. Prefiere esperarlo. No sabe qué ve primero, si su estampa rufianesca, la misma que tienen todos los asesinos a los que paga el Mulato, los esbirros de esa rata sin entrañas que está acabando con la República, o la punta de la Colt 45 que no tarda-

rá en buscarle el corazón, y quiere borrar esa imagen, le parece
fea, algo que tampoco venía en el guión, como ese elevador
que se ha llevado al Mulato, y por eso, con la frialdad desapa-
sionada del que ejecuta un acto cotidiano, palpa el racimo de
granadas que aún le cuelga de la cintura y en décimas de segundo le estalla en los tímpanos un grito o una detonación, no
sabe lo que va primero, pero nota satisfecho como ahora las
escaleras están libres de oposición, totalmente despejadas.
Ahora es él el que va saltando escalones de dos en dos, apenas
los ve, porque una polvareda lo hace todo opaco, y sólo oye
sus pasos precedidos por algunas palabras sueltas que aciertan
a pronunciar el Bizco Cubelas y Menoyo, quizá insultos, temiendo que en cualquier momento uno de ellos dé media
vuelta y emprenda el camino de regreso, buscando el refugio
acorazado donde se debe esconder el Mulato. ¿Qué pensará
ese cabrón en este momento? Un pensamiento optimista se le
echa encima: igual se ha meado en los pantalones, y ahora el
orín le moja ya las medias. Y quiere que esos tipos uniformados que lo esperan en el primer piso también se meen en los
pantalones. Está deseando llegar abajo para tenerlos enfrente.
No piensa insultarlos, como sin duda harán el Bizco Cubelas y
Menoyo. Simplemente les dejará a sus pies unos objetos pan-
zudos de color un poco más oscuro que un mango, y que tienen por costumbre destruir todo lo que encuentran a mano.
¿Qué pensaría su amigo el abogado Pelayo Cuervo de todo
esto? ¿Lo consideraría una travesura? También a él le contará
con todo pormenor cómo ha ido diseminando granadas por el
camino, aligerándose de una carga excesiva, y en efecto, cada
vez se nota más liviano, tanto que en pocos segundos ha ganado la entrada del Palacio. Mira atrás para comprobar que el
Bizco Cubelas y Menoyo lo siguen, pero en vez de verlos, aprecia como prevalecen, sobre la capa de humo que inunda el

primer piso, unos picotazos que forman un dibujo caprichoso en el panel de mármol, el camino bifurcándose en las dos escaleras que llevan hacia arriba, al piso superior. Cree contar siete agujeros. Cada vez que el Mulato entre en el Palacio se encontrará con esa bienvenida. Y a lo mejor, la vejiga le aprieta, calcula Machadito, que vira a la izquierda, y aunque se le han acabado las granadas, se siente ahora protegido por las columnas que rodean el Palacio, en las que no paran de rebotar balas que van destinadas a él.

A Menoyo lo tienen que alejar del Palacio a trompadas, de eso se encarga el Bizco Cubelas, porque se resiste a admitir la evidencia del fracaso. Y aún en la calle, mientras los demás se pierden a campo traviesa, esquivando los disparos que sentían desde todos los sitios, intentando llegar al Palacio de Bellas Artes para que su vida valiera cuando menos un centavo, él reta a las balas dedicando un gesto amenazante a una zona donde él quiere ubicar el escondrijo del Mulato, y si no fuera por la mala puntería de los oficiales, ha podido dejar su pellejo allí.

Pero escapa.

En medio de la calle, invulnerable al tiroteo, queda un puñado de disfraces que se alzan sobre los cadáveres.

—¡Arranca rápido!

El gordo Manzanita ha bajado las escaleras del edificio de dos en dos, convencido de que un sin número de personas se aglomeraría en la calle, del mismo modo que aquel día en el que Chibás entró allí agarrando su maletín. Y por eso baja muy rápido, a una velocidad incongruente con su peso. Le sorprende la liviandad de su cuerpo tanto como la soledad de la calle.

—¡Ahora ya me puedo morir tranquilo! ¡El Mulato está muerto! ¡Ya me puedo morir tranquilo! —le grita al Chino.

Lejos oye una sirena.

Todo el mundo parece tener prisa. Sobre todo las perseguidoras.

Ahora está dentro del carro que maneja el Chino. Hace mucho calor. Ya lo había sentido en el interior de Radio Reloj. El aparato de aire acondicionado debía estar roto. Eso, y algún otro aparatito, porque la emisión se ha venido abajo. Pero al gordo Manzanita le da igual que alguien haya cortado la señal o no. El Mulato está muerto y eso es lo único importante. Ahora sólo le queda unirse a la celebración que ya se está produciendo en la Universidad. El pueblo ha debido tomar las calles espontáneamente para celebrar la caída de la tiranía.

El Chino lo mira. Se ha quedado esperándolo dentro del carro escuchando Radio Reloj. Algo ha fallado, eso está claro. ¿Sólo eso? ¿Sólo la señal de Radio Reloj? Porque los dos, Manzanita y el Chino, siguen oyendo el sonido creciente de las sirenas. No las ven, pero saben que las perseguidoras andan cerca. Es como el peligro que no vemos, pero que sabemos que está, escondido en alguna parte, amenazándonos. El ulular de las sirenas crece, y sin embargo, las calles se han quedado vacías de gente. Sólo las habita una soledad estremecida, como Juan Rulfo imaginó Comala.

Algo va mal.

El Chino pisa a fondo el acelerador.

Hay que llegar a la Universidad. Cuanto antes.

Maneja bien. El Chino maneja muy bien. Si está nervioso, al menos no se le nota al volante.

En pocos minutos el carro enfila por L hasta llegar a Jovellar. El gordo Manzanita lleva los cristales bajados. Es curioso, ahora que están cerca de la Universidad, el ruido de las perseguidoras parece perderse, apenas se oye. Como si todo se hubiera quedado en calma, repentinamente. Como si La Habana hubiera reaccionado con incredulidad a la muerte del Mulato. Porque han sido muchos años de tiranía como para creer que ese cabrón no es otra cosa que alimento para las tiñosas. Porque el plan lo preparó él, cuidadosamente, y ellos, los estudiantes, tenían tantos cojones que era imposible que no hubieran acabado ya con la vida del Mulato. Eran cuarenta y dos activistas. Y al menos uno de ellos seguro que le había visto al Mulato el pavor pintado en la cara justo antes de recibir el tiro que lleva esperando tanto tiempo este país oprimido.

Y Manzanita va tan entretenido en estos pensamientos que no puede darse cuenta de que ocurre algo. De que algo ha cambiado el paisaje. Por la calle 27, en dirección contraria, circula un carro. A toda velocidad. Parece que lo maneja un chofer borracho.

—¿Pero dónde va ese loco? —pregunta el Chino.

Sí, el carro va en dirección contrario. ¿O son ellos?, se pregunta por un momento el gordo. La excitación es tanta, el Mulato ya muerto, ellos camino de la Universidad, que Manzanita no podría asegurar quién va bien y quién va mal. A fin de cuentas, lo único importante es que el hijo de puta del Mulato está muertito. ¡Muerto! ¡Muerto! El carro va tan rápido que enseguida deja de ser una mancha en el horizonte. Ahora es un carro que corre directo hacia ellos.

—¿Pero dónde va ese loco? —repite el Chino.

Pero Manzanita no tiene tiempo para responder. El golpe ha sido duro, muy duro. El Chino nada ha podido hacer, a pesar de su larga experiencia como conductor, de su seguridad ante el volante. ¿Qué coño ha ocurrido? Acaba de embestirlos una perseguidora. No hace falta escuchar el sonido estridente de la sirena. Ni mirarle la placa. De allí sólo se pueden bajar policías.

—¡Arranca, venga, dale! —grita de nuevo Manzanita.

Pero el Chino no lo obedece. Tiene las manos crispadas. Como nunca lo había visto. Da un puñetazo al volante y mira a Manzanita, tengo que salir de esta como sea, yo no debería estar ahora aquí, dentro de este carro, no es este el papel que me correspondía en toda la historieta, parece decirle al gordo con sus ojos encendidos. Y en vez de arrancar de nuevo el carro, de dar varios volantazos para buscar una salida, seguro que un conductor como él es capaz de hacerlo, abre con violencia la puerta del auto y saca una pistola. Hace dos disparos. Uno de los policías tiene dificultades para salir por la puerta abollada de la perseguidora, pero al fin lo consigue. Las balas lanzadas por el Chino ni siquiera lo han rozado. Está claro, el Chino es bastante mejor conductor que pistolero. Ahora ha salido corriendo, esquivando alguna bala lanzada con poca puntería. El gordo Manzanita asiste atónito al numerito de su compañero. ¿Qué cojones te pasa, Chino?, le grita el gordo. El Chino no para de correr. Ha hecho todo justamente al revés. Ni ha apretado fuerte al acelerador ni ha peleado con los policías. Sólo ha hecho el payaso. Lo ve correr, a toda velocidad, alejándose del peligro. Siempre fue un cagón, tenía que haberse quedado junto al grupo de estudiantes que ha preferido esperar noticias. Les faltaban cojones para asaltar el Palacio, y al menos han tenido la honestidad de reconocerlo. Pero el Chino no. El Chino me la ha jugado, piensa Manzanita, que duda entre colocarse al volante o salir del carro. Tiene que salvar el pellejo, como sea. ¿Qué es mejor? El policía responde por él. Le ha dado un empujón rabioso a la puerta con la que andaba forcejeando. Abandona la perseguidora. Manzanita no puede quedarse allí, dentro del auto, para darle la bienvenida. Lo imita. Él también va armado. No ha tenido que utilizar la pistola en la toma de Radio Reloj, pero ahora no tenía más remedio. Además, recuerda que lleva encima un par de granadas que tampoco ha utilizado. No le tiene medio a nadie. A nada. Ni siquiera en estas circunstancias.

—¡Cabrón estudiante! ¡Qué ganas tenía de verte! —oye.

—¿Me vas a matar? —pregunta Manzanita.

—Claro, gordo. *Pa'*que no jodas más.

Manzanita piensa por un instante en su hermano. Lo enterró hace poco más de once meses. Murió en un accidente de tráfico. Ahora, mirando al policía que le está apuntando, se le impone la imagen de su hermano. Era buena gente. Lo extrañaba mucho, muchísimo. El policía mira a Manzanita. Es un segundo. Menos incluso. Unas décimas de segundo. Pero le sirven para ver las dos granadas que le cuelgan al líder del Directorio Revolucionario de la correa del pantalón. Sí, aquel tipo era un cabrón al que no había que dejar que acabara la carrera de arquitectura. Bastante había jodido ya. No hay que darle opción. Son muchos pensamientos, pero entran todos en unas pocas décimas de segundo. Son las mismas décimas que caen para el gordo Manzanita, que ve en la cara de perro del tipo, el rostro de la tiranía, un tipo apuntando con una pistola a la democracia, a la libertad, en el rostro siniestro de aquel policía se resumían todos los valores de esta dictadura que con tanto ardor han combatido ellos, los estudiantes, valerosamente. En unas décimas de segundo entran muchos pensamientos. Incluso dejan espacio para un disparo. Seco. ¿Quién lo ha hecho? No lo sabemos. Hay mucha confusión. Y sólo empezamos a entender algo cuando vemos que el gordo Manzanita se lleva una mano a la pierna derecha, la que parece sostener todo su peso, porque enseguida, su cuerpo grande se desploma, con un movimiento lento, y ya no nos importa que se oigan cuatro disparos más, porque esos disparos quedan fuera de ese segundo en el que todo se ha decidido, y ya todo lo que ocurre al margen de ese segundo, que el policía que ha disparado se llame Fernando Rodríguez y que escupa al suelo, y que apunte ahora con su pistola a una hermana religiosa que quiere auxiliar a ese muchacho que está tirado en el piso, o que el cielo se haya nublado, todo eso, importa nada.

El líder de los estudiantes se desangra, a un paso de la Universidad.

—¿Se encuentra bien? —oyó el Mulato, la voz de Tabernilla sonando en el otro extremo del hilo telefónico, más bien gangosa.

—A salvo. Estos hijos de puta no se han podido salir con la suya.

—Algunos no volverán a disfrazarse. Lástima que estén muertos y no sientan las patadas que les he dado.

Tabernilla llegó al Palacio Presidencial cuando la fiesta había terminado y el suelo era una alfombra de cadáveres y mugre. Mugre, mucha mugre. Eso pensó, cuando cruzó por la puerta principal y vio a aquellos tipos disfrazados de extraños personajes, descoyuntados en un escorzo imposible. Tabernilla les miró la cara, uno por uno, y les daba patadas, para ver si así les borraba la mueca de rabia que se les había quedado enganchada en la boca, pero no lo conseguía, y eso enfurecía más a Tabernilla, que los pateaba con violencia, tanto que cuando llegó al segundo piso llevaba la bota izquierda cubierta de una pátina viscosa, como si la hubiera metido en un bote rebosante de pintura roja.

Pero la ira le perduraba.

Tabernilla esperó junto al elevador, examinando el estado de su bota. Ya no le serviría para nada. Salvo para botarla.

Una aspiración neumática le avisó de que alguien descendía. Que el Mulato había tomado el elevador, por fin cerciorado de que su vida no corría peligro, esa vida que durante unos minutos no valió ni un peso.

Tabernilla oyó el sonido automático de las puertas al abrirse. El Mulato apareció. Tabernilla nunca lo había visto tan blanco, como si el color mulato de su piel hubiera desteñido. Tenía la misma palidez de los muertos.

Alguna extrañeza debió percibir en los ojos de Tabernilla, porque el Mulato ni lo saludó, indiferente al gesto cortés que le dedicó el Jefe del Estado Mayor. Sólo le dijo:

—¿Qué número de botas gastas?

Tabernilla tartamudeó.

—El 42.

—Cámbiatelas cuanto antes.

Y no dio tiempo a que Tabernilla le replicara. Simplemente avanzó con paso rápido por los pasillos del palacio, vigilado cada uno de sus movimientos por la escolta, que vio como entraba en las dependencias familiares, una puerta abrirse y cerrarse a una orden que sólo podía dar él con una llave que dormía junto a su pistola, y ya el escolta no pudo ver el abrazo con el que se fundió con su hijo Fulgencito. La escolta jamás pudo pensar que las lágrimas podrían visitar el rostro del Mulato.

—Papá ¿qué han sido todos esos ruidos que han entrado en casa?

—¿Ruidos? Ah, sí. Eso han sido cohetes, por lo del carnaval.

—¿Y por qué la gente tira cohetes? Me duelen los oídos. Papá ¡diles que no tiren más cohetes!

—Tranquilo, no van a tirar ni un cohete más.

Pero Fulgencito no acabó de creérselo, porque vio aparecer a su mamá, atacada por los espasmos de una tiritona, como si hubiera salido desnuda a la intemperie. Y por mucho que el Mulato le quiso transferir su temperatura corporal, la Primera Dama sintió toda la tarde un frío invencible.

Le dio un beso en la boca. Ella le susurró algo, apenas unas palabras masculladas, mordidas por el castañeo de los dientes.

Abandonó las dependencias de la familia. Por un momento pensó que había salvado a toda la familia, que los hijos de puta del Directorio Revolucionario sólo querían su cabeza, y que gracias a eso habían despreciado atacar a su esposa, por ejemplo, y entonces entendió mejor que nunca su figura de pater familias, de ángel protector que cuida de sus cachorros, y lamentó que su poder no fuera suficiente para evitar la muerte de varios soldados que empezaban a ser sacados del Palacio Presidencial.

Le amagó una lágrima en los ojos.

El espectáculo era pavoroso.

—Los hijos de puta no han respetado ni el mármol —se dijo viendo los agujeros, las heridas que habían dejado las balas en la pared que tenía a su espalda, justo frente a la escalera que permitía llegar al segundo piso.

Tabernilla lo seguía a distancia, con su característico zigzagueo, viendo como evaluaba el alcance de la acción terrorista. Se le acercó.

—No tengo unas botas nuevas a mano —se disculpó.

—¡Tabernilla, carajo! ¡Demasiada sangre he visto hoy como para que también la tenga que soportar en sus botas! ¡Descálcese!

Y en pocos segundos Tabernilla mostró unas medias de hilo que no le impedirían hacerse algún corte.

El Mulato resoplaba, el alma vencida, sin poder reponerse al espectáculo pavoroso. Había visto muertos, muchos muertos. El militar siempre los ve. Le son tan familiares como un uniforme o una pistola. Pero los había visto al borde de la muerte, en orre sobre barracones, rebozados de polvo y moscas, y así se los imaginó siempre, no allí, a sus pies, en su casa, el mármol del suelo aplazando con su frialdad el proceso de descomposición, no allí, a pocos metros de donde dormía su hijo, y entonces sí, entonces se le formó en la boca una frase que había leído en alguna parte, o no, igual era de su propia cosecha, pero en cualquier caso le brotó con fuerza.

—¡Qué cosa tan grotesca es la muerte!

Y Tabernilla, que lo oyó, se encogió de hombros. No podía hacer otra cosa. Eso, y evitar que una esquirla de mármol le hiriera su pie desnudo.

Al Mulato siempre le tocaba probar los peores platos. A él le hubiera gustado llevar una vida como la de su amigo de tantos negocios, Meyer Lansky. El judío no hacía otra cosa que pasearse en su Chevrolet convertible por la Quinta Avenida y esconderse con esa trigueña que había conocido en El Encanto y que se templaba en su apartamento del Prado, antes y después de beberse grandes vasos de leche o pernod. Lo que hubiera a mano. Y él apenas podía distraerse de sus obligaciones para con el pueblo, viendo de vez en cuando alguna película en la salita que se había hecho construir en la finca Kuquine. No importaba que los títulos fueran repetidos: «El monstruo de la laguna negra», «Drácula», «Frankenstein»... Eran obras maestras. Como la que él intentaba hacer con Cuba. Si le dejaban, claro. ¿Qué pensaría Lansky de lo que había ocurrido? Igual él le podía ayudar a acabar con todos esos sediciosos que querían su pescuezo.

—Presidente ¿qué vamos a hacer? —preguntó Tabernilla.

El Mulato lo miró. Como a un extraño. No se acostumbraba a ver descalzo al jefe del Estado Mayor, como tampoco a ver tantos cadáveres alfombrando el mármol del Palacio, acusándolo con sus rostros impávidos.

—A las seis nos reuniremos todos en el Salón de los Espejos.

—¿Cuántas horas tardaremos en hacer pagar a estos hijos de puta lo que han hecho?

—Menos de los que ellos creen. Ellos han intentado sorprendernos, atacándonos a plena luz del día, y nosotros haremos lo mismo. No sería justo que nuestros cadáveres resplandecieran más que lo suyos —sentenció el Mulato, que se viró, encaminándose a su despacho. Allí, en el desbarajuste de desastre natural que esperaba encontrar, quería reunir las últimas fuerzas que necesitaba para iniciar el contragolpe.

El Mulato le da vueltas a la cabeza. Quiere buscar un flanco, una falla, por donde se le haya podido escapar el control. ¿Por qué había ocurrido esto? ¿Ha hecho lo debido? Se queda con la mirada fija. Le habían avisado de lo que iba a ocurrir, pero no hubiera podido hacer una declaración institucional diciendo que la ciudad estuviera preparada, que un babalao había anunciado una acción terrorista. Además, no tenía sentido prevenir a La Habana, porque el ataque no era a la ciudad, sino al Palacio. «Estos cabrones pensaban que me atacaban a traición. Pero están muy equivocados. Muy equivocados. Sí, he hecho lo debido. Como siempre. Y debo tener tranquilidad. Y transmitirla. Por mucho que me joda que esos cabrones me hayan destrozado hasta la grulla. Pero no los cojones. Por eso mañana no suspenderé el acto que tenía previsto, la escritura con los representantes de la Cuban Telephone Company, el concierto que va a ampliar de manera extraordinaria ese servicio. ¡Para que luego unos ingratos comemierdas me lo agradezcan queriendo ultimarme en mi propia casa!»

Pensaba en los estudiantes. Pero también en un nombre que le había sugerido la Primera Dama, apenas comprensible por culpa de la tiritona que le hacía bailar las mandíbulas, en el momento en el que se habían abrazado.

El Mulato sabía por dónde tenía que empezar.

Es como si a los pies de Menoyo les hubiesen puesto un motor. Avanzaban con un ritmo apresurado, convocados por el ruido creciente que nacía de la escalinata de la Universidad, que todavía no veía, pero a la que imaginaba abarrotada de estudiantes armados, alzando sus pistolas como señal inequívoca de triunfo.

Menoyo corre a toda velocidad, mientras el Mulato abre el Salón de los Espejos, su cuerpo muy lejos de empezar el camino de la descomposición.

A Menoyo los pies lo llevan en volandas. Ahora no corre detrás de los nacionales, buscando el puerto de Alicante. Pero sabe que, como en España, la victoria es imposible. Bueno, quizá sólo quede una victoria: esconderse. Pero se resiste a pensar que ha perdido. Por eso, haciendo oídos sordos al ruido de las sirenas de todas las perseguidoras, en vez de ocultarse, se dirige con paso decidido hacia la colina universitaria. Camina rápido, muy rápido.

A Machadito el andar se la había vuelto trabado. Cualquiera diría que se le había ido la mano con el ron, que había tomado demasiado, porque sus movimientos eran de pelele, lanzando puñetazos al aire ante la fachada del Palacio Presidencial, buscando en un punto indeterminado al Mulato, a la próxima te haré picadillo, hijo de puta, empujado por sus compañeros, él dando un puñetazo final que igual le produjo una lesión, embistiendo el perchero del que colgaban los disfraces de carnaval que no habían usado, y que estaba allí, en medio de la calle, inútil.

A Machadito todo aquello le pareció una incongruencia intolerable, los disfraces en mitad de la calle, el suyo hecho trizas, el Mulato vivo, un dolor caliente en la mano izquierda, sus compañeros jalándolo, así una cuadra y otra, hasta que se vio liberado de ellos, logró desembarazarse de su vigilancia, y ahora caminaba solitario por las mismas calles que ha transitado hace unos minutos Manzanita. Pero igual que al gordo el estupor de ver las calles desiertas le ha comido las palabras, Machadito va dando gritos, efectivamente, como piensan algunos que lo ven desde el portal de sus casas, como si hubiera tomado, se hubiera bebido una botella entera de Matusalén, y va arrojando frases inconexas, palabras sueltas que no son otra cosa que meras blasfemias, Mulato, la próxima vez te meteré en el cuerpo más plomo del que hayas imaginado jamás, e iba apuntándole a todos los transeúntes que se encontraba, las palabras resbalándole por la boca, apenas vestido por los harapos en los que había convertido el disfraz el ataque al Palacio Presidencial.

Pero nadie se atreve a llamarlo borracho, a darle un par de trompadas, porque todos ven en él la estampa de un desgraciado que jamás se atreverá a apretar el gatillo, salvo para reventarse los sesos, y a lo mejor él va ya rumiando esa idea, o no, tiene el pensamiento embrumado y las ideas no hacen pie en su cerebro, porque inicialmente los que lo veían zigzaguear de cuadra en cuadra pensaban que se iría para su casa, a darle un par de besos a la vieja para después quedarse embobado escuchando el tictac monótono del reloj de pared, y es posible que decidiera hacer eso, pero que espantara la idea después. Por eso los pasos no lo encaminan a su casa. Se dirige al reparto de Miramar. Nota que no solamente le duele la mano izquierda. También los pies. Lleva más de dos horas caminando.

Por fin llega a donde desea. A la séptima avenida, entre 18 y 20.

Cuando Pelayo Cuervo lo vio a través de las persianas de la ventana, creyó que era un mendigo.

Machadito oprimió el botón del timbre con las penúltimas fuerzas que le quedaban. Las últimas las utilizó en agarrarse a la verja metálica para evitar desmayarse.

Pelayo no supo qué hacer.

—¡Qué busca ese comemierda!

Al abogado se le clavó en los tímpanos el sonido estridente del timbre, anulando los diálogos de la radionovela, la radio encendida en el salón, echando un capítulo tras otro, como si la realidad hubiera sido borrada.

A Pelayo Cuervo empezaron a dolerle los oídos, tanto que, desafió su decisión de no salir al porche esa tarde, o en el próximo mes, las cosas estaban muy calientes como para estar en la calle, y abrió la puerta de su casa para insultar al pendejo que lo estaba molestando. Tuvo que colocarse muy cerca de él para reconocer a Machadito, las facciones borradas por el cansancio o la derrota, dedicándole una mirada que ya no era retadora, sino implorante.

—Déjeme entrar, abogado. Mi vieja no se merece que un hijo fracasado le unte la casa esta tarde.

A Machadito le entró una llantina que arreció cuando Pelayo le echó el brazo por encima. Lo fue empujando al interior de la casa.

Se arrepochó en un sofá.

—Pelayo, soy un mierda.

La novela seguía su curso. Gustavo Alfonso le había pegado los tarros a Yudelkis. Se había empatado con una trigueña y la esposa se había enterado. Ahora su puescuezo no valía ni un centavo. Porque ella había rescatado, nadie sabe de dónde, tremendo machete. Y estaba brava. Muy brava. Como nunca nadie la había visto.

—Hemos dejado al Mulato vivo. En su propia madriguera. Ese hijo de puta se nos ha escapado.

Pelayo Cuervo no podía hacer otra cosa que escuchar aquel soliloquio y traerle una taza de café caliente, que rechazó Machadito con maneras destempladas.

—Soy un mierda, abogado. Y lo peor. Que me he cagado en los pantalones. Sí, yo no quería reconocerlo, pero llevo los calzoncillos manchados de mierda. El culo me baila. Me he cagado nada más ver todos esos guardias escoltando la escalera de mármol. Me he cagado y después me he puesto a disparar. Pero de miedo. He disparado azuzado por el miedo, no por el valor.

A Pelayo le llega una emanación difusa, vaharadas de entraña descompuesta. Si no tuviera el sentido del olfato atrofiado metería ahora mismo a Machadito en el baño. Pero lo sigue escuchando, con una mezcla de curiosidad y miedo. Con Machadito allí refugiado, igual su pescuezo no vale más que el de Gustavo Alfonso.

—Los planos no eran buenos, los planos no eran buenos...

El discurso de Machadito se convierte en un lamento. Tiene los ojos hundidos en el suelo, buscando en los escaques negros y blancos una explicación al fracaso de la operación.

—Antes no nos dio las pistolas que había prometido; ahora nos engañó con los planos. Prío nos ha vuelto a traicionar. Y lo peor, hemos vuelto a fallar: antes disparamos a Blanco Rico en vez de matar al coronel Orlando Piedra. Ahora nos hemos cagado en los pantalones.

Y de pronto, como rescatado de los abismos de la derrota, se levanta, se encara con Pelayo Cuervo, que por un momento piensa que le va a dar un puñetazo.

—Yo no tenía que estar aquí, en esta casa, escondido como un forajido, sino festejando, aclamado porque hemos ultimado al Mulato. Pero el Mulato está vivo. ¡Vivo! ¡Vivo! ¡Vivo!

Pelayo nota como los puños se le han tensado, se le han hecho de acero. Pero en vez de descargarlos sobre su rostro, lo ha hecho sobre el respaldo del sillón. Machadito esconde un gesto de dolor.

—Daré de puñetazos hasta que rompa del todo esta maldita mano que tenía que haber matado hoy al Mulato.

La derecha. La que tenía que haber actuado. El índice tenía que haber apretado el gatillo. El Mulato pillado en un gesto atónito de perplejidad. Que le perdura, notándola como la incisión de una aguja en su cuerpo.

Es verdad que Menoyo lo ha pensado varias veces durante el trayecto. Que lo mejor es esconderse. Ocultarse. Le tienen la matrícula tomada. Pero no va a ser tan comemierda. Todo no está perdido. Por eso le faltan sólo unos metros para llegar a la escalinata de mármol de la Universidad. Es verdad que nada ha salido según estaba previsto. Que el Mulato no ha notado, primero la punzada de la aguja, después un dolor nuevo, diferente a todos, un dolor invasor que se ha ido comunicando con otras partes de su cuerpo, el Mulato sin entender por qué el dolor le crece por dentro, y por qué aquellos tipos que van disfrazados de carnaval no abandonan su despacho, si nada tiene que hablar con ellos.

Pero las cosas no han sucedido así. Por mucho que los
ojos engañen a Menoyo. Y por eso ve el alboroto que se ha formado en la escalinata de la Universidad, ve una nube de cabezas
agitándose, como si quisiera tirarla abajo, como si todo hubiera
salido bien, exactamente como fue planeado en aquellas reuniones clandestinas en «La venida», como si él hubiera cumplido el
encargo que le hizo Manzanita: tú eres el que tienes que quitar
de en medio a ese cabrón. Y por un momento, por un momento
que se alarga, cree o sueña que el Mulato está muerto, igual que
creyó o soñó tantas veces que los nacionales habían perdido la
guerra del 36. Y tarda en darse cuenta de que allí no está teniendo lugar una celebración espontánea, sino que se ha formado un
tropelaje de gente del que participan unos tipos uniformados
que no paran de dar empujones y cachiporrazos, tan absortos en
su tarea que ni siquiera han reparado en él. Y a Menoyo, no sabe
por qué, una imagen le borra todo ese alboroto, y se le imponen
unas letras, las ve incluso antes de que una detonación, como de
petardo, espante la calle y convierte en un fotograma fijo la pe-
lea de la escalinata. Son unas letras góticas, de cuerpo muy grande, nunca pudo imaginar que su nombre pudiera ocupar tanto
espacio, toda una página de *Libertad*, ¡qué dispendio de tinta!,
y le extraña tanto como el dolor de cabeza que le sobreviene,
más fuerte que nunca, quizá resistente a las aspirinas, le duele
la cabeza pero mantiene los ojos abiertos, y eso le permite ver la
silueta de un tigre en la manga de una camisa, y las pupilas se le
quedan fijas en esa imagen, prendidas, y ve perfectamente, con
una claridad de mediodía, a un hombre afectado de cojera, pero
no le produce lástima o repugnancia, como otras veces, como
cuando estaban los dos en el puerto de Alicante, huyendo de los
nacionales, sino envidia, porque lo ve como se aleja, algo que
para él es ya imposible, porque no puede hacer otra cosa que
tirarse al piso, sin ya fuerzas para levantarse. Nunca más.

1.
LA RUTA DE LOS GRILLOS

—LA FAMILIA DEL GORDO DICE QUE CUÁNDO LE VAMOS A entregar el cadáver.

Orlando Piedra tiene los ojos llenos de venas rojas. La voz ronca. No ha parado de dar órdenes, mandando perseguidoras de aquí para allá. Hay mucho trabajo por hacer. En el asalto han muerto veintisiete estudiantes. Pero muchos han escapado. Y encima de todo, el gordo está sin enterrar.

—¿A qué viene ahora la familia molestando con esa mierda?

El Mulato no para de atender el teléfono de su despacho.

—De momento, lo tenemos en los sótanos del Buró. Pero la familia no para de reclamarlo.

—¡La familia que se vaya *pa'l* carajo! Ese cabrón ha querido acabar conmigo y con mis hijos.

El Mulato está muy bravo.

—¿Lo botamos al Almendares? —sugiere Orlando Piedra.

Al fondo se oye el ulular constante de las sirenas.

—El problema es Cabezas —dice el Mulato, resoplando.

—¿Cabezas?

—Sí, el presidente del Tribunal Supremo me ha dicho que no sea loco, que el gordo ya es inofensivo, que no me puede hacer daño, que no forme escándalo...

—¿Escándalo? ¿Y qué diablos han hecho los estudiantes entrando a punta de pistola en el Palacio?

—Esta noche llegará un Ford Thunderbird al Buró. Le permitirás la entrada. Estacionará en el parqueadero. Sacarás el cadáver del gordo Manzanita y lo acompañarás con varias perseguidoras. No quiero que al estudiantito le falte escolta en su viaje a Cárdenas.

Orlando Piedra asiente, desganadamente. Eso que le exige el Mulato no es otra cosa que plegarse a las peticiones de la familia. Si por él fuera, dejaría el gordo encerrado en una de las mazmorras del Buró. No eran exactamente las mismas que había usado la Inquisición. Pero eran igual de cómodas. Ahí debía quedarse un tiempito el gordo, sin recibir sepultura. ¿No se las daba de católico? ¡Pues que se jodan, él y la Iglesia! Orlando Piedra es un tipo listo y sabe, a estas alturas de la película, que el culpable de todo, de todo el lío que se ha formado, es el gordo. Ni siquiera Menoyo o el Bizco Cubelas ¿dónde andarían esos pendejos ahora? No. El gordo es el que ha tramado todo. El amigo de los curas. Nunca creyó, cuando lo visitó un par de veces en el Castillo del Príncipe, que fuera capaz de hacer una locura así. Porque sí, se las daba de guapo, pero para intentar matar al Mulato en el mismísimo Palacio había que ser algo más que guapo. Por ejemplo, loco. Eso fue pensando, tras abandonar el despacho del presidente para dirigirse al Buró de Investigaciones, las calles tomadas por todos sus hombres. Había, en efecto, mucho trabajo por hacer. Pero antes debía entrar en aquella mazmorra del Buró. Orlando Piedra lo hizo, sin poder reprimir su asco. Ahí estaba, en la misma posición de antes, el gordo Manzanita. Si acaso, con más moscas. El coronel le dio una patada, de rabia, o para espantar las moscas. Y sí, una nube verdosa se levantó. Pero enseguida volvieron. Olía mal. Pero el coronel estaba preparado para todo, y no le hubiera importado tener ahí varios días más al gordo, viendo como las moscas velaban su cuerpo. Consultó el reloj. Así que Cabezas llegaría esta misma noche a llevarse al estudiante. Las instrucciones del Mulato habían sido claras. Pero ¿acaso lo creía tan pendejo a él? ¿Podía venir cualquier abogadito trajeado y llevarse el cuerpo de aquel cabrón? No, eso no podía ser. Ni Cabezas ni nadie le podían impedir disfrutar del espectáculo del cuerpo del gordo descomponiéndose. En el Palacio Presidencial mandaba el Mulato. Pero en el Buró, era él quien decidía. Y luego estaba el rector de la Universidad, también pidiendo lo mismo, que le entregaran por fin a la familia el cuerpo del líder del Directorio. El rector, el presidente del Tribunal Supremo, todos metiendo las narices en sus asuntos. Queriendo llevarse el cadáver. ¿Quién coño se creían? Al gordo Manzanita lo había matado él, uno de sus policías, y él decidiría cuándo lo entregaba, si le salía de los huevos.

Los grillos cantan, ajenos a todo. A ellos les interesa un carajo que un grupo de estudiantes haya asaltado el Palacio Presidencial. Bastante tienen con su cri cri que no deja dormir ni a Dios. Y mucho menos a Orlando Piedra, que anda sentado en la silla roñosa de su cubil, abanicándose con una penca. Unas gotazas de sudor le resbalan por la frente. El coronel tiene ganas de que termine todo. Tiene ganas de abandonar aquel sótano. ¿De qué le servía entalcarse cuidadosamente, gastarse sus buenos pesos en los mejores perfumes, si luego acababa allá abajo, sudando hasta quedar hecho una sopa? Con un poco de suerte, el Mulato lo ascendería y dejaría aquel lugar.

Piensa en eso, en su futuro ascenso, ahora que ha conseguido un momento de reposo. Las últimas horas han sido muy agitadas. No ha parado de dar instrucciones a sus hombres. A través de un ventanuco se le cuela el cri cri de los grillos. Estos bichos no paran de joder, piensa. Van a lo suyo. No callan nunca. Ni siquiera cuando entra a toda velocidad un carro. Se oye un frenazo seco. El coronel no se sorprende.

—Cabezas…

Sabe a lo que ha venido. Igual que sabe que no tiene opción. Hace una hora lo ha llamado el Mulato. ¿Se han llevado al gordo? No, presidente. Pues que se lo lleven; hay que enterrar ese muerto cuanto antes. Y no queremos escándalos, ¿eh?… Nada de tumultos ni grandes celebraciones de duelo…

Al coronel no sabe si le jode más el cri cri de los grillos, o esas palabras del Mulato. Al final, la familia se ha salido con la suya. ¿Cómo es posible que hasta el rector hubiera mediado? Bueno, tampoco le sorprendía, el coronel era consciente desde hacía mucho tiempo de que la Universidad era un nido de terroristas. Y el rector los había tenido allí. Los había tratado como reyes. Y ahora quería el cuerpo del más importante, del más peligroso. De Manzanita. Y lo peor de todo: él no podía negarse. Las palabras del Mulato habían sido terminantes. Por eso prefiere quedarse ahí, encerrado en su cubil, abanicándose con la penca, en vez de ver cómo Cabezas mete en su carro el cuerpo del gordo. De eso se está encargando Cangrejo y algún policía más, de esos dispuestos siempre a hacer los trabajos más sucios. Se había rodeado de un buen equipo de colaboradores. No sólo Cangrejo. Había más. La cosa dura poco. Demasiado poco. Se firman unos documentos, y ya. Pero no. No ha acabado el suplicio para el gordo. Aunque esté muerto. Aunque esté fuera de las mazmorras del Buró de Investigaciones. No ha terminado su calvario. Debe viajar de La Habana a Cárdenas. Y el primer auto que va a seguir al carro fúnebre que lleva su cuerpo es el del coronel Orlando Piedra.

El coronel tiene las facciones relajadas. Es verdad que lleva muchas horas sin dormir, pero se siente optimista, incluso despejado. Le ayudan las dos rayas de cocaína que ha esnifado antes de colocarse tras el coche fúnebre que va a trasladar el ataúd de Manzanita a su pueblo, a Cárdenas. La mamá del gordo es un mar de lágrimas. Durante unos instantes sus ojos se han cruzado. Arrasados de lágrimas los de ella, vivaces los de él. Su hijo se metió en problemitas, la culpa fue suya, le hubiera dicho. Pero incluso el coronel se da cuenta de que esa mujer no está para nada. Pero él no siente pena. No recuerda haber sentido pena por nadie. Nunca. Le fastidian de manera especial esos llantos, esos hipidos, esos gritos histéricos. Todos los velorios son iguales. Recuerda el del coronel Blanco Rico. Incluso su mujer, ajena al romance apasionado que tenía su marido con Katyna Ranieri, quedó con los ojos hinchados de tanto llorarle. No, no podía soportar esas escenas de dolor. Igual tenía razón el Mulato y había que enterrar el muerto cuanto antes. Por eso se acercó al chofer del carro fúnebre y le susurró, muy bajito, pero en un tono inapelable.

—No se demore. Este muerto ya empieza a oler.

La caravana se puso en marcha. Había policías en todos los sitios. Tras el carro fúnebre. Parqueados en cada cruce. Esperando en las cunetas. La mamá del gordo Manzanita tenía los ojos tan llenos de lágrimas que era imposible que viera las miradas despreciativas de los policías, su rostro severo, inamistoso. Orlando Piedra sí los vio, complacido. Eran buenos profesionales. Incluso el carro fúnebre hubo de detenerse un par de veces ante policías que realizaron un par de controles ordenados por las altas instancias. El Mulato se lo había dicho bien clarito al coronel: hay que asegurarse bien que el cadáver que enterramos en Cárdenas es el de Manzanita, no vayamos a equivocarnos de muerto.

El camino se hizo largo, muy largo. Dio tiempo a que todo el mundo en Cárdenas se enterara de lo que le había ocurrido a Manzanita, el hijo más destacado, más listo, más noble, más generoso, de aquella familia tan querida en el pueblo, Manzanita, a quien todos conocían. Recordaban cuando era alumno del Colegio de los Maristas. Entonces no era Manzanita, sino José Antonio Echeverría. Pero después se fue a estudiar arquitectura, cuando acabó el Instituto. Allí en La Habana le pusieron el apodo de Manzanita, porque los pómulos de la cara se le volvían sonrosados. La culpa la tenía el asma. Y ahora volvía al pueblo. Dentro de un ataúd. El coronel Orlando Piedra divisó una nube de cabezas al entrar a Cárdenas. Todo el pueblo parecía haberse congregado allí para recibir a su hijo predilecto. Como si el asalto al Palacio hubiera sido todo un éxito. Y sin embargo, ahí estaba el pueblo, invicto, orgulloso de su héroe muerto. De su mártir. ¿Este muerto va a estar jodiendo, incluso después de que lo enterremos?, se preguntó el coronel.

Empezó a preocuparse.

Por eso dio órdenes muy precisas a sus hombres a través de las radioemisoras.

—¿Entendido? —gritó.

El carro fúnebre se deslizó por un camino polvoriento que escoltaban altos pinos. El camino que lleva a todos los cementerios. Pero Orlando Piedra lo cerró, colocando su Cadillac Coupe en medio. Se bajó. Estiró el cuello, intentando alcanzar con la vista la columna humana que seguía a Manzanita.

No le veía el final. Y entonces aún tuvo más claro que había acertado en la decisión tomada. Toda esa gente no podía entrar al cementerio. No porque se pusieran a gritar ¡Abajo la tiranía!, o alguna otra pendejada. Ni se les ocurriría, salvo que fueran más bobos de lo que él pensaba. Estaban rodeados de policías armados hasta los dientes. Pero La Habana no podía enterarse de que el líder del Directorio Revolucionario había recibido un multitudinario adiós. Esa información, publicada a toda plana, era dinamita. Había que evitarla. A toda costa. Caiga quien caiga.

Hizo un gesto rápido a sus policías.

—¡Sólo la familia, sólo la familia! —gritó de nuevo.

Es cierto que hubo protestas, pero eran demasiados policías, demasiadas ametralladoras. Un retén se quedó controlando que nadie accediera al cementerio, que se vio tomado por una veintena de policías. No dejaron de apuntar con sus ametralladoras, ni siquiera cuando el ataúd del gordo Manzanita entró en el nicho, justito al lado de su hermano, muerto hacía once meses, y el chofer del carro fúnebre se despidió de la familia, dándole el pésame por última vez.

Pasaron varias horas hasta que aquellos policías malencarados salieron del cementerio, agarrando fuertemente sus ametralladoras Thompson.

Querían joderle el sueño. Eso estaba claro. Los que lo habían despertado a las dos de la mañana eran unos hijos de puta. Unos hijos de puta de catálogo. Pelayo había dado mil vueltas en la cama antes de que el sueño lo venciera, por fin. Por la ventana entraba como una especie de vaho del infierno. Había intentado refrescarse con un buen trago de agua mineral Canada Dry. Pura, efervescente, ideal como agua de mesa, decía el comercial de CMQ. A Pelayo Cuervo esa noche le había sentado como si le hubieran dado a probar comida para peces.

A Pelayo le costó tanto trabajo dormirse, que tiene clarísimo que quien está ahora, al pie de la cama, es tremendo jodedor.

—Jurista ¡hay que levantarse! ¡Hoy toca madrugón!

A Pelayo la voz le llega como envuelta en gasas. Pero es tan afilada que no tardó en rasgar las brumas del sueño. Así la describe él, amigo de las metáforas y la cursilería.

—¡No hay que dejar que a los comemierdas se le peguen las sábanas!

Pelayo se incorpora. En la cara se le marcan unas arrugas que se le pronuncian por lo intempestivo de la visita. Como se ha despertado de mal humor, no duda en ladrarle al otro.

—¡Si no respeta a un viejo como yo, merece que las tiñosas se den un festín a su costa!

—¿Ha visto el jueguito que le he traído?

Pelayo Cuervo ve una pistola de calibre 45. Tan habitual en La Habana como un bolero. La mira de refilón, con desdén.

—Tráigame otra distinta. De esa ya tengo una.

Orlando Piedra compone un gesto de sorpresa, como sintiéndose amenazado por aquel anciano.

—¿También es amigo de las pistolas? ¿Yo pensaba que sólo se relacionaba con comunistas?

—¿A qué se refiere?

Pelayo no se quiere apendejar. Nadie que interrumpe su sueño se merece ni un centímetro de confianza. Ni mostrarle temor. Sólo los dientes. Aunque estén ya amarillos, como los suyos. Pero siguen siendo dientes fuertes.

—¿Usted no se llama Pelayo?

El abogado no responde.

—¿Será posible, Cangrejo? ¿Cómo podemos ser tan torpes de equivocarnos de casa? Vaya, usted disculpe, pensaba que hacíamos visita a un abogado. Pero no, nos equivocamos. Estamos en casa de un hijo de puta revolucionario.

Por primera vez, Pelayo Cuervo empieza a sentir miedo. Al coronel Orlando Piedra unos grumos de saliva se le quedan enganchados en los labios. Pelayo los imagina venenosos. Aun así, reacciona.

—No me asusta con esa pistola ni esos modales. Ya los conozco. No me enseña nada nuevo, créalo.

Orlando Piedra hace un gesto negativo con la cabeza, como si asistiera a un equívoco, como si todo fuera consecuencia de un malentendido. Mira a Cangrejo, el joven que lo acompaña últimamente. Un tipo gris, pero muy eficaz en lo suyo.

—No, jurista, qué bien suena, jurista, como a usted le gusta que lo llamen. ¿Es así, Cangrejo?

Cangrejo da un paso. Mira a Orlando con el respeto reverencial o temor con que un alumno mira a un profesor con malas pulgas.

—Jurista o jurisconsulto. Así le gusta que le llamen a este viejo pendejo.

Lo ha dicho con mucha lentitud. Jurisconsulto. Morosamente. Como si estuviera escribiendo una palabra en el encerado y temiera cometer algún error ortográfico.

—Buen chico, Cangrejo. Harás carrera.

A Cangrejo le cosquillea el elogio. Un alumno pensaría que tiene ya el sobresaliente asegurado. O a lo mejor, con un poco de suerte, matrícula de honor. Aunque igual tenía que matar todavía muchos comunistas para conseguirla.

—Está usted en un error. Ese es su problema. Que ha vivido dentro de un error. Eligió a los compañeros menos adecuados: a los estudiantes…

—Yo hace mucho tiempo que dejé la Universidad. Mi
título de licenciado lleva mucho tiempo colgado en mi despacho.

—Por eso es más extraño todo esto. ¿Cómo usted se
mezcla con toda esa chusma, en vez de sacarle hasta el último
centavo a sus clientes y asegurarse una jubilación plácida en
Varadero? ¿Para qué tanto lío?

—No lo entiendo.

—Sí me entiende —Orlando no alza la voz, y sólo la rabia se le dibuja en las facciones apretadas del rostro.

—Pero, como prueba de magnanimidad… ¿se dice así,
Cangrejo?

Cangrejo asiente.

—En prueba de confianza, le otorgaremos el mismo derecho que tiene todo estudiante… Una segunda oportunidad.
Usted se ha portado mal, no ha sido un alumno aplicado y ha
suspendido en junio, pero nosotros le brindaremos la reválida
de septiembre. Porque no queremos que repita curso.

A Pelayo Cuervo todo aquel discurso lleno de metáforas
e insinuaciones lo estaba inquietando. El coronel utilizaba palabras sacadas de una película mala de gánsteres. Empezaba a
faltarle la respiración. Y no sabía si la culpa era sólo del aliento
de brasa que le entraba por la ventana.

—¿A dónde quiere llegar? —preguntó al final.

—Al final.

—¿Cómo piensa hacerlo?

—Empezando por la punta, como siempre.

—¿Qué pretende? —insiste Pelayo, sin moverse, incorporado en la cama como un enfermo que mira receloso la jeringuilla que empuña un médico borracho.

—Un trueque.

—¿Trueque?

—Sí. Mire, esta pistola no es de juguete. Está cargada. Si quiere que su vida al menos valga un centavo, debe pactar conmigo. Le ofrezco buenas condiciones…

—¿Cuáles?

—Yo le entrego la pistola, y a cambio me da usted los planos.

—¿Los planos?

—Y de paso me dice quién se los proporcionó.

—Creo que se equivoca. Yo soy jurista. No arquitecto.

—Jurisconsulto y arquitecto —corrige Orlando—. ¿No es así, Cangrejo?

Cangrejo mueve la cabeza. A nadie como a él le salen tan bien los gestos vacunos. Ni siquiera a las vacas. Es extraño que no huela a establo ni se deje ordeñar.

—¿Me va a decir que usted no tiene los planos del Palacio Presidencial? ¿Usted cree que yo despertaría a un anciano si no estuviera seguro que de tiene esos planos? ¿Cree que cambio mi pistola por un vulgar cromo repetido?

Y mira la pistola, evaluando su peso liviano, apenas una pluma de la que parece imposible que se pueda esperar otra cosa que una caricia.

—¿Y qué pasa si yo no quiero aceptar ese trueque?

—Lo aceptará, seguro.

—¿Seguro?

—¿A usted no le parece maravilloso que el hombre haya sido capaz de descubrir la penicilina, o la tortura? El ser humano es fascinante. ¿No lo cree?

—Sólo creo que pierde el tiempo.

Orlando Piedra toma aire y adopta una postura reflexiva, reconcentrada. Mira el techo.

—Quizá sí. Lo esté perdiendo. No me había dado cuenta.

Y se abalanza súbitamente sobre Pelayo Cuervo. Primero lo agarra con fuerza del pijama. Salta un botón. Luego le pega un par de trompadas. Antes era un animal silencioso, no más peligroso que una serpiente a la que se oye en la lejanía agitar su cascabel; ahora es un rinoceronte que ha esnifado siete rayas de cocaína.

Pelayo le mira las aletas de la nariz. Tan dilatadas que parecen de negro. En su rostro hay ira. Sólo ira. Da otra trompada. Pero no se le aplaca. Muy al contrario. Se encabrona más. Porque Pelayo Cuervo lo mira sin mirarlo.

—Te mirará sin mirarte. Como si nada fuera con él.

Eso le había dicho el Mulato, que esperó a que la reunión en el Salón de los Espejos se disolviera para acercarse a su hombre de confianza. Al que siempre recurría cuando había que hacer algún trabajo sofisticado. El que había entrado con él por la posta número cuatro del Campamento Columbia, aquel histórico diez de marzo. Era un gran profesional. Tras el asalto al Palacio, había reaccionado con rapidez. El tráfico hacia las estaciones de policía estaba cerrado. En Belascoaín y Benjumeda se impedía ya el acceso a la quinta estación con un ómnibus de la ruta cuatro atravesado en mitad de la cuadra. Ni un solo avión tenía permiso para volar desde el aeropuerto de Rancho Boyeros.

—¿Y tú qué piensas de esto?

—Que sobrepasaron el límite. Que el juego de las bombas callejeras ya les aburre. Han encontrado un nuevo juguete. Las pistolas cargadas. Y que las utilizan con el mismo valor que los comunistas. Son iguales que ellos. Mire, hemos encontrado abandonados en los arrecifes de Prado y Malecón rifles Springfield y carabinas M-1. También alguna ametralladora con peine de balas en el reparto de Miramar… Y las pistolas que hemos ocupado en la Universidad. Bueno, allí había un auténtico arsenal… De todo un poco, vamos. Ha sido como abrir una caja de galletas surtidas —resumió Orlando Piedra.

—¿Y qué crees que debemos hacer? —le preguntó el Mulato, pellizcándose la barbilla con los dedos pulgar e índice.

—O le quitamos el juguete o le quitamos las manos. Tan sencillo como eso.

El Mulato examina el rostro de Orlando Piedra, que muestra el signo de una obviedad, como si su frase estuviera sacada de un manual.

—Orlando, nos equivocamos de estrategia. No podemos seguir persiguiendo abejas que nos moscardean alrededor.

—¿Y entonces?

—Hay que buscar la abeja reina. Ellos han intentado golpear arriba. Nosotros también debemos hacerlo. Pero con la diferencia de que nosotros sí conseguimos nuestros objetivos.

Orlando ensaya otra vez el gesto necesario para reforzar o mostrar una evidencia.

—La abeja reina era el gordo Manzanita.

—Y ya está muerto…

Al Mulato se le dibuja una sonrisa de triunfo, seguramente la primera desde que se han atrevido a colarse en las mismas tripas del Palacio. La piel parece embetunada de sudor. ¿Se ha roto el aparato de aire acondicionado?

—¿Quién es la abeja reina ahora?

El Mulato se queda absorto, como en trance místico, evocando algún pasaje, o anticipándolo, comprobando satisfecho el gesto espontáneo del pueblo, que tomó las calles, pero no para dirigirse a la Universidad, no, sino para formar afluentes de gentes que confluyeron frente al Palacio, en el que todavía quedaba algún disfraz troceado, como despojo de una batalla, ¿quién sabe dónde habían acabado los disfraces de carnaval que se habían plantado en medio de la calle como suicidas?

Orlando vio al Mulato dar unos pasitos cortos, en actitud ensimismada. Abre los batientes de la puerta y accede al balcón de la Torre Norte, del mismo modo a como haría dos días después, ¿cuánta gente habría?, ¿trescientos mil? ¿cuatrocientos mil?, estallando en vítores, él levantando las dos manos, moviéndolas como para pedir calma, pero no lo consigue, es una masa bulliciosa que podría mover de sitio el Palacio si se lo propusiera. Se acuerda de los guardias muertos, malheridos, los alaridos de sus viudas se le cuelan de nuevo por los oídos, le taladran el cerebro, y no puede hacer otra cosa que citar a Abraham Lincoln, que los que se sacrificaron no hayan muerto en vano, para que en nuestra nación, bajo la protección de Dios, renazca la libertad. Sabe que no puede defraudarlas. Unos cabrones quieren el país enlodazado de sangre. La masa grita. ¡Batista! ¡Batista!, y el coronel Orlando Piedra capta un principio de arrobamiento en el rostro del Mulato, saboreando anticipadamente el baño de la multitud, pero sin dejar de detectar en esa sonrisa complaciente un matiz de preocupación. Porque el Mulato se siente obligado a no defraudar a toda esa gente anónima que pide justicia, venganza, y el mensaje se le mete en los tímpanos con la misma claridad que tiene la frase de la Primera Dama:

—Es cosa de Pelayo…La idea ha tenido que ser suya.

Y lo dice así, con la exigencia inapelable del capricho de una embarazada. De cinco meses. Pronto otro Batista estaría tocándole los cojones al mundo. Y se lo iba a dar ella, Martha. Ahora en su muslo derecho había aparecido alguna variz, no tiene mucho que ver con aquella pierna de tacto sedoso que él mismo examinó cuando el carro que conducía embistió a la muchacha. La bicicleta en la que viajaba quedó mejor que su pierna. Gracias a eso pudo visitarla muchas veces en el hospital en el que se recuperó lentamente. Tan lentamente que dio tiempo a que naciera el romance. Parecía de radionovela. Pero era la pura verdad. Martha, Martha del pueblo... La augusta dama que participaba activamente en obras benéficas que crecían bajo sus auspicios, la nueva Eva Perón de América.

—Es cosa de Pelayo...

Lo dice así, con la seguridad que mostró cuando se acercó a su esposo, y le susurró al oído:

—Me has preñado otra vez.

Es cosa de Pelayo. La frase le da vueltas a la cabeza, y sabe que no puede contrariar a la Primera Dama. Se pondría muy bravita, le dispararía las mismas blasfemias que cuando la atropelló tronzándole la pierna derecha, y desde que le lanzó el mandato, los cadáveres aún botando sangre sobre el mármol del Palacio, el Mulato tiene claro que debe atenderlo, como un mandato divino. Porque en sus oídos ha quedado como una resonancia el grito de esas trescientas mil personas, ¿o eran cuatro cientas mil? Diciendo ¡Batista, Batista!, y ese grito se le confunde con otro que también le invade los oídos ¡Pelayo, paga! ¡Pelayo, paga! Él no podía defraudar ni a la Primera Dama ni a tantos compatriotas que ahora estaban pendientes de sus decisiones. La Asociación Nacional de Propietarios de Ingenios Azucareros, la Asociación de la Banca Cubana, asociaciones de propietarios de cafetales, ganaderos, cultivadores de arroz, pescadores, incluso veteranos mambises le habían espontáneamente mostrado su apoyo y solidaridad. No podía fallarles. Soy un hombre de acción. Yo nací para el hecho, se dice, recordando uno de los principios fundamentales que había seguido en su vida. Y no podía traicionarlo. Y mucho menos en este momento.

Pelayo Cuervo. El abogadito. El que le hizo pasar varias noches en vela. De eso ya hace unos años. Pero no los suficientes como para olvidarlo. Desde las páginas de *Hoy* fue diseminando, primero rumores incontrastados, luego afirmaciones que calificaba de irrefutables. Desde ese libelo empezó a hablar mierda, Batista es un mentiroso. ¿Cómo vamos a creer a alguien que ha sido capaz de inventar sus propios orígenes, capaz de falsificar documentos oficiales para situar sus ancestros en el País Vasco de España, cuando sus rasgos aindiados eliminan cualquier otra posibilidad que no sea la de descender de una tribu de indios, farsante, mentiroso… Lo había llamado muchas cosas aquel picapleitos. Seguro que también él cantaba, refiriéndose a su primera esposa aquello de «yo izo la bandera, tú izas la bandera, Elisa… lavandera».

El Mulato lo pasó mal. La campaña fue feroz. Debería darle réplica a ese cabrón, le recomendaban sus más allegados.

—La única réplica a un periódico es ponerle dinamita en los talleres —les respondía.

Y no lo hizo por sentido de fidelidad a su antiguo amigo Blas Roca, el líder del partido comunista. Cuando Blas Roca aún era un tipo que mereciera un poquito de respeto. Eran otros tiempos, claro.

—Mi segundo apellido es Zaldívar. Mis abuelos son de Azcoitia —se repetía, como si también tuviera que convencerse de eso.

Pero el abogadito lo llamaba indio desde su columna de opinión.

Para el Mulato aquello no era historia. Una ofensa a los ancestros jamás podía ser historia. Hay deudas que no prescriben. Pero se tomó su tiempo. Primero expulsó a Pelayo del Colegio de Abogados.

—Así tendrá más tiempo para escribir. Las leyes quitan demasiado tiempo —dijo, mientras firmaba la orden.

No pasó mucho tiempo para que Pelayo descartara las calles más oscuras, después de un par de encuentros con tipos que llevaban gafas de sol, incluso de noche, y que no tenían mucho interés en ser sus amigos.

—No es bueno que un viejo ande solo por la calle a estas horas. La calle es peligrosa. Hay mucho maleante —le dijeron la primera vez, acorralándolo contra una pared sucia, en un largo pasillo en el que no se atrevían a entrar ni las ratas.

—¿Abogadito? ¿Ha visto la cantidad de cubos de basura que hay en esta ciudad? Pues mire. No son suficientes para almacenar toda la basura —le dijeron la segunda vez.

Desde ese momento, Pelayo tuvo claro que debía pagarle a un guardaespaldas, no fueran aquellos tipos a cumplir su amenaza. Pero al final no lo hizo, y la única medida que tomó fue evitar las calles penumbrosas y encomendarse a la Virgen de la Caridad del Cobre. Pero eso, con el Mulato en el poder, no era suficiente. Pero él no lo sabía.

No volvió a escribir en el *Hoy*. Sus ataques a Batista quedaron recluidos en las hemerotecas. Pero el Mulato no olvidaba. Tenía gran memoria. Para recordar un aforismo o una afrenta.

—Encárgate de la abeja reina —le dijo a Orlando Piedra, en un tono sibilino—. Y además, escucha —el Mulato bajó el tono de voz— el abogadito siempre tuvo buena relación con Prío. Si probamos que Carlitos Prío aportó a los estudiantes los planos del Palacio Presidencial, sentarlo en el banquillo será más fácil que convencer a un niño para que entre una pastelería. Pregúntale a Pelayo. Él debe saber algo.

—Y si no, peor para él —añadió el coronel.

El Mulato le guiñó un ojo.

Orlando Piedra ya abandonaba el Salón de los Espejos, siguiendo el mismo camino que el resto de asistentes a la reunión que el Mulato había convocado con urgencia, cuando lo frenaron en seco.

—Un momento.

El coronel se quedó paralizado.

—No olvides los detalles. Que al abogadito no le falte su pañuelo. Pero esta vez, que no lo lleve al cuello, como todos los maricones, sino sujetándole la mandíbula. ¿Sabes por qué son especialmente importantes los detalles en este caso? —le pregunta el Mulato.

—Cuénteme.

—¿A qué no sabe qué ha conseguido arrebatarle Tabernilla a los gusanos que ya se están ocupando del gordo Manzanita? Unos papeles que nos hacen sospechar que Pelayo Cuervo iba a ser el presidente provisional una vez concluido con éxito el asalto al Palacio Presidencial. Y usted ya sabe que este régimen, por su propia seguridad y a fin de no verse socavado por los enemigos de la democracia, no debe distinguir entre una sospecha y una certeza. Sea consecuente.

—Descuide —concluyó Orlando Piedra, sintiéndose llamado a una tarea histórica, imaginando ya nuevos ascensos, ocupar un despacho contiguo al Mulato, y abandonar por fin los departamentos mohosos del Buró, haciendo a veces trabajos morrongueros y oyendo constantemente el chapoteo de los bichos raros que habitaban el río Almendares.

—Así que no sabe nada de unos planos, jurista….

El coronel hizo rechinar los dientes impecables, a tono con el traje cortado a medida y una vistosa corbata. Orlando era un homenaje a la pulcritud. Un dandi que se dedicaba a dar galletazos.

Pelayo negó con la cabeza.

—Pues entonces no podemos hacer el trueque... Usted no me quiere dar los planos, así que me tendré que quedar con la pistola.

El coronel hablaba en un tono desalentado, sin disimular su decepción.

—Póngase los espejuelos. Nos vamos de excursión —lo conminó.

—¿A dónde vamos?

—A buscar los malditos planos.

A Pelayo le podía más el temor que el sueño. Así que no dudó en agarrar los espejuelos que estaban sobre la mesita de noche, junto a un grueso volumen de jurisprudencia. Cuando se los colocó, pudo percibir en los ojos del coronel Orlando Piedra el fulgor de un brillo que no le era desconocido, el brillo fanático que siempre se detecta en los dementes. El coronel vio como los dedos le temblaban.

Pelayo fue descendiendo las escaleras que comunicaban su dormitorio con el primer piso. Lo hizo con lentitud, con más miedo del que jamás había sentido en toda su vida. Pero aún tenía la esperanza de que Machadito, que seguro estaría agazapado en las sombras, surgiera de la oscuridad y encañonara a Orlando Piedra. El destino le iba a conceder una segunda oportunidad, después de la tentativa fallida en el Montmartre. Pero los escalones fueron sucediéndose, y a Machadito el sueño o el pavor lo debían tener paralizado, porque allí no se oía nada, salvo los quejidos de la escalera aplastada por el peso de Orlando Piedra y su respiración de fuelle, los pulmones averiados de fumar un tabaco tras otro, sólo desaprovechando aquellos cigarrillos con los que gustaba quemar las plantas de los pies a los que no consideraba amigos suyos.

—¡Qué desperdicio desaprovechar un Partagás intentando que este pendejo diga alguna bobería que no se creería
ni su mamá!

Y entonces se empingaba más, y oprimía el tabaco, y
el olor a carne chamuscada le alborotaba los sentidos. Pelayo conocía sus métodos. Por eso, cuando vio la brasa del
tabaco moviéndose en la oscuridad angosta del carro, supo
que su final no era un cenicero, y le recorrió un escalofrío.

—Cangrejo, llévanos a un sitio lindo. Que yo sé que tú
conoces muchos… Eres el mejor guía.

Pelayo sentía el volumen del cuerpo del coronel, rebozado de talco, el traje hecho a medida.

—Abogado, en estas noches en las que no se puede pegar ojo, por el tremendo calor, lo mejor es dar una vuelta. ¿No
le parece?

Pero Pelayo no le respondió. Poco a poco fue viendo
como se perdían las luces de la ciudad. El ruido urbano fue
dejando paso al canto monótono de los grillos. Cangrejo manejaba el carro con una mano en el volante. Con la otra se hur-
gaba en la nariz.

—Me gustaría llevarle al Buró. Pero usted ya debe cono-
cerlo. Seguro que muchos de sus amigos le habrán dicho cómo
es por dentro. ¿O me equivoco?

—Ningún amigo mío ha estado allí.

—¿Me quiere decir que no tiene ningún amigo revolucionario? De esos que ponen bombas que arrancan los brazos
de niñas. ¿Ninguno?

—Yo siempre he apostado por una solución política, no
revolucionaria.

—¿Acaso no es revolucionario entrar pegando tiros en el
Palacio Presidencial? ¿No es revolucionario pactar con Carli-

tos Prío? Bueno, corrijo. Eso no es revolucionario, eso es una bobería.

—¿De veras cree que yo podría ser capaz de pactar con Prío? Le tengo demasiado respeto a la memoria de Chibás como para hacerlo. Prío siempre estuvo enfrente del partido ortodoxo.

—Basta un paso para que esté al lado. Y ese paso hace ya mucho tiempo que lo dio.

—Si me va a decir más estupideces, prefiero que acabe conmigo pronto —le avisa Pelayo Cuervo, con seriedad.

—La mayor estupidez fue interrumpir la siesta del presidente de la República.

—Yo a esa hora preparaba un juicio en el despacho de mi casa.

—¿Un juicio? ¿Contra quién ahora? ¿No tuvo suficiente con acusar al embajador Gardner? ¿Qué tiene en contra de la ITT?

—Que no paga sus impuestos. Eso está demostrado.

—Lo único que está demostrado es que usted ha hecho el payaso. ¿Cómo se atrevió a denunciar que yo y mis agentes cometíamos irregularidades?

—Porque las cometían. Y las cometen. Mi presencia en este carro es una prueba.

—El Tribunal Superior de la Jurisdicción de Guerra dictaminó lo mismo que yo: que es usted un payaso. Sobreseimiento de la causa. Pero...

Y aquí Orlando Piedra se aclaró la voz.

—Sólo hay algo peor que un payaso. Un payaso jodedor. Un payaso que ya no nos hace reír.

Ahora Pelayo sentía mucho más cerca que nunca el aliento del coronel, como una emanación sulfurosa. Su respiración se había acelerado. Le costaba respirar. Bajó la ventanilla. Pero no tiró el tabaco. Se lo guardaba para él. Para Pelayo.

O eso pensaba.

Se equivocó.

Lo arrojó con fuerza, como si lo repudiara. Sus pulmones dirían basta ya algún día.

—Cangrejo, párate por aquí. El paisaje debe ser bonito. Necesito respirar aire limpio. Entre el tabaco y el abogadito, aquí dentro apesta.

Cangrejo pegó un frenazo. Conducía de manera desmañada. Como si le hubieran dado la licencia de manejo la tarde anterior.

—Abogacito, usted también tiene derecho a oxigenar sus pulmones. Cualquier médico se lo recomendaría.

Y Pelayo descendió del auto. Por un momento, liberado de la presión atenazadora del cuerpo del coronel, Cangrejo escrutando las superficies bruñidas del interior del Cadillac Coupe DeVille de color negro, Orlando Piedra recreándose arrobado en el horizonte y en las superficies cromadas del salpicadero que exhibe el carro, tuvo la sensación de estar apurando una pesadilla. De estar a las puertas incluso de un episodio bucólico, el chapoteo de algún animalejo perturbando la placidez del lago contiguo al Country Club, allí, en el reparto Siboney.

La mente nos engaña. Nos construye paraísos y nos hace creer en una vida eterna poblada de angelitos y toda esa vaina. La mente es una hija de puta. Un prestidigitador que nos engaña con sus baratijas.

—Cangrejo, pon algo de música. Es lo único que falta.

La voz de Orlando Piedra sonó fuerte, como salida de un altavoz.

Enseguida, la voz de Benny Moré invadió la noche.

¿Quién inventó el mambo que me sofoca
quién inventó el mambo que a las mujeres las vuelve lo-
cas...?

—¿Sabe lo peor de los payasos, abogadito? Que son muy patosos bailando.

Pelayo lo miraba, sin alterar un músculo de su cara, serpenteada de arrugas.

—¿No le apetece bailar con esta música?

El abogado no respondió.

—Venga, anímese.

Y sólo cuando el coronel le enseñó la pistola del calibre 45, lo logró convencer. Pelayo inició unos movimientos circulares con los pies, entorpecidos por la artrosis o la falta de práctica.

Cangrejo reía. Sin parar. Como si hubiera fumado marihuana.

Orlando estaba serio. Parecía el profesor de baile, y comprobaba defraudado los escasos avances de Pelayo. El mambo no era lo suyo, estaba claro.

—¡Así nunca acabará en el Tropicana ni de taquillero! Igual es que no le llega la música. La música debe llegarle a uno hasta el tuétano. Cangrejo, dale volumen.

Y enseguida la música se hizo estruendo, la voz de Benny Moré atronando por los altavoces, como al servicio de una verbena.

Pelayo seguía bailando con la misma torpeza, deseando que acabara aquel número. Sí. Aquella era una mala película de gánsteres. Pero Cangrejo y Orlando Piedra parecían muy divertidos. No paraban de reírse. Pelayo también pensó que se habían metido un pase de marihuana. Ellos reían. Pelayo estaba serio, aunque bailaba. Y lo peor que te puede pasar es que todos se rían de un chiste que sólo tú no has entendido. Eso le pasaba a Pelayo. No comprendía nada, ni siquiera por qué la música iba creciendo, como si el hijo de puta de Orlando Piedra intentara despertar a toda La Habana. Sería capaz de eso. La música creció tanto, que ni siquiera oyó un disparo, sólo notó como un dolor de muelas muy intenso. Pero él siguió bailando, no quería contrariar al coronel, bailaba y se echaba mano a la boca, buscando con los dedos la muela cariada, pero no la encontraba, alguien se la había robado, no estaba donde siempre, y sintió una laxitud cartilaginosa en la mandíbula, que se estiraba como si fuera un chicle, desgajada del resto de la cara, moviéndose con autonomía propia, tanto que habría que asegurarla con un pañuelo para que no se fuera del todo.

De pronto Benny Moré se calló. En el lago chapoteó un animal. Algún bicho padecía insomnio.

Orlando Piedra se sacó del bolsillo del pantalón un papel. Lo desplegó. Pelayo quiso examinarlo. Pero no pudo. Sólo podía mirarlo con ojos escarchados. Bastante tenía con el problema de la mandíbula.

—Mira, abogadito, estos planos del Palacio alguien se los dejó olvidados en tu casa. La gente va dejando por ahí cosas olvidadas. Es así de despistada.

Pelayo miraba. Pero no veía. Echaba de menos la música de Benny Moré.

—Te equivocaste de carrera, jurista. En vez de abogado, debió ser arquitecto. Un abogado conoce la pena que le puede caer a un asesino, pero no cómo se hace una buhardilla en un Palacio Presidencial. En vez de llamar a Prío, debieron platicar con un albañil… Si hubieras estudiado arquitectura, habrías visto que en el Palacio no hay dos plantas, sino tres. Uno no puede cometer esos errores. Y has mandado al matadero a tus amigos. Si no fueras un comemierda cagado de miedo, te daría esta pistola para que te pegaras un tiro, como hizo tu amigo Chibás, y pagaras tu error ante los hijos de puta que han caído como mangos, hoy, en el Palacio. Pero como no tienes huevos, cabrón, me quedo con la pistola, y te devuelvo los planos. Los planos que no sirven, aunque te los diera Carlitos Prío. Ese fue tu error. Elegir mal tus compañeros. No hay trueque.

Y le tiró el trozo de papel desplegado, que quedó amortajándole la cara, borrando la mueca grotesca que formaba la mandíbula, que se negaba a quedarse donde había estado los últimos cincuenta y cinco años.

—Cangrejo, dale al radio. ¡Música, música, música!

Y Benny Moré irrumpió con bríos renovados, más fuerte que antes,

quién inventó el mambo que me sofoca
quién inventó el mambo que a las mujeres las vuelve locas
ay mira nena esa cosa loca que a las mujeres las vuelve locas...

y así reanudó el mambo, con mucha fuerza, tanta que ahogó seis explosiones secas que no iban en la canción.

Cualquiera diría que parecían disparos.

El Mulato fue parco en las efusiones. Orlando Piedra esperaba que se fundiera con él en un abrazo que durara un minuto, por lo menos.

—Ha sido una jugada perfecta. Hecha con maestría. Felicidades.

Pero no. El Mulato no pronunció esas palabras. Se limitó a levantar la cabeza de los papeles que examinaba, miró a Orlando desde una lejanía invencible, despreciando los detalles minuciosos que le relataba el coronel, y al final, sólo al final, cuando Orlando empezaba a necesitar un trago de agua porque las palabras se le secaban en la boca, lo enfocó con sus ojos y le dirigió una frase, sólo una frase.

—No se olvide de que ese hijo de puta lleve un pañuelo en la cabeza. Debemos cumplir las voluntades de los finados.

Al coronel aquello la pareció una broma. Soltó una carcajada, que sonó solitaria en el despacho del presidente, porque el Mulato no lo imitó, y únicamente lo enfocó de nuevo con los ojos, que ahora eran duros, muy duros, y Orlando Piedra quiso salir inmediatamente de aquel despacho, no podía soportar esa mirada censora ni diez segundos más. Así que se levantó, ensayó una reverencia y apuró el paso.

Antes de abandonar el despacho aún tuvo que oír:

—No podemos cantar victoria todavía. Hay mucho trabajo por hacer. No se relaje. En el cementerio de Colón todavía queda mucho espacio libre.

Sí, él lo sabía. Todavía quedaba mucho comemierda suelto. Uno de los mayores jodedores había caído. Había cumplido a rajatabla las instrucciones del Mulato.

—No podemos cederle a Pelayo el derecho a que se suicide, como Chibás. Ya sabes lo que hacen estos mariconazos. Cogen y se meten un tiro donde primero les pilla. No quiero otro mártir tocándome los cojones.

Por eso Orlando Piedra había actuado con rapidez. El abogado jamás llegó a pensar que irían a pedirle explicaciones de forma tan precipitada. Que podía guardar su osamenta enflaquecida en el pijama. Fue un incauto. Ahora tenía la mandíbula colgándole.

A Orlando Piedra se le quedó clavado en el estómago un desasosiego que terminó por estropearle el apetito. Su mujer le preparaba tremendos bistecs de carne de puerco que Orlando troceaba con desgana, con displicencia.

—¿Tú crees que puedo comer habiendo tanto hijo de puta escondido en las alcantarillas?

Pero su mujer no se arredraba. Se encaraba con él. Era tremenda fajadora. De buena gana le arrearía un gaznatón, por despreciar el trabajo que había pasado en la cocina preparando la carne. Podía aceptar que nunca quisiera acostarse con ella, pero no que despreciara su comida.

Pasaron unos días. No demasiados. Orlando Piedra estaba perdiendo el tiempo delante del plato, rumiando sus propios pensamientos, cuando se vio sobresaltado por los timbrazos del teléfono. No tardó ni dos segundos en responder.

—Calle Humboldt número 7. Apartamento 202. Ahí tiene todas las cucarachas que busca.

Reconocía inmediatamente la voz. Era la misma que lo había estado amenazando durante los últimos meses. La misma que le susurraba morirás como una rata. La llamada podía producirse a las dos, o las tres de la mañana. Pero siempre decía lo mismo. Morirás como una rata. Era la misma voz.

—Acuda a la calle Humboldt número 7. Apartamento 202.

Al Chino no le costó demasiado trabajo conseguir el teléfono del coronel Orlando Piedra. Era muy amigo del Griego. Y el Griego tenía los teléfonos de los peces gordos, todos los teléfonos. La información es poder, le dijo al Griego, mientras le dictaba el número de Orlando Piedra. Un número que el Chino marcó varias veces. Tenía que amenazar a aquel cabrón. Pero esta vez no le soltó la frasecita, morirás como una rata. Los tiempos habían cambiado. El asalto al Palacio había fracasado. Claro, no podía ser de otro modo. No habían contado con él para nada. Sólo para hacer de chofer. Eso le costó la vida al gordo.

Ahora le estaba dando al coronel Orlando Piedra una dirección.

Orlando Piedra se peleaba con un trozo de carne que se le resistía. Lo tragó con dificultades. El Chino escuchaba el lento ruido de la masticación del coronel, imaginando sus dientes, preguntándose si sería capaz de alcanzarlo a él, de convertirlo en papilla. ¡Qué paradojas tiene el destino, tan bromista él! Lo único que consiguió en las largas reuniones celebradas en las aulas por el Directorio Revolucionario era saber que el gordo Manzanita no contaba con él. Lo ninguneaba. Que había que comprobar que los sesos de Orlando Piedra tenían la misma textura que los de Blanco Rico. Porque la sola mención del coronel Orlando Piedra ponía en marcha los instintos agresivos del gordo Manzanita, de Machadito, del Bizco Cubelas. De todos. Cuando hablaban de la eliminación del Mulato, lo hacían con palabras medidas, calculando los riesgos. Pero la aparición del nombre del coronel los exacerbaba. Se oían blasfemias. Alboroto.

Sobraban voluntarios para quitarlo de en medio.

Incluso él lo deseó muchas veces, igual con la misma intensidad que los otros. Por eso le encantaba decirle aquello de morirás como una rata. Él también quería comprobar la orografía trenzada del cerebro de aquel cabrón del que tanto hablaban. De qué forma se trenzaban las hilachas de los sesos para ser tan hijo de puta.

Y sin embargo, poco a poco, el Chino fue perdiendo la esperanza de participar en la acción de asesinarlo. Lo ninguneaban. Pero ¿qué bobería es esa, chico?, le decían. Era menos que una cagarruta. No podía consentir que Machadito le arrebatara el puesto de pensador que le correspondía legítimamente a él, que había leído más libros que todos aquellos gánsteres juntos. Él también hubiera podido infiltrarse en el Cuerpo de Loterías. Pero el gordo Manzanita eligió a otro. Y lo peor fue cuando le recriminaron haber tenido la idea de embadurnarse la cara de tinte negro, para que los policías que patrullaban por su cuadra con las perseguidoras, no pudieran trabarlo. Se pintó de Chicharito, imitando el personaje del negrito que interpretaba en el teatro, ese gran actor blanco que se llama Alberto Garrido. Hacía demasiado calor. Pero el problema no fue eso, sino que se desató una tormenta de manera inesperada, la guayabera se le tiznó de negro y estuvo a punto de caer preso. Ellos tuvieron una idea mejor, entrar en el Palacio disfrazados. Jajajaja.

No, a él ni siquiera le asignaron un papel secundario en la función. Simplemente no aparecía en los carteles. Ni en letra pequeña.

Por eso estaba deseando vaciar una botella entera de ron, celebrando el fracaso del asalto al Palacio Presidencial. Nada mejor que un Havana para las grandes celebraciones.

—¿Qué esperaban? Nunca un comemierda subió a ninguna cima —dijo, luchando contra el hipo con que los borrachos puntualizan sus afirmaciones.

Pero para marcar aquel número de teléfono no necesitó ni un trago de ron. Le bastó para envalentonarse recordar las miradas desdeñosas del gordo Manzanita, recibiendo sus propuestas como si las hubiera formulado un loco, ver a los demás llevarse las manos a la cabeza, escandalizados, despreciando la idea de ultimar al Mulato mientras tomara el sol sobre la cubierta de su propio yate, el Martha, sólo vigilado por la arena finísima de las playas de Varadero.

—Antes de lanzar una idea, procésala en tu cerebro. No queremos otro Moncada. ¡Olvídate de hacer el loco!

El gordo Manzanita lo examinaba con dureza, como preguntándose qué tipo de leche había mamado aquel tipo de pelo escaso hablar tanta mierda. ¡Al abordaje! ¡Como si ellos fueran piratas! Jajaja. Al final lo había elegido de chofer, porque al menos, era muy diestro para manejar carros. Pero él debió ser una pieza elemental en todo aquel lío. Pero no. Mira el final del gordo. A estas alturas ya habría rebajado algunas libras. Bajo tierra ya no hay problemas con la báscula. La dieta es tan severa que no perdona ni a los hijos de puta como aquel, Manzanita, te jodiste, cabrón.

Y los dedos se mueven rápidos y livianos sobre la ruleta del teléfono.

—Insisto, Humboldt 7. Muchas cucarachas para pisotear. Todos implicados en el plan dos-dos-cinco-ocho.

Le hubiera gustado conversar con el coronel Orlando Piedra, platicar con él de mil historias, vomitarle todo el desprecio que había acumulado en aquellas reuniones que empezaron en las aulas y acabaron en una posada, pero prefirió colgar. A fin de cuentas ya había conseguido el papel principal: el de delator.

Sólo oyó un «¡oiga!» mordido, antes de dejar descansando el auricular.

La mujer de Orlando Piedra comprobó sorprendido como su marido se volcaba sobre el plato con una hambre canina. Cortaba a toda prisa los trozos de carne y se los echaba compulsivamente a la boca, que más parecía una tolva. Se iba a atragantar, estaba claro. Pero no podía dejarse nada. De pronto el apetito se le había disparado. El Mulato no podría ya dedicarle una mirada hecha de cubitos de hielo. No. No tendría más remedio que colocarlo a su lado, en el mismísimo Palacio Presidencial y sacarlo de los sótanos del Buró de Investigaciones. Ni por un momento pensó que la llamada pudiera ser una broma. La única broma era dejar vivos a todos los hijos de puta del Directorio Revolucionario.

Una broma de mal gusto.

Pero Orlando Piedra carecía de sentido del humor. Eso lo dejaba para los payasos. Y nunca había visto un payaso con una pistola.

Subió al carro. Notó con desagrado que una hebra de carne se le había enganchado entre los dientes. Los hurgó. Pero la hebra seguía allí.

El coronel le dio vueltas al problema. Cómo desembarazarse de esa hilacha de carne y qué hacer con esa dirección, Humboldt 7. Y con esa clave, dos-dos-cinco-ocho. ¿Qué carajo significaba aquello? Aquello podía ser una emboscada. Pero Orlando Piedra estaba demasiado bravo como para razonar. Así que movilizó a sus hombres. El sol caía a plomo. Orlando lo odiaba. Le hacía ronchas en la piel. Prefería la noche. Es falso que por la noche todos los gatos son pardos. Sólo los mediocres y los ciegos confunden un gato negro con uno pardo. Además, por la noche los gatos están tan entretenidos hurgando en los cubos de basura, que agarrarles el pescuezo es tan fácil como hacerles que acepten una invitación a sardinas.

Orlando Piedra hubiera querido que las luces del Prado estuvieran ya prendidas. Pero no. El resol de la tarde resbalaba por el limpiaparabrisas, deslumbrándolo a pesar de las gafas de sol oscuras.

Se imponía calma, incluso ya escoltado por varias perseguidoras, a las que movilizó con un chasquido de dedos. Durante todo el trayecto tuvo tentaciones de dar media vuelta y volver al río Almendares. Pero la imagen del Mulato, las facciones endurecidas, recibiendo desapasionado la noticia de la muerte del jurista, el Mulato considerando aquello un trabajo rutinario, despojado de toda grandeza, el Mulato pidiendo que olvidara a Pelayo, que ya estaba muerto, y que buscara en las alcantarillas, que es donde siempre se refugian las cucarachas y las ratas, esa imagen lo asaltó, animándolo a seguir por las cuadras que conducían a Humboldt.

A la posadera le extrañó que de una pantalla de cristal pudieran salir colores tan vivos. El rojo, por ejemplo, parecía tener una cualidad material, está ahí, detrás de la pantalla, ocupando el espacio que ella creía reservado a un montón de cables que le habían metido en casa el cuerpo desvencijado del gordo Manzanita, alumbrado por un fogonazo de magnesio de una cámara de fotos.

Estaba tan desfigurado, las facciones abotargadas, insólitamente pálidas, la boca abierta como la de un pez que busca desesperadamente un oxígeno que no le entra por las branquias, que le costó reconocer al gordo educado que le dejaba generosas propinas, hasta que un día, no hará ni un mes, había desaparecido, llevando tras de sí aquella tropa de muchachos que jamás le pedía sábanas limpias y que siguió al gordo como si fuera Hamelin y ellos ratones andarines y aventureros. Dejaron en la habitación un aparatejo estrambótico, delicado como un arado, y que ella no dudó en vender por unos pesos a un chamarilero. Veía el cuerpo de Manzanita desmayado sobre el suelo, las caras empavorecidas de la gente que hace corro a su alrededor, empujones para comprobar algo que a ella no le acaba de sorprender.

—Estos chicos acabarán mal.

Y cuando vio aquella máquina oscura, prolija en mecanismos y émbolos, tuvo un presentimiento fatalista de que se meterían en problemas, si no lo estaban ya, y por eso ella aceptaba sin estupor aquella imagen que la televisión en color le mostraba, con toda claridad, cargada de elocuencia, el rojo de la sangre coagulándose en el pecho, el amarillo del rostro, el blanco malogrado de la camisa.

A Alina la relación con Machadito le había estropeado el hígado. Para siempre. Detestaba el ron, alegando que tenía un insoportable sabor a petróleo que producía halitosis. Pero ahora
a Alina le olía la boca y el hígado le mandaba mensajes de aviso.

La culpa la tenía el cabrón de Machadito, que siempre le
ofrecía la excusa de la pelota para no acompañarla, y sólo la
visitaba en su departamento de forma esporádica.

—Sólo me quieres para un rato —le gritaba, encarándo-
se con él, ofendida.

Machadito había salido más de una vez de aquel piso,
poco más que una covachuela, con arañazos en la cara. Y ese
sábado, sin embargo, no dudó en subir las escaleras con pasos
decididos, saltando los escalones de dos en dos.

Cuando Alina oyó los golpes en la puerta, la contraseña
secreta que sólo manejaban ellos, sintió un escalofrío culebrearle por la espalda. Las dudas se le agolparon. Un puñado
de pensamientos confundidos en su mente. Machadito repitió
hasta tres veces el mensaje cifrado que contenían sus nudillos.
Pero Alina sólo se atrevió a abrir cuando se le impuso una frase que la había atormentado durante los últimos meses, y que
llevaba ahí dentro, como un vómito que no podía sacar de lo
más hondo de sus entrañas.

—¿Conoces algún pelotero que entrene en una posada?

—¿Cómo? ¿En una posada? —preguntó ella, como si
oyera un lenguaje incomprensible.

—Sí, entrenar en una posada…

—No…

—Sí. Lo conoces.

—No entiendo, Chino.

—Pregúntale a tu novio por qué sale tan sudoroso de la posada «La venida».

La frase le ha salido al Chino por un lado de la boca. Ha quedado suspendida en el aire, Alina confundida, sin saber si darle un galletazo a aquel tipo que compartía cerveza Polar con Machadito, o guardarse el gaznatón para su novio.

A Machadito, ese sábado el pavor se le marcaba en los ojos, rodeados de cercos violáceos, en la evidencia de unas arrugas que le habían aparecido repentinamente, en el temblor de los labios.

—Este cabrón sabe que me he enterado de que se está templando alguna pelandruja en la posada…

Eso fue lo primero que pensó Alina, franqueándole el paso, él cerrando la puerta con fuerza, como si empujara la tapa de un sarcófago. Dentro sintió un calor hospitalario.

—Pensaba que te habías vuelto a Oriente, a darle gusto a todas tus novias de Santiago —le lanzó Alina, a modo de bienvenida. La mulata no estaba para jueguitos. En la boca no tenía sabor a melcocha, sino un puñadito de palabras filosas.

—Mami, no empieces, que estoy en un apuro, ¿okay?

—¿Qué pasó? ¿Preñaste alguna hembra y ahora no se quiere hacer un legrado? ¿O es que estaba casada y el marido se enteró y te quiere descojonar?

—Déjate de bobería. Tengo que quedarme en tu casa unos días.

—¿Qué cosa es eso?

—Tengo lío.

Alina había esperado aquel momento. Lo había saboreado durante tantas noches en vela. Y ahora le gustaba aparecer imponente y desdeñosa ante él, convertido en un manojo de nervios. Alina no entendía de disculpas. Machadito se había acostado con otras mujeres, y suerte tenía si no acababa descojonado en ese momento. Pero no por un marido tarrú. Por ella misma.

—Vete a tu posadita. Seguro que allí tendrás mejor compañía. Si te quedas aquí conmigo, yo no estaría muy seguro.

—¿Qué tú dices?

—Sí, vete echando para la posada, a templarte cualquier pelandruja —y a Alina se le impone con violencia la imagen de Machadito bombeando a una que no es ella, bufando de placer, soltándole frases sucias en la oreja, dándole cuero, como nunca lo ha hecho con ella, y entonces ya no tiene duda de lo que va a hacer, se pierde por un pasillo, Machadito se queda parado en el recibidor, la perplejidad ganándole al miedo, la oye trastear en el desván, hasta que da con una inmensa lata de plástico, jala de ella, y así la va arrastrando, tirando de ella con fuerza, y se planta ante Machadito, que la oye resoplar por el esfuerzo.

—¿Qué tú haces, Alina?

Alina se le queda mirando. Los ojos parecen perder algo de la dureza mineral que antes tenían. Se vuelven líquidos. Pero piensa que está haciendo lo que debe hacer. Lo que hizo la protagonista de la radionovela de CMQ ayer mismitico. Le pareció una buena idea. Tan buena que no tenía más remedio que hacerla suya. Imita a la protagonista desgraciada porque su novio también le había pegado los tarros con otra.

—¿Qué tú haces, Alina? —vuelve a repetir Machadito.

Alina le responde. Con claridad. Para que no le queden dudas. Le responde alzando la lata a la altura de la cabeza, con unos brazos que parecen ahora de estibador, y enseguida le recorre por todo el cuerpo, por todos sus volúmenes, por los pechos dúctiles a las manos de Machadito, por la cintura que él siempre exploraba con curiosidad recobrada, un líquido que desprende un olor poderoso, que se extiende con rapidez

inaudita, hasta empapar totalmente en décimas de segundo a
Alina, que siente en la boca su aliento confundido con el olor
que ahora parece salirle por cada poro de su cuerpo, y piensa,
a pesar de todo, que el sabor del ron le ha acabado gustando,
tanto que esa mañana ya llevaba medio litro en el cuerpo, se
bebía las botellas como si se le hubiera montado un muerto, el
mismo que ahora le está transmitiendo una fuerza animal, nota
la lata ligera en sus brazos, primero lo atribuye al muerto, luego nota que la ha vaciado completamente, y que ahora sólo
debe arrojarla lejos, como el pensamiento obsesivo de Machadito, dejándole el alma en cada embestida a una mujer que no es
ella, que podrá ser más linda, pero no más valerosa, y nunca será
capaz de prender un fósforo y acercarlo a su cuerpo, un fogonazo iluminando su cara, deslumbrando a Machadito, un calor
nuevo, doloroso, el sonido de la combustión, el olor a carne chamuscada, que ya sólo siente Machadito, que no encuentra ni
una manta, ni un maldito grifo de agua, como si el suministro
estuviera cortado, o alguien lo hubiera cortado, y ve impotente
el cuerpo de Alina desplomado sobre el suelo, comunicando la
llama a las cortinas que presiden el salón, un arcón que arde
como si hubiera esperado tantos años ese momento, y a Machadito le extraña tanto que todo esté ardiendo en Sábado Santo, él
paralizado por las imágenes grotescas que le asaltan los ojos,
que sólo es capaz de abandonar el departamento, una lengua de
humo negruzco escapándose ya por debajo de la puerta e inva-
diendo el rellano como un manto mortal.

Orlando Piedra tiene un olfato de perro. El sentido olfa-
tivo y el musical los tiene mejor entrenados que cualquiera de
los tipos que lo acompañan en el Buró de Investigaciones. Por
eso le ha llegado antes que a nadie un tufo intenso. No le ha
hecho falta mirar a un balcón para darse cuenta que es humo
lo que sale del edificio 202. Precisamente de ese solar.

—¡Serán hijos de puta! ¿Es posible que alguien les haya dado el soplo de que veníamos y se están inmolando?

El coronel proyecta la mirada al balcón. El humo tiene una densidad casi material. Orlando Piedra no tiene dudas. Esos cabrones se le han escapado. Definitivamente. La muerte, vestida ese día de petróleo y fuego, se los ha arrebatado. De sus propias manos, coño.

Salta del carro policial en marcha. No hay tiempo para estrategias. Los vecinos del solar ven cruzar una cabalgata de policías. Les gritan, creyendo que son bomberos.

—¡Fuego! ¡Fuego!

Pero en vez de llevar mangueras, agarran pistolas. Todo es muy extraño.

Machadito siente la cabeza despejada, por vez primera en mucho tiempo. El humo, en vez de embotarle los sentidos, se los ha excitado. Ni siquiera lo aturde la imagen de Alina revolcándose por el suelo, dándose vueltas como cuando lo tiraba y le pedía que le entrara muy adentro.

Baja las escaleras. De dos en dos. Orlando Piedra y sus policías las suben. También de dos en dos. Machadito oye el arañazo de unas botas. Intuye que no pueden ser vecinos. Nunca le gustaron las botas. Las cree fabricadas solamente para patear, y ve, con un presentimiento lúcido, su cara maltratada como una pelota, golpeada con la violencia con la que él manejaba el bate, y elige una puerta, al azar, la primera que encuentra, le basta un leve empujón para vencer su resistencia. Ha entrado en otro departamento. Los vecinos huyen en estampida y se chocan con los policías. Orlando Piedra grita, blasfema, y eso permite a Machadito ganar unos segundos, incluso examinar la calidad de una estantería de madera llena de libros.

A Orlando Piedra la subida se le hace eterna. Parece que llevara los pulmones en la boca. Debe hacer más ejercicio.

Siempre que no sea a costa de oler a pantera, como le ocurre al viejo Tabernilla, a Pancho Tabernas.

—Venga, carajo, hay que atraparlos vivos. ¡No podemos llevarnos de aquí carbón!

Ya el humo se ha adensado en la escalera. Se oyen toses. La puerta del departamento de Alina está abierta. Pero nadie se atreve a entrar.

—¡Por ahí! —grita uno de los policías, que ha visto una puerta cerrarse violentamente.

Orlando Piedra aún confía en llevarle al Mulato carne fresca. Odia el olor a quemado. Tose con fuerza. Los pulmones quieren fallarle.

Por la puerta que ha cruzado Machadito entra un policía. Y otro. Orlando sigue gritando, a ver si así le entra el aire. Ve una sombra fugaz. Como una visión.

—¡Atájenle!

Pero el cuerpo de Machadito es ya un trapo que cae de un cuarto piso. Orlando Piedra reafirma sus temores: aquellos comemierdas quieren putearlo, que él no pueda mirarlos cara a cara, darle un par de trompadas que les piquen mucho tiempo en la cara.

Machadito ha oído dos crujidos. No sabe lo que son hasta que intenta andar. Pero no puede. Como si alguien le trabara los pies. No lo entiende. Porque no le duele nada. Simplemente no puede caminar. Lo intenta. Da unos pasitos cortos. Tiene que tironear de los pies. MaMama Tula es un atleta comparado con él.

—¡Venga, coño, háganme caso! —les grita.

Pero ellos se resisten.

Ha caído en un patio. O eso cree él inicialmente. Después se da cuenta de que está encerrado, atrapado por la verja de una empresa de rentar carros, una verja que saltaría, sin duda, por muy alta que fuera, si los pies le respondieran, pero no le hacen caso, no son otra cosa que un lastre.

El solar arde. Entero. Pero no vienen bomberos. Sólo policías. Muchos policías. Los vecinos se preguntan de dónde salen tantos, como si se estuvieran reproduciendo gracias a la asistencia de un revolucionario método de fecundación. El solar se puede venir abajo, devastado por el fuego. Pero nadie ve una maldita manguera de agua.

Orlando Piedra actúa con rapidez. Su olfato de perro le ha permitido localizar a la presa. Ha alzado la nariz y ha logrado distinguir, entre los turbiones de humo espeso, el rastro de Machadito, como si el miedo desprendiera un aroma poderoso. El coronel ha señalado con el índice una puerta metálica que está rigurosamente clausurada por varios candados.

Machadito oye unos disparos. Pero la puerta no cede. Orlando Piedra ve la altura de la puerta, e imagina la pendiente de una montaña. Nunca le gustaron las alturas. Es incapaz de cambiar un bombillo en el techo. Por eso trabaja en un sótano.

—Rápido, traigan del carro mi caja de herramientas...

En pocos segundos la tiene a su derecha. Con dos rápidos movimientos se abre, descubriendo un mundo de objetos metálicos de dudosa utilidad para el bricolaje. Un mecánico despreciaría su contenido. Pero Orlando Piedra no es un mecánico. Es un policía. Con poco sentido del humor. Por eso, en vez de almacenar en la caja de herramientas llaves de diferentes tamaños y juegos de tuercas y arandelas, lleva extraños punzones, restos de alambre y un martillo que muestra una mancha ferruginosa, que lo mismo puede ser óxido que sangre reseca.

Agarra el martillo. El coronel lo maneja como si fuera un marro. Los golpes transmiten a la verja una vibración metálica que alcanza a Machadito. El estudiante asiste a la operación como si fuera un espectador más, y todo aquello no fuera con él.

Los candados saltan. Con insólita facilidad. El martillo es tan eficaz para aplastar cráneos como para romper candados. Orlando Piedra le tiene mucho cariño.

Unos operarios de la empresa, reconocibles por sus monos grises, alertados por el peligro, llegan en el momento justo para ser arrollados por el grupo de policías. A Orlando Piedra sólo le queda guiarse por su olfato infalible, y ni siquiera necesita comprobar que a unos centímetros hay un cuerpo desmadejado, como si un borracho estuviera durmiendo la juma, con tremenda nota.

—¿Nunca te dijeron que antes de saltar, hay que comprobar si debajo hay red? —le dispara el coronel, nada más llegar a su altura, viendo como Machadito se masajea unos pies que lo han traicionado en el momento más inoportuno, los mismos que le hacían correr como un bólido por el estadio de pelota, cuando las cosas se ponían feas y podía lanzar un *strike*.

Los policías se arraciman alrededor del estudiante. Orlando Piedra abre los brazos y los separa.

—¿Quieren asfixiarme aquí? ¡Huelen a grajo, coño!

Retroceden unos metros. Los vecinos ya no prestan atención alguna al solar, que sigue escupiendo bocanadas de humo, entregado definitivamente a la acción del fuego. Pero nadie se atreve a pedir la presencia de los bomberos, examinados por los rostros serios de los policías, como si allí, en Humboldt, se hubieran encerrado todas las alimañas que quedaron vivas tras el intento de acabar con el Mulato. Los vecinos se limitan a ver dos bultos, los únicos que ya ocupan la escena.

—Yo a ti te conozco. Tú eres deportista. Creo que un día te dije que el deporte siempre fue más saludable que la política. Podías haber llegado a ser el mejor *pitcher* si no te hubieran metido esas ideas extrañas en la cabeza. Y ahora mi obligación es sacártelas. Para dejarte limpio. Pero no me has hecho caso. ¿Recuerdas que te dije que no le dieras disgustos a tu mamá? No le des disgustos, no vaya a ser que un día el corazón se le pare... ¿Te acuerdas, no?

Claro que se acuerda. Orlando Piedra ya ha tenido más de un enganche con él, con el pobre de Manzanita... Machadito ha apretado los labios. Busca en la entrada del esófago la sustancia necesaria para formar un gargajo. Pero no la encuentra.

—Ya soy el mejor *pitcher*. Verle la cara me lo confirma —se limita a contestarle.

—¿Con los tobillos hechos papilla? No lo creo. Este salto ha sido tu mayor error. Porque ha sido al vacío. Siempre quisiste hacer un *triple play*, y sin embargo, tienes que abandonar el *box*.

Orlando Piedra mueve el martillo, como si fuera un abanico, e incluso se permite lanzarlo al aire y recogerlo, igual que si fueran mazas.

—Ni el martillo ni los galones me asustan. Créalo.

El coronel parece ensimismado en sus ejercicios de circo.

—Escapar de esta va a resultar un poco más difícil que anotarse un punto. Has hecho un *strike*.

Machadito lo mira con ojos endurecidos, lo más que puede. Es una máscara de odio. Pero Orlando Piedra apenas le presta atención, entretenido en los movimientos del martillo, que realiza un giro extraño y va a irse lejos de su alcance, a unos centímetros de la mano derecha de Machadito. El coronel ve como el martillo se ha alejado de su control, un juguete casquivano que se escapa de sus manos. Lo mira como un niño a punto del llanto. Otro niño se lo ha quitado. Y juega con él a algo muy raro, porque ni siquiera lo amenaza, y prefiere lanzárselo contra su propia cabeza, plob, dejársela tan inútil como los tobillos, y seguramente así habría sido si Orlando Piedra no le da un par de galletazos que hacen que el martillo salga despedido varios metros.

—Nada me disgusta tanto como que me quiten mis juguetes —le dice, antes de jalarlo con fuerza, levantándolo del suelo como si fuera un saco.

—Vamos al río Almendares. El agua es vida. Pero también es muerte. Has lanzado un *inning*. No tienes chance.

Y Orlando Piedra mira el solar, una burbuja de humo, y tiene la certeza de que allí dentro estará asfixiándose en ese momento, en el mismo en el que da un empujón a Machadito para que entre en la perseguidora, algún hijo de puta más de los que interrumpieron la siesta del 13 de marzo.

La cabalgata de carros patrulleros se pone en marcha. Los vecinos la ven disolverse. Esperan a los bomberos. O al forense. Pero nadie llega.

—¿Tú de qué lado estás, de la vida o de la muerte? —pregunta con voz sombría el coronel Orlando Piedra.

—De la vida —contesta con desgana Machadito.

—Y entonces ¿qué hacías tú intentando matar al presidente? ¿Tú no sabes que morirse es un desatino?

Machadito no responde.

—Yo pensaba que de la Universidad salían abogados, arquitectos. Pero sólo salen matones.

La habitación es lóbrega. Hospitalaria como una gruta llena de arañas. A Orlando Piedra las facciones se le difuminan en la penumbra.

—Jugar a los pistoleros no es lo mismo que jugar a los médicos.

Machadito está en el centro. Sentado. Las muñecas le duelen más que los tobillos. Como si le hubieran hecho un torniquete en ellas.

—Nunca entenderé como se te ocurrió dejar a un lado la pelota. ¡La pelota, que está dentro de nuestra bandera!

—Todavía tengo fuerzas para agarrar un bate y aplastarle los huevos.

—¡Vaya, al estudiante le gusta guapear!

Orlando Piedra examina su barba. Una colección de púas blancas le desciende por la papada y le busca el pecho. Machadito oye un ruido de lija.

—¿Y por qué no intentaron abrirle la cabeza al Mulato, aplastarle los huevos? ¿Qué falló? Yo, en su lugar, hubiera preferido entrar en el Palacio con un bate que con una pistola. Más barato… ¿Quién les vendió esas pistolas viejas?

El coronel da vueltas a Machadito, como un tiovivo. Lleva las manos metidas en los bolsillos.

—Porque hicieron mal negocio. ¿Cuándo le pagaron a Prío por esa mierda de pistolas?

Machadito no responde.

—¿Usted cree que Prío les podría vender un arma como esta?

Y Orlando Piedra le muestra orgulloso una Thompson de calibre 45, brillante de tanto uso.

—Mire, yo jamás le hubiera comprado armas a un play boy. Si acaso, cocaína…

Machadito ve como el coronel abandona su movimiento circular y se pierde en una esquina. Se oculta en la oscuridad. Lo oye aspirar con fuerza. Luego moquea ligeramente.

—¿Nunca le dijeron que la cocaína despierta el sentido del olfato? Yo creo que los perros no paran de meterse rayas.

Estalla una carcajada. Orlando Piedra se ríe de su propio chiste.

—¿Así que no me vas a decir cuánto pagásteis a Prío por las pistolas? ¿O fue Trujillo el que os las vendió?

—¿Nunca le enseñaron que la cocaína mata el cerebro?

—Menos que las malas ideas. Las malas ideas hacen hablar mierda.

Orlando Piedra lo encara. La oscuridad preside la habitación, pero Machadito se da cuenta de que tiene las pupilas dilatadas.

—El mejor pistolero siempre tiene una bala reservada para él mismo.

—Yo no caí en el Palacio.

—Pero le hemos guardado esa bala. No crea que nos olvidamos de usted.

—Crearán otro mártir. Como ahora es Manzanita.

—¿Usted cree que los gusanos lo consideran un mártir? ¿Cree que los gusanos tienen opinión política? No, son más listos. Ellos no se meten en política. Simplemente comen cuando tienen hambre. Deberíamos aprender de los gusanos.

—¿Para qué?

—Para no acabar alimentándolos antes de tiempo. Manzanita era un comemierda, y por eso ahora no está aquí para discutir con nosotros. Pero a usted aún le imagino con algo de inteligencia, aunque sea la justa.

—Vaya colocando esa bala que me tiene guardada en el tambor. Los gusanos no me dan miedo.

—Yo pensaba que la pelota y meterse en líos era lo que más le gustaba. Pero no. Hay otra cosa que le gusta más: guapear. ¿Y sabe lo que le pasa a los guapos?

Pero no le da tiempo a responder. Machadito ve un puño abalanzarse sobre él. La trompada es tan dura que la silla se ha levantado del suelo. La nariz empieza a sangrarle, como le ocurre al coronel cuando se le va la mano con la cocaína.

—Que le caen a trompadas. ¿Nota la cara caliente, no?

El estudiante no contesta. Se limita a hacer una mueca. Con la lengua se está hurgando los dientes, verificando que cada pieza está en su sitio.

—No se preocupe. Lo tenemos todo preparado. Contra los hematomas, lo mejor es el agua fría. Lástima que esta se nos haya calentado.

Orlando Piedra empuja un cubo de agua que humea en algún rincón. Lo coloca a unos centímetros de Machadito.

—Tenemos tanto tiempo aquí el agua, sin utilizar, que hasta le han salido gusanos…

Machadito lanza una mirada de reojo al cubo. Sobre el agua flota una sustancia sucia, de la misma textura que un vómito.

—Le vendrá bien un chapuzón. Ya verá como se le alivia el dolor.

El coronel lo agarra de los pelos desgreñados, con la misma fuerza que antes empleó para darle la trompada. Machadito se deja bautizar por el agua descompuesta del cubo. Cuando Orlando Piedra lo saca, el estudiante apenas puede respirar, los orificios nasales tapados por una especie de légamo cálido encontrado en una letrina.

—¡No abuses, coño! ¡Hay que tomar esta agua en pequeñas dosis! Ahora iremos con la segunda, pero antes, para hacer tiempo, dime qué relación tiene Prío con el Veintiséis…

—La que pueda tener una beata con un bayú.

Orlando Piedra suelta otra carcajada.

—¡Tienes sentido del humor, eh! Por eso me cuesta creer aún más que estés ahora aquí. A este sótano sólo baja gente que no tiene sentido del humor.

El cubo de agua sigue humeando, despidiendo un olor nauseabundo, haciendo insoportable la temperatura de invernadero que se va apoderando del sótano.

—Te equivocas. Prío vende armas. A vosotros, al Veintiséis... Y lo peor, le compráis también planos. Anda, dime cómo os hizo llegar esos planos caducados. Venga, dale...

Machadito calla.

—Os fiáis de un play boy, que os engaña con las armas y con los planos... Y mientras él ahora mismo estará haciéndose unos largos en su piscina olímpica de Miami Beach, tú estás aquí pasando este calor. ¿No es injusto?

—Más injusto es que cada noche dejéis a inocentes muertos en callejones...

—Nosotros no entramos en callejones. No nos atrevemos a pelearnos con gatos salvajes. El problema está en los borrachos que le disputan una raspa de pescado a esos gatos. Pero los gatos hacen una función social.

—¿Cuál?

—Sacarle los ojos a los comemierdas.

—Le suena de algo la Constitución de 1940.

—Estamos en el 57. ¡En diecisiete años han pasado tantas cosas!

—Incluso un madrugonazo.

—¿Tiene algo en contra de levantarse temprano?

—Odio el ruido de los despertadores.

—Prefiere el de las pistolas y las granadas de mano.

—De eso ustedes podrían dar una conferencia.

—No se engañe, ni usted es Humphrey Bogart ni yo me dejo tomar el pelo. Olvídese de que está dentro de una película. No se haga el guapo, porque se ponga como se ponga, este partido lo tiene perdido. El *trainer* no va a esperar al siguiente *inning* para sentarlo en el banquillo. Para siempre. No tienes chance.

La segunda vez que probó el sabor a ciénaga del contenido del cubo metálico, las tripas ya no se le rebelaron. Como si aceptaran resignadas aquel liquidillo viscoso. Nada de vómito. Nada de asco. Por eso Machadito pudo mirar cara a cara a Orlando Piedra. Con orgullo. O eso le dijo el coronel al Mulato.

—Tiene tanta mierda dentro que parece encontrarse a gusto allí.

El Mulato llevaba esa mañana unos espejuelos oscuros. Se había acostado muy tarde, como siempre, y un inoportuno lumbago lo había sacado de la cama rabiando. No estaba para bromas, aunque el coronel tardó en darse cuenta.

—Y no se quejará de la alimentación que le estamos dando: mendrugos de pan que puede untar en agua agusanada. Todo un manjar.

—¿Usted cree que a mi lumbago le vienen bien los chistes de un payaso?

Orlando Piedra notó los ojos del Mulato clavados en él, traspasando el vidrio de los espejuelos. Él se había levantado con un ánimo jovial, y por eso se permitía hacer pivotar el sillón que le cedía el presidente, como si fuera un niño travieso.

—¿Un payaso?

Inicialmente, Orlando Piedra no se sintió aludido. Le parecía increíble que el Mulato lo llamara así, a él, al custodio de su vida, al que preparaba todos los operativos para que pudiera irse tranquilamente a Varadero o a cazar cocodrilos. Su hombre en definitiva. Nada que ver con el viejo Tabernilla, que se había ganado el sobrenombre de Pancho Tabernas por su afición al whisky escocés.

—Lleva usted cuarenta y ocho horas con ese pendejo y ha sido incapaz de arrancarle que es comunista, incapaz de que firme un documento que diga que fue Carlitos Prío el que proporcionó al Directorio Revolucionario los planos del Palacio en el que estamos ahora usted y yo. ¿Cree que eso me hace gracia?

—Así que me dice que a Prío sólo lo conoce por televisión —las palabras de Orlando Piedra resuenan en el sótano con un eco fúnebre.

—Eso es —Machadito tiene pocas ganas de hablar.

—Y con Trujillo pasa lo mismo.

—Exacto.

—Bueno, hemos tenido suerte. Al menos los ha visto por la televisión. Prío fue el primero que emitió desde el Palacio Presidencial, precisamente. Lo único bueno que hizo.

—No me gusta la televisión.

—¡Ah! Olvidaba que a usted lo único que le gusta es la pelota y las pistolas.

Machadito prefiere no responderle. Al principio no rehuyó la lucha dialéctica, aunque se sabía con las mismas posibilidades que tiene una hormiga de tumbar a un elefante. Aunque fuera una bibijagua picadora. Ahora su único propósito era acostumbrarse al agua putrefacta del cubo.

—Me da la impresión de que le gustó el juego del ahogado.

—Jugando a eso, usted siempre pierde —se atreve a contestarle.

—¿Siempre?

Y derriba varios objetos que se interponen en su camino hasta dar con el cubo, que coloca de nuevo presidiendo la estancia. Le da una patada para acercarlo a Machadito, que se ve en una fracción de segundo sumergido en una sustancia asquerosa. Pasan varios segundos. Pero sus tripas no protestan. Sí sus pulmones. Se están quedando sin aire. Cuando el coronel lo jala de los pelos, rescatándolo del cubo, ni siquiera siente una babilla espesa caerle por la comisura de los labios. Una neblina se le ha quedado en los ojos.

—Ya ve que también al juego del ahogado puede perder. Sólo gana a la pelota.

Machadito gira el cuello, como si hubiera salido del cubo con tortícolis. Por un momento piensa que no sólo ha perdido la vista, sino también el oído, porque las palabras de Orlando Piedra le llegan en sordina. Aguza la atención.

—Lo peor de esta vida es el aburrimiento.

Las palabras le llegan a Machadito desde una esquina. Oye un trajín metálico, como de consulta de cirujano. Orlando Piedra hurga en su famosa caja de herramientas. Algo encontrará para divertirse.

—¿Has jugado a los palillos?

—¿Tampoco así conseguiste que confesara que fue Prío el que les dio los planos? —el Mulato lanza la pregunta, y comprueba defraudado como la única respuesta que recibe del coronel es un encogimiento de hombros. Se levanta bruscamente del sillón y se queda mirando las estanterías atestadas de libros, preguntándoles cómo es posible que alguien tan necio esté en ese momento dentro de un ámbito tan sagrado. Hablando mierda. ¡Será posible que incluso Pancho Tabernilla sea más listo que él!

Orlando Piedra rebusca, y al fin da con los palillos. Pero no tienen el color pajizo de un mondadientes. No. Más bien son plateados. Se han pegado a un imán que también almacena el coronel, amigo de los cachivaches y los chistes malos.

—Estos palillos, ya ves, no sirven para sacarle los restos de carne que quedan en la boca. Dañarían las encías.

Machadito mira los trozos de alambre con repugnancia.

—Pero sirven para quitar la mugre de las uñas.

Las del Mulato están impecables. Lo nota Orlando Piedra, especialmente cuando forma un triángulo con las dos manos, como para extremar su atención o comprender algo que le quieren decir. Machadito no. Las tiene sucias. Muy sucias.

—Eres un poquito puerco.

Por eso se ofrece para limpiarle las uñas. Las del Mulato no necesitan ni un retoque.

El coronel ataca primero el cerco de mugre del dedo corazón. El más sensible. O eso le parece a Machadito, que aunque ve un alambre colarse debajo de la uña, siente el dolor de un bate de béisbol desgarrándole el culo. Y aunque una mancha violácea le estropea las uñas, una por una, el dolor sigue en otro sitio, más adentro.

—¿Y me vas a decir ahora que a Flavio Bravo tampoco lo conoces? ¿No me digas que sólo sabes de él de verlo en televisión? Porque este no sale por la televisión. Viaja tanto a Moscú que apenas se le ve el pelo. Pero tú seguro que sí se lo has visto…

—¿Y qué respondió ante eso? —pregunta el Mulato, tomando de nuevo asiento.

—¿Me va a seguir clavando palillos mientras me pregunta por todas las personas que aparecen en el listín telefónico?

—Carlitos Prío no aparece. Se habrá dado de baja. Pero el de la mamá de usted, sí. ¿Quiere que la llamemos?

—Llame a su puta madre.

A Machadito la frase le ha salido así, como un vómito, el que sus entrañas venían aplazando. Cree desmayarse, como si el alambre le hurgara las falanges. Sólo una voz lo devuelve a la realidad, o a lo mejor la escucha desde las regiones de la inconsciencia, una voz cansada de vieja.

—Oigo, oigo…

Orlando Piedra sostiene el auricular de un teléfono oscuro que nadie sabe de dónde ha sacado. Igual de su caja de herramientas. Allí parece haber de todo, menos una prueba que una al Directorio Revolucionario con los comunistas o con Carlitos Prío.

Machadito oye la voz. La reconoce inmediatamente. Lo haría con su cuerpo serrado. Pero no puede responderle. No tiene fuerzas. Se le han ido por la punta de los dedos. Sólo puede emitir un gruñido que su mamá reconocerá con pavorosa nitidez.

El coronel cuelga el teléfono. No tiene otro remedio. Machadito se ha desmayado. Cuando vuelva en sí, observará unos volúmenes que se mueven a su alrededor, como figuras fantasmagóricas. La única que parece quieta es la del coronel. Agarra una foto.

—¿Quién es el que aparece a tu lado? ¿Acaso Martin Dihigo?

A Machadito le hubiera encantado. Siempre quiso imitar al «Inmortal». Pero a su lado aparecía un hombre más bien joven, un adolescente, los dos celebrando un punto. Un partido ganado. Flavio Bravo.

—Perdiste el partido, chico.

Y Machadito quiere replicar que no, que aquel partido lo ganaron a los de la cuadra de enfrente. Lo ganaron por un tanteo muy abultado, pero siente que las fuerzas lo traicionan, ni siquiera le permiten recordar que aquella foto la tiró un tipo, el Chino lo llamaban, y que no paraba de hablar de una muchacha que lo tenía en candela viva, una tal Alina, de la que se olvidó cuando empezó a afeitarse la barba, aunque le siguieran llamando el Chino.

—¿Cómo pretende que le lleve al embajador norteamericano una foto sacada del álbum familiar como prueba de que el Directorio Revolucionario está lleno de comunistas? Que son comunistas los que han querido matarme…

Orlando Piedra sólo es capaz de componer un gesto de derrota.

—Flavio y Machadito eran amigos.

—Hágale tatuar en el pecho una hoz y un martillo. ¡Y no me traiga más fotos de adolescentes sudados jugando a la pelota, coño!

—Chico, estás perdido. Ya no te puedo creer. Si me has engañado diciendo que no conocías a Flavio Bravo ¿por qué he de creerte que Carlitos Prío no os dio los planos del Palacio? —le dice, con todo el desprecio que es capaz de acumular.

Orlando Piedra abandona la biblioteca del Mulato. Lo hace con un aire de claudicación, o así lo ve el Mulato, los ojos buscando algo en el suelo, los zapatos arrastrándose como babosas. Lo oye despedirse de la Primera Dama, en un tono quedo, como si la vehemencia sólo la guardara para sus interrogatorios, por lo demás, tan efectistas como ineficaces, a lo que parece. ¿Cómo es posible que aquel estudiante, apenas un niño imberbe, aún no hubiera confesado? En su cabeza, bajo el pelo desgreñado de fugitivo, el Mulato estaba convencido de que almacenaba un tesoro de información. ¿Acaso debería él mismo tirarle de la lengua? ¿Acaso él también debía descender al sótano insalubre en el que pasaba Orlando Piedra muchas horas de su estúpida vida? Quizá eso, pensó con un fogonazo de lucidez el Mulato, haya perturbado los sentidos siempre agudos del coronel, un tipo al que no sólo estimó por su crueldad, sino por una inteligencia inconcreta que muy pocos le intuían Por eso, también lo había nombrado jefe del Buró de Represión de Actividades Comunistas cuando los norteamericanos vinieron con la vaina de que no podía haber ni un rojo moviéndose en el agua sucia con la misma libertad de un cocodrilo.

Durante cinco años, el Mulato se había sentido seguro bajo su protección. No faltaban los envidiosos que lo atacaban

por merecer un trato de favor preferente. Tabernilla el primero. Pero ¿dónde estaba el viejo Tabernilla el día del asalto al
Palacio? ¿Completando una nueva serie de pesas? ¿Tan cansado que ni siquiera pudo oír los timbrazos del teléfono? Si Orlando Piedra no hubiera reaccionado, en vez de morir cinco
oficiales, igual hubieran sido veinticinco. ¿Estaba siendo injusto con él, sólo porque lo había visto esa mañana ligeramente
encorvado, como doblegado por tantas pesadumbres u horas
pasadas en la oscuridad del sótano? No, él tenía la facultad de
tasar cada cosa adjudicándole el precio justo. Y Orlando Piedra podía exhibir una hoja de servicios envidiable, ser su segundo escudo de protección tras la luz de Yara, pero aquel
estudiantito estaba jugando con él al ratón y al gato. ¿O acaso
el problema era él? Sí, de él mismo. Ya no se entregaba a un
sueño plácido, se despertaba en mitad de la noche, se levantaba e iba al baño creyendo que era la vejiga la que le apremiaba.
Pero apenas echaba unas gotitas. La culpa no era del pueblo,
que devotamente había demostrado su repulsa al tiranicidio,
trescientas mil personas, quizá cuatrocientas mil gritando ¡Batista, Batista!, él ofreciendo su perfil estatuario, invulnerable a
los ataques desde la Terraza Norte del Palacio Presidencial,
apoyándose tímidamente en la balaustrada, la culpa era de los
americanos, conminándole a presentar pruebas, incluso insi-
nuándole que tuviera cuidado con las medidas represivas, que
imitaban a veces métodos stalinistas. «¿Quién coño se habían
creído? Primero me obligan a crear el BRAC y ahora me dicen
que se me está yendo la mano. ¿No querían pruebas? Pues
tendrían pruebas».
	—Hemos sido víctimas del comunismo internacional.
	Pero a los americanos ya no les bastaban los grandes ti-
tulares de prensa. Querían documentos, pruebas. Obtenidas
con limpieza. Y Machadito llevaba cuarenta y ocho horas en el

Buró de Investigaciones sin admitir que a él también le encantaría postrarse ante el cadáver embalsamado de Lenin y hacerse una foto con el fondo de la catedral de San Basilio.

Los americanos empezaban a pensar que el BRAC era una mierda. Que los cubanos no entendían de otra sutileza que la que sugiere un machete alzado.

Pasaron todos los oficiales por delante del cubo.

Todos.

—¡Venga, coño, meen todo lo que lleven dentro! ¡Hasta el alma tienen que echar fuera!

A algunos que soltaron sólo unas gotitas insuficientes, desganados, Orlando Piedra los obligó a beber una cerveza caliente que almacenaba en latas, y que entraba en el cuerpo como un incendio. Mientras unos policías esperaban el aviso de la vejiga, otros sacaban sus pingas, apremiados por el coronel, que utilizaba el tono imperativo que usa una puta cuando el cliente se demora.

—¡Boten toda la leche esa que lleven haciéndole daño en los huevos!

Y los policías se abrían las portañuelas, miraban de soslayo a Orlando Piedra con un gesto de pudor, y empezaban a masajearse, buscando una erección definitiva, por más que el coronel les gritaba desde una esquina palabras broncas.

—¡Este es un acto de servicio! ¡Tan válido como pegarle dos tiros a un delincuente!

La pinga se les ponía medio sarasa, y después de unos movimientos frenéticos acompañados por respiración entrecortada, soltaban cantidades variables de semen que caían dentro del cubo, orgasmos celebrados por Orlando Piedra con grandes palmotadas.

Así fueron alternándose, unos recogiendo su pinga ya replegada, otros sosteniendo una erección nueva que provocaba la cerveza caliente llenando la vejiga.

¿Cuánto tiempo había durado la operación?, se preguntaba Machadito. Ni idea. No podía saberlo. Sólo tenía la certeza del número de policías que había desfilado ante el cubo, y que, acabado su trabajo, lo miraban despectivamente, mostrando aún orgullosos sus pingas, sacudiéndolas a escasos centímetros de su cara para limpiar la última gota de meados o semen.

—¡Salgan de aquí! ¡Venga, echando!

Orlando Piedra los expulsó con violencia del sótano. Ya habían hecho su trabajo. Ahora sólo él tenía derecho a contemplar el espectáculo. Pero antes, él también se sacó una pinga insólitamente cruzada de venas, y tras manipularla unos pocos segundos, suelta un chorro de leche abundante. Machadito lo ve botar esa sustancia que le sale de dentro como un surtidor. Inacabable. Se abanica con las manos. Regueros de sudor le culebrean por el cuerpo. Mira a Machadito. También suda.

—Tiene tremendo calor ¿verdad? Le empieza a hacer falta un chapuzón.

Le acerca el cubo. Un tufo poderoso le hiere las fosas nasales antes de que un líquido le bañe todo el rostro. Esta vez no puede evitarlo. No es tanto la textura como el hedor del líquido lo que le hace vomitar.

—¡Pero mira que eres puerco! —lo reprende el coronel, que se le queda mirando unos segundos, enfocándolo con unos ojos en los que se concentra todo el desprecio del mundo.

Después se pierde de nuevo en una esquina, la misma que visita de vez en cuando para meter las zarpas en la caja de herramientas. Machadito no oye esta vez, sin embargo, el ruido metálico de las cachivaches trasteados. Le llega un sonido de aspiración que dura unos segundos. Oye cómo se sorbe los mocos. Machadito, en medio de toda la confusión que vive desde que lo bajaron a aquel sótano, tiene la certeza de que no es la primera raya de cocaína del día para Orlando Piedra. Se lo confirman sus ojos recorridos por un culebreo de venillas más rojas de lo habitual.

Llega con un papel muy blanco. Y una pluma.

—Te daré una nueva oportunidad. Aquí hay una declaración que dice que tú, en nombre del Directorio Revolucionario, aseguras que Carlitos Prío, ex presidente de la República de Cuba, os vendió las armas con las que asaltasteis el Palacio Presidencial el pasado 13 de marzo. Sólo falta tu conformidad. ¿Qué dices?

Machadito suelta un escupitajo. Eso dice.

—En fin, lamento que no entres en razón —y el coronel vuelve a la esquina. Vuelve enseguida.

Con una mano agarra un martillo; con la otra, una botella de Havana.

Machadito no sabe si le va a golpear antes o después de tomar un trago.

—¡Venga, échate un buche de ron! ¡Ya que no vamos a firmar ningún papelito, bebamos hasta cantar canciones melancólicas de piratas!

Orlando Piedra desenrosca la botella con unos dedos que tiemblan. La acerca a la boca de Machadito, que no tiene más remedio que vencer su resistencia y abrirla con desgana para acoger el líquido resinoso que le empieza a empapar las encías. El trago es largo. Todo lo largo que desea Orlando Piedra. Unas lágrimas aparecen en los ojos del estudiante, provocadas por la virulencia del ron, de una graduación y calidad sospechosas. Por un momento cree que está envenenado, adulterado por una sustancia que abreviará sus torturas. A Machadito nunca le gustó el ron, ni a la roca, ni en mojitos, ni de ninguna otra manera. Una borrachera con catorce años había sido suficiente para aborrecerlo. Los buenos peloteros no toman, alegaba ante cualquier invitación, haciendo un gesto de asco. Pero ahora no estaba en condiciones de rechazar la invitación. El coronel seguía empuñando el martillo.

—¡Ya veo cómo te aficionas al ron, chico! ¡El ron y las mulatas es lo mejor que ha dado este país! Es imposible que en Cuba se viva mal mientras que haya mulatas y ron. Aunque baje Fidel de las montañas, mientras que no nos falten mulatas y ron, todo estará okay.

Y le mete de nuevo la punta de la botella en la boca, cuando Machadito aún nota el buche anterior demasiado cerca de la garganta, quizá rechazado por su estómago sólo acostumbrado al agua con azúcar y la limonada.

—Con el trabajo que he pasado para conseguir esta botella y tú no me la aprecias —le dice el coronel, defraudado—. Eso es que no le has sacado el sabor. Probemos de nuevo...

La botella queda mediada. Machadito empieza a sudar copiosamente. Como nunca lo ha hecho. Siente un incendio. Alguien ha hecho una fogata en su estómago.

Orlando Piedra vuelve a buscar la esquina. Aspira una vez más. Con mucha fuerza. Dos veces. Las rayas entran por sus fosas nasales, despejándolas como si fuera un caramelo pictolín.

—¡Otro traguito!

Pero a Machado ya el estómago se le ha resignado, y recibe el alcohol con la misma hospitalidad como si fuera una limonada de las que prepara mamá. Ve operar a su alrededor a Orlando Piedra, pero lo ve con contornos borrosos, como si pertenecieran a una foto que ha salido movida, Orlando Piedra esnifando más cocaína, Orlando Piedra despreciando la

declaración jurada que antes le ofreció, Orlando Piedra agarrando un teléfono, manipulándolo, Orlando Piedra acercán-
dole el auricular, oigo, oigo, una voz familiar, Orlando Piedra
diciendo su hijo está tomando demasiado, va a acabar con tremenda curda, Orlando Piedra devolviendo el teléfono a la esquina, Machadito con una sed invencible de limonada que
pueda limpiarle el cielo de la boca del légamo que se le ha quedado ahí enganchado.

Es curioso. Machadito aprecia dificultosamente los perfiles del coronel, pero su voz no ha perdido su nitidez. Entra
por sus oídos con total limpieza.

—¡Os equivocasteis de fiesta, comemierdas!

La frase le entra, pero su cerebro se niega a procesarla.
No tiene más significado que una contraseña, un signo de comunicación animal que él desconoce.

—¡Fuisteis a la fiesta equivocada! ¡El Montmartre no es
para vosotros!

Pero Machadito no entiende nada. Ni siquiera por qué
aquel tipo de modales poco ceremoniosos y afición a la cocaína, ha soltado el martillo, cuando más enfurecido parecía, y se
ha echado un buche del mismo ron que ahora tortura sus entrañas. Machadito ve subir y bajar su nuez. Si aquel líquido
que ha puesto patas arriba sus tripas es veneno, el hijoputa que
tiene delante también se va a morir, piensa, como único razonamiento lógico que es capaz de hacer su cerebro, que no entiende cómo ahora Orlando Piedra lo empuja al exterior del
sótano, con tanta fuerza que enseguida siente los primeros rayos del sol en cuarenta y ocho horas herirle las pupilas. Le da
empujones violentos.

—¡Rápido! ¡Más rápido, coño!

Y Machadito intenta una media carrera que sus pies apenas le permiten, dando chancletazos por el suelo, las amenazas

del coronel dejando una reverberación colgada del techo del corredor principal del Buró de Investigaciones.

—¿Conoces la ruta de los grillos?

Machadito no dice nada.

—¡No me digas que no conoces la ruta de los grillos!

El estudiante ni responde ni camina, apenas.

—¡Eres lento como una mula! ¡En el Montmartre sí que ibas más rápido, eh!

Pero Machadito no tiene fuerzas ni de responder que él no estuvo en el Montmartre. Que esa mañana estaba muy lejos de P y 26, en el corazón del Vedado. Que él no acabó con Blanco Rico. Que fue cosa del Bizco Cubelas, y que sí, querían partirlo a él, al hijo de puta de Orlando Piedra. Le lastima los ojos un destello que el sol arranca de un carro negro. Muy pronto se ve empujado a él. Siente una blandura indolente. El coronel se ha puesto al volante. Examina su cogote. Si no estuviera siendo derrotado por un sueño invencible, haría un gancho con sus manos esposadas y lo estrangularía. Así. Tan fácilmente. Visto y no visto.

Pero alguien le ha robado la voluntad. Las fuerzas le abandonan. Oye los acelerones del carro. Sus neuronas chapoteando en ron. Naufragando. El gong de Radio Reloj y un locutor anunciando una próxima reunión del presidente de la República, don Fulgencio Batista y Zaldívar, con los empresarios del azúcar, que le quieren mostrar su adhesión inquebrantable.

De pronto, un frenazo.

—¡Lamento que el viaje haya sido tan corto! Es mejor que tomemos el fresco. Hace demasiado calor en el carro.

Machadito mira al coronel con ojos turbios de alcohol. Orlando Piedra ejecuta movimientos de epiléptico, dominado por una excitación nerviosa que le hace jalar con fuerza al es-

tudiante, sacarlo del carro para arrojarlo como un fardo al suelo. Al caer, emite un gruñido apenas audible. La mañana es
linda. Los pájaros están pio pio. Hay mucha tranquilidad. Demasiada. A Machadito, si no llevara un litro de ron en el cuerpo, no le gustaría mucho aquel paraje escondido. Por allí no
pasarían ni guaguas ni carros. Pero Machadito no puede dis-
cernir. Ni siquiera proponer un sitio distinto, porque tanta
tranquilidad le altera los nervios. Como a Orlando Piedra, que
está fajándose con la apertura del maletero, y al final, después
de darle dos puñetazos, ha logrado abrirlo.

Machadito deja de oír palabras como pendejo, comemierda… Está en posición fetal. Si no fuera porque la cabeza le da
vueltas y le duelen tanto las muñecas, se entregaría al sueño que
está pidiendo a gritos desde hace varios días. Claro, que entonces
se perdería las operaciones del coronel, que ahora acaricia una
piedra poco más pequeña que un elefante y que a Machadito le
cuesta creer que llevara escondida en el maletero. Le sangra la
nariz. Igual que a Blanco Rico aquel día en el que no pudo acabar
el desayuno en el Montmartre. Como si también se le fuera la
mano con la cocaína. Su nariz botando sangre. Como un conejo
desnucado. Así le dijo el Bizco Cubelas que había quedado el jefe
del SIM. Como un conejo desnucado. Así también lo imaginaba
el coronel Orlando Piedra. Y esa imagen se la impone ahora la
cocaína, con una extraña lucidez de hecho recién ocurrido, plenamente vigente. Orlando Piedra piensa que si acudía al cabaret
ahora mismo podría encontrar la cabeza de Blanco Rico desven-
trada, igual que un mango. Piensa eso, y piensa que en vez de ser
la cabeza del jefe del SIM, podía ser la suya. Por culpa de esos
hijos de puta de los estudiantes. Y ahora tenía uno allí, con él. Las
manos se le enredan. Le cuesta manipular unas cuerdas con las
que quiere atar los pies de Machadito, que protesta, harto de que
le impidan deslizarse hacia el sueño.

—¡No se debe acudir a las fiestas a las que no nos han invitado! ¡Los estudiantes deben quedarse en casa estudiando en vez de ir a los cabarets!

A Machadito las frases le llegan en sordina. El ron se le ha extendido por todo el cuerpo. Ya ni siquiera ve como Orlando Piedra ha conseguido mover, con esfuerzo de titán, la enorme piedra que encontró nadie sabe dónde, pero que iba en su maletero, y también le pasa las cuerdas, con movimientos nerviosos.

—¡Ese día me buscábais a mí, cabrones! ¡Y aquí me tienes, hijo de puta, preparando tu último juego!

El coronel comprueba que la piedra está perfectamente atada al pie derecho de Machadito. Si quisiera moverlo, necesitaría una grúa.

—Ahora jugaremos, no al ahogadito, sino al ahogado.

A Machadito, entre las brumas del alcohol, le llega el rumor lejano del agua. Pero lo interpreta como un nuevo motivo para dormirse. Que es lo que más desea. Más que una limonada.

—¡Qué ironía llamarse Machadito y acabar así, como si le cayeras mal a Machado!

Y a Orlando Piedra le sobreviene una carcajada. Y luego otra. Le ha dado un ataque de risa. No puede parar. Ni siquiera cuando empieza a tirar de la piedra, que se mueve con dificultad de tortuga, arrastrando el cuerpo de Machadito. El coronel empuja la piedra con todas sus fuerzas. Resopla como un búfalo. Hasta que el peso empieza a ser liviano, muy liviano, tanto que se le pierde entre las manos, la piedra descendiendo ya autónoma por una pendiente que desgarra las ropas de Machadito, le provoca escoceduras, siente la espalda acribillada de brasas candentes, y recibe aliviado el chapuzón, qué rico este baño, qué alivio, y nota como el agua le entra por todos los sitios, incluso por las orejas, porque el viaje no parece tener fin, la piedra no se conforma con quedarse en la superficie del agua y busca desesperadamente el fondo, sin que Machadito pueda hacer otra cosa que patalear para espantar esa pesadilla que ha promovido el ron. Siente sed, mucha sed. Querría una limonada. De las que prepara mamá.

La sal le anega la garganta.

En pocos segundos ya no desea nada, ni siquiera una limonada.

Es tarde, muy tarde. Allí en el Almendares sólo queda el canto monótono de los grillos. Mientras que ellos se esfuerzan en su cri cri, Silvito Lindo cuela la cabeza entre los muslos de la Katyna Ranieri, los dos escondidos en un departamento del Prado.

Ella suspira.

—¿Dónde está Machadito? —pregunta el Mulato.

—En el fondo del río Almendares.

—¿Y su declaración confesando que es comunista y que los planos se los dio Carlitos Prío?

—Se la habrán comido los peces —se limita a responder el coronel Orlando Piedra.

—Pues mira. Búscala donde quiera que esté, aunque para ello tengas que aprender a respirar con branquias.

Pero al coronel no le hizo falta. Simplemente tuvo que aprenderse el camino que lo dejaría en la entrada del Shangai.

Claro, que para llegar a ese punto necesitó varias rayas de cocaína. Porque de otro modo jamás hubiera acabado gastándose un dólar veinticinco en adentrarse en un teatro churrioso y maloliente de la calle Campanario. Pero las ideas más extravagantes y lúcidas se le ocurrían cuando sus fosas nasales habían aspirado unas cuantas rayas. Y esa tarde sintió que las necesitaba. Tanto como meterle dos tiros a un hijo de puta. La ciudad estaba llena de ellos, pero el coronel Orlando Piedra sólo buscaba uno: al Bizco Cubelas.

Así que no dudó en ponerse al volante del Cadillac Coupe DeVille que venía utilizando los últimos días. Manejando aquel carro obediente como una puta, lo tenía totalmente amaestrado, viendo el bullicio de fiesta formado ante el malecón o las primeras luces encendidas en el Prado, el coronel pensó que todo estaba en orden, como si un grupo de estudiantes jamás hubiera entrado en el Palacio Presidencial sin propósito de apreciar su arquitectura, o el Mulato no lo hubiera taladrado con sus ojos, sosteniéndole la mirada como nunca lo había hecho. Y trataba de encontrar en los rostros despreocupados de la gente, en los culos esféricos que le salían al encuentro, en las teticas paradas de las mulaticas, motivos para pensar que todo estaba perfectamente, que La Habana seguía siendo una promesa de placeres y que él era el preferido del Mulato.

Pensando todo eso, el carro fue deslizándose casi automáticamente, y cuando apenas hacía unos minutos que había dejado a la derecha la cúpula del Capitolio, se encontró en Compostela. Al coronel un pensamiento le estaba ganando la partida a todas las conclusiones optimistas con que quería engañarlo su cerebro: el Bizco Cubelas estaba encerrado en el Shangai. Y hasta que no saliera de ese teatrucho de tercera con un papel firmado por ese hijo de puta, no vería La Habana como una ciudad en la que mereciera la pena tomarse ni un mojito.

Le fue dando fuertes acelerones al Cadillac, hasta que empezó a dejar atrás La Habana Vieja. Un par de cuadras y estaría ya en el Barrio Chino.

Qué lo condujo al Shangai y no a cualquiera de los otros mil sitios donde podía estar escondido el Bizco Cubelas no tiene más explicación que los números por los que apostaba ante el *dealer* del Sans Souci, que era su casino favorito. La cocaína no da razones. Ni siquiera al coronel Orlando Piedra. Simplemente ordena, y no tienes más remedio que cumplir lo que dice. Y al coronel le dijo esa tarde que allí en el Shangai estaba lo que buscaba. Y que de allí saldría con los bolsillos llenos. Que ese número, y no otro, era el ganador.

El coronel odiaba el Barrio Chino con la misma intensidad que La Habana Vieja. Él allí no tenía que ir para nada.

Había buscado por allí al gordo Manzanita antes del asalto. Pero no lo encontró. ¿Lo habrían protegido los curas? Era muy amigo de ellos... No, no le gustaba ir buscando a la gente por los conventos, ni en la catedral, porque se había vuelto ateo, y además, no tenía la menor intención de casarse después de la experiencia gloriosa de hacerlo con su mujer, ni a la Bodeguita del Medio, porque le gustaban poco los tragos. Si acaso la fábrica Partagás, porque se llevaba bien con los buenos tabacos. Cuando vio en la taquilla el cuerpo desencuadernado de Madelén no pudo hacer otra cosa que confirmarse que el Barrio Chino era casi peor que La Habana Vieja. ¡Con lo bien que vivía él en su mansión del Vedado!

—Un dólar veinticinco —le exigió toscamente Madelén. Las únicas sutilezas se las guardaba a Toti.

El coronel la miró con tanta repugnancia que hasta Madelén, acostumbrada a que la observaran con repulsión, contestó.

—La entrada no le da derecho a mirarme como a un perro sarnoso.

Orlando Piedra no encontró diferencia entre un perro sarnoso y ella. Pero prefirió no responderle. Se chocó con un jabao que hacía cola justamente detrás de él, y que se tocaba furtivamente los huevos, imaginando el espectáculo que le esperaba dentro, sugerido por el cartelón que tenía encima Madelén. Mostraba un culo pluscuamperfecto. «Bota la leche» era el título de la película.

Toti se había levantado con el pensamiento embrumado. Las horas transcurrían con demasiada lentitud. En algún rincón había descubierto un aparato flamante, estrambótico, una aspiradora que aún no había conseguido poner en marcha Orozco. Ya ni siquiera tenía el aliciente de ir a «La venida» a tumbarse en la cama y escuchar a través de la pared, porque los estudiantes habían dejado de darle propinas generosas a la posadera, que por fin podía ver las novelas de CMQ en una Westinghouse a todo color.

Toti se había cansado de matar culebras. Ya no agarraba con ímpetu animal la escoba y se ponía a barrer frenéticamente la moqueta siempre sucia del Shangai. Orozco lo veía deambular sombrío por el teatro, desabastecido de energía. Estaba claro que aquel mocoso no tenía la menor intención de ser su yerno, aunque Madelén seguía alimentando tercamente esa esperanza, por mucho que Toti llevara varios días sin aliviarle los pesares de la vida o probando sus extraordinarias chicharritas.

El coronel Orlando Piedra se perdió en el interior del Shangai. Las largas horas pasadas en el sótano del Buró, torturando infelices, lo habían acostumbrado a moverse en la oscuridad con un sentido de la orientación que sólo está al alcance de los murciélagos. Por eso avanzaba por el Shangai como si hubiera nacido en él, deteniéndose en cada fila de butacas, pero sin elegir ninguna, porque su función allí no era ver a una mulata botarle una paja a un negro con una pinga de caballo, sino encontrar al Bizco Cubelas. Y su olfato de can le decía que estaba muy cerca de él. Y de que mucho antes de que acabara la película le habría confesado que sí, que fue Carlitos Prío el que les proporcionó los planos para poder entrar en el Palacio Presidencial a ver cómo le había sentado el almuerzo al Mulato. Y le podría mostrar orgulloso la confesión del Bizco Cubelas al presidente de la República, que no tendría más remedio que darle un abrazo, e incluso a lo mejor le pediría disculpas por haber dudado de su capacidad, suficientemente demostrada durante tantos años de servicio y lealtad que, seguro, algún día se verían recompensados con un despacho al lado del Mulato.

Al coronel poco le importaban los gemidos que oía, dos cuerpos enredándose en la pantalla, confundiéndose. Tenía plena certeza de que uno de esos espectadores se estaba ahora masajeando la pinga, tocándose los huevos, preparando su lechita. Y cuando la botara, justo en ese momento en que estuviera desguarnecido de cualquier defensa, él lo trabaría, y le arrancaría la confesión aunque fuera a jalones.

Los ojos se le perdían en las hileras de las butacas. Pero no veía nada que le interesara. Sólo rostros anónimos fijos en la pantalla. El tipo estaba sodomizando a la mulata. Era imposible que aquel tolete le entrara dentro. Debía tener un hueco por el que podría entrar un jeep, pensó el coronel, que no daba con el Bizco Cubelas.

—¡Venga, cabrón, que no estás muy lejos! ¡Sal de tu escondite!

El negro le arrancaba unos gritos animales a la mulata. Los gritos que Orlando Piedra oía en el sótano del Buró de Investigaciones. Al personal no le gustaba que le arrancaran las uñas o le dieran por culo. La vida no era en La Habana sólo rumbantela, ron y fichas de juego. Tenía otras cosas. Por eso él estaba en el Shangai, buscando al Bizco Cubelas, en vez de entalcándose cuidadosamente en el bidet de su imponente casa del Vedado.

Toti se ha encerrado en el baño de señoras. Pero no lo ha hecho solo. Se ha metido con una botella de Matusalén. Le quita el tapón y lo arroja muy lejos. No tiene intención de volver a utilizarlo. A él nunca le gustó el ron, pero en esta puta ciudad parece que es imposible sobrevivir sin él. A lo mejor piensa en eso. O no. Los razonamientos de Toti siempre representan un misterio. Preguntarse qué hace un medio adolescente desarrapado empinando la botella encerrado en el baño de las mujeres es una perdida de tiempo.

Desde una lejanía inconcreta le llega un rumor de voces, el que procede de la platea, y gritos, muchos gritos. Son de la mulata. El negro le está desgarrando el culo. Pero a Toti le vienen de mucho más lejos. De Cienfuegos. Son los gritos de mamá, incapaz de soportar el dolor del vergajo que restalla en su cuerpo, manipulado por su marido con la destreza que da el mucho entrenamiento. Toti se echa un buche de ron. Muy largo. Pero los gritos de mamá no se apagan. Al contrario, crecen en intensidad. El negro sigue dando cuero en la pantalla. ¡Da una pinga el cabrón! Le sacará sangre a la mulata, sin duda. Una sangre que no tarda en brotarle del culo. A mamá le salía de la espalda. Del culo le salía mierda. Se cagaba de miedo. Papá no paraba de darle golpes. Todos los días. Toti intentaba taparse los oídos para no escuchar esos gritos. Como ahora. Un día eran tan fuertes que tuvo que agarrar una botella que alguien había dejando al descubierto en una alacena. A su alcance. Era un ron venenoso, pero se la bebió entera. Ni por esas. Los gritos de mamá no cesaron, hasta que papá dejó de atizarle con el vergajo. Nunca más volvió a utilizarlo. Ni a hacer cualquier otra cosa. Toti no tardó en vomitar el ron aquel que se había bebido, el vómito mezclándose con la sangre de papá.

A Toti le gustaría que los gritos que le están taladrando los oídos se apaguen. Le gustaría estar ahora mismo probando los pechos de la trigueña que se templó una vez y nunca más en «La venida», o manejando el camión tan grande que le dejaron antes de que aquel señor trajeado de grandes orejas le rompiera el casco, allí donde iba a ir ubicado el hotel Jagua. Pero está oyendo los gritos de mamá, que no puede borrar, por mucho que la botella ya ande mediada, porque los tragos son cada vez más fuertes. No tardará mucho en vaciarla. El negro resopla en la pantalla. Con fuerza. Le queda poco para venirse.

El coronel Orlando Piedra está ya totalmente ajeno a lo que ocurre en la película. Incluso a los movimientos de las butacas. Ha visto moverse una sombra arriba, justo de donde procede el haz de luz que se estrella en la pantalla blanca.

—¡Cómo cojones no he caído! ¡Claro, ahí se esconde este *hijo'e'puta*! —se dice, dándose un golpecito en la frente.

Orlando Piedra va caminando por el pasillo, enredándose en alguna culebra de las que ya Toti se niega a matar.

—¡Me faltó una raya, coño! ¡Por eso me ha costado tanto hallar la solución!

El coronel sentía la satisfacción del jugador de crucigramas que ha dado con la palabra que completa uno en el que andaba atascado. Ya sólo le falta superar la prueba de salvar los escalones vacilantes que llevan a la sala de proyecciones, donde seguro que está oculto, con una sensación de invulnerabilidad, el Bizco Cubelas. Y si al viejo Tabernilla, a Pancho Tabernas, como le gusta llamarle el coronel, se le escapó de la embajada de Haití, a él no le iba a pasar lo mismo.

Los espectadores están tan pendientes de los empujones frenéticos que el negro le da a la mulata, que ni siquiera se fijarían en la presencia de una cabalgata de camellos montados por barbudos que soplen las trompetas del Apocalipsis. Así que nadie se da cuenta de que Toti va avanzando con pasos zigzagueantes por el pasillo, enredándose también en las culebras que jamás limpiará. Ahora oye con más intensidad los gritos que salen de la pantalla, los gritos de mamá cuando vio la cabeza de su marido separada del tronco, como una muñeca destripada, mira a Toti, pero no le dice nada, sólo grita. Y ese grito es intolerable para Toti, que acelera el paso para enfrentarse cuanto antes a las escaleras comidas por el comején de la sala de proyección. Debe cuanto antes parar aquella película, no quiere oír más gritos. Madelén no debe manipular más el proyector. Nunca más.

Al acceder a la sala de proyección ve una mancha evolucionar, examinando las bovinas. El habitáculo está en penumbra. Un bulto se mueve delante de Toti. A estas alturas ya no distingue un elefante de una sardina. El ron o la oscuridad le presentan difusos los perfiles, más o menos como al coronel Orlando Piedra, que parece estar hurgando en las bovinas para encontrar dentro de ellas al Bizco Cubelas, y no puede oír a Toti acceder a la sala, los altavoces escupiendo los gritos de la mulata a la que le están partiendo el culo, Toti a sus espaldas, imposible oírle, imposible sentir el pestazo a ron, puro petróleo que parece salir de la boca del mocoso, imposible ver su muñeca agarrando el mango del machete, los nudillos muy marcados, como si quisieran huir de su mano derecha, Toti viendo sólo unas manchas oscuras invadiéndole la retina, un olor que puede ser de Madelén o de cualquier otra persona. El coronel Orlando Piedra que, en medio de toda esa confusión que no le permite dar con el Bizco Cubelas, encuentra una certeza: no podrá ocupar un despacho contiguo al del Mulato. No le hace falta ver los ojos de Toti para llegar a esa conclusión, sólo sentir, primero una lámina finísima calentarle las entrañas. Luego un escalofrío que empieza a perdurarle, una oscuridad en la que ni siquiera él, acostumbrado al sótano del Buró, termina por acostumbrarse, y se pregunta por qué los gritos de la mulata se hacen lejanos, como si alguien le bajara el volumen a los altavoces.

Toti ve el machete en su mano, lleno de sangre. Y entonces, por fin, cuando ve la palidez apoderándose de toda la piel del coronel Orlando Piedra, sin respetar ni un centímetro, entiende las palabras proféticas de mamá, tú harás algo grande, y entonces sí, sólo entonces, empieza a creer que es descendien-

te del pirata Morgan. Y le sorprende que no escuche ese vaticinio imponiéndose a los gritos, que no cesan, mamá grita y
grita, sin pensar que las cuerdas vocales se le pueden romper,
para siempre. Los gritos siguen ahí, metidos en su oído, los
gritos de mamá que se mezclan con los del negro viniéndose
dentro del culo de la mulata.

Toti no puede hacer nada más.

Salvo vomitar encima del coronel Orlando Piedra.

Mientras tanto, el Bizco Cubelas duerme un sueño pesado, escondido en un chinchal. Su mano derecha no ha soltado
la Thompson que siempre le ha acompañado. Ronca con fuerza, con mucha fuerza.

0.
EL ÚLTIMO PARTIDO

EL MULATO NECESITARÍA UNA GRADUACIÓN MUCHO más alta en sus gafas para dominar las decenas de hectáreas que se abren a su alrededor. El terreno se riza en suaves dunas que hacen trabajar un poco su corazón cansado. Tampoco el del hombre que camina a su lado está para correr una maratón.

—Ahora le toca a usted.

El *caddie* le acerca la bolsa en la que viajan los palos para que elija uno. Es un joven cuyo bronceado no se puede explicar solamente por las largas caminatas que se pega con el Mulato, recorriendo cada metro del campo de golf. El gerente del hotel Samara de Marbella en el que entretiene sus días el Mulato piensa que debe ser puertorriqueño. O cubano.

El Mulato golpea la bola. Comprueba el efecto del golpe. Compone un gesto de fastidio. Estaba claro que era mejor jugador de canasta que de golf. Claro que al menos, este deporte le permite respirar el aire puro que necesitan sus pulmones.

—Batista ¿sabes que me han ofrecido rodar una película sobre mi vida?

El Mulato está tan pendiente de la trayectoria que ha descrito la bola que no ha puesto atención a la frase de Meyer Lansky.

—¿Cómo tú dices?

Además de mal jugador, Batista se está quedando sordo, piensa Lansky, que no tiene problemas para repetir la exclusiva que le lleva quemando en la boca desde el momento en el que se fundió en un abrazo con su antiguo socio de negocios. Se siente muy orgulloso de que lo hayan llamado de una productora norteamericana.

—Sí, quieren filmar una película sobre mi vida. Desde que salí de Polonia hasta que acabé de nuevo en Estados Unidos, después del 58. Quieren filmar la historia de un judío que tuvo La Habana a sus pies.

Al Mulato le parece interesar más el golpe que pueda ejecutar Meyer Lansky que sus proyectos cinematógrafos. Por eso le hace un gesto claro de que agarre el palo y le dé a la bola, algo que hace el judío con su habitual falta de método, pero con resultados más satisfactorios que el Mulato. Nunca estará bajo par, pero al menos su tarjeta no lo sonrojará.

—Así que acabarás siendo actor —dice Mulato, como desde la lejanía de una información que no parece interesarle. La otra opción es encajarla con retintín. Meyer Lansky actor, jajaja.

—La Habana tiene una historia que jamás se ha contado.

—¿Tú crees? —le pregunta el Mulato.

—Por eso me dejaría maquillar. Sólo La Habana sería capaz de que yo me dejara maquillar. Sólo me gustaron los polvos de talco. Y me guardé mucho de ponerlos en otro sitio que no fuera el culo o los huevos.

El Mulato no sabe si reír o compadecerse. Imagina a Meyer Lansky obedeciendo dócilmente la orden de un director cuando le grita ¡Acción!, pero también se lo imagina untándo-se los huevos de polvos de talco, un pingajo colgándole en el bidet. Por un momento el Mulato piensa que esa será la escena que debe rodar. Y opta por reírse.

No, él no se considera un dinosaurio como para que ven-ga un director de cine a decirle lo que tiene que hacer. A fil-marle una película. No, no es un dinosaurio. La prueba está en el magnífico golpe que ha dado, mandando la pelota donde ni siquiera sus pensamientos más optimistas podían imaginar. Él está en forma. Siempre le gustó el deporte. Meyer Lansky está a su lado, como encorvado. Nada de su apostura informa del poder que tuvo en los cincuenta. Claro que nunca fue lindo, y siempre pareció un viejo, se corrige el Mulato. Que se siente muy en forma. Por eso ha dejado ahora la bolita tan cerca del agujero.

Meyer Lansky no puede servir para otra cosa que para eso, hacer el ridículo delante de una cámara para que el públi-co se parta de risa cuando lo vea en el cine. Él no. Él está pre-parado para regresar, y siempre se acerca a la recepción del hotel de Marbella en el que se aloja con la esperanza de que haya recibido la llamada que está aguardando desde el 1 de enero de 1959. ¡Caramba! ¿No está Balaguer de Presidente de la República? ¡Si ha llegado a decir que no le gusta que le re-galen tortugas, porque luego los animalitos se vuelven viejos y se mueren! El que está inhabilitado para gobernar es Trujillo. Mala muerte tuvo. Le dejaron el Chevrolet Bel Air en el que viajaba hecho un coladero. Ahora que se había hecho amigo de él, y que incluso le había propuesto invadir Cuba para bo-tar a Fidel y hacerle pagar lo de Cayo Confites.

El Mulato sabe con certeza indudable que un día el re-cepcionista le pasará una nota que lo meterá inmediatamente en un avión. Y entonces sólo le faltarán nueve horas para arri-

bar a Rancho Boyeros y ponerse a trabajar, otra vez como perro guardián de la nación.

Marbella. Guadalmina. Costa del Sol. No, no se sentía
como en casa. Eso era imposible. Pero aquí tenía a su alcance
todo lo que un ex presidente podía desear. Además de un teléfono a mano que un día lo asaltaría con sus timbrazos divinos,
anunciándole que debía volver a Cuba, unos timbrazos que so-
narían en sus oídos como música celestial, gozaba del afecto que
le profesaban sus vecinos, sólo comparable al recibido en Daytona Beach. Aquí, lanzando una mirada ya un poco miope sobre las grandes extensiones de césped que se abrían ante sus
ojos, se dejaba apoderar por un sentimiento de libertad que jamás hubiera encontrado en Estados Unidos. ¡Qué pendejos!
Los últimos treinta años se habían dedicado a negarle obstinadamente una visa, a él, el mejor amigo del pueblo norteamericano. Vire para la República Dominicana, recuerda que le dijo al
comandante que pilotaba el DC-10 que despegó de Rancho Boyeros justo después de las campanadas de 1958, avisado por una
intuición fulgurante que le informó de que los yanquis le pon-
drían en las manos justicieras de Fidel nada más aterrizar en la
Florida. Incluso el embajador tuvo el descaro de sugerirle que
antes de arribar a Estados Unidos, para reunirse con Martha y
sus hijos, era más prudente pasar unos mesecitos en España.
Acabaste en Santo Domingo, haciendo oídos sordos de los mensajes que te hacían llegar los emisarios de Chapitas. Yo, de usted, no saldría a hacer footing solo, te recomendaron un día
aquellos comemierdas. Dígale a Trujillo que Fulgencio Batista
aún tiene un pecho muy grande para encajar todas las balas que
me tenga reservadas el Benefactor de la patria dominicana. No,
si se lo decimos por su propia seguridad. Váyanse al carajo, y
déjenme al menos hacer ejercicio en libertad. Y tú te quedabas,
caminando a buen ritmo una milla más, consciente de que aho-

ra Chapitas te estaba pasando factura por no haberle aceptado
la rama de olivo de la amistad que te había ofrecido. Chapitas
era vengativo, ya ves. Un *hijo'e'puta*. Tanto como para filtrar por
medio de noticia cablegráfica, desde el mismísimo Santo Domingo, el infundio de que el ex presidente Batista había sido
sorprendido en el momento en el que intentaba abordar un
avión, advirtiéndome de que si volvía a intentarlo podría ser objeto de una colisión. El muy cabrón dejaba flotando la interro-
gante de si ese tipo de accidente lo sufriría en tierra o en el aire.
Fueron semanas de incertidumbre, tu figura paseándose con
majestad por el lobby del hotel Jaragua, aguardando una llamada que nunca se produjo, ni tampoco en Isla de Madeira, ni en
Lisboa, pero ahora sí, complacido por la paz que le otorga a tu
espíritu aquel rincón de la Costa del Sol que crees bendecido
por Dios, sabes que una sorpresa te aguarda, quizá al acabar el
último hoyo, y no puedes hacer otra cosa que golpear a la bola
con fe y reírte de los proyectos estrafalarios de Meyer Lansky.

—Y si esa película no hubiera acabado... —sugiere el
Mulato.

—¿Cómo? —ahora es Meyer Lansky el que parece haber oído una música muy lejana.

—Quizá aún nos quede alguna página más por escribir
—sugiere el Mulato, con un acento soñador en el metal de su
voz.

Meyer Lansky es ahora el que debe golpear la bola. Pero
decide colgarse el palo al hombro. Lo sostiene allí, como una
azada. Mira al Mulato.

—Murciélagos en un burdel. Eso es lo que somos desde
la Nochevieja del 58. Estamos perdidos como murciélagos en
un burdel...

El Mulato observa fijamente a Meyer Lansky. No acaba
de entenderlo. Y eso que a él siempre se le dio extraordinaria-

mente bien el inglés. Lo mira, con un punto de extrañeza que no puede explicar, y que también encuentra en el *caddie*, la persona con la que pasa más horas a lo largo del día, y que ahora le dedica un gesto hostil o de rabia. El Mulato no entiende eso, como tampoco que cruce una mirada cómplice con Meyer Lansky, como si se conocieran desde hace mucho tiempo, como si hubieran corrido juntos por las calles de Grodno, allá donde había nacido el judío ese con el que se corrió tantas juergas en La Habana. Pero eso no puede ser posible porque el chico es demasiado joven y demasiado moreno para haber coincidido con Meyer Lansky en Polonia, piensa el Mulato en un relampagueo de lucidez, el último, antes de que un calambre le agarre al corazón, un cosquilleo eléctrico, totalmente nuevo para él, y sin embargo, tan reconocible, el corazón me falla, soy consciente de lo que me está pasando, el corazón me falla, soy consciente de eso, y de que, aunque me espera esa bola, tan cerca del hoyo, ya no podré embocar, ya no podré darle el leve golpe que necesita, ni siquiera puedo recurrir a una de las frases de esas que encontraba en los libros de mi biblioteca para explicarme por qué ahora la oscuridad se abalanza sobre mí, haciéndose definitiva.

El joven se dispone a rematarlo con el palo de golf. Le quiere dar con todas sus ganas. Meyer Lansky lo frena, porque quiere que el Mulato aún tenga un residuo de conciencia que le permita oír algo que también le quema en la boca. Desde hace muchos años.

—Somos murciélagos en un burdel. Pero no desde la Nochevieja del 58, sino desde mucho antes. Si no fuera por tu culpa, las ruletas seguirían girando en el Sans Souci, el Montmartre, en el Havana Riviera… Pero nada gira ya. Y no será porque no hice nada por evitarlo, hasta hacerle llegar a los estudiantes los planos del Palacio en el que tú vivías. Sí, óyelo.

Fuí yo el que les dí los planos buenos, los que incluían la buhardilla. Me ayudó aquel locutor de Radio Reloj. ¿Cómo se llamaba? Sí, el Griego... Pero prefirieron creer a Carlitos Prío. La única forma de evitar que Fidel nos pegara una patada en el culo era matándote. Pero nos la pegó. Y bien dura. Fíjate dónde hemos acabado. Disparé mucho, desde niño. Pero fallé en el mejor tiro: acabar contigo. La muerte ha llegado muy tarde para nosotros. ¿No te parece que esta historia merece quedar guardada en unos rollos de película?

A Meyer Lansky le crujen las rodillas cuando se incorpora. Siente un principio de mareo. Siempre le pasó cuando estaba demasiado tiempo en cuclillas. Le hace un gesto al *caddie*. En el horizonte el cielo empieza a ser un derroche de oro y naranja que se posa sobre el verde del campo de golf. Meyer Lansky avanza, sin que necesite girarse para comprobar que el bulto que ha dejado tirado sobre el césped ya no se mueve.

Ahora sí, las tiñosas pueden comenzar su trabajo.

La Habana-Murcia, 2006